Kasinéo Parisé

Symphonie

Gut gegen Böse

D1728873

NOEL-Verlag

Originalausgabe
Februar 2018

NOEL-Verlag GmbH
Achstraße 28
D-82386 Oberhausen/Obb.

www.noel-verlag.de
info@noel-verlag.de

Die Deutsche Bibliothek verzeichnet diese Publikation in der
Deutschen Nationalbibliografie, Frankfurt; ebenso in der Bayeri-
schen Staatsbibliothek in München.

Autor: Kasinéo Parisé
Covergestaltung: NOEL-Verlag

1. Auflage
Printed in Germany
ISBN 978-3-95493-270-2

In einer stürmischen und regenreichen Oktobernacht lag ich schweißgebadet und schmerzerfüllt gegen Mitternacht zitternd in meinem Bett. Sturm, Donner und Blitze verwandelten die Welt hinter meinem Fenster in ein grauenvolles, dunkles Monster. Der heftige Platzregen schien meine Fensterscheibe zerschlagen zu wollen, als würde die Finsternis nach mir greifen und mich holen kommen. Schmerzhafte und stoßartige Krämpfe durchzuckten taktlos meinen geschwächten Körper.

Seit geraumer Zeit plagte mich das Fieber, welches mir seit einigen Tagen nicht erlaubte das Haus zu verlassen. Mich rief keiner an, keiner fragte nach meinem Wohlbefinden, was ich bereits kannte, denn ich war eine Einzelgängerin. Kurz konnte ich das Unwetter und die Schmerzen ausblenden, weil die Erinnerung mich heimsuchte.

Schon sehr früh musste ich die Erfahrung machen, dass ich nur mir selbst vertrauen konnte. In den ersten Jahren der Grundschule wurde ich gemobbt, meine Eltern starben bei einem Einbruch, danach sperrte man mich in ein Kinder- und Jugendheim, wobei ich nie einen guten Freund kennengelernt habe. Ich verschloss mich den mir fremdartigen Personen in meinem Leben und konnte mich nur der Musik öffnen. Nur die Musik blieb mir treu, sie ist geblieben, als alle gingen und sie ist alles was ich habe.

Ein ohrenbetäubender Donner riss mich aus den Gedanken und schlagartig übermannte mich wieder der Schmerz. Tief in mir spürte ich die Wahrheit: Ich würde den Sonnenaufgang nicht mehr erleben. Doch Angst, nein, Angst spürte ich nicht. Nur der Schmerz war präsent. Schutzsuchend, in einer mir bekannten Welt, sang ich leise für mich ein Lied. Nur die Musik würde mich bis zum Ende begleiten.

Die Freiheit fliegt hinauf
und reißt die Wolken auf.
Es beginnt zu regnen,
ich warte schon darauf.

Wenn der Regen fällt,
reinigt er die ganze Welt.
Ungerechtigkeit
und Dreck schwimm` einfach weg.

Der Donner bricht die Stille,
nun kehrt zurück mein Wille.
Der Wind ist der Zerstörer,
mörderisch hell ist der Blitz.

Und ich steh hier unten
und ich schau hinauf.
Nur der Regen berührt mich,
nur der Regen auf meiner Haut,
ein zerbrechliches Geschöpf.

Mein Herz schlug noch schneller als zuvor, es raste regelrecht. Die Hitze des Fiebers forderte die letzten Ressourcen meines schwachen Körpers. Ich hatte mir Sterben einfach und leicht vorgestellt, als ein friedliches Einschlafen, Erlösung finden und Ende. Doch meinen jetzigen Zustand wünsche ich keinem. Mein Herz setzte zwei Schläge aus, meine Lunge verkrampfte sich, ich konnte plötzlich nicht ausatmen und ich bat um ein schnelles Ende. Doch meine Organe nahmen ihre Körperfunktionen wieder auf und ein Ende war noch nicht in Sicht.
Meine eigene singende Stimme erhob in mir immer ein tief gesunkenes, wohliges Gefühl, welches nun eine gute Abwechslung zum Schmerz darstellte und so stimmte ich wieder an.

Wenn der Regen fällt,
reinigt er die ganze Welt.
Ungerechtigkeit
und Dreck schwimm` einfach weg.

Die Schleusen sind geöffnet
und alles fällt herab,
was sich dort oben nicht mehr
länger halten lässt.

Ich will im Regen tanzen
und noch mal heiter sein.
Ich will, dass es weiter regnet.
Ich will, dass es regnet auf meine Haut.
Ein bekanntes Hochgefühl.

Wenn der Regen fällt,
reinigt er die ganze Welt.
Ungerechtigkeit
und Dreck schwimm` einfach weg.

Falls die liebe Sonne
nicht mehr für mich scheint.
Steht mir der bleiche, stille
Mond zur Seit;

der mir meine Sinne schont.
Eine Krähe schreit.
Meinem Todeslied geweiht.

Ein Blitz erhellte für Sekunden mein komplettes Zimmer. Das grelle Licht verschwand ebenso plötzlich, wie es gekommen war und endlich ergriff mich die ersehnte schmerzlose Dunkelheit, auf die ich gewartet hatte.

Mein Bewusstsein erhielt ich wieder, als ich mich sitzend auf einem steingepflasterten, röhrenähnlichen Gang befand. Das Erste was ich zu sehen bekam, als ich meine Augen blinzelnd aufschlug, war eine Fackel an der gegenüberliegenden Wand, welche etwas Licht spendete. Automatisch drehte ich meinen Kopf leicht nach links, um mich ein wenig umzuschauen. Ich erschrak dabei furchtbar, als direkt neben mir ein junger Mann saß und mich anlächelte. Augenblicklich hatte mich die Benommenheit verlassen. Ich atmete die angehaltene Luft aus, sah ihn genervt an und fauchte: „Verschwinde, Geist."

Mir blieb keine Zeit, mich über die ungewöhnliche Umgebung zu wundern, welche ich nicht als den Himmel bezeichnen würde, denn der Typ antwortete mir unerwartet: „Wir sind keine Geister." Ich wendete den Blick wieder zur Fackel. „Verschwinde, Mensch", sagte ich müde und hoffte, er würde gehen, wenn ich lang genug wegsah. Ich konzentrierte mich krampfhaft auf die Fackel und wartete darauf, dass er verschwand. „Aber, dass wir zwei nebeneinander erwachen, ist von großer Bedeutung", sprach er weiter von der Seite auf mich ein. Er würde nicht gehen, leuchtete es mir ein.

Ich legte meinen Kopf in die Hände und sagte: „Verschone mich bitte. Ich bin eben gestorben." Er gönnte mir zwei Sekunden Ruhe, danach sprach er: „Ich doch auch", wobei er sich näher an mich schmiegte und seinen Arm auf meine Schultern legte. Ruckartig richtete ich mich kerzengerade vor ihm auf und schrie laut: „Hände weg!" Durch das Erheben brachte ich einen gewissen Abstand zwischen uns und ich ging noch zwei Schritt weg, um diesen Abstand zu vergrößern. Klarstellend sprach ich mit ruhiger und sachlicher Stimme laut auf ihn ein: „Also, ich und du sind nicht wir. Ich werde meinen eigenen Weg gehen und du einen anderen." Er schüttelte nur lautlos den Kopf. „Was ist daran nicht zu verstehen?", fragte ich ihn. Der junge Mann, welcher nicht dumm aussah, schwieg einen Moment und brachte dann die Worte hervor: „Du weißt nicht Bescheid, oder?" Langsam stand nun auch er auf, wobei ich erkannte, dass er genauso groß war wie ich. Vielleicht wurde ich ihn doch noch los, denn besonders stark wirkte er nicht auf mich.

„Du und ich sind in einer Dimension der Entscheidungen. Wir befinden uns am Anfang und diesen Bereich nennt man Clanentstehung. Weißt du nun, wovon ich rede?" Ich hielt mir mit beiden Händen den Kopf und sprach gequält: „Oh bitte, redet nicht alle durcheinander. Und nun zu dir: Nein ich weiß nicht, was ich hier soll. Ich bin kein Abenteurer." Er lächelte mich erneut warmherzig an und sprach entschlossen: „Ich werde meiner Anführerin in guten und in schlechten Zeiten beistehen. Darf ich mir die Frage erlauben, ob es sich bei der Stimme um eine männliche oder eine weibliche Stimme handelt?" Ich sah ihn zutiefst erschrocken an und sprach schnell: „Nein, nein ich bin keine Anführerin!" Er lächelte wieder, womit ich momentan gar nicht klar kam. Ich musste mir sogar die Tränen verkneifen. Er hingegen sprach ungehindert weiter: „Ein Anführer wird vom Mentor selbst bestimmt, wobei nur dieser seine Stimme hören kann. Der Mentor kann dem Anführer in schwierigen Situationen gute Ratschläge geben. Und, weiblich oder männlich?" Ich sah ihn gequält an und sagte: „Weiblich. Aber kann ich das Amt nicht dir vermachen?" Er legte mir eine Hand auf die Schulter und sprach ruhig: „Das wird nicht gehen, aber du wirst das hinbekommen. Eine weibliche Mentorin ist sehr selten und ist auch ebenfalls ein gutes Zeichen. Es kann uns nicht hart treffen bei so viel Glück wie wir bereits haben."

Ich schaute auf seinen Arm und meinte genervt: „Hatten wir vorhin nicht etwas klargestellt?" Er zog seinen Arm wieder zu sich. Was blieb mir anderes übrig? Ich sprach weiter: „Clanentstehung? Was genau muss getan werden?" Er sah mich prüfend an. Als ich fragend zurücksah, sagte er: „Ganz einfach. Wir kämpfen als Team gegen andere und wenn wir gewinnen, erhalten wir einen neuen Charakter. Die Aufgabe ist nur seinen Clan zu vergrößern und zu vervollständigen, damit du ein eingeschworenes Team hast und in den nächsten Ebenen gegen stärkere Clans bestehst."

Ich sah ihn überwältigt an. Wo war ich da bloß gelandet? Was machte ich hier nur? *Sei unbesorgt,* sprach die weibliche Stimme in meinem Kopf, *es freut mich, dass du mir nun Gehör schenkst. Ich bin die Mentorin deines Clans und es ist mir eine Ehre dich zur Anführerin gemacht zu haben, denn in dir steckt Talent.*

Der junge Mann sah mich fragend an, als ich für einige Zeit ruhig blieb. Ich erklärte ihm beiläufig: „Unsere Mentorin versucht mir gut zuzureden." Dann schüttelte ich erschöpft den Kopf und sprach weiter: „Eigentlich will ich nur meine Ruhe haben. Ich kann nicht gut mit Menschen umgehen. Ich bin so viel Aufmerksamkeit nicht gewöhnt." Der junge Mann sah mich verständnisvoll an, obwohl er nichts von mir wusste, mich kein Stück kannte. Ich kam mit seiner ehrlichen Freundlichkeit nicht klar und wandte mich kurz von ihm ab. Doch ich wollte ihn nicht verletzen, so wie es die Menschen mit mir getan hatten und so drehte ich mich wieder zu ihm. Ich wollte es besser machen, als die Menschen in meinem vorherigen Leben. Jedenfalls war ich mir sicher, dass ich gestorben war, alles andere verwirrte mich völlig.

Wir schauten uns lange an, weil niemand etwas sagte. Sein Blick war ruhig und geduldig und keineswegs eindringlich. Selbst die Stimme in meinem Kopf war verstummt, nur das Knistern der Fackeln war noch zu hören. Nach kurzem Zögern ergriff der junge Mann das Wort: „Die Gründe dafür möchtest du wahrscheinlich jetzt nicht benennen, oder?" Ich schüttelte den Kopf. „Ich verstehe", sprach er weiter, „wie wäre es, wenn ich dir im Groben die Dimensionen erkläre?" Ich schaute verlegen zu Boden, sah ihn wieder an und sprach: „Gern, ich bin total ahnungslos."

Da war schon wieder sein Lächeln: warm, herzlich und gutmütig. Womit hatte er es verdient mit mir, einer menschenscheuen Gefühlslosen, hier zu landen?

„Das normale menschliche Leben, welches sich auf der Erde abspielt, ist im ständigen Einfluss von entgegengesetzten Kräften. Das Leben, geboren werden, aufwachsen und sterben, ist der normale Lauf auf der Erde und Magie ist von ihr getrennt. Die meisten Menschen haben keine Ahnung, dass es die Dimensionen gibt und überhaupt, sie sind alle ahnungslos wie du. Doch einigen Personen, wie dir und mir, ist durch einen frühen Tod die Möglichkeit des Übergangs, zwischen der Erde zu den Dimensionen, gegeben. In den Dimensionen, also in unterschiedlichen Ebenen, welche an Schwierigkeit zunehmen werden, wird der Kampf zwischen den unterschiedlichen Kräften ausgetragen. Diese Dimension beinhaltet die Kräfte Gut und Böse. Das Gute verkörpert eine Göttin, das Böse ein Gott, welche jeweils mehrere Mentoren haben, die wiederum einen Clan unterstützen. Die Clans treten in Kämpfen gegeneinander an, wobei jeder gewinnen will. Am Ende der Dimension befindet sich ein Thron, von dem momentan das Böse regiert. Das Böse kann demnach auf der Erde seinen Einfluss ausüben, wie es ihm gefällt, ohne dass das Gute es beeinflussen darf. Um dies zu können, müsste das Gute wieder siegen und den Thron besteigen. Erst dann kann das Gute auf die Erde herabsteigen und seinen Einfluss auf die Dinge dort nehmen."

Ich hatte nicht mitbekommen, dass ich die Luft angehalten hatte und ließ diese in einem langen Atemzug entweichen. „Krass und woher weißt du das?", fragte ich verblüfft. Ich dachte nicht einen Moment daran, dass er mir eventuell eine alberne Geschichte erzählen könnte, sondern glaubte ihm aufs Wort.

„Ich hatte viel Zeit, um einige geheime Bücher über Mythologien durchzulesen. Meine Eltern sind reich und können sich seltene Bücher leisten", antwortete er etwas verlegen. Er schwieg einen Moment, wechselte dann plötzlich das Thema: „Ich habe von der Mentorin gesagt bekommen, dass ich kurz den Mund halten soll, weil sie zu dir nicht durchdringen kann."

Ich nickte ihm kurz zu und horchte dann in meinen Kopf hinein. *Endlich erhörst du mich,* sprach die Mentorin erleichtert, *ich hatte schon befürchtet, du hast mich verdrängt. Es ist möglich, die Stimme des Mentors in seinem Kopf zum Schweigen zu bringen, dennoch hoffe ich inständig, dies wird nicht bei uns passieren. Meine Aufgabe ist es nicht, dir Vorschriften zu erteilen, lediglich dir gute Ratschläge zu geben, die du beherzigen kannst. Nun Kind, nimm dein erstes Mitglied deines Clans und geh mit ihm zur nächsten Tür. Versuch mehr in dir zu forschen, dann erkennst du auch dich selbst. Viel Glück.*

Ich wartete, aber die Stimme in meinem Kopf war verstummt. Dann wandte ich mich zum jungen Mann und sprach: „Wir sollen zur nächsten Tür gehen." Er nickte mir zu. Ich tat bereits den ersten Schritt, als er mich am Arm festhielt. Ich starrte ihn fragend an. „Bevor wir das Abenteuer zusammen durchstehen, mein Name ist Amon, und wie heißt du?"

Ich dachte lange nach, aber mir fiel nicht ein, wie mich meine Eltern vor ihrem frühen Tod nannten. Es war zu viel Zeit vergangen. Die Erkenntnis der Namenlosigkeit traf mich schwer. Wer bin ich, wenn ich keinen Namen habe? Durch meine Gedanken hindurch fühlte ich meine Tränen, wie sie meine Wangen hinab rannen. Gleich darauf fühlte ich eine streichelnde Berührung an meinem Arm, Amon verkniff sich sichtlich eine tröstende Umarmung, um mir nicht zu nahe zu kommen. Unter Tränen beichtete ich ihm: „Ich kenne meinen Namen nicht, denn nach dem frühen Tod meiner Eltern wurden mir Schimpfwörter oder „du da" hinterhergerufen." Amon strich mir durchs Haar, was mir völlig ungewohnt und leicht unangenehm vorkam. Er sagte mit ruhiger und fester Stimme: „Das tut mir aufrichtig leid und ich würde dir gern einen Namen geben, wenn es dir nichts ausmacht. Ich glaube, einen Namen zu wissen, der dir gerecht werden wird, der dir steht und mit dem du dich später identifizieren kannst. Ich würde dich Joyce nennen."

Ich wischte mir ein paar Tränen weg. „Hat der Name eine schlimme Bedeutung?" Er lächelte mich warmherzig an und meinte ruhig: „Nein, im Gegenteil. Ich würde dir keinen fiesen Namen geben, das verspreche ich dir."

***

Joyce und Amon setzten sich gemeinsam in Bewegung, um die eine Tür im langen Fackelgang zu finden. „Erklärst du mir noch ein paar Regeln, welche in einem Kampf gelten?", fragte sie während sie neben ihm ging.

Er sah lächelnd zu ihr rüber und erklärte dann anschließend: „Jeder hat eine Gabe und eine Fähigkeit. Bei der Gabe handelt es sich um eine magische Fertigkeit und die Fähigkeit bezieht sich auf eine kriegerische Fertigkeit. Bei einem Kampf stehen sich zwei Clans, im gewissen Abstand, gegenüber und nur ein Clan hat Angriffsrecht, wobei zwei Mitglieder dieses Clans gleichzeitig oder hintereinander angreifen dürfen. Der andere Clan darf sich lediglich verteidigen. Danach wird gewechselt. Es läuft zivilisierter ab, als auf einem Schlachtfeld während eines Krieges, wo alle aufeinanderzurennen."

Er war kaum fertig mit erzählen, da hatte sie schon die nächste Frage: „Und woher weiß ich, was meine Gabe und Fähigkeit sind?" Er blieb plötzlich stehen. „Das probieren wir jetzt aus", sagte er entschlossen. Sie standen vor der einzigen Tür in diesem Flur und er ließ ihr den Vortritt. Joyce öffnete vorsichtig die Tür und warf einen kurzen Blick hinein. Ihr Blick traf auf zwei hochgewachsene Männer, mit jeweils zwei Pistolen in der Hand und sie schmiss die Tür schnell wieder zu.

Überwinde deine Vergangenheit und die daraus resultierenden Ängste vor Pistolen. Sie können angreifen, werden euch aber nicht töten, das kann ich dir versprechen. Amon wird dir beistehen und dir alles erklären. Du hast einen klugen Mann an deiner Seite, dem du dein Vertrauen schenken kannst. Ihr werdet, sobald ihr den Raum betretet, die Aufgabe allein lösen. Viel Erfolg!

Angsterfüllt sah sie zu Amon, der geduldig auf eine Antwort wartete. Sie atmete einmal tief ein und aus und sprach dann in einem halbwegs ruhigen Ton: „Unsere Mentorin überlässt uns die Herausforderung, welche eher an mich gerichtet ist, scheint mir. Da drinnen stehen zwei Männer mit je zwei Pistolen. Die Mentorin meinte, sie greifen vielleicht an, aber sie werden uns nicht töten."

Er schaute sie siegessicher an und meinte: „Und, wo liegt das Problem?" Sie atmete erneut tief ein und aus, bevor sie weitersprach: „Als ich in die Grundschule ging, wurde bei uns eingebrochen. Ich konnte nicht schlafen, hatte mich zwischen der Couch und einer langen Gardine versteckt und bekam das ganze Geschehen mit. Ich habe mitangesehen, wie zwei Einbrecher mit Pistolen meine Eltern erschossen haben."

Völlig geschockt sah er sie an, wobei seine Augen größer und sein Mund geöffnet waren. „Oh mein Gott, wie schrecklich!", rief er. „Kannst du meine Angst verstehen, der ich mich jetzt stellen soll?", fragte sie ihn. Sein Blick wurde ernst und mit ruhiger Stimme versuchte er ihr Mut zuzureden: „Dieses Ereignis war unumstritten grauenvoll und unverzeihlich, aber deine Angst musst du überwinden, was nicht heißt, dass du dieses Ereignis vergessen sollst, denn alles, was dich nicht umbringt, macht dich stärker. Auf mich kannst du dich verlassen, auch wenn das Gefühl des Vertrauens für dich fremd sein könnte, aber ich lass dich nicht im Stich."

Entschlossen nahm er ihre Hand und sie betraten gemeinsam den Raum. Sie war froh über seinen Mut, denn dieser reichte für sie zwei.

***

Bevor ich noch etwas sagen konnte, zog er mich in den Raum, vor dem wir gestanden hatten. Mein Gehirn konnte nicht so schnell reagieren, wie meine Beine, die nur ihre Aufgabe erledigten. Fünf Meter von uns entfernt, standen zwei haushohe Männer mit jeweils zwei Pistolen, die diese nun anhoben und zielten. Ein eiskalter Schauer lief mir den Rücken hinunter, gleichzeitig versteifte sich mein Körper, ich wurde kreidebleich und Angst ergriff mich. Amon schien dies nicht zu entgehen, er nahm meine Hand, wobei er sagte: „Versuch dir eine Waffe vorzustellen, welche du in deiner Hand materialisieren lässt. Diese Waffe ist deine kriegerische Fähigkeit, welche du ohne Grundtraining perfekt führen kannst."

Ich sah mit an, wie in seiner Hand ein Schwert auftauchte und meine Augen folgten seiner Handlung. Er lief einem der beiden Männer entgegen, stieß ihm das Schwert in den Leib, woraufhin der Mann die Pistole fallen ließ, zu Boden ging und sich auflöste. Dann kam er auf mich zugelaufen, wobei er sprach: „Den anderen musst du erledigen. In diesem Kampf probiert jeder seine Fertigkeiten aus." Ich schloss die Augen, wobei mir viele Waffen durch den Kopf gingen. Woher wusste ich, welche die meine ist? „Konzentriere dich", drang seine Stimme ruhig an mein Ohr. Ich stellte mir nacheinander einen Dolch, Pfeil und Boden, Speer, eine Axt und ein Schwert vor, aber weder in meiner Hand tauchte eine Waffe auf, noch konnte ich sagen, zu welcher Waffe ich mich mehr hingezogen fühlte, denn alle waren für mich gleichermaßen im Kopf erschienen. „Beeil dich", sagte er nun etwas drängender. Ich öffnete die Augen und sah mit an, wie der verbliebene Mann mit seiner Waffe auf Amon zielte und plötzlich schoss. „Nein!", schrie ich und die Kugel traf nicht mich, sondern Amon. Ich fing seinen herabfallenden Körper in der Luft auf und kniete nun neben ihm. Die Kugel hatte ihn an der Seite getroffen, wobei das Blut bereits aus der Wunde trat. Er soll sich nicht in Luft auflösen, schrien meine Gedanken. Hilflos tat ich das Einzige, was ich immer getan hatte und was nun intuitiv mich ergriff: Ich sang.

Heil um uns geht,
Heilung der unseren, seht
das Tribut der Freude,
tut auch Leid zu ertragen.
Die Wunde wird heilen,
im Winde weg eilen.

Amon richtete seine Augen auf mein Gesicht, wobei mir verlegen auffiel, dass ich seine Hand hielt. „Danke, das Lied hat mir neue Energie gegeben. Keine Sorge, so schnell scheide ich nicht aus einem Kampf aus. Der Anführer muss erst zum gewissen Grad geschwächt werden, bevor seine Mitglieder verwundbar sind und Schaden davontragen können. Sieh doch, meine Schusswunde hat sich bereits geschlossen. Darüber hinaus stirbt vorerst keiner, denn ein Clan kann zwei Mal hintereinander verlieren, bevor dieser die Dimension verlassen muss. Dazu muss gesagt werden, dass bei einer Niederlage der Clan auf ein bereits hinter sich gebrachtes Level zurückgestuft wird. Nun richte ein kämpferisches Lied auf den letzten Mann und wir haben gewonnen."
Wir halfen uns gegenseitig empor. Als ich wieder stand, versuchte ich krampfhaft ein passendes Lied zu finden. Durch meine Gedanken hindurch hörte ich einen weiteren Schuss und ein schmerzvoller Blitz durchzog mein Bein. Der pistolenbewaffnete Mann hatte wieder geschossen, diesmal auf mein Bein und er ließ noch einen

Schuss aus der Pistole entweichen. Dieser Schuss wurde von Amon abgewehrt, der plötzlich ein massives Schild in der Hand hielt und uns etwas abschirmte. Dann stimmte ich endlich ein Lied an.

Der Schurke.
Sieh wie er da lieg,
der auf dem Boden lieg´,
wie eine Gurke.
Unser Sieg.

Als ich endete, löste sich der gegnerische Mann bereits in Luft auf. Amon verkniff sich ein Lachen. „Für den Anfang nicht schlecht, aber nicht das idealste Lied. Dennoch Glückwunsch, deine magische Gabe ist der Gesang." Ich wollte es ihm gleichtun: „Deine kriegerischen Fähigkeiten sind ein Schwert und ein Schild. Ich gratuliere dir ebenfalls." Er schaute mich nachdenklich und ernst an, wobei ich das Gesagte bereute, es kam mir plötzlich falsch vor, bis er endlich sprach: „Dass es sich um zwei Waffen handelt ist sehr ungewöhnlich." Er schloss konzentriert die Augen und in seiner Hand erschien eine Langaxt. Amon öffnete wieder die Augen, schaute die Waffe an, während er sie drehte und sprach dann zur Waffe gewandt: „Ich hatte recht." Dann sah er mich an und ich schaute fragend zurück. „Meine kriegerische Fähigkeit beschränkt sich nicht nur auf eine spezielle Waffe. Ich habe wohl zu vielen kriegerischen Waffen Zugang und kann mich ihrer bedienen." Ich schaute ihn weiterhin stumm an. Er dachte nach, was ich an seinen Augenbrauen sah, welche sich leicht zusammengezogen hatten. „Nein", sagte er schließlich, „das ist nur eine Theorie, welche sich nicht bewahrheiten muss. Wir sollten beide einfach weiterüben."

Die Sprache kehrte zu mir zurück und ich erkundigte mich: „Was meinst du?" Er sah mich verlegen an und sagte dann schließlich: „Du hast deine kriegerische Fähigkeit noch nicht entdeckt, womöglich hast du keine erhalten. Es könnte sein, dass ich sozusagen deine Fähigkeit übernommen habe und dadurch mehrere Waffen herbeirufen kann. Das müsste auch heißen, dass ich keine magische Gabe ausgebildet habe und du dafür eine sehr mächtige Gabe erhalten hast. Wir ergänzen uns sozusagen. Du hast die Gabe und ich die Fähigkeit. Diese unglaubliche Vermutung äußere ich nur aus einem Grund: wir sind nebeneinander erschienen und das hat etwas zu bedeuten." Darauf sagte ich: „Du bist dir nicht ganz sicher, darum schlage ich vor, wir geben unsere unentdeckten Fertigkeiten nicht auf. Wir stehen erst ganz am Anfang und ich bin mir sicher, dass durch weitere Aufgaben auch unsere Erfahrung wachsen wird."

Er lächelte mich an und sagte: „Du klingst jetzt schon wie eine Anführerin." Ich schaute beschämt weg und sprach abgewandt: „Tut mir leid, ich wollte mich nicht allwissend aufführen." Amon trat näher an mich heran, so dass seine Brust meinen Arm berührte und sprach ruhig: „Du verstehst das falsch. Deine Worte waren weise gewählt, welche mir Mut zusprachen. Du bist eine gute Anführerin." Bei seinen Worten fühlte ich mich gleich besser.

Gemeinsam verließen wir wieder den Raum, folgten gesprächslos dem Gang und erreichten kurzer Hand eine Wendeltreppe aus Metall. Diese führte durch einen kleinen Schacht empor. „Ich werde zu deiner Sicherheit vorgehen", sprach Amon gentlemanlike. Mir gefiel seine warme Art sich um mich zu kümmern, weil er es anscheinend mit mir aushielt. Er zeigte keinerlei Abscheu oder genervtes Verhalten, weil ich mich schon so lange in seiner Anwesenheit befand.

Amon hatte bereits das Treppenende erreicht, als er kurz stehen blieb. Ich befand mich ein kleines Stück von ihm entfernt, als er mir zuflüsterte: „Mach dich bereit." Sofort schoss das Adrenalin in meine Adern und mein Herzschlag beschleunigte sich. Es würde jetzt richtig losgehen.

„Komm näher, Anführer", rief eine männliche Stimme. „Wir wollen dich besiegen, um wieder aufsteigen zu können." Ich nahm Joyces Hand, zog sie an mich und während wir uns in die Mitte des Raumes bewegten, flüsterte ich ihr leise zu: „Die zwei sind keine starken Gegner, sie wurden anscheinend gerade besiegt und halten mich für den Anführer." Die gegnerische und vermutlich aus Japan stammende Frau erhob ihre tiefe Stimme: „Ruhig, Caleb Timothy." Joyce wirkte leicht nervös. „Wir müssen siegen, denn das scheint mir die erste Stufe zu sein."

Joyce blieb stehen, wobei ich mich einen Schritt vor ihr positionierte. Sie sprach mit fester und ruhiger Stimme: „Ich bin die Anführerin Joyce und wir werden euch nicht kampflos das Feld überlassen." Als sie endete, fügte ich hinzu: „Den Verlierern gebührt der erste Zug." Die japanische Gegnerin, mit der tiefen Stimme, welche neben dem Mann, dessen Name Caleb Timothy war, musterte Amon tiefgründig. Joyce bekam ein komisches Gefühl, während sie Amon musterte. Dann sprach sie, in einem schlechten Deutsch: „Ich kenne Spielregeln, daran du mich nicht erinnern."

Ich hatte dies erwähnt, um Joyce eine Peinlichkeit zu ersparen. Caleb Timothy legte seine Hand auf ihre Schulter und plapperte fröhlich drauf hin: „Katana, wir sollten langsam anfangen die Plauderstunde zu beenden." In der Hand der Japanerin erschien ein Schwert, während sie zwischen zusammengebissenen Zähnen fauchte: „Fass nicht an!"

Statt das Schwert gegen Caleb Timothy zu richten, setzte sich Katana plötzlich in Bewegung und steuerte, in einem enormen Tempo, direkt auf Joyce zu. Mit einem massiven Schild sprang ich elegant vor Joyce und konnte den Angriff ohne Probleme abwehren. Der Pfeil, den Caleb Timothy mit seinem Bogen schoss, verfehlte mein Schutzschild, woraufhin ich mich erschrocken zu Joyce umsah. Sie konnte sich mit einem Sprung zur Seite retten, blieb jedoch auf dem Boden sitzen. Ich eilte zu ihr. Joyce weinte heftig, schrie etwas und hatte den Kopf in die Hände gelegt, den sie nun anfing zu schütteln. Entsetzt fasste ich ihren Arm und rief: „Was ist los?" Weinend zeigte sie auf Katana und sprach leise unter Tränen: „Ich glaube, sie greift mich an."

Ich sah auf und erblickte Katana mit erhobenen, ausgestreckten Armen, welche in unsere Richtung zeigten. Nun drehte sie leicht die Hände in die Mitte und zu meinen Füßen begann Joyce aufzuschreien.

„Unser Zug ist doch bereits vorbei", flüsterte Caleb Timothy zu seiner Anführerin Katana. Diese zuckte nur mit den Schultern und drehte erneut ihre Hände leicht nach innen, worauf Joyce neben mir lauter schrie und sich auf dem Boden ruckartig umdrehte. Wutentbrannt ließ ich in meiner Hand eine Langaxt erscheinen und rannte in Angriffsposition auf Katana zu. Joyce hörte schlagartig auf zu schreien, weil Katana die Hände sinken gelassen hatte. Kurz bevor ich bei ihr ankam, um ihr die Langaxt in den Körper zu schlagen, erschien aus dem Nichts ein kleiner Mann mit einem weißen T-Shirt, der im nächsten Moment in eine Trillerpfeife blies und die freie Hand hob. Abrupt stoppte ich einige Zentimeter vor Katana und sah zu dem kleinen Mann.

Mit seiner leisen Stimme rief er durch den Raum, wobei dies normal laut erklang: „Ein absichtlicher Regelverstoß wird im Namen der Götter nicht gestattet. Dies führt zum Sieg des gegnerischen Clans." Augenblicklich verschwand der kleine Mann wieder. „Nein, nichts wahr!", schrie Katana. Ich gesellte mich an die Seite von Joyce, die bereits wieder aufgestanden war. „Alles in Ordnung bei dir? Was war denn passiert?", fragte ich besorgt.

Joyce nahm meine Hand und sah mir in die Augen. „Ich habe so viele Fragen an dich." Ich lächelte sie warmherzig an und sprach mit ruhiger Stimme: „Alles zu seiner Zeit."

***

In meinem Kopf erklang die Stimme der Mentorin: *Offensichtliche Verstöße gegen die Kampfregeln werden von den Göttern nicht gern gesehen. Es geht immerhin um die Eroberung des Throns. Joyce, suche nun mit gutem Gewissen und deinem Gefühl für Empathie ein weiteres Mitglied für deinen*

Clan aus. Gebe Acht, deine Wahl steht fest, sobald du sie aussprichst. Eine Änderung danach ist nicht mehr möglich.

Nachdem ihre Stimme verklang, richtete ich meinen Blick auf Amon und erklärte ihm: „Meine Aufgabe ist es nun, ein weiteres Mitglied des Clans festzulegen." Er drückte einmal meine Hand und antwortete: „Hör einfach auf dein Herz, es wird dir den Weg weisen." Caleb Timothy und Katana gingen die Treppe hinunter und an einer Wand standen plötzlich zwei Mädchen. Mit Amon näherte ich mich den beiden unterschiedlichen Mädchen, wobei sich die eine neugierig umsah, die andere positionierte ihre Schokoladenseite nach vorn und schaute uns arrogant an.

Nachdem diese fertig war ihren Körper in Szene zu setzten, sprach sie in einem hellen Ton: „Mein grandioser Name ist Mallory, ich liebe Mode und Luxus und meine Freunde sind unzählbar. Oh mein Gott, euer Geschmack für Mode ist unübertrefflich scheußlich, aber ich kann euch helfen. Eine Stimme sprach zu mir, dass ich Magierin bin. Im Moment bin ich in keiner Streberclique und suche dringend nach Gefolge. Wenn ihr mich nehmt habt ihr mich in eurem Club."

Schweigend drehte ich mich zu dem anderen Mädchen um, welches nun leicht nervös wirkte und mit ihren Händen spielte. Sie grinste mich verlegen an, stellte sich dann gerade hin und sprach schnell: „Ja also, ich heiße Lyra und habe noch keine Idee, was meine Gabe und Fähigkeit sein könnten."

Gehässig lachte Mallory auf und sprach abwertend: „Kein guter Start, Liebes. Keine überzeugenden Fertigkeiten. Kein Geschmack oder gar Stil. Klarer Sieg für mich, wie zu erwarten." Lyra sah geknickt zu Boden. Daraufhin sprach ich schnell: „Als Anführerin dieses Clans wähle ich Lyra, denn sie überzeugte mich mit ihrer Menschlichkeit." Da blickte Lyra überrascht auf und lächelte mich dankbar an.

Im Gegensatz zu Mallory; ihr Blick verfinsterte sich schlagartig und sie presste zwischen zusammengebissenen Zähnen heraus: „Ich werde den perfekten Clan finden, in eine Liga aufsteigen, welche mir würdig erscheint und dann werde ich euren kleinen Haufen zermalmen und du wirst dir wünschen, damals anders gewählt zu haben."

Mit hocherhobenem Kopf und einer modelähnlichen Drehung setzte sie zum Abgang an, stolzierte auf ihren Plateauschuhen in die Richtung der Wendeltreppe, stieg diese bewusst langsam hinab, um die letzten Anblicke, welche von uns auf sie gerichtet waren, mit ihrem Körper noch einmal elegant in Szene zu setzten. „Endlich ist dieses Modemonster weg", sagte Lyra. Amon nickte zustimmend. „Okay, kommen wir nun zu den Fragen, welche mir die ganze Zeit durch den Kopf schwirren. Was für Regeln gibt es noch, welche ich nicht brechen darf? Von welchen Göttern war die Rede? War das eben eine Art Schiedsrichter? Was war das für ein Angriff von Katana? Warum ist der Ort eine Art Burg? Was wird als nächstes kommen? Wie viele Mitglieder kann ein Clan haben? Mein Kopf tut gerade weh."

Amon fasste mit beiden Händen fest meine Arme und sprach ruhig: „Hol erst einmal Luft, Joyce. Ich weiß, das alles ist wahrscheinlich zu viel auf einmal, aber ich werde dir alles in Ruhe erklären." Da ergriff Lyra das Wort: „Ich weiß zwar nicht, was davor passiert ist, aber ja, in dieser Dimension gibt es den Gott Emmet, der das Böse verkörpert und die Göttin Candida, welche für das Gute steht. Die jeweiligen Clans tragen den Kampf zwischen Gut und Böse aus, welche durch Regelmeister überwacht werden. Der endgültige Sieg, welcher dem Gott des jeweiligen Clans erlaubt den Thron zu besteigen, muss rechtskräftig sein. Auf den Rest, weiß ich keine Antwort." Ich seufzte und sprach: „Offensichtlich weiß jeder mehr als ich. Wieso bin ich die Anführerin geworden?"

✳✳✳

„Wie hat die Gabe von Katana bei dir gewirkt?", fragte ich Joyce neugierig. Sie antwortete: „Ich habe die Ermordung meiner Eltern erneut mit allen Sinnen miterlebt, es war so, als wäre die Zeit zurückgedreht worden und ich befände mich wirklich im ehemaligen Wohnzimmer. Es war grauenhaft meine Eltern erneut zu ver-

21

lieren." Lyra zeigte plötzlich auf eine Tür, welche vorher noch nicht dagewesen war. „Ich werde zuerst durch die Tür gehen", sagte ich entschlossen. Plötzlich war Lyra weg. „Lyra?", rief Joyce leicht verwirrt und danach lauter: „Lyra!" Gemeinsam rannten wir auf die geschlossene Tür zu, wobei Joyce hinter mir blieb und ich mit einem Schwert an der Spitze bereit war für alles, was kommen mochte. Kampfbereit riss ich die Tür auf und wurde augenblicklich von einer langen Kletterranke ergriffen und in die Luft gehoben, wobei mein Schwert zu Boden fiel. Da erblickte ich Lyra, welche sich mit ihrer Gabe des Beamens immer wieder aus einer weiteren Ranke, welche sie ergriff, befreite, erneut gefangen wurde und sich wieder befreite. Auf dem Boden stand ein Mädchen mit mintgrünem Haar, welche zu Lyra schrie: „Halt endlich still, ich will nur in Ruhe mit dir reden." Ich versuchte mit einem Dolch die Ranke zu berühren, was mir nicht gelang, da meine Arme gegen meinen Körper gepresst wurden. Dann erblickte ich Joyce, welche sich hinter der Tür verborgen hielt und konnte beobachten, wie sie ihre Lippen bewegte.

**

Ich versuchte meine Stimme fest und entschlossen klingen zu lassen, als ich den Text sang, in der Hoffnung, ich würde den Raum betreten können, ohne ebenfalls hängend in der Luft festzusitzen.

Wilde grüne Ranken.
Rettet, von mir weg wanken.
Verschone meinen Clan,
das ist mein Plan.

Die grünen Pflanzenranken um Amon und Lyra lösten ihren Griff und die beiden landeten sicher auf dem Boden. Ich fügte einen weiteren Textteil hinzu.

Pracht der Natur.
Pur die Macht, die dich füllt.
Ranke, welche sich um dich hüllt.
Schranke, die dich aufhält.
Verstand, der dein Inneres aufhellt.

Als ich nun direkt vor ihr stand, war sie es, die von einer Ranke in der Höhe festgehalten wurde. „Du hast mich mit meinen eigenen Waffen geschlagen, doch Angst verspüre ich in meiner beklemmenden Lage nicht vor dir." Mit ruhiger Stimme sprach ich zu ihr: „Das war nie meine Absicht. Als Anführerin dieses noch kleinen Clans sind mir andere Dinge wichtig." Ich stimmte noch einmal das Lied an, um ein Ende zu finden.

Nieder wieder auf die Erde,
Mitglied dieser Herde.
Nur wenn sie stets aufrichtig und ehrlich ist,
wenn die Menschlichkeit überwiegt,
und das Böse mit uns besiegt,
füge dich in die Reihe,
so wird aus dem Laie ein Held.

Ich trat noch näher zu dem Mädchen, welches sich nun wieder auf dem Boden befand. Die grüne Ranke hatte, während ich die Zeile sang, das Mädchen auf den Boden gesetzt und sich aufgelöst. „Wie heißt du?", fragte ich sie freundlich. „Mein Name ist Cloé und ich gehöre noch keinem Clan an. Meine Gabe ist die Beherrschung oder besser gesagt die Beziehung zum Element Erde und während ich hier übte, erschien plötzlich dieses Mädchen", antwortete sie und zeigte auf Lyra, ich brauchte nicht hinzusehen, um zu wissen, auf wen sie zeigte.

Amon trat schweigend an meine Seite. Seine bloße Anwesenheit war wohltuend. Die weibliche Stimme erklang herzlich in meinem Kopf, wobei mir nicht auffiel, dass wenn sie mit mir sprach, ich immer reglos auf einen Punkt starrte, als hätte ich den Raum geistig verlassen. Doch Amon war diese Situation schon vertraut, weshalb er einen Zeigefinger auf seine Lippen legte, um den anderen zu signalisieren, dass sie leise sein sollten.

Ich habe dir Cloé geschickt, weil du sie brauchen wirst. Sie ist ebenfalls ein taffes Mädchen, welchem du vertrauen kannst. Ich habe ein gutes Gefühl bei ihr.

Ich musste leicht lächeln. „Erzähl uns die Mitteilung der Mentorin", bat Amon freundlich, wie immer. „Eine Mentorin?", fragte Lyra erstaunt. Ich nickte und sagte dann: „Die Mentorin schickte dich zu uns und sie hat ein gutes Gefühl, was dich angeht, Cloé. Sie sagte, du seist ein taffes Mädchen. Wenn du nichts dagegen hast, bist du auch meinetwegen Mitglied von diesem Clan."
Sie lächelte zurückhaltend und antwortete: „Ich wäre sehr gern deine Kriegerin." Amon verdrehte die Augen und sagte neckisch: „Noch ein Mädchen." Ich meinte zu ihm gewandt: „Du wirst es überleben, Amon." Er legte seinen Arm um meine Schulter und antwortete: „Schon, aber ich werde noch männliche Unterstützung brauchen, um euch Mädchen beschützen zu können." Da mischte sich Cloé ein und sagte überzeugt: „Manche können sich auch um sich selbst sorgen." Ich wischte Amons Arm von meiner Schulter und unterbrach sie beide mit fester Stimme: „Nein, wir sind ein Clan! Jeder trägt Verantwortung für den anderen und Vertrauen ist die Grundlage. Amon, du wirst dich damit abfinden müssen, dass dich auch einmal ein Mädchen beschützen wird. Zusammen sind wir stark, Alleinkämpfer kommen nicht weit."
Für einen kurzen Moment herrschte Stille. Ich hatte sie anscheinend beeindruckt und mich selbst auch. Das hatte gerade ich selbst gesagt? „Sag mal, wie lange bist du schon Anführerin?", fragte mich Lyra. Ich atmete tief durch, denn ich hatte das Gefühl, einen langen Atem für diese Geschichte zu brauchen. „Seit heute, seit mein Neuanfang begann. Ich versuche meine Vergangenheit abzulegen und meine neue Aufgabe gut zu erfüllen. Gebt mir bitte etwas Zeit, damit sich meine Persönlichkeit weiter entfalten kann."

Das waren ganz neue Töne von mir. War ich immer noch dieselbe? Ich war jetzt zwar Anführerin, aber konnte das mich nach so kurzer Zeit wirklich schon verändert haben? Wer war ich in Wirklichkeit?

***

Ich war zwar noch das jüngste Mitglied des Clans, aber ich konnte die enge Verbindung zwischen Amon und Joyce regelrecht spüren. Diese Bindung bestand nicht aus einer reinen Freundschaft oder Verliebtheit heraus, sie war eher extrem magisch, wie eine Bestimmung, welche unumkehrbar war. Die beiden stellten den Grundbaustein dar, wobei Lyra und ich diesen erweiterten, als eine Art Ring, welcher noch wachsen würde.

Ich verscheuchte kurzerhand die hypothetischen Gedanken, denn Lyra sprach mich an: „Sag mal, wozu ist dieser Raum eigentlich gut?" Amon ergriff vor mir das Wort und sagte schnell: „Zum Trainieren." Joyce ging in die Mitte des Raumes und drehte sich danach zu uns um.

„Wie kann man seine beiden Fertigkeiten herausfinden? Ich weiß zum Beispiel noch nicht, welche Waffe zu mir gehört." Ich antwortete ihr: „Und mir ist meine Gabe noch nicht bekannt, denn ich nehme an, das Element Erde sei meine kämpferische Fähigkeit." Auf einmal fingen Amon und ich an, untereinander über das Thema laut zu diskutieren. „Hey Leute", mischte sich Lyra ein, „ich denke alle werden noch Fragen an sich selbst haben." Auf einmal schauten wir alle auf Joyce, welche mit starrem Blick auf eine Wand schaute. Amon trat an sie heran und berührte fast unmerklich mit seiner Hand ihren Arm. „Was sagt sie?", wollte ich leise wissen. Einen Moment blieb es still, dann schien Joyce sich wieder in dem Raum zu befinden, denn ihr starrer Blick löste sich. Sie sah mich und Lyra an. Dann blickte sie zu Amon, der ihr aufmunternd zulächelte.

„Die Mentorin sprach von Dingen, von denen ihr gar nichts ahnt." Es wurde wieder still. Joyce erzählte: „Zu allererst müsst ihr mir versprechen, das, was ich euch gleich sagen werde, für euch zu behalten. Es ist von enormer Wichtigkeit, dass dies in unserem kleinen Kreis ein Geheimnis bleibt. Vielleicht sogar vor weiteren Mitgliedern dieses Clans." Es wurde still in der kleinen Runde. In allen Gesichtern sah ich die Ernsthaftigkeit. Ich nickte als Erste, gefolgt von Amon und letztlich Lyra. Dann fuhr Joyce fort: „Unsere Mentorin ist Candida, die Göttin des Guten persönlich. Ich fühle mich zutiefst geehrt den persönlichen Clan der Göttin anführen zu dürfen, denn dies ist der erste Clan eines Gottes. Üblich sind Mentoren, welche jeweils einen Clan leiten und für einen Gott arbeiten. Doch dass ein Gott einen Clan hält ist etwas ganz Besonderes. Dies muss ein Geheimnis bleiben, hört ihr?"

Erneut nickten alle ernsthaft. Keiner traute sich etwas zu sagen. Nach einer Weile setzte Joyce erneut an: „Sie würde uns gern allen helfen, doch sie sagt, sie könnte nicht allen unsere Gaben und Fähigkeiten sagen, denn einige müssen selbstständig entdeckt werden, um die Zukunft positiv zu beeinflussen." Joyce wandte sich zu Lyra und sprach weiter: „Lyra, deine Gabe ist das Beamen, das hast du bereits entdeckt. Deine Fähigkeit ist der Nahkampf, der waffenlose Kampf ist dein Talent."
Danach wandte sie sich wieder zu uns allen um und erzählte: „Zu mir sprach sie, dass ich keine Hingabe zu einer Waffe habe. Ich könnte durch ein Training mir Grundkenntnisse aneignen, aber die Anlage für die Führung einer besonderen Waffe besitze ich nicht. Meine Stärke läge in der Verteidigung, ich sei robust, welches eine gute Eigenschaft für eine Anführerin sei." Da nickte Amon zustimmend. Joyce redete weiter: „Die Gaben von Amon und Cloé konnte sie mir nicht sagen, denn ihr werdet sie im richtigen Moment erfahren. Ihr sollt auf euer Herz hören, das wisse die Gabe schon. Der günstige Augenblick wird in euch die Erkenntnis wachrufen. Nun habe ich euch die Mitteilung der Mentorin erzählt." Als ihre Stimme verklang herrschte absolute Stille. Es schien, als machte sich jeder seine Gedanken zu dem Gesagten, einschließlich mir.

Nach einem intensiven Training der individuellen Fertigkeiten, verließ der Clan gestärkt den Raum. Joyce hatte sich gedanklich mit Reimen beschäftigt und der restliche Clan mit körperlichen Übungen. Die kleine Truppe marschierte in einem gemütlichen Tempo den versteinerten Gang entlang, wobei sie nach einer Weile erneut auf eine Wendeltreppe stießen, welche steil nach oben führte. An der Spitze stieg Amon, gefolgt vom restlichen Clan, die Wendeltreppe empor.

Über ihnen wurde es hell, bis schließlich alle an der frischen Luft auf einem flachen und offenen Burgturm standen. Im ersten Moment nahmen sie die Sonne wahr, welche warm von oben herab schien. Der Himmel war wolkenlos und ein warmes, laues Lüftchen wehte leicht. Im zweiten Moment hörten sie einen nicht sichtbaren Wald rauschen und Vogelstimmen erklangen leise. Der Clan sah sich erstaunt um und realisierte die gigantische Größe der Burg. Mehrere flache und offene Burgtürme waren zu sehen, welche durch Burgmauern verbunden waren. „Sind Sonne, Vögel und Wald illusionierte Effekte oder Wirklichkeit?", fragte Cloé nach einer kleinen Pause. Joyce äußerte ihren Verdacht: „Der Schein trügt, wie man häufig sagt. Doch dort drüben auf der Burgmauer kann ich schon einige Krieger sehen. Diese werden dort wohl wirklich stehen und auf uns warten."

Aus einem geschlossenen Burgturm kamen plötzlich fünf Männer heraus, welche sich auf der Burgmauer nahe ihres Clans sammelten. Amon rückte in den Hintergrund des Clans und übernahm durch ein Nicken von Joyce die Führung. Seine Aufgabe als Scheinanführer war es, in einem Kampf die Aufmerksamkeit von Joyce, als die wahre Anführerin, auf sich zu ziehen. Die fünf Männer erblickten den Clan von Joyce und gingen nun in ihre Richtung. Lyra flüsterte aufgeregt: „Der Clan gehört dem Guten an." Joyce nickte und sprach leise: „Ich kann das Gute in ihnen auch fühlen." Der Clan der fünf Männer näherte sich und blieb schließlich vor ihnen stehen. Amon fiel der aufdringliche Blick eines Mannes auf, welcher die ganze Zeit Joyce musterte, was ihm gar nicht gefiel.

Danach sprach er kurz mit dessen Anführer und dieser nickte nur leicht.

Der Anführer stellte sich nun an die Spitze und sagte ruhig und ernst: „Sei gegrüßt Clananführer des Guten. Salvador, mein Dichter, möchte ein Duell. Sein Wunschpartner wäre diese Dame", sagte er und wies in Joyces Richtung. Amon erwiderte ruhig: „Ihre Gabe ist der Gesang, was in der Tat ginge, dennoch möchte ich zunächst kurz mit ihr reden, wenn das recht wäre." Der Anführer nickte zustimmend. Amon verzog sich kurz mit Joyce ans Ende des Burgturms hinter ihren Clan und sagte leise zu ihr: „Der Angriff darf in diesem Fall nur durch seine Gabe erfolgen. Wenn du zusagst soll ein Schiedsrichter hinzukommen. In der Regel muss der Verlierer ins gegnerische Team gehen, so dass wir dich verlieren könnten. Überlege dir daher gut, ob du zusagen möchtest."

Joyces Blick war danach für eine sehr kurze Zeit auf einen Punkt gerichtet, so dass Amon geduldig abwartete. Es sah für den anderen Clan so aus, als würde Joyce nur kurz nachdenken. Dann richtete sich ihr Blick auf Amon und sie sagte: „Ich nehme die Herausforderung an."

***

Die Mitte des Burgturms wurde für die zwei Duellanten freigemacht und der gegnerische Anführer rief einen Schiedsrichter herbei, was Amon freute, denn ihn hätte keiner erhört. Dieser Schiedsrichter war ein großer und schlanker Mann, an die zwei Meter groß und ebenfalls im weißen Stil gekleidet. Er fing gleich an zu erklären: „Das Duell zwischen zwei Clans des Guten kann beginnen. Salvador, Gabe der Dichtkunst, fordert Joyce mit der Gabe Gesang heraus." Woher wusste er ihren Namen?

Der Schiedsrichter sprach ununterbrochen weiter: „Für die ersten beiden Runden wird ein Thema von mir festgelegt, die letzte Runde ist Freestyle, was bedeutet, dass ein beliebiges Thema gewählt wird. Die Dame beginnt. Die erste Runde steht unter dem

Thema Kampf. Viel Erfolg." Ich machte mich sichtlich bereit und
setzte kurze Zeit später ein Lied an.

Ich hab die Ängste überwunden.
Ich habe keine Angst vor dem Sturm,
ich lerne mich kennenzulernen.
Ich muss nicht immer der Sieger sein,
doch wenn ich will, bin ich der König.
Ich bin stark genug allein zu sein.
Es geht weiter, wenn ich spring,
ich kann plötzlich fliegen wenn ich sing.
Ich muss nicht immer der Sieger sein,
doch wenn ich will, bin ich der König.
Ich hab die Feinde überwunden
und ich lade meine Freunde ein.
Dann gibt es nur Champagner und Wein.
Ich muss nicht immer der Sieger sein,
doch ist es fein, mal König zu sein.
Ich lebe nach meinen Träumen und
Regeln, denn es gibt nur ein Leben
und ich will jetzt endlich König sein.

Als ich geendet hatte, sagte der Schiedsrichter: „Das war ganz okay.
Nun zeig uns, was du kannst, Salvador." Ich hatte beim Singen
nicht bemerkt, dass sich Salvador Notizen gemacht hatte, welche
er nun vortrug.

Gelungen ist ihr Gesang
Gedrungen ist's mir, als sei's gefang.
Kämpfe um zu sein frei
Dämpfe du dein drei
Der Übermut, gut nur selten
Die Ungeduld, musst du schelten
Das Unbehagen, nicht dich bringen zum Zagen,
musst Dinge auf dem Schlachtfeld wagen,

Singe, fällt Schwachheld in jeglichen Lagen.
Krieg, blutrünstige Gestalten
Sieg, glutgünstige Gewalten
Heb du die weiße Fahne.

„Nicht schlecht", lobte der Schiedsrichter begeistert und notierte sich etwas auf einem kleinen Block. In mir kochte etwas Eifersucht hoch und ich wusste, ich konnte es noch besser. Dann blickte der Schiedsrichter von seinem Block auf und verkündete: „Für die zweite Runde lautet das Thema Verlust. Joyce, bitte fang auch diesmal an." Ich überlegte nicht lange und stimmte mit passender Emotion in der Stimme mein nächstes Lied an.

Mein kleiner Glasengel sitzt in einer schillernden Seifenblase.
Wird jeder Schutzengel eines Tages zum Glasengel?
Die Vergänglichkeit absehbar, noch trotzt er jeder Veränderung.
Das Leben tanzt nach der ganz eigenen Musik.
Ein steinharter Untergrund nimmt meinem schwebenden Engel seinen Sieg.
Leben heißt Veränderung, auch traurige Entwicklung ertragen.
Bricht jeder Glasengel in die Unendlichkeit?
Kristallsplitter überweilen, im Gegensatz zur Seifenblase.
Das Ebenbild ist entstellt, wie die Blume verwelkt.
Finde ich Freude, find ich Ruh und einen neuen Engel hinzu?

Ich ließ das Lied enden und schaute neugierig zu dem Schiedsrichter. Dieser fing plötzlich an den Kopf zu schütteln. Ich war schockiert. Dann sagte der Schiedsrichter lässig: „Themaverfehlung. Dieser Text ist passend zum Thema Liebesschmerz."
Ich sah ihn leicht zornig an und sprach so ruhig es ging: „Weshalb? Wegen eines Verlustes." Der Schiedsrichter lächelte leicht und sagte ruhig: „Wir sind Krieger, keine Lyriker und wenn wir über Verlust sprechen, dann über den auf dem Schlachtfeld. Ich erkenne dieses Lied nicht an." Ich stemmte die Arme in die Seite und verteidigte mich mit den Worten: „Dazu wurde nichts bei der Regelverkündung gesagt. Der Begriff Verlust ist ziemlich allgemein

gefasst, wenn Sie also etwas Bestimmtes erwarten, müssen sie das schon benennen. Ich habe daher nicht unrechtmäßig gehandelt." Der Schiedsrichter machte sich erneut ein paar Notizen. Etwas verärgert fragte ich: „Wenn ich fragen darf, wie lautet ihr Name?" Der Schiedsrichter lächelte auf eine merkwürdige Art und Weise und sagte schließlich: „Sie dürfen mich Darius nennen." Sofort sprach ich weiter: „In Ordnung, Darius. Ich will Ihnen nichts unterstellen, aber auf mich machen sie den Eindruck, als seien sie voreingenommen." Erneut lächelte Darius, was mir nicht gefiel. Der Schiedsrichter war mir irgendwie unheimlich. Dann sprach er: „Wieso kommen Verlierer immer auf die Idee mit Anschuldigungen noch etwas bewirken zu können?"

Langsam beruhigte ich mich wieder und antwortete ihm: „Wenn Sie öfters den Falschen als Verlierer brandmarken, dann würde ich mir an ihrer Stelle Sorgen machen und mir überlegen, ob die Berufung verfehlt wurde. Ich muss noch etwas loswerden." Der Schiedsrichter baute sich vor mir auf und sagte verärgert: „Du sagst jetzt nichts mehr! Sehe deine Niederlage ein. Gegen mein Urteil kannst du dich nicht erheben! Als Verlierer wanderst du jetzt auf der Stelle ins andere Team über, haben wir uns verstanden?"

Ich machte mich so groß es ging, obwohl ich ein Winzling gegenüber dem hohen Schiedsrichter war und sagte ihm dennoch mit fester Stimme die Meinung: „Ich kann sehr wohl etwas gegen dein Urteil anbringen und du wirst mir nicht den Mund verbieten!", rief ich zu ihm hoch. Plötzlich war es totenstill um uns herum. Alle schienen den Atem anzuhalten. Darius verschränkte seine Arme vor der Brust und sprach angewidert: „So, was soll das bitte schön sein? Gegen das Wort des Schiedsrichters kannst du nichts anbringen, was das Urteil in keinster Weise ändern würde."

Ich atmete einmal durch und sprach dann mit sachlicher und fester Stimme: „Salvador hat mich ganz normal ausgewählt. Doch hat er nicht gewusst, dass ich die Anführerin dieses Clans bin und deshalb konnte ich nur gewinnen. Ein Anführer kann nicht durch ein Duell von seinem Clan getrennt werden." Da lachte Darius auf und sprach abwertend: „Das hast du dir gerade ausgedacht, Göre. Na wenn das so ist, müsste ich durch eine Berührung deinen Mentor spüren." Ich schaute ihm direkt in die Augen und sprach ernst: „Dann berühre mich doch."

Das Lachen von Darius verstummte und er legte eine Hand auf meine Schulter. Augenblicklich wurde er schleudernd durch die Luft gegen die Burgmauer geschmissen. Alle, einschließlich mir, schauten erstaunt auf den Schiedsrichter. Dieser rappelte sich schnell wieder auf und erklärte verwirrt: „Ohne Zweifel, Joyce ist eine Anführerin, doch scheint dein Mentor mich abzuwehren oder die Berührung nicht zu dulden." Plötzlich erschien die Göttin Candida höchstpersönlich und sofort verbeugten sich alle tief vor ihr. Sie war anmutig in einem hellen Abendkleid erschienen und ergriff jetzt mit zärtlicher Stimme das Wort: „Joyce hat Recht, auch wenn das Duell für Salvador ungerecht verlaufen ist, wird er seinen Clan verlassen müssen. Und jetzt zu dir Darius: ich bin sehr enttäuscht von dir, wobei ich sagen muss, ich habe dich schon einige Zeit beobachtet. Was du dir jetzt geleistet hast ist unverzeihlich. Ich verweise dich hiermit aus deinem Dienst als Schiedsrichter und verbanne dich aus der Dimension Gut gegen Böse."
Dann wandte sie sich an die zwei Clans und sprach freundlich weiter: „Euch wünsche ich viel Erfolg und Glück auf eurer weiteren Reise." Und so schnell wie sie gekommen war, verschwand sie auch schon wieder und mit ihr Darius.
Amon versuchte das Verhalten zu erklären, indem er sprach: „Hey, bitte versteht unsere Lage. Wir gingen davon aus, ihr wärt ein weiterer gegnerischer Clan vom Bösen und mit meiner Rolle als Scheinanführer wollte ich lediglich in einem Kampf die Aufmerksamkeit von Joyce auf mich lenken. Wir wollten keinen Clan vom Guten lichten oder austricksen." Der andere Anführer hob seine Hand. Er hatte anscheinend genug gehört. Eine Weile blieb es still. Alle Augen waren auf ihn gerichtet und erwarteten seine Antwort. Würde er den Clan von Joyce von nun an verachten? Schließlich hatte dieser Clan ihm ein Mitglied genommen. Nach gefühlten Stunden sagte der Anführer des männlichen Clans: „Salvador

wählte Joyce legal, das ist richtig. Doch was war das für ein Duell, wenn Joyce nur siegen konnte?" Joyce wollte das Wort ergreifen, doch er hob erneut die Hand. Er wollte keine Antwort hören. Nach einer kurzen Pause sprach er weiter: „Ich habe an dich einen meiner besten Männer verloren, doch bin ich froh, dass er nun in dein Team überwandert, denn ich habe ein gutes Gefühl bei dir, Joyce. Sorge dich gut um ihn und wir werden auch das nächste Mal in Frieden scheiden." Die Anspannung ließ nach und ich konnte wieder freier atmen.

***

Joyce, Amon, Lyra, Cloé und ich gingen die Burgmauer entlang, wobei ich mich leicht im Hintergrund hielt. Plötzlich verdunkelte sich der Himmel schlagartig. Auf dem nächsten Burgturm angekommen, welcher zu dem Zeitpunkt nicht weit entfernt war, erkannte ich einen gegnerischen Clan vom Bösen auf dem gegenüberliegenden Burgturm. Ich konnte mir nicht den Kommentar verkneifen und sprach es letztendlich laut aus: „Die sehen durchtrainiert aus. Was könnt ihr?" Lyra ließ es sich nicht nehmen und antwortete mir: „Eine Menge." Plötzlich schrie Joyce: „Gib dich zu erkennen Anführer, so wie ich!" Sofort überkam mich der Gedanke, Joyce wollte den Eindruck in mir vernichten, sie würde sich als Anführerin verstecken, wegen ihrem Eigenschutz. Ich musste mir innerlich gestehen, dass dies der Wahrheit entsprach und ich diesen ersten Eindruck von ihr als Anführerin wieder verwarf. Wie schnell man sich doch ein Bildnis von einer fremden Person macht. Eine junge, schwarzhaarige Frau trat zwischen der Männerschar hervor und sprach mit lauter Stimme: „Ich verrate dir sogar meinen Namen. Er lautet Sarana und bedeutet Träne des Leidens." Plötzlich schaltete sich Amon ein und fragte: „Wie lautet der Name deines Mentors?" Joyce und ich schauten ihn beide gleichzeitig erstaunt an. „Eine Ahnung", flüsterte er uns zu. Sarana antwortete: „Ich bin eine Übergangsanführerin. Wenn wir unseren würdigen Anführer gefunden haben werde ich das Amt freiwillig abgeben."

Einer der gegnerischen Männer ergriff schroff das Wort: „Lass uns kämpfen!" Amon flüsterte leise: „Das Band zwischen ihren Kämpfern ist nicht stark. Das sollten wir schaffen." Im nächsten Moment stimmte Joyce ein Lied an. Als ich meinen Blick zum Gegner wandte erkannte ich weshalb. Zwei Männer rannten mit erhobenen Waffen geradewegs auf uns zu. Doch Joyce schien alles fest im Griff zu haben.

***

Als ich aus dem Augenwinkel den beauftragten Angriff bemerkte, der nur geflüstert wurde, fing ich intuitiv ein Lied an zu singen. Die beiden Männer mit den Namen Maou und Raidon führten den Angriff mit Morgenstern und Hammer aus.

Wasserschnellen, fließen wie Wellen,
reißen alles mit sich ohne Ruh.
Nehmen Kies und Stein hinzu,
reißen alles mit sich ohne Ruh.
Schnelle, schnelle fließende Flut,
nehm´ dich in Acht, dann geht´s dir gut.

Während ich sang, schwappten Wellen gegen die sich nähernden Angreifer auf der Burgmauer, stießen sie leicht zurück, wobei aus den Wellen Steine flogen, die die zwei Männer attackierten. Der Doppelangriff des gegnerischen bösen Clans konnte somit erfolgreich abgewehrt werden. „Gute Reaktion", lobte mich Salvador. Ich nickte ihm anerkennend zu und wandte mich dann an Amon, um ihn zu fragen: „Darf ich beide erlaubten Angriffe auch durch nur einen Krieger ausführen lassen?" Er dachte kurz nach und nickte dann. Noch zu ihm gewandt flüsterte ich: „Lyra, beamen und Nahkampf", damit das Überraschungsmoment nicht kaputtging. Kurze Zeit später war Lyra verschwunden, tauchte dann im nächsten Moment neben Sarana auf, rammte ihr ihre Fäuste in die Seite und war in den nächsten Augenblicken wieder neben mir.

„Ihr seid nun an der Reihe!", rief ich hinüber, nachdem der Aufschrei von Sarana verklungen war. Sarana verzog wütend das Gesicht und die Männer ihres Clans rückten nach dieser Aktion näher an sie heran. Der Kampf ging weiter und aus der Gruppe lösten sich nun zwei große Männer mit langen Schwertern, welche auf meinen Clan zugerannt kamen. Cloé ließ dicke Wurzeln aus dem Mauerwerk wachsen, welche die Männer an den Fußknöcheln packten und diese zum Sturz verurteilten. Ich lobte Cloé, welche zufrieden lächelte. „Salvador, kannst du den Verteidigungswert durch ein Gedicht verringern, damit Amon bessere Chancen bei seinem Angriff auf Sarana hat?" Salvador wandte sich seinem Notizblock zu und murmelte nur: „Wie du wünschst." Sofort kritzelte er etwas auf ein freies Blatt. Amon ließ ein Gewehr in seiner Hand erscheinen, nachdem er sich nun in Bewegung setzte. Laufend näherte er sich dem gegnerischen Clan, während Salvador vorlas.

Spalt sei in der verteidigenden Front.
Knallt kalt das Gewehr gekonnt.
Halt, keine Gegenwehr!
Geballt die Ladung Schmerz.

Tatsächlich konnte Amon einen sicheren Schuss auf Sarana erzielen. Ein Mann sprach mit gedämpfter Stimme zornig auf sie ein, aber Sarana wimmelte ihn mit einem Handzeichen ab. „Halte dich an den Plan.", zischte sie ihm zu. Das wunderte mich zwar, aber es lief gut für uns und ich machte mir keine Sorgen, was das zu bedeuten haben könnte. Dann schickte sie erneut Maou und Raidon mit Morgenstern und Hammer zum Angriff vor. Amon rannte mit einem großen Schutzschild den beiden Angreifern entgegen. Neben mir murmelte Salvador zu sich selbst: „Willst ihm mal helfen." Plötzlich erschien eine Sense in seiner Hand und er lief schnell zu Amon. Dieser hielt gerade mit seinem Schild den Schlag vom Morgenstern auf, als Salvador schräg hinter ihm stand und Maou die Sense in den Oberschenkel schnitt. Dann drehte sich Salvador um, weil Raidon an ihnen vorbeigelaufen war, senkte seine Sense und positionierte sie so, dass Raidon mit dem Fuß hängen blieb, hinüber stolperte und auf dem Boden landete. Da der Angriff somit beendet war, rief ich Amon zu: „Beende den Kampf mit Pfeil und Bogen." Sofort zückte Amon Pfeil und Bogen und zielte schusssicher auf Sarana. Dann zog sich Sarana den Pfeil aus ihrem Leib und rief: „Wir geben auf!".

Gerade meldete sich die Mentorin in meinem Kopf.

Im Endscheidungskampf wird zwar auch zuerst hauptsächlich der Anführer geschwächt, weil zuvor die Clanmitglieder keine Wunden davontragen können. Somit verlieren sie auch keine Energie, sie sind zunächst unverwundbar. Doch nachdem der Anführer zum hohen Grad geschwächt wurde und seine Mitglieder verwundbar werden, wird dennoch weitergekämpft, bis jedes Mitglied des kompletten Clans ausgeschieden ist, wegen Energiemangel. Doch in den unteren Ebenen kommt es eher selten zum finalen Ende eines Clans.

***

Im ersten Moment stehe ich auf der Brücke und sehe den heftigen Wasserschnellen des Flusses zu, welche sich an herausragenden Steinen brechen und im Strudel neubilden. Die grüne Aura um mich herum habe ich verdrängt, denn mein Blick gilt starr dem breiten Fluss. Im zweiten Moment löst sich automatisch mein Griff, ich befinde mich im schwerelosen Fall und die Wasseroberfläche kommt mir näher. Beim Eintauchen verforme ich die flache Wasseroberfläche, es musste um mich herumgespritzt haben. Ich fühle noch die Kälte des Wassers und die Bewegung der Wellen, die meinen Körper rastlos ließen und verliere im dritten Moment das Bewusstsein. Die Schwärze benebelt mich und meinen Körper, wobei sie im vierten Moment einer weißen Leere weicht. Doch schon im fünften Moment fühle ich ein starkes Ziehen, welches sich durch meinen ganzen Körper ausdehnt.

Ohne Vorwarnung oder jeglichem Zeichen stehe ich standfest im sechsten Moment auf einem Burgturm im Sonnenschein, als wäre ich durch die Zeit gereist und nichts wäre zwischendurch passiert. Neugierig starrten mich einige Menschen an, welche sich nun nähern. Sie kamen in einer Gruppe auf mich zu und blieben direkt vor mir stehen. Wo war ich hier gelandet? Würde die Zeitreise erneut beginnen, wenn ich mich vom Burgturm stürzen würde? Eine Frau ergriff das Wort und sprach zu mir: „Wie heißt du?" Ich überlegte einen Moment ihr die Unwahrheit zu sagen, doch ich ließ es bleiben. „Dustin ist mein Name." Die Frau antwortete: „Nun Dustin, dann heiße ich dich herzlich Willkommen in meinem Clan." Bin ich nun ihr Gefangener? Mir schwirrten tausend Fragen durch den Kopf, wobei dies nur eine davon war. Ich musste einen eher unglücklichen Eindruck gemacht haben.

„Cloé, die frohe Natur unseres Clans, wird dir alles erklären", schloss sie schließlich das Gespräch ab. Dann drehte sie sich um und lief langsam los, wobei ihr alle folgten, außer einer Frau, welche wahrscheinlich die Cloé war. Sie gesellte sich zu mir, nahm meine Hand und zog mich mit, wobei sie fröhlich drauf lossprach. Während ich ihr zuhörte und mich wunderte, was sie alles Merkwürdiges erzählte, musterte ich die Leute. Sie sahen alle noch recht jung aus und wirkten doch schon erwachsen und selbstständig. Ich überlegte mir, wie alt sie wohl sein könnten, aber ich kam zu keinem Ergebnis. Das würde eine lustige Zeitreise werden, besser als dort, wo ich herkam.

***

Eine steinige Wendeltreppe führte in einen bepflanzten Innenhof, welcher weit reichte. Die Burg musste mehrere Innenhöfe besitzen, doch dieser bot Deckung für die Nacht zwischen unzähligen Pflanzen und war daher ideal. Außerdem konnte ich von hier aus nicht die anderen Innenhöfe erblicken, um mich für einen anderen zu entscheiden und somit blieben wir hier, denn wie weit ein anderer Innenhof entfernt war, konnte ich deswegen auch nicht sagen.

Cloé schien sich am wohlsten zu fühlen, sie war ihrem Element sehr nahe. Ein aufregender Tag neigte sich dem Ende zu, denn die Umgebung verdunkelte sich ein wenig. Es würde noch eine Weile dauern, bis die Finsternis einbrach. Wir gingen ein kleines Stück in das urwaldähnliche Dickicht hinein. Dann blieb ich stehen und drehte mich zu meinem Clan um.

„Hier werden wir die Nacht verbringen. Schwärmt ruhig noch etwas aus, erkundet allein diese Umgebung, seit etwas unter euch. Dennoch bleibt bitte nicht zu lange weg und in der Nähe, damit ihr schnell zurückfindet."

Dies hielten die meisten für eine gute Idee, wobei sich Dustin zurückhielt. Cloé und Salvador gingen in zwei unterschiedliche Richtungen davon. Lyra sprach kurz mit Dustin und die beiden gingen gemeinsam in eine andere Richtung. Amon wollte nicht von meiner Seite weichen, was mich nicht störte. Ich fühlte mich wohl in seiner Nähe. Ich strebte die Mauer an, welche sich neben dem Dickicht befand und eine Grenze für das unzähmbare Gewächs bot. Langsam ging ich an ihr entlang und fuhr mit der Hand sacht über die Steine. Amon beobachtete mich. Ich fühlte mich in dem Augenblick wieder jung und unbeschwert. Die Zweisamkeit mit Amon war sehr angenehm, seine Aura strahlte Wärme und Geborgenheit aus, so dass ich mich gut fühlte. Ich drehte mich zu ihm um und lächelte ihn glücklich an. Endlich konnte ich ihn anlächeln und das Lächeln war echt und es fühlte sich gut an. Er lächelte sogar zurück, was mich innerlich erwärmte. Amon ließ in mir die Kälte schmelzen, als gäbe es einen Schalter in mir, den nur er einfach so fand.

***

Ich beobachtete, wie Joyce die Wand entlangging und sie mit der Handfläche berührte. Ich folgte ihr ruhig, wobei ich sie musterte. Sie wirkte jung und unschuldig und vor allem schutzbedürftig. Plötzlich drehte sie sich zu mir und lächelte mich das erste Mal an, wobei sie glücklich wirkte. Mir wurde ganz warm ums Herz und ich lächelte zurück, denn sie steckte mich an. „Amon, was geht dir durch den Kopf, was dich so still werden lässt?" Ich lächelte etwas verlegen und antwortete dann: „Dies ist ein schöner Ort und du

hast recht, man sollte sich gerade jetzt keine Gedanken über andere Dinge machen, stattdessen die Situation der Ruhe genießen, bevor der große Sturm kommt."
Sie lächelte und drehte sich zur Wand und während ihre Finger die Wand empor glitten, sang sie.

Sei mein Gefolge,
folge mir.
Sei mein Lehrer,
lehre mich.
Wenn meine Beine vergessen haben wie man steht
und meine Füße vergessen haben wie man geht.
Lass uns geschwind treiben, dahin,
ohne Zeit und Ziel.
Ist das alles nur ein Spiel?

„Liebe Joyce, soll ich das Grübeln belassen und es endlich wagen?", fragte ich sie aufrichtig. Ihr Blick wanderte neugierig zu mir und sie schenkte mir wieder ihre volle Aufmerksamkeit. Zu mir gedreht sprach sie ruhig: „Das kannst nur du entscheiden, doch wäre der Augenblick nicht schlecht gewählt, wenn es nur uns zwei etwas angeht."
Ich zögerte nicht. Entschlossen legte ich meine Faust aufs Herz und ging vor meiner Anführerin in die Knie. Zu ihr hochschauend, sagte ich mit ruhiger Stimme: „Joyce, meine Anführerin, ich möchte nicht nur mehr dein Krieger sein. Ich gebe dir meinen Eid, dich mit meinem Leben zu beschützen als dein Wächter. Mein früher Tod für dein längeres Leben. Als dein Wächter werde ich besser in der Lage sein dich zu beschützen, denn mir ist es erlaubt starke Gefühlsausbrüche von dir zu spüren und durch ein magisches Wächterband werde ich in Notsituationen schneller bei dir sein können. Nimmst du meinen Eid an, meine Anführerin?"
Erneut erstrahlte ihr Lächeln auf ihrem Gesicht und sie antwortete mir ernsthaft: „Ich fühle mich sehr geehrt. Ich nehme deinen Eid

an, Amon." Erfreut stand ich auf und umarmte Joyce. Und zu meiner Freude erwiderte sie die Umarmung zögerlich.

***

In der Hand hielt ich die ganze Zeit einen zusammengefalteten Zettel. Das Getue um den Wächtereid hatte ich aus sicherer Entfernung beobachtet. Als sich Amon endlich entfernte, ließ ich noch etwas Zeit vergehen, bevor ich mich ihr näherte. Als ich nun vor sie trat, begrüßte sie mich schlicht mit: „Hi Salvador." Ich trat nahe an sie heran und sprach mit betonter Stimme: „Guten Abend, meine ehrwürdige Anführerin. Sie sehen wieder einmal entzückend aus."
Sie entfernte sich einen Schritt von mir und antwortete: „Danke. Was kann ich für dich tun?"
Ich verbeugte mich und zog nun den Zettel hervor. „Ich habe nur für Sie ein schönes Gedicht geschrieben, wobei Worte nicht alles sind."
Sie wirkte nicht so interessiert, wie ich es mir erhofft hatte, aber sie schien nicht abgeneigt zu sein. Joyce würde während dem Gedicht schon merken, wie bedeutsam sie für mich war. Ich lehnte mich nun gegen die Wand und stellte einen Schuh gegen diese, wobei Joyce mich musterte. „Du kannst mich ruhig duzen", sprach sie plötzlich, was mich kurz aus dem Konzept warf, aber ich fand schnell wieder den Faden. Mir gefiel ihr Blick auf mir und ich begann, lässig an der Wand stehend, das Gedicht leidenschaftlich vorzulesen. Es würde ihr gefallen.

Sommernacht, ein lauer Wind weht sacht.
Macht strahlt der Mond aus, welcher über uns wacht.
Billionen Sterne funkeln am Himmelszelt;
In der Ferne galoppiert, vor uns ein Schimmel hält.
Millionen warme Schauer bilden gutes Gefühl.
Dauer dieser Nacht reicht nicht unendlich.
Bei Tagesanbruch weicht in wildes buntes Gewühl.

Mauer der Dunkelheit ist noch jung;
Sei Munkelzeit vorbei, der Aufstieg gelung
Geschwind Wind, trag uns, lass uns fliegen!
Verschwind Wand, frag nicht, lass uns fliehen!
Welch Wonne diese Freie, keiner hält uns auf.
Osten, die Sonne geht auf, versteckt euch und lauft!
Welch Sorgen, dass uns einer sieht.
Verborgen wird der Schmerz am Tag,
Lacht das Herz vor Freude, wenn dieser endlich enden mag.
Die Nacht gehört den Liebenden.

Ihre Reaktion ließ auf sich warten und sie war ganz anders, als erdacht oder erhofft. Joyce schaute mich fragend an, wobei ich sie nur anlächelte, was doch bei Amon auch klappte. Dann fragte sie mich: „Und nun Salvador? Was willst du mir damit erklären?"
Ich war etwas verblüfft. Waren nicht alle Mädchen scharf auf romantische Gedichte? Hatte meine Gabe der Dichtkunst nicht etwas Liebe in ihr wachgerüttelt? „Nun ja, liebe Joyce, sag du es mir."
Ich hatte noch einen Funken Hoffnung. Sie antwortete: „Das Gedicht war gut." Innerlich war ich geschockt, doch ich versuchte mir nichts anmerken zu lassen, das Lächeln aufrecht zu erhalten und weiterhin charmant zu wirken. Dann entgegnete ich ihr ruhig: „Was hat das Gedicht in dir ausgelöst, schöne Joyce?" Ich näherte mich ihr erneut, wobei sie sich wegdrehte, meine Nähe aber duldete.
„Für einen Angriff gegen einen Gegner ist das Gedicht ungeeignet", sagte sie von mir abgewandt. Ich antwortete ihr ernst: „Das war nicht die Funktion des Gedichtes." Immer noch von mir weggewandt antwortete sie mir: „Dann konzentriere dich auf das Wesentliche." Und dann ging sie in den Wald hinein.
Welches Wesentliche meinte sie? Das Wesentliche im Gedicht, so dass es kürzer wurde? Das Wesentliche, weshalb wir hier waren, also der Kampf? Oder das Wesentliche, was nötig war, um ihr Herz zu erobern? Vielleicht stand sie nicht so auf Schnickschnack? Ich überlegte ihr nachzugehen, doch ich beließ es. Ich betrat den Wald

und wurde plötzlich von einer Hand gepackt. Amon kam hinter einem Baum hervor und sprach: „Falls es dir nicht aufgefallen ist, sie hat sich in deiner Nähe unwohl gefühlt." Ich lächelte ihn siegessicher an. „Wächter bedeutet nicht Geliebter." Amon zuckte mit den Schultern und antworte lässig: „In erster Linie bin ich auf ihre Sicherheit aus. Wenn sich etwas entwickeln sollte, wäre ich nicht abgeneigt. Ich ehre sie als Person."

Ich wandte mich von ihm ab, denn ich würde nur meine Zeit mit ihm verschwenden. Amon sagte mir noch hinterher: „Du brauchst nicht eifersüchtig auf etwas zu sein, was gar nicht existiert." Ich würde mich diese Nacht etwas zurückziehen. Ich brauchte Abstand, um einen klaren Kopf zu bekommen und um mir Gedanken über Joyce und meine Gefühle zu machen.

***

Am Morgen brach der Clan in der Frühe auf. Sie durchkämmten das Waldstück, in dem sie in der Nacht Schutz suchten, um weitere Clans zu verscheuchen. Gemeinsam überraschten sie einen Mädchenclan am anderen Ende, welchen sie weckten und gegen den sie erfolgreich kämpften. Dustin konnte seine kriegerische Waffe, den Sprengstoff, in zwei weiteren Kämpfen erproben, welche auf den Burgmauern stattfanden. Dennoch tauchte kein weiteres neues Mitglied auf. Es folgten zwei weitere Kämpfe gegen Clans vom Bösen in einem anderen Innenhof, welcher einer Wüste glich, wären da nicht die hohen Burgmauern in der Ferne zu sehen.

Am Abend marschierte der Clan zurück zum Wald im Innenhof, um dort erneut die Nacht zu verbringen. Am besagten Platz angekommen, wurden sie von zwei kleinen Clans erwartet. „Es sprach sich rasch herum, als man euch hier am Morgen erblickte. Doch waren die meisten Clans eher vorsichtig und werden erst einige Tage später hier erscheinen, um zu schauen, ob es euch noch gibt", erklärte ein Krieger grinsend. Amon ergriff rasch das Wort: „Dass ihr kämpfen wollt, das kann ich spüren. Doch sagt uns, werdet ihr euch verbinden, oder einzeln gegen uns antreten?" Die Anführer der gegnerischen Clans steckten kurz die Köpfe zusammen.

Joyce flüsterte leise zu Amon: „Werden sich zwei Anführer vom Bösen für eine Führungsperson entscheiden können?" Amon antwortete ihr: „Wenn sie uns gemeinsam bekämpfen wollen müssen sie sich für einen Anführer entscheiden. Denn wir können keinen zweiten Anführer aufweisen."

Das Geflüster des Gegners verstummte und sie drehten sich schließlich zu uns um. Die Frau, die am weitesten vorne stand sprach: „Wir haben einen Führer gewählt, werden ihn aber nicht zu erkennen geben. Ihr dürft beginnen." Dann stellte sie sich in die erste Reihe und verharrte. Die ursprünglichen Anführer standen hinter der ersten Reihe, wobei sich hinter ihnen, noch eine kleine Reihe befand. Salvador flüsterte: „Ich tippe auf einen der ursprünglichen Anführer, weil einer gewiss zu stolz war, um das Amt abzugeben und die Frau sprach vom Führer, nicht von einer Führerin."

Da mischte sich Joyce ein: „Ich denke, es ist die Sprecherin selbst. Sicher sollen wir denken, dass einer der Anführer nachgab und dass sie vom Führer sprach, spricht doch dafür, dass es eine Frau ist. Sie hat sich in die erste Reihe gestellt, was auch ungewöhnlich für den Anführer ist. Sie hat auch nur gesprochen, um von sich abzulenken." Lyra antwortete: „Ich muss sagen, beide könnten recht haben. Joyce schätzt den Gegner raffiniert ein und wenn sie wirklich intelligent sind, dann wird es die Sprecherin sein. Im Falle, dass sie nicht intelligent sind, muss ich Salvadors Variante für sinnvoll erwägen. Oder sie setzten darauf, dass wir um die Ecke denken und bleiben einfach bei einem der ursprünglichen Anführer. In dem Fall auch die Idee von Salvador."

Salvador gestand: „So weit hatte ich noch gar nicht gedacht, aber wo du es sagst, muss ich dir recht geben." Amon unterbrach die leise Diskussion mit den Worten: „Wir müssen angreifen." Joyce übernahm die Leitung automatisch: „Ich habe einen Plan. Lyra beamt sich in ein Versteck, von dem aus sie mich sehen kann. Wenn ich den Daumen hochhebe, greifst du an. Du verwendest dann beide Angriffe der Runde, bis dahin bleibst du versteckt und nicht sichtbar für den gegnerischen Clan. Und soll Salvador dichtend oder ich singend versuchen den Anführer herauszufinden?"

In dem Augenblick verschwand Lyra neben uns. Die Mitglieder des gegnerischen Clans verlagerten ihre lässige Haltung plötzlich in eine Verteidigungsposition und rechneten mit einem Angriff, welcher nicht kommen würde. Die Anspannung der gegnerischen Krieger war zum Zerreißen nah. Selbstsicher meinte Salvador: „Ich würde das hinbekommen." Cloé schüttelte den Kopf: „Darum geht's doch nicht. Ihr beide könntet es hinbekommen, aber ich denke, dass Joyce mehr Macht mit ihrer Stimme ausüben kann, weil sie keine kriegerische Fertigkeit hat, im Gegensatz zu dir, Salvador. Deshalb muss doch ihre magische Fähigkeit stärker ausgebildet sein, als deine. Nichts für ungut, du bist bestimmt großartig im Dichten, aber das sollte vielleicht Joyce übernehmen." Amon hob die Hände und sagte verteidigend: „Cloé hat sich geäußert und ich halte mich lieber raus." Dustin stimmte mit ein. „Okay", sagte Joyce und drehte sich zum gegnerischen Clan zu, der immer noch abwartete. Joyce dachte kurz nach und begann zu singen.

Der Anführer ist ein Krieger,
in der Masse fühlt er sich als Sieger.
Doch wäre er sichtbar für einen andern,
seine Chancen würden wandern.

Ich gebe mich aus als Führer,
drum gebe dich auch zu erkennen.
Der Führer soll sich in die Luft erheben,
über seinen Mitgliedern schweben.

Erstaunlicherweise lagen Salvador und Joyce beide daneben. Der Führer war ein kleiner dicker Mann, welcher sich rechts außen befand.

„Unser Zug ist beendet", verkündete Joyce. Der gegnerische Clan entspannte sich und der dicke kleine Mann sank wieder auf die Erde nieder. Plötzlich sprach Amon: „Kann jemand unsere Gedanken abschirmen? Ich glaube die schwarze Frau kann Gedanken lesen. Sie spricht ständig mit dem kleinen dicken Mann."

Sofort verstummte die schwarze Frau auf der anderen Seite und sprach danach noch schnell etwas zum Führer. „Ich kann es vielleicht." Nach einer kurzen Zeit sprach Cloé dann: „Ich glaube, ich habe es geschafft. Ein grüner Schleier hält unsere Gedanken sicher bewahrt." Joyce nickte ihr dankbar zu und lobte Amon für seine Aufmerksamkeit. Dann warteten sie ab. Amon ließ zur Sicherheit schon jetzt ein Schutzschild in seiner Hand erscheinen und überreichte es Joyce. Der kleine dicke Mann gab Handzeichen an zwei Männer weiter, wobei der Clan von Joyce mit den Handzeichen nichts anfangen konnte. Der eine Mann trat einen Schritt vor, krempelte sich seine langen Ärmel hoch und vollführte mit seinen Händen Bewegungen. Gleichzeitig schwenkte Joyce das Schild im Kreis um sich herum, so dass alle einen Schritt von ihr wegwichen. Gleich danach ließ sie das Schutzschild fallen.

Augenblicklich warf der andere Mann einen Morgenstern nach ihr, welcher kurze Zeit später in ihrem Bein steckte. Der erste Mann beließ die Handbewegungen und stellte sich in die zweite Reihe seines Clans. Joyce fasste sich schwankend an den Kopf und bemerkte erst kurze Zeit später den Morgenstern in ihrem Bein. Sie nahm den Morgenstern und zog ihn vorsichtig aus ihrem Bein. Sie kehrte in die Mitte ihres Clans zurück und überlegte laut: „Der Mann mit den langen Ärmeln kann meinen Kopf beeinflussen, oder? Er kann meine Bewegungen und Gedanken steuern. Ich frage mich, ob er auch lebenswichtige Steuerungen vom Gehirn an Organe und Zellen kontrollieren kann?"

Es wurde kurz still. Dann sprach Amon: „Wir müssen uns einen guten Plan überlegen. Hält der grüne Schleier noch, Cloé?" Sie nickte. „Wir müssen einen direkten Treffer landen, doch möchte ich Lyra noch nicht einsetzen", sprach Joyce. Sie nickten ihr zustimmend zu. „Ich habe eine Idee. Cloé kann den Anführer mit einer Hecke vom Clan abtrennen und Dustin greift mit dem Sprengstoff direkt an." Gesagt, getan und sie erzielten einen direkten Angriff auf den Anführer, da der Clan ihn nicht abschirmen konnte. Joyce fiel auf, dass der Anführer vor Schmerz aufschrie, was sie nicht musste, als sie sich die Waffe entfernte. War ihre Verteidigung etwa so mächtig? Sie gestand sich ein, dass sie Angst hatte vor dem nächsten Angriff der Gegner. Der dicke Mann gab erneut zwei Handzeichen, wobei Joyce das erste Zeichen wiedererkannte und sofort anfing zu singen.

Lass mir mein Denken, Handeln und Fühlen;
Lass mich, du nicht meine Persönlichkeit berühren.
Doch dring in mich ein,
Werd gehorchen und dein sein.

Amon hielt Joyce plötzlich den Mund zu, denn unter der Beeinflussung veränderten sich die Worte des Liedes und deren Wirkung. Plötzlich räusperte sich Salvador und las sein Gedicht vor.

Des Gegners Gabe ist stark.
Der Versuch ist gewagt,
seine Beeinflussung deines Gehirns,
hör bitte auf zu singen,
drum lass die Wirkung auf mich überklingen.

Kaum hatte Salvador sein Gedicht beendet, ließ er den Zettel fallen. Bevor das Papier auf dem Boden aufkam, materialisierte sich in seiner Hand eine Sense. Bei sichtlicher körperlicher Verweigerung schritt er dennoch sicher auf Joyce zu. Amon materialisierte auch eine Sense und stellte sich Salvador in den Weg. Die beiden begannen zu kämpfen. Amon sowie Salvador beherrschten die Sense hervorragend, dennoch erlitt Amon eine leichte Schnittwunde am Oberarm, wodurch der Angriff beendet wurde. Nun erlangte Salvador die Kontrolle seines Körpers wieder.

„Es tut mir leid, dass ich dich angreifen wollte, doch ich konnte mich der mächtigen Gabe nicht wiedersetzen. Er wird mich wohl für den Kampf über als seine Waffe missbrauchen, weil ich durch das Gedicht die Wirkung auf mich gelenkt habe, um dich zu schützen."

Joyce nickte. „Ich verstehe deine Absichten gut, Salvador. Danke, für deine Aufopferung. Doch gesell dich bitte an den Rand, du verstehst sicher meine Ängste vor den Attacken." Er nickte. Danach ließ Joyce ihren rechten Daumen blitzschnell in die Luft schießen, um Lyra ihren Angriff zu gewähren. Augenblicklich erschien Lyra neben dem gegnerischen Anführer und attackierte ihn mit Faust und Fuß im Nahkampf und stand plötzlich wieder neben Joyce. Für dessen Clanmitglieder kam der Angriff zu plötzlich und sie konnten nicht schnell genug reagieren.

Der kleine dicke Mann beratschlagte sich mit den ursprünglichen Anführern. Diese schüttelten einstimmig die Köpfe und der Kampf ging weiter. Der dicke Mann gab zwei neue Handzeichen. Jedes Clanmitglied von Joyce hatte plötzlich den Eindruck, dass jemand das Licht ausgemacht hatte, denn sie standen einzeln in völliger Finsternis. Dies war der Effekt einer weiteren Gabe. Amon ertastete die Hand von Joyce und zog sie dicht zu sich. Er spürte zunächst ihre Erleichterung und dann ihren Schmerz. Die Dunkelheit löste sich auf und in Joyces Rücken steckte ein Pfeil. Sie biss sich auf die Zähne, um keinen Laut von sich zu geben, als er den Pfeil herauszog.

„Jetzt ist es mit der Nettigkeit vorbei!", schrie Joyce energisch. Sie erteilte den Angriff: „Dustin Sprengstoff und danach soll Cloé ihn mit Ranken in der Luft mal ordentlich erdrücken." Dustin schleuderte den Sprengstoff, welcher neben dem dicken Mann in die Luft ging. Daraufhin erfassten dicke Pflanzenranken den kleinen Mann und hoben ihn rasch in die Luft. Dann schnürten sich die Ranken um den dicken kleinen Mann, welcher die Zähne zusammenbiss, um nicht gleich zu schreien. Ganz plötzlich beendeten Flammen den Angriff von Cloé, denn ein Mitglied schien das Element Feuer zu beherrschen. Glücklicherweise erlitt der Anführer durch seine Befreiung der Flammen ebenfalls etwas Schaden. Der kleine dicke Mann sprach: „Ich scheide aus dem Kampf." Amon lächelte erfreut.

„Heißt das, dass alle Clanmitglieder nun verwundbar sind und jetzt ausscheiden können?", fragte Joyce nach. „Ja, wir sind am Gewinnen. Nun kommt noch hinzu, dass nur der Anführer ein Unentschieden einleiten kann und da er nun ausgeschieden ist, steht einem Sieg für uns nichts mehr im Wege. Die ursprünglichen Clanmitglieder hätten bei dem Gespräch vorhin anders entscheiden müssen, um ein Zurückstufen ihrer Clans zu verhindern."

Der Rest des Kampfes verlief recht einfach, denn die Angriffe des gegnerischen Clans erfolgten willkürlich und unüberlegt, keiner steuerte mehr den Clan. Die Mitglieder verringerten sich Stück für Stück und der Sieg gehörte dem Clan von Joyce an. Die ursprünglichen Clananführer bildeten sich wieder und gratulierten ernsthaft zum Sieg. Danach verschwanden beide Clans aus dem Innenhof und ein Junge tauchte aus dem Unterholz auf, der einen Pullover mit einer großen Vordertasche trug. Er winkte, lächelte schelmisch und rief: „Hallo, mein Anführer!" Dabei schaute er nacheinander die Männer von Joyces Clan an. „Mein Name ist Levi", sprach er weiter. Joyce stellte sich neben Amon und sprach ruhig: „Sei willkommen Levi. Ich bin deine Anführerin Joyce."

Levi brach in schallendes Gelächter aus, mit einer Spur von Spott. Joyce atmete einmal durch und wartete auf die Beendigung der Lachattacke. Sie wollte sich nicht aus der Ruhe bringen lassen. „Das war ein schöner Scherz, aber ich hätte gern die Wahrheit gewusst", sagte er noch etwas außer Atem und mit einem Grinsen auf dem Gesicht. Joyce sagte immer noch mit ruhiger Stimme: „Das ist die Wahrheit. Ich bin deine Anführerin." Dann sagte Amon: „Sie erledigt ihr Amt gewissenhaft." Die Laune von Levi verwandelte sich schlagartig zu angewiderter Empörung. „Ihr habt das schwache Geschlecht auserwählt? Was seid ihr für Weicheier!" Lyra und Cloé stellten sich schützend vor mich.

Levi ist kompliziert aber sehr talentiert. Ihr werdet ihn brauchen. Versuch ihn zum Bleiben zu überreden.

Amon fühlte Joyces aufsteigenden Mut. Sie trat zwischen Cloé und Lyra, bedankte sich durch ein Nicken und schritt bewusst langsam auf Levi zu. Dieser musterte sie eindringlich. Kurz vor ihm kam sie zum Stehen. Sie waren gleichgroß, so dass sie ihm direkt in die Augen schauen konnte. Mit bewusst fester Stimme sprach sie energisch: „Du hast mich verärgert." Er lächelte kurz auf. „Und meine Neugier geweckt", sprach sie weiter. „Erzähl", drängte er sie. Spielerisch wandte sich Joyce von ihm ab und entfernte sich zwei Schnitte von Levi. Mit dem Rücken zu ihm gedreht, fügte Joyce hinzu: „Hier laufen überall nur Clans herum und allein wärst du aufgeschmissen. Überhaupt steht es dir nicht einmal zur Wahl einzutreten oder nicht, denn du wurdest mir zugeteilt und gehörst bereits zu meinem Clan. Aber ich gebe dir die Chance dein Können zu beweisen."

Mit zwei schnellen Schritten trat sie wieder direkt vor ihn, schaute ihn an und sprach weiter: „Und ich beweise dir meins." Levi antwortete: „Beweis mir in einem Zweikampf, dass du es wert bist dich Anführerin zu nennen. Du musst schon einiges leisten, um mich umzustimmen. Eigentlich bin ich frauenfeindlich eingestimmt, aber ich werde versuchen dir eine Chance zu geben." Ihr war nicht nach einem Lächeln, aber sie lächelte und fügte hinzu: „Und ich gebe dir die Chance zu beweisen, dass du gut genug für meinen Clan bist, denn wir haben etliche Siege ohne dich eingebracht." Er hob kurz seine Augenbrauen, sonst zeigte er keinerlei Regung. „Und ich hoffe für dich, dass du deine Gabe bereits weißt", sagte Joyce noch. Levi nickte nur, er war bereit.

***

Ich empfand den Neuling als unsympathisch und arrogant. Ich hatte wenig Lust ihn in meinen Clan aufzunehmen und erhoffte mir dennoch meinen Sieg in dem anstehenden Duell, weil ich es ihm so richtig zeigen wollte, diesem selbsternannten Frauenhasser. Levi musste eine wirklich gute Gabe haben, um das wiedergutzumachen. Ich schwor mir ruhig zu bleiben, egal womit er mich provozierte.

Auf einer winzigen Lichtung sollte das Duell stattfinden, ich wollte mich ihm ungestört widmen. Amon hatte mich zuvor noch einmal aufgesucht und sich nach meinem Gefühl erkundigt. Ich versicherte ihm, dass ich das schon hinbekäme, drückte ihn noch einmal und stand wenig später auf der Lichtung. Gegenüber von mir stand Levi und zog aus seiner breiten Pullover-Bauchtasche Karten heraus. Dabei sprach er gelassen: „Meine Gabe ist ein Kartenspieler zu sein. Verrate nun mir auch deine Gabe." Ich stellte mich aufrecht hin und antwortete ernst: „Meine Gabe ist der Gesang." Er lächelte verächtlich und sagte herablassend: „Typische Görengabe." Ich nahm eine einfache Verteidigungshaltung ein und sprach ruhig: „Beginn mal deine Karten zu mischen, ich wäre schon so weit." Er mischte sie erstaunlich schnell, setzte dabei eine finstere Miene auf und zog ernsthaft eine vom Kartenstapel. Als er sie sich anschaute, kam wieder Helligkeit in sein Gesicht. „Ich spiele Blitzgewitter", sagte er erfreut und zeigte die Karte auf mich. Über mir verfinsterte sich der Himmel und drei Blitze schlugen in mich ein. Ich biss mir auf die Lippe, um nicht zu schreien. Dann war sein Angriff vorüber. Ich stimmte gleich darauf ein Lied an, ich wollte es ihm heimzahlen.

Was du selbst nicht magst,
das du wagst keinem andern zu.
Gewitterwolken, öffnet euch
Sturm soll sie molken,
Blitze schlagen ein,
Regen muss dabei sein.
Sturm, ergreif seinen Leib,
Füg ihm hinzu ein Leid.

Nachdem das starke Unwetter von ihm wich, sah er etwas mitgenommen aus, aber er mischte erneut seine Karten und zog eine weitere von oben. Die Karte schien ihn auch zu erfreuen und er verkündete siegessicher: „Die Aussetzkarte kommt gerade richtig. Ich darf zwei weitere Karten ziehen und ausspielen." Er zeigte sie mir kurz und steckte sie wieder in den Kartenhaufen. Dann zog er zwei weitere Karten von oben, ohne vorher zu mischen. Diese betrachtete er länger und ich bereitete mich innerlich auf zwei Angriffe vor, ich werde ihnen standhalten.

„Die erste Karte, welche ich nun spiele, heißt Bärenklaue", sagte er und zeigte sie mir. Aus der Karte sprang plötzlich ein imaginärer und durchsichtiger Bär, welcher auf mich zurannte und mir mit seiner Klaue einen Hieb verpasste, so dass eine lange Kratzspur übrigblieb. Ich konnte mir einen Aufschrei verkneifen und stand weiterhin fast reglos da. Mich beschlich das Gefühl, dass ich in der Verteidigungshaltung ein wenig mehr abkonnte, als ohnehin schon und diese Erfahrung würde mir eines Tages helfen können. Levi musterte mich abschätzend. Dann sagte er gelassen zu seiner Karte gewandt: „Mal sehen, ob du den nächsten Angriff auch so wegstecken kannst." Ich konnte sehen, wie meine Clanmitglieder etwas unruhig wurden und sich untereinander besorgt ansahen. Levi setzte fort: „Ich spiele gleißendes Sonnenlicht. Ein bisschen Bräune kann dir nicht schaden." Ein extrem helles Licht, so hell, dass ich nichts mehr sehen konnte und wahrscheinlich zu hell, um mich sehen zu können, stürzte erbarmungslos auf mich herab. In diesem Lichtkegel war es extrem heiß, so dass ich nach wenigen Sekunden anfing zu schreien. Ich konnte Amon nicht sehen, aber ihn übermannte vermutlich derselbe Schmerz und er wollte sicher eingreifen, doch er hielt sich noch zurück, wobei ihm gewiss jemand half. Er durfte sich jetzt nicht einmischen und ich würde nicht nach ihm rufen.

Das heiße Licht war schmerzvoll und forderte enorm viel Kraft von mir. Als der Angriff vorüber war, stand ich erstaunlicherweise noch in der Verteidigungsposition. Ich merkte, dass ich großen Schaden genommen hatte und ich glaubte in einem Kampf zwischen zwei Clans wären meine Clanmitglieder nun verwundbar. „Du kannst ja noch stehen", sagte Levi ernsthaft überrascht. „Nun, dann bist du am Zug." Ich musste kurz nachdenken, wobei mir eine gute Idee kam.

Du willst urteilen über mich, kennst mich aber nicht.
Du meinst du bist besser, das glaub ich nicht.

Geh erst alle Wege, die ich gegangen bin.
Mach erst alles durch, was ich schon hinter mir hab.
Fühl und spür mein Leid und meinen Schmerz,
versetz dich in meinen Zustand.
Nun nimm auch du den Schaden an,
damit du fühlst so wie ich.
Geh erst alle Wege, die ich gegangen bin.
Mach erst alles durch, was ich schon hinter mir hab.
Fühl und spür mein Leid und meinen Schmerz,
versetz dich in meinen Zustand.

Während ich das Lied sang, erschien noch einmal der imaginäre Bär, schlug diesmal bei Levi zu und auch das gleißende Sonnenlicht kehrte auf seiner Seite noch einmal zurück und somit verschlechterte sich auch sein Zustand. Er erhielt den gleichen Schaden wie ich. Dies hatte zur Folge, dass er geschwächt auf dem Boden kniete und er aus dem Kampf ausschied. Ich hatte gewonnen und Amon lief auf mich zu und nahm mich kurz in den Arm.

Die anderen Clanmitglieder gesellten sich auch zu uns. Levi schien mir aber nicht besonnen zu sein, auch nicht besser gelaunt. Er sagte wenig überzeugt: „Du hast nur gewonnen, weil du deinen verletzten Zustand, den ich dir zugefügt habe, auf mich projiziert hast. Ohne diese List hättest du es nie geschafft. Für mich war der Kampf daher nicht fair gelaufen." Ich ging auf ihn zu und sprach ruhig: „Du hast sehr gut gekämpft und bist talentiert. Nimm mir es doch nicht übel, dass ich auf die Idee kam, dich so zu besiegen und du keine Karte hast, die diesen Effekt kann. Ich heiße dich noch immer willkommen in meinem Clan, Levi."

Er drehte sich weg von mir. Dustin, der meistens nicht viel sagte, meldete sich nun zu Wort: „Nun sei doch nicht eingeschnappt, weil du gegen eine Frau knapp verloren hast." Levi schaute Dustin verärgert an und antwortete: „Ich bin frauenfeindlich eingestimmt und ich werde nicht noch einmal gegen dich verlieren, Joyce. Diese Blamage geschieht nicht ein zweites Mal." Ich entgegnete gleich darauf: „Nein, weil wir ab sofort ein Team sind und nicht

52

gegeneinander kämpfen. Wir müssen zusammenhalten und uns helfen." Levi schnaubte und sagte: „Ich werde mich nicht von einer Frau herumkommandieren lassen!" Ich schüttelte den Kopf: „Ich kommandiere nicht." Er entgegnete: „Du verstehst mich falsch, ich werde nicht auf dich hören, weil du eine Frau bist." Ich trat ungeduldig auf das andere Bein. Ich hatte langsam genug von seinem Getue und musste andere Saiten aufziehen. Ich sprach laut und energisch: „Ich verliere langsam die Geduld mit dir! Du gehörst zum Clan und damit hast du dich mir unterzuordnen!" Levi schaute mich finster an: „Das werden wir noch sehen." Dann entfernte er sich von der Gruppe. Salvador sah mich überrascht an und meinte: „Wow, also so hab ich dich noch nicht erlebt, aber hey, mir gefällt diese Seite von dir auch." Amon bestätigte mein Handeln mit den Worten: „Eine Anführerin sollte auch einmal diese Seite von sich zeigen, wenn es nicht anders geht."

***

Dustin versuchte vorsichtig einen Beziehungsaufbau zu Levi zu beginnen, was ihm einigermaßen gelang. Schließlich beschloss der Clan weiterzuziehen und entdeckte einen Eingang zum Inneren der Burg an einem geschlossenen Burgturm. Levi zog widerwillig mit, hielt sich dabei immer im Hintergrund. Im Inneren der Burg war nun ein roter Teppich ausgelegt und an der Wand hingen Tapeten. Kronleuchter erhellten die Flure und es gab mehrere Türen. Die Mentorin erklang in meinem Kopf: *Du hast nun genügend Clanmitglieder und solltest versuchen, das Band zwischen ihnen zu festigen. Hinter jeder Tür wartet ein weiteres vollständiges Team gegen das ihr antreten müsst, sobald die Tür geöffnet wurde. Nach jedem gewonnenen Kampf gelangt ihr eine Etage höher und kommt irgendwann zum Thron. Ich wünsche euch viel Erfolg.* Joyce zählte die Türen auf der linken Seite des Ganges bis sechs ab und verkündete: „Hinter dieser Tür verbirgt sich unser erster Gegner. Wenn wir ihn besiegen steigen wir auf und gelangen irgendwann zum Thron. Auf geht´s!" Levi verschränkte die Arme und meinte: „Ich komme nicht mit!" Joyce antwortete ihm: „Du benimmst dich wie ein kleines bockiges Kind! Weißt du, was dessen Eltern sagen würden? Die Eltern würden sagen, gut, dann wartest du hier und wir holen dich später ab." Levi sah mich verdutzt an und meinte: „Aber ihr werdet nicht mehr zurückkommen um mich abzuholen." Joyce antwortete: „Schön, dass du selbst draufgekommen bist. Es wäre also schlau, wenn du jetzt mitkommst." Joyce öffnete die Tür und der Clan betrat den Raum und mit ihm die Herausforderung.

***

In einer Zeit der Zweisamkeit wandte sich Joyce vertrauenswürdig an Amon. „Levi raubt mir manchmal den letzten Nerv und ich versuche stark und unbeeindruckt auf ihn zu wirken, aber er ist in meinen Augen ein extrem anstrengender, pubertierender und bockiger Junge. Seine Frauenfeindlichkeit und sein unmögliches Verhalten gegenüber mir lassen mich manchmal innerlich in mein altes Schema fallen. Ich sehe mich dann wieder als die Verstoßene, eine die nichts wert zu sein scheint und welche niemand akzeptiert. Innerlich fühle ich mich machtlos und geneigt ihm sein Verhalten einfach zu gewähren, um mich vor meinem alten Ich und meinen Erinnerungen zu schützen. Doch dazu kam es noch nicht, worüber ich sehr froh bin, denn ich möchte nicht schwach sein."
Amon nahm sie tröstend in seine Arme und antwortete ihr: „Du bist keineswegs schwach. Im Gegenteil, ich sehe dich als eine starke und einflussreiche Anführerin. So wie du bis jetzt mit Levi in Kontakt getreten bist, so hast du, aus meiner Sicht, immer das Richtige getan. Joyce, du machst das besser, als jeder andere von uns es tun könnte."
Sie drückte ihn etwas fester an sich und sagte: „Danke Amon. Was würde ich nur ohne dich tun?"

Im Laufe der Zeit konnte Levi die Abneigung zu Frauen etwas ablegen. Zu Lyra, Cloé und vor allem zu Joyce konnte er eine lockere Beziehung aufbauen und er akzeptierte Joyce als Anführerin, doch mehr würde zwischen ihnen nicht entstehen. Salvador und Dustin hingegen hatten sich schnell mit Levi angefreundet und führten eine feste Männerfreundschaft. Salvador hatte auch endlich aufgehört Joyce bei jeder Möglichkeit anzuflirten und auf Amon eifersüchtig zu sein. Lyra und Cloé waren beste Freundinnen geworden und verstanden sich gut mit ihr. Joyce war mit der Beziehung zwischen ihren Clanmitgliedern sehr zufrieden. Während eines Kampfes waren sie ein eingespieltes Team, welches sich gegenseitig vertraute. Sie verteidigten nicht nur sie als Anführerin, sondern auch sich untereinander, selbst wenn sie noch unverwundbar waren. Die unzähligen Kämpfe gegen andere starke Clans des Bösen verband Joyces Clan nur noch fester und stärkte ihr Freundschaftsband untereinander.

Die Mentorin, welche gleichzeitig die Göttin Candida war, was nun auch alle aus dem Clan wussten, sagte zufrieden: „*Ich denke ihr seid nun bereit für den letzten Kampf dieser Dimension. Ich bin sehr zufrieden über die Clanentwicklung und stolz auf dich, Joyce. Ich drücke euch die Daumen für euren Sieg und für das Gute auf der Welt.*"

***

Vor mehreren tausenden Jahren befanden sich noch alle gegensätzlichen Mächte, wie zum Beispiel Gut und Böse oder Liebe und Hass, in der menschlichen Welt. Der Zyklus des Lebens, geboren werden, aufwachsen und sterben, war bei allen Menschen gleich und niemand kehrte jemals zurück. In dieser Zeitepoche herrschte Unruhe und Unzufriedenheit, weil die Menschen Neid, Eifersucht und Gier gegenüber ihren Mitmenschen verspürten. Hatte zum Beispiel ein Mensch Unglück, beneidete er einen anderen Menschen, welcher zur gleichen Zeit Glück verspürte und wollte dessen Glücksphase zerstören und dadurch entstanden Krieg und

55

Mord. Die Götter wollten ein Paradies für die Menschen erschaffen, in dem Ruhe und Ordnung herrscht und dennoch sollte keine Macht ausgelöscht werden, denn jede Macht erfüllt ihre Aufgabe und sei wichtig, auf ihre Art und Weise. Unter dem Gesichtspunkt erfüllt das Böse den Zweck, dass der Mensch die Angst und Furcht nicht verlernt. Um die alltäglichen Kämpfe zwischen entgegengesetzten Kräften wie Freude und Leid und weiteren Mächten aus der chaotischen Welt etwas zu entfernen, entstanden die Dimensionen. Jede Macht vertritt ein Gott, wie zum Beispiel die Göttin Yasmin für die Liebe steht und ihre Krieger tragen in den Dimensionen die Kämpfe aus, die sie an der Macht hält. Die Krieger sind ehemalige Menschen aus der Welt, welche früher verstorben sind und die ihr Leben in einer der Dimensionen fortführen. Ihre Gaben und Fähigkeiten werden beeinflusst durch ihr vorheriges Leben. Diese Krieger sterben meistens nach einer endgültigen Niederlage ihres Clans. Den Kriegern ist der Zutritt zur menschlichen Welt oder in andere Dimensionen zu jeglicher Zeit untersagt.

Am Ende jeder Dimension befindet sich ein Thron. Ein Gott kann auf ihm Platz nehmen und Einfluss auf die Welt der Menschen nehmen. Die Machtregierung kann durch den Sieg eines Clans vom anderen Gott unterbrochen werden und dieser darf dann den Thron besteigen. Dadurch wechseln sich die Mächte gelegentlich ab und Unruhe kann in der Welt verhindert werden, weil jedem die gleiche Macht geschieht.

Unser Clan hatte nun die Möglichkeit und Ehre den letzten Kampf in der Dimension auszutragen, das Böse zu besiegen, damit das Gute wieder Einzug in die Welt nehmen konnte.

**

Was ich erst an jenem Tag erfuhr, als wir in die große Halle der Entscheidung traten, war, dass die Götter selbst auch eine Gabe hatten. Die Halle war riesig groß und an einer Seite ließen bodentiefe Fenster aus Milchglas das Sonnenlicht hinein, welches genügend Licht spendete. Am Ende der Halle führte eine kleine Treppe zu einer erhöhten Tür, wobei der gesamte Raum festlich gestaltet war. Links von der Tür, neben der Treppe, stand ein gebräunter, großer, muskulöser, stämmiger Mann, welcher meine Aufmerksamkeit gleich auf sich zog. Er hatte gegelte, mittellange, braune Haare und trug einen weißen Anzug. Weshalb trug Emmet, der Gott des Bösen, die Farbe weiß? Auf der rechten Seite stand in einem dunkelroten Abendkleid anmutig, leuchtend und zierlich die Göttin des Guten, Candida. Auch wenn Candida neben Emmet klein wirkte, strahlte sie ebenso viel Macht aus wie er. Von Candida löste ich den Blick und das Nächste was ich sah war das gegnerische Team, welches sich vor Emmet aufgestellt hatte. Dieses Team war es also, welches dem Gott Emmet erlaubte so lange auf dem Thron zu verweilen. Erschrocken erkannte ich fast alle Gesichter wieder. Da war Mallory, welche sich selbst sehr in Szene gesetzt hatte und statt ihr nahm ich Lyra in meinen Clan. Dann waren da noch Caleb Timothy, Katana, Maou, Sarana und Raidon gegen die wir schon gekämpft hatten und die schwarze Frau, die Gedanken lesen konnte. Der Mann, der sich die Ärmel hochgezogen hatte, um mit Handbewegungen meinen Kopf zu steuern, stand hinten links. Aber da war noch ein Typ, der zudem ganz vorn stand. Frustriert stellte ich fest, dass der Gegner in der Überzahl war und wir gar nicht von jedem dessen Gabe und Fähigkeit wussten, was andersherum wahrscheinlich nicht so war.

Plötzlich erklang Emmets Stimme im Raum und mein Blick wanderte automatisch zu ihm: „Seid gegrüßt, Krieger des Guten. Ihr wollt meinen Clan herausfordern, nehme ich an. Dies sei euch gewährt, doch versichere ich euch ihre Stärke, Können und vor allem ihr Geschick." Candidas warme Stimme erklang: „Joyces Clan kann dies auch aufweisen, doch reicht das meiner Meinung nicht immer aus." Emmet unterbrach sie: „Warum sitzt du dann nicht auf dem Thron? Genug! Der beste Schiedsrichter soll kommen, möge der Kampf beginnen." Augenblicklich erschien eine Frau in weißer Montur. Ich vernahm es als gutes Zeichen, dass es eine Frau war. Unsere Formation sah folgendermaßen aus: Cloé, Amon und Dustin bildeten die erste Reihe, in der zweiten befanden sich Lyra,

Salvador und Levi und dahinter stand ich. Wir hatten uns diese Formation überlegt, weil die Fertigkeiten von Cloé, Amon und Dustin zum direkten Angriff bestens geeignet sind, gefolgt von denen, welche im indirekten Angriff punkten und zum besseren Schutz stand ich ganz hinten. Die Formation des gegnerischen Clans war die, dass der Typ, den wir noch nicht kannten, in der Mitte stand und seine Clanmitglieder sich im Kreis um ihn herum aufgestellt hatten. Dann ergriff die Schiedsrichterin das Wort: „Die Regeln eines Kampfes müssten jedem bekannt sein. Die Götter halten sich aus den Gedanken der Krieger fern, mit ihren Gaben hinterm Berg und jegliche Manipulation ist untersagt. Wann ein Anführer oder Anführerin so geschwächt ist, dass dessen Clanmitglieder verwundbar sind, verkünde ich dies laut, ebenso wenn ein Mitglied ausscheidet. Der einzige Unterschied besteht darin, dass es in einem Entscheidungskampf vier Angriffsrechte gibt, statt nur zwei. Möglich ist es auch, sich einen Angriff aufzusparen, den man in der nächsten Runde ausüben muss. Dies ist nur zwei Mal möglich in einem Kampf. Ich wünsche allen Parteien viel Erfolg. Die Herausforderer beginnen.“

***

Candida, die Göttin des Guten, besaß die Gabe Zukunftsleserin und Emmet, der Gott des Bösen, hatte die Gabe der Zukunftsbeeinflussung. Was die Götter jedoch mit ihren Gaben sehen konnten, wie die Zukunft sich ändern könnte, durften die Götter nicht erwähnen, oder gar ihre Gabe einsetzen, um ein Ereignis zu verhindern. Die Zukunft lag nur noch in den Händen der Krieger. Die Aufregung in den Reihen von Joyces Clan wuchs, doch Joyce blieb ganz ruhig und konzentriert. Einen Moment war es sehr still, kein Geräusch störte diesen Augenblick. Alle Augen waren auf Joyce gerichtet, in der Luft lag eine unangenehme Anspannung, aber Joyce war die Ruhe selbst. Sie atmete einmal tief durch, bevor sie den ersten Angriff anordnete: „Levi, hol deine Karten hervor und mische sie.“ Lächelnd zog Levi seinen Kartenstapel aus seinem

Pullover und mischte seine Karten seelenruhig. Der gegnerische Clan machte sich sichtlich bereit und Levi zog die oberste Karte von seinem gemischten Stapel. Sein Lächeln wurde breiter und er verkündete: „Diese Karte heißt Seuche und schwächt jede Runde ein wenig den gegnerischen Anführer." Er zeigte dem Gegner die Karte und steckte sie in die Mitte seines Kartenstapels. Dann wurde es wieder ruhig. „Lyra, beamen und Nahkampf und Dustin Sprengstoff", flüsterte sie ihren Kriegern zu. Dustin rannte ein Stück auf den gegnerischen Clan zu und warf einen Sprengstoff Richtung Anführer. Der Anführer warf einen Wurfstern und der Sprengstoff explodierte in der Luft. Im selben Moment fing Lyra an sich zu beamen, wobei sie unsichtbar wurde. Doch sie kam auch nicht zum Angriff, weil Maou ebenfalls unsichtbar wurde und sie aufhielt. Als sie wieder auf ihrem Platz erschien, schüttelte sie den Kopf und sprach: „Ich kam an Maou nicht vorbei." Cloé drehte sich zu Joyce um und sprach: „Soll ich lieber wieder den grünen Schleier errichten, damit deine Gedanken und der Plan sicher sind?" Ich schüttelte den Kopf und antwortete ihr: „Ich habe keinen Plan." In dem Moment teilte die schwarze Frau, deren Name Raven war, ihrem Anführer etwas mit, was sicher damit zu tun hatte. Der gegnerische Anführer sah nachdenklich aus. Die Schiedsrichterin verkündete nach einer Weile: „Rico, wir warten auf deinen Zug." Der gegnerische Anführer nickte. Er zeigte ein Handzeichen, welches ich auch wiedererkannte und ich spürte gleich darauf, wie Katana psychischen Schmerz einsetzte. Der Angriff war sehr stark, ich ging in die Knie und begann zu singen.

Ich schaff das allein, ich schaff das allein,
ich bin groß und wegen dir Schätzelein,
mache ich mich nicht klein.
Schnee kann fallen, Sturm kann wehen,
ich bleib stehen, ich werd nicht untergehen,
diesen Gefallen tu ich dir nicht.
Ich schaff das allein, ich schaff das allein,
ich bin stark und wag es nicht mich zu reizen,

ich kann beißen, reißen und schmeißen.
Ich kann allein ich sein.
Ich kann allein ich sein.

Während Joyce sang stand sie tapfer wieder auf. Der Angriff wurde zunächst schwächer und dann konnte Joyce ihn abwehren. Sie war innerlich stolz auf sich, was sie jedoch nicht zeigte. Nach außen hin strahlte sie Ruhe aus. Doch sie wusste dies war erst ein Angriff. Drei weitere würden in Kürze folgen. Der gegnerische Anführer zeigte hintereinander drei Handzeichen, wobei Joyce und ihr Clan zwei noch nicht gesehen hatten und den Dritten nicht zuordnen konnten. Plötzlich setzte ein Erdbeben ein, welches Rico persönlich auslöste und den Clan von Joyce ganz schön aus dem Gleichgewicht brachte, sowie Joyce verletzte.

Zeitgleich schleuderte Raidon eine breite Wand in die Richtung von Joyces Clan, welche alle unter sich begraben hätte, wenn Dustin nicht seine Gabe eingesetzt hätte. Dustins Gabe ist die Verformung, so dass er die Wand vom quadratischen festen Zustand zum pulvrigen und sandigen Zustand brachte und nur Staub auf alle rieselte. Daraufhin sprach Joyce: „Amon, gib mir einen Dolch, damit ich den nächsten Angriff besser abwehren kann." Dieser antwortete: „Ich kenne dich besser, als mich selbst. Du verteidigst dich nicht mit einem Dolch." Dann richtete er sich an den Gegner: „Ich habe die Beeinflussung bemerkt."

Der Mann mit den langen Ärmeln verzog verärgert das Gesicht. Rico sprach nur: „Ärger dich nicht, Rephaim, dein Angriff war exzellent, nur haben wir es diesmal mit ehrwürdigen Gegnern zu tun."

Joyce sah zu Levi und nickte ihm zu. Dieser mischte erneut seine Karten und zog die Oberste. Neutral erklärte er die Funktion dieser Karte, wobei er sie dem Gegner zeige: „Dies ist die Doppelgänger-Karte. Dabei entsteht ein Scheinanführer, so dass die Unterscheidung des wahren Anführers schwieriger wird."

Ein siamesischer Zwilling wuchs aus Joyce heraus, trennte sich räumlich von ihrem Körper und stand nun neben ihr. Levi erklärte weiter: „Ob die wahre Joyce nun im ursprünglichen Körper geblieben oder in den sich gebildeten Körper übergegangen ist, kann man nicht erkennen. Viel Spaß beim Knobeln." Die zwei Joyces verkündeten im Chor die nächsten Angriffe: „Cloé Gabe und Salvador Fähigkeit." Sie nickten.

Salvador ließ in seiner Hand eine Sense erscheinen und rannte auf den Schutzring des gegnerischen Clans zu, der seinen Anführer in der Mitte schützte. Cloé hingegen ließ mit ihrer Gabe neben Rico aus der Erde dicke Wurzeln wachsen und wickelte den gegnerischen Anführer fest ein, so dass dieser aufschrie vor Schmerz. Katana verließ vorne die Reihe und schnitt mit einem langen Schwert die Wurzeln durch und befreite ihren Anführer. Das entstandene Loch wollte Salvador nutzen, um zum Anführer zu gelangen, doch Sarana materialisierte in ihrer Hand eine Peitsche und hielt seine Sense damit fest.

Den Augenblick, indem sich alle um Salvador kümmerten, nutzten beide Joyces, wobei sie im Chor Dustin den Angriff mit Sprengstoff erteilten. Unbemerkt warf er einen Sprengstoff, welcher Rico an der Schulter traf. Salvador brach den Angriff ab und kehrte zum Clan zurück.

Rico rieb sich kurz die Schulter und sprach dann: „Raidon, errichte eine Schutzwand zwischen den Clans." Raidon ließ aus dem Raum eine Wand heraus schweben und stellte sie vor deren Clan ab, so dass der gegnerische Clan dahinter versteckt war. Die einzelne Wand verdeckte nur die Sicht auf den gegnerischen Clan, rechts und links konnte man vorbeikommen.

Amon ließ ein Schutzschild in seiner Hand erscheinen und sprach: „Solange ein Krieger nicht zu hundert Prozent weiß, welchen Angriff er von wem abwehren will, darf er sich nicht verteidigen, das heißt, das Lyra noch nicht beamen kann, um zu schauen ob Maou angreift. Hinzu kommt, dass wir die Wand nicht verschwinden lassen können, weil sie uns nicht angreift, sie steht lediglich nur im Weg. Ich sage es nicht gern, aber unser Gegner ist sehr raffiniert." Plötzlich schwebte Sarana über die Wand hinweg und kam auf den Clan von Joyce zu. Amon rief: „Sie ist nur eine Ablenkung macht

euch bereit." Cloé ließ aus dem Boden lange Pflanzenranken wachsen, welche sich um die Füße von ihr wickelten und sie herunterzogen. Dabei rief sie: „Komm mal runter auf den Boden."
Unbemerkt hatte sich Maou unsichtbar hinter beide Joyce gestellt gehabt und erschien nun mit einem Morgenstern in der Hand, wobei er eine von beiden angriff. Er traf die wahre Joyce mitten im Rücken mit dem Morgenstern, welche nun laut aufschrie und zu Boden ging. Amon ließ den Schutzschild fallen, eilte zu Joyce, entfernte den Morgenstern, warf diesen weg und hielt sie schützend im Arm. Die Wand, welche den gegnerischen Clan verdeckt hatte, verschwand und Rico sah zur Schiedsrichterin.
Diese schüttelte nur den Kopf. „Du bist hartnäckiger als ich dachte, aber in der nächsten Runde bist du so geschwächt, dass deine Krieger verwundbar sind, das versprech ich dir." Amon nahm ihre Hand und sah ihr tief in die Augen. Joyce sagte geschwächt: „Perfekt, jetzt komm ich!"

Joyce teilte das nächste Vorgehen mit: „Salvador schreibt mir ein Gedicht, solange ich singe, welches mir danach neue Energie geben soll." Salvador zückte lächelnd einen kleinen Block und Stift und verzog sich in den Hintergrund. Joyce richtete sich etwas auf und sang.

Ich lieg hier tief am Boden,
du lächelst mich an von ganz oben,
siegessicher und gewiss,
dass es mit mir bald zu Ende ist.
Ich lieg hier tief am Boden,
du lächelst mich an von ganz oben.
Du siehst dich selbst als Sieger,
doch dass es mich noch gibt,
das vergiss nicht.
Ich lieg hier tief am Boden,
geschwächt und halb besiegt,
hab Schmerzen in jedem Glied.

Spür den seelischen Schaden,
fühl du doch mein Behagen,
und füg ihm zu den körperlichen Schaden,
und Schmerz, wie er mir.
Ich lieg hier tief am Boden,
und du liegst hier mit mir.
Dein Lächeln ist dir vergangen,
und die Freude über meinen Untergang.
Wir liegen tief am Boden,
es ist noch nichts verloren,
nur dein Übermut,
der tat dir eh nicht gut.

Als ich geendet hatte, ergriff die Schiedsrichterin das Wort: „Der Anführer vom Clan des Bösen, Rico, ist zum kritischen Grad geschwächt, so dass seine Krieger nun verwundbar sind und ausscheiden können." Emmet sprang auf und zog jegliche Aufmerksamkeit auf sich. Wütend sprach er: „Wie kann das sein?" Behutsam stand Candida auf, legte eine Hand auf seine Schulter und sprach ruhig: „Joyce ist robust und stark und ist noch nicht an dem Punkt angelangt, wie Rico, obwohl sie momentan gleich geschwächt sind. Beruhige dich, noch ist nichts entschieden, stimmt wehrte Schiedsrichterin?"
Sie setzte sich wieder, obwohl man ihr ansah, dass sie an den Sieg ihres Clans glaubte und festhielt. Die Schiedsrichterin nickte und Emmet setzte sich auch wieder. „Ist dein Gedicht fertig, Salvador?", fragte Joyce nun. Er nickte und las vor:

Ruf in Joyce neue Lebensgeister,
auf in die Luft eben den Meister.
Bringt neue Energie,
beginnt neue Hierarchie.
Das Gute auf den Thron,
ist auserkoren.
Das Böse schmeißt die Flinte ins Korn,

Kraft und Lebenswillen wünsch ich nur ihr,
denn die wahren Sieger sind wir.

„Danke Salvador, ich fühle mich fast wie neu. Cloé, errichte doch bitte eine Dornenwand um den gegnerischen Clan herum, durch die wir etwas sehen können." Cloé nickte und aus der Erde schoss, fast wie bei Dornröschen, eine dichte Rosenwand mit dicken Dornen, welche den Clan von Rico umgab. Danach rief sie laut: „Ich spare mir den letzten Angriff für die nächste Runde auf." Die Schiedsrichterin nickte und gab Rico ein Handzeichen. Rico sprach laut: „Caleb Timothy setz Heilung bei mir ein."
Daraufhin sprach die Schiedsrichterin: „Deine Entscheidung ist gut, aber ich möchte dich darauf hinweisen, dass deine Clanmitglieder weiterhin verwundbar sind. Diesen Zustand kannst du nicht mehr verändern." Dann kehrte kurz Stille ein. Rico verkündete nach einer kurzen Pause: „Mallory, zaubere die Dornenwand weg."
Als die Wand weg war, sagte Joyce: „Jetzt bleiben ihm nur noch zwei Züge übrig." Dann machte er zwei Handzeichen und verschränkte seine Arme vor der Brust. Raidon schmiss einen riesigen Hammer und Raven, die schwarze Frau, einen Speer. Cloé fing mit starken Wurzeln den Hammer in der Luft ab und Lyra beamt sich zum Speer und ergriff ihn sicher. „Angriff auf Caleb Timothy", flüsterte sie. Lyra rannte demonstrativ auf Rico zu, hetzte in letzter Sekunde zu Caleb Timothy und stieß ihm den Speer in den Bauch. Die Schiedsrichterin rief: „Caleb Timothy scheidet aus."
Joyce machte weiter: „Cloé Sandsturm, für eine schlechte Sicht der Gegner, Amon Axt und Salvador Sense." Sofort berief Cloé einen Sandsturm und Amon und Salvador machten sich durch den Sandsturm davon. Etwas später hörte man einen Aufschrei und die Stimme der Schiedsrichterin: „Katana scheidet aus." Joyce verzog das Gesicht und sprach: „Sie haben den Falschen erwischt." Lyra nickte und antwortete: „Eigentlich müssen wir nur noch dafür sorgen, dass Rico ausscheidet."

Der Sandsturm verschwand und Amon und Salvador kehrten zurück. Rico schrie aufgebracht: „Jetzt bin ich dran, ich mach euch fertig!"

Bei seinen Worten hatte Joyce ein ungutes Gefühl und sprach ihre Vorahnung aus: „Wenn er von sich redet und viermal Erdbeben einsetzen will, müssen wir uns etwas überlegen." Cloé winkte mit der Hand und sagte: „Überlass das ruhig mir."

Sofort wollte Raven ihrem Anführer von unserem Gespräch berichten, weil sie unsere Gedanken gehört hatte, aber Rico war so in Rage, dass er sie nur zur Seite schubste und sie umfiel. Tatsächlich setzte er als nächstes Erdbeben ein. Cloé ließ unter jedem Clanmitglied eine dicke Ranke herauswachsen, welche jeden in sichere Höhe hob. Rico schrie wutentbrannt: „Ihr haltet euch also für schlau! Los Rephaim, tu doch was!" Dieser hob verzweifelt die Arme und fragte: „Wie soll ich sie denn beeinflussen?" Danach stand Emmet wütend auf und schrie ebenfalls: „Reißt euch zusammen!"

Da pfiff die Schiedsrichterin in ihre Trillerpfeife und es wurde kurz ruhig. Dann sprach sie normal: „Könnten wir nun alle wieder professionell reagieren und den Kampf ordentlich beenden? So Rico, du hast noch drei Angriffe zum Ausführen und überlege dir gut, was du nun machst." Rico blickte sehr lange Mallory an und überlegte. Dann sah er kurz zu Emmet, der sich wieder gesetzt hatte und sprach dann plötzlich und unerwartet: „Ich finde, ihr habt euch den Sieg redlich verdient. Ich gebe auf. Glückwunsch, Joyce."

Der Clan von Joyce freute sich, wobei Amon mit seiner Freude hinter dem Berg blieb und auch die Göttin verhielt sich verhalten. Dies fiel den anderen gar nicht wirklich auf, im Gegenteil, sie umarmten sich heftig und lachten erfreut.

Die Schiedsrichterin schritt auf Candida und Emmet zu und gratulierte Candida mit einem Händeschütteln. Die Wand mit der Tür tat sich zur Seite auf, die kleine Treppe blieb, wobei sie sich dahinter zur gewaltigen Treppe entpuppte, welche zum Thron hinaufführte. Der Thronsaal wurde durch das Öffnen der Wand erst sichtbar. Am Ende der langen und breiten Marmorstufen befand sich, ganz oben, der berühmte goldene Thron und alle Augenpaare waren auf diesen gerichtet. Candida ging auf die dritte Stufe und drehte sich noch einmal zu ihrem Clan um, der am Treppenabsatz zu ihr hinaufsah. Emmet und der gegnerische Clan, welcher vom Mentor Fly geführt wurde, gesellten sich an den Rand, um das Geschehen zu beobachten. Emmet lächelte sichtlich zufrieden, wobei er doch verloren hatte.

Candida sprach an Joyce gewandt: „Glückwunsch zu eurem Sieg. Dank euch darf nun wieder ich den Thron besteigen und guten Einfluss auf die Erde nehmen. Möchtest du noch etwas zu deinen Clanmitgliedern sagen, vielleicht auch an Amon, der dich von Anfang an begleitet hat?" Joyce überlegte nur kurz und antwortete dann: „Ich habe endlich die Freunde gefunden, nach denen ich mich immer gesehnt habe. Ich kann euch allen nicht oft genug danken. Es ist schön, dass es euch gibt."
Candida nickte kurz und sprach: „Nun, dann werde ich mich auf den Thron niederlassen." Langsam schritt sie die Treppe hinauf. Kurz bevor sie oben angekommen war, sah sie sich noch einmal um. Sie blickte auf Amons Haare, sein Gesicht und seinen starken Körper und bestieg die letzte Stufe. Dann setzte sie sich auf den goldenen Thron. In dem Augenblick griff sich Joyce an den Kopf, als hätte sie plötzlich Kopfschmerzen und im nächsten Moment fiel Amon tot um, wodurch die Kopfschmerzen bei Joyce nachgaben. Erschrocken von seinem Sturz rannte Joyce zu Amon und flehte ihn an: „Steh auf! Bitte!"
Sein regloser Körper machte unnatürliche Bewegungen, während sie versuchte ihn zu wecken. Sie fing heftig an zu weinen und rüttelte verzweifelt weiter an ihm herum. Joyce weinte, schrie und

flehte zugleich und bekam nicht wirklich mit, dass sich ihr Clan um sie herumgestellt und Cloé sich zu ihr gebeugt hatte. Cloé sprach leise zu ihr: „Ich glaube, ich kann ihm helfen. Ich spüre wie meine Gabe in mir aufsteigt." Joyce ließ sich schweren Herzens vom Leichnam zurückziehen und Cloé kniete sich nun neben Amon. Sie legte die linke Hand auf seine Stirn und die rechte Hand auf sein Herz und schloss die Augen. Eine Weile passierte nichts, bis sich plötzlich der Körper von Amon schlagartig auflöste.

Joyce verfiel in einen Weinkrampf und war nicht mehr ansprechbar. Sie fragte ständig: „Warum?", doch wartete nicht auf eine Antwort. Als nach einer halben Stunde der Weinkrampf vorüber war, die Tränen noch flossen, aber sie wieder ihr Gehör der Umwelt schenken konnte, winkte sie die Göttin Candida zu sich hinauf. Joyce rappelte sich auf und schritt schwermütig die Treppe hinauf. Erst jetzt fiel ihr auf, dass Emmet und der gegnerische Clan den Raum verlassen hatten. Joyce ließ sich drei Stufentreppen vor ihr nieder und weinte noch immer in ihren Schoß.

„Was ist passiert?", wollte Cloé sachlich wissen. Die Göttin holte tief Luft und begann zu erklären: „Als damals Emmet den Thron bestieg, wollte er einen Zauber erschaffen, der in Kraft tritt, wenn ich wieder den Thron besteige und der Zauber sollte den Anführer töten, dem es gelang seine Krieger zu besiegen. Er wollte mir so den stärksten Krieger auslöschen, um baldmöglichst den Thron wieder in Besitz zu nehmen. Diesen Zauber sprach Mallory aus, welche sich als stärker erwies als ihre Vorgängerin. Joyce bekam von mir keine übliche Fertigkeit, denn ich dachte mir, sie sollte robust und stark sein, um dem Bösen zu trotzen. Ihren Tod vermied ich, indem ich Amon die Gabe, Joyces Beschützer zu sein, vermachte und im Gegenzug erhielt er die mächtigste Fertigkeit, die mir einfiel. Um wiederum Amons Leben zu erhalten, erteilte ich Cloé die Gabe der Lebensschenkung. Bei seiner Wiedergeburt schien plötzlich nicht alles in Ordnung zu sein, weshalb er verschwand, dennoch ist er am Leben. Emmet hatte anscheinend nichts gegen diese Zukunftsänderung, welche ich vornahm, denn er tat nichts, um dieses Schicksal erneut zu verändern."

Die immer noch weinende Joyce stand plötzlich auf und rannte aus der großen Halle. Candida sprach weiter, als die Tür ins Schloss gefallen war: „Ich kann ihre Trauer verstehen, ihr wurde ihr erster und bester Freund genommen, doch lebt dieser und daher kann ich mir ihre Wut nicht erklären. Ich glaube, sie hasst mich, weil ich nichts gesagt habe. Amon ist nicht nur ein Freund für sie, sie liebt ihn. Dieses Gefühl wird ihr durch ihre Vorgeschichte nicht bekannt sein. Sie erkennt nicht, was sie wirklich für ihn empfindet."
Im Saal herrschte nun Stille, niemand sagte mehr etwas. Die anfängliche Freude über den Sieg verspürte schon lange niemand mehr, nachdem klar wurde, was sie dafür bezahlen mussten.

***

In den letzten Minuten erlebte Joyce eine enorme Freude und gleich darauf unendliche Trauer. Wie schnell das Glück doch umschlagen kann. Joyce rannte weinend den Flur entlang, blieb plötzlich stehen und wischte sich energisch die Tränen aus ihrem Gesicht. Sie hatte es schon wieder zugelassen, dass sie sich einer Person ganz öffnet, welche verstarb und ihr Leid zufügte, indem diese Person nicht mehr bei ihr sein konnte. In dem Moment, in dem sie wusste, dass ihre Eltern nicht mehr erwachen würden, fühlte sie schon einmal diesen Schmerz. Wie sollte sie das Leben ertragen, wenn solche starken Gefühle sie schwächten?
In dem Augenblick hörte sie Schritte, welche sich näherten. Joyce wollte unbedingt allein sein, lief zur nächsten Tür und verschwand in einem kleineren Nebenraum. Was sie nicht wusste war, dass ich mich bereits in dem Raum befand und auf sie wartete. „Komm doch zu mir, Joyce", sagte ich, wobei ich am Fenster stand, meine Flügel ausgebreitet hatte und sie nun schloss. Durch das Zusammenschlagen meiner Flügel fiel etwas mehr Licht in den Raum und meine majestätischen Flügel reichten bis auf den Boden. Joyce tat einige Schritte auf mich zu und sprach emotionslos und ausdruckslos: „Wo ist Amon?"

Ich drehte mich zu ihr um, wobei das Mondlicht mich milchig umrahmte. Etwas Staub wurde durch meine Flügel aufgewirbelt, der sich im Schein des Lichtes schwebend in der Luft langsam gen Boden bewegte. „Antworte mir, Emmet", sprach sie im gleichen Ton. Zuvor hatte ich mit Rico gesprochen, der mir ihren seelischen Zustand schilderte, den er dank ihres Liedes kurz annahm. Dieser war in mieser Verfassung und daraufhin kam mir die Idee, wie ich meinen Plan weiter fortführen sollte.

„Nun gut, ich verrat es dir. Amon befindet sich in der Dimension Identität gegen Diffusion. Seine Seele und damit seine Persönlichkeit sind zersplittert und müssen sich wieder zusammensetzen. Jedoch wird er es nicht allein schaffen, so einen Fall hat es noch nicht gegeben", sagte ich und legte somit den Grundstein meiner genialen Idee.

Joyce verlagerte ihr Gewicht auf den anderen Fuß und antwortete in derselben Monotonie: „Und wenn ich zu ihm wollte, was müsste ich tun?" Ich lachte kurz auf. Joyce strahlte unbewusst ihre bösartige und gefühllose Seite auf mich ab, welche ich an ihr nicht kannte, aber mir definitiv sehr gefiel. „Sprich, dunkler Engel!", forderte sie mich auf. Ich beäugte ihre Figur, ihr Körper war schön und antwortete dann: „Du kannst nicht zu ihm, es sei denn du beschließest mit mir einen Pakt. Jede Dimension besitzt eine positive Seite, wie zum Beispiel Liebe und eine negative Seite, in dem Fall Hass. Du befindest dich auf der positiven Seite und müsstest wechseln, abgesehen davon, dass es sich um eine andere Dimension handelt. Du kannst nur mit einem Gott einer negativen Seite einen Pakt aushandeln, wenn du auf eine negative Seite möchtest." Sie überlegte kurz. „Also gut Emmet, verhandeln wir", sprach sie ernst. Ich wusste, dass sie nicht nein sagen wird. Sie hatte keine andere Wahl, als in meine Falle zu laufen.

***

Emmet und Joyce hatten einen Zeitpunkt festgelegt, an dem er sie in die andere Dimension befördern wollte und ab da ihr Pakt gilt.

Joyce kam der Pakt mit dem Bösen nicht ganz sicher vor und so hatte sie sich mit Candida, der Göttin des Guten und Yasmin, Göttin der Liebe, zusammengesetzt und über die Situation gesprochen. Die beiden Freundinnen waren einverstanden mit ihrer Entscheidung Amon zu retten, stuften das Vorgehen aber auch als gefährliches Risiko für das Gleichgewicht der Mächte ein. Die Aufteilung der Kräfte in den Dimensionen und die jeweiligen Seiten waren nicht ohne Grund geschehen und ein Übergehen auf eine andere Seite hatte es noch nicht gegeben, laut der Göttinnen.

Emmet bekam von dem Treffen vermutlich nichts mit und so sahen sich die beiden erst am vereinbarten Treffpunkt wieder. Joyce sollte allein hingehen, was ihr etwas Angst machte, denn sie wusste nicht, was sie erwarten würde. In der Zeit, in der sie Amon suchen geht, sollte ihr Clan in der Halle der Entscheidungen bleiben und die Stellung halten, falls ein gegnerisches Team kam, was sie natürlich nicht hoffte. Sie hoffte auch, dass es sich nicht herumsprach, dass sie als Anführerin für eine ungewisse Zeit weg war. Es war keine gute Zeit ihren Clan zu verlassen, doch diese Zeit würde auch nicht kommen. Sie setzte für Amon alles auf eine Karte, die Levi nicht in seinem Stapel besaß. Diese eine Karte würde vermutlich viele Dinge verändern.

***

Joyce kam pünktlich zum Ort der Vereinbarung. Ich beobachtete ihre schlanke Silhouette im Schein des Mondes, während sie zum Labyrinth ging. Sie blieb einmal zögernd vor dem Eingang stehen und sah sich suchend um. „Trete ein", sprach ich ruhig vom Inneren. Sie ließ sich nicht zweimal bitten und betrat das Labyrinth. Joyce schritt bedacht die Wege ab, verlief sich einmal, worüber ich schmunzeln musste und kam dann schließlich zu mir in die Mitte. Dabei blieb es die ganze Zeit still und als sie nun vor mir stand, sagte auch keiner von uns beiden ein Wort. Mir fiel auf, dass sie heute einen Rock trug, denn ich kannte sie nur in Hosen. Mein Blick wanderte ihre Taille hinauf bis zum Gesicht. Ihre Augen wirkten leer, ihr Blick war starr und ausdruckslos und ihr Gesicht blass im Mondschein. Ich konnte meine Augen nicht von ihr lassen.

Vorsichtig erfasste ich mit beiden Händen ihre Schultern, ließ sie zwei Schritt rückwärtslaufen und zwang sie sich auf eine alte und breite Holzbank mit Rosen aus Metall hinzusetzen. Sie ließ es willenlos mit sich geschehen und wartete still ab. Ich kniete mich vor ihr hin, sah sie an, während ich unter der Bank einen Kelch mit meinem Blut hervorholte. Ich schloss ihre Hände behutsam um den Kelch und führte ihn ihr an den Mund. Joyce trank den Inhalt vor meinen Augen aus und ich beobachtete sie dabei. Den Kelch nahm ich ihr wieder ab und stellte ihn beiseite. Ich blieb vor ihr kniend, zu ihr hochschauend und hatte beide Hände auf ihren Beinen zu liegen. Dann nahm ich meine linke Hand und ließ sie über die metallischen Spitzen der Rosen dieser Bank gleiten, wobei ich sie weiterhin ansah. Der Schmerz war dabei minimal, der das Gefühl von reißender Haut begleitete. Ich hielt diese Hand vor Joyce, wobei sich das Blut als eine kleine Pfütze in meiner Handfläche ansammelte. Joyce schaute gebannt auf das frische, rote Blut und dann zu mir. Ich genoss kurz ihren klaren Blick auf mir und ihre körperliche Anspannung, denn der Moment war herrlich und regte etwas in mir an, was ich nicht näher beschreiben konnte. Lächelnd tippte ich mit den Fingern der rechten Hand in diese Blutpfütze meiner linken Hand. Dann schaute ich noch einmal zu Joyce, die noch immer ruhig dasaß und alles mit sich machen ließ, nur um zu diesem Amon zu gelangen.

Dann wagte ich gekonnt den nächsten Schritt und legte gleichzeitig die Finger der rechten Hand als Kreis auf ihre Stirn und die linke Hand platzierte ich in Höhe ihres Herzens, wobei mein Blut in ihre Kleidung sickerte. Augenblicklich verlor Joyce das Bewusstsein und kippte zur Seite, wobei ich sie etwas stützte. Sofort darauf dachte ich an den Ort, an den ich sie hinschicken wollte, wobei ihre Seele den Körper verließ. Kaum war sie in der anderen Dimension, trat ihre Abmachung in Kraft und ich lächelte. „Was bin ich nur für ein böses Genie?", sagte ich selbstzufrieden. „Sie wird nicht wieder zurückkehren und der Siegerclan des Guten wird meine Herrschaft nicht länger stören."

***

Als ich mein Bewusstsein wiedererlangte lag ich auf einem Hügel. Noch etwas benommen rappelte ich mich auf und schaute mich fragend um. Ein einziger Weg führte in eine bestimmte Richtung, wobei ein dicker grauer Nebel alles unter sich versteckte und nur den Beginn des Weges preisgab. Ich entschied mich für den Weg und wagte mich in den Nebel hinein, wobei ich schnell merkte, dass das Atmen darin schwerer fiel und die Sicht sehr einge-schränkt war.
Während ich weiterlief stimmte ich ein Lied an, welches Besserung bringen sollte.
Verschwind geschwind Nebel,
Kind tut umlegen den Hebel.
Wind blase kräftig und heftig,
geschwind entsteht klare Sicht,
vorbei mit der Nebelschicht.

Der Nebel verzog sich glücklicherweise, meine Gabe schien auch hier zu wirken und während ich den Hügel hinabstieg, sah ich im Tal ein riesiges Labyrinth, welches dem Aussehen eines Fingerab-druckes entsprach. Der Weg führte direkt auf den Eingang des La-byrinths zu. Dieses Labyrinth war also die Dimension Identität ge-gen Diffusion und ich bekam es etwas mit der Angst zu tun. Bevor ich mir das Labyrinth genauer ansehen konnte, zog der Nebel wie-der auf. Immerhin wusste ich ungefähr, was mich erwarten würde und ich achtete wieder ganz genau auf den Weg, um mich nicht zu verlaufen. Mein Atem ging dabei flach, denn der Sauerstoff war knapp im Nebel und das Laufen fiel mir schwerer.
Nach einigen Minuten tauchte ich überrascht aus dem Nebel auf, ich war im Tal angekommen und der Nebel hing nun knapp zwei Meter über mir in der Luft. Die Sicht war nun besser, aber das

Atmen war immer noch schwer, als würde der Nebel über mir keinen Sauerstoff durchlassen. Hinzu kam, dass bei jedem Ausatmen eine Atemwolke entstand, denn hier war es recht kühl. Eine Gänsehaut benetzte meinen Körper.

Ich konnte den Eingang schon sehen, aber ich musste noch ein Stück laufen, bis ich ihn erreichte. Dabei sah ich, dass neben dem Weg Raureif den Boden bedeckte.

Am Eingang angekommen, hielt ich noch einmal kurz inne und stand regungslos da. Ich musste das hier tun, ich konnte nicht umkehren, sagte ich mir selbst. Erst danach war ich mutiger und betrat das Labyrinth. Kaum hatte ich ein paar Schritte getan, verschloss sich hinter mir die Wand, ich blickte erschrocken zurück und musste feststellen, dass dies nur ein Eingang war.

Plötzlich sprach mich eine schrille Stimme an: „Sieh nur, wie es dir ergeht!" Erschrocken drehte ich mich zu der Stimme um und vor mir standen vier gleiche Personen. Doch jede wirkte etwas anders von ihnen, die eine fröhlich, eine griesgrämig, eine verängstigt und die letzte verspielt, aber es handelte sich um eine Person. Diese Seele hatte sich augenscheinlich geteilt und die vier Personen stellten jeweils einen Anteil ihrer Persönlichkeit dar. Ich musste an Amon denken und bekam es mit der Angst.

Ich lief los, ohne ein Wort zu sagen, ich musste ihn unbedingt finden, obwohl ich nicht wusste, wo ich mit der Suche anfangen sollte. Ich rannte an weiteren geisterähnlichen Personen vorbei, die sich durch die Gegend schleppten, ohne dass diese ein wirkliches Ziel vor Augen hatten. Und ich hoffte nur, ich würde mein Ziel nicht aus den Augen verlieren, denn ich hatte Angst, dass meine Vergangenheit und meine Selbstzweifel mich einholen könnten und ich auch bald doppelt oder vierfach herumirrte. Ohne einen genauen Plan vor Augen zu haben, nur das Ziel Amon schnellstmöglich zu finden, rannte ich durch die Irrwege und suchte nach ihm. Dabei rannte ich durch manche Personen hindurch, wobei aber nichts passierte und es beschwerte sich auch niemand. War ihnen alles egal geworden? Ich begegnete nur leblosen, durchsichtigen und vermehrt vorhandenen Personen und das ließ mich panisch werden. Was passierte mit denen, welche sich nicht mehr teilen konnten? Die Anzahl der geteilten Persönlichkeiten war unterschiedlich hoch, aber was bedeutete das genau?

Nach kurzer Zeit brannten meine Lungen unglaublich schmerzhaft, mein Herz raste wie wild und meine Beine fühlten sich taub und schwer an. Ich musste gezwungener Weise kurz innehalten und kopfüber nach Atem ringen. Es wurde nicht wirklich besser, ich setzte mich lehnend gegen eine Wand und legte den Kopf in den Nacken. So verweilte ich eine Zeit lang, um mich zu erholen, wobei ich unbemerkt eingeschlafen sein musste.

***

Als mir die Augen zufielen hatte ich einen ganz eigenartigen Traum, den ich als abscheulich empfand, aber ich war mir zu jeder Zeit bewusst, dass es sich nur um einen Albtraum handelte. Ich nahm eine Beobachterrolle ein, wobei ich von oben auf das Geschehen herabblickte. Das Ereignis handelte im Labyrinth, an der alten, breiten Bank, wo Emmet und ich uns befanden. Die Nacht schien zu enden und das Morgengrau erhellte langsam die Umgebung. Ich schien zu schlafen, weil ich regungslos auf der Bank lag. Emmet stand neben der Bank und beobachtete mich beim Schlafen. Das war eine wirklich eigenartige Situation in meinem Traum, welche in Wirklichkeit niemals zustande käme.

Die Joyce hatte Blut an der Stirn und auf ihrem Oberteil und plötzlich fing Emmet an auf sie einzureden: „Du bist sehr stark, Joyce, das beeindruckt mich, doch hast du dich leider für die falsche Seite entschieden, so dass ich mir noch sicherer sein muss, als ich es jetzt schon bin. Du bist hübsch und eigentlich tut es mir schon etwas leid, wobei, was rede ich eigentlich? Müsste es mir nicht egal sein? Müsste ich nicht darüber hinwegsehen, als sei es nur ein Schachzug auf einem albernen Brettspiel? Doch tu ich es nicht nur um mein Ziel zu erreichen, denn deine Wiege ist fast schon perfekt für eine Sterbliche. Schade nur, dass du dessen Anblick nicht mehr genießen kannst, aus Fleisch und Blut bestehend. Wir werden dich so viel Energie kosten, dich leersaugen, wie Vampire nach Blut dürsten. Ich danke dir für die Lebenskraft und deine Macht."

Joyce blieb daraufhin nur weiterhin regungslos auf der Bank liegen und nur ihre Brust hob und senkte sich bei jedem Atemzug. Die Umgebung färbte sich ansatzweise in die Morgenröte um. Er näherte sich der schlafenden Joyce auf der Bank, strich ihr langsam vom Fußknöchel hinauf bis unter den Rock. Ich bekam vom Zusehen eine kalte Gänsehaut. Was träumte ich da bloß? Nun zog Emmet den Rock hoch, packte sie fest am Becken und positionierte dieses, wobei er zuvor ein Knie auf die Bank stellte. Nun öffnete er lächelnd seine Hose und danach ließ er sich Zeit, ihre Strumpfhose und Unterhose zu entfernen, wobei mir erst jetzt auffiel, dass die Joyce auf der Bank keine Schuhe trug. Bitte lass mich endlich aufwachen aus dem Traum! Plötzlich schien er es kaum abwarten zu können. Emmet spreizte ihre Beine, packte erneut das nun freiliegende nackte Becken, zog sie am Becken hastig noch näher an sich heran, hob dieses leicht auf seine Höhe an und stieß sein Glied hemmungslos in ihren Körper hinein.

Warum erwachte die Joyce auf der Bank nicht endlich? Durch seine schnellen, stoßartigen und lustvollen Bewegungen kam der leblose Körper in unnatürliche Aktion. Ich wachte endlich auf und saß immer noch gegen die Wand gelehnt dar. Mich überkam augenblicklich ein Schauer des Ekels und ich musste mich heftig schütteln. Wie widerlich der Traum und Gott sei Dank zu Ende war.

***

Mit Hilfe der Wand, an der ich lehnte, stand ich auf. Meine Gliedmaßen fühlten sich taub an und mein Gemüt war schwer. Dieser Ort machte irgendetwas mit mir, oder bildete ich mir das ein? Ich machte mich leicht schwerfällig auf den Weg. Ich war jedoch schneller zu Fuß als manch anderer Gesell in diesem Irrgarten. Viel Zeit würde mir nicht mehr bleiben, vielleicht noch eine Woche oder nur ein paar Tage. Ich zog an komischen Gestalten vorbei, während ich nachdachte, ob es hier überhaupt Tag und Nacht gab. Dann dachte ich an Amon und wie es ihm wohl geht. Würde ich ihn in nächster Zeit finden? Kann ich ihm überhaupt helfen aus dieser Dimension herauszukommen oder gehen wir beide hier unter? Plötzlich lief ich los, um den negativen Gedankenfluss zu unterbrechen. Ich musste doch an mich glauben! Kurze Zeit später verlangsamte ich mein Schritttempo wieder, denn ich merkte, wie wenig Ausdauer ich hier besaß und ich wollte nicht gleich wieder einschlafen. Erschöpft stimmte ich ein Lied an, in der Hoffnung dieses würde mir weiterhelfen.

Ich darf jetzt nicht schlafen,
hab Angst dich sonst zu verpassen.
Ich kann noch nicht nach Haus,
auch wenn dieser Ort mir schadet.

Angst, ich hab' Angst, dass es nie mehr so wird wie's war.
Glaub an mein Glück, ich kann nicht zurück
ohne dich.

Das Brennen hört nicht auf,
es schmerzen mir die Lungen.
Ich will nicht daran denken,
habe Angst wir lösen uns auf.

Angst, ich hab' Angst, dass es nie mehr so wird wie's war.
Raubt mir mein Herz, es ruft und schreit
nach dir.

Meine Füße tragen mich,
wohin immer du auch bist.
Ich trage dich in mir,
die Erinnerung leitet mich.

Angst, ich hab' Angst, dass es nie mehr so wird wie's war.

Angst, ich hab' Angst, dass es uns so bald nicht mehr gibt.
Hin und her, mir fällt das Atmen schwer
ohne dich.
Ich bin ohne dich
hier.

Ich bemerkte nicht, während ich das Ende sang, dass ich mich wieder hingesetzt hatte und am Ende schlief ich ein. Im Traum nahm ich erneut die Beobachterposition von oben ein, während sich das Ereignis diesmal im Thronsaal abspielte. Emmet stürmte ungebremst in den Thronsaal, wobei mein Clan versuchte ihn mit Gaben und Fähigkeiten aufzuhalten. Erstaunlicherweise konnte er allen Attacken um Haaresbreite ausweichen. Cloé, Lyra, Salvador, Dustin und Levi versuchten mit aller Macht zu verhindern, dass Emmet den Thron erreichte, doch sie schafften es nicht. Emmet bahnte sich seinen Weg durch meine Krieger und gelangte schließlich zum leerstehenden Thron.

Wo war Candida, die Göttin des Guten? Dort angekommen, schlug er mit seiner rechten Hand, in der sich ein großes Amulett befand, auf den Thron ein. Das Amulett zersprang beim Aufprall und der Thron spaltete sich in zwei.

Warum sollte Emmet den für ihn begehrtesten Gegenstand zerstören? Nur durch den Thron konnte er auf Erden regieren und deshalb ergab der Traum für mich auch diesmal keinen wirklichen Sinn. Natürlich sehnte er sich danach, zum leerstehenden Thron hinaufzusteigen, aber doch nicht um ihn zu zerstören. Kurze Zeit später erwachte ich aus dem Traum und der Grübelei und schaute erschrocken in mein eigenes Gesicht.

***

Mein Gegenüber hatte die Arme in die Seite gestemmt und schaute verärgert auf mich herab. „Bist du wach, Traumnase? Dann können wir jetzt endlich die Suche fortführen." Ungeduldig tippte sie nun mit dem Fuß auf den Boden auf. Ich hörte mich sagen: „Sei doch nicht so streng zu mir. Das Leben ist so schön!".

Ich stand auf und begann zu tanzen. Mein Gegenüber verlor sichtlich die Geduld, packte mich am Arm, zerrte mich mit sich und meinte nur: „Genug jetzt!".

Während zwei unterschiedliche Joyces die Wege entlangschritten, gelang es Joyce sich kognitiv auf eine Metaebene zu begeben, um über das neueste Ereignis nachzudenken, ohne beeinflusst zu werden. Joyce musste mit Erschrecken feststellen, dass sich ihre Persönlichkeit in zwei Hälften geteilt hatte. Eine Hälfte beinhaltete alle ihre positiven Eigenschaften und die andere Hälfte ihre negativen Eigenschaften. Ich musste unbedingt Amon finden und hier schnell verschwinden, bevor es für mich zu spät war. Joyce verließ die Metaebene und gelangte wieder in die Hälfte der positiven Eigenschaften ihrer Persönlichkeit. In die negative Hälfte wollte sie gar nicht so unbedingt hineinschauen. Sie lief neben der genervt dreinschauenden Joyce, die ab und zu stöhnte und plötzlich begann zu singen.

Kenn ich die Wahrheiten der Lügen noch?
Ich kann noch fallen in ein tiefes Loch.
Gebührt mir noch zu sagen ich zu sein?
Und die Vergangenheit ruhen lassen,
die mich fest unter mir am Boden hält.
Narben heilen nicht!

Ich übernahm kurzerhand das Singen, damit dem Lied noch etwas Fröhlichkeit verliehen wurde.

Schwur unseren Göttern meine Treue,
ich will wegen nichts empfinden Reue,
ob was ich tat, ob was ich nun tun mag.
Werde meinen eigenen Weg gehen,
nicht stehen bleiben und zurücksehen.
Gefahr nicht scheuen!

Ich war gerade in Gesangslaune und so stimmte ich sogleich das nächste Lied an, während ich fröhlich vorneweg lief. Ich war erfreut dass der Miesepeter sich heraushielt und mir erst in einiger Entfernung folgte. Sie sollte mir nicht die Stimmung verderben.

You the hero,
woke up emotions
inside of me.
You are my galaxy.

You were gone
and broke my heart.
I was down,
before I saw you now.

Bring me down
and hold you back.
Take my hand,
because I feel so sick.
I feel things
that are strange for me,
and emptiness
in the same way.

Bring me down,
and hold you back.
Take my hand,
because I feel so sick.
I feel things
that are strange for me,
and emptiness
in the same way.

Where you are when

*I need you more than
I ever do.
I think I love you.*

*Stay here with me
and be my shadow.
Stay by my side,
then I feel alive.*

Wie in einem Traum kam plötzlich Amon um die Ecke gelaufen, erblickte mich, lächelte mir zu und breitete seine Arme aus. Ich bemerkte erst jetzt, dass ich auf ihn zulief und mich dann in seine Arme schmiegte. „Ich habe dich singen gehört, Joyce", sagte er dicht an meinem Ohr und drückte mich noch fester an sich. Ich atmete seinen Geruch tief ein, er war endlich bei mir. „Endlich haben wir dich gefunden, das wurde aber auch langsam Zeit", ertönte die genervte Stimme meiner anderen Persönlichkeit.

***

Ich war schockiert, als ich nun zwei Joyces vor mir hatte. Ich habe Joyce immer als eine starke Persönlichkeit eingeschätzt, nachdem sie die Anführerin des Clans wurde und nun hatte sich ihre Persönlichkeit in zwei Hälften geteilt.
„Wo ist deine zweite Hälfte?", fragte mich die fröhliche Joyce besorgt, die ich eben noch in meinen Armen gehalten hatte. „Ich stehe vollständig vor dir, äh euch", korrigierte ich mich schnell. Die andere Joyce sagte daraufhin wütend: „Du hast dich von Emmet bequatschen lassen! Du hast dich auf diesen Pakt eingelassen! Das ist deine Schuld!"
Daraufhin fing die fröhliche Joyce an zu weinen, welche wohl die Emotionen in sich trug. Ich legte schützend meinen Arm um sie und sagte entschlossen zu beiden gewandt: „Schluss jetzt! Wir gehen ein Stück und ihr verratet mir, was das für ein Pakt ist."

Während wir ein Stück gingen, befand ich mich in der Mitte der beiden, um einen Streit zu vermeiden. Zuerst erzählten sie mir zusammen, dass Emmet behauptet hatte, dass sich meine Persönlichkeit geteilt hätte und ich Hilfe bräuchte, woraufhin sich Joyce auf den Weg in diese Dimension gemacht hatte. Doch plötzlich verlor Joyce, welche anscheinend die positiven Persönlichkeitseigenschaften in sich trug, ihr Gleichgewicht, schwankte, doch ich konnte sie noch abfangen und vorsichtig auf den Boden legen.

„Nicht schon wieder!", schimpfte jetzt die andere Hälfte von Joyce. „Warum schläft sie jetzt? Und warum schon wieder?", fragte ich verblüfft und leicht besorgt. Die miesgelaunte Joyce, die ganz offensichtlich die negativen Persönlichkeitseigenschaften in sich vereinte, drehte sich beleidigt von mir weg.

„Komm schon, erzähl endlich was du weißt", forderte ich sie auf. „Was habe ich davon?", fragte sie mich abschätzend, während sie mich mit einem geöffneten Auge von der Seite musterte. „Äh, dein Leben? Du magst doch sicher wieder weg von hier, oder irre ich mich da?"

Sie machte einen Schmollmund, schien den Grund aber als triftig anzuerkennen und begann ohne weitere Aufforderung zu erzählen: „Laut Emmet musste Joyce, um zu dir zu gelangen, nicht nur die Dimension wechseln, sondern auch die Seiten. Wegen deiner zersplitterten Persönlichkeit, einer angeblichen Diffusion, musste Joyce von der positiven guten Seite, in dem Fall Identität, auf die negative Seite, Diffusion, wechseln. Im Nachhinein stellt sich das als echter Fehler heraus, weil diese Seite, auf der wir uns befinden, anscheinend eine Teilung beschleunigt und deine Persönlichkeit in bester Verfassung ist und meines Erachtens keine Hilfe braucht. Wessen Persönlichkeit nun stabiler ist, spielt keine Rolle, darüber will ich gar nicht mit dir diskutieren, aber ich will dir den Pakt kurz erklären und meine Interpretation der plötzlichen Schlafanfälle dieser Hälfte von Joyce", wobei sie mit dem Zeigefinger auf die schlafende Joyce am Boden zeigte.

Sie sprach ungehindert weiter: „In dem Pakt wurde beschlossen, das Emmet sie in diese Dimension befördert und sich Joyce ohne

Zeitgrenze hier aufhalten darf, wobei sich Emmet, im Gegenzug von ihrer Macht nähren darf, solange sie sich in dieser Dimension befindet. Meiner Meinung nach sind die Schlafanfälle ein Zeichen der völligen Erschöpfung von Joyce und uns wird nicht mehr viel Zeit bleiben, ehe die Persönlichkeiten von Joyce einzeln hier herumlaufen und es keine Joyce mehr geben wird. Aber ich glaube die schlafende Joyce ahnt nichts davon, weil sie gelenkt wird von Emotionen wie Liebe und keine Rückschlüsse ziehen kann wie ich sie anstelle."

Ich war zutiefst erschrocken über diese Neuigkeiten, dass ich nichts sagen konnte. Jedes Wort wäre zu viel gewesen. „Es hat dir anscheinend die Sprache verschlagen", stellte sie grinsend fest und schloss mit den Worten: „Aber glaube mir, es ist die Wahrheit."

***

Nachdem ich eingeschlafen war, erlebte ich die Ermordung meiner Eltern erneut, wobei ich diesmal entschlossen war, das Ende zu verändern. Ich wollte eingreifen, sie retten, aber ich war starr in meiner Beobachtungsposition und konnte mich nicht bewegen. Das erneute Erlebnis mit der Konfrontation des Todes nahm mich auch diesmal mit, so wie jedes Mal. Doch der Traum hörte nicht auf, nachdem der Mörder aus dem Wohnzimmer rannte und meine Eltern verschwunden waren.

Ich blieb in der schwarz-weißen Umgebung unseres ehemaligen Wohnzimmers und wartete. Als jedoch nichts geschah, kam ich aus dem Versteck hervor und schritt ängstlich und vorsichtig durch den Raum. Ich hatte mein damals geliebtes Nachthemd mit den roten und gelben Blumen an und die braunen, flauschigen Bärenpantoffeln an den Füßen. Niemand war sonst noch in dem Raum und es gab kein Geräusch, nicht einmal meine Schritte waren hörbar. Ich rannte zu den Erkerfenstern, versuchte sie zu öffnen, aber vergebens. Danach hetzte ich zur Wohnzimmertür und dann zur Küchentür, versuchte beide zu öffnen, klopfte gegen diese, aber jeder Versuch zu entkommen war zwecklos. Verängstigt bemerkte ich auch diesmal, dass nichts ein Geräusch verursachte. Der Raum schluckte jeden Laut und auch mein Hilfeschrei blieb unerhört. Dann passierte eine Weile nichts. Ich stand regungslos im stillen Raum, nur meine Gedanken wurden immer lauter und eindringlicher. Sie redeten alle durcheinander. Das Gedankenchaos bereitete mir Kopfschmerzen und ich hielt verzweifelt, mit beiden Händen, meinen Kopf fest, damit er nicht zersprang.

Plötzlich verstummten alle Stimmen gleichzeitig und schlagartig wurde es wieder totenstill. Ich ging auf die Couch zu und setzte mich hin. Mein Blick heftete sich auf die große Standuhr, genau auf das Ziffernblatt. Ich sah mir die Zeit an, während mein Gehör ein leises Tick-Tack der Uhr vernahm. Seit langem war das das erste Geräusch aus meiner Umgebung. Die Zeit verging, während ich dort stillsaß und die Zeiger beobachtete. Nach einer halben Ewigkeit fühlten sich meine Augenlieder unglaublich schwer an und fielen langsam zu.

***

Über die Beendigung dieses Traumes war ich ebenfalls dankbar. Als erstes spürte ich meine Gliedmaßen, welche sich extrem schwer anfühlten und mich regelrecht zu Boden drückten. Als zweites vernahm ich ein Gespräch zwischen Amon und meiner zweiten Hälfte. Ich beschloss so zu tun, als würde ich noch schlafen, um ihnen zuzuhören.

„Wenn euer Besuch in dieser Dimension einen solch negativen Einfluss hat, warum seid ihr noch hier? Warum seid ihr überhaupt hier? Ist die höchste Priorität nicht das Wohlergehen von Joyce, ihre Krieger in der Dimension Gut gegen Böse zu leiten und dem Guten den Sieg zu bringen?", fragte Amon. Sie antwortete ernst: „Den Sieg haben wir im Clan gemeistert, was sollte denn noch kommen? Doch glaubst du ohne dich geht es Joyce gut? Amon, Joyce würde alles für dich tun, für ihren ersten echten Freund, für ihren Vertrauten. Du hättest nicht anders reagiert, wenn du in der Situation gewesen wärst." Amon schnaufte verächtlich und erwiderte: „Natürlich, aber ich bin ihr Wächter! Man hätte es von mir erwartet. Ich hatte eine sinnvolle Gabe, nachdem ich statt ihrer verstorben bin. Wer konnte schon ahnen, dass Emmet und Candida solche Gaben haben, Emmet das geplant hatte und Candida nicht einmal Joyce etwas davon sagte. Unglaublich, wie alles plötzlich seinen Lauf nahm und uns das Schicksal aus den Händen genommen wurde, als würde uns das Ende unserer eigenen Geschichte nicht mehr gehören."

Dann regte ich mich und schlug die Augen auf. „Dieses Mal hast du echt lange geschlafen, das gibt mir zu bedenken", sagte sie zu mir und Amon gewandt. „Wir müssen etwas unternehmen. Wie fühlt ihr euch?", fragte er uns. Sie antwortete vor mir: „Naja eigentlich gut, nur etwas träge und schlapp." Dann sprach ich: „Ich fühle mich nicht gut. Meine Gliedmaßen sind schwer und tun weh, ich bin müde und erschöpft." Er nickte und sprach sachlich: „Okay und nehmen wir an ihr verbindet euch beide in Kürze wieder, wie kommen wir dann alle hier raus?" Ich übernahm schnell: „Wir haben von Yasmin, der Göttin der Liebe, eine Kette bekommen. Wenn wir die uns umlegen, dann gelangen wir durch unsere starke Bindung, die die Kette aktiviert, zurück." Er lächelte erleichtert und meinte: „Das sind doch einmal gute Neuigkeiten."

Der Miesepeter, wie ich meine andere Hälfte nannte, verschränkte die Arme vor der Brust und sagte: „Die Herausforderung besteht in der Zusammenkunft unserer zwei Hälften, was wir im Vorfeld nicht planen konnten." Ich konnte nicht anders und lachte sie an, woraufhin ich fröhlich sagte: „Mach das Unvorhersehbare doch nicht zum Unerreichbaren. Wir haben es zuvor auch in einer Person ausgehalten, wieso sollte es uns nicht noch einmal gelingen uns zu vereinen?" Amon nickte zustimmend.

***

Die Partytüte, meine zweite Hälfte, könnte mir etwas von ihrem Optimismus abgeben und ich ihr etwas von meinem Realismus und dann wäre, durch eine Vereinigung, wieder alles im Lot. Doch wie stellte man das am besten an? Während ich nachdenklich und abseits der anderen in mich gekehrt war, versprühte die Partytüte Fröhlichkeit, Heiterkeit und zaghafte Flirtversuche, welche Amon aber nicht bemerkte. Amon saß auf dem Boden und zeichnet mit dem Finger etwas in den Sand, während meine zweite Hälfte unermüdlich um ihn herum hüpfte und dabei eine Melodie summte.

Der Lärm störte meinen Gedankenfluss und ich sagte etwas unfreundlich: „Kannst du das lassen! Spar dir deine Kräfte lieber auf." Die Partytüte blieb stehen, die Melodie verstummte und sie verschränkte bockig, wie ein kleines Kind, ihre Arme vor dem Körper und meinte nur: „Ich könnte, wenn ich das will, Miesepeter!" Amon sah zu uns hinauf. „Mit einem Streit kommen wir nicht weiter, aber vielleicht hilft euch eine Aussprache. Sag mal, sie nennt dich Miesepeter, aber wie würdest du sie dann nennen?" Ich antwortete ohne nachzudenken: „Partytüte." Sie verzog das Gesicht zu einer Grimasse und Amon brach in ein Lachen aus. Als er sich beruhigt hatte, meinte er: „Okay, Miesepeter und Partytüte, lasst uns wieder ernsthaft an die Sache herangehen. Was würdet ihr dem Gegenüber bei einer Aussprache sagen wollen?" Es wurde für einen Moment ganz still. Dann sprach ich meinen Gedanken aus: „Es ist nicht so, dass wir uns zerstritten haben, sondern wir sind nur komplett verschieden und in einer Person vereint wären wir perfekt aufeinander abgestimmt." Er kratze sich am Kopf und antwortete: „Okay, das macht Sinn."

Partytüte strahlte in dem Moment über das ganze Gesicht und berichtete erfreut: „Lass uns singen!" Danach stand Amon auf und bevor er etwas sagen konnte, verdunkelte sich der Himmel plötzlich. „Es geht gleich los!", rief er über den lauten, stürmischen Wind, der eben aufkam. Dann erschütterten Donner und Blitz die Dimension, wobei Amon sich mit beiden Armen in der Mitte bei uns einhakte. Kurze Zeit später zog ein starker Wind an ihren Körpern, aber er riss sie nicht vom Boden weg. Erschrocken sahen sie jedoch viele andere Gestalten, die sich erhoben, gen Himmel flogen und spurlos verschwanden. Der Wind hielt nicht lange an, der Himmel klärte sich rasch wieder und der Spuk war vorbei. In unseren Gesichtern mussten Fragezeichen gestanden haben, denn Amon erklärte danach notdürftig: „Also ich nenne es den Staubsauger. Nur die kleinen Partikel werden entfernt, jene, welche sich in ihre einzelnen Persönlichkeiten zerteilt haben, sind zu leicht, um am Boden zu bleiben. Gleichzeitig reinigt er die Dimension für weitere Flüchtlinge. Ich habe es eben zum zweiten Mal miterlebt." Ich musste geschmacklos lächeln und sagte genervt: „Eine wunderbare, beschönigende Metapher. Du beschreibst gerade einen Wind, der die Seele eines Menschen mitnimmt oder auslöscht. Die Persönlichkeiten, im Einklang oder nicht, gehören immerhin zu einer Seele."

Er nickte und sagte ernsthaft: „Ich weiß nicht was danach mit ihnen geschieht, aber euch soll das nicht passieren."

**

Wie lange befanden wir uns schon in dieser Dimension? Ich hatte jegliches Zeitgefühl verloren, selbst meine Schlafperioden kamen mir unregelmäßig vor.

Kurze Zeit später war ich wieder weggeschlafen. Eigentlich hoffte ich auf einen traumlosen, ruhigen Schlaf, aber dieser Wunsch blieb unerfüllt. Es dauerte nicht lange und es übermannte mich erneut ein Albtraum. Ich befand mich, sitzend in einem Rollstuhl, auf einer menschenleeren und ruinierten Straße, wobei Geräusche, die einem Krieg ähnelten, laut an mein Ohr drangen. Erleichtert stellte ich fest, dass ich über meine Beine noch Kontrolle hatte. Ich konnte meine kraftlosen Beine leicht bewegen, aber es fiel mir sehr schwer und daher blieb ich lieber im Rollstuhl sitzen. Mit den behandschuhten Händen griff ich nach den Rädern und brachte den Rollstuhl in Bewegung. Während ich darüber nachdachte, dass es gut war, dass ich wärmende Klamotten anhatte, weil es hier ziemlich kalt war, ertönte ein Geräusch, als würde ein Haus zusammenbrechen, welches ich jedoch nicht sehen konnte. Neben mir erhaschte ich einen kurzen Blick auf ein zerstörtes Restaurant und ein kleines Café, aber ich war eher damit beschäftig nicht in ein

Schlagloch zu fahren und um Trümmerhaufen, die auf der Straße lagen, einen Bogen zu machen. Ein erneutes Geräusch brach die Stille, welches mir klarmachte, dass ich auf geradem Weg auf das laute Geschehen zusteuerte, aber ich konnte nicht umkehren. Ich wollte in meinem Traum erfahren, dass es nicht die Realität war und wer diese Stadt zerstörte. So kurios die letzten Träume waren, erwartete ich stückweit, dass ich mir gleich selbst begegnen werde und damit machte ich mich auf das Schlimmste gefasst, was meiner Meinung nach passieren konnte.

Der Lärm eines umstürzenden Hauses, direkt neben mir, machte mich wieder aufmerksamer für meine Umgebung, doch es brachte mich nicht von meinem Vorhaben ab. Ich wollte es wissen und ich würde vermutlich auch nicht eher erwachen, denn das war der Inhalt dieses Traumes. Ich konnte es nur schnell hinter mich bringen, oder es unnötig hinauszögern.

Ich erreichte das Ende der Straße und stand nun auf einer verlassenden, großen Straßenkreuzung und damit an einem Ort, an dem ich mich nicht verstecken konnte. Ich blickte nun in eine Nebenstraße und erkannte das Wesen, welches weiterhin Häuser zerstörte. „Was soll das werden, wenn du fertig bist, Emmet?", rief ich ihm zu, in einem Moment, in dem keine herabfallenden Teile eines Hauses Lärm verursachten. Er drehte sich lächelnd zu mir um, kam vom Dach zu mir auf die Kreuzung geflogen und stand nun ein paar Schritte vor mir auf dem Boden.

„Wonach sieht es denn aus?", fragte er mich interessiert. Er wirkte nicht verärgert, denn offensichtlich störte ich ihn bei seiner Arbeit. „Es sieht für mich so aus, dass du in meinem Traum eine Stadt zerstörst, in der nur wir zwei sind. Hinzu kommt, dass ich in einem Rollstuhl sitze", antwortete ich ihm, was eigentlich auch für ihn sichtbar sein musste. Er lächelte zunächst amüsiert, wobei das Lächeln wieder zügig verebbte und sein Gesichtsausdruck sehr ernst wurde, während er antwortete: „Dein Traum, aber nicht der meinige. Über deinen körperlichen Zustand kannst du dich glücklich schätzen und dich bei deiner Göttin bedanken, dass sie dir Robustheit zusprach. Ich hatte mit deinem Ende gerechnet."

Ich konnte das Gesagte nicht genau einordnen und fragte ihn daher: „Das beziehst du auf den Krieg, der hier herrscht, oder?" Er schüttelte nur den Kopf, als Antwort auf meine Frage.

Dann kam Emmet plötzlich auf mich zu. Ich blieb ganz ruhig in meinem Rollstuhl sitzen, als er kurz vor mir anhielt, sich zu mir herunterbeugte, meine Handschuhe auszog und diese mir auf meinen Schoß legte.

„Was siehst du an deinen Händen?", fragte er mich forschend, während er wieder ein Stück Abstand zwischen uns brachte. Er studierte mich förmlich, während ich meine bloßen Hände betrachtete, welche rau, rissig, faltig und leicht schmutzig waren. Und wie stellte man sich die Hände vor, von einem Menschen, der sich im Krieg befand und ums Überleben kämpfte? „Was soll mit meinen Händen sein? Sie könnten vielleicht etwas Pflege gebrauchen, aber ich finde sie für diese Umgebung nicht ungewöhnlich", antwortete ich ihm schließlich ahnungslos. Er schüttelte erneut den Kopf. „Ich hoffe, diesmal nur für dich allein, dass du noch früh genug aufwachst", sagte er und es klang nach einem gutgemeinten Rat. Ich konnte mit seinen Worten allerdings nichts anfangen. Dann schwang er sich elegant empor zum Himmel und verschwand.

Augenblicklich schreckte ich hoch und war schwer atmend erwacht. Ich war froh neben mir Amon und Miesepeter zu erblicken, die mich, Amon besorgt und sie ungeduldig, anschauten. „Nur ein Traum", sagte ich mehr zu mir, als zu ihnen und lehnte mich zurück gegen die Wand und sprach dann erst weiter: „Wir müssen hier raus, ich halte diese Träume nicht mehr länger aus."

Amon nahm meine und auch ihre Hand und sagte dann aufmunternd zu uns beiden: „Dann versucht es doch jetzt einmal mit dem Singen. Vielleicht bringt euch das Singen wieder zueinander." Ich stimmte ihm durch ein Nicken zu. „Ich hoffe es gelingt uns, Partytüte, denn eine andere Lösung haben wir nicht gefunden", entgegnete Miesepeter. Wir sahen uns wortlos an, ließen dann beide Amons Hand los, aber hielten den Blick weiterhin aufrecht. Zwischen uns war die Luft mit einer guten Spannung gefüllt und nach

einem Moment des Schweigens stimmte ich, mit der Sopran-
stimme, ein Lied an.

Nimm meine Hand, Schwesterchen,
lass die Wand zwischen uns doch nicht zu,
denn im goldenen Gewand schreiten wir am Strand
und wohin uns der Weg führt.
Nimm meine Hand, zweites Ich.
Wir waren und sind eine Person,
lass die Gedanken nun ein und dieselben sein,
denn aus zwei macht wieder eins.

Dann sang Miesepeter in der Stimmlage Alt das Lied weiter.

Vereinen wir uns wieder.
Wir zwei sind aufeinander abgestimmt,
und keiner passt so gut zusammen wie wir zwei.
Wir gegen den Rest der Welt.
Vereinen wir uns wieder.
Ohne dich kann es mich nicht geben
und in der Not stehe ich dir stets zur Seite,
denn aus zwei macht wieder eins.

Und zum Schluss sangen wir im Duett, jeder in der seinigen
Stimmlage.

Du und ich und ich und du,
eine lebenslange Erfahrung
und dies nie wieder denn jetzt gibt's nur noch ein wir.
Ein kollektives Gespann.
Wahres Individuum.
Vereinen im Reinen zum Einen.
Lass bitte die Welt sich für mich weiterdrehen,
denn was ich brauche bin ich.
Denn was mich wirklich ausmacht bin ich.

Die letzten zwei Zeilen sang ich alleine und erst dann bemerkte ich, dass es geklappt hatte. Meine Persönlichkeit war wieder in einer Gestalt vereint und meine Seele wieder ganz. Ich wollte nicht noch mehr Zeit verlieren und da wir nun wieder zurückkonnten, holte ich auch gleich die Kette unter meinem T-Shirt hervor. An der sehr langen Silberkette hing ein rotes und schmales Herz, welches in der Mitte einen flachen und breiten Diamanten hatte. Amon stellte sich dicht vor mich und lächelte warmherzig. Ich streifte ihm zuerst die Kette über den Kopf, bis sie an seinem Hals hing und nahm dann das andere Ende der Kette und legte sie nun mir um, so dass das Herz neben uns zweien hing. Danach betrachtete ich das Herz. Der Diamant in der Mitte des Herzens begann leicht zu leuchten, aber ansonsten passierte nichts. Ich schaute Amon verwirrt und ratlos an. Er sprach leise und ruhig zu mir gewandt: „Ich könnte mir vorstellen, was Yasmin, die Göttin der Liebe, mit der Kette eventuell bezwecken würde und auch wie wir dem Diamanten mehr Kraft verleihen, damit er uns zurückbringt." Ich wollte schon etwas erwidern, doch er hatte mir plötzlich einen Finger auf die Lippen gelegt. Dann beugte er sich sacht zu mir, legte seine Arme um mich und meine Hände wanderten automatisch zu seinem Rücken. Danach küsste er mich auf die Lippen, während sich meine Augen schlossen und meine Wangen begannen zu glühen. Ich spürte noch kurz ein farbenfrohes Feuerwerk in meinem Inneren und eine sanftmütige, ruhige Dunkelheit erfasste mich.

***

Augenblicklich stand ich gegenüber von Candida und einer weiteren Frau, dessen Namen ich nicht kannte. Candidas besorgter Gesichtsausdruck wurde zu einem erleichterten Lächeln und sie sprach aufgeregt: „Endlich, ich dachte schon es ist zu spät. Amon, darf ich dir Yasmin, die Göttin der Liebe vorstellen, ihr habt euch sicher noch nicht gesehen. Ich konnte zu Joyce nicht durchdringen und ihr mitteilen, dass ihr unbedingt zurückkommen müsst, aber ich sehe, es geht dir gut und das freut mich zutiefst. Du hast sicher viel zu erzählen."

Plötzlich ergriff Yasmin das Wort, bevor ich etwas sagen konnte: „Amon, ich freue mich, dich nun persönlich zu treffen. Joyce und Candida haben mir von dir erzählt. Wie geht es dir? Ich sehe, ihr habt den Trick mit der Kette herausgefunden und seid wieder zurückgekommen." Ich hob schnell beide Hände und sprach: „Stopp! Verehrte Göttinnen, bevor ihr weiter auf mich einredet, will ich erst wissen, wo Joyce ist. Ich muss sie sehen, bitte."

Die Gesichtszüge der beiden Frauen verformten sich zur traurigen Mimik und sie schienen nicht zu wissen, wie sie es mir hätten sagen sollen. Ratlos sahen sie sich kurz an, nachdem Candida schließlich nur eine Hand hob. Ich verstand das Zeichen, ich sollte mich umdrehen. Langsam kehrte ich beiden den Rücken zu und befand mich am Fußende eines Bettes, in dem eine ältere Dame lag. Ich ging langsam zum Kopfende und je näher ich dem Gesicht kam, umso deutlicher sah ich, wer diese Frau war. Ich blieb abrupt stehen, sah Candida und Yasmin erschrocken an und stieß heraus: „Nein! Nein, das ist nicht wahr!" Yasmin kam zu mir, legte eine Hand auf meine Schulter und sagte: „Doch, es handelt sich um deine Joyce." Candida war ans Fußende des Bettes getreten und sprach nun: „Weißt du von dem Pakt mit Emmet, der als Gegenleistung ihrer Anwesenheit in der anderen Dimension Macht und Lebensenergie von ihr zehrte?" Ich konnte den Blick nicht von Joyces Gesicht abwenden, während Candida mit mir sprach. Ich hatte das Gefühl, ich befand mich im Schockzustand und war dankbar, dass meine Stimme noch gehorchte: „Joyce hatte sich in der Dimension einmal geteilt, das hielt sie aber nicht davon ab, mir von dem Pakt zu erzählen."

Endlich bekam ich die Kontrolle über meine Augen wieder und mein Blick wanderte weiter nach unten, zu der Beule unter der Decke. „Warum hat sie ein Kissen auf dem Bauch liegen?", fragte ich neutral und griff nach der Decke und schwang sie zur Seite weg. Yasmin wollte mich kurz davon abhalten, die Decke wegzunehmen, aber sie ließ es schließlich zu. Dann blickte ich erschrocken auf den voluminösen Bauch von Joyce, der einen Schwangerschaftsbauch darstellte. Schockiert wandte ich mich lautstark an Candida und Yasmin: „Was ist das? Was ist hier los?" Yasmin atmete einmal tief durch, bevor sie versucht, mir Joyces Zustand zu erklären: „Als wir sie im Labyrinth fanden, musste sie bereits schwanger gewesen sein, denn wir haben sie hier rund um die Uhr bewacht. Sie trägt in sich ein göttliches Kind, welches neben dem Pakt mit Emmet, sich ebenfalls von ihrer Energie ernährte. Beide Quellen, die ihre Energie raubten, waren zu viel und daher ist sie enorm gealtert und wir hoffen sehnlichst, dass sie das Ganze überlebt, wenn wir das Kind per Kaiserschnitt aus ihr herausholen. Wir konnten vor ihrer Rückkehr in ihren Körper, keine Operation vornehmen und mussten daher auf euch warten."

Ich entgegnete schnell: „Was heißt hier, wenn sie es überlebt? Wer ist der Vater?" Candida übernahm ruhig das Wort: „Wir wissen nicht, wer der Vater ist. Aber wir wissen, dass sich Götter nur mit menschlichen Wesen fortpflanzen können, welche diesen Akt meist nicht überleben. Wenn Joyce es schafft, hat sie großes Glück." Ich sah beide erschrocken an. Yasmin übernahm wieder das Reden, wobei ihre Stimme nun ruhiger klang: „Sei beruhigt, wir werden eine Operation schnellstmöglich vorbereiten und sehen, was wir für deine Freundin tun können." Ich nickte geistesabwesend.

Nun sprach Candida erneut: „Da ist jedoch noch etwas, was du wissen solltest." Yasmin fuchtelte kurz wild mit den Armen und als ich zu ihr sah, erklärte sie Candida: „Ich denke, es ist keine gute Idee, ihm jetzt alles zu erzählen. Das muss er erst einmal verarbeiten, bevor du ihm das nächste überhilfst." Ich räusperte mich und antwortete ernst: „Ich befinde mich noch immer im selben Raum. Sagt mir bitte alles, ich werde es schon überleben."

Yasmin sah Candida besorgt an und diese erklärte schließlich ruhig weiter: „Durch den Pakt mit Emmet hat sich das Gleichgewicht der Mächte verändert. Emmet ist viel stärker geworden als ich es bin, er hat den Thron vor einem Tag zerstört und nun befindet er sich womöglich schon auf der Erde und ist dabei, diese zu zerstören. Falls Joyce ihr Kind überleben sollte, muss sie ihre Macht und Energie aus Emmet herausfiltern, damit das Gleichgewicht zwischen uns wiederhergestellt wird. Sie muss sich höchstwahrscheinlich zudem vor dem göttlichen Gericht rechtfertigen, weshalb sie diesen Pakt, also die Machtabgabe und eine Partnerschaft mit einem Gott zuließ, denn beide Taten sind nicht erlaubt. Wenn sie vor Gericht als schuldig gesprochen wird, ist ihre Strafe die Eliminierung. Es ist so viel vorgefallen, mein gutes Wort kann am Ende das Urteil nicht mildern."

Amon stöhnte und rieb sich den Kopf. Dann sprach er erschöpft und erschlagen von den ganzen neuen Informationen: „Also sieht es für Joyce gar nicht gut aus. Ich verstehe den Ernst der Lage. Wie sieht es mit dem Vater des Kindes aus? Muss er sich ebenfalls vor Gericht rechtfertigen?" Es herrschte kurz Stille.

„Was ist?", fragte ich verwundert nach. Candida antwortete sachlich, nach einer kurzen Verzögerung: „Die Gesetze wurden von Göttern gemacht. Sie klagen ihresgleichen nicht wegen dem Fortpflanzungstrieb an und da in der Regel die menschlichen Wesen versterben, kommt es nicht zur gegenseitigen Beziehung. Wenn sie jedoch ihr Kind überlebt, kann dies Joyces zum Vorwurf fallen. Der Vorwurf der Machtabgabe, der Pakt zur Rettung von dir, den kann sie, denke ich, gut entkräften, wenn sie es schafft, die Macht in Emmet herauszufiltern und das Gleichgewicht unserer Mächte wiederherstellt. Im Ganzen denke ich, sie hat eine Chance freigesprochen zu werden, aber nur, wenn sie sich wieder erholt, ansonsten wird es nicht zur Anhörung kommen. Nun lasst uns alle Maßnahmen einleiten, damit wir das Kind aus ihr holen können und sie genesen kann."

***

Ich erwachte langsam aus einem tiefen Schlaf und bemerkte, dass ich in einem mir fremden Bett lag und wie sich jemand auf die Bettkante setzte. Holz knarrte leise, die Matratze bog sich und danach spürte ich, wie meine Hand angehoben wurde. Finger drückten sich leicht auf meine Haut, woraufhin sich mein Herzschlag leicht beschleunigte und mir mollig warm wurde. Ich machte vorsichtig meine Augen auf, das Zimmer war dunkel, es war wahrscheinlich nachts und die Gestalt an meinem Bett war in einen schwarzen Mantel gehüllt und hatte eine Kapuze aufgesetzt. Plötzlich sprach die Gestalt leise zu mir: „Schön, dass du wieder erwacht bist, Joyce. Meine nächtelange Arbeit hat sich also ausgezahlt."

Ich vergaß eine Antwort zu geben, weil mir die Stimme irgendwoher bekannt vorkam und ich darüber nachdachte, wer diese männliche Gestalt sein könnte. Die Stimme sprach ruhig und leise weiter: „Ich komme schon seit über eine Woche nächtlich an dein Bett, beschleunige leicht deine Blutzirkulation und gebe dir einen Bruchteil meiner Macht an dich ab, damit deine Genesung besser vonstattengeht und du wieder auf die Beine kommst. Hast du nicht eine Frage an mich?" Die Gestalt lachte herzlich in sich hinein und sagte dann seelenruhig: „Schlaf wieder, Joyce, für Fragen stehe ich dir auch später noch zur Verfügung."

Und tatsächlich fielen meine Augen wieder zu und ich glitt in einen Traum hinein. Ich erhaschte einen Einblick in ein umgebautes Kinderzimmer, in dem Candida an einer Wiege stand, in der sie ein Kind schaukelte. Ich konnte nicht anders und ging zu der Wiege hin, um einen Blick auf das Baby zu werfen. Der Säugling hatte friedlich die Augen geschlossen. Ich hatte gar nicht mitbekommen, dass Candida schwanger war.

Plötzlich kam Emmet durch eine Tür geschritten und schloss sie leise hinter sich. Candida sah ihn verdutzt an. Emmet ergriff sogleich das Wort: „Danke, dass du dich so rührend um meinen Sohn gekümmert hast, aber jetzt übernehme ich ihn." Candida stellte sich zwischen Emmet und das Kind und sprach energisch: „Das habe ich mir schon fast gedacht, dass du dahintersteckst, aber sage mir, weshalb hast du Joyce ausgewählt und sie gleichzeitig mit dem Pakt geschwächt?" Emmet trat an ihr vorbei, nahm das Kind auf den Arm, woraufhin das Kind die Augen öffnete. Candidas Augen wurden größer, sie wirkte erschrocken.

In meinem Kopf kombinierte ich diesen Traum mit dem Traum, in dem Emmet meinen Körper vergewaltigte und ich erkannte, dass es kein Traum gewesen sein konnte und dass ich die Schwangere war. In mir stieg Entsetzen, Ekel und Wut auf und die Erkenntnis, dass die anderen Albträume dann ebenfalls nicht nur Träume gewesen sein konnten. Meine Gedanken wurden unterbrochen, weil Emmet augenblicklich sagte: „Der Plan war ganz einfach. Joyce wollte die Dimensionen wechseln, also redete ich ihr ein, sie müsste auf die negative Seite, ganz egal ob sich nun die Seele von ihrem Amon geteilt hatte oder nicht, würde die Seite der Diffusion die Teilung ihrer Persönlichkeit begünstigen, denn ihre Seele war bereits geschädigt gewesen. Und dann hatte ich einen seelenlosen Körper vor mir liegen und entschloss, sie zu schwängern, weil ich damit rechnete, dass sie entweder die Dimension nicht wieder verlässt oder an der beidseitigen Energieabgabe verstarb. Beide Varianten hätten dir im Glücksfall ein wichtiges Mitglied deines Siegerclans genommen. Ich will jetzt nur meinen Sohn holen. Du kannst dich glücklich schätzen, wenn sie doch alles überlebt."

Er machte sich auf den Weg Richtung Tür. Candida warf ihm noch an den Kopf: „Durch ein eingetretenes Wunder wird sie es überleben, du Egoist!" Kurz vor der Tür drehte er sich, mit seinem Sohn auf dem Arm, noch einmal zu ihr um und sprach: „Das soll nicht mein Problem sein und ich bin gespannt, ob sie die Anhörung dann auch durch ein Wunder überstehen wird. Ich habe bereits davon gehört und werde auch vor Ort sein, obwohl ich nichts zu befürchten habe, will ich das Spektakel nicht verpassen. Viel Erfolg, dir scheint das Mädchen ans Herz gewachsen zu sein." Er lächelte Candida an und sagte noch: „Ich spiele nach meinen Regeln und wenn es dir nicht passt, hättest du dich nicht mir gegenüberstellen sollen."

Danach verließ er den Raum und mit dem Zuschlagen der Tür, schreckte ich augenblicklich aus meinem Traum auf und schrie laut: „Wo ist er?" Die Gestalt, die immer noch neben meinem Bett stand, erschrak und ließ meine Hand los, um aufzustehen. „Sei bitte nicht so laut, es weiß niemand, dass ich hier bin und es wäre gut, wenn das so bleibt", sagte er leise. Ich verstand gar nicht, was er gesagt hatte und rief erneut: „Wo ist er?" Danach erklangen eilige Schritte auf dem Flur. Die Gestalt lief in eine Ecke und ich konnte ihn nicht mehr erkennen, als wäre er mit der Nacht verschmolzen. Die Tür schwang auf, woraufhin ich wieder schrie: „Wo ist er?" Durch die offene Tür kam Licht in den Raum und ich schlug beide Augen fest zu, wodurch ich nicht erkennen konnte, wer in den Raum kam. Ich erkannte Amons Stimme: „Ich glaube, sie erleidet einen Schock. Wir brauchen ein Beruhigungsmittel. Joyce, hörst du mich? Alles ist gut, ich bin da." Ich wandte mich im Bett hin und her und rief noch einmal: „Wo ist er?", bevor Hände meinen Arm fixierten, eine Nadel in meine Haut einstach und ich kurze Zeit später das Bewusstsein verlor. Wo hatte Emmet ihn hingebracht?

***

Als ich erneut erwachte, war es mitten am Tag und ich konnte mir zum ersten Mal die Einrichtung des Zimmers ansehen. Auf dem Nachtschränkchen lag ein goldener Briefumschlag, der mir gleich auffiel. Ich richtete mich im Bett auf und griff nach dem Umschlag. Langsam riss ich den Umschlag auf und entnahm ein weißes Papier, auf dem schwarze Verzierungen abgebildet waren. Ich faltete den Brief auseinander und las ihn mir durch. Der Brief war eine offizielle, schriftliche Einladung zur Anhörung im Falle meines Prozesses. Das göttliche Gericht warf mir folgende Punkte vor: eine Machtabgabe, die Störung des Gleichgewichts zwischen den Mächten, eine Beziehung/Partnerschaft zu Emmet, dem Gott des Bösen und einen Dimensionswechsel und darauf stand die Strafe der Eliminierung. Schockiert faltete ich den Brief wieder zusammen, tat ihn in den Briefumschlag zurück und legte diesen auf das Nachtschränkchen neben meinem Bett. Mit leerem Blick starrte ich auf die Bettdecke, ich dachte nach. Was hatte ich falsch gemacht?

In dem Moment kam Amon ins Zimmer. „Schön, dass du erwacht bist, Joyce", sagte er ruhig zu mir und setzte sich auf die Bettkante. Sofort musste ich wieder an die Gestalt denken, wobei ich immer noch nicht wusste, wer dieser Mann war, der sich hinter einem schwarzen Umhang versteckte. Seine warme Stimme kam mir wieder ins Gedächtnis, aber mir fiel weder ein Name, noch ein Gesicht dazu ein. Amon sprach langsam weiter auf mich ein: „Sicher magst du gerne wissen, was alles passiert ist, oder?" Als ich nichts sagte, fing er an, von den Ereignissen zu berichten, die sich zugetan hatten.

Während er erzählte, kamen vor meinem inneren Auge die Bilder der Träume wieder hoch und ich konnte ihm bei jedem Ereignis folgen. Nur die Träume, indem ich mit Emmet in der zerstörten Stadt sprach und die erneute Ermordung meiner Eltern, während ich danach im elterlichen Wohnzimmer eingeschlossen war, wurden nicht thematisiert. Mein Gehirn lief auf Hochtouren, irgendetwas stand noch offen. Ich hatte durch meine Träume, in denen sich meine Seele eventuell wieder vom Körper entfernte, Einblicke auf die Realität bekommen, an der ich nicht teilhaben konnte. Doch was war dann mit den letzten Träumen, die noch nicht eingetreten waren?

Amon sagte plötzlich: „Ich verstehe, wenn dich das alles schockiert und sprachlos macht. Ich möchte, dass du weißt, dass ich für dich da bin." Ich nickte. Dann wanderte sein Blick zum Nachtschränkchen, meiner daraufhin auch, aber der goldene Briefumschlag lag nicht mehr dort. Er sah mich abschätzend an und fragte dann: „Du hast den Brief bereits gelesen, stimmt das?" Ich nickte erneut. Amon fuhr fort: „Candida meinte, wenn du ihn gelesen hast, wird er von allein verschwinden. Ich weiß nicht, wer ihn dort hingelegt hat, aber es muss jemand hier gewesen sein. Das macht mir Sorgen, weil du gestern Nacht gerufen hast und genau gestern tauchte auch dieser Brief auf dem Schrank auf."

Schon wieder rotierte mein Gehirn und ich vergaß zu antworten. Hatte die Gestalt den Brief vorbeigebracht oder war noch jemand anderes in dem Zimmer gewesen?

Amon seufzte und meinte: „Ich verstehe, du sprichst nicht, das ist okay. Ich wollte dich eigentlich noch fragen, was deine Anklagepunkte sind, aber das kann warten. Ich möchte nur, dass du ganz bald wieder gesund bist und dich fit fühlst."

Bin ich denn krank? Stimmt etwas nicht mit mir? „Ich komm dich bald wieder besuchen", sagte er noch, drückte kurz meine Hand, wobei er mich nicht ansah und verließ schnell den Raum. Was ist denn zwischen uns passiert, dass er so reagierte? War ich jahrelang bewusstlos?

Den Rest des Tages kam niemand mehr bei mir vorbei. Ich hatte viel Zeit mit mir selbst verbracht und meinen Gedanken nachgehangen, während ich auf die Nacht und die Gestalt wartete. Würde wenigstens er mich heute noch besuchen kommen, oder blieb er nun mysteriöserweise fort, weil ich wieder wach war und seine Hilfe nicht mehr brauchte. Nein, da war noch Hoffnung und an diesem Funken hielt ich standhaft fest. Ich hielt an der Hoffnung, seine Anwesenheit noch heute Nacht zu erleben, so verbissen fest, dass ich zu jeder Stunde glaubte, gleich würde er kommen. Doch als der Morgen graute und die Helligkeit Stück für Stück ins Zimmer einzog, sie Stunde für Stunde intensiver wurde, war ich maßlos enttäuscht. Ich war allein und wenn ich weiterhin allein in diesem Zimmer verharren musste, würde ich noch den Verstand verlieren. Die Reizarmut dieses Raumes war ätzend und zerrte regelrecht an meinen empfindlichen Nerven. Ich stellte mir sogar schon eine bessere Welt vor, obwohl ich nie der Weltveränderer war. Mir reichte es schon, mein Leben zu regeln, das war anstrengend genug. Meine Gedanken schwirrten rasend schnell durch meinen Kopf, ich machte mir selbst Stress und plötzlich schmerzte mein Bauch und ich unterdrückte das Chaos meiner Gedanken, um nachzusehen. Ich machte meinen Bauch frei und zum Vorschein kam eine Operationsnarbe. Hastig verdeckte ich sie wieder und schlüpfte unter die Decke, als würde ich mich vor meinem jetzigen Leben verstecken. Das war alles Realität, nichts war ein Traum und ich steckte mitten im Schlamassel.

Die nächste Zeit dachte ich darüber nach, wie mein körperlicher Zustand aussehen musste. Im Raum befand sich kein Spiegel, in den ich einen Blick werfen konnte, um festzustellen, ob ich blass im Gesicht war. Ich ging davon aus, dass ich nicht laufen konnte. Diese Theorie kam daher, dass ich eine Zeit lang nicht in meinem Körper weilte und danach ans Bett gebunden war, woraufhin sich meine Muskulatur sicher zurückgebildet hatte und ich müsste das Laufen neu erlernen und die Muskeln trainieren. Daraus schlussfolgerte ich, dass ich auf Hilfe angewiesen war und weiterhin im Bett liegen musste, bis jemand kam und mich hier herausholte. Das Leben kam mir im Moment total ätzend vor. Warum kommt mich denn keiner besuchen? Waren meine Clanmitglieder schon einmal hier gewesen? Was machten sie wohl jetzt alle?

Dann hielt ich inne und dachte daran, dass ich schon lange nichts mehr gesagt hatte. Konnte ich denn noch sprechen? Doch, ich hatte doch gerufen „wo ist er" und daraufhin kamen sie ins Zimmer. Das war doch ich gewesen, oder? Ich bemerkte, mir bekam die Hilflosigkeit gar nicht, ich wollte selbstständig sein. Ich unterdrückte negative Gefühle, die mich aufhalten könnten, das zu tun, was ich dann tat, weil ich das Ganze echt satthatte.

Ich rief empört: „Hallo, ist da jemand? Ich will hier raus!" Ich wartete einen Moment, aber als ich kein Geräusch vernahm, entschloss ich es selbst in die Hand zu nehmen. Ich schwang die Decke zur Seite, hob mühsam jedes Bein über die Bettkante und sah mir den Weg zur Tür an. Dann rutschte ich Stück für Stück auf der Bettkante weiter nach vorne, bis meine Füße den Boden berührten und ich, immer noch ans Bett gelehnt, dort stand. Plötzlich erschien die Gestalt mit einem Rollstuhl im Zimmer. Ich erschrak furchtbar, so dass ich zusammenzuckte, beinahe fiel und gleich danach meinem Frust Luft machte, in dem ich ihm verärgert an den Kopf warf: „Schön, dass du dich auch mal wieder blicken lässt! Jetzt sag mir endlich, wer du bist! Mich scheinst du zu kennen." Er schob mir den Rollstuhl entgegen und meinte lässig: „Gut genug zum Verärgertsein scheint es dir mittlerweile zu gehen. Ich war gestern Nacht verhindert, sonst wäre ich freilich vorbeigekommen." Ich begutachtete den Rollstuhl misstrauisch und antwortete: „Du hättest mir Krücken mitbringen sollen und deinen Namen weiß ich immer noch nicht." Er verschränkte die Arme vor der Brust und meinte: „Etwas dankbarer könntest du mir ruhig sein. Krücken sind ungeeignet. Der Rollstuhl ist besser, dann kannst du zunächst nur deine Armmuskulatur trainieren, anstatt mit Krücken beides gleichzeitig zu versuchen. Du erscheinst mir heute ungeduldig zu sein. Was ist los, Joyce?"

Ich ließ mich in den Rollstuhl fallen und entgegnete: „Dein Name, oder du kannst gehen." Die Gestalt, die auch diesmal haargenau dasselbe trug, entgegnete gelassen und immer noch ruhig: „Meinen Namen zu wissen, ist gar nicht so notwendig. Ich komme später lieber noch einmal wieder." Danach stellte er sich in die Ecke neben einer der drei Kommoden und der Wand und verschwand im Schatten. „Ja, richtig so, verschwinde, wie alle anderen auch!", schrie ich die Ecke an.

Entschlossen, nur mich selbst zu brauchen und mit der angestauten Wut im Bauch, rollerte ich auf die Kommoden zu und suchte passende Kleidung heraus. Sehr mühsam und umständlich gelang es mir schließlich, mit Hilfe des Rollstuhls, der Wand und einer Kommode, die Kleidung mir überzuziehen und ich war innerlich erleichtert über meine Selbstständigkeit im jetzigen Zustand, auch wenn die Art mich anzukleiden sicher komisch ausgesehen haben musste. Voller Tatendrang rollte ich auf die Zimmertür zu, wobei ich annahm, dass sich dahinter ein Hausflur befinden würde, wovon man eigentlich ausgehen könnte. Ich öffnete die Tür, ein helles Licht verhinderte mir die Sicht, ich rollte in die Helligkeit hinein und stand plötzlich, originalgetreu meinem Traum nachempfunden, auf der zerstörten Straße. Nicht weit von mir entfernt sah ich das ruinierte Restaurant und daneben das Café, auf der Straße lagen Trümmer der Zerstörung und ich vernahm die Geräusche der herunterfallenden Häuserdächer und Wände aus Backsteinen. Ich erkannte die Bedeutung des Traumes und ich stellte mich darauf ein, gleich Emmet gegenüber zu stehen. Dieser Traum war ein Blick in die Zukunft gewesen und ich musste mich jetzt auf der Erde befinden und nicht mehr in der Dimension. Das ergab einen Sinn und doch erschien es mir teilweise noch sehr unwirklich. Doch warum war das Zimmer nicht in einem Haus und weshalb war die Tür ein Portal? Ich fasste plötzlich einen Entschluss, nur für mich und rollerte zielstrebig im Rollstuhl die Strecke ab, um zu Emmet zu gelangen.

***

Während ich die nächste Stadt auf diesem Kontinent zerstörte, die Häuser einriss und sie damit für die Menschen unbewohnbar machte, musste ich komischerweise an Joyce denken, die mir dies erst ermöglichte. Musste ich deshalb gleich Dankbarkeit zeigen? Ich entschloss mich für eine verneinende Antwort und ich werde auch kein Mitleid empfinden, wenn sie es nicht überleben sollte. Sie war nur ein Mittel zum Zweck meines Planes und weiter nichts. Ich musste lächeln, als ich kurz an meinen Sohn dachte. Ihm werde ich allein die Welt zeigen, die wir uns zum Untertan machen werden. Vergnügt verrichtete ich mein Werk weiter und dachte an eine bessere Welt.

In einem Moment, in dem nicht herunterfallende Gebäudeteile Lärm verursachten, rief plötzlich jemand nach mir. Ich drehte mich neugierig in Richtung der Straßenkreuzung, woher die Stimme kam und erkannte Joyce, die dort allein in einem Rollstuhl saß. Interessiert, was sie wohl von mir wollte, flog ich zu ihr herab und stellte mich vor sie hin. Joyce sah mitgenommen und schwach aus, aber es brodelte regelrecht in ihrem Inneren, dass konnte ich erkennen. Sie richtete sich in ihrem Rollstuhl auf und versuchte sich so groß wie möglich zu machen und sprach dann in einer erstaunlich kräftigen, aber rauen Stimme, wobei sie sich räuspern musste, weil ihre Stimme versagte: „Du zerstörst diese menschliche Stadt und vermutlich noch mehr auf Erden, wie es dir gerade passt. Darf ich mitmachen? Ich möchte, wie du mir, etwas von dir zunichtemachen, deine Pläne für die Zukunft ruinieren und dich aufhorchen lassen, dass der Höhenflug nicht ewig währt." Ich musste über sie lächeln. Candida versuchte es immer aufs Neue, sich mir in den

Weg zu stellen, doch sie war im Gegensatz zu der kleinen Joyce nicht geschwächt gewesen, zu keinem Zeitpunkt musste sie sich auskurieren. Joyce war nicht einmal ein Gott, nur ein Krieger und das hatte sie wohl vergessen, oder sah sie ihr Ende durch die Anhörung nähern und riskierte nun alles. Doch dass ihr Rang ihr anscheinend egal zu sein schien, faszinierte mich an ihr. Sie setzte ihre Person an erster Stelle, um für irgendetwas zu kämpfen, was ich nicht verstand.

„Gut, dass dich das sprachlos macht. Dann weiß ich wenigstens, dass du mich ernst nimmst", sagte sie selbstsicher. Ich wechselte das Thema, ohne darauf einzugehen, denn ich sah das Ganze etwas anders und so fragte ich: „Willst du deinen Sohn noch vor der Anhörung sehen? Es könnte ja sein, dass du den Tag danach nicht mehr erlebst."

Schlagartig verfinsterte sich ihr Gesicht und ich merkte, dass ich es nicht besser gemacht hatte. Wut und Hass brodelten in ihr und schwappten nun über, ich konnte es fühlen, so intensiv waren ihre Gefühle. Ihre Gefühlsregungen stärkten mich, machten mich mächtiger und ich fühlte mich weiterhin überlegen. Was konnte mir Joyce schon anhaben? Ich konnte mir ein Lächeln nicht verkneifen und so hielt ich es nicht weiter zurück. Ich war nicht ohne Grund schon lange an der Macht. Bevor Joyce vor Wut platze, fing sie plötzlich an zu singen.

Lebensenergie, Kraft und Macht,
die vorher in mir schlief und wacht´,
macht euch auf den Weg euch zu vereinen,
im Einen werdet ihr wieder mein sein,
pfleg´ und heg´ ich euch wieder allein,
denn nun wandert wieder über,
kommt in meinen Körper hinein,
werdet erneut eins mit mir, mein Wicht,
und verlasst mich noch einmal nicht,
meine Macht und meine Kraft bleibt meine
und die teile ich nicht mit deine.

Als sie endete, klatschte ich amüsiert in die Hände und sagte belustigt: „Dass deine Gabe nur in den Dimensionen funktionieren kann, ist dir bewusst, oder?" Joyce strich sich durch ihr Haar, sie überlegte kurz, wirkte aber keinesfalls verunsichert und sprach dann gelassen: „Du wirst bald wieder in die Dimensionen zurückkehren." Ich entfaltete meine großen Schwingen und antwortete: „Wenn ich hier auf Erden fertig bin, dann werde ich zurückkehren und dann werde ich deine Macht und Kraft nicht mehr unbedingt brauchen. Ich kann sie dann also getrost wieder abgeben, denn ich brauchte sie, um den Thron zu zerstören und auf der Erde ungestört zu schalten und walten, denn dadurch kann Candida mich nicht mit ihrer Macht zurückholen."

Sie schüttelte den Kopf und sah zu Boden als sie sprach: „Ich wiederhole mich für dich gern noch einmal. Du wirst bald wieder in die Dimensionen zurückkehren. Denn ich verspüre seit geraumer Zeit ein Ziehen in meinem Innersten und könnte mir gut vorstellen, dass das etwas mit der Vorladung bei Gericht zu tun haben wird."

Mein Lächeln wurde kleiner, denn ich ahnte die Wendung und ich erwiderte schnell: „Ich muss nicht bei deiner Anhörung dabei sein." Jetzt lächelte sie kurz. „Denkst du, man wird mir meinen letzten Wunsch verwehren, wenn meine Strafe Eliminierung lautet?", entgegnete sie mir. In mir stieg plötzlich Zorn auf, mein Gesicht verfinsterte sich und wütend stieß ich heraus: „Du Biest! Woher weißt du vom Wunsch des noch freien Angeklagten?" Sie hingegen reagierte ruhig: „Ich musste es nicht wissen, nur ahnen, denn die Bestätigung gabst du mir eben persönlich. Emmet, war es dir nicht klar, dass es nicht so bleiben konnte? Wohin hat uns der Pakt geführt?"

Ich wandte ihr erbost den Rücken zu, ohne noch etwas zu sagen. Dann tauchten plötzlich schon die zwei Männer in dunkelblauen Anzügen neben ihr auf und sie zuckte kurz erschrocken zusammen. Während der blondhaarige Mann sprach, atmete sie tief durch und machte sich sichtlich bereit: „Joyce, Clananführerin und Kriegerin der Göttin des Guten, Candida, wir sind hier, um Sie zu ihrer Anhörung vor das göttliche Gericht zu begleiten." Sie nickte. Der schwarzhaarige Mann fragte daraufhin: „Haben Sie noch einen letzten Wunsch vor der Anhörung?" Neutral antwortete sie dann: „Ja, ich möchte, dass mich Emmet, der Gott des Bösen, zur Anhörung in die Dimensionen begleitet." Beide Männer nickten daraufhin. Der schwarzhaarige Mann ging auf mich zu, ich hielt ihm meinen Arm hin, den er nun berührte. Der blondhaarige Mann erfasste ihre Schulter und sie sagte noch schnell: „Ich werde den Rollstuhl brauchen, wenn sie mich nicht tragen wollen." Dieser entgegnete nur schlicht: „Einverstanden."

Durch das Teleportieren waren wir in wenigen Sekunden wieder in den Dimensionen und ich verspürte seit dem Eintritt in diese Ebene eine kontinuierliche Bewegung im ganzen Körper. Die Sortierung in mir fühlte sich an, wie kleine Ameisen und mir wurde unwohl und ein leichtes Schwindelgefühl setzte ein. Wir gingen gerade einen Flur entlang, als nach zwei Minuten Joyces Teil aus mir heraustrat. Ich ließ mir nichts anmerken, aber ich war nicht erfreut über diese Wendung meines Planes.

***

Ich war zutiefst erleichtert, als mein Teil Lebensenergie, Kraft und Macht wieder zu mir zurückkehrte, denn ich fühlte mich dadurch schon viel besser. Ich versuchte aber meine Freude nicht nach außen zu projizieren und mich nur innerlich zu freuen. Plötzlich wurde ich am Rand mit meinem Rollstuhl abgestellt und die beiden Männer verschwanden in einen Raum. Diese Gelegenheit nutzte Emmet anscheinend aus. „Wie hast du das gemacht?", fragte er mich noch immer leicht erbost, aber nun lag auch Neugier in seiner Stimme. „Helf mir bitte hoch", dabei hob ich ihm beide Hände entgegen. Er schaute mich wenig begeistert an. „Nun helf mir doch mal", sagte ich etwas ungeduldig. Emmet stöhnte, aber nahm danach meine Hände, zog mich aus dem Rollstuhl, hielt weiterhin eine Hand von mir und diente mir somit als Stütze. Als ich dann mit Laufen begann, folgte er mir, schüttelte seinen Kopf und sprach: „Du hast gleich deine Anhörung und statt dir Sorgen um den Ausgang dieses Gerichtsprozesses zu machen, übst du das Gehen und das auch noch mit mir." Ich sah ihn nicht an während ich sprach, sondern behielt den Blick auf meinen Füßen: „Du musst mich nicht verstehen."

Emmet blieb plötzlich stehen. Ich wollte nicht stehen bleiben, also befreite ich meine Hand aus seiner und tastete mich an der Wand weiter. Er kam auf die andere Seite und folgte mir, während er sprach: „Wie hast du das vorhin gemacht?" Ich richtete meinen Blick nach vorne und sagte, während ich mich aufs Laufen konzentrierte: „Jedes Lied, was ich sang, hat mich in gewisser Weise beeinflusst. Selbst das Lied vor meinem Tod hat mich verändert." Er dachte kurz nach und antwortete dann: „Erkläre mir bitte den Zusammenhang zwischen deinem Gesagten und dem vorherigen Erlebnis." Diesmal blieb ich stehen, sah ihm ins Gesicht und erklärte: „Daraus schlussfolgerte ich, dass das Lied, welches ich auf Erden singe in der Dimension seine Wirkung zeigt." Er nickte. Dann kamen die beiden Männer wieder auf den Flur und winkten uns zu sich. Emmet ging zügig vor und betrat den Raum vor mir. Ich tastete mich noch etwas wacklig an der Wand entlang. Der schwarzhaarige Mann fragte: „Kann ich Ihnen helfen?" Ich überlegte kurz, sagte dann aber zu. Ich würde noch Übung brauchen, bis ich wieder normal laufen konnte und an diesem Ziel wollte ich festhalten, damit es mich durch die Verhandlung brachte.

***

Ich wurde zu einem Stuhl geführt, der an einem hohen, aber kleinen quadratischen Tisch ganz vorne stand. In der Nähe gab es noch eine Vorrichtung, in der Dolche, Schalen, Duftstäbchen, Kräuter und andere Dinge aufbewahrt wurden. Daneben stand ein Kinderhochstuhl, in dem ein kleiner Junge neugierig herausschaute. Ich sah mich weiter im Raum um, nachdem ich mich hingesetzt hatte und entdeckte eine zweite Tür, an der direkt gegenüberliegenden Wand. Der Großteil des langen, hohen Raumes gehörte zum Zuschauerbereich. Stehlampen, Teppiche und Blumentöpfe verschönerten diesen Bereich, hingegen war der Teil, in dem ich mich befand, kahl und weiß. Ich saß dem Zuschauerbereich gegenüber und suchte die Gesichter nach Bekannten ab. Nur die Götter Emmet und Yasmin konnte ich ausfindig machen, was mich kurze Zeit leicht enttäuschte, aber ich vertrieb das Gefühl schnell wieder. Ich blendete die Gespräche der anderen aus, um tiefer in mich hineinzuhorchen. Eine leichte Aufgeregtheit, Ungeduld und Wut konnte ich ausfindig machen, aber Angst verspürte ich gar nicht. Weshalb hatte ich keine Sorge oder gar Angst vor einer Eliminierung?

Plötzlich kamen Candida und Amon in den Raum und wir lächelten uns zaghaft gegenseitig an, nachdem sie auf den Zuschauerbänken Platz nahmen. Ich war neutral eingestimmt, dass sie noch gekommen waren, sah ihre Anwesenheit nicht als Erleichterung. Irgendetwas hatte sich in der kurzen Zeit verändert, aber mir blieb nicht die Zeit darüber lange nachzudenken, denn im nächsten Moment schob eine Frau eine weitere Frau im Rollstuhl mit einer Augenbinde hinein und stellte den Rollstuhl neben dem Tisch ab. Schlagartig wurde es still im Raum. Die Frau sprach zu der Frau im Rollstuhl: „Ker ist noch nicht erschienen." Diese antwortete ihr: „Das macht doch nichts, ich werde die Anhörung dennoch beginnen." Die Frau blieb ungerührt hinter dem Rollstuhl stehen, als sie fortfuhr: „Willkommen Joyce zu Ihrer Anhörung mit den Anklagepunkten: Störung des Gleichgewichts zwischen den Mächten, Dimensionswechsel und Partnerschaft zu Emmet, Gott des Bösen. Ich bin Dina, die Göttin der Gerechtigkeit, ihre Richterin und möchte nun von Ihnen hören, ob Sie sich äußern wollen?"
Ich antworte mit einem knappen ja, weil ich eingeschüchtert war. Dina strahlte nur so vor Macht, Stärke, Einfluss und Professionalität, trotz ihrer Einschränkungen. Dinas Körper wurde von ihr in eine typische Zuhörerposition verlagert und sie entgegnete: „Dann erzählen Sie mir bitte alles von Anfang an. Ich möchte Sie zunächst

aber warnen, ich kann Gedanken lesen und werde daher sehen, ob Sie die Wahrheit sagen, oder mich belügen." Ich atmete einmal durch und begann zu erzählen: „Ich habe das Zeitgefühl verloren, deshalb kann ich nicht sagen, wie lange es her ist. Ich bin Clananführerin, meine Mentorin ist Candida, Göttin des Guten und mein Clan und ich haben den gegnerischen Clan besiegt. Zu dem Zeitpunkt begann alles seinen Lauf zu nehmen. Ich wusste zuvor nichts von den Gaben der beiden Götter Emmet und Candida, aber ich hätte mir im Nachhinein mehr Kommunikation gewünscht, obwohl ich es auch verstehen kann, wenn die Krieger nicht unbedingt von den Gaben erfahren sollen. Doch genug davon und weiter in der Geschichte. Emmet hat mit Hilfe einer Magierin den Thron der Dimension Gut gegen Böse mit einem Zauber belegt. Nachdem sich Candida auf den Thron niederließ, sollte mich der Zauber töten, denn ein Siegerclan ohne Anführerin wäre schnell zu besiegen und Candida würde somit ein wichtiger Krieger in ihren Reihen fehlen. Da Candida aber diese Wendung der Zukunft sehen konnte, vermachte sie Amon, der zusätzlich mein Wächter war, die Gabe mein Beschützer zu sein und ihn traf statt meiner der Tod. Doch wollte sie mir anscheinend nicht meinen ersten Freund nehmen und daher konnte ein Mitglied meines Clans die Gabe Lebensschenkung und brachte ihn zurück."
Sie unterbrach mich, in dem sie mich fragte: „Wann kommen Sie auf einen der Anklagepunkte zu sprechen?" Ich war wenige Sekunden verunsichert, fing mich schnell wieder und antwortete: „Bitte haben Sie Geduld, es handelt sich um eine lange Geschichte, aber ich werde gleich auf einen Anklagepunkt zu sprechen kommen." Dina nickte ernsthaft und antwortete: „Gut, Sie dürfen weitersprechen."
Ich nahm den Faden wieder auf und sagte: „Nach der Lebensschenkung verschwand Amon plötzlich und ich fiel buchstäblich in ein tiefes Loch. In meiner Trauer machte mir Emmet ein Angebot. Mir wurde erklärt, dass Amon in der Dimension Identität gegen Diffusion ist, weil während seiner Lebensschenkung seine Seele zerbrach und er Hilfe bräuchte, damit sich seine Persönlich-

keit wieder zusammensetzen kann. Emmet schlug mir daher einen Pakt vor, dass er mich in die andere Dimension, auf die Seite Diffusion bringt, und ich solange bleiben könnte, wie ich möchte; er sich dafür aber von meiner Macht und Energie nähre, solange ich mich in dieser Dimension aufhielte."

Sie unterbrach mich erneut, in dem sie fragte: „Hätte es nicht noch eine andere Möglichkeit gegeben?" Ich antwortete ihr: „Nach meinem Wissensstand gab es keine andere Lösung, Emmet war der Einzige, der mir eine Möglichkeit eröffnete, zu Amon zu gelangen. Doch war sein Plan nicht derselbe. Er wollte hingegen, dass ich in der Dimension bleibe, denn im Pakt eröffnete er mir keine Rückkehrmöglichkeit, so dass ich mit Candida, der Göttin des Guten und Yasmin, Göttin der Liebe, eine Absprache hielt, nachdem Yasmin meine Rückkehr mit Amon ermöglichte. In der Dimension ereilte mir die Persönlichkeitsaufspaltung, statt seiner und die Rückkehr verzögerte sich. Als ich dann endlich zurückkehrte, war ich dem Tode zu nahe und längere Zeit ohne Bewusstsein. Ich musste feststellten, dass Emmet, der Gott des Bösen, meinen seelenlosen Körper vergewaltigt hatte und ich einen Sohn ausgetragen hatte, den ich heute zum ersten Mal lebendig sehe. Ich hatte in der Zeit der Trennung meiner Seele vom Körper und der Bewusstlosigkeitsphasen Träume gehabt, von denen ich ausging, dass sie nicht real wären, doch ich musste mit Erschrecken feststellen, dass sie mir kurze Abschnitte der Realität gezeigt hatten. Ich schwöre, ich hatte kein einvernehmliches Verhältnis und zu keinem Zeitpunkt eine Partnerschaft mit Emmet, Gott des Bösen. Er wollte mich durch Macht- und Kraftentzug zum zweiten Mal aus dem Weg räumen, nachdem der Zauber mich nicht beseitigt hatte."

Ich machte eine kurze Atempause und ich merkte, wie Wut in mir aufstieg. Dina nickte und sprach dann: „Sie sind von ihrer Aussage überzeugt. Emmet, Gott des Bösen, haben Sie eine Änderung der Version der Angeklagten hinzuzufügen?" Bevor er antworten konnte, fragte ich: „Kann ich kurz zu unserem Sohn?" Dina überlegte kurz, sagte dann aber zu. Emmet antwortete auf ihre Frage und ich ging zum Kinderhochstuhl.

Die Aufmerksamkeit lag auf Emmet, als er gelassen erklärte: „Ich hatte wahrhaftig die Absicht Joyce zu erledigen, aber auch den Trieb einen Nachkommen in die Welt zu setzen. Die Gelegenheit war gegeben und so nutzte ich sie aus. Sie kann sich glücklich schätzen, dass sie überlebt hat." Ich stand immer noch neben unserem Sohn und rammte ihm jetzt einen kurzen Dolch in die Schulter, den ich zuvor heimlich aus der Einrichtung genommen hatte. Der Junge schrie kurz auf und das Gesicht von Emmet wurde plötzlich angsterfüllt und er lief besorgt auf den Kinderstuhl zu und rief: „Warum hast du das getan?"

Ich ging zu dem Anhörungsstuhl und gestand: „Ich wollte ihn nicht töten, er kann nichts für deine widerliche Tat. Ich wollte dir wahre Schmerzen zufügen, für den Fehler den du gemacht hast. Dein Sohn ist das Einzige, was dir wichtig ist, außer deiner Macht."

Plötzlich mischte sich Dina ein: „Emmet, nehmen Sie ihren Sohn und gehen Sie ruhig hinaus. Die Anhörung von Joyce wird hiermit fortgeführt und ich möchte keine weitere Störung, ansonsten bestrafe ich den Störenfried."

Emmet wollte das Kind aus dem Hochsitz nehmen, aber er strampelte und schrie. „Liam möchte bleiben", erklärte er und verstummte augenblicklich, wobei er nach kurzer Zeit weitersprach: „Ich habe ihm einen Namen gegeben. Das stört dich doch nicht, oder?" Ich schüttelte den Kopf und antwortete: „Mir ist es egal, wie du deinen Sohn nennst." Dina sprach nun ungeduldig: „Entnehmen Sie ihm endlich den Dolch und setzten Sie sich wieder hin! Wir waren dort stehen geblieben, dass Sie zu jedem Punkt etwas gesagt hatten. Gibt es noch etwas, was Sie mir sagen wollen?" Ich antwortete: „Nun ja, da gibt es allerdings noch etwas, was ich auch als wichtig erachte." Dina nickte. „Nun dann erzählen Sie es mir", sagte sie und lehnte sich wieder im Rollstuhl zurück.

Ich begann erneut zu reden: „Ich werde nun versuchen die Anklagepunkte zu entkräften und weiche von der Geschichte ab. Zuerst komme ich zum Dimensionswechsel. Er war notwendig, um meinen Freund zu retten und nur eine Ausnahme. Nachdem er mir das Leben gerettet hatte und mich vor dem Tod bewahrte, war es mir ein Pflichtgefühl nun auch ihm helfen zu wollen. Hinzu kam, dass er der erste Mensch war, dem ich mich anvertrauen konnte und ich glaube mich sogar stückweit in ihn verliebt zu haben. Eine feste Beziehung hatte ich niemals zu Emmet gehabt und was ich von der Vergewaltigung und dem Sohn halte, wurde glaube ich auch deutlich. Ich habe weder Muttergefühle aufgebaut, noch Gefühle zu Emmet. Eine Liebesbeziehung sieht meines Erachtens nicht so aus, dass man den anderen versucht umzubringen, das nicht zum ersten Mal und es einem danach nicht einmal leidtut.

Und um zum letzten Punkt zu kommen, der Machtabgabe und dem daraus resultierenden Ungleichgewicht zwischen den Mächten, möchte ich erneut die Geschichte aufgreifen, werde mich aber kurzfassen. Nun, kurz vor dem Verhör gelangte ich mit einem Rollstuhl und einem Portal, welches in der Zimmertür positioniert war, auf die Erde und stand Emmet gegenüber, welcher zuvor beschäftig war, eine Stadt zu zerstören. Ich besitze die Gabe des Gesangs und sang also ein Lied, welches thematisierte, dass er mir meine Kraft, Macht und Lebensenergie zurückgeben sollte. Emmet hingegen machte sich über mich lustig, weil das Lied auf Erden keine Wirkung zeigte und meinte, wenn er fertig ist, käme er zurück in die Dimensionen und dann könnte ich meine Macht getrost wiederbekommen, bis dahin würde er aber keinen Fuß in die Dimensionen setzen. Nachdem man mich abholen kam und ich den Wunsch äußerte, Emmet sollte mich begleiten und wir wieder in die Dimensionen gelangten, erfolgte der Austausch automatisch. Ich erhielt vor dem Verhör meinen Anteil zurück und ich kann mit gutem Gewissen sagen, dass nun das Gleichgewicht der Mächte wiederhergestellt sein sollte, denn ich habe alles zurückbekommen, was er mir genommen hatte. Ich sehe mich nach den Anklagepunkten nicht in der Schuld und beantrage daher Freispruch. Danke."

Dina nickte nachdenklich und fragte dann: „Wer hat das Portal in die Tür gesetzt, um dich direkt zu Emmet zu bringen?" „Ich weiß nicht, wer es war, aber diese Frage habe ich mir auch schon gestellt.

Es muss jemand sein, der einen Vorteil hätte, dass Emmet wieder seine ursprüngliche Macht erlangte."

Plötzlich tauchte eine Frau mit einem Mann im blauen Anzug auf, wobei der Mann auch wieder augenblicklich verschwand. Die Frau hinter Dina flüsterte ihr etwas ins Ohr, woraufhin Dina die Anhörung kurz fallen ließ und erfreut aussprach: „Willkommen Ker, Göttin des Todes. Was hielt dich auf?"

Ker war eine drahtige, schlanke Frau mit langen Rastalocken und mehreren Piercings und Tattoos. Wild gestikulierend erzählte sie: „Jemand hat vor diese Tür", sie zeigte auf die gegenüberliegende Tür, aus der ich reingekommen war, „ein Portal errichtet, welches mich in die Wüste schickte. Ich konnte mich demnach auch nicht in diesen Raum teleportieren und war auf Hilfe angewiesen, um nun zu erscheinen. Warst du das?", fragte sie und zeigte wütend mit dem Finger auf mich. Ich erklärte ruhig: „Ich kann keine Portale errichten."

Dina nickte und meinte: „Über ein weiteres Portal wollten wir uns gerade Gedanken machen. Joyce, überlegen Sie mal, wer in Frage kommt, der einen Nutzen aus beiden Portalen schließen könnte."

Ich antwortete ohne lange nachzudenken: „Ich kann es mir bei beiden Personen nicht wirklich vorstellen, aber es gibt zwei, die ich in Erwägung ziehen würde. Ohne jemanden zu beschuldigen, könnte ich mir vorstellen, dass eventuell Candida jemanden beauftragt hat oder der Mann, mit der schwarzen Kapuze." Candida stand sofort auf und teilte mit: „Ich schwöre, ich habe weder jemanden beauftragt, noch das Portal selbst an Ort und Stelle errichtet." Sie setzte sich wieder hin.

Dina sprach weiter: „Erzählen Sie mir von dem Mann." Ich atmete einmal tief durch und sagte dann: „Ich kenne weder seinen Namen, noch weiß ich, wie er aussieht. Nachdem ich zwei Nächte in dem Bett erwachte, in dem ich genesen bin, sagte er, er wäre nächtlich bei mir und helfe mir, durch die Beschleunigung meiner Blutzirkulation, mich schneller zu erholen. Er trug jedes Mal einen schwarzen Umhang mit einer großen schwarzen Kapuze. Ich weiß wirklich nichts über diesen Mann und seine Absichten." Dina nickte

und antwortete: „Er hätte ein Motiv, macht doch Sinn, dass er die Göttin des Todes von dir fernhalten möchte, oder?"
Ich dachte kurz nach: „Natürlich, erst macht er sich die Arbeit mein Leben zu verlängern und danach ist seine Mühe in Gefahr. Doch möchte ich es bei einer Spekulation belassen, denn ich kann nichts beweisen. Viel interessierter bin ich im Moment an ihrem Urteil."

Die Zuschauer zogen erschrocken den Atem ein und es wurde still. Mich beunruhigte die Situation gar nicht, ich wollte hingegen endlich Gewissheit haben. Ker mischte sich ein: „Ich war bei der Anhörung nicht vor Ort, aber ich vertraue allein auf dein Urteil, Dina, Göttin der Gerechtigkeit, die schon so lange unsere Richterin ist. Dein Wort ist mir Befehl." Erneut herrschte völlige Stille. In der Luft lag eine unangenehme Anspannung und nach einer Pause des Nachdenkens sagte Dina endlich: „Ihre Erzählungen waren jedes Mal untermauert mit Bildern aus den jeweiligen Erlebnissen, welche ich sehen konnte und somit kann ich sagen, dass Sie nur die Wahrheit sprachen, denn eine Lüge kann nicht wahrhaft erlebt werden und somit löst diese kein Erinnerungsbild in den Gedanken aus. Sie konnten des Weiteren jeden Anklagepunkt nachvollziehbar erläutern, verneinen oder entkräften. Ich werde Sie hiermit rechtskräftig freisprechen. Sie haben nicht die Strafe der Eliminierung zu befürchten." Die Frau fuhr den Rollstuhl mit Dina aus dem Raum und Ker folgte ihnen. Amon kam auf mich zugelaufen. Ich hatte gar nicht gemerkt, dass ich mich erhoben hatte, erst nachdem er mich stürmisch umarmte und mir aufgeregt sagte: „Ich habe gebetet zu Jesus, Maria, Nyx, Buddha, Mohammet, Hermes, Allah, Gott und Zeus, dass sie dir beistehen sollen und dich hier lebendig herausholen und es hat funktioniert. Du lebst!" Überschwänglich umarmte er mich fester und ich brachte mühsam heraus: „Bitte, lass mich los, du erdrückst mich." Als er mich losgelassen hatte, ergänzte ich: „Danke, aber diese Götter haben nicht im Geringsten mit meiner Anhörung zu tun. Ich habe mich selbst daraus befreit und nur die Wahrheit gesagt." Amon lächelte nach oben an die Decke und sagte: „Ich danke euch trotzdem." Ich konnte darüber nur verständnislos den Kopf schütteln.

***

Als wir wieder in die Dimension Gut gegen Böse zurückkehrten, suchte ich mir sofort ein Zimmer, in dem ich ungestört sein konnte, denn ich musste nachdenken. Auf der Couch, die sich in dem Zimmer befand, nahm ich eine bequeme Position ein, in der ich eine Weile verharren konnte, schloss die Augen, entspannte mich und achtete auf meine regelmäßige Atmung. Ich fühlte das erste Mal intensiv in mich hinein und nach kurzer Zeit empfand ich eine Art Trance, denn ich war ruhig und entspannt. Es kamen Erinnerungsbilder in mir hoch. Ich konnte Amon erneut sehen, wie er sich mit meinen zwei Persönlichkeiten, Miesepeter und Partytüte, wie er sie genannt hatte, in der anderen Dimension unterhielt. Mir fiel jetzt vor allem das Verhalten von Miesepeter besonders auf, obwohl Partytüte durch ihr verrücktes Verhalten die Aufmerksamkeit eher auf sich ziehen sollte. Mein jetziges Verhalten und Gefühlsleben war dasselbe, wie ihres. Ich dankte meinem Inneren für diese Erkenntnis, denn ich hatte, dadurch dass Miesepeter mich innerlich einnahm, meine Gefühle abgestellt, was vermutlich etwas mit der Anhörung zu tun hatte. Ich konnte dadurch sachlicher erzählen, was geschehen war und ich blieb die ganze Zeit über ruhig und bestimmt. Ich durchforstete mein Inneres und fand meine Gefühle wieder. Ich fühlte mich plötzlich erleichtert über die Rückkehr meiner Emotionen und traurig über meine jetzige Situation, denn ich musste an Amon denken und an unser schwieriges Verhältnis. Ich empfand Schuld, womöglich hatte ich diese Distanz zwischen uns gebracht. Die ganze Situation musste ihn verunsichert haben, was mich anbelangte. Ich konnte dies durchaus verstehen, die Ereignisse waren zahlreich und erschreckend. Nun merkte ich, wie mein Inneres aufgewühlt war, nachdem ich die Gefühle wiedererweckte, um alles erneut ins Gleichgewicht zu bringen. Mühsam versuchte ich Ordnung herzustellen, doch bevor mir das gelang, erschienen in meinem Inneren Bilder von den Göttern, die ich bereits kennengelernt hatte. Sie erschienen mir, als würde ich mir meine Nachbarn vorstellen, die in meiner Gegend wohnten, ausgenommen von Dina, der Göttin der Gerechtigkeit. Ich akzeptierte ihren Stand und ihren Einfluss, ich kannte alle nur flüchtig und ich hatte mich in der bestehenden Gesellschaft unterzuordnen und mich respektvoll benommen. Doch das Gefährliche war, dass niemand davon erfahren durfte, dass ich mich jetzt auf gleicher Stufe mit den Göttern sah. Ich hatte mich den Göttern abgewandt, sah mich nur als ein normales Individuum, aber ich empfand nicht diesen Beeinflussungszauber wie am Anfang. Damals, als Clananführerin, hätte ich für meine Göttin alles getan, doch nun empfand ich mich befreiter. Ich sah mich ihr nicht mehr verpflichtet und untergeben. Ich konnte mich den Dimensionen nicht entziehen und dadurch war ich noch lange nicht frei, aber mein Geist fühlte sich ungezwungener. Ich würde diese Dimensionen nie endgültig verlassen dürfen, denn wenn ich schon wegen einem Dimensionswechsel angeklagt wurde, das wäre dann wirklich mein Todesurteil. Doch halt, auch diesmal empfand ich bei dem Gedanken an meinen Tod keine Angst.

Erneut horchte ich in mein Inneres. Aus meinen Tiefen kamen Erinnerungsbilder hinauf, die ich glaubte endgültig verloren zu haben. Ich erhielt die Chance noch einmal in eine Zeit zu blicken, in der meine Eltern glücklich und lebendig mit mir zusammen in dem schönen Haus wohnten und wir alle unbeschwert das Leben genießen konnten, ohne jeglicher Vorahnung auf das Grauen. Mit diesen Bildern erkannte ich, dass ich innerlich mein Leben mit meinem Tod abgeschlossen hatte, der Eintritt in die Dimensionen nur eine erfreuliche Verlängerung meines Daseins war und ich deshalb den erneuten Tod nicht fürchtete. Eine leichte Freude stieg in mir auf, ich fühlte mich wesentlich besser als zuvor und wieder im Einklang mit mir selbst. Ich hatte Antworten auf meine Fragen gefunden und mich selbst innerlich gefestigt. Um die Trance zu beenden, atmete ich tief ein und danach ließ ich die Luft wieder aus meinem Mund entweichen und stellte mir vor, dass ich mich so wieder aus meinem Körper heraus beförderte. Ich ließ die Augen noch einen Moment geschlossen, doch plötzlich klopfte es an der Tür. Ich schlug die Augen auf und setzte mich normal auf die Couch, bevor Amon seinen Kopf durch die Tür steckte und fragte: „Darf ich hereinkommen, Joyce?"

***

Ich hatte das Gefühl, dass es Joyce nicht gut ging, nachdem sie sich in ein Zimmer verzogen hatte, ohne ihren Clan zu begrüßen, den sie so lange nicht mehr gesehen hatte. Ich ließ Zeit verstreichen, damit sie einen Moment für sich hatte, nahm mir aber fest vor, sie allein aufzusuchen, falls sie mit jemanden reden wollte. Die Anhörung hatte ihr wahrscheinlich mehr zugesetzt, als sie dachte. Die anderen Krieger ihres Clans machten sich auch Sorgen um sie, dass alles war noch immer sehr frisch. Ich klopfte vorsichtig an die Tür, wartete aber darauf, dass sie mich hereinbat. Als jedoch keine Antwort kam, streckte ich den Kopf in die leicht geöffnete Tür und fragte: „Darf ich hereinkommen, Joyce?"
Sie saß allein auf einer Couch und nickte mir zu. Ich schloss hinter mir die Tür und setzte mich neben sie auf die Couch. „Wie geht es dir?", fragte überraschenderweise sie mich zuerst, statt ich sie. Ich überlegte, was ich nun sagen sollte. Dann entschied ich mich, ihr alles zu sagen: „Ich habe mir unglaubliche Sorgen um dich gemacht, weil es verdammt schlecht um dich stand. Zuerst dein gesundheitlicher Zustand und dann die Anhörung und nun erfahre ich noch, dass ein fremder Mann dich nächtlich besuchte. Es klingt zwar hart, aber ich habe mich innerlich darauf vorbereitet, dass du es nicht schaffen könntest, damit ich deinen Verlust überhaupt ertragen kann, falls es dazu kommen würde und jetzt höre ich von einem dir unbekannten Mann. Ich kann ihm nicht einmal danken, auch wenn mir der Gedanke, dass er jede Nacht an deinem Bett stand, einen Schauer über den Rücken laufen lässt. Mir geht es gut, weil ich jetzt weiß, dass du mich nicht verlassen wirst."

„Kannst du dem Mann nicht einfach nur dankbar sein?" Ich entgegnete ihr: „Das würde ich, aber das fällt mir schwer. Wie geht es dir eigentlich?" Ich wollte das Thema wechseln. „Gut", sagte sie nur. Ich atmete tief durch und sagte: „Du kannst mir vertrauen, daran hat sich nichts geändert. Warum verschließt du dich vor mir?" Sie sagte wenig überzeugend: „Mir geht es gut, wenn du da bist." Sie wirkte auf mich sehr traurig. Ich fragte vorsichtig nach: „Soll ich jemand anderen holen, mit dem du lieber sprechen möchtest?" Sie antwortete hastig: „Nein, nein das brauchst du nicht, wirklich." Dann saßen wir eine Weile schweigend nebeneinander. Ich fühlte mich schrecklich, wie ein Fremder kam ich mir vor. Ich versuchte ihr meine Verzweiflung in ihrer Sprache zu sagen und wollte das erste Mal für sie singen. Also begann ich für sie zu singen.

Seht, wie sie leidet
und Traurigkeit sie trübt.
Warum sagt sie's mir nicht?
Ich bin enttäuscht von ihr.
Ich würd' für sie kämpfen
und für sie untergeh'n,
nur um ihr Lächeln,
noch einmal zu seh'n.
Persönliche Höllenqual'n
und nicht zu wissen was ihr hilft.
Es tut mir leid, ich würd' alles für sie tun.
Ich liebe sie und ich halte zu ihr.

Ich hatte mich von der Couch erhoben und kniete nun vor ihr auf dem Boden. Ich konnte aus dieser Position in ihren Augen die Tränen aufsteigen sehen, aber ich sang einfach weiter.

Unentwegtes Gerede,
jeder meint es gut mit dir.
Doch du entscheidest
dich am Ende für einen Weg.

116

Es ist dein Leben.
Nur dich und niemand sonst,
soll zufrieden stellen.
Hör nur auf dein Herz.
Ich liebe dich und ich halte zu dir.

Nun kullerten zwei Tränen ihre schönen Wangen herunter. Sie griff nach meiner Hand, um diese zwischen ihren Händen festzuhalten und ich sang ohne Unterbrechung weiter, doch diesmal stimmte sie plötzlich mit in das Lied ein und wir sangen im Duett, denn durch ihre Gabe wusste sie den Text und die Melodie.

Tränengefüllter Ozean,
wir treiben reglos hinaus.
Es tut so weh,
ich glaub nicht an ein Wiederseh´n.

Hab´ ich dich verloren,
im Trubel des Alltags?
Deine Hand lag nicht mehr
in meiner seit ich sah.
Na - na, na, na - na, na, na - na, na, na.
Na - na, na, na - na, na, na - na, na, na.

Ich verstummte und hörte nur noch ihrer wunderschönen Stimme zu, als sie den Rest des Liedes sang.

Betäubende Müdigkeit
lässt mich mein Schicksal ertragen
und ich weiß nicht,
wann dieser Zustand enden wird.
Ich liebe ihn und ich hasse mich dafür.

Es ist diese Stimme,
die in mir nach mir ruft.

Der Klang seiner Worte,
ein Schatten der mich verfolgt.
Ich darf dem Drang nicht nachgeben,
er lässt mich nicht in Ruh´.
Ich liebe ihn und es verändert mich.

Na - na, na, na - na, na, na - na, na, na.
Na - na, na, na - na, na, na - na, na, na - na, na, na.

Wir sahen uns einen Moment schweigend an, doch dann zog sie mich hastig auf die Couch und als ich endlich wieder neben ihr saß, legte sie mir plötzlich die Arme um den Hals und zog mich an sich, um mich zu küssen. Sie überraschte mich, aber ich ließ es wollend zu. Es vergingen ein paar Sekunden, bevor sie mit Schamesröte im Gesicht von mir abließ und verlegen zu Boden sah. Ich versuchte durch ein Gespräch die Situation zu retten, bevor sie aus dem Raum laufen würde: „Nachdem du in der Anhörung emotionslos sagtest, dass du dich in mich verliebt hast, da habe ich mich einerseits gefreut, es aus deinem Mund zu hören, andererseits war ich erschrocken, wie du es beiläufig erwähntest und wie weit wir uns doch entfernt hatten. Ich erhoffte mir durch ein Gespräch, dass wir uns wieder annähern würden, ich rechnete jedoch mit keinem Kuss. Umso überraschter war ich eben, aber umso schöner war dieser Kuss auch. Joyce, bei mir ist alles in Ordnung. Wie sieht es bei dir aus?"
Sie schaute mir tief in die Augen, dann lächelte sie mich warm an und gab mir einen flüchtigen Kuss auf die Lippen, um dann mit meinen Fingern herumzuspielen. Ich musste lachen und meinte beiläufig: „Partytüte ist kein Freund von vielen Worten." Sie musste darüber schmunzeln, obwohl sie es versuchte zu unterdrücken und boxte mich mehrmals liebevoll in die Schulter. Den nächsten Angriff ihrer Faust fing ich ab, zog sie lieber näher an mich heran und legte meinen Arm um sie. Wir verharrten in der Position nur wenige Sekunden, weil sie plötzlich unerwartet sprach: „Das ist noch ziemlich ungewohnt für mich." Ich lockerte

meinen Griff, sah sie an und sie blickte zu mir hoch. „Fühlst du dich wohl bei mir?", hakte ich lieber nach. „Ja, das tue ich", versicherte sie mir schnell. „Aber sei mir nicht böse, wenn es mir im Moment zu viel ist. In mir toben die Gefühle und ich brauche gerade etwas Abstand", fügte sie kleinlaut hinzu, wobei sie verlegen dreinschaute. „Klar, ich verstehe", sagte ich schnell und brachte wieder Abstand zwischen uns, so dass wir wieder nebeneinandersaßen, statt ineinander verschlungen. Plötzlich stand sie auf, erklärte: „Wir sehen uns später" und ging aus der Tür hinaus. Ich blieb allein auf der Couch sitzen, schaute auf die geschlossene Tür und redete mir ein, dass alles okay sein musste, weil sie mich küssen wollte und überhaupt lief es doch gut zwischen uns, oder? Sie ließ mich mit einem komischen Gefühl zurück.

***

Ich musste gehen, ich konnte dem Sturm meiner Gefühle nicht Herr werden, wenn ich neben Amon sitzen geblieben wäre. Der Kuss war atemberaubend, aber genauso brachte er mein Inneres durcheinander. Ich konnte jetzt auch nicht zu meinem Clan, ich hätte gern allen gesagt, dass alles okay sei, wobei ich vermutlich nicht sehr überzeugend geklungen hätte und es deswegen beließ. Ziellos lief ich über den Flur, wobei ich in der Ferne Stimmen hörte, die sich unterhielten. Ich wollte keinem begegnen, hinzukam, dass die beiden Stimmen auch noch Leute aus meinem Clan waren. Die nächste Tür war glücklicherweise mein eigenes Zimmer, jedenfalls stand mein Name mit dicken Buchstaben darauf. Ich schlüpfte leise ins Zimmer und schloss die Tür hinter mir. Mein Zimmer, was ich zum ersten Mal sah, wirkte gemütlich.

„Das Zimmer von Amon ist rein zufällig den Gang hinunter auf der linken Seite", sprach die männliche Stimme. Ich drehte mich zu der Ecke hinter mir um und erkannte den Mann in seinem schwarzen Umhang mit Kapuze wieder. Erklärend fügte er noch hinzu: „Ich habe mich zuerst im Zimmer geirrt, war aber Gott sei Dank keiner dort." Ich setzte mich auf das Bett, wobei ich merkte, wie sich meine Gefühle beruhigten, sich in den Hintergrund verzogen und ich schaute ihn an, während ich dann sprach: „Ich erwarte, dass du mir eine Frage wahrheitsgemäß beantwortest." Ich konnte seine Lippen sehen, die sich zu einem Lächeln verzogen und er antwortete: „Ich sage dir alles, nur nicht meinen Namen." Warum stellte das für ihn ein solch großes Geheimnis dar?

„Sag mir Gott, kannst du Portale errichten?", fragte ich ihn und stellte fest, dass ich wieder komplett zu Miesepeter gewechselt war. Sein Lächeln erstarb und seine Lippen presste er zusammen zu einer dünnen Linie. Im nächsten Moment lockerte er seinen Mund wieder und gab mir zur Antwort: „Nein. Die Gabe, Portale errichten zu können, wäre für mich eine Verschwendung. Ich reise durch die Schatten und wo sich Schatten befinden, dort kann ich auch erscheinen. Doch nun sage mir, woher du weißt, dass ich ein Gott bin?" Ich erwiderte neutral: „Reine Spekulation und du hast mir soeben zwei Fragen beantwortet. Du wirst deinen Grund haben, weshalb du mir deinen Namen nicht verraten willst und immer mit dieser Kleidung zu mir kommst, damit ich dich nicht sehen kann. Aber ich erkenne deine Stimme und du kannst sicher meine Neugier an deiner Identität verstehen, denn du halfst mir zu überleben." Er verschränkte die Arme vor der Brust und verkündete: „Niemand soll die Wahrheit wissen." Ich erkannte, dass ich so nicht weiterkommen würde und schweifte vom Thema ab, in dem ich gelassen fragte: „Was ist der Grund für deinen Besuch?" Seine Haltung lockerte sich wieder und er griff in eine Tasche. Während er einen Brief herausholte, verkündete er: „Ich weiß nicht, wieso ich den Job des Laufburschen zweimal für dich bekomme, aber ich habe erneut einen Brief für dich." Ich atmete tief durch, denn ich war genervt, aber versuchte das nicht so sehr nach außen durchdringen zu lassen und fragte: „Was habe ich diesmal angestellt?" Er schüttelte den Kopf, sagte aber nichts weiter dazu und legte den Brief auf die Kommode. „Wir sehen uns wieder", sprach er ernst und verschwand.

Genervt machte ich mich auf den Weg zur Kommode, um den doofen Brief zu holen. Mit dem Brief kehrte ich wieder aufs Bett zurück und riss ihn erst dort auf. Ich faltete ihn langsam auseinander und las ihn mir durch. Dies war eine Einladung zur Sitzung aller Götter, ich wurde als ihr Ehrengast betitelt und sollte am nächsten Termin daran teilnehmen. Ein Grund für diese Ehre wurde nicht benannt. Ich starrte das Papier in meinen Händen weiterhin an, obwohl ich bereits alles zwei Mal gelesen hatte. Was sollte ich dort? War ich aufgeflogen mit meinem Desinteresse an den Göttern? Warum luden sie mich zu ihrem Treffen ein, wenn ich doch nur eine Kriegerin war? Was hatte das für meine Zukunft zu bedeuten? In mir kamen so viele Fragen auf, die ich nicht beantworten konnte und dadurch wurde ich wütend. Ich wollte dort nicht hin! Ich würde vortäuschen müssen, wie umwerfend die Götter doch wären, wie unterlegen ich mich ihnen fühlte und dass die Dimensionen das Größte für mich wären. Plötzlich wurde mir klar, dass ich etwas gegen das alles hier hatte. Wahrhaftig, ich hatte andere Vorstellungen von einer glücklichen Gesellschaft.

Bring me down
and hold you back.
Take my hand,
because I feel so sick.
I feel things
that are strange for me,
and emptiness
in the same way.

When the sun goes
down and die
never light will shine
on my mind.

The home we know is
lost for ever
and so far away.
We are slaves of gods.

Über diese Erkenntnis meinerseits war ich schockiert, denn das würde mich ungemein anecken lassen und könnte mich den Kopf kosten. Was machte ich nur? In meiner Verzweiflung verließ ich so leise wie möglich mein Zimmer und schlich mich den Flur entlang, bis ich vor der Tür von Amon stehen blieb. Ich klopfte leise an seine Tür und öffnete sie einen Spalt breit. „Darf ich hereinkommen, Amon?", fragte ich leise, noch hinter der Tür stehend. „Komm ruhig, ich bin noch wach", antwortete Amon. Ich betrat sein Zimmer vorsichtig und schloss die Tür leise hinter mir. Amon saß bei Kerzenlicht in seinem Bett und schaute neugierig zu mir. Doch ich wusste nicht, wo ich anfangen sollte. Ich konnte es ihm doch anvertrauen, oder? Wenn nicht ihm, wem sonst?

***

Joyce war übervorsichtig beim Betreten meines Zimmers. Sie schaute sich sogar kurz auf dem Flur um, bevor sie die Tür leise schloss. Ich war gespannt, was sie eine Stunde vor Mitternacht von mir wollte. Joyce wirkte sehr nervös und durcheinander und lief in meinem Zimmer auf und ab. „Kannst du nicht schlafen?", hakte ich nach, um den Grund zu erfahren, weshalb sie mich aufsuchte. War der Kuss eventuell zu plötzlich für sie gewesen? Bereute sie den Kuss sogar? Noch immer in Bewegung sprach sie: „Nein, dazu bin ich noch nicht gekommen, Amon." Sie sah nicht zu mir auf, den Blick weiterhin starr auf den Boden gerichtet. Ich schlug die Decke zur Seite und sagte ruhig: „Leg dich zu mir, Joyce." Ich wollte, dass sie zur Ruhe kam und endlich mit der Sprache herausrückte. Sie blieb abrupt stehen, schaute mich verblüfft an und tat dann, worum ich sie gebeten hatte. Abschätzend beurteilte ich, dass es ihr nicht um den Kuss von vorhin ging, sonst wäre sie auf Distanz bedacht gewesen. „Was ist los, Joyce? Sprich es endlich aus." Nun wirkte sie verunsichert und dachte nach, während sie die Decke anstarrte. Es blieb still im Raum. „Joyce, bitte", forderte ich sie nun meinerseits das letzte Mal auf. Sie sah mich ruhig an und sprach plötzlich: „Küss mich!"

Ich sah sie erschrocken an und erwiderte: „Ist das dein Ernst? Du kommst in der Nacht in mein Zimmer, um mich dann in meinem Bett zu fragen, ob ich dich küsse?" Sie sah kurz weg, erwiderte erneut meinen Blick und sagte: „Ja." Ich wurde aus ihr nicht schlau. Warum sollte ich mich darauf einlassen? „Du bist dir deinen weiblichen Reizen bewusst und schiebst mir eine große Zurückhaltungskraft zu?", fragte ich neugierig. Ich hätte zu gern gewusst, was in ihrem Kopf vor sich ging. Sie antwortete nicht direkt auf die Frage als sie sprach: „Du warst schon immer der Vernünftigere von uns zweien."

Ich wandte den Kopf von ihr ab, um darüber nachzudenken, doch dazu kam es nicht. Joyce schmiegte ihren Körper dicht an meinen und als sie über mich geneigt war, wollte sie mich küssen. Ich ergriff ihre Handgelenke und bevor ihre Lippen meinen Mund trafen, drückte ich sie von mir weg. Nun lag sie mit dem Rücken auf meiner Bettdecke und ich war über sie gebeugt, wobei ich neben ihrem Kopf immer noch ihre Handgelenke festhielt. „Das ist keine gute Idee, Joyce", sagte ich, doch ich hörte mich nicht überzeugend an. Joyce lächelte und mir wurde ganz warm ums Herz. „Sei einmal unvernünftig, Amon. Ich mag es sehr, wenn du meinen Namen aussprichst." Ich war hin und her gerissen. Schließlich sagte ich: „Meine Clananführerin, ich …", doch weiter kam ich nicht, denn sie unterbrach mich, in dem sie ihre Beine um meine Hüfte legte. In mein Gesicht fuhr die Röte und meine Wangen wurden plötzlich warm. Mit ruhiger Stimme sagte sie: „Lieber Amon, ich warte und wenn ich bis zur Morgenröte warten werde. Ich bin zwar nicht vernünftig, dafür willensstark. Einen Kuss, mehr verlange ich nicht. Doch wenn du bis zur Morgenröte diesen einen Kuss verweigerst, dann ziehe ich mich aus deinem Leben und halte Abstand, soweit es mir gestattet ist. Ich gebe dir die Möglichkeit mir zu zeigen und dir klar zu werden, ob auch du mich liebst, oder ob die Bindung zu mir rein dem Beschützer gilt. Ist es nur die Pflicht, mein Wohlergehen zu schützen, so küss mich nicht, oder schick mich gleich aus deinem Zimmer."

Ich war erstaunt, dass sie mir ein Ultimatum stellte und ihre Beine von meiner Hüfte genommen hatte, doch dann fiel mir etwas anderes auf und ich sprach es aus: „Hat dir schon jemand gesagt, dass du eine Persönlichkeitsstörung hast? Du bist eben von Partytüte, die immer noch deine Gefühle beherbergt, welche sie jedoch leiten, zu Miesepeter gewechselt, welche die Sachlichere ist, weil sie ohne Gefühle logische Schlüsse ziehen kann. Du bestehst aus zwei Persönlichkeiten, die sich einen Körper teilen." Sie antwortete ernst: „Dessen bin ich mir bewusstgeworden und ich lerne sie gezielter einzusetzen. Doch ich bin mir auch bewusst, dass du eben vom Thema ablenkst und meine Handgelenke langsam schmerzen." Automatisch rollte ich mich zur Seite ab und lag nun neben ihr. Wir schauten beide an die Decke und es war eine Weile still und mein Kopf leer. Ich hing keinem Gedanken nach, als Joyce endlich etwas sagte, denn es war mir zu still gewesen im Raum: „Liebst du mich?" Ohne nachzudenken antwortete ich: „Ja Joyce, ich liebe dich." Als ich es ausgesprochen hatte, wusste ich, es war die Wahrheit. Nun sah ich sie an, wobei sie mich schon länger angesehen haben musste. Gedanklich legte ich mir noch den Plan zurecht, dass es bei einem langen Kuss bleiben sollte und zog sie wollend an mich. Der Kuss ließ mich Raum und Zeit vergessen, jetzt zählte nur noch Joyce für mich. Ihre Nähe entfachte in mir ein unstillbares Feuer und unsere Körper schmiegten sich perfekt aneinander. Ruhelos bewegten wir uns im Gleichklang durch das Bett und im Kerzenschein war ihr Körper makellos und umwerfend. Als dann Stück für Stück die Kleidung weniger wurde, war mein Plan auch dahin.

***

Am frühen Morgen erwachte ich in seinen Armen und ich war glücklich. Ich wollte gestern Abend Amon eigentlich von dem Brief berichten, aber als ich merkte, dass ich das nicht konnte, weil er im Gegensatz zu mir überzeugt war von den Göttern, beließ ich es lieber, bevor ich mich selbst vor ihm verriet. Ich konnte ihm nichts vormachen, redete ich mir ein. Egoistischer-weise wollte ich mir nicht den Kopf zerbrechen über dieses hohe Treffen und so wollte ich, dass er mich küsst, um alles um mich herum für diesen Abend zu vergessen. Ich hatte das Bedürfnis Amon erneut zu küssen, bevor ich das Zimmer verlassen würde, wobei ich ihn jedoch weckte und er mich enger an sich heranzog.

„Ich muss mich langsam verdrücken, wenn es keiner mitbekommen soll", erklärte ich ihm kleinlaut. Ich wäre auch lieber bei ihm geblieben und hätte die Welt um uns herum erneut vergessen. Amon sagte noch etwas verschlafen: „Hast du morgen Nacht schon etwas vor, Joyce?" Ich musste lachen, während ich mich anzog. „Die Nacht gehört den Liebenden", zitierte ich die letzte Zeile aus dem Gedicht, welches Salvador mir eins vortrug. Wie recht er doch damit hatte. „Woher kommt mir das bekannt vor?", hakte er neckend nach. Dann wuschelte ich ihm noch einmal durch sein Haar und verließ sein Zimmer leise.

Der Flur war still und so schlich ich mich leise zu meinem Zimmer. In dem Moment, in dem ich meine Zimmertür hinter mir leise schloss, öffnete sich eine Tür im Flur und schnelle Schritte wurden laut. Hastig lief ich so gut ich konnte leise zu meinem Bett, deckte mich schnell bis zum Kopf zu und täuschte das Schlafen vor. Die Schritte blieben gerade vor meiner Tür stehen und es klopfte laut. Dann wurde die Tür aufgerissen und ich öffnete meine Augen. Im Türrahmen stand Candida, Göttin des Guten und rief in mein Zimmer: „Joyce, weck deine Clanmitglieder und macht euch fertig für einen Kampf."

Ich nickte ihr zu und die Tür wurde wieder zugemacht. Das war knapp und ich sprang aus dem Bett. Zuerst weckte ich alle. Amon stellte sich extra tiefschlafend, bis ich ihn endlich küsste und er seine Arme um meinen Hals legte, um mich ins Bett zu ziehen, aber ich leistete Widerstand. Im Eiltempo machten wir uns hektisch fertig und die gute Laune war schneller dahin, als gedacht. Für wen machten wir jetzt so einen Aufstand? Emmet.

Ich hatte Candida an diesem frühen Morgen um einen Kampf gebeten, den sie mir als Besetzerin des Thrones nicht ausschlagen konnte. Nachdem die Machtverteilung zwischen uns wieder im Lot war, hatte sich der Thron, zu meinem Bedauern, selbst geheilt, die Risse waren geschlossen und mir der Gang zur Erde wieder verwehrt. Hinzu kam, dass Joyce dummerweise bei der Anhörung meine Schwäche herausfand, die mir bis dahin selbst nicht bewusst war und ich wusste auch, was unausweichlich uns beiden diese Nacht blühte. Doch genug von diesen schlechten Aussichten, ich wollte es noch einmal versuchen diesen Thron in Besitz zu nehmen. Ich, Emmet, dessen Name der Überschauende, Große, Gewaltige und Mächtige bedeutete, würde einen Weg finden, auch mit dieser Misere klar zu kommen. Dann kam der Clan von Joyce durch die Tür und meine Augen suchten automatisch nach ihr, doch Joyce war nicht unter ihnen.

Erklärend berichtete Amon mir und meinem Clan: „Candida, die Göttin des Guten und Joyce, die Clananführerin, werden in Kürze eintreten. Bitte gedulden Sie sich noch etwas, Emmet, Gott des Bösen." Ich nickte ihm nur zu. Ich war gekommen mit meinem besten Clan und ich würde auch noch diese paar Minuten haben. Ich musste lächeln über diese Ironie, denn selbst wenn ich hier und heute gewinne und den Thron besteige, hätte ich Joyce einen Gefallen getan. Ironischerweise freute ich mich auf diese Nacht, denn Joyce war ahnungslos und doch werde ich dieser Herrschaftszeit nachtrauern, dessen war ich mir sicher. Es würden weitere Veränderungen auf die bisherigen Ereignisse folgen. Jetzt kamen Candida und Joyce in den Raum und es erschien augenblicklich ein Richter. Der Kampf konnte beginnen und ich wollte ihn gewinnen, weil es vorerst mein letzter war.

**

Bevor Candida und ich den Raum betraten, in dem die Kämpfe ausgeführt wurden, nahm sie mich zur Seite und sprach: „Joyce, das Schicksal meint es in allen Fällen gut mit dir. Es ist daher nicht

126

von Belang, ob ihr diesen Kampf gewinnt oder verliert." Ich sah sie verwundert an und antwortete: „Das Gute soll weiter auf dem Thron regieren, das ist doch unsere Aufgabe, den Sieg für Sie einzubringen." Sie nickte zustimmend und ergänzte: „Doch diesmal kannst du mit deinem Clan getrost einmal verlieren. Die Zukunft bringt uns Gutes."

Ich war verwirrt. Wieso gab sie mir indirekt den Rat bewusst zu verlieren? Doch dann betraten wir den Raum und alles ging ganz schnell. Meine Gedanken lenkten mich vom Geschehen ab und plötzlich war ich an der Reihe mit dem Angriff. Ich sah mich um und erkannte die Positionen meiner Krieger wieder, es handelte sich um die gleiche, wie beim letzten Kampf. Alle sahen mich fragend an. „Levi misch bitte deine Karten und Salvador, schreib mir bitte ein Gedicht über Schlaf und dass ich träumen werde" Meine Krieger sahen mich alle überrascht an. Ich erinnerte mich an die letzte Nacht, die ich traumlos hinter mich gebracht hatte. Zugleich erinnerte ich mich an andere Nächte, in denen ich Träume hatte, welche die Realität darstellten. Ich erhoffte mir durch einen kurzen Schlaf einen Blick in die Zukunft zu erhalten, wenn dies noch einmal möglich war. Cloé fragte verwirrt: „Bist du dir deiner Entscheidung sicher?" Amon trat dicht neben mich und sagte für mich: „Sie ist sich ihrer sehr wohl bewusst. Ich übernehme das Kommando, während du schläfst, einverstanden?" „Ja."

Salvador zückte Stift und Papier und begann zu schreiben und Levi mischte ohne Hektik seine Karten, zog eine einzelne aus dem Stapel und verkündete: „Diese Karte wird drei zufällig gewählte Mitglieder des gegnerischen Clans für zwei Runden lähmen, so dass sie nicht angreifen können." Sofort zuckten Rico, der Clananführer, Mallory, die Magierin und Katana, mit der Gabe psychischen Schmerz, zusammen und verharrten regungslos. Ich nickte zufrieden und wandte mich an Salvador und dieser las nun sein Gedicht laut vor.

Gute Nacht Joyce, süßen Schlaf,
Träume und liege wie auf einem Schaf.

Nichts soll deinen Traum stören,
nichts spüren, nichts sehen, nichts hören.
Nur fühlen wirst du des Traumes Ende,
sieh die Wende der Zukunft dir an,
denn es liegt in deiner Hand.
Einen traumvollen Schlaf.

Sofort war ich in den Traum eingetaucht und befand mich im Thronsaal. Ich stand seitlich am Anfang der Stufen zum Thron, vor mir stand Candida, die Göttin des Guten und hinter mir war Emmet, Gott des Bösen. Die beiden verharrten regungslos. Ich konnte mich nur seitlich bewegen, somit näherte ich mich seitlich dem Thron, oder entfernte mich weiter von ihm, aber ich konnte mich keinen Schritt auf Candida oder Emmet zubewegen und mich umdrehen ging auch nicht. Was wollte mir dieser Traum mitteilen?

Doch bevor ich des Rätsels Lösung fand, erwachte ich wieder im Kampf und dort ging es drunter und drüber. Rico rief mit fester Stimme: „Rephaim, Gehirnbeeinflussung und Raven setz den Speer ein." Raven, die schwarze Frau, schleuderte einen Speer in meine Richtung, den Lyra abfing. Nun war der Mann mit den langen Ärmeln an der Reihe und Rephaim bewegte seine Hände. Mein Kopf tat zwar weh, aber das lag daran, dass Miesepeter und Partytüte sich nicht einig waren. Es passierte aber nichts weiter und Rephaim berichtete Rico: „Ich kann bei ihr im Moment nichts ausrichten." Rico sah ihn zutiefst erschrocken an. Amon war hocherfreut und fragte leise: „Wie hast du das gemacht?" Ich antwortete erschöpft: „Miesepeter und Partytüte drehen gerade durch." Das war den anderen nicht bekannt, dass wussten nur wir zwei und so sagte Dustin nur: „Wir sind an der Reihe." Ich nickte und sagte: „Dustin, kannst du den Boden unter deren Füßen verflüssigen, so tief, dass sie schwimmen müssen? Und Levi, mische bitte noch einmal deine Karten. Die letzten zwei Angriffe vollführt Lyra, beamen und Nahkampf, bitte." Cloé meinte plötzlich: „Ich langweile mich. Wann kann ich angreifen?" Während Dustin seinen Angriff ausführte, erklärte ich ihr: „Das Element Erde passt jetzt im Moment nicht. Bitte gedulde dich noch." Dann zückte Levi eine Karte, lachte auf und schrie erfreut: „Perfekt! Die Karte des Blitzes!" Ein großer Blitz schlug in das gegnerische Team ein und jeder wurde, durch den flüssigen Zustand des Bodens in dem alle schwammen, getroffen. Dieser Angriff verstärkte meine Worte, meine Kriegerin wurde ruhig und zog sich wieder zurück in den Hintergrund. Lyra tauchte neben Rico in der Flüssigkeit auf, konnte aber ihren Nahkampf in der Brühe nicht wirklich ausführen und erschien schlammübernetzt wieder in der Reihe. „Das war nicht gut überlegt, Joyce. Ich konnte nichts anrichten", sagte sie deprimiert. Amon trat dicht an meine Seite und sagte: „Joyce, erzähl mir alles in Kurzfassung, was dir gerade durch den Kopf geht, denn du bist nicht bei dir. Die anderen schirmen die Angriffe ab und ich berate sie." Ich nickte. Salvador mischte sich ein: „Bist du der Anführer, oder sie?" Dustin, der wenig sagte, ergriff das Wort, was mich verblüffte: „Leute, so kommen wir nicht weiter."

Er drehte sich blitzschnell um, sprang in die Luft und fing die Waffe ab, die mir gelten sollte. Das war das Zeichen für alle, das zu tun, was Amon gesagt hatte. Ich erklärte Amon kurz, wobei ab und zu meine Stimme lauter wurde, um die Geräusche um uns herum zu übertönen: „Candida sagte, dass es keine Rolle spielt, ob wir gewinnen oder verlieren. Ich fasste ihr Gesagtes so auf, dass sie mir indirekt mitteilen wollte, dass wir verlieren können. Der Traum war auch nicht aufschlussreich. Ich befand mich seitlich zum Thron stehend, gegenüber von mir war Candida und hinter mir stand Emmet, beide bewegten sich nicht. Ich hingegen konnte mich nur seitlich bewegen und umdrehen ging gar nicht. Was soll ich tun?" Amon dachte nicht nach, sondern sagte sofort: „Wir hören auf unsere Göttin. Lass uns diesen Kampf unauffällig vermasseln." Ich konzentrierte mich darauf nicht nachzudenken, denn eine Kriegerin des gegnerischen Clans konnte Gedanken lesen und ich wollte eher spontan entscheiden. Doch einen Gedanken konnte ich nicht aufhalten: Ich war über seine Aussage nicht überrascht. Natürlich würden wir tun, was die Göttin will.

Ich hatte Mallory beauftragt mit Rephaim die Gehirnbeeinflussung mit reiner Gedankenkraft zu üben. Ich, Emmet, der Gott des Bösen, hatte im Moment nichts mehr zu verlieren, also konnte ich es auch wagen auf ungerechte Weise zu gewinnen. Rephaim sollte Joyce unauffällig beeinflussen, sie zum Angriff bringen, bevor sie Angriffsrecht hatte. Da Rephaim vorher nur in Kombination mit Bewegungen seiner Hände und Gedankenkraft angriff, würde dieser Angriff nicht auffallen, wenn er die Handbewegungen weglie, Der Plan war genial und ich durfte Zeuge seiner Ausführung werden. Rephaim hatte sich einen sehr guten Moment ausgesucht, nachdem Joyce vom Geschehen abgelenkt war. Plötzlich und für die meisten unerwartet, sang Joyce.

Kind im Wind, schweb
weht gegen die Wand
taumelt und Feuer.
Heißes Blut wie Glut
brodelt vor Wut
und fließt wie Lava,
reich und rot.

Kühles Wasser,
furchtbar kalt wie Eis,
sprudelt Eis als Reis
heraus aus Rico.

Rico war blutüberströmt, hatte Schwellungen vom Aufprall gegen die Wand und spuckte hustend roten Raureif aus, denn das Eis musste seine Luftröhre und anderes Gewebe aufgeschnitten haben. Der Anblick war noch besser als geplant und ich freute mich innerlich, als die Stimme des Richters ertönte: „Joyce, ich muss Sie disqualifizieren. Sie hatten kein Angriffsrecht und für den Fall des Ausversehens sind seine Verletzungen zu stark. In diesem Fall verliert Ihr Clan, denn ohne Anführerin kann der Kampf nicht weiter ausgetragen werden." Joyce schaute verblüfft und fassungslos und

versuchte zu erklären: „Ich war das nicht. Ich wurde manipuliert."
Der Richter schüttelte den Kopf und antwortete: „Ich konnte
keine Beeinflussung durch Rephaim, oder andere Krieger, feststellen. Der Sieg geht an Emmet, Gott des Bösen und seinen Clan."

***

Ich sah wie Emmet erfreut aufsprang und Amon trat dicht an
meine Seite und sprach ganz leise: „Das hast du gut gemacht,
Joyce. Keiner hat deinen Plan mitbekommen." Ich schüttelte den
Kopf und antwortete: „Ich war das echt nicht. Ich greife meinen
Gegner zwar an, aber ich erwähne nie seinen Namen im Text." Er
lächelte mich warmherzig an und sagte leise: „Wenn ich es nicht
besser wüsste, würde ich dir das Gesagte sogar glauben."
Jetzt war ich frustriert. Ich hatte das nicht freiwillig getan. Was war
nur los mit mir, dass ich mich selbst nicht beherrschen konnte?
Caleb Timothy ging in dem Moment zu Rico und setzte Heilung
bei ihm ein, was jedoch eine Weile dauern würde. Die Zeremonie
der Thronübergabe durfte ich als Anführerin nicht verpassen, aber
sie lief als eine Art Film an mir vorbei. Ich war gedanklich abwesend und stand nur stillschweigend herum. Ich konnte nicht genau
sagen, wo ich mich befand, weil es sich um keinen fassbaren Ort
handelte. Aber ich dachte auch nicht nach, denn es ließ sich nichts
festhalten und beurteilen, alles schwirrte unaufhaltsam an mir vorbei.
Nachdem sich Emmet demonstrativ auf den Thron gesetzt hatte,
war die Zeremonie offiziell beendet und ich rannte schnell aus dem
Raum, ohne dem mir nachrufenden Amon eine Antwort zu geben.
Ich lief weinend durch die Flure des Gebäudes. Ich fühlte mich
machtlos über mich selbst und alles schien mir zu entgleiten. Ich
lief alle Treppen empor, die ich fand und gelangte auf einen Dachboden, den ich bisher noch nie gesehen hatte. In der Ecke neben
der Treppe lagen Kerzen auf einem kleinen Schrank und daneben
ein Feuerzeug. Ansonsten war der Dachboden leer, kalt und dunkel. Ich nahm eine der Kerzen, zündete sie an und setzte mich im

Schneidersitz auf den Boden. Ich starrte das Licht an und hörte nur noch auf meinen Atem. Die Kerze beruhigte mich etwas und ich schloss automatisch die Augen. Nach einiger Zeit befand ich mich in Trance und ich war in mich gekehrt. In mir herrschte Chaos, aber dieses schien sich von allein langsam zu beheben. Ich merkte, dass mir diese Trancezeiten guttaten, in denen ich Abstand zur Außenwelt suchte und mich nur um mich selbst kümmerte. Ich musste wohl mehr an mich denken.

Plötzlich kam mir der Gedanke, dass sich das Gute und das Böse eine Dimension teilten, wir theoretisch im gleichen Bereich lebten, aber wir begegneten uns nicht, oder hörten nicht die Anwesenheit der anderen. Das Böse, sie hatten mich bei dem Kampf manipuliert, da war ich mir sicher. Warum heckte das Böse immer einen Plan aus, um uns zu schaden und wir taten es nicht? Wäre das umgekehrt nicht nur fair? Aus was bestanden die Dimensionen, dass sie uns alle festhielten, aber doch jeder für sich war? Die Dimensionen, dass musste ein Ort außerhalb der Erde sein, doch war dieser Ort ein anderer Planet oder eine auf Magie basierende Zwischenwelt im Zeit-Raum-Spektrum? Ich würde darauf jetzt keine Antwort finden und so befasste ich mich mit einer anderen Frage: Was wollte mir der Traum von vorhin mitteilen? Ich hatte zwischen den beiden Göttern gestanden, was vielleicht darauf schloss, dass ich mich keinem von beiden untergeordnet fühlte. Ich wunderte mich, dass ich Candida gegenüberstand und Emmet den Rücken zugewandt hatte und nicht andersherum. Müsste ich nicht mit meiner Göttin sein und mich mit ihr gemeinsam Emmet gegenüberstellen? Ich war mit dem Herzen schon immer für das Gute gewesen und befand mich dennoch mit Emmet in einer Richtung. Aber was mich auch nachdenklich stimmte war, dass ich mich seitlich dem Thron nähern und entfernen durfte, aber sonst keine andere Richtung einschlagen konnte. Stellte der Thron etwas dar, was für mich ein unbewusstes Ziel oder Fluchtobjekt war? Darauf wusste ich ebenfalls keine Antwort, aber ich hatte im Gefühl, dass ich diese Antwort schneller herausfinden würde, als die Frage nach den Dimensionen.

Eigentlich wollte ich mir nun noch Gedanken über diese Einladung der Götter machen, aber eine Hitze riss mich aus meinem Inneren, schlagartig löste sich die Trance auf und ich nahm Schmerz an meinen Händen war. Ich schrie kurz auf, öffnete meine Augen und starrte auf die Kerze. Ich hatte nur noch einen Stummel in der Hand und Wachs war auf meine Haut gelaufen. „Eine Kerze in der Hand stört immer die Meditation", sagte Rico schroff, der mir gegenübersaß. Ich vergaß die Kerze und das Wachs auf meiner Haut und starrte Rico fassungslos an. War er schon die ganze Zeit hier gewesen und hatte mich beobachtet?

***

Ich hatte zusammen mit Dustin alle Räume aufgesucht, um nach Joyce zu schauen, aber wir konnten sie nirgendwo finden. „Beruhige dich, Amon, Joyce wird die Dimension nicht verlassen haben. Frag nun unsere Göttin um Hilfe", erwiderte Dustin mir. Ich nickte, denn mir fiel nichts Besseres ein, um Joyce endlich zu finden. Ihre Abwesenheit machte mich leicht verrückt. „Liebe Göttin Candida, ich bitte dich von Herzen mir zu helfen", sprach ich in den Raum, in dem wir gerade standen. Im nächsten Moment erschien die Göttin vor uns und lächelte uns warmherzig an. Ich fühlte mich gleich wohler bei ihrer Anwesenheit. Sie strahlte vor Macht und Einfluss und würde uns zu ihr bringen.
„Amon, wobei kann ich dir helfen?", fragte sie mich mit ihrer warmen Glockenstimme. Ich antwortete ihr ruhig: „Ich kann Joyce nicht finden." Candida wurde ernster und antwortete: „Deine Joyce befindet sich weiterhin in der Dimension, aber wir können nicht zu ihr gelangen, selbst ich nicht." Dann fügte sie wieder lächelnd und fröhlich hinzu: „Sie meditiert gerade." Als sie das gesagt hatte, verschwand sie wieder. Ich schaute Dustin an und fragte: „Weißt du, was das bedeuten soll?" Er zuckte nur mit den Schultern. „Wenn jemand meditiert, löst er sich nicht in Luft auf", sagte ich feststellend. Dustin sprach: „Nein, der Körper bleibt an Ort und Stelle, ob man nun in sich kehrt oder die Seele fliegen

lässt." Ich schüttelte den Kopf: „Irgendetwas stimmt nicht, merkst du das auch?" Er nickte ernst und sah mich direkt an, während er sprach: „Das Verschwinden von Joyce ist äußerst merkwürdig, so etwas dürfte es nicht geben. Die Göttin Candida wurde auf einmal auch ganz ernst, hast du das gemerkt?" Ich nickte und wir würden vorsichtig sein. Ich würde mich nicht wundern, wenn Emmet wieder etwas im Schilde führte und deshalb war Candida wahrscheinlich beschäftigt und musste schnell wieder gehen.

***

„Joyce, ich bin kein Geist, falls du mich deshalb so anstarrst", entgegnete Rico unfreundlich. Ich versuchte ihn nicht mehr anzusehen, aber es klappte nicht, wenigstens bekam ich meine Gesichtszüge etwas gelockert. Er schaute mich ebenfalls prüfend an. Es blieb still, während wir uns gegenübersaßen und uns anstarrten. Ich wunderte mich, dass Rico und ich überhaupt gemeinsam in einem Raum außerhalb des Kampfareals waren.
Er fragte aus heiterem Himmel: „Meditierst du schon seit einigen Jahren?", wobei seine Stimme von der Neugier freundlicher klang. Ich schüttelte als Antwort den Kopf. Da merkte ich, dass ich die Kerze immer noch in den Händen hielt, die Flamme längst erloschen und das Wachs auf meiner Hand getrocknet war. Die Kerze stellte ich nun zur Seite und entfernte das Wachs von meinen Händen. Rico fragte leicht misstrauisch: „Was hast du hier gesucht?" Ich blickte nun wieder ihn an und sah, dass er mich wütend beäugte, als suchte er einen anderen Gegenstand, den ich bei mir hatte. Ich antwortete leise: „Ich habe einen ruhigen Ort gesucht. Ich werde gehen, ich wollte dich nicht stören." „Nein warte, geh noch nicht!", sagte er schnell, bevor ich Anstalten machen konnte, aufzustehen. Also blieb ich ruhig sitzen und sah ihn weiterhin an, so wie er mich weiterhin beobachtete. Die Situation wurde mir leicht unangenehm und deshalb sprach ich: „Wenn du mich aufklären willst, dann kann ich dich beruhigen, ich weiß Bescheid, dass mich Rephaim beeinflusst hat." Er nickte nur zur Antwort. „Richte

Rephaim meinen Dank aus", sagte ich, obwohl ich es nicht so meinte. Er schaute mich überrascht an und ich hoffte, dass er nun reden würde. Warum sollte ich noch hier verharren? Was wollte er von mir?

„Wie viel weißt du mehr als ich, Joyce?", fragte er mich interessiert und beugte sich ein Stück zu mir vor. Ich bewegte mich nicht, obwohl ich gern weggelaufen wäre und sagte neutral: „Nichts. Jedenfalls nicht mehr als du." Er lächelte in sich hinein und setzte sich wieder aufrecht hin. „Emmet hatte Recht", sagte er knapp, um nun mich herauszufordern. Mein Ruf eilt mir also voraus, dachte ich amüsiert, aber ich werde nicht darauf eingehen. Was sollte Emmet über mich verbreiten, was ich selbst nicht wusste? Es musste etwas sein, was zutraf, sonst würde er nicht jetzt damit herausrücken. Ich hielt weiterhin dem Blick stand und als er vernahm, dass ich darauf nicht eingehen würde, verfinsterte sich sein Gesicht leicht und er meinte: „Du bist gut, aber Emmet ist besser." Ich zuckte nur mit den Schultern. Was ging mich ausgerechnet jetzt seine Meinung über Emmet an? Rico wurde wütend und sein Gesicht verzerrte sich noch mehr, aber als er begann zu sprechen, verblasste die Wut und er setzte ein Sieger-lächeln auf: „Emmet hatte mehrmals Recht. Er prophezeite, dass du zu den Bösen wechselst."

Blitzschnell sprang ich wutentbrannt auf meine Füße, beugte mich vor, weil er sitzen blieb und schrie ihn laut und mit fester Stimme an: „Ich trage das Gute im Herzen!" Gelassen und langsam stand er auf, während ich ihn aufgebracht beäugte. Er war zwei Köpfe größer als ich und das hätte mir eigentlich Angst einjagen sollen, aber ich fühlte mich stark. Ruhig und von sich überzeugt, sprach er nun mit einem Lächeln auf den Lippen: „Wenn du dich dem Guten so verschworen hast, wie du sagst, frage ich mich, was du hier machst?" Mein Gehirn begann zu arbeiten, aber ich platze mit den Sätzen heraus: „Das sagte ich dir bereits. Ich suchte einen ruhigen Ort und ein alter, leerer und dunkler Dachboden erschien mir geeignet."

Ich hatte das Gefühl, als müsste ich mich rechtfertigen, was mich nervte. Er nickte wissend und ging eine Runde durch den Raum, während er erklärend sprach, als wäre er allwissend: „Allerdings ist dieser Raum nicht leer, ich kann die Möbel sehen, die du nicht siehst. Der Raum wirkt einladend auf mich und ich fühle mich hier wohl. Wunderst du dich gar nicht, dass du auf mich trafst? Bist du nicht verblüfft darüber, dass du plötzlich in meinem Zimmer stehst?" Nun hielt er in seiner Bewegung an, drehte sich zu mir um, lächelte hämisch übers ganze Gesicht und fuhr fort: „Und du willst mir ernsthaft erklären, dass du dich den Guten verschrieben hast? Wach auf Joyce! Du bist in den Bereich der Bösen gegangen, ohne es zu merken. Ein Teil von dir ist böse, anders kann ich es nicht sagen."

Ich schüttelte verneinend immer wieder den Kopf, als könnte ich das Gesagte von mir abwehren. Ich war nicht böse, weil ich gut war, das wusste ich. Wenn ich etwas war, dann auf alle Fälle gut. Ich kämpfte für das Gute in dieser Welt und ich würde damit nicht aufhören. Ich gehöre zum Guten. Energisch erwiderte ich: „Ich bin und bleibe dem Guten treu." Sein Lächeln erstarb und sein Blick war zur Tür gerichtet. Diese ging plötzlich auf und Emmet stand im Türrahmen. „Große Worte, Joyce", sagte er zu mir gewandt. „Ich vertraue seinem Wort mehr als deinem Joyce", antwortete Rico auf eine unausgesprochene Frage. Emmet fragte mich, ohne auf das Gesagte von Rico einzugehen: „Was machst du hier?" Ich stampfte mit dem Fuß auf den Boden und entgegnete: „Noch einmal erklär ich es nicht. Jetzt reicht es mir!" Emmet musste über meine Reaktion lachen und sagte gelassen: „Nun dann eben nicht. Ich werde dich zur Grenze begleiten, Candida erwartet dich bereits auf der anderen Seite. Du hast Glück, dass ich heute gute Laune habe, Joyce." Er kam auf mich zu, nahm meinen Arm und zerrte mich zur Tür. „Rico, ich erinnere dich daran, dass bereits Nachtruhe ist. Keinen weiteren Besuch", wandte er sich nur wörtlich an Rico, während wir beide den Raum verließen. Rico entgegnete nichts. Sein Wort war sein Befehl und er würde gehorchen. Hatten es die Götter wirklich alle so einfach mit ihren Kriegern? Emmet führte mich durch seinen Bereich der Dimension und mir fiel auf, wie weit ich gelaufen war. Plötzlich blieb er stehen und sagte erklärend: „Für mich befindet sich hier eine Wand, für dich müsste es ein Flur sein. Gehe nun ohne mich weiter, dort drüben wartet Candida auf dich. Es wird Zeit, wir sehen uns beim Treffen." Ich nickte und ging auf dem für mich sichtbaren Flur weiter und für Emmet verschwand ich in der Wand.

***

Das Treffen fand in der Nähe des Flures statt, auf dem ich auf meine Anhörung gewartet hatte. Diesmal erschienen nicht die Personen in den blauen Anzügen, sondern Candida beförderte uns beide dorthin. Dieser Ort konnte das Zentrum der Dimensionen darstellen, dachte ich kurz nach. Gemeinsam mit Candida ging ich schweigend den Flur entlang und wir kamen auch an dem Gerichtszimmer vorbei, welches leer vorzufinden war. Kurz vor dem Ende des Flures, legte Candida eine Hand auf meine Schulter und schob mich weiter, ohne mich loszulassen. Ich gehorchte still, ging gemeinsam mit ihr durch die Wand und ein neuer Flur bot sich vor uns. „Das kann nur ein Gott und er", erklärte sie mir und wies mit einem Nicken auf den Mann. Der kurze Flur führte zu einer Flügeltür, vor der dieser Mann stand, dem ich meine Einladung vorzeigen musste. Der Türsteher war ein Schrank von Mann und ich verspürte Furcht, als er misstrauisch meine Einladung begutachtete, als könnte sie eine Fälschung sein. Doch er behielt die Einladung bei sich und ließ uns beide durch die Tür eintreten. „Hassan nimmt seine Aufgabe sehr ernst, aber er ist ein Lieber", flüsterte Candida mir zu, während wir durch einen langen Torbogen schritten. Nach einer Weile kamen wir, am Ende des langgestreckten Torbogens, an einem Amphitheater heraus. „Ich werde mich auf die Tribüne begeben, wie alle Götter. Du, Joyce, wirst dort unten stehen. Alles wird gut", sprach sie zu mir und verschwand augenblicklich.
Sollte mich das jetzt beruhigen? Stattdessen ließ sie mich verwirrt mit meinen Fragen stehen. Der Zuschauerbereich des kleinen Amphitheaters war gefüllt, ich entdeckte Sina in der ersten Reihe,

Emmet und Yasmin weiter oben und Candida setzte sich mittig in eine Reihe. Nun schauten mich alle Götter an und es wurde ruhig, aber ich wartete. Ich hielt die Stille aus, bis sich Emmet erhob, die Treppen langsam hinunterging und somit die Aufmerksamkeit auf sich zog. Er stellte sich neben mich, wobei ich mir sehr klein vorkam und verkündete an meiner Seite: „Ich hätte gedacht, dass Candida, Göttin des Guten, sich neben ihre Clananführerin Joyce stellt und das Wort ergreift, aber wir wurden enttäuscht. Sie ist deine Kriegerin, du ihre Mentorin und du hast kein Wort übrig?"

Ich war überrascht, woher Emmet das wissen konnte, aber ich regte mich nicht. Ich blieb still stehen und wartete. Candida stand endlich auf, eher gezwungen als freiwillig, kam nun ebenfalls die Treppen hinuntergestiegen und sagte: „Die Einführung hättest du besser wählen können, aber natürlich habe ich Worte für meine Kriegerin übrig." Sie stellte sich auf die andere Seite von mir, richtete sich an die anderen Götter und sprach erhaben: „Ich bin ihre Mentorin gewesen und sie mir eine tapfere und starke Kriegerin und Anführerin meines Siegerclans." Warum sprach sie in der Vergangenheit? Candida fuhr fort: „Sie war intelligent genug gewesen bei ihrer Anhörung, in der sie Freispruch von Sina, Göttin der Gerechtigkeit, erhielt, die Schwäche von Emmet, Gott des Bösen, zu erkennen und diese gegen ihn auszuspielen."

Die Formulierung, die Candida eben verwendete, fand ich nicht gut, aber worauf wollten die beiden nun eigentlich hinaus. Emmet ergriff das Wort: „Meine Schwäche ist mein eigener Sohn. Sina, Göttin der Gerechtigkeit, war Zeugin des Geschehens und wegen diesem Ereignis haben wir uns heute versammelt." Was würde jetzt passieren? Ich traute mich immer noch nichts zu sagen oder gar zu fragen, was ich bei dem Treffen für eine Rolle spielte. Ich würde einfach weiter warten und hoffen, dass es für mich gut ausging. Vielleicht wollten sie mich ein letztes Mal warnen oder würde ich bestraft werden? Mein Blick wanderte bei diesen Gedanken automatisch zu Sina und diese schüttelte den Kopf. War das an mich gerichtet? Nun nickte sie. Danke. Ich atmete einmal unauffällig tief durch. Dann rollte Sina in ihrem Rollstuhl direkt auf mich zu, blieb aber einige Meter vor mir stehen, den Rücken zum Publikum gerichtet und sie sprach: „Joyce, um den Grund, weshalb du heute hier bist, endlich auszusprechen, ist, dass du den Platz von Emmet einnehmen wirst. Unser Gesetz schreibt vor, dass die Person, die die Schwäche eines Gottes herausfindet und diese vor versammelten Göttern preisgibt, der neue Gott wird und dessen Macht erlangt."

Ich antwortete sofort und war erstaunt, wie fest meine Stimme klang, angesichts dieser mich erschütternden Nachricht: „Nein, ich lehne ab. Ich habe die Schwäche von Emmet, Gott des Bösen, nicht ausgesprochen."

Unter den Göttern entstand ein Gemurmel und die Stille war vorüber. Doch Sina sprach laut weiter und alle hörten wieder zu: „Candida, Göttin des Guten und ich, sowie weitere Zuschauer der Anhörung, haben es mit angesehen, es war nicht nötig, dass du es hier aussprichst. Joyce, es ist nicht möglich dieses Amt abzulehnen." Ich schüttelte den Kopf. Yasmin und eine weitere Frau erhoben sich von ihren Sitzen und kamen heruntergelaufen. Yasmin, Göttin der Liebe, sagte während sie herabstieg: „Ich kann verstehen, wenn du dieses Amt nicht annehmen willst, wegen Amon, deinem Geliebten."

Ich war schockiert, aber sie hatte Recht, das kam noch mit hinzu, aber bevor ich ihr zustimmen konnte, sagte die andere Frau, die nun plötzlich neben mir stand: „Ich bin Mirisis, die Göttin der Fruchtbarkeit und Geburt. Ich möchte dir mitteilen, dass du schwanger bist und einen Sohn erwartest."

Ich sah sie verblüfft an. Plötzlich war mir alles Weitere zu viel und ich hob beide Hände und rief: „Genug!", bevor noch einer der Götter etwas sagen konnte. „Ich bitte alle Götter wieder auf die Tribüne, ich brauche Platz, ich fühle mich umringt und überrumpelt und ich möchte kurz nachdenken. Danke."

Es wurde sehr still und erst da bemerkte ich, dass die Götter im Publikum geredet hatten. Ich war dankbar, als die Götter auf der Arena mich dort allein ließen, sich wieder auf die Tribüne setzten und ich kurz nachdenken konnte. Dann fuhr ich zusammenfassend fort: „Wenn ich das richtig verstanden habe, bin ich schwanger von Amon, den ich liebe und wir bekommen einen Sohn. Danke Mirisis, Göttin der Furchtbarkeit und Geburt, für diese Information. Jetzt, wo wir uns gefunden haben, soll ich Göttin des Bösen werden und mich von ihm fernhalten? Mir ist bei der ganzen Sache etwas aufgefallen. Erkennt keiner außer mir den Widerspruch? Ich habe mich dem Guten verschworen, ich kämpfte für das Gute und ich bin weiterhin für das Gute. Nun soll ich das Böse anführen? Das ist gegen meine Prinzipien. Ich kann das Amt aus Liebe und anderer Überzeugung nicht antreten, ich bin ungeeignet."

Es wurde erneut ruhig. Plötzlich erhob jemand seine männliche Stimme, die ich wiedererkannte: „Du bist besonders, Joyce und auch diese Aufgabe wirst du meistern." Ich suchte unauffällig nach dem Gesicht der Stimme, aber ich sah keinen Mund, der sich bewegte. Sina antwortete: „Finley, Gott der Finsternis, hat völlig Recht. Es wird nun deine Aufgabe sein, das Böse anzuführen und daran führt kein Weg vorbei. Du hast auch bereits deine Rolle teilweise angenommen. In der Anhörung sprachst du von Träumen, die dir die Zukunft gedeutet haben. Die Zukunftsbeeinflussung ist die Gabe vom Gott des Bösen, die du von Emmet weitergegeben bekommst."

Vor meinem inneren Auge sah ich wieder die männliche Gestalt in ihrem schwarzen Mantel mit Kapuze, in meinem Ohr ertönte erneut seine Stimme und in Kombination mit seinem Namen „Finley" versuchte ich herauszubekommen, wie sein Gesicht aussehen musste. Ich kannte diesen Mann irgendwoher, da war ich mir sicher. Wer war Finley? Ich widersprach ihr: „Das stimmt so nicht. Ich habe nur die Realität sehen können, weil mein Körper und meine Seele getrennt waren. Andere Träume, die ich hatte, waren bizarre Gebilde meines Unterbewusstseins, mehr nicht."

Nun ertönte Emmets Stimme von weiter hinten: „Ich habe den endgültigen Beweis, dass du doch böse bist." Er schritt lächelnd die Treppe hinunter und blieb am Ende der Treppe stehen. „Du bist nach der Anhörung in den Bereich des Bösen eingedrungen und hast dich mit Rico, meinem Anführer des Siegerclans, unterhalten." Ich versuchte mich zu verteidigen, obwohl es nicht überzeugend klang: „Das war unbeabsichtigt und ich habe nicht vorgehabt, mich mit ihm zu unterhalten. Aber Emmet, wenn du dein Amt erneut übernehmen willst, warum suchst du nicht nach diesem Treffen Amon auf? Wer sollte sonst meine Schwäche darstellen, wenn nicht er? Dann wären beide Seiten glücklich." Emmet lachte auf und meinte erfreut: „Du gefällst mir. Mit dir werde ich sicher einen weiteren Pakt schließen." Candida schüttelte den Kopf. Mirisis ergriff das Wort: „Amon und auch dein Sohn werden nicht deine Schwäche sein Joyce, Göttin des Bösen, aber du solltest nicht nach deiner eigenen Schwäche suchen, sondern schauen, was du bewirken kannst."

Ich nickte. Ich werde wohl diesen Titel nicht mehr los, obwohl ich ihn hasste. Ker, Göttin des Todes, rief nun: „Es ist beschlossene Sache! Joyce ist nun Göttin des Bösen. Sie ist nun nicht mehr Clananführerin und Kriegerin von Candida, Göttin des Guten. Die Götter sind Zeugen!"

Ich spürte den Machtaustausch, Emmet gab mir seine Macht und ich erhielt somit auch seine Göttergabe. Ich war nun Göttin des Bösen und es war furchtbar fremd nun dies in mir zu tragen. Ich würde eine Zeit brauchen mich daran zu gewöhnen. Ich musste auch plötzlich an Amon denken, der sicher traurig war, dass ich diese Nacht nicht gekommen war und an Rico, der sich darüber amüsieren wird. Die Götter verließen schon die Tribüne, um zu gehen, aber sie schauten mich alle noch einmal an, bevor sie verschwanden. Mein nachdenklicher Gesichtsausdruck musste sie wohl irritieren, denn jeder andere hätte gestrahlt vor Glück. Ich verspürte Trauer, versuchte diese aber nicht so zu zeigen, wie ich sie fühlte.

Plötzlich sprach Emmet mich von der Seite an: „Wie fühlst du dich, Joyce?" Ich entgegnete ruhig und langsam: „Nicht gut. Danke dass du meinen neuen Titel weggelassen hast." Er lächelte nur. Ich fragte ihn ruhig: „Du hast heute also gute Laune. Wieso genau heute?" Sein Lächeln blieb, als er antwortete: „Die Frage ist begründet, weil du denkst, dass ich an einem Tag der Machtabgabe schlechtgelaunt sein sollte, richtig? Doch ist gute Laune nicht nur an einem Ereignis festzumachen, sondern ein Gemütszustand mehrerer Ereignisse." Ich nickte, weil ich nicht recht wusste, was ich darauf antworten sollte. „Du kannst diesen Gemütszustand erneut beeinflussen", sagte er und kniete sich plötzlich vor mich hin. „Nicht doch!", versuchte ich ihn aufzuhalten, aber er sprach ungebremst von meinen Worten: „Joyce, Göttin des Bösen, ich möchte dir meinen Kriegereid leisten, weil ich dich begleiten, beraten und beschützen möchte und dies der höchste Beweis darstellt, dass ich mich dir unterordne. Du brauchst mich. Nimm meinen Eid als deinen Krieger an." Ich fühlte mich unwohl, trat von einem Bein auf das andere und sah mich hilfesuchend um. Plötzlich stand ein Mann neben mir, ich erschrak, aber als er sprach, erkannte ich die Stimme wieder, es war Finley und ich prägte mir sein Gesicht ein, während er sagte: „Ein Kriegereid ist das Beste, was dir passieren kann, Joyce, Göttin des Bösen. Vermutlich denkst du, Emmet würde dich hereinlegen wollen, oder er könnte deine Gefühle spüren, aber ich denke, beides wird nicht der Fall sein."

Emmet verzog das Gesicht und meinte: „Danke Finley, dass du meine Sorge ansprichst, weshalb ich dachte, dass sie niemals zustimmen wird. Gefühle kann nur ein Wächter spüren und als Göttin hat man keine Wächter, nur Krieger und eidgebundene Krieger. Aber Joyce, ich kann nichts weiter verlieren und du nur dazugewinnen."

Ich war mir nicht sicher. „Ist das wahr? Schwörst du es mir?", hakte ich nach. „Ja", sagte er überzeugend und ich war überrascht. Finley sagte noch: „Entweder du nimmst seinen Eid an, oder lehnst ihn ab, oder du tötest ihn gleich. Es liegt bei dir."

Ich atmete einmal tief durch, Finley entfernte sich und ich antwortete Emmet auf seine Frage: „Ich werde es vielleicht bereuen, aber ich nehme deinen Eid an, Emmet." Er lächelte erfreut und stellte sich wieder gerade hin. „Mein Vertrauen musst du dir aber noch erarbeiten", sagte ich. Er nickte nun ernsthaft. Ich war innerlich überrascht, dass ich den Eid angenommen hatte und über die

Erkenntnis, dass Emmet doch einigermaßen nett sein konnte. Ich hatte auch das Gefühl, dass mein Wort, seinen Eid angenommen zu haben, etwas in mir verändert hatte, als könnte ich den Eid spüren und dessen Ernsthaftigkeit. Und nun ergab der letzte Traum auch endlich Sinn. Der Traum war wahrhaftig ein Einblick in die Zukunft gewesen, nur ich hatte ihn nicht deuten können. Emmet und ich standen nun gemeinsam auf einer Seite, er hatte mir durch seinen Eid gezeigt, dass er zu mir stand und so traute ich mich, ihm den Rücken zuzudrehen, um mich Candida entgegenzustellen, denn wir würden nun gegenseitig die Kämpfe austragen lassen. Aber ob der Thron, nur den Thron der Dimension darstellte, oder es sich um ein entfernteres Ziel handelte, dass müsste ich noch herausfinden.

***

Ich hatte die ganze Nacht wachgelegen und auf meine Joyce gewartet. Sehnsüchtig gehorcht, ob auf dem Flur Schritte zu hören waren, auf die Tür geachtet, ob sie sich öffnen würde, doch als sie bis ein Uhr nicht erschien, machte ich mich leise auf den Weg zu ihrem Zimmer. Doch dieses fand ich leer vor und so beschloss ich, zurückzuschleichen, denn mehr als warten konnte ich nicht tun. Doch mein Warten und meine Hoffnung blieben unerfüllt, Joyce blieb verschwunden. Auch am Morgen konnte ich sie nicht finden. Ich wusste nicht, was ich dagegen tun konnte. Diese Hilfslosigkeit war unerträglich.

Candida bestellte am Nachmittag den Clan zu sich und verkündete: „Joyce wurde von den Göttern zur Göttin des Bösen ernannt und gehört nun nicht mehr zu uns." Die Jungen des Clans zeigten mir gegenüber ihre Betroffenheit, während die zwei Mädchen miteinander diskutierten, wer nun der neue Anführer werden sollte. Ich hatte für solche Diskussionen meinen Kopf nicht frei und suchte das Weite. Ich würde mich aber nicht lange verstecken können. Ich musste jetzt damit leben, dass ich zwischen den beiden Göttinnen stand und meiner Pflicht weiter nachgehen musste, auch wenn es schmerzte, Joyce nicht mehr sehen zu können. Das Beste wäre, wenn wir uns entlieben und uns gegenseitig vergessen. Es war hoffnungslos für uns, glücklich zu sein, das wusste ich, doch mein Herz wollte davon nichts hören. Ich versuchte mir jetzt schon alles einzureden, damit es schneller besser wurde, doch es klang sehr unglaubwürdig für mich. Konnte ich mich selbst belügen? Konnte ich meine erste große Liebe vergessen? Ich stand vor ihrer ehemaligen Zimmertür und musste mit Erschrecken feststellen, dass ihr Name bereits von der Tür beseitigt wurde. Traurig ging ich zu meiner Zimmertür und öffnete sie.

„Ich möchte dich nicht lange aufhalten, ich wollte mich nur verabschieden", sagte Joyce, die im Zimmer stand. Ich schloss hastig und leise hinter mir die Tür und lief auf Joyce zu. Wir umarmten uns lange und trauten uns nicht uns wieder loszulassen. Dann machte Joyce den Anfang: „Es tut mir leid, dass ich gestern Nacht nicht kommen konnte. Ich wusste nicht, dass das Treffen der Götter in dieser Nacht stattfinden würde." Ich drückte sie noch fester an mich und fragte: „Waren alle Götter dort?" Sie erwiderte mir: „Ich denke, es waren wirklich alle dort gewesen." Ich lockerte die Umarmung etwas, um sie ansehen zu können und fragte sie: „Bist du jetzt die Göttin des Bösen? Wie bist du hier unbemerkt hergekommen?" Sie küsste mich kurz auf den Mund und sagte danach: „Lass uns beide auf dein Bett setzen, ich habe dir etwas Schönes zu sagen." Ich war verwundert, tat es aber sofort.

„Zur ersten Frage, ich bin nun wirklich die Göttin des Bösen, unfreiwillig muss ich gestehen, ich fühle mich aber nicht anders als zuvor. Weshalb ich noch den Bereich des Guten betreten kann, liegt entweder daran, dass ich mich immer noch dem Guten verschrieben fühle, oder es könnte auch daran liegen, dass ich schwanger bin. Amon, du wirst Vater eines Sohnes. Mirisis, die Göttin der Fruchtbarkeit und der Geburt, sagte mir dies gestern Nacht." Ich war verblüfft, erfreut und deprimiert zugleich und legte eine Hand auf ihren Bauch. Es würde noch lange dauern, bis ich einen Babybauch sehen konnte und ich würde meinen Sohn später nur sehr selten zu Gesicht bekommen.

Sie fuhr ruhig fort: „Solange Candida von meiner Anwesenheit nichts weiß, oder sie duldet, kann ich mich hier aufhalten. Doch wenn sie mir den Zutritt verweigert, kann ich nichts dagegen machen. Dies ist ihr Bereich." Ich nickte. „Seit wann bist du der Schweigsame?", fragte sie mich. Sie versuchte tatsächlich mit Partytüte die ernsthafte Situation zu überspielen, nur damit es mir etwas besserging. Ich liebe diese Frau. Ich schloss sie in die Arme, zog sie mit mir hinunter aufs Bett und kuschelte mich an sie. „Ich liebe dich, Amon. Ich will mir nicht vorstellen von dir getrennt sein zu müssen", sprach sie plötzlich, aber mehr konnte sie nicht sagen, weil jedes weitere Wort durch den Kuss verstummte. Ich genoss noch einmal die Zweisamkeit, die Nähe ihres Körpers, ihre Liebe und ihre Art und Weise. Für mich fühlte es sich bereits wie ein Abschied an und das stimmte mich noch trauriger. Sie sah sofort meine Traurigkeit und sagte überzeugend: „Ich werde einen Weg finden, dass wir zwei wieder zusammen sein können. Unser ungeborener Sohn braucht schließlich Mutter und Vater. Wie würdest du ihn nennen wollen?" Ich überlegte kurz und gab dann zur Antwort: „Jayden." Wir küssten uns erneut, bevor sie das Zimmer verließ und ich auf das nächste Treffen wartete, wobei ich nicht wusste, wann dieses Ereignis eintreffen würde. Ich wollte diese unglaubliche Frau nicht verlieren.

***

Sobald ich den Bereich des Guten verlassen hatte, traf ich auf Emmet, der auf der anderen Seite auf mich gewartet hatte. „Wie ist es gelaufen, Göttin?", fragte er mich neugierig. Ich nickte ihm zu und sagte: „Candida hat mich nicht bemerkt, ich konnte ungestört mit Amon reden." Ich lief den Flur entlang, wobei mir Emmet dicht hinter mir folgte und währenddessen erklärte: „Das Eintreffen einer fremden Person in den Bereich eines Gottes macht sich durch ein kleines, kurzes Stechen im Nacken bemerkbar. Candida hat dich geduldet, doch würde ich diese Gunst nicht zu sehr auskosten." Ich blieb stehen und sagte bestimmend: „Ich möchte nicht, dass du wie ein Schoßhund hinter mir herschleichst. Gesell dich lieber an meine Seite, Emmet." Er stellte sich an meine linke Seite und ich fuhr fort: „Danke, das ist schon viel besser. Nun was ist dann mit dem Bereich um das Kampfareal, dem kleinen Flur mit den paar Zimmern und dem Thronsaal?" Emmet bedachte mich mit einem Lächeln und antwortete: „Dieser Bereich ist nur zugänglich für die Bewohner der beiden Bereiche. Gäste können nur innerhalb eines Bereiches der beiden Götter erscheinen." Ich nickte und dachte laut nach: „Wenn ich also um eine Audienz mit Candida bitte, müsste ich in diesen gemeinsamen Bereich gehen und sie einfach beim Namen rufen?" Er nickte und fragte: „Was möchtest du von ihr, Göttin des Bösen?" Ich dachte kurz nach und antwortete dann: „Wenn ich es ausspreche klingt es komisch, aber ich möchte mit ihr über Amon verhandeln." Er nickte wissend darüber, wie viel mir dieser Mann bedeutete. „Wenn ich dir einen Rat geben darf, dann sei hartnäckig und zielstrebig, aber vor allem reif und erwachsen. Ich bin der Verhandlungstyp. Wenn mein Gegner etwas von mir will, schaue ich, was ich von ihm erhalten kann, wovon ich in jedem Fall profitiere. Doch Candida ist in der Beziehung ganz anders. Wenn ihr Gegner etwas von ihr haben möchte, sieht sie dies als Vorteil für sich und umklammert das Wunschobjekt regelrecht. Es wird nicht einfach werden sie dazu zu bringen dir Amon auszuhändigen."

***

Das Gute hatte einen neuen starken Clan hervorgebracht gegen den wir nun kämpften. Den letzten Kampf hatten wir im entscheidenden Kampf gegen das Böse im Kampfareal verloren und nun würde sich herausstellen, ob wir unseren Platz verteidigen konnten, oder ob wir absteigen würden und es bald einen neuen Siegerclan geben würde. Thalia, die gegnerische Anführerin rief: „Angelo Flinte und Ylvi setz Beil ein!" Candida stand am Rand und schaute uns beim Kämpfen zu, doch ihre Miene war nicht zu deuten. Angelos Gabe beeinflusste unsere Fähigkeiten, denn er fungierte als Magnet und alle Waffen, welche wir auf Thalia richteten, verletzten ihn statt ihrer. Dummerweise waren unsere Fähigkeiten überlegener, als unsere Gaben, denn Amon und Cloè hatten Gaben, die uns im Kampf nichts brachten. Ich war heilfroh, dass wir Jungs uns durchgesetzt hatten und statt Lyra nun Salvador der Anführer war, zumindest für diesen Kampf. Nun setzte Lyra Beamen und Nahkampf ein, aber Thalia schützte sich mit einem Schutzschild und der Angriff schlug fehl. Der andere Clan hatte zwar nur vier Mitglieder, aber es sah dennoch sehr schlecht für uns aus. Durch den Verlust unserer Anführerin Joyce, die wirklich strategisch vorging, im Gegensatz zu Salvador, war auch der Zusammenhalt verloren gegangen. Ich war anfangs gegen Joyce, doch damals wusste ich nichts über sie und ihre Rolle in unserer Gruppe. Sie war unser Anker im tosenden Meer gewesen und nun trieben wir fortan ziellos durch die Gegend.

Thalia rief: „Theres, jetzt Armbrust!" Vor dem Kampf hatten sich die zwei Mädchen zerstritten, Amon war ganz woanders mit seinen Gedanken, Salvador unfähig anzuführen, Dustin zu ruhig, um sich einzumischen und ich, ich mischte nur meine Karten, wenn Salvador es sagte. Das Glück hatte uns mit Joyce verlassen, denn es kam keine gute Karte zum Zug, wenn man sie brauchte. Thalia schrie nun: „Und nun komme ich mit Geisterschlag!" Salvador wurde von einem unsichtbaren Schlag getroffen, flog durch die Luft, weil der Aufprall ziemlich heftig war und lag bewegungslos am Boden. Nun halfen auch keine Karten mehr, wir hatten verloren und wir mussten das Feld vor dem neuen Clan räumen. Das lief gewaltig schief.

$$***$$

Ich hatte diesen Kampf zwischen den zwei Clans des Guten durch eine Vision miterlebt und in naher Zukunft würde Candida mit Thalias Clan den Clan des Bösen herausfordern. Ich erwachte ruckartig in einem großen Bett und setzte mich kerzengerade hin. Neben dem Bett standen meine Krieger Emmet und Rico. „Geht es dir gut, Göttin Joyce? Wir waren eben in Ricos Zimmer, hatten uns unterhalten und plötzlich bist du umgekippt und schliefst", sagte Emmet nachdenklich.

Ich schwang meine Beine aus dem Bett und antwortete: „Mir geht es gut, danke der Nachfrage. Ich erhalte die Visionen durch Träume und diese Vision war anscheinend sehr wichtig für die Zukunft und deshalb übermannte mich der Schlaf. Gut, dass Rico schon hier ist, ich muss mit euch beiden reden, weil ich denke, dass niemand den Clan des Bösen besser kennt als ihr." Rico runzelte die Stirn und fragte: „Was hast du gesehen, Göttin?" Ich hasste es, wenn sie mich so nannten, weil ich mich mit der Göttin nicht identifizieren konnte, aber sie sagten immerhin die Wahrheit und das konnte ich ihnen nicht verbieten.

„Das Gute hat einen neuen starken Clan, der meinen ehemaligen Clan in kurzer Zeit platt gemacht hat. Ich gebe zu, sie waren nicht in Topform. Der Clan besteht nur aus vier Kriegern, dessen Gaben und Fähigkeiten ich einigermaßen herausfinden konnte. Der Knackpunkt liegt bei Thalia, der Anführerin und dem Krieger Angelo, die beide mächtige Gaben haben." Rico verschränkte seine Arme und meinte lässig: „Wie mächtig sollen diese Gaben schon sein im Vergleich zu unseren?" Emmet schlug ihn in die Seite und sagte verärgert: „Wenn die Göttin eine Vision von ihnen erhielt, dann ist dies ernst zu nehmen." Ich mischte mich ein: „Streitet euch nicht! Diese Gegner sind gefährlich, aber sicher besiegbar. Besteht zwischen euren Kriegern ein festes Band, oder ähnliches, welches bestehen bleiben muss?" Emmet schüttelte den Kopf und sagte: „Sie kämpfen für das gleiche Ziel, das ist Zusammenhalt genug." Das Band wurde meinem Clan zum Verhängnis, dachte ich kurz, aber dann sprach ich: „Gut, wir werden uns daher gemeinsam Gedanken machen, welche Krieger geeignet wären, ihnen gegenüberzustellen." Rico nickte und fragte nach: „Was machen die Gaben mit dem Gegner?" Ich antwortete ihm: „Thalia kann Geisterschlag, dabei wird dem Gegner ein unsichtbarer, heftiger Schlag verpasst." Emmet unterbrach mich und sagte aufgeregt: „Ist es wirklich die Gabe Geisterschlag? Diese Gabe gab es bereits einmal, es gibt nichts, was sie aufhält und sie richtet viel Schaden an." Ich nickte ihm zu und meinte: „Sie sprach das Wort Geisterschlag aus, da bin ich mir sehr sicher, doch ich dachte, dass die Gabe von Angelo die Schlimmere sei." Emmet atmete einmal tief durch und meinte: „Nun, was kommt denn noch?" Nicht nur Emmet sah geschockt aus, auch Rico war sich seiner Sache nicht mehr so sicher, dass es so einfach werden würde. „Angelo fungiert als Magnet. Alle Waffen, welche gegen Thalia eingesetzt wurden, trafen Angelo und somit brauchen die Krieger nicht mit ihren Fähigkeiten angreifen, weil das nichts bringen wird. Unsere Krieger brauchen starke Gaben." Die beiden nickten zustimmend und hingen ihren Gedanken nach, es wurde kurz ganz still im Raum. Dann kam Bewegung auf und sie liefen alle aus dem Zimmer, um zur Tat zu schreiten.

***

Ich hatte mich im Thronsaal eingefunden, weil ich die Kulisse für diesen Anlass geeignet fand. „Candida, Göttin des Guten, ich bitte dich um eine Audienz", sagte ich in den großen Raum hinein und wartete. Sie würde mich hören, da war ich mir sicher. Einige Minuten später kam sie durch die Tür in den Raum geschritten und antwortete: „Dies sei dir gestattet. Nun, was möchtest du von mir?" Ich dankte ihr mit einem Nicken und sprach: „Hat dir dies keine Vision verraten?" Sie ließ Zeit verstreichen und meinte dann: „Ich sah dich auf diesem Thron sitzen und neben dir saßen Emmet und Amon gekniet. Ich kann mir also vorstellen, wieso du hier bist." Ihre Visionen waren anscheinend eventuelle Zukunftsbilder, die nicht unbedingt die Realität zeigen mussten, hingegen ich das aktuelle Geschehen oder ein Ereignis in naher Zukunft sah. Sobald ich mich also entschied, würde sie die Zukunft klarsehen und eingreifen, oder auch nicht. Ich schmunzelte und erwiderte: „Nein, ich bin nicht hier, damit ich mich auf den Thron setze, den du gern erklimmen möchtest. Ich sehne mich nach meinen Clanmitgliedern, meinen Freunden." Sie nickte nur und ich merkte, dass sie es mir glaubte. Nun fügte ich hinzu: „Wir wissen doch beide, dass ich für das Gute in der Welt bin, du verkörperst dieses und du möchtest den Thron wiedererlangen. In meiner Vision sah ich deinen neuen Clan mit Thalia, wie sie meinen ehemaligen Clan niederstreckten. Meine Clanmitglieder sind doch für dich nichts mehr wert und ich schätze sie als Personen, ich würde dir also einen Gefallen tun, wenn ich sie dir alle abnehmen würde." Candida sah mich prüfend an, ich verhielt mich hingegen ruhig und gelassen. Sie überlegte.

„Was habe ich von einem Deal mit dir? Deine ehemaligen Clanmitglieder sind für mich wirklich nicht mehr interessant, aber genauso gut kann ich sie auch vergessen, weil sie erneut verlieren werden und beim dritten Mal hintereinander werden sie für immer verschwinden." Ich lächelte erneut und meinte gelassen: „Liegt das nicht auf der Hand? Ich weiß bereits jetzt die Gaben und Fähigkeiten deiner vier Krieger, mit denen du mich besiegen möchtest. Meinst du nicht, das könnte dir zum Verhängnis werden, wenn du mich herausforderst? Wenn das nicht Grund genug ist, ich hatte gestern ein Gespräch mit Hassan." Ich sah sie mir genau an. Ihr Gesicht war ausdruckslos, aber ihr Körper reagierte leicht nervös. Sie fing sich wieder und fragte: „Weshalb redest du mit dem Türsteher und was hat das mit mir zu tun?" Ich lächelte und meinte: „Es hätte sein können, dass dich das interessiert. Wir hatten nur ein kurzes Gespräch und ich fragte, wie lange ihr euch schon kennt und er hat mir ein bisschen über euch erzählt, wie lange er schon diesen Dienst ausführt und naja, so etwas halt." Ich konnte sehen, dass sie sich unwohl fühlte, zum Thron hinaufsah und dann wieder mich beäugte. Ich setzte hinzu: „Dort oben könntest du bald wieder sitzen." Sie überlegte und sagte dann halb einwilligend: „Was gedenkst du dafür zu tun, dass ich mir dein Angebot durch den Kopf gehen lasse?" Innerlich triumphierte Partytüte begeistert, aber Miesepeter unterdrückte sie weiterhin erfolgreich und so antwortete ich ihr: „Ich könnte Rico, dem Anführer, den Befehl geben die Konstellation seiner Krieger zu ändern, dann wäre das Band zwischen den Kriegern geschwächt. Die Auswirkungen einer kleinen Veränderung hast du bereits bei meinem ehemaligen Clan gesehen. Ich werde das nicht selbst in die Hand nehmen, weil ich die Krieger nicht kenne und es deshalb auffällt, wenn ich dies selbst einleiten würde. Ich sage ihm, er soll seine Krieger optimieren." Ich beobachtete ihre Gesichtszüge und fragte neugierig: „Was sagst du dazu?" Sie überlegte lange und erwiderte dann: „Ich unterbreite dir einen Vorschlag. Ich verbiete dir den Umgang mit Hassan, dem du dich nicht widersetzt und du leitest die Neubesetzung des Clans ein. Wenn der entscheidende Kampf zu Ende ist, gebe ich dir im Gegenzug zwei Mitglieder deiner Wahl deines ehemaligen Clans." Ich schüttelte den Kopf und antwortete: „Wenn ich diesen Kompromiss eingehe, dass ich nur zwei Mitglieder erhalten kann, dann lediglich, wenn du sie mir auf der Stelle aushändigst." Sie überlegte, sprach dann aber schnell: „Einverstanden, solange du an die Abmachung denkst. Wen darf ich dir bringen, Göttin des Bösen?" Ich antwortete: „Amon und Dustin. Danke, Göttin des Guten, wir haben einen Pakt." Sie nickte zustimmend und wir verließen den Kampfsaal nacheinander.

***

„Und, wie ist die Verhandlung gelaufen?", fragte Emmet, als ich das Zimmer von Rico betrat. Die beiden sahen mich erwartungsvoll an. „Du hast ihn eingeweiht?", fragte ich Emmet und deutete auf Rico. „Verzeih mir, ich dachte, dass er es eh mitbekommen wird und er schon an unserem Plan mitbeteiligt ist. Das nächste Mal frage ich nach deiner Erlaubnis, Göttin", versicherte er mir. Ich lächelte und meinte: „Es stört mich nicht. Du warst dir also sicher, dass ich dieses Gespräch meistern werde, oder? Ich habe dir etwas mitgebracht", sagte ich und zog aus meiner Tasche ein Aufnahmegerät. Emmet griff danach und drückte auf Wiedergabe und es ertönten die Stimmen von Candida und mir. Das Gerät hatte alles aufgezeichnet. Zwischendurch drückte er auf Stopp und fragte: „Wieso hast du alle Clanmitglieder angesprochen, anstatt nur Amon zu erwähnen?" Ich antwortete ihm ruhig: „Ich dachte mir, wenn ich angebe mehr zu wollen, dann würde nicht auffallen, wenn ich einen angeblichen Kompromiss eingehe, indem ich mit weniger auch zufrieden bin." Er nickte und spielte das Gerät wieder ab. Später drückte er erneut auf Stopp und fragte: „Wer ist Hassan und wann hast du mit ihm ein Gespräch geführt? Hätte ich das nicht merken müssen?" Ich musste lachen und meinte: „Hassan ist der Türsteher, den ich nur einmal gesehen habe und zwar an dem Abend, wo das Treffen stattfand. Ich hatte Furcht vor ihm, als er meine Einladung begutachtete, als könnte sie eine Fälschung sein. Danach meinte Candida zu mir, dass er seine Aufgabe sehr ernst nimmt, aber er sei ein Lieber. Ich fragte mich, wenn man jemanden nicht persönlich kennt und ihn nur beim Treffen der Götter einmal sieht, wie kann man dann sagen, dass er ein Lieber sei. Nun, das mit dem Gespräch war reine Spekulation und ich habe Hassan nicht erneut getroffen."

Die beiden schauten mich fasziniert an, als hätte ich ein gutes Ass im Ärmel gehabt. Als die Aufnahme an der Stelle war, in der Candida mir zwei Mitglieder zubilligte, war Emmet begeistert und meinte: „Wow, Respekt, das hast du gut angestellt." Rico lächelte nickend und meinte: „Sie hat es eben drauf." Über die Reaktionen musste ich lachen und meinte: „Genug gelobt, ihr seid nun dran." Rico antwortete sofort: „Wir wurden uns bereits einig, wen wir alles in den neuen Clan stecken. Candida kann dich jetzt jederzeit herausfordern, wir sind bereit." Ich lächelte erleichtert und sagte: „Gut gemacht, Jungs, ich vertraue euch bei der Wahl ganz und gar." Emmet lachte und sagte: „Das musst du, etwas anderes bleibt dir nicht übrig." Plötzlich hielt ich inne und sagte dann verwundert: „Ich werde von Candida gerufen. Das ging aber schnell." Ich machte mich erneut auf den Weg, um sie zu treffen.

***

Außerhalb des Burginneren trafen wir eine Zeit lang auf keinen weiteren Clan. Die Gegend lag menschenleer vor uns und die Zeit wollte nicht vergehen. Levi, Cloé und Lyra diskutierten über eventuelle Vor- und Nachteile einer kompletten Clanauflösung, wo-

nach die Mitglieder sich anderen Gruppen anschließen sollten, um zu überleben. Salvador saß weitab entfernt auf einem Stein und schaute in die Ödnis. Für ihn war das Ende anscheinend schon sehr nah und er hatte sich damit abgefunden. Amon und ich standen zwischen den beiden Parteien und wussten nicht, wie wir den verlorenen Zusammenhalt wiedererrichten konnten. Für uns war der Zusammenhalt aller am wichtigsten, aber damit schienen wir nun allein dazustehen. Aber was stand uns bevor, wenn dies nicht mehr möglich war? „Ich habe Angst vor der Zukunft", meinte ich ganz leise zu Amon. Er nickte, sah mich nun an und erwiderte leise zurück: „Ich werde Vater und ich weiß nicht, ob ich meinen Sohn je sehen werde. Sag das den anderen nicht, Dustin."
Ich war verblüfft und schaute ihn mit großen Augen an. Davon hatte er mir noch nichts erzählt. Aus dem Nichts tauchte plötzlich Candida auf und lächelte. Augenblicklich verstummten alle und starrten sie überrascht an. „Ich habe einen Pakt mit Joyce, Göttin des Bösen, geschlossen", teilte sie uns mit. Amon trat einen Schritt auf die Göttin des Guten zu. Candida erklärte unbeeindruckt weiter: „Meine Abmachung halte ich ein und werde Amon und Dustin zu ihr bringen." Ich war überrascht, als sie auch meinen Namen nannte. „Und was ist mit dem Rest? Ist der ihr egal?", fragte Salvador plötzlich. Candida dachte nach und erwiderte nach einer Weile: „Es war nur die Rede von Amon und Dustin." Dann zuckte sie unschuldig mit den Schultern und wir drei tauchten plötzlich im Thronsaal wieder auf. „Joyce wird bald hier sein, dann übergebe ich euch in ihre Obhut und dann seid ihr Krieger des Bösen. Wollt ihr das?", fragte sie uns, als würden wir nun einen Fehler begehen. Das Lächeln von Amon strahlte über sein ganzes Gesicht und es war keine Antwort nötig. Auch ich empfand es nicht als Schande sich Joyce erneut anzuschließen, außerdem war dies im Moment die beste Option, nicht dass dies das ausschlaggebendste Argument war. Nach wenigen Sekunden betraten Joyce und Emmet den Saal und mein Blick wanderte automatisch zu ihrem Bauch. „Willkommen!", rief Joyce erfreut, rannte auf Amon zu, küsste ihn und mich umarmte sie herzlich. Ihr Gesicht strahlte vor Glück und sie

war nicht die Einzige, Amon war auch aufgeregt und lächelte mit ihr um die Wette. Es war herzergreifend die beiden zu sehen. Dann brach Candida diese Glückseligkeit mit der Frage: „Was macht Emmet hier?" Joyces Gesichtsausdruck wurde plötzlich ernst und sie antwortete neutral: „Emmet ist mein Krieger. Er wird die Übergabe von Amon und Dustin miterleben und diesen Raum nur mit mir wieder verlassen." Augenblicklich antwortete Emmet: „Ihr Wort ist mein Befehl." Ich war völlig überrascht und erschrocken über diese Erkenntnis, mit so etwas hätte ich nicht gerechnet. Amon sah nur verblüfft drein und schüttelte nichtssagend den Kopf. Candida erwiderte: „Einverstanden, wenn du die Abmachung nicht vergisst." Joyce entgegnete: „Ich habe mich bereits darum gekümmert, keine Sorge." Candida nickte zufrieden und wandte sich an uns zwei: „Amon und Dustin, ihr wart mir gute Krieger." Dann drehte sie sich wieder allen zu, hob die Hände in die Luft und schrie nach oben: „Lasst die zwei Krieger vom Guten zum Bösen wandern."

Joyce wiederholte den Satz in normaler Lautstärke. Und abschließend rief Candida: „Die Götter sind Zeugen!" Emmet nickte Joyce zu, versicherte ihr das gültige Verfahren und sie schaute erleichtert zu uns hinüber. Joyce konnte sich ein erfreutes Lächeln nicht verkneifen. Amon und ich schritten auf sie zu und Candida lief zur Tür und verschwand. Für sie war die Sache erledigt und das sah man ihr an.

***

Dustin und ich gingen nun auf Joyce zu und sie hatte nur Augen für mich und ich für sie. Einen kurzen Moment blendete ich alles um mich herum aus. Ich konnte es noch nicht richtig glauben, dass wir nun nicht mehr voneinander getrennt waren. Dustin blieb jetzt stehen, aber ich lief noch näher auf sie zu und fiel plötzlich vor ihr auf die Knie. Ihr stieg die Röte ins Gesicht, was sie noch hübscher erscheinen ließ.

„Meine liebe Göttin Joyce, ich möchte dir meinen Eid als dein Krieger …", setzte ich an, aber Emmet unterbrach mich, indem er sagte: „Komm mal hier rüber, Amon. Ich möchte dir einen guten Rat geben." Ich sah Emmet verblüfft an und dann Joyce. Hatte ich etwas falsch gemacht? Joyce erwiderte mir selbst etwas überrascht: „Geh ruhig, ich glaube, du kannst ihm vertrauen." Also stand ich wieder auf und ging zu Emmet. Er holte eine edle Jacke hervor, welche ich ohne jedes Wort anzog. Dann neigte sich Emmet zu mir herunter und flüsterte: „Eine Göttin kann mehrere Krieger haben, aber nur einen Gemahl. Du hast auch gewisse Vorzüge im Gegensatz zu mir. Übrigens, in der rechten Jackentasche und nicht niederknien, das gehört sich nicht als zukünftiger Gemahl."
Danach klopfte er mir aufmunternd auf die Schulter. Ich nickte ihm dankbar zu. Mit einem warmen Lächeln auf den Lippen, einem festen Schritt und der Entschlossenheit eines Kriegers lief ich nun stolz auf Joyce zu. Sie wirkte nervös und ich nahm haltgebend ihre Hand und lächelte ihr zu, was sie wieder etwas beruhigte. „Geliebte Joyce und meine Göttin, ich kann mich noch sehr gut an unser erstes Treffen erinnern", sagte ich ausschweifend und Joyce musste verlegen lächeln. Ich fuhr fort: „Jeder weitere Moment mit dir war wunderschön und jetzt bekommen wir sogar ein Kind." Mit dem Stolz eines Vaters streichelte ich ihren Babybauch. Sie lächelte mich an und ich setzte erneut fort: „Ich möchte nun auch jeden nächsten Moment nur mit dir verbringen, weil ich dich liebe."
Ich griff in die rechte Jackentasche und holte eine Schachtel heraus und schloss meine Rede mit: „Nimmst du mich zum Gemahl?" Vorsichtig öffnete ich die Schachtel und eine wunderschöne Halskette kam zum Vorschein. Joyce liefen zwei Tränen über die Wangen und sie nickte heftig ein paar Mal, weil sie anscheinend kein Wort herausbekam und wir küssten uns. Der Kuss war sogar noch schöner, als der allererste.

Ich lief gerade einen Flur entlang, als plötzlich Sina, die Göttin der Gerechtigkeit, hinter der nächsten Ecke stand. Sie lächelte mir entgegen und sagte: „Emmet, schön dir erneut zu begegnen. Ich erbitte eine Audienz bei der Göttin. Es ist wichtig." Ich erwiderte höflich ihr Lächeln und vollzog eine Verbeugung: „Ich bin ihr Krieger und es ist mir bewusst, wenn ein Gott zu Besuch ist, dass es wichtig sein muss." Sina nickte und antwortete: „In der Tat, aber dieser Besuch ist dringend. Nun, kann ich die Göttin des Bösen sprechen?" Ich antwortete ihr höflich: „Meine Göttin Joyce ist gerade beschäftig und wünscht keine Störung. Ich würde vorschlagen, ich begleite Sie zum Thronsaal und werde ihren Besuch anmelden, sobald ich es kann." Sina sagte nach einer kurzen Zeit, nachdem sie meine Gedanken gesehen hatte: „So so, sie meditiert. Einverstanden, ich warte."

Das war nicht beabsichtigt gewesen, aber ich war erleichtert, dass sie warten würde. Ich wollte Sina die Tür des Thronsaals öffnen und sie hereinbitten, als plötzlich im Raum Candida, die Göttin des Guten, stand und mir entgegenrief: „Ich bitte um eine Audienz bei der Göttin des Bösen! Sie scheint mich nicht wahrzunehmen." Verblüfft konnte ich nur zusehen, wie Sina in ihrem Rollstuhl in den Raum rollert und entgegnete: „Da musst du dich schon hinten in der Reihe anstellen. Ich bat als Erste." Zwei Audienzen gleichzeitig gab es zu meiner Amtszeit nicht, dachte ich belustigt, aber ich sagte ganz formell: „Ich werde sofort nach der Göttin Joyce sehen."

Ich verließ, heilfroh dort wegzukommen, den Thronsaal und kehrte leise in das Zimmer zurück, indem sich Joyce zum Meditieren zurückgezogen hatte. Neben ihr saß immer noch Amon, der ihr nicht von der Seite weichen wollte. „Im Thronsaal stehen zwei Göttinnen, die nach einer sofortigen Audienz verlangen. Was soll ich tun Gemahl der Göttin?", fragte ich Amon im Flüsterton. Amon zuckte mit den Schultern und entgegnete leise: „Nenn mich Amon." Ich lächelte und entgegnete flüsternd: „Als ihr Gemahl hast du eine höhere Stellung als ich. Könntest du nicht in den Thronsaal gehen?" Er überlegte kurz, sah dann Joyce an, die sich nicht rührte und sagte leise: „Ich bin aber nicht Joyce." „Aber ihr Gemahl. Ich bin nur ihr Krieger", entgegnete ich leise. „Na gut, ich kann es versuchen. Aber du bleibst bei ihr, bis ich wiederkomme", sagte er und verschwand leise durch die Tür, nachdem er noch einmal nach ihr gesehen hatte. Stillschweigend nahm ich neben ihr Platz und beobachtete sie. Es dauerte nicht lange, bis sie sich bewegte, die Augen aufschlug und erstaunt dreinschaute. „Stimmt etwas nicht, Göttin?", fragte ich sie leicht besorgt. Sie nickte und meinte: „Ich, ich bin in mich gekehrt und hatte zwei Erkenntnisse gehabt. Ich denke, ich darf diese jedoch nicht aussprechen." Ich nickte nur. „Wo ist Amon?", fragte sie mich besorgt. In dem Moment ging die Tür auf und er war wieder im Raum. Amon erklärte uns: „Candida hat mir, weil ich der Gemahl der Göttin bin, ihr Anliegen mitgeteilt. Sie fordert dich zum Kampf heraus, Joyce und dann ist sie gegangen. Sina, die Göttin der Gerechtigkeit, verharrt darauf, nur mit dir ihr Anliegen zu besprechen. Sie möchte, dass du bald kommst, sonst wird sie wieder gehen." Joyce nickte und meinte: „Ich werde gleich dort sein, geht beide jetzt schon vor."

***

Für die Audienz zwischen uns beiden Göttern wollte ich mich noch schnell etwas zurechtmachen. Ich besaß mittlerweile ein eigenes Zimmer, in das ich mich nun hineinbegab. Ich wusch kurz mein Gesicht, steckte die Haare hoch, zog mir ein schickes Kleid an und legte die Kette um, die ich heute von Amon geschenkt bekommen habe. Als ich nach kurzer Zeit fertig war, ging ich wieder aus dem Zimmer und begegnete Emmet. „Sagte ich nicht, du sollst schon mit Amon vorgehen?", fragte ich ihn erschrocken, als er plötzlich vor mir stand. „Sagte ich dir bereits, dass ein eidgebundener Krieger seiner Göttin aus Schutz nicht von der Seite weicht? Ich bin dein einziger, deshalb werde ich dir folgen", sagte er etwas belustigt zurück. Ich lief hastig den Flur entlang, während er mir ohne Hektik folgte. „Göttin, geht es dir gut?", fragte er mich plötzlich, was mich aus der Bahn warf und ich augenblicklich stehen blieb. „Du hast recht, es geht mir nicht besonders gut. Göttin zu sein ist echt stressig", entgegnete ich ihm und ging im normalen Tempo weiter. Er nickte und meinte: „Es gibt auch Zeiten, in denen man sich langweilt, weil nichts passiert." Ich schüttelte den Kopf und sagte: „In solche Zeiten werde ich wohl nie geraten." Darauf entgegnete er nichts weiter und ich dachte mir, er stimmt mir sicher gedanklich zu. Ich zog das Chaos doch förmlich an und mit mir würde es nicht langweilig werden. Kurz vor dem Thronsaal, flog Emmet das letzte Stück, um vor mir an der Tür zu sein. Ich beobachtete seine eleganten Bewegungen und ließ mich von ihm durch die Tür geleiten. Im Thronsaal stand plötzlich ein Tisch, mit zwei Stühlen an der einen Seite und an der anderen Seite saß Sina in ihrem Rollstuhl. Emmet folgte mir an der linken Seite, als ich auf sie zuging und sprach: „Willkommen Sina, Göttin der Gerechtigkeit. Es tut mir wirklich leid, dass du warten musstest." Sie lächelte mir entgegen und meinte: „Dein Gemahl hat mir gute Gesellschaft geleistet." Amon saß auf einem der beiden Stühle und deutete auf den anderen. Im nächsten Moment legte Emmet eine Hand auf meinen Rücken und schob mich leicht an. Also setzte ich mich genötigt auf den leeren Stuhl.

„Darf ich etwas zu trinken bringen?", fragte Emmet in die Runde. Sina antwortete: „Einen Kaffee." „Einen Früchtetee, bitte", entgegnete ich und Amon schüttelte den Kopf. Emmet ging aus dem Raum. Sina lehnte sich in ihrem Rollstuhl zurück und fragte mich: „Hast du dich mit der Göttinnenrolle schon vertraut gemacht?" Ich überlegte kurz und antwortete: „Nein, eher nicht, es ist noch alles sehr ungewohnt für mich." Sina nickte und sagte: „Ich bin beeindruckt von dir, wie du alles versuchst zu meistern. Es klappt zwar nicht gekonnt, aber du gibst dir Mühe." Ich fasste es als Kompliment auf und bedankte mich. In dem Moment kam Emmet mit einem Tablett wieder herein und servierte die Getränke. Sina sah leicht unzufrieden aus und ich fragte nach: „Stimmt etwas nicht?" Sie schüttelte den Kopf, aber sagte dann: „Es ist nur, es ist dein Krieger." Ich schaute verblüfft und meinte: „Was soll denn mit

158

Emmet sein?" Emmet verbeugte sich und sagte: „Wenn ich es erklären darf?" Sina stimmte zu und ich nickte nur, weil ich zu verwundert war, um etwas zu sagen. Was sollte an Emmet nicht stimmen? Er trat an den Tisch heran und erklärte: „Nachdem du mich, Göttin, angehalten hast, nicht wie ein Hund hinter dir herzulaufen, sondern mich neben dir aufzuhalten, ließ ich die üblichen Gesten, wie das stetige Verbeugen vor der Göttin und ihren Wünschen, bleiben. Ich dachte mir, das könnte dir ebenfalls missfallen. Ein eidgebundener Krieger in meiner Position ist in seinem Amt eher ein Diener, Sklave oder zur reinen Belustigung zuständig, nebenbei auch zum Schutz, aber das andere überwiegt deutlich." Ich versuchte mir meine geschockte Reaktion nicht anmerken zu lassen. Sina nickte auf meine Gefühle hin und meinte: „Du lässt deinem guten Krieger viel Freiraum. Ich meine, du kannst mit Emmet alles machen, wirklich alles, was du nur willst." Sie lächelte dabei verschmitzt. Ich sagte ernsthaft: „Wenn ich einen Hofnarren möchte, ernenne ich einen für dieses Amt." Emmet lächelte freundlich und erwiderte: „Danke Göttin." Dann verzog er sich wieder in den Hintergrund. Sina sagte nur dazu: „Interessant finde ich, dass du eben den Diener und den Sklaven nicht verneint hast." Ich schüttelte den Kopf und erwiderte: „Er ist mein Krieger." Sina nickte und erwiderte: „Du bist besonders, in gewisser Hinsicht, aber nicht in jeder. Alle Götter handhaben es so, vielleicht kommst du auch noch in den Genuss." Ich war noch immer schockiert und wollte mir weitergehende Handlungen mit Emmet nicht vorstellen. Erst dann fiel mir wieder deutlich auf, dass Amon noch neben mir saß. Er schaute auch nicht besonders erfreut drein. Um vom jetzigen Thema abzulenken, fragte ich: „Nun, was ist der Grund deines Besuches, Sina?" Nun lächelte Sina wieder und sagte: „Ich wollte eine Audienz bei dir, Joyce, Göttin des Bösen." Natürlich erinnerte sie mich an meinen Titel und ich sagte: „Die ist dir gegeben, Sina, Göttin der Gerechtigkeit." Sie fügte hinzu: „Ich wollte eine Audienz bei dir allein, Joyce. Dies geht dein Gefolge nichts an." „Das, was du Gefolge nennst, sind meine Vertrauten", entgegnete ich leicht gereizt. Zuerst die Sache mit meinem Krieger Emmet und nun ist Amon nur noch mein Gefolge, statt mein Gemahl. „Verzeihung, wenn ich dich verärgerte, aber es ist wichtig, dass wir zwei ungestört sind", sagte sie klarstellend. „Einverstanden", lenkte ich nun ein und stand vom Tisch auf. „Wenn du mir folgen magst, Sina?" „Gern", sagte sie knapp und wir verließen den Thronsaal und die Männer blieben allein zurück. Ich führte Sina in einen der Räume, die an den Thronsaal und die Kampfarena grenzten und keinem Bereich zugeteilt waren, weil diese lauschsicher waren.

***

„Was sie jetzt wohl bereden?", fragte ich Emmet. Er zuckte nur die Schultern. „Meinst du, sie wird uns danach davon berichten?", erkundigte ich mich bei ihm. „Dir sagt sie es sicher, aber vor mir hat sie bereits Geheimnisse", entgegnete er mir gelassen. „Was denn für Geheimnisse?", hakte ich nach. „Wenn ich das wüsste, wären es doch keine Geheimnisse mehr, oder?", fragte er belustigt. „Stimmt. Aber wieso hast du dann das Gefühl, dass sie dir etwas verheimlicht?" Emmet antwortete mir: „Als sie aus der Meditation kam, sagte sie, sie hatte Erkenntnisse, aber die dürfte sie mir nicht sagen. Es stört mich aber nicht, wenn sie diese vor mir geheim hält. Sie wird ihre Gründe haben." Ich sah ihn verwundert an und meinte: „Davon wusste ich noch gar nichts. Na gut, es blieb nun wirklich keine Zeit darüber zu reden. Aber warum stört dich das nicht, wenn du zu ihren Vertrauten gehörst, es aber nicht wissen darfst?" Er sprach fragend: „Hast du heute einen Fragenkatalog gefrühstückt?" Amon lachte und sagte dann: „Du hast Recht, Emmet, ich habe für heute genug gefragt." Ich überlegte kurz und meinte dann: „Eine Frage noch, okay?" Emmet nickte zustimmend. Ich stellte die letzte Frage für heute: „Seit wann bist du sympathisch?" Er schaute mich überrascht an, aber es kam keine Antwort. Er wusste es wohl selbst nicht.

Joyce hatte eben die Tür geschlossen, als sie schon fragte: „Was willst du von mir, Sina?" Sie klang wie eine Geschäftsfrau, die nur darauf wartete, dass das Angebot endlich unterbreitet wurde. Ich fing ausschweifend an zu erzählen: „Nun Joyce, du hast das Amt als Göttin des Bösen nicht annehmen wollen. Du hast dich sogar dagegen gewehrt. Mit den Gründen, die du vortrugst, hast du die anderen überzeugt, aber mich nicht. Nun sehe ich, wie ungezügelt dein Krieger sich benimmt und wie lässig du mit deinen Pflichten umgehst. Ich musste auf dich warten, das ziert sich nicht." Joyce nahm mein Gesagtes wertungslos entgegen, so dass ich keinen Gedanken von ihr erhaschen konnte und ihre Gefühlsregungen blieben mir auch verborgen. Ich fuhr fort: „Worauf arbeitest du hinaus, wenn du dich deiner Rolle als Göttin verweigerst?" Sie sah mich weiterhin neutral an und sagte: „Ich weiß nicht, was du mir damit sagen möchtest. Es wäre schön, wenn du endlich auf den Punkt kommen würdest." Warum war sie ein ungeschriebenes Buch für mich? Ich konnte doch sonst immer viel aus den Personen herauslesen. Ich war leicht frustriert, dass ich weder ihre Gedanken noch ihre Gefühle mitbekam, versuchte mir aber nichts anmerken zu lassen. Stattdessen setzte ich erneut an: „Du kannst mir alles anvertrauen, was du keinem sonst sagen darfst. Ich habe eine Freundin auf Erden, welche dir weiterhelfen kann. Sie wird dich aufsuchen, weil du die Richtige bist. Du wirst sie daran erkennen, dass sie dir Ostara ins Ohr flüstern wird."
Konnte ich Joyce jetzt locken? Ich hatte es ihr verraten, jetzt war sie dran. Joyce sagte hingegen: „Du sprichst in Rätseln. Warum sollte mich deine Freundin etwas angehen?" Ich lächelte erleichtert, dass sie endlich darauf einging und antwortete: „Du wirst sie brauchen, um deinen Plan in die Tat umzusetzen." Nun lachte Joyce und entgegnete danach gelassen: „Ich dachte, ich wäre die Person, die in die Zukunft blicken kann und diejenige, die sie dann beeinflusst. Von welchem Plan redest du, wenn ich ihn noch nicht selbst kenne."
Die Reaktion von Joyce verwirrte mich jetzt wirklich. Hatte ich etwas in ihr gedeutet, was eventuell gar nicht so war oder hatte sie

nicht das Vertrauen zu mir es zu zugeben? Auf den Gedanken hin sprach ich: „Meiner Freundin kannst du deine Pläne anvertrauen. Doch warte nicht zu lange mit deinem Gang zur Erde, sie ist sehr alt und wartet bereits Jahre nur auf dich. Ich dachte, dass du mehr Vertrauen in mich hättest, aber das scheint nicht so zu sein. Ich hätte dich nicht verraten, wenn du es mir gesagt hättest." Joyce schaute weiterhin unbeeindruckt und entgegnete: „Ich dachte, du möchtest mit mir etwas verhandeln oder mich um etwas bitten, aber stattdessen erzählst du mir wirres Zeug. Ich sehe zwischen deiner Geschichte und meinem Tun als Göttin keinen Zusammenhang. Ich denke, dass dieses Treffen nun zu Ende ist, denn wir werden nicht auf einen gemeinsamen Nenner kommen. Über ein Wiedersehen wäre ich sehr erfreut. Ich werde dich noch in meinen Bereich begleiten." Nun war ich mir meiner Sache nicht mehr sicher. Ich hatte mich tatsächlich getäuscht, dachte ich und kam der Aufforderung nach.

***

In einer kurzen Zeit der Besprechung saß Joyce mit ihren zwei Vertrauten allein zusammen. „Was hat Sina von dir gewollt?", fragte Amon interessiert. „Du weißt sicher schon, dass sie Gedanken lesen kann und Gefühlsregungen mitbekommt und somit einen privaten Einblick in eine Person erhält und sie dadurch interpretiert." Er nickte und Joyce fuhr erklärend fort: „Durch die Zeit, die sie mit mir zusammen verbrachte, hat sie sich ein Bild von mir gemacht. In dieser Besprechung wollte sie, dass ich mich ihr anvertraue und ihr meinen Plan erläutere. Sie hat mit Andeutungen versucht, dass ich mich ihr öffne, aber ich konnte sie erfolgreich mit Miesepeter und einer wertfreien Anhörung ihres Gesagten täuschen." Emmet sah nun überrascht drein und meinte: „Du hast einen Plan, Göttin?" Joyce nickte, sagte dann schnell: „Es ist eher eine Vorstellung, wie es weitergehen könnte. Ich möchte darüber nicht reden, weil ich mich sonst festlegen müsste. Wenn ich mich nicht entscheide und nichts festlege, tastet Candida im Dunkeln und kann die entfernte Zukunft nicht klarsehen. Das verschafft mir einen Vorteil gegenüber ihr." Emmet nickte und meinte: „Du bist eine schlaue Göttin, Joyce. Candida hatte mit mir ein leichteres Spiel, denn ich habe mich schnell entschieden und es durchgezogen. Doch du wirst sie damit eventuell verärgern." Joyce konterte: „Und dann? Was soll sie dagegen machen?" Amon lächelte und sagte: „Sie kann nichts dagegen machen, oder?" Emmet nickte zustimmend. Joyce lächelte ihre Vertrauten an und meinte überzeugt: „Vertraut mir, wir werden das Schiff gemeinsam in den Hafen lenken."

Sie verließen zu dritt das Zimmer und gingen den Flur entlang. „Ich werde mich ins Bett begeben. Wenn Candida erscheint, ob nun mitten in der Nacht oder am frühen Morgen, holt mich aus der Vision heraus, egal was dafür nötig ist. Wenn sie mit ihrem Clan mich herausfordern will, dann soll sie nicht warten müssen, bis ich von allein erwache", sagte Joyce zu Emmet und Amon. „Das machen wir schon, Joyce", sagte Amon gelassen und begleitete Joyce ins Zimmer. Emmet blieb vor der Tür stehen und übernahm ohne ein Wort die Nachtwache. Amon und Joyce legten sich gemeinsam in das große Bett und schliefen bald friedlich ein.

***

Die Vision begann mit einem dicken Mann, der nicht viele Haare auf dem Kopf und auch sonst nichts Spektakuläres an sich hatte. Dieser Mann legte sorgfältig einen Kreis aus Steinen auf den Boden und zündete nun, im Kreis stehend, eine Schale mit Kräutern und Wurzeln an, die er in der Hand behielt. Nun schritt er langsam durch den Kreis und verteilte den Rauch, während er leise immer wieder sprach: „Dane verfällt der unheilbaren Depression." Der Rauch schwebte dabei nicht gen Himmel, sondern legte sich auf den Boden ab. Nachdem der Mann fertig war, trat er aus dem Kreis heraus und versteckte den Kreis unter Laub und Stöcken. Als er fertig war, verwandelte er sich plötzlich in eine schöne schlanke Nymphe und lief schwebend durch den Wald. Am Ufer des Flusses

163

angelangt, setzte sich die Nymphe nieder und spielte mit dem Wasser. Augenblicklich kam ein kleines Mädchen aus dem Wald gelaufen und rief: „Liebe Nymphe, ich bin es." Die Nymphe antwortete mit lieblicher Stimme: „Ich bin am Wasser, Marlena." Mir lief ein unaufhaltsamer Schauer über den Rücken, weil ich an den dicken Mann denken musste, der sich nun in anderer Gestalt mit einem kleinen Mädchen allein am Wasser traf. Das Mädchen, welches halb Panther und halb Mensch war, kam ans Wasser gelaufen, setzte sich und berichtete: „Meine Eltern ziehen bald wieder mit mir weg. Ich werde Dane und Sky nicht mehr sehen." Das Mädchen hatte schwarzes, mittellanges, glattes Haar und besaß Ohren, Nase, Augen, Schnurrhaare, Schwanz und Pranken eines Panthers. „Und dich kann ich dann auch nicht mehr besuchen", fuhr sie fort. Die Nymphe fragte, ohne darauf einzugehen: „Was ist in letzter Zeit passiert, Marlena?" Das Mädchen überlegte kurz und berichtete: „Dane und Sky sind vor kurzem acht geworden. Die beiden Brüder sind unzertrennlich und ich verstehe mich sehr gut mit ihnen. Meine Eltern sagen aber, dass ich mit ihnen keinen Kontakt haben darf, weil sie anders sind." Die Nymphe antwortete: „Jeder geht seinen Weg im Leben, das ändert sich nicht." „Aber ich möchte sie nicht verlassen", sagte Marlena energisch. Die Nymphe antwortete: „Geh, Marlena, tu was deine Eltern sagen. Sei ein braves Mädchen." Marlena erhob sich und verließ die Nymphe, welche noch am Wasser sitzen blieb.

Rico rannte den Flur entlang, traf kurze Zeit später auf Emmet und berichtete ihm aufgeregt: „Candida, die Göttin des Guten, steht mit ihrem Clan in der Kampfarena." Emmet dankte ihm und klopfte an die Tür. Rico blieb bei ihm stehen. Amons Antwort kam verzögert und halb verschlafen: „Komm herein." Bevor Emmet eintrat, sagte er zu Rico: „Du wartest vor der Tür." Nachdem Emmet eingetreten war und die Tür schloss, sagte er zu Amon: „Candida ist da." Amon nickte und beugte sich über Joyce. Amon küsste Joyce, redete auf sie ein und rüttelte sacht an ihr, aber Joyce regte sich nicht. Auch nachdem seine Versuche energischer wurden, erwachte sie nicht aus der Vision. Mittlerweile war Amon hellwach und wunderte sich, dass Joyce nicht erwachte.

Nun trat Emmet ans Bett und versuchte durch Druckpunkte sie zum Erwachen zu bringen. Als das nichts nützte, rief er: „Rico!" Augenblicklich ging die Tür auf und Rico stand im Türrahmen und hinter ihm war Candida. „Wieso dauert das wieder so lange?", fragte sie gereizt. Amon sagte: „Bitte, wenn Ihr sie zum Aufstehen bringen könnt." Candida trat herrisch an das Bett und versuchte es, um sich davon zu überzeugen, dass es nicht klappte, sie zu wecken. Dann stand Rico wieder in der Tür und hatte eine Kerze und ein Feuerzeug in der Hand. Er erklärte, als alle ihn fragend ansahen: „Bei ihrer Meditation in meinem Zimmer hat das unbeabsichtigt geklappt." Candida machte Platz und Rico zündete neben dem Bett die Kerze an. Nachdem sich flüssiges Kerzenwachs gebildet hatte, kippte er die Kerze um und ließ das Kerzenwachs auf ihren Arm laufen. Candida verzog nur bei dem Gedanken schmerzlich das Gesicht, aber Joyce regte sich nicht, auch nachdem das Wachs erkaltet war.

„Ist sie verstorben?", fragte Candida, obwohl sie wissen müsste, dass das so nicht vonstattenging und alle Anwesenden schüttelten den Kopf. „Was ist eigentlich deine Gabe, Emmet? Könntest du diese nicht jetzt anwenden?", fragte Amon. Emmet schüttelte den Kopf. Amon hakte nach: „Willst du deine Gabe nicht verraten, oder hat diese jetzt keine Wirkung?"

Er lachte und meinte: „Beides. Aus dieser Vision bekommen wir Joyce nicht, das ist doch offensichtlich."

***

Die Umgebung und die Personen wechselten plötzlich in der Vision und ich erblickte ein sehr kleines und schlankes Mädchen, was im hohen Gras, in der Nähe des Meeres, sitzend spielte. Sie hatte polanges, dunkelbraunes, dickes, volles, lockiges Haar und wirkte sehr ruhig und zurückhaltend, als sie still Käfer und Bienen im Gras beobachtete. Plötzlich rief eine weibliche ältere Stimme:

„Amalia, wo steckst du schon wieder?" Das kleine Mädchen, was vielleicht gerademal vier Jahre alt war, duckte sich noch mehr in das hohe Gras, denn sie wollte nicht zum Bauernhof zurückkehren, von dem die Stimme sie rief. Sie würde die ganze Nacht hier verbringen, wenn sie das könnte. Durch Zeitsprünge konnte ich sehen, dass die heranwachsende Amalia die Natur liebte und sich gern am Meer aufhielt. Später, ab dem Alter von zweiundzwanzig Jahren, unternahm sie viele Reisen, um die Welt zu sehen. Dabei lernte sie viel und schnell von anderen Personen.

Dann veränderte sich wieder alles und zwei Jungen tauchten auf. Sie lebten bei zwei arbeitslosen Personen, bei denen sie drohten zu verwahrlosen. Der eine Junge war stürmisch, rebellisch und wild und steckte voller Tatendrang. Er tat alles, bevor er nachdachte. Er hatte rote zerzauste Haare und schwarze Augen und wusste nicht, wohin mit seiner Kraft. An seinen Armen und Beinen waren Schürfwunden zu sehen, die er sich womöglich beim Turnen zugezogen hatte.

Der andere Junge hatte silberne Augen und silbernes Haar und wirkte zierlich, dünn, launisch und kränklich und sprach: „Sky, reg dich ab, Bruder." Der hüpfende Sky antwortete: „Mir ist langweilig. Lass uns toben, Dane!" Ich erschrak. Natürlich, die beiden waren etwas älter als acht Jahre und ich erinnerte mich wieder an den dicken Mann. Ein Zeitsprung zeigte mir, dass die beiden erwachsenen Brüder in eine gemeinsame Behausung zogen, in den Tag hineinlebten, auf Ordnung und Struktur verzichteten und mehrere Bettbekanntschaften hatten. Dabei fiel mir besonders eine Frau bei Sky auf, die regelmäßig zu ihm kam und jedes Mal leicht bekleidet mit Plateauschuhen aufkreuzte und sich zickig und zugleich temperamentvoll benahm.

Das Bild änderte sich erneut und ich erblickte eine Jugendliche, die zur Hälfte ein Leguan und zur anderen Hälfte ein Dämon war. Sie besaß große Flächen mit Schuppen, die von ihrer rechten Gesichtshälfte, über ihren Bauch zum linken Oberschenkel, hinab zur rechten Wade verliefen und sie besaß einen Schwanz, aber keinen Bauchnabel. Ich erhielt einen Einblick in ihre Gedanken, die mir mitteilten, dass ihre leiblichen Eltern Ärzte waren, welche jedoch an einem Virus verstarben und somit ihre Kindheit sehr kurz war. Sie musste sich bereits früh um sich selbst sorgen und das gelang ihr auch irgendwie. Aber sie wirkte sehr kindlich, ungeduldig und besaß einen hohen Bewegungs- und Tatendrang, als steckte das Kind noch in ihr, welches nicht erwachsen wurde. Sie war selbst-ständig und leicht unbeholfen in dem was sie tat. Ich beobachtete ihr merkwürdiges Aussehen weiterhin, denn sie war für mich ein fremdes Wesen. Ihre Haare waren dunkelgrün, strohtrocken, spröde und lang, sie besaß Echsenaugen, die sich voneinander un-abhängig bewegen konnten und ihre langen Finger wurden immer dünner und endeten ohne Fingernägel.

Dann veränderte sich die Umgebung wieder und eine menschliche Frau erschien. Sie hatte einen kräftigen Körperbau, eine kleine drahtige Statur und kurzes blondes Haar. Sie schrie einen mensch-lichen Mann mit hellbraunem, kurzem Haar, einem drei-Tage-Bart und einer Brille, der ihr ruhig, gefasst, gutgelaunt und hilfsbereit zur Seite stand, zu: „Wir müssen die Blutung stoppen, Lore! Alle Maßnahmen treffen!" Die Frau war eindeutig eine Ärztin und Lore war ihr Gehilfe. Lore sah noch recht jung aus, aber er hatte eine hohe Schulbildung genossen, die ihm seine reichen Pflegeeltern er-möglichten. Er arbeitete präzise und genau. „Ich bin fertig, Rita", antwortete er nach kurzer Zeit und reichte ihr alle nötigen Materi-alien, um die Blutung stoppen zu können. Rita war schon als Kind bemüht, um das Wohlergehen anderer. Sie pflegte als Erstes ihren Pflegevater, der sehr krank war. Sein Tod nahm sie damals sehr mit und sie beschloss Ärztin zu werden, um mehr Personen helfen zu können. Sie war aufopferungsvoll, wenn es um die Gesundheit an-derer ging.

Augenblicklich war die Vision beendet und ich erwachte in mei-nem Bett. Verwundert bemerkte ich das Wachs auf meinem Arm und entfernte es gelassen. Dann wurde mir schlagartig klar, wes-halb Wachs auf meinem Arm war, weil ich mich an den Moment auf dem Dachboden erinnerte und rannte eilig zum Kampfareal.

Mein Clan, der gegnerische gute Clan, die Göttin Candida, Emmet und Amon befanden sich im Kampfareal. Nun fehlte nur noch Joyce, meine Göttin, aber wer wusste schon, wann sie erwachen würde. Der erste Blick auf den gegnerischen Clan würde Joyce kurze Zeit sprachlos machen, wenn sie schon hier wäre, denn Candida hatte ein ehemaliges Mitglied ihres Clans in den jetzigen Clan eingegliedert. Sie rief jetzt die Schiedsrichterin und argumentierte nun für einen Sieg des Guten, weil die Göttin des Bösen nicht kam. „Ich habe den Kampf oft genug angekündigt und wenn Joyce sich weigert teilzunehmen, dann sehe ich mich bereits als Sieger", sagte Candida. Amon konterte: „Joyce fehlt nicht aus einer Laune heraus. Sie sprach, wir sollen sie wecken, doch wenn sie nicht aufzuwecken ist, was sollen wir tun? Du hast es doch selbst gesehen, es sogar selbst versucht. Wir haben alles versucht! Ein nicht geführter Kampf ist keine rechtliche Thronübergabe, das weißt du." Jetzt mischte ich mich ein: „Wir überlassen dir den Thron nicht ohne einen guten Kampf. Dein Clan muss uns erst besiegen, so lauten die Regeln und die werden befolgt." Emmet erwiderte: „Rico hat völlig recht. Die Regeln zählen bei jedem Kampf. Der entscheidende Kampf muss ausgetragen werden." Candida lächelte und meinte: „Die Regeln besagen auch, dass der Gott anwesend sein muss. Dieser Regelverstoß eurer Göttin ist bereits eingetreten. Schiedsrichterin, ich verlange ihr Urteil!"

Die Schiedsrichterin überlegte. Das gab es doch gar nicht, dass man darüber nachdenken musste. Der Kampf musste ausgetragen werden und das Böse sollte dabei siegen. Die Schiedsrichterin hob den Kopf und wollte gerade ihr Urteil verkünden, als die Tür aufgerissen wurde und Joyce schweratmend sprach: „Es kann losgehen." Ihre Stimme war nicht wirklich zu hören und sie brach plötzlich am Türrahmen vor Erschöpfung zusammen. Amon und Emmet eilten zu ihr und Emmet hob sie vom Boden auf, weil er schneller flog, als Amon lief. „Göttin?", fragte er besorgt. „Wie geht es dir, Joyce?", fragte nun Amon, der neben Emmet zum Stehen kam und Joyce und ihren Bauch musterte. Der Babybauch war richtig prall geworden. „Es geht mir den Umständen entsprechend, macht euch keine Sorge. Setz mich bitte wieder ab, es reicht, wenn mich einer stützt", antwortete Joyce und ich atmete erleichtert auf. Es würde zum Kampf kommen. Amon stützte sie und ihr Blick fiel auf den Jungen, der ein ehemaliges Mitglied ihres Clans war. Ihre Augen weiteten sich, als sie den Kartenspieler in dem neuen Clan erblickte, doch sie schaute schnell wieder weg.

Die Schiedsrichterin verkündete den Kampf als eröffnet und erklärte die allgemeinen Regeln. Ich hörte nur mit halbem Ohr hin, weil ich unsere Taktik im Kopf noch einmal durchging. Die Taktik beinhaltete eigentlich nur die Verteidigung gegen die Gabe Geisterschlag, denn diese würde mich umhauen und besiegen, wenn nichts dagegen half. Die Schiedsrichterin verkündete zum Schluss: „Thalia, die Anführerin des Clans der Guten, hat eine der seltenen Gaben. Diese Gaben dürfen im entscheidenden Kampf nur einmal pro Zug angewendet werden, die anderen drei Angriffsrechte müssen anders gewählt werden. Ich wünsche euch allen viel Erfolg. Der Kampf beginnt mit Thalias Clan, denn als Herausforderer gebührt ihr der erste Zug."

Es wurde plötzlich sehr still und alle Augen waren auf Thalia gerichtet. Sie strahlte vor Selbstgewissheit, dass sie allein diesen Kampf gewinnen würde. „Ich hoffe du überstehst den ersten Angriff, sonst wäre der Kampf langweilig", meinte Thalia zu mir. Keylam und Inga, zwei meiner Krieger, die den ersten Angriff von Geisterschlag mit ihren Gaben abwehren sollten, machten sich bereit, denn dies war eine Ankündigung, dass Thalia es nicht langsam angehen lassen würde. Dann schrie Thalia: „Geisterschlag!" Keylam setzte sofort seine Gabe Nebel ein, um ihr die Sicht auf mich zu nehmen und Inga gleichzeitig ihren Sirenenschrei, um Thalia mit Lärm abzulenken. Der Angriff traf mich hart, so dass ich auf die Knie ging. Die Gaben meiner Krieger, zu meiner Verteidigung, wurden beendet und Thalia musterte mich abschätzend. Mein Gehirn arbeitete auf Hochtouren, weil ich nach einer Lösung suchte. Thalia sprach: „Sehr gut, es geht also weiter. Angelo jetzt Finte und Theres Armbrust. Levi Karten mischen." Ich fragte im Vorfeld Joyce mehrmals, wie die Gabe in der Vision auf Salvador gewirkt hatte. Dieser wurde von dem Aufprall des unsichtbaren Schlages durch die Luft geschleudert und war dadurch mit einem Schlag besiegt worden. Den Angriff durch die Finte und die Armbrust konnten meine Krieger Mallory, mit einem Zauberspruch und Katana, mit einem breiten Schwert, mit Leichtigkeit von mir abwehren. Dies würde wohl ein Kampf zwischen den Gaben bleiben, dachte ich. Levi war nun fertig mit dem Mischen seines Kartenstapels und zog eine Karte. Er sah sich die Karte recht lange an, zeigte sie mir dann und sprach: „Die hier heißt Rollentausch. Diese Karte verschont den Anführer für eine Runde vor Schäden, jedoch nicht vor Schmerzen. Im Gegenzug sind seine Krieger für diese eine Runde verwundbar und können ausscheiden."

Thalia lächelte siegessicher und ihr Angriffsrecht war nun vorbei. Meine Krieger sahen mich fragend an. „Kommt alle zusammen, ich habe etwas kurz zu besprechen", sagte ich laut und als alle dicht um mich herumstanden, sagte ich ganz leise: „Planänderung. Beim nächsten Geisterschlagangriff verteidigen nicht Rephaim und Katana. Ich bin mir sicher, dass Geist nichts mit dem Element zu tun hat, weil der Angriff durch eure Gaben, Keylam und Inga, geschwächt wurde. Wir können den Angriff vielleicht nicht verhindern, aber wir können herausfinden, welche Gabe den Angriff schwächt und welcher der Sinne dafür betäubt werden muss. Um das herauszufinden, ersetzen wir eine Gabe und deshalb verteidigen Rephaim und Keylam das nächste Mal. Rephaim soll den Gedanken, die Gabe durchzuführen, hindern oder hemmen und Keylam ihr die Sicht nehmen." Alle nickten zustimmend und ich deutete an, dass die Besprechung vorüber war. Ich überlegte kurz und sprach dann: „Katana, du bist dran." Katana bewegte ihre Hände, um bei Thalia psychischen Schmerz einzusetzen, aber nach kurzer Zeit stoppte sie und meinte leicht deprimiert: „Es gibt leider nichts in ihrer Vergangenheit, was ihr psychischen Schmerz zugefügt hatte. Ich bin machtlos gegenüber ihr."

Thalia lächelte und ich nickte ernst. „Erdbeben", meinte ich nur knapp und setzte meine eigene Gabe ein. Der Boden unter dem Gegner erschütterte heftig und ich konnte einen leichten Schaden bei Thalia erreichen, aber das würde nicht lange reichen. Ich war leicht frustriert, setzte aber ein Pokerface auf und sagte abschließend: „Mallory, beleg sie mit einem Fluch, der ihr jede Runde etwas Schaden zufügen wird." Mallory nickte und sprach einen Zauberspruch aus. Levi mischte hastig seine Karten und zog eine. In sein Gesicht stieg Erleichterung und er zeigte uns die Karte und sprach: „Die Karte heißt Verkürzung. Der Fluch wird nur zwei Runden andauern, wobei sich die Auswirkung leicht erhöhen wird. Dies wird jedoch nicht reichen, sie ausreichend zu schwächen." Thalia bedankte sich bei Levi und sah mich dann erneut an. Ich überlegte, welchen letzten Zug ich nun machen sollte. Rephaim flüsterte: „Setz erneut Erdbeben ein, Rico. Dies bringt bei ihr zwar einen eher geringen Schaden, aber wir dürfen nicht nur an unsere Verteidigung denken." Ich nickte, denn mir fiel im Moment nichts Besseres ein. „Erneut Erdbeben", verkündete ich und ließ den Boden erzittern. Thalia schwankte leicht, hatte sich aber schnell wieder gefasst. Dann zuckte sie kurz zusammen und ich erahnte die erste Auswirkung des Fluches. Zu meinem Bedauern ging es ihr noch sehr gut. Thalia lächelte und sagte: „Nun bin ich wieder dran. Geisterschlag!" Augenblicklich setzte Rephaim Gehirnbeeinflussung ein und Keylam konterte mit Nebel. Ich machte mich auf einen Aufprall gefasst, doch statt meiner ging Rephaim zu Boden und ich erinnerte mich, dass diese Runde meine Krieger statt mir verwundbar waren und sie nun die Reihen lichten würden, wenn wir es nicht verhinderten. Die Stimme der Schiedsrichterin ertönte: „Rephaim scheidet aus." Während Emmet ihn vom Kampffeld trug, dachte ich nach, dass die Auswirkung des Schlages heftiger war, ihn aber nicht durch den Raum geschleudert hatte und damit besaß ich nun einen Plan, den ich mir für meinen nächsten Zug parat hielt. Nun lächelte ich wieder, weil ich das Gefühl hatte, dass wir doch eine Chance hatten. Thalia erwiderte auf mein Lächeln: „Freu dich nicht zu früh, Rico. Ylvi, setz Blitz ein auf diesen Nebelknaben." Ich schleuderte augenblicklich einen Wurfstern in die Richtung der Angreiferin, aber ich konnte sie nicht von ihrem Angriff abhalten. Keylam traf ein großer Blitz und er ging zu Boden.

Emmet musste auch ihn vom Kampffeld tragen, weil er sich nicht aufrichten konnte. „Keylam scheidet ebenfalls aus", verkündete die Schiedsrichterin formell, obwohl das allen klar war.

Thalia lächelte und meinte: „Die letzten zwei Angriffe erteile ich Theres. Setz Würge gegen die Sirene ein." Ich fluchte innerlich, weil mein Wurfstern die Gaben nicht aufhielt. Ich hatte gehofft, dass Thalia wieder eine Waffe einsetzen würde, denn die Laufbahn der fliegenden Waffe hätte mein Wurfstern behindern können. „Inga scheidet aus dem Kampf aus", verkündete die Schiedsrichterin. Sie fügte noch hinzu: „Nun ist wieder nur der Anführer verwundbar und Rico am Zug."

Ich sah mich um. Emmet, Amon und Joyce schauten bedrückt, Candida erfreut, die Schiedsrichterin neutral und der gegnerische Clan siegessicher. Ich würde nun alle umhauen, dachte ich erfreut und bei dem Gedanken kam mir wieder das Lächeln aufs Gesicht. Nun schaute Thalia interessiert zu mir herüber, als könnte sie mein Gefühl nicht verstehen, in meiner momentanen Lage. Ich verkündete erfreut: „Natürlich hat es mich getroffen, dass du mir drei Krieger nahmst, aber du hättest mich mehr geschwächt, wenn du mir nur diese eine Kriegerin genommen hättest." Ich ging hinter Lexy und legte ihr beide Hände auf die Schulter und gesellte mich dann an ihre Seite. Ich fuhr fort: „Lexys Gabe wirst du fürchten." Ich sah den fragenden Blick von Emmet. Natürlich kannte er Lexys Gabe, aber er verstand nicht, wieso ich diese jetzt so schätzte. „Du hast nur noch zwei Kriegerinnen, diese Lexy und Mallory, die etwas gegen mich ausrichten können, denn die Gabe von Katana wirkt bei mir nicht und Erdbeben ist nicht wirklich effektiv, das musst du zugeben. Hochmut kommt vor dem Fall, Rico." Ich nickte und berichtete: „Lexy vernebelt dir mit ihrer Gabe für drei Runden alle Sinne. Bitte Lexy, dein Zug." Lexy nickte und verkündete: „Ich setze nun meine Gabe Taubheit aller Sinne ein." Thalia zuckte nach kurzer Zeit mit den Schultern, als der Angriff vorüber war und sagte: „Ich fühle zwar die Auswirkungen, denn meine Sinne sind alle ausgeschaltet, ich höre nicht einmal mich selbst reden, aber geschadet hat es mir gar nicht." Rico lächelte: „Du wirst das zwar nicht hören, aber mir wird dieser Angriff eine ganze Menge bringen. Nun setze ich Erbeben ein." Ich ließ den Boden kräftig erzittern und Thalia fiel um. Durch den Verlust der Hörkraft war ihr Gleichgewichtsorgan beeinträchtigt und sie erlitt etwas mehr Schaden, als bei den Erdbeben davor, weil sie am Boden lag und die Angriffsfläche größer war. „Nun wird Lexy noch ihre Fähigkeit einsetzen und den letzten Angriff spare ich mir für die nächste Runde auf", verkündete ich gutgelaunt. „Bist du dir sicher?", fragte mich Lexy leise und ich nickte. In ihrer Hand erschien ein normales Messer, welches sie in Richtung Thalia warf und dieses ihr nun durch den Arm schnitt. „Aua! Warum funktioniert deine Gabe nicht?", fragte Thalia Angelo gereizt, der nur hilflos mit den Armen zuckte. Es war zwar nur eine Vermutung, aber es hatte geklappt. Ich hatte mir also etwas von Joyce abgeguckt. Ich erklärte der Allgemeinheit: „Der liebe Angelo kann nichts dafür, weil man ein Küchenmesser zwar als Waffe benutzen kann, sie aber nicht als Waffe definiert wurde und somit von seiner Gabe nicht erkannt wird."

Die Schiedsrichterin verkündete: „Thalia, du bist nun am Zug. Rico spart sich seinen letzten Zug für die nächste Runde auf." Thalia nickte und ich begriff, dass wenn die Schiedsrichterin sprach, in dem Moment die Wirkung der Gabe von Lexy aufgehoben wurde. Thalia zuckte noch einmal zusammen, wegen der zweiten Runde des Fluches und verkündete angespannt und ohne ein Lächeln: „Geisterschlag!" Ich machte mich vorsichtshalber bereit, aber als nichts kam, lächelte ich triumphierend. „Nein! Was ist los?", schrie Thalia schockiert. Ich hatte es geschafft die Gabe unschädlich zu machen und Emmet erhob sich und klatschte für mich. Er blieb jedoch allein und setzte sich bald wieder auf die Bank. Ich sah Joyce an, dass sie sich mitfreute, aber als Göttin dies nicht während eines Kampfes zeigen sollte und sich zurücknahm. Thalia überlegte kurz und sagte dann energisch: „Levi, Karten mischen." Levi fing an seine Karten zu mischen, während Thalia fortfuhr: „Theres, Armbrust." Den Angriff von Theres verhinderte ich, indem ich einen Wurfstern in die Bahn des Flugobjekts warf.

Levi schaute sich die Karte an und sagte dann: „Diese Karte erhöht den Verteidigungswert meiner Anführerin, erhöht den Angriffswert des gegnerischen Anführers und der Angriffswert seiner Krieger sinkt stark." Thalia wirkte unzufrieden, als nichts krachte oder passierte, nachdem Levi ausgesprochen hatte, was sie natürlich nicht hörte. „Das wird ja immer besser für uns Krieger", schimpfte Mallory. Ich nickte, da ich mit ihr einer Meinung war. Thalia beendete ihren Zug, in dem sie noch auftrug: „Ylvi, heiz ihm mit einem Blitz ein." Katana und Mallory griffen rasch nach je einem Arm von mir und der Blitz traf uns drei und verursachte daher einen geringen Schaden bei mir. „Danke", sagte ich, nachdem sie mich wieder losließen.

Die Schiedsrichterin sagte: „Nun ist Rico mit fünf Angriffsrechten dran. Der Kampf ist noch unentschieden." Thalia sagte: „Du bist eine harte Nuss, Rico, aber nächste Runde bekomme ich dich geknackt. Also entweder du nutzt deinen letzten Angriff, oder ich tue es."

Ich überlegte, denn sie hatte Recht. Das Ganze musste zu Ende gebracht werden. Lexy sagte: „Die Nummer mit dem Küchenmesser würde nicht ein zweites Mal klappen, somit bin ich diese Runde raus. Katana ist schon die ganze Zeit raus, sorry aber ist leider so und damit bleiben nur noch du und Mallory übrig." Katana nickte zustimmend. Mallory sagte daraufhin: „Ich bin auch raus, Leute. Magierin hin oder her, aber mein Angriff ist durch die doofe Karte zu schwach. Es liegt jetzt nur noch in deiner Hand, Rico. Du und deine Erdbeben, etwas anderes wird nichts bringen."

Ich dachte erneut nach. Durch die Karte wurde meine Stärke gesteigert und bedeutete das auch, dass ich mit meiner Gabe mehr Macht hatte? Ich musste es versuchen! Ich nickte meinen verbliebenen Kriegern zuversichtlich zu und sagte: „Ich werde mein Bestes geben, doch ich brauche Platz, ich möchte etwas ausprobieren." Sie reagierten sofort und sahen mich neugierig an, als ich mich auf die Erde kniete und meine Hände auf den Boden legte. Hochkonzentriert schloss ich meine Augen und ließ am Anfang den Boden nur zum Erdbeben erzittern. Dann setzte ich all meine Kraft in den nächsten Angriff und setzte das erste Mal Felsengrab ein und vergrub Thalia unter Steinen und Gesteinsmassen. Dann ließ ich meine Faust auf den Boden schlagen und ein Riss führte von meiner Hand zu Thalia, welcher immer tiefer wurde, je länger der Riss sich dahinzog und Thalia und die Gesteinsschicht verschluckte. Die Schiedsrichterin sagte: „Thalia scheidet aus. Hol sie wieder an die Oberfläche, Rico."

Alle Augen waren auf mich gerichtet, jedenfalls fühlte es sich so an. Während ich aufstand, hob ich meine Handflächen nach oben und die Decke über Thalia öffnete sich und sie kam wieder zum Vorschein. Die Schiedsrichterin fuhr fort: „Der Clan von Joyce, Göttin des Bösen, hat diesen Kampf gewonnen. Die Göttin bleibt Besetzerin des Thrones." Nachdem sie ausgesprochen hatte, verformte sich der Boden wieder zum Ursprünglichen und die Schiedsrichterin verschwand. Joyce war nun die Erste, die aufstand und verkündete: „Vielen Dank meine Krieger! Das habt ihr großartig gemacht. Ich bin stolz auf euch." Dann klatsche sie und mit ihr Amon, Emmet und die ausgeschiedenen Krieger, obwohl dies sicher auch für sie galt. Ich war gerührt und mächtig stolz auf mich.

✳✳✳

„Es wird langsam Zeit für mich auf die Erde niederzugehen", sagte ich zu Emmet und Amon. Wir befanden uns kurz nach dem Kampf allein in meinem Zimmer. „Einverstanden Göttin, aber zuvor muss ich dir noch ein paar Dinge sagen", meinte Emmet zu mir gewandt. Er wirkte plötzlich sehr ernst und Amon sagte schnell: „Das muss ich mir nicht mit anhören. Ich weiß, dass ich dir nicht folgen kann, deshalb wünsche ich dir jetzt viel Erfolg und ich werde dann am Thron auf dich warten, liebste Joyce." Er kam auf mich zu und küsste mich zum Abschied. Nach einer Umarmung verließ er schließlich den Raum.

Emmet fuhr fort: „Er liegt richtig. Es kann dir niemand folgen, außer mir und das nur, weil ich Flügel besitze und dorthin fliegen kann, wenn du es mir erlaubst. Ich hoffe inständig, dass du es mir erlaubst, ansonsten werde ich wütend, das muss ich dir ehrlich sagen, denn du brauchst jemanden, der dich beschützt. Deine Fertigkeiten sind auf der Erde ausgeschaltet, du bist allein wehrlos. Doch ich kann ohne alles kämpfen und werde dich beschützen." Ich nickte und meinte: „Das wusste ich bereits. Ich werde mich mit Dolchen ausstatten, die keiner sehen wird." Er erwiderte nichts, denn er wollte mir folgen und davon würde er nicht abzubringen sein. „Es gibt noch etwas, was du wissen musst. Zu der Zeit, in der ich mehr Macht hatte als Candida, habe ich angefangen die Erde zu zerstören. Das war falsch und der Schaden ist gigantisch, der Gott nimmt nur Einfluss durch seine bloße Anwesenheit und er darf nicht aktiv handeln, außer er befindet sich in Gefahr. Wenn du dagegen verstößt, wird dich Candida zurückholen. Wenn du auf Erden sterben solltest, gelangst du automatisch auf den Thron zurück und du kannst erneut hinuntersteigen, mehr passiert nicht. Die Aufgabe eines Gottes ist neue Krieger auf der Erde zu markieren. Das passiert, wenn du kranke Personen siehst, die wahrscheinlich nicht mehr lange leben werden und dann ist deine Aufgabe erfüllt. Halte die Augen offen, so viele wie möglich, hörst du." Ich nickte nur, denn ich dachte über etwas nach. „Göttin, was führst du schon wieder im Schilde?", fragte er mich eindringlich. Er hatte es bemerkt. Ich fragte ihn: „Wenn der Tod auf Erden nichts Schlimmes für mich beinhaltet, weshalb brauche ich einen Beschützer?" Er erwiderte: „Weil es auffallen würde, wenn du wieder auf Erden erscheinst, obwohl dich jemand umgebracht hat. Das ist nicht normal." Ich schüttelte den Kopf und sagte: „Wir sind für sie jetzt schon nicht normal. Sobald ich auf Erden bin werden alle sehen, dass ich anders bin." Er schüttelte den Kopf. „Doch! Du hast nicht das gesehen, was mir die Vision offenbarte. Ich werde sofort als eine Fremde erkannt", sagte ich nun gereizt. Emmet kniete sich vor mich und sagte ruhig: „Verzeih mir, Göttin." Meine Gereiztheit verflog und ich sagte: „Steh bitte auf, Emmet. Ich erkläre mir meine Vision so, dass nach der Zerstörung sich etwas Neues entwickelt hat. Ich verzeihe dir, woher solltest du es wissen." Er erhob sich wieder und sprach: „Da fällt mir noch etwas ein, Göttin. Die Zeit auf Erden vergeht schneller als in den Dimensionen. Es ist schwer zu erklären, aber ich versuche es. Die Relation ist ungefähr so, als würden die Menschen für uns Eintagsfliegen sein und nur ein bis vier Tage leben." Ich überlegte und antwortete dann: „Es sind jedoch nicht alles Menschen. Ich habe Mischgestalten gesehen, halb Tier halb Mensch." Emmet nickte und antwortete: „Dann sollte ich dich auf alle Fälle begleiten." Er wirkte so entschlossen, dass ich nicht wusste, was ich wollte. War es richtig ihn zum Treffen mit der Frau mitzunehmen? „Du wirst schneller auf Erden sein, als ich. Mach dir aber keine Sorgen, ich werde dich finden, Göttin und dir überallhin folgen", versprach mir Emmet. Sein Versprechen kam mir wie ein Gesetz vor, dem ich mich nicht entgegenstellen durfte, fast wie eine Drohung. Vielleicht empfand ich dieses Versprechen zum ersten Mal als Drohung und nicht als Schutzangebot, weil mir etwas anderes in den Sinn kam und er davon nichts wusste, was auch gut war.

***

Ich verzog mich in meinen persönlichen Raum, wechselte die Kleidung und bewaffnete mich mit einem langen Schwert und Dolchen am Gürtel. Als ich fertig war, begegnete ich Amon im Flur. „Emmet, was machst du noch hier? Joyce ist gerade gegangen", sprach er verblüfft und leicht besorgt. Ich legte ihm einen Arm auf die Schulter und antwortete: „Sei unbesorgt, ich werde Joyce finden, wenn ich die Erde erreicht habe. Ich brauche länger, aber das macht nichts. Trug sie einen Rock?" Amon wirkte verwirrt, nickte dann aber langsam. Ich erklärte ihm: „Sie wollte Dolche an sich verstecken und um sie schnell zu zücken eignet sich ein Rock besser als eine Hose." Amon fragte: „Wie lange wird es dauern?" Ich zuckte mit den Schultern, fügte aber noch hinzu: „Die Zeit vergeht auf Erden schneller, deshalb wird es dir sicher nicht so lange vorkommen." Amon nickte. „Viel Erfolg, Emmet", wünschte er mir, als wir gerade an der Stelle ankamen, wo die beiden Bereiche der Göttinnen sich kreuzten. Wenn ich nun hindurch fliegen würde, könnte ich die Dimension verlassen, ohne in den Bereich von Candida überzugehen, was ich eh nicht konnte. Ich schwang kraftvoll die Flügel, erhob mich in die Luft und prallte gegen eine unsichtbare Mauer. In mir stieg augenblicklich Wut auf und ich schrie laut: „Verdammt! Joyce!" Amon sah mich erschrocken an und fragte mich vorsichtig: „Stimmt etwas nicht?" Ich sagte zwischen zusammengebissenen Zähnen: „Sie verwehrt mir den Austritt aus der Dimension." Amon atmete tief aus und fragte kleinlaut: „Also ist sie ohne Schutz?" Ich atmete zwei Mal tief durch, um mich zu beruhigen, weil Amon nichts dafür konnte und doch benahm ich mich ihm so gegenüber. Dann sprach ich, doch noch immer lag Wut in meiner Stimme: „Ich habe meiner Göttin gesagt, dass ich so reagieren werde und sie wagt es dennoch. Aber ich habe noch einen Plan B und diese Person kann sie nicht kontrollieren wie mich." Amon fragte leicht besorgt: „Aber diese Person wird ihr nichts tun, oder?" Ich lachte kurz auf und erwiderte: „Nein, sie nimmt meinen Platz als ihr Beschützer ein und wir können hier in Ruhe warten, ohne uns Sorgen zu machen." Amon atmete erleichtert durch und meinte: „Das klingt nach einem Plan, der mir gefällt. Aber du willst mir nicht sagen, wer das ist, oder?" Er lächelte nur und meinte: „Sie wird sich freuen."

***

Gerade eben saß ich noch mit geschlossenen Augen auf dem Thron und nun stand ich auf weichem Boden. Ich öffnete langsam meine Augen und sah eine Wiese mit tausenden gelben Blumen. Der Blumenteppich reichte noch weit in die Ferne und sein Duft lag leicht in der frischen Luft. Nur vereinzelt standen ein paar kleine Bäume herum und in der Weite sah ich dunkle majestätische Berge. Die Sonne schien warm auf mich herab und ich vernahm, dass das alles echt und ich auf der Erde angekommen war. Ich verspürte ein heiteres Glücksgefühl und Partytüte erwachte in mir zum Leben. Mit einem Strahlen im Gesicht lief ich los und mir war es egal wohin es ging. Ich genoss das Hier und Jetzt so intensiv, dass ich mir über nichts, was in den Dimensionen passieren könnte, Gedanken machte. Ich fühlte mich lebendig und frei, auch wenn dieses Gefühl nicht für ewig währen würde. Ich fühlte mich als ein Individuum, welches seine Rechte nun spürte und mehr hatte ich mir zuvor nicht gewünscht. Ich wollte einfach nur ich sein und leben. Ich würde hier keine Göttin sein, keine Pflichten haben, keine Magie besitzen und keine Grenzen kennen.

***

Gestern besuchte mich Estha, das Echsenmädchen und erzählte mir, während ich als Nymphe vor ihr stand, dass Amalia gegenüber Sky vorgab einen festen Freund zu haben. Er würde Luc heißen, sei bereits viele Jahre alt und sein Charakter sei gutherzig, tapfer, mutig und hilfsbereit. Sie hätte ihn auf einer ihrer Reisen kennengelernt und er verriet ihr, dass seine Tiergestalten ein Säbelzahntiger, ein Mammut und ein Krokodil seien. Es kam in der Gruppe die Diskussion auf, berichtete Estha, dass Säbelzahntiger und Mammut unmöglich seien, was Amalia jedoch mit seinem Alter begründete und darauf bestand, dass sie ihn wirklich kennengelernt hatte.
Ich hörte mir die Neuigkeit interessiert an, denn daraus ließe sich etwas machen.
Heute kam Rawa zu mir, der ich jedoch in Menschengestalt gegenübertrat, statt als Nymphe. Sie sprang als Mantelaffe von einem Baum und wurde zum Mensch. „Ich grüße dich, Will", sprach sie freundlich. Ich wies auf eine Sitzecke und wir setzten uns auf die Stühle. Ich erkundigte mich: „Gibt es etwas Neues, Rawa?" Sie überlegte kurz und antwortete dann: „Ich soll die Gruppe für dich ausspionieren, das weiß ich. Ich bin jedoch an keine Information herangekommen, Will, weil ich nur die Bettgefährtin von Sky bin, mit ihm Sex habe, der wirklich fantastisch ist, aber er ist im Moment nicht gesprächig. Für den Rest der Gruppe bin ich Luft und eine Fremde zugleich. Ich weiß nur, dass das Thema, ob es nun Luc gibt oder nicht, ihn nachdenklich stimmt. Hast du davon

schon gehört?" Ich nickte und antwortete: „Ich weiß es bereits, aber danke, dass du es erwähnst. Ist jemand misstrauisch geworden, was deine Aufgabe betrifft?" Sie antwortete mir sofort: „Nein, überhaupt nicht." „Gut, dann mach weiter. Wir sehen uns bald wieder."

***

„Lore, wenn uns einer erwischt?", fragte ich ihn, als er schon meinen Hals mit Küssen überdeckte. Dicht an meinem Ohr flüsterte er verführerisch: „Du denkst doch nicht, dass ich dich jetzt gehen lasse, kleine Echse." Ich schauderte kurz vor Verlangen. „Die anderen Male hat es auch keiner gemerkt, Estha", fuhr er beruhigend fort und küsste mich drängender. Doch noch einmal schüttelte ich ihn ab und fragte: „Findest du es als Humananimalist nicht widerlich mich zu wollen? Ich bin immerhin kein schönes Di-Wesen." Aber Lore verbot mir jedes weitere Wort mit wilden Küssen und drückte sich wollend an mich und ich gab der Versuchung mal wieder nach, denn ich liebte ihn verbotenerweise.

***

Ich hatte eben im angrenzenden See gebadet, saß nun am Ufer und sah in das klare Wasser. Ich betrachtete mein Gesicht, die schönen hellbraunen, fast goldenen Augen und meine lange, volle Mähne, welche ich gleich mit aufwändigen Zöpfen und mit den Reifen an meiner Hand schmückend, bändigen werde. Sky kam in seiner Tigergestalt angerannt und sprang neben mir ins Wasser, so dass ich nassgespritzt wurde. „Lass das, Sky", rief ich ihm lachend zu. Er wurde unter Wasser wieder zum Mensch und antwortete, als er wiederauftauchte: „Was willst du dagegen machen, Amal." Ich zuckte lächelnd mit den Schultern. „Siehst du, du kannst mich nicht stoppen", sagte er triumphierend und gesellte sich kurz zu mir ans Ufer. Ich betrachtete seine triefnassen Klamotten und konnte die Umrisse seiner Oberarmmuskulatur unter dem nassen

Stoff sehen. „Aber das macht nichts", fuhr er fort, tauchte daraufhin hinab und ließ mich wieder allein.

***

Ich hatte die gelbe Blumenwiese verlassen und war in einen Wald
gelaufen. Ich verstand nicht was Emmet vorhin meinte, als er
sagte, er hätte die Erde angefangen zu zerstören und der Schaden
wäre gigantisch. Die Natur hatte sich alles wieder zurückgenom-
men und der Welt ging es augenscheinlich sehr gut. Ich wunderte
mich daher nicht, dass ich nicht auf Häuser oder viele Menschen
traf, denn dieser Teil schien verlassen von Einwohnern zu sein.
Stattdessen erfreute ich mich an der reinen Natur und ihrer ver-
gänglichen Schönheit, welche sich in den Jahreszeiten widerspie-
gelte. Ich ging um mich schauend durch den Wald und erblickte
plötzlich einen Wolf. Ich drückte mich an den nächsten Baum und
schaute vorsichtig an dessen Rinde vorbei zu der Stelle, wo ich ihn
eben noch gesehen hatte. Der Wolf stand nicht mehr dort. Als ich
mich umdrehte, stand plötzlich ein nackter Mann vor mir und ich
schrie kurz vor Schreck auf. Der Mann hatte hellbraunes, kurzes
Haar, einen drei-Tage-Bart und eine Brille und ich glaubte ihn aus
der Vision wiederzuerkennen. Er fragte mich ruhig und freundlich:
„Wieso bist du noch in Menschengestalt, Fremde?" Ich empfand
die Frage als merkwürdig und versuchte den Blick nicht auf seinen
nackten Körper zu richten, als ich verwundert fragte: „Warum hast
du keine Kleidung an?" Lore lachte freundlich und sagte: „Ich habe
sie wohl irgendwo liegen gelassen." Ich sah ihn verblüfft an und
machte mich gedanklich auf weitere nackte Wahrheiten gefasst,
denn es schien ihm nicht peinlich zu sein, dass er gegenüber mir
nackt war. Plötzlich hatte er einen meiner Dolche in der Hand und
hielt ihn mir an die Kehle. „Wer bist du, Fremde? Warum hast du
Dolche bei dir?", fragte er mit Nachdruck. Ich atmete hastig ein,
weil ich es mit der Angst bekam und sprach: „Ich kann dir alles
erklären, Lore." Ich biss mir auf die Lippe, denn ich konnte seinen
Namen doch gar nicht wissen, er hatte ihn mir nicht verraten. Mit

einer hastigen Bewegung schnitt er mir in den Arm und fragte fordernd: „Woher kennst du meinen Namen?" Erneut wanderte der Dolch an meine Kehle. „Antworte!", befahl er mir. „Ich kann sehen, wie gut du allein klarkommst, Joyce. Emmet hatte Recht, du brauchst einen Beschützer", sprach eine Stimme und Lore drehte sich von mir weg und verneigte sich plötzlich vor dem blondhaarigen Mann mit Flügeln. „Wer bist du?", fragte ich erschrocken. Woher kannte er mich und Emmet? Er lächelte und antwortete: „Wenn die Mutter ihren eigenen Sohn nicht mehr erkennt, ist das irgendwo schade, aber ich muss zugeben, uns war nicht viel Zeit vergönnt. Ihr gabt mir den Namen Liam, Mutter." Lore schaute erschrocken zwischen uns beiden hin und her. „Vater ist sehr wütend auf dich", fuhr Liam fort. Ich nickte und sagte: „Ich habe meine Gründe, weshalb ich allein reisen wollte." Nun nickte er und erwiderte: „Und den Grund konntest du ihm nicht sagen?" Ich entgegnete: „Nein, sonst hätte ich es getan. Emmet ist mein Vertrauter." Liam lachte und meinte: „Welch Ironie des Schicksals, wenn man an eure Vergangenheit denkt. Er erzählte mir alles, Mutter, auch über meine Entstehung." Ich sah Lore wieder an und fragte zu Liam gewandt: „Weshalb hat er sich vor dir verbeugt?" Liam sah Lore an und antwortete ruhig: „Ich bin der König der Di-Wesen, aber du musst dich nicht vor mir verbeugen." Ich nickte und meinte: „Also bist du sein König?" Liam schüttelte den Kopf und antwortete: „Er ist ein Humananimalist und seine Königin ist Amalia, aber aus Höflichkeit verbeugt sich jeder, wenn er einen König sieht. Ich erhebe nicht das Recht auf eine Verbeugung von dir, wenn du mich siehst."

Ich nickte gedanklich abwesend, weil ich das Gefühl hatte, die Dimensionen hatten mich eingeholt. Auf Erden war es kein Stück besser, nur dass mein eigener Sohn einer von ganz oben war, statt einer mir fremden Person, obwohl er mir genauso fremd erschien. Unbehagen machte sich in mir breit und ich wünschte mir, die Dinge lägen auf Erden anders. Wieso musste es Götter und Könige geben? Als eine Zeit lang nichts zwischen uns beiden gesagt wurde, ergriff Lore das Wort: „Ich muss sie zu Amalia bringen, König Liam." Er nickte und erwiderte: „Ich begleite euch."

∗∗∗

Lore und Liam liefen vorneweg, ich folgte ihnen widerwillig mit einem größeren Abstand. Warum ließ ich mich herumführen wie einen Eindringling? Okay, ich war ein Eindringling, aber es gefiel mir dennoch nicht, wie sie mit mir umgingen. Waren die Götter nicht auch hier unten wenigstens ein bisschen bekannt? Im ersten Augenblick ging Liam noch neben Lore, im zweiten Moment beförderte sich Liam durch ein Portal an meine Seite, lief plötzlich neben mir und sagte leise drohend: „Kannst du dich wenigstens zusammenreißen?" Ich zuckte vor Schreck kurz zusammen und war schockiert, dass genau er die Person war, die die Portale errichten konnte. Sicher wusste Emmet davon bereits vor mir und hatte es mir nicht gesagt. Des Weiteren war ich frustriert, dass er Magie anwenden konnte, denn diese brauchte er, um seine Gabe benutzen zu können. Ich wusste nicht wie er es anstellte, denn auf der Erde gab es keine Magie. Hinzu kam, dass ich getroffen war wie er mit mir sprach. Sein Ton, seine Gesichtszüge und seine Körperhaltung signalisierten mir, dass er über mir stand, ich ihm Folge leisten sollte und ich nur noch am Leben war, weil er bei mir war. In seinen Augen war ich ein Niemand und er hasste mich, seine eigene Mutter. Ich konnte im Moment nichts tun, um das zu ändern, ich würde nur sein Missfallen weiter schüren.
„Ich habe nicht um deine Anwesenheit gebeten!", schrie ich verzweifelt zurück. Ich wusste nicht weiter, fuhr aber mit leiserer Stimme fort: „Bitte, geh einfach." Ich wünschte mir gerade jeden anderen an meine Seite, nur nicht ihn. Liam schüttelte eindeutig den Kopf und antwortete: „Mich kannst du nicht kontrollieren wie Emmet." Ich sah ihn wieder an und erklärte traurig: „Die anderen Götter schauen argwöhnisch auf mich, weil ich Emmet eben so viel Freiraum gebe." Er lachte verbittert auf und erwiderte: „Du deutest das falsch. Mich kannst du nicht in einen Bereich der

Dimension wegsperren, weil ich zu keinem Bereich gehöre. Ich bin wie ihr, aber ich habe mich niemandem verpflichtet und kann hier frei leben." Ich verstummte vorerst, weil ich einsah, dass eine Diskussion jetzt keinen Sinn machte. Er verstand mich nicht und ich ihn ebenfalls nicht. Stattdessen schickte ich ein stilles Gebet zum Himmel.

***

Lore hatte sich in das Mutter-Sohn-Gespräch nicht eingemischt und dafür war ich ihm dankbar. Nicht dankbar war ich ihm dafür, dass er nun rechts von mir ging, weil sich Liam auf meiner linken Seite befand und ich mich von beiden eingeschlossen fühlte. Hinzu kam, dass Lore nackt war und ich seine Haut auf keinen Fall berühren wollte. Dies war schwer, weil mir nicht viel Platz blieb zwischen den beiden. Ich bereute meinen Entschluss, Emmet nicht gleich mitgenommen zu haben. Seine Gesellschaft wäre mir tausendmal lieber gewesen.

Lore sagte zwischendurch: „Es ist nicht mehr weit." Liam reagierte nicht und so ließ ich das Gesagte ebenfalls im Raum stehen. Ich machte mir beim Gehen Gedanken darüber, weshalb Lore nackt war und Liam angezogen. In meiner Vision hatten alle Personen Kleidungen getragen und ich hielt das für das Normalste der Welt. Dann dachte ich an meinen Amon, an seine Art mich zu beschützen und zu lieben. Ich vermisste ihn und hätte ihn um alles in der Welt an meiner Seite gehabt. Statt Liam und Lore würde ich lieber meine Vertrauten um mich haben und Liam durch Emmet und Lore durch Amon ersetzen, so wie ich es auch gewohnt war. Ich bemerkte nebenbei, dass wir uns dem Ende des Waldes näherten und auf eine Wiese zusteuerten, welche in der Nähe eines Sees lag. Auf der Wiese sah ich einen Tiger, eine dicke Würgeschlange, einen Hirsch und das Panthermädchen Marlena. Hinter diesen Tieren befand sich ein Großer Panda. Als wir der Gruppe von Tieren nah genug waren, verwandelte sich Lore in einen Wolf und gesellte sich zu den Anderen. Liam machte mir mit einer Handbewegung deutlich, dass ich anhalten sollte. Die Tiere verneigten sich alle vor Liam, außer der Große Panda. „Verbeug dich!", befahl mir Liam leise und energisch. Ich erwiderte leise und zornig: „Ich denke nicht daran!" Liams Gesicht verfinsterte sich noch mehr und plötzlich schlug er mir zwei Mal ins Gesicht, wobei ich vor Schmerz aufschrie. Dann verschränkte er meine Arme hinter dem Rücken und trat mir in die Kniekehle, so dass ich nach vorne fiel, auf den Knien landete und mein Kopf nach vorne schwang. „Die Verbeugung klappt ja doch", sagte er mit einem Lachen in der Stimme. Dann erklang plötzlich Emmets Stimme: „Du lässt sie augenblicklich los, oder mein Schwert macht Bekanntschaft mit dir." Ich war erleichtert seine Stimme zu hören, auch wenn ich ihn noch nicht sah, denn er stand hinter Liam. Er ließ mich sofort los und ich rappelte mich wieder hoch auf die Füße. Emmet bewegte sich näher an mich heran und ließ das Schwert erst sinken, nachdem er sich zwischen uns zwei gestellt hatte. Liam lächelte unschuldig und erwiderte: „Ich dachte, du kannst die Dimension nicht verlassen und hast deshalb mich geschickt." Emmet antwortete mit fester Stimme, die einem Angst einjagen konnte: „Meine Göttin hat mich gerufen, ich war zwar wütend auf sie, aber das ist längst verflogen. Ich sagte, du sollst sie beschützen. Sieh sie dir an! War das wirklich nötig für ihre Sicherheit? Ich liebe dich, mein Sohn, aber zwing mich nicht mich zu entscheiden." Liam wurde ernster und erwiderte: „Ich habe sie gar nicht rufen gehört." Emmet lachte über sein Unwissen und antwortete: „Ein kleiner Gedanke reicht und ich bin dort, wo sie ist. Halte einen gewissen Abstand zu ihrem Körper und wir werden weiterhin Vater und Sohn sein. Hast du mich verstanden?"

Liam nickte und entfernte sich ein Stück von uns. Dann wandte sich Emmet zu mir, begutachtete mich und entdeckte kleine Blutergüsse in meinem Gesicht, berührte die Stellen sacht, die mir bereits wehtaten und auch die Schnittwunde blieb vor ihm nicht verborgen. Schnell legte ich eine Hand auf die Wunde, damit er sie nicht weiter anstarrte. „Wie schlimm ist es?", fragte er mich besorgt. In seinem Gesicht konnte ich sehen, dass er sich die Schuld dafür gab. Mit seiner Wut hätte ich jetzt besser umgehen können. Ich antwortete leise, dicht an ihn gelehnt: „Es tut mir leid, Emmet. Ich habe ein Treffen mit einer Frau, die ich nicht kenne und ich dachte, es schreckt sie vielleicht ab mich anzusprechen, wenn ich dich in meiner Nähe habe."

Ich brachte wieder etwas Abstand zwischen uns zwei, daraufhin sah er mich mit einer hochgezogenen Braue an und nickte mir dann nur zu, statt lange Reden zu halten. Während unseres Gespräches hatten wir nicht bemerkt, dass die Tiere alle zu Menschen wurden und wir staunten nicht schlecht, als die Personen plötzlich dort waren. Emmet war sofort kampfbereit und sagte leise zu mir: „Lauf!"

Ich wusste aus der Vision ihre Namen und die Vorgeschichte und ich hatte bereits gesehen, wie sich Lore verwandelt hatte, Emmet hingegen nicht. Schnell legte ich ihm eine Hand auf die Schulter und sagte: „Nicht. Wir reden jetzt mit ihnen." Emmet nickte, lockerte seine Haltung, konnte sich aber nicht dazu durchringen das Schwert wegzustecken. Er vertraute mir vollkommen, aber ihnen gar nicht. Ich tat noch ein paar Schritte auf die Gruppe zu, Emmet folgte mir. Amalia löste sich mit Sky, in Gestalt eines Tigers, von der Gruppe und kam ebenfalls ein Stück auf uns zugelaufen. Trotz allem blieb in der Mitte ein Sicherheitsabstand. Emmet musterte den Tiger und der Tiger ihn. Ich hörte von weiter hinten Liam leise lachen, aber ich ließ mich nicht entmutigen als ich sprach: „Sei gegrüßt, Amalia. Ich freue mich dich kennen zu lernen. Ich möchte von Anfang an ehrlich zu dir sein und offenbare dir, dass ich jeden Namen deiner Gruppenmitglieder kenne und einen kleinen Einblick in ihre Vergangenheit erhalten habe. Ich möchte dir auch verraten, woher ich es weiß, falls du das wissen möchtest." Amalia sah mich forschend an und fragte dann: „Wie ist dein Name?" Ich lächelte zaghaft und antwortete: „Ich bin Joyce und mein Krieger heißt Emmet." Amalia fuhr fort ohne lange Pause weiter: „Nun Joyce, weshalb ist der Zerstörer dein Krieger?" Ich sah Emmet fragend an. Er lächelte mir zu und erwiderte höflich: „Ich habe meinen Spitznamen bereits selbst vergessen. Danke Amalia, dass du mich daran erinnerst." Mich wunderte es eher, dass sie nicht hören wollte, weshalb ich die Namen der Personen kannte, statt jetzt mit der Geschichte anzufangen, in der Emmet die Erde zerstört hatte. Ich schloss die Frage mit der Antwort: „Die Beantwortung beinhaltet die Erzählung der meinigen Geschichte ab meinem Tod. Ich denke das beanspruch jetzt zu viel Zeit." Amalia sah mich verwundert an und fragte: „Du würdest mir wahrheitsgetreu deine Geschichte erzählen? Mir preisgeben, was in den Dimensionen passiert ist? Ich meine, ich erkenne, dass du nicht von hier bist." Emmet sah mich an. Ich spürte seinen Blick auf mir. Ich nickte zur Antwort, weil ich mich fragte, weshalb sie das mehr verwunderte, als dass ich einen kleinen Teil der Vergangenheit ihrer Gruppenmitglieder wusste. Amalia war eine interessante Königin und sie hatte sicher schon viel erlebt, was ich aus ihrer Reaktion auf mein Gesagtes schloss. „Wann bekämpft ihr euch?", fragte plötzlich Liam interessiert von weiter hinten. Amalia musterte Liam für ein paar Sekunden, drehte sich dann für geringe Zeit dem Tiger zu und verkündete laut: „Wir haben Gäste!" Ich sah zu Liam, der das Gesicht verzog. Er hatte auf einen Kampf gewartet, wurde enttäuscht und flog nun davon.

***

Die Gruppe hatte uns zu einer Höhle gebracht, in der wir uns niedersetzten. Als ich mit der Erzählung geendet hatte, wobei ich einige persönliche Details oder unnötiges Wissen wegließ, wurde meine Erzählung wortlos angenommen. Amalia räusperte sich und sagte: „Nachdem du uns so viel über dich erzählt hast, denke ich, sind wir nun dran."

Niemand wiedersprach ihr und so begann sie in Ruhe von vorne zu erzählen: „Vor x-Jahren kam der Zerstörer auf Erden und verwandelte die Hälfte dieser in ein unbegehbares Land und die Natur hat sich noch immer nicht ganz erholt. Wenn man von oben auf die Erde schaut, könnte man die eine Hälfte als eine grüne Zone sehen, die durch eine klare Abtrennung dem schwarzen und zer-

187

störten Bereich gegenüberliegt. Durch diese Zerstörung drohte die Ausrottung aller Menschen und Tiere, die Natur war zu keinem Zeitpunkt gefährdet, denn Mutter Natur ist mächtiger, als jedes Lebewesen. Durch ihre Regenerationsmöglichkeit kehrt sie immer wieder in ihrer vollen Pracht zurück, auch wenn sie noch so verloren scheint. Aber Mutter Natur ist zu jedem gnädig und einfühlsam und wollte den Verzicht von Mensch und Tier nicht hinnehmen. Mutter Natur kennt nicht die wirkliche Bedeutung von Jahren, sondern stuft die Zeit in Jahreszeiten ein und ihr blieb genügend Zeit, neue Geschöpfe zu formen. Sie ließ Mensch und Tier, mit klarer Trennung, sich verbinden, damit jeder den Vorteil des anderen nutzen konnte, um sich zu zweit durchzubringen, denn allein waren sie nicht mehr lange lebensfähig. So entstanden zuerst die Humananimalisten, die zwischen Mensch und Tier wechseln konnten, wann immer sie wollten. In der Zwischenzeit waren Mensch und Tier ausgestorben und es existierte nur noch die Mischform. Durch einen Gendrift im Erbgut, wobei sich zuerst die klare Linie zwischen Mensch und Tier aufhob und ein Lebewesen wie Marlena erschuf, welche nicht mehr wechseln konnte, weil sie Mensch und Tier gleichzeitig war, begann wiederum daraus eine neue Spezies zu entstehen. Durch die Verschmelzung der Gene von Mensch und Tier entstanden dann Wesen, welche weder menschlich noch tierisch waren, sondern etwas Übernatürliches hatten. Diese Art wird daher Di-Wesen genannt. Di-Wesen sind Lebewesen, welche, wie der Name schon sagt, ein Wesen beinhaltet. Die Mischung mit allen anderen Arten ist erlaubt, wie zum Beispiel Wesen und Tier, wie Estha, sie ist Leguan und Dämon zugleich. Humananimalisten, wie auch hier der Name es bereits verrät, sind nur Lebewesen, welche entweder Mensch und Tier oder Mensch oder Tier sind." Ich nickte interessiert. Das klang alles etwas verrückt für meine Ohren, es war unglaublich und doch real. Amalia setzte ihre Erzählung fort: „Di-Wesen wachsen meist bei ihren Eltern auf, doch ihre Wege trennen sich meist früh, weil häufig Konflikte auftreten. Humananimalisten kennen ihre leiblichen Eltern nicht, weil sie bei Pflegeeltern aufwachsen müssen. Das

Verstecken eines Kindes ist streng verboten. Die erste Wandlung zum Tier beginnt im Alter von fünfundzwanzig Jahren, wobei in diesem Alter alle bereits selbstständig und ausgezogen sind. Die Tierart ist nicht willkürlich, sie hängt vom Charakter, der Art und Weise oder der Vergangenheit der Person ab. Und umso mehr sich die Person in die Gesellschaft einbringt, desto mehr Tiergestalten kann sie annehmen. Bei der Tötung eines Humananimalisten in Tiergestalt geschieht die Rückwandlung zum Mensch ohne Schaden an der Menschengestalt zu nehmen. Die Tiergestalt ist dann für gewisse Zeit gesperrt, wegen den Regenerationsprozessen. Bei Di-Wesen entscheidet hingegen der Grad der Verletzung über Leben und Tod." Ich kam aus dem Staunen nicht mehr heraus. Amalia setzte noch einmal an: „Das Letzte, was ihr noch wissen solltet, ist, dass Liam und ich zwar Könige sind, doch nur Repräsentanten der Macht des Rates darstellen. Die zwei Räte regieren uns und wir halten die Geschöpfe unter uns im Zaum. Der jeweilige Rat möchte sich nicht mit allem gleichzeitig beschäftigen. Ich finde diese Verteilung unmöglich, doch Liam scheint in seiner Rolle aufzugehen."

***

Ich fand in dieser Nacht keinen Schlaf, ich wälzte mich leise auf dem Untergrund hin und her, während alle um mich herum schliefen. Emmet hatte sich neben mich gelegt und die Gruppe, im gewissen Abstand, um uns herum. Der Mond schien hell in die Höhlenöffnung hinein und ich lauschte den zufriedenen Schlafgeräuschen der anderen. Die Dunkelheit und das milchige Licht des Mondes kamen mir beruhigend vor, dennoch war ich innerlich aufgewühlt und mein Gehirn versuchte alles vom heutigen Tag zu verarbeiten und zu speichern. Mein Blick fiel jetzt auf Emmet und ich betrachtete sein schlafendes Gesicht, seine Schultern und seine Arme. Der ehemalige Gott des Bösen war gar nicht so böse, wie ich gedacht hatte. Bin ich in der Rolle der Göttin böse? Plötzlich drang eine ganz leise Stimme an mein Ohr, die von draußen sprach:

„Ostara." Sofort richtete sich mein Blick aus dem Höhleneingang in die Ferne. Am Waldrand konnte ich eine Schattengestalt erkennen. Ich vermutete die Frau, wobei ich mich wunderte, dass sie mich in der Nacht aufsuchte. Sie wollte mich offensichtlich allein sprechen und ich nickte, als könnte sie es sehen. Leise und vorsichtig stand ich auf und lief zwischen den schlafenden Personen nach draußen. Ich atmete die frische Brise ein, die mein Gesicht umspielte und machte mich auf den Weg zu der Frau. Als ich kurz vor ihr ankam, sagte ich ruhig: „Mein Name ist Joyce." Die alte Frau nickte und erwiderte: „Ich weiß deinen Namen, Kind. Ich habe auf dich gewartet und ich sehe, ich werde noch ein paar Stunden warten. Bring erst dein Kind auf die Welt und dann kannst du das Erbe antreten. Ich fühle, du bist bereit und die Richtige für das Amt. Ich erwarte dich erneut, Kind, nur nicht diese Nacht." Sie war auf mich zugegangen und legte nun kurz eine Hand auf meinen Babybauch. „Darf ich fragen, was es mit dem Erbe auf sich hat?" Die Frau lächelte und antwortete: „Das Erbe ist dein Geheimnis und deine Fahrkarte zur Freiheit, denn das Erbe ermöglicht dir Dinge, von denen du jetzt nur träumen kannst. Du darfst das Geheimnis nicht teilen, nicht einmal dein Krieger darf es erfahren. Ostara wird an dich weitergegeben, wenn du dem Erbe gerecht werden kannst und lebst, bis du dem nächsten Erben begegnest. Du wirst den Richtigen spüren und wenn du das Erbe abgegeben hast, findest du deine wohlersehnte Ruhe. Zögere nicht das Erbe in die richtigen Hände weiterzugeben, egal wie alt du zu dem Zeitpunkt sein wirst. Das Überleben von Ostaras Erbe ist wichtig. Ich weiß, dass du die Macht nicht missbrauchen wirst." Ich nickte ihr ernst zu. Die alte Frau lächelte und sagte: „Nun geh zurück zu deinem Krieger. Ich warte auf dich, keine Sorge." Ich erwiderte ein kurzes Danke und drehte ihr den Rücken zu und lief zurück. Als ich mich kurz noch einmal umdrehte, war die alte Frau verschwunden. Ich schaffte es bis zum Eingang der Höhle, bis ein starkes Ziehen im Bauch mich zusammenkrümmen ließ.

***

In meinem Kopf hörte ich die Stimme von Joyce, die meinen Namen rief. Schlagartig erwachte ich bei dem Ruf meiner Göttin und streckte ungewollt meine Flügel aus, welche einem Mädchen durchs Gesicht streiften. Das Mädchen sagte halb wach: „Lass deine Federn bei dir." Emmet stellte sich hin und sagte leise: „Verzeihung." Das Mädchen sah ihn hellwach an und sagte leise: „Mein Name ist Rita und wo willst du hin?" Ich war schon über sie gestiegen und flüsterte: „Meine Göttin ruft mich." In dem Moment brach ein Knochen und ein Stöhnen war zu hören. Ich flog zum Höhlenausgang und erblickte Joyce, die gekrümmt auf dem Boden lag. „Göttin?", fragte ich besorgt. Ich hielt sie, Joyce blickte mich schmerzerfüllt an und sagte zwischen zusammengebissenen Zähnen: „Ich wollte die anderen nicht wecken. Jayden kommt."
Nun trat Rita neben mich und sagte leise: „Keine Sorge, ich habe bei Geburten schon geholfen." Joyce nickte. Dann fuhr sie fort: „Ihr müsst ihn herausholen. Liam kam auch nicht auf natürlichem Weg." Rita holte schnell aus einem Busch ein Holzgefäß, das eine klebrige violette Substanz enthielt. „Rita ist Ärztin", sagte Joyce zu mir. Diese Substanz tupfte sie Joyce auf die Stirn, auf die Wangen, auf die Ellenbogen und auf die Knie. Danach sah sie sie prüfend an. „Vergeht der Schmerz etwas?", fragte sie Joyce. Sie antwortete: „Nein, keine Wirkung." Rita sieht besorgt aus und sagte: „Das hilft eigentlich bei jedem." Ich war es, der zischend antwortete: „Wir sind anders als ihr!" Joyce legte eine Hand auf meinen Arm, ich beruhigte mich sofort wieder und sie sagte: „Liam kann seine Gabe verwenden. Wenn ich es auch könnte …" Ich unterbrach sie und fragte: „Wirklich?" Joyce nickte nur und biss sich dann auf die Lippen. Sie übermannte der Schmerz und ihr Körper zuckte in meinen Armen zusammen. „Vertrau mir, Joyce", sagte ich ruhig, weil ich versuchen wollte meine Gabe zu aktivieren. Joyce nickte und stöhnte dann auf, während sie die Augen geschlossen hatte. Ich legte die Hände auf ihren Kopf und dachte an die Dimension, in der die Magie ruhte. Ich stellte mir unsere Räumlichkeiten vor und ich dachte an den Moment, in dem Joyce im Bett lag, die Vision hatte und wie eine Schlafende wirkte. Ich kanalisierte die Magie aus

der Dimension in mich hinein und konnte meine Gabe Schlaf anwenden. Rita schaute erschrocken, als sich der Körper von Joyce entspannte, ihr Atmen ruhig und regelmäßig ging und Joyce schlief. „Du musst das Kind herausholen, ich darf ihren Kopf nicht loslassen, sonst bricht alles zusammen, glaube ich", sagte ich schnell zu Rita. Rita holte aus einem anderen Busch ein Messer, kam zu mir zurück und fragte: „Was hast du gemacht?" Ich lächelte und antwortete: „Meine Gabe ist der Schlaf. Wenn ich jemanden in Schlaf versetze, dann bestimme ich über deren Schlaf. Joyce befindet sich gedanklich bei Amon und sie spürt keine Schmerzen. Du kannst also beginnen." Rita nickte und während sie den ersten Schnitt machte, fragte sie: „Muss ich wissen wer Amon ist?" Ich überlegte kurz und sagte dann: „Amon ist ihr Gemahl." Sie nickte nur und setzte das Messer erneut an. Obwohl ich wusste, dass Joyce nichts spürte, verzog ich bei dem schneidenden Geräusch dennoch das Gesicht. Dann trat ein Mann aus der Höhle. „Du kommst genau richtig, Lore. Bring mir Nähzeug", sagte sie zu dem Mann, der sich sofort in Bewegung setzte. Dann zog Rita das Kind aus dem Mutterleib und das Kind begann zu schreien. „Es ist ein Junge", sagte sie lächelnd.

Ich sah mich um, aber niemand war sonst erwacht. Ich rief in die Nacht: „Liam!" Rita sah mich forschend an und fragte: „Du willst ihm das Kind anvertrauen?" Ich nickte ihr zu und sagte: „Er ist mein Sohn und wem kann ich das Kind jetzt am ehesten anvertrauen?" Liam erschien durch ein Portal und blickte angewidert auf Joyce nieder. „Vater, ich kann Geburten nicht mit ansehen", sagte er erklärend. „Nimm Jayden, wasch ihn vorsichtig am Fluss und dann bring ihn zu Amon in die Dimension. Und diesmal keine Spielchen", beauftragte ich ihn. Liam nickte und verschwand mit dem Kind auf den Armen. Dann ließ ich regenerative Energie in Joyce hineinströmen. Rita verschloss die Wunde mit Nadel und Faden. Ich ließ Joyce noch eine Weile im Schlaf, damit sie sich erholen konnte. In der Zwischenzeit war die Gruppe vollständig erwacht und wollte wissen, was los war. Rita berichtete, während ich mich auf Joyce und ihre Heilung konzentrierte und verhinderte, dass sie eine Vision überkam. Dann meinte Rita noch lächelnd: „Deine Gabe könnte ich bei meinen Einsätzen manchmal gut gebrauchen." Ich sah sie achselzuckend an und deutete auf Joyce. Sie nickte wissend. Ich würde mich immer für diese Frau entscheiden, dachte ich schmunzelnd. Meine kleine Göttin brauchte mich und meinen Schutz.

***

Am nächsten Morgen fühlte ich mich gesundheitlich viel besser, ich hatte wieder eine Vision gehabt und erwachte danach mit der aufgehenden Sonne im Gesicht. Emmet lächelte mir freundlich entgegen und sagte leise: „Ich habe die ganze Nacht über dich gewacht, Göttin." Ich fühlte mich hellwach und voller Tatendrang. „Hast du nicht ein paar Stunden Schlaf gefunden?", fragte ich mitfühlend. Das hätte er doch nicht tun müssen. Er schüttelte den Kopf, aber das Lächeln erstarb nicht. „Ich habe auf dein Erwachen gewartet, sobald ich meine Gabe Schlaf beendete. Doch dies war bereits gestern Abend und ich wollte unbedingt warten." Nun musste ich darüber leise lachen und umarmte ihn plötzlich dankend. Emmet wirkte überwältigt, aber erwiderte die Umarmung schließlich. Dicht an meinem Ohr sprach er leise: „Ich habe Liam gebeten, Jayden zu Amon in die Dimension zu bringen." Ich nickte und löste die Umarmung wieder auf. „Wo sind die anderen?", fragte ich, als ich mitbekam, dass wir allein waren. Doch er konnte sich die Antwort sparen, denn ich sah in dem Moment aus dem Höhleneingang und erblickte die Gruppe auf dem Rasen.
Als wir uns gerade zur Gruppe dazugesellt hatten, kamen Sky in kurzer Hose und obenrum frei und Rawa, welche gekleidet war in sehr knappen Klamotten und Plateauschuhen, angelaufen und ich platze gleich heraus: „Schön, dass du da bist, Rawa. Jetzt kannst du den anderen dein Geheimnis verraten bevor ich es tue." Emmets Körper ergriff Anspannung und er gesellte sich noch näher zu mir. Er signalisierte komplette Kampfbereitschaft. Ich hatte vor, die Vision öffentlich zu machen in der Rawa sich mit Will getroffen hatte

und ihm Informationen über die Gruppe preisgab. Rawa betrachtete mich feindselig, aber die Aufmerksamkeit der Blicke lag bei mir. „Ich weiß nicht, wovon du redest, Neuling?", meinte sie mit einer wegwerfenden Handbewegung. „Ich rede von Will und der Nymphe."

Nun richteten alle ihre neugierigen Blicke auf Rawa, nur Sky stand lässig und leicht gelangweilt neben ihr. Rawa schubste Sky von sich weg und sagte aufgebracht: „Na schön, ich habe euch ausspioniert. Von einer Nymphe weiß ich nichts." Einige sahen sie erschrocken, andere hasserfüllt an. Ich erhob die Stimme, bevor das Gemurmel einsetzen konnte: „Will und die Nymphe sind ein und dieselbe Person. Mehrere Personen unter euch sind bereits ein oder zwei Mal zu ihm gelaufen und haben ihm Informationen geliefert." Dane murrte von weiter hinten: „Lasst die Aufregung, ist doch eh alles egal." Rawa schlich sich davon, ich bemerkte sie, hinderte sie jedoch nicht, sondern sprach weiter: „Dane ist auch nicht krank, er wurde verflucht und zwar von Will. Er hat schon länger die Finger im Spiel." Sky sagte laut: „Lüg nicht! Ich kenne Dane länger als du ihn." Ich antwortete ruhig: „Das ist wahr, aber ich habe durch die Vision gesehen, wie Will einen Steinkreis erschuf und immer wieder sagte: Dane verfällt der unheilbaren Depression." Amalia mischte sich ein, bevor Sky etwas sagen konnte: „Nach deiner Aussage müssten wir nur diesen Steinkreis finden, ihn zerstören und Dane wäre geheilt. Bist du dir sicher, dass du die Wahrheit sprichst?" Ich nickte ernsthaft. Amalia glaubte mir, aber die anderen sahen skeptisch aus. Sky schaute sich hastig um und schrie dann: „Super, wegen dir ist Rawa gegangen! Hättest du nicht jemand anderem den Tag versauen können?" Ich sah ihn fragend an und sagte: „Du hast es nicht kapiert oder? Rawa war eine Spionin von Will, der sich in eine Nymphe verwandeln kann und der Gruppe Unheil bringt." Sky bebte vor Wut und rief: „Seitdem du da bist, gibt es in der Gruppe nur Uneinigkeit und ständig irgendein kleines, aber bestehendes Problem. Du musst wieder verschwinden!" Amalia hob die Hand und sagte: „Nein Sky, das tust du nicht." Sky grinste und meinte: „Halt mich doch ab, Amal." Er verwandelte sich in einen Tiger und Emmet zog mich hinter sich. Er hatte bereits sein Schwert gezückt und wartete auf den Angriff von Sky. Rita verwandelte sich in einen schwarzen Stier und versuchte Sky den Weg zu versperren, aber er bahnte sich einen Weg an ihr vorbei und es kam zum Kampf zwischen Emmet und Sky als Tiger. Damit es zu keiner großen Verletzung kommen konnte, rief ich laut: „Halte ein Sky! Ich kann dir einen Beweis liefern, an dem du sehen wirst, dass mir die Visionen die Wahrheit zeigen." Sky blieb reglos in Tigergestalt vor Emmet stehen, konnte aber den Blick nicht von ihm nehmen. Emmet verharrte ebenfalls und ließ seinen Gegner nicht aus den Augen. Der Anblick der beiden war schön und gefährlich zugleich. Jeden Moment konnte das Kräftemessen von neuem beginnen, diese Stille zwischen den beiden war zum Zerreißen verdammt. Deshalb sprach ich schnell weiter, bevor es sich Sky anders überlegen konnte: „Ich habe einen kleinen Einblick in die Zukunft erhalten. Luc wird bald zu euch stoßen. Er wird zuerst auf Amalia treffen und sie versuchen zu töten. Luc wird jedoch in einer Gestalt erschienen, welche ihr nicht erahnen könnt und es wird nicht einfach sein, nicht einmal für dich, Sky, ihn aufzuhalten. Ihr werdet uns brauchen." Sky wurde wieder zum Menschen und sprach: „Du unterschätzt mich!" Ich erwiderte ruhig: „Du unterschätzt Luc." Gedanklich setze ich noch *und Will* hinzu. Ich war mir sicher, dass er seine Finger auch hier im Spiel hatte, aber das konnte ich nicht beweisen und beließ die Theorie erst einmal in meinem Kopf. Sky bewegte sich plötzlich und verließ die Gruppe fluchtartig. Amalia atmete erleichtert auf. „Lass uns ein Stück gehen, Emmet und Rita begleiten uns." Ich nickte einwilligend und ich merkte, wie die Anspannung auch mich verließ, wobei ich ihr Kommen in der unruhigen Situation nicht bemerkte.

✳✳✳

„Sky hat jedoch Recht. Die Gruppe ist in der Tat unruhig, schneller gereizt und kampfgierig", sagte Amalia einlenkend. Ich schwieg, aber Emmet fand die richtigen Worte: „Das liegt leider an unserer

Anwesenheit, was wir jedoch nicht beeinflussen können." Ich war ihm unendlich dankbar, dass er sich mit einbezog, obwohl es nur an mir lag, denn ich beeinflusste durch den Göttinnenstatus die Personen um mich herum. Amalia nickte und fuhr fort: „Das ist aber nicht das Problem. Sky ist immer sehr rebellisch, stürmisch und wild und ich kann ihn nicht zügeln, weil meine Tiergestalten gegen seine Tiergestalt wehrlos sind." Ich sah sie zwar fragend an, wusste aber nicht, ob es in Ordnung wäre, eine Frage darüber zu stellen. Amalia lächelte und meinte: „Ja, ganz richtig, ich kann mehr Tiergestalten annehmen, als Sky. Meine Tiergestalten sind ein Bambusgecko, ein Wanderalbatros und der Große Panda, aber diese richten nicht viel gegen einen Tiger aus." Ich musste verwirrt wirken, weil Rita plötzlich meinte: „Meine Tiergestalten sind ein schwarzer Stier, ein Friese und ein Hirsch. Ich bin Ärztin und sie Königin, das ist ein Unterschied zu Sky, der sozusagen keinen besonderen Status in der Gesellschaft hat"

Ich nickte und fasste meinen Gedanken in Worte: „Amalia, du bist ruhig und zurückhaltend aber auch intelligent und deshalb sind deine Tiergestalten so unterschiedlich und doch jeder kein wirklicher Krieger. Und Rita, dich schätze ich als sehr direkt ein und fix, deshalb sind deine Tiergestalten schnell und als Ärztin wirst du oft mit dem Tod konfrontiert, weshalb zwei Tierarten wahrscheinlich schwarzes Fell besitzen, oder?" Amalia und Rita dachten kurz nach und Rita meinte: „Ich habe so darüber noch nicht nachgedacht, aber es wird bestimmt auch eine Rolle spielen." Ich lächelte und fragte: „In welche Tiere können sich die anderen verwandeln?" Amalia übernahm die Antwort: „Dane ist eine Würgeschlange, Lore hat die Tiergestalten Wolf und Delfin und Rawa war, glaube ich, ein Mantelaffe, aber über diese Person brauchen wir uns keine Gedanken mehr machen, denke ich. Viel wichtiger finde ich die Frage, welche Gestalt nimmt Luc an?" Ich blieb stehen und sah Amanda direkt ins Gesicht, als ich sagte: „In der Vision sah ich nur einen gigantischen unbeschreiblichen Schatten, der über dich und Sky fiel. Ihr lagt beide blutend am Waldboden und mehr ist nicht passiert. Aber die Zukunft kann sich noch ändern. Emmet und ich können das Ende verändern, es muss nicht dazu kommen." „Woher willst du wissen, dass es Luc war?" Ich schluckte einmal und sagte dann: „Weil er sagte: nenn mich nicht Luc sondern Lucian."

**

Plötzlich rief die alte Frau in meinem Kopf *Ostara* und mein Blick wendete sich Richtung Wald und blieb dort haften. „Hörst du mir zu, Göttin?", fragte Emmet und stellte sich plötzlich direkt in mein Blickfeld. Ich überlegte krampfhaft, was ich ihm erzählen durfte, damit er mich jetzt allein zu ihr gehen ließ. Doch dann entschloss ich mich anders und sagte: „Ich habe ein Treffen mit einer alten Frau und wenn sie nichts dagegen hat, darfst du dabei sein. Doch stelle keine Fragen, Emmet, weder an mich, noch an die alte Frau." Nun betrachtete mich Emmet fragend und verwirrt mit hochgezogenen Augenbrauen, aber er willigte dann mit einem Schulterzucken und einem Nicken ein. „Solange ich dich beschützen kann", entgegnete er gelassener als ich dachte. Dann ging ich voran, auf den Wald zu und er folgte mir. Ich wusste nicht, wohin mich die alte Frau führen ließ, ich folgte einfach dem Sog, der mich in eine bestimmte Richtung lenkte. Dann bog ich links und mal rechts ab und Emmet folgte mir ruhig. Ich bekam schon kaum noch mit, dass er sich hinter mir befand. Mir fiel auch nicht ein, mir den Weg für die Rückkehr zu merken. Mein Körper und meine Bewegungen kamen mir leicht und mühelos vor, als würde mir das Laufen keine Anstrengung mehr bereiten. Plötzlich kam ich vor einer kleinen gemütlichen Hütte zum Stehen und der Sog war augenblicklich verschwunden. Ohne ein Wort an Emmet zu richten, ging ich auf den Eingang zu und öffnete die winzige Holztür. Wir beide mussten uns bücken, um uns nicht den Kopf anzustoßen. Da ich nicht gerade eine große Person war, wunderte mich das schon etwas, dass die Tür echt niedrig war. Sofort befanden wir uns im Wohnzimmer und gegenüber von der alten Frau, die mit Tee und zwei Tassen an einem kleinen Tisch saß. „Ich werde wohl noch eine Tasse für deinen Begleiter holen", sagte sie und stand auf, um von der Küchenzeile, welche im selben Raum stand, eine weitere Tasse zu nehmen. Ich vergewisserte mich: „Ist es okay, wenn er hier ist? Er möchte lediglich für meine Sicherheit sorgen." Die alte Frau nickte und erwiderte: „Emmet kann auf dich aufpassen, wenn ich bereits gegangen bin. Doch du erinnerst dich noch daran, was wir letztes Mal gesagt haben?" Emmet sah verblüfft aus, als sie seinen Namen aussprach, ohne dass er sich vorgestellt hatte. „Natürlich und ich werde mich weiterhin daran halten." Die alte Frau lächelte und sagte: „Dann setzt euch, Kinder."

Nachdem wir saßen, goss die Frau Tee ein. Währenddessen fragte ich vorsichtig: „Was bedeutete das Wort Ostara?" Ich stellte die Frage, weil ich das Wort selbst nirgendswo nachschlagen konnte. Die alte Frau hielt in ihrer Bewegung kurz inne, doch beendete ihre Handlung des Teeeingießens, ohne dabei zu antworten. Dafür beantwortete mir Emmet die Frage: „Ostara ist die göttliche Frühlingsbotin und ihre Aufgabe ist jedes Jahr gegen die Eisriesen des Winters zu kämpfen, damit der Frühling beginnen kann." Die alte Dame sah ihn forschend an, nickte dann aber nur zustimmend. Ich fühlte mich leicht unwohl in meiner Haut und das spürte Emmet sofort. Er sagte daraufhin: „Ich habe versprochen keine Fragen zu stellen, doch wenn ich dir eine deiner Fragen beantworten kann, dann werde ich das tun." Ich lächelte ihn dankbar an und wendete mich dann der alten Dame zu. „Muss ich noch irgendetwas wissen, bevor es losgeht?", fragte ich sie. Die alte Frau wirkte seelenruhig und sie sagte tiefenentspannt: „Trink deinen Tee, Kind." Erst jetzt merkte ich, dass ich nervös und aufgeregt war. Erleichtert über eine Beschäftigung griff ich zu und trank etwas warmen Tee. Die Tasse in meinen Händen ließ diese nicht weiter zittern und unnütz vorkommen. Emmet hielt sich an seine Aussage, dass er keine Fragen stellen wird, aber mich wunderte es, dass er so entspannt auf dem Sessel sitzen konnte, während er von nichts eine Ahnung hatte. Mich hätte die Situation an seiner Stelle umgebracht. Etwas zu schnell leerte ich die Tasse Tee in freudiger Erregung, dass danach etwas passieren würde, bemerkte aber nebenbei, dass Emmet seine Tasse Tee nicht anrührte. Nachdem ich die leere Tasse weggestellt hatte, beobachtete ich die alte Frau, wie sie den Tasseninhalt erfreut begutachtete und sich alle Zeit der Welt nahm, an ihrem Tee nur zu nippen. Sie bemerkte meinen aufdringlichen Blick und erwiderte: „Tee trinken ist meine Lieblingsbeschäftigung und erfüllt mich immer mit Freude." Ich nickte ihr lächelnd zu und mein Blick wanderte durch den Raum, ohne dass ich mir etwas besonders einprägen wollte, sondern nur um die Zeit totzuschlagen. Ich kam mir schnell unhöflich vor und beließ es. Die alte Frau lachte leise und sagte: „Geduld ist nicht deine Stärke, Kind." Zur Antwort lächelte ich verlegen, denn die Situation brachte mich innerlich zum Wahnsinn. Ich zwang mich die letzten paar Minuten zur Ruhe, bis die alte Frau ihren Tee ausgetrunken hatte und die Tasse auf den Tisch abstellte. Emmet regte sich im nächsten Moment in seinem Sessel und setzte sich aufrecht hin. Meine Nerven waren augenblicklich wieder bis zum Äußersten gespannt, der innere Zwang war dahin und die Unruhe wieder vollständig präsent. Ich musste mich jetzt zwingen nicht tausend Fragen zu stellen und formulierte deshalb nicht einmal eine einzige. Stattdessen biss ich mir auf die Lippe und vergrub die Hände in meinem Schoß. Die alte Frau beobachtete uns ruhig und richtete dann ihre nächsten Worte an mich: „Ich wollte meiner Lieblingsbeschäftigung noch einmal nachgehen, bevor ich meine Ruhe finde. Wenn ich dem Richtigen das Erbe weitergegeben habe versterbe ich sofort. Das wird bei dir nicht anders sein." Ich spürte Emmets Blick, aber ich wandte meine Augen nicht von der alten Frau ab und nickte ihr zu. Die alte Frau seufzte und fuhr fort: „Es gibt einen Haken bei der Sache, den ich dir mitteilen möchte. Mir wurde er damals nicht offenbart." Sofort wurde Emmet unruhig neben mir und ich konnte es nicht lassen ihn anzuschauen. Er hatte seine Muskeln angespannt und er wirkte dem Zerreißen nahe, aber er richtete schnell seinen Blick auf den Holzboden. Die alte Frau redete weiter und mein Blick lag auf ihrem Gesicht als sie sprach: „Das Erbe kappt alle Beziehungen, wahrscheinlich um dem Erben einen objektiven Blick auf sein Ziel zu geben. Deine Vertrauten werden dein Vertrauen neuerlangen und dir stehen mehr Wege offen, als sie dir jetzt schon eröffnet sind.

Deine Lebensdauer bestimmt das Erscheinen des nächsten Erben, zögere nicht davor, denn dies ist nun deine Aufgabe." Emmet verkniff sich die Worte, indem er auf seine Lippe biss. „Woher wussten Sie, dass Emmet mein Vertrauter ist? Nur deshalb darf er doch hier sitzen, oder?" Die alte Frau lächelte scheinheilig und erwiderte: „Das wirst du nach der Vollendung wissen. Du wirst die Welt mit anderen Augen sehen. Du wirst das Leben regelrecht spüren." In dem Moment kam mir ein wichtiger Gedanke und ich fragte gleich: „Wenn das Erbe meine Beziehungen kappt, sind dann meine Erinnerungen auch dahin?"

Die alte Frau schüttelte energisch den Kopf und in mir machte sich Erleichterung breit. Plötzlich stand Emmet stürmisch vom Stuhl auf und marschierte hastig aus dem Haus. Wir zwei Zurückgebliebenen sahen uns fragend an und plötzlich zuckte die alte Frau zusammen. „Ist etwas nicht in Ordnung?", fragte ich sie. Sie schüttelte den Kopf und antwortete: „Emmet lässt seine Wut an einem Baum aus." Dann traf mich plötzlich die Erkenntnis wie ein Schlag ins Gesicht und ich eilte hastig hinaus und rief: „Emmet, lass das bleiben! Was kann der Baum dafür?" Emmet drehte sich, noch immer wutentbrannt, zu mir um und sagte: „Ich kann sehen, dass du dich bereits dafür entschieden hast. Ich werde mich an mein Wort halten, obwohl mir tausend Fragen auf der Zunge liegen. Ich kann nur nicht fassen, wie leicht du damit umgehen kannst." Emmet konnte nicht wissen worum es ging, redete ich mir ein. Seine Wut hingegen war nur seine eigene Tarnung, denn in ihm herrschte Angst und das traf mich erneut unerwartet heftig. Nachdem ich mich wieder rühren konnte, ging ich auf ihn zu und legte meine Hände auf seine Arme, die vor Anspannung leicht zitterten. Sofort entspannte sich Emmet und sah mich ruhig an. Ich war erstaunt, welch positive Wirkung ich auf meinen Krieger hatte und sah ihm ins Gesicht. Er sah mitgenommen und fertig aus. Mit ruhiger Stimme sprach ich nun zu Emmet: „Mein Schutz und meine Sicherheit sind zu deiner Aufgabe geworden. Du würdest mir nicht von der Seite weichen und dafür danke ich dir von Herzen. Und das hier", sagte ich und machte eine ausschweifende Bewegung,

„das ist meine Aufgabe. Das Erbe ist für mich bestimmt, ich kann es fühlen. Das Erbe ist meine Aufgabe und ich werde die Vollendung erreichen. Ich werde dir noch lange erhalten bleiben und deine Aufgabe wird nicht enden, weil ich dich brauche, Emmet." Er lächelte ein bisschen und fragte leise: „Darf ich dich umarmen, Göttin?" Ich nickte und breitete die Arme für ihn aus. In der Umarmung sagte er mir leise ins Ohr: „Dann ist das Erbe von Ostara also deine Aufgabe geworden, wie interessant." Ich war erschrocken und wollte mich von ihm losmachen, aber er hielt mich fest an sich gedrückt und fuhr fort: „Keine Sorge, es bleibt unser kleines Geheimnis. Dachtest du echt, ich würde nicht darauf kommen? Du hast es mir leichtgemacht, ich habe nur eins und eins zusammengezählt." Jetzt lachte er herzlich auf und drückte mich noch einmal an mich, bevor er mich wieder freigab. „Ich weiß doch, dass du nicht dumm bist, Emmet, aber es darf wirklich niemand wissen." Nun nickte er mir ernsthaft zu und ich vertraute ihm.

Die alte Frau rief von der Eingangstür zu uns hinüber: „Wenn ihr da draußen fertig seid, kommt doch wieder ins Haus." Wir mussten schmunzeln und gingen gemeinsam auf das Häuschen zu. Ich lief als Erste ins Haus hinein, bekam aber mit, wie die alte Frau Emmet mit einer Berührung ihrer Hand auf seiner Brust aufhielt ins Haus einzutreten. Auf die Berührung hin verzerrte sich sein Gesicht schmerzhaft und Emmet fasste an die Stelle, wo die alte Frau ihn berührt hatte. Die alte Frau sagte: „Das ist das gut behütetste Geheimnis in der ganzen Geschichte. Wenn ich von deinem Verrat erfahre, steige ich von den ewigen Jagdgründen empor und nehme Rache an dir." Emmet sah erschrocken und leicht verängstigt aus und sagte nur knapp: „Ich schwöre." Diesen Anblick habe ich bei Emmet noch nie gesehen und musste darüber lächeln. Ich ging auf ihn zu, nahm ihm am Handgelenk und meinte spaßig: „Komm herein, ich werde dich vor der alten Frau beschützen, mein kleiner Krieger." Emmet reagierte nicht auf meinen Witz, ließ sich aber hineinführen und so erahnte ich, dass er wirklich Angst vor der alten Frau hatte. Ich betrachtete unauffällig seine Brust und erkannte ein Brandmal an der Stelle, wo die Berührung stattfand. „Du hast meinen Krieger verbrannt?", sagte ich verblüfft. Die alte Frau schüttelte den Kopf und erwiderte: „Ich habe ihm eine bleibende Erinnerung hinterlassen, damit er an seinen Schwur immer erinnert wird." „Das hätte nicht sein müssen." Sie ging nicht weiter darauf ein, stattdessen öffnete sie eine Tür, die zum Schlafzimmer gehörte. „Ich biete dir für den Prozess mein Bett an. Dieser wird dich schwach machen und im Liegen übersteht sich das Ganze besser."

In mir stieg die Anspannung an und ich machte mich auf höllische Schmerzen wegen der Umwandlung bereit, während ich mich in das große Bett fallen ließ. „Du brauchst keine Angst zu haben, Kind", sagte die alte Frau, während sie an das Bett trat. Emmet lehnte sich gegen die Wand und beobachtete uns stillschweigend mit verschränkten Armen vor der Brust. Mein Blick wanderte wieder zu der alten Frau, die mich nun freundlich anlächelte. Ich nickte ihr bereitwillig zu und sagte entschlossen: „Ich bin soweit." Die alte Frau zog ein Messer aus der Tasche und erklärte: „Das Erbe wird durch das Blut weitergegeben, deshalb werde ich dir deine Handflächen aufschlitzen und dann erst meine eigenen. Die Wunden des Erben verheilen schnell, denn dieser darf nicht versterben, bevor das Erbe nicht sicher weitergegeben wurde." Als Antwort hielt ich ihr meine Hände entgegen, verzog vor Schmerz mein Gesicht, als sie das Messer durch meine Handflächen zog und meine Haut aufriss. Danach vollzog sie dasselbe bei sich, drückte danach schnell ihre Hände auf meine Hände und unsere Finger umschlossen sich. Dann sprach sie laut aus: „Ich gebe das Erbe von Ostara freiwillig ab. Ich habe meine Aufgabe erfüllt." Dann verspürte ich einen leichten Druck in meinen Venen, dass etwas in mich hineinfloss. „Merke dir diese Worte, die genaue Wortwiederholung ist nicht notwendig, aber die wichtigen Aspekte müssen vorhanden sein, sonst klappt es nicht. Niemand kann dir das Erbe entreißen, auch wenn er davon weiß, nur du kannst es freiwillig abgeben." Ich nickte nur zur Antwort, denn ich war überwältigt von den frühen Ereignissen. Dann war es für ein paar Sekunden ruhig und der fließende Druck hörte plötzlich auf. Die alte Frau fragte: „Wie fühlst du dich, Joyce?" Ich war erstaunt, dass sie mich nicht mehr Kind nannte. Ich überlegte, wie es mir ging und ich wollte gerade antworten, als ihr Händedruck und ihre Kraft jedoch nachließen, sie mich noch einmal zufrieden anlächelte und dann neben dem Bett zusammenbrach. „Oh mein Gott", stieß ich erschrocken aus. Emmet kam angelaufen und ertastete ihren Puls. Ohne ein Wort ließ er ihre Hand neben dem Körper sinken, denn ich verstand es auch ohne Worte. Er setzte sich an mein Bett und meinte: „Ihr Tod bedeutet, dass du die Vollendung erleben wirst, oder?" Ich ließ mich in die Kissen sinken, atmete einmal tief durch und antwortete: „Ja, ich werde die nächste Erbin sein." Emmet betrachtete mein Gesicht und fragte: „Und, wie fühlst du dich?" Ich sah ihm in die Augen und antwortete: „Mein Körper fühlt sich schwach an, als hätte ich Grippe, eine Magenverstimmung und Muskelkater zugleich, aber alles schmerzfrei." Emmet lächelte mich an und meinte: „Also kannst du nur nicht aufstehen, das klingt doch ganz gut." Ich nickte und fragte dann aus heiterem Himmel: „Emmet, singst du bitte für mich?" Er sah mich verblüfft an, blickte kurz auf seine Hände, lächelte dann und sagte verlegen zu mir, während er mich wieder ansah: „So schön wie du kann ich aber nicht singen." Ich antwortete ruhig: „Das ist mir egal, ich würde dich gern singen hören. Ich fühle mich selbst zu schwach dafür." Er nickte, so wie er mir auch sonst keinen Wunsch abschlagen konnte und überlegte kurz. Dann sang er mir folgendes Lied vor:

I forget the meaning of time
when I leave the ground and fly.
My worries are far away,
my dreams the new reality.
In the air I´m so carefree.
The noise goes sleeping under me.

I fly alone, I fly still, flying through the moon.
Only the stars know me. Oh I´m alone with the blue moon.

Er verstummte plötzlich als er sah, dass meine Augenlieder drohten zuzufallen und fragte: „Was ist los, Göttin?" Ich zwang meine Augen offen zu bleiben, als ich antwortete: „Mich überfällt eine große Müdigkeit. Bitte, geh nicht weg." Emmet erfasste meine Hand, meine Augen fielen unaufhaltsam zu und ich hörte noch, wie er sagte: „Ich bleibe bei dir, Göttin."

***

Ich verharrte an dem Bett, in dem Joyce nun bewusstlos oder schlafend lag und ich würde mich nicht von der Stelle rühren, bis sie wieder aufwachte. Dann würde ich zwar mit neuer Energie ihr Vertrauen zurückerlangen müssen, aber ich würde es schaffen, da war ich mir ganz sicher. Die Erinnerung an mich und an unsere gemeinsame Zeit würde das Ganze erleichtern. Ich betrachtete meine reglose Göttin, ihr unschuldiges Gesicht, ihre Haare, die geschlossenen Augen und ihre Statur doch mir fiel nichts Unverändertes auf, rein äußerlich, sie war immer noch sie selbst.
Plötzlich heulte ein Wolf vor dem Haus auf, ich zuckte zwar vor Schreck zusammen, aber ich ignorierte den Ruf. Dann wurde die Tür des Häuschens aufgerissen, eilige Schritte waren zu hören. Ich stand auf, stellte mich zwischen Joyce und die Tür und wartete kampfbereit auf den Eindringling. Plötzlich stand Lore splitternackt vor mir und ich musste meinen Blick von ihm wenden, war aber froh, dass es nur er war. Er hingegen sprach aufgeregt einfach drauf los, als wäre es für ihn eine normale Situation: „Luc ist gekommen. Ihr müsst uns helfen." Immer noch den Blick abgewandt, fragte ich: „Wo sind deine Klamotten geblieben?" Lore beschwerte sich: „Das ist doch jetzt nebensächlich. Hast du verstanden, was ich gesagt habe?" Ich musste schmunzeln und meinte: „Nein, ist es nicht." Lore stöhnte, verwandelte sich in einen Wolf und knurrte mich dann an. „Schon besser. Jedoch ist Joyce nicht in der Lage zu helfen und ich habe gesagt, dass ich bei ihr bleiben werde", entgegnete ich, wobei ich ihn ansah. Dann verwandelte er sich wieder in einen Menschen und mein Blick fuhr

wieder an die Wand, als er sagte: „Joyce sagte aber auch, dass ihr uns helfen werdet, schon vergessen? Wir brauchen euch!" Er klang wahrlich verzweifelt und ich stand plötzlich zwischen zwei Stühlen, entschied mich dann aber schnell dazu, erst der Gruppe zu helfen und dann zu Joyce zurückzukehren und vielleicht war ich sogar schneller zurück, als sie aufwachen konnte. Ich musste es versuchen.

***

Die Dimension kam mir ohne Joyce nach den paar Stunden, die sie jetzt schon weg war, ziemlich einsam vor. Das Fehlen von Emmet und Joyce veranlasste, dass ich jetzt zwar das Sagen hatte, aber mit den Kriegern des Bösen nichts zu tun haben wollte. Ich wollte nur der Gemahl von Joyce sein und nicht plötzlich einen Haufen Krieger anleiten, der mir nicht einmal vertraute, abgesehen von Rico vielleicht, aber da war ich mir nicht so sicher. Deshalb hoffte ich auf eine Zeit ohne Zwischenfälle, was das Fernbleiben anderer Götter beinhaltete. Ich befand mich im Thron-saal, an der ersten Stufe und starrte noch immer den Thron an, wie jemand, der Fernweh verspürte.
Plötzlich stand ein Mann neben mir, der in einen schwarzen Umhang gekleidet war und eine schwarze Kapuze auf dem Kopf trug. Nachdem ich ihn kurz gemustert hatte, ließ ich meinen Blick wieder zum Thron gleiten. Der Mann sagte mit einer gewissen Anspannung in der Stimme: „Ich möchte zu Joyce, Göttin des Bösen." Ich reagierte nicht und er verstand, was ich ihm ohne Worte sagen wollte. Der Mann erwiderte: „Ich verstehe. Nun wer wird ihr den Brief überreichen?" Nun drehte ich mich ruhig zu dem Mann um und antwortete: „Steht genau vor Ihnen."
Er überreichte mir den Brief, trat dabei in meinen Schatten und war danach augenblicklich verschwunden. Ihm schien die Situation ebenfalls unangenehm gewesen zu sein, beurteilte ich sein schnelles Verschwinden. Das Fernbleiben von anderen Göttern hatte sich damit schon erledigt, aber zum Glück war es nicht Candida

gewesen. Damit war ich wieder allein in dem großen Saal. Das Gewicht des Briefes kam mir in meinen Händen plötzlich schwer vor und ich legte ihn auf die Stufen der Treppe, die zum Thron hinaufführten. Dann erinnerte ich mich wieder an einen schwarzgekleideten Mann, der Joyce vor längerer Zeit nachts aufgesucht hatte. Ob dieser Mann das damals gewesen war? Ich hätte ihn fragen können.

In mir fühlte es sich plötzlich so an, als würde jemand zu einem Schnitt ansetzen, denn ein Ziehen machte sich in mir breit. Als ich zum Thron hinaufsah, kam es mir so vor, als würde er noch weiter entfernt stehen, als es schon der Fall war. Dann dachte ich an Joyce und das Ziehen wurde stärker, ich krümmte mich und hielt mich an einer Stufe fest, damit ich nicht umfiel. Mit Entsetzen wurde mir bewusst, dass es sich um einen psychischen Schnitt handelte, der jedoch physische Schmerzen verursachte. Es dämmerte mir, dass ich Joyce loslassen sollte, dass ich sie freigeben musste. Ein lautloses Reißen, als würde der Schnitt weiter durch mein Inneres gezogen werden, ergriff meinen Körper im innersten Mark und ich schrie vor Schmerz laut auf. Die hohen Wände verstärkten meinen elenden Schrei und dennoch würde mich niemand hören.

Aus welchem Grund auch immer wollte ich ein Lied singen, als könnte das mein Leid mindern. Nur für mich würde ich das Lied jetzt singen, ich sang es nicht für Joyce, niemals wieder würde ich für sie singen.

Ich lass los, ich lass sie jetzt geh´n.
Ich bleib´ steh´n, ich lass sie nun geh´n.
Sie ist frei und ich will nicht seh´n wie glücklich sie ist.
Ich schätze erst die Sonne,
wenn es wieder heftig schneit.
Ich vermisse ihre Wärme,
wenn die Kälte mich zerreißt.

Der innere Schnitt wurde noch länger und ich würde weiter durchhalten müssen. Mit ruhiger Stimme sang ich weiter, als würde mir das Singen Erleichterung verschaffen.

Im Moment des Abschiedes,
spür ich wieder die Liebe,
als wär sie nie gegangen doch es hat kein´ Sinn.
Nur in der Ferne
kann ich Heimweh verspür´n.
Darum muss sie erst fort sein,
damit ich den Schmerz verspür´.

Meine Stimme klang in dem hohen Raum wieder und ich setzte noch mehr Kraft in sie hinein, denn ich war allein und ich würde mich aus dieser Situation heraussingen, wenn das ging.

Sie ist fort, sie ist gegangen.
Sie nahm kein´ Abschied von mir.
Ich muss weiterleben ganz ohne sie.
Ich warte auf die Zukunft
mit ganz viel Ungeduld.
Doch ist sie endlich da,
erinner´ ich mich gern zurück.

Ich spürte, dass die Trennung vollzogen wurde, denn das Ziehen hatte schlagartig aufgehört. Ich erwartete eine tiefe Leere in mir zu spüren, denn außer Joyce hielt mich doch nichts mehr, aber dem war nicht so.

Ich bin allein und ich bin groß.
Ich bin stark und brauch´ keinen Trost.
Sie nahm mir mein Herz doch das stört mich nicht.
Wenn sich eine Tür schließt,
öffnen sich auch mindestens zwei.
Das Leben schreitet fort
und ich entwickel´ mich dabei.

Mit Erstaunen beobachtete ich, dass jeder meiner Schritte eine festgefrorene Eisscholle auf dem Boden bildete. Übermütig rannte ich durch den Raum und begutachtete mein neuentdecktes Talent - meine wirkliche Gabe.

Ich bin ich, doch ich fass es nicht.
Ich bin ohne sie besser dran.
Ich kann, wenn ich will ein Superheld sein.
In mir steckt so vieles,
was mich selbst überrascht.
Ich gebe mich nicht auf,
ich fang jetzt erst richtig an.

Ich konnte mit meinen Händen kleine eisige Winde um mich herum wirbeln lassen und die Temperatur des Raumes sank, umso mehr Eis ich in ihn brachte.

Die Welt ist kalt und ich seh´ nun klar.
Ich habe vergessen wer ich früher war.
Die Vergangenheit spielt keine Rolle mehr.
Ich blicke in die Zukunft,
weil das alles ist was zählt.
Es lohnt sich nicht zu grübeln,
wenn es bereits geschah.

Mit einer einzigen Handbewegung ließ ich die Spuren meiner Gabe verschwinden und alles war wieder wie zuvor. Candida, die Göttin des Guten, hatte augenscheinlich, um die Zukunft für sie positiv zu beeinflussen, meine eigentliche Gabe unterdrückt, hat mich zum Beschützer von Joyce gemacht und ich hatte meine Rolle gut ausgeführt. Nun lagen die Dinge etwas anders. Nachdem ich jetzt von Joyce getrennt wurde, konnte ich meine wahre Gabe erlangen und diese gefiel mir sehr gut.

Mir kam ein Gedanke, ich stürmte aus dem Thronsaal und lief die Flure entlang, bis ich vor der Grenze zwischen den beiden Berei-chen stand. Ich betrachtete die Wand und überlegte kurz, dass ich auf die Erde gelange, wenn ich jetzt hindurch springen würde, denn es hielt mich doch nichts mehr hier an diesem Ort. Ich gehörte hier nicht mehr her und ich war für Joyce jetzt nichts mehr wert. Ich nahm Anlauf und sprang hindurch und fiel, ich raste in den Abgrund, im freien Fall befand ich mich und der Untergrund kam mir rasant näher. Die Zeit schien stehen zu bleiben. Doch plötzlich fing mich jemand in der Luft auf und ein blondhaariger Mann grinste mich an. „Willst du dich umbringen?", fragte er mich. Ich entgegnete ihm: „Nein, ich wollte auf die Erde. Ich heiße übrigens Amon und du?" Der Mann machte große Augen und schaute mich erstaunt an. „Was ist?", fragte ich ihn. Er räusperte sich und erwiderte: „Ich werde dich zu deinem Sohn Jayden bringen. Ich bin sein Bruder, Liam." Jetzt machte ich große Augen und meinte nicht begeistert: „Ein Familientreffen?" Liam schüttelte grinsend den Kopf und sagte: „Nein, Joyce und Emmet sind nicht dabei." In mir stieg Erleichterung auf, obwohl ich mich dafür schämte. Liam setzte mich auf einem grauen Berg ab, inmitten eines grauen Gebirges.

„Hier bin ich der König und du bist mein Gast!", verkündete er begeistert, weshalb ich ihn anschaute, als sei er nicht ganz dicht. Ich konnte jetzt noch nicht sehen, wer hier alles wohnte, denn auf den ersten Blick war es eine Einöde aus Stein, Schmutz und noch mehr Stein.

***

Ich verbrachte den Nachmittag am rauschenden Meer, der Wind wehte sacht und während ich liegend in einer Düne die Zeit verstreichen ließ, als gäbe es kein Morgen, hielt sich die ganze Gruppe am Strand auf. Nach der Vision von Joyce wagte sich keiner, mich aus den Augen zu verlieren, wobei sie mir Gott sei Dank nicht an den Klamotten klebten. Lore und Marlena liefen gerade ins Meer hinein und schwammen um die Wette. Dane saß weiter vorne am Strand und baute gelangweilt eine schiefe Kleckerburg. Rita lief am Wasser auf und ab und badete dabei ihre Füße im Meer. Dann suchte ich den vorderen Strand nach Sky ab, aber fand ihn nirgendwo.

Plötzlich pfiff jemand und ich sah links parallel von mir Sky, der sich eingebuddelt hatte und nur noch sein Kopf aus dem Sand guckte. Er lächelte mich erfreut an, ich lächelte zaghaft zurück und legte meinen Kopf wieder auf den Sand. Während alle anderen irgendeiner Aktivität nachgingen, genoss ich es einfach nur faul und träge herumzuliegen. Aber ein Gedanke kam mir dann doch: Was Emmet und Joyce jetzt wohl machten? Eine Wolke schob sich vor die Sonne und verdeckte genau die Stelle an der ich lag. Sky lachte amüsiert, denn wer den Schaden hatte, brauchte für den Spott nicht zu sorgen, sagte er immer. Ich setzte mich auf und blinzelte Richtung Sonne, aber ich konnte die Wolke nicht wirklich erkennen, es war eher ein schwarzer winziger Fleck am Himmel. Sky schloss wieder die Augen, um sich weiter zu sonnen, konnte sich ein weiteres breites Lächeln aber nicht verkneifen. Dann blickte ich wieder zum Himmel und es kam mir so vor, als wäre der Fleck ein ganz kleines Stück größer geworden. Sicher bildete ich mir das nur ein, dachte ich, mich selbst tadelnd, deshalb sagte ich nichts. Doch je länger ich mir diesen komischen Fleck ansah, denn ich konnte ihn nicht mehr einfach ignorieren, umso merkwürdiger erschien mir dieser Schatten, der nur mich traf. Ich merkte Stück für Stück sogar, dass dieser schwarze Fleck sehr sicher immer größer wurde. Eine unerklärliche Furcht ergriff mich und ich sagte laut: „Ich möchte jetzt gehen!" Sky lachte mich mal wieder aus und meinte: „Du kannst dich bewegen, Amal, dann sitzt du auch wieder in der Sonne." Rita kam auf mich zugelaufen und fragte: „Wieso hast du es jetzt so eilig?" Ich zeigte nach oben auf das schwarze Etwas. Rita und Sky blickten nach oben und während Sky wieder laut auflachte, sagte Rita ruhig: „Es sieht aus wie ein Vogelding, welches dort oben fliegt. Irgendein Humananimalist, mach dir keine Sorgen. Sky, es reicht wirklich!"

Das Lachen von Sky verstummte, aber sein breites Lächeln blieb. Ich musste mir innerlich eingestehen, dass es wirklich danach aussah und ich war wütend auf mich selbst. Ich konnte sehen, wie die restlichen Mitglieder der Gruppe zu uns gelaufen kamen und ich hatte keine Lust meine Dummheit allen noch einmal zu erläutern und stand abrupt auf. Für mich war der Tag am Strand beendet, auch weil die Sonne verdunkelt war und ich lief los. Es würden mir eh alle folgen, da war ich mir sicher und deshalb sah ich mich vor Frust nicht weiter um.

Plötzlich rief Sky ernst: „Stopp Amalia!" Seit wann rief mich Sky bei meinem vollen Namen? Für ihn und Lore war ich schon immer Amal gewesen und nur die anderen nannten mich Amalia. Ich blieb stehen, drehte mich zu ihm um und schrie: „Wieso, damit du mich weiter auslachen kannst, oder wieder damit beginnst, dass ich schwach bin und du der starke und unaufhaltsame Tiger? Meinst du deine Art und Weise würde mich kalt lassen?" Seine Gesichtszüge wurden hart und ernst, aber er sagte nur: „Nein, wegen dem Schatten, der dich verfolgt." Ich verstand seine Worte nicht, drehte mich nur aufgebracht von ihm weg und ging weiter, wobei ich jedoch auf den Boden starrte. Ich befand mich im Schatten, doch wenn ich nur zwei Meter weiterlaufen würde, dann käme ich aus dem Schatten heraus. Während ich nun schnell lief, merkte ich jedoch, dass ich dem Schattenende nicht nahekam und schrie erschrocken auf. Der Schatten schwebte tatsächlich genau über mir. Sky kam angelaufen und sagte: „Was habe ich dir gesagt? Sei einmal nicht wütend auf mich und lass uns hier verschwinden. Der Schatten ist merkwürdig." Die Gruppe hatte aufgeholt und wir verfielen in ein Lauftempo. Auf eine Entschuldigung von Sky würde ich nicht warten, denn diese Hoffnung hatte ich vor langer Zeit aufgegeben. Während wir rannten konnte ich erkennen, dass der Schatten schnell an Größe zunahm. Lore rief: „Marlena und ich suchen getrennt nach Emmet und Joyce." Marlena nickte und Lore verwandelte sich augenblicklich in einen Wolf und beide trennten sich von der Gruppe ab. Die zwei hatten nicht auf mein Einverständnis gewartet und somit fühlte ich mich plötzlich entmachtet. Hatte ich jetzt nichts mehr zu sagen? Ich war eigentlich nicht nur Gruppenanführerin, sondern auch Königin der Humananimalisten, aber im Moment kam ich mir furchtbar nutzlos vor. Rita, Sky und Dane liefen mit mir gemeinsam einen Bach entlang, der später ins Meer mündete, woher wir gerade kamen und wir befanden uns nun auf einer großen Wiese. Bis zum nächsten Wald wäre es jedoch noch ein ganzes Stück zu laufen. Ich wusste, wir würden den Wald nicht mehr erreichen und ich wollte jetzt dem Schrecken ins Auge blicken. Abrupt blieb ich stehen und drehte mich zu dem schattenwerfenden Ding um. Die anderen blieben stolpernd stehen und Rita rief: „Bist du verrückt?" Ja, dachte ich, ich bin verrückt genug, um jetzt stehen zu bleiben und ich sah ihn. Er war bereits erstaunlich nah, so wie ich es mir gedacht hatte. Er besaß einen kräftigen Körper mit Fell, einen Löwenschwanz, majestätische Vogelschwingen, stämmige Hinterbeine vom Löwen, die Vorderbeine und sein Kopf waren vom Adler. Er hatte dieselben scharfen Augen und seine Adlerskrallen besaßen die Größe von Ochsenhörnern. Wie in der Vision warf er seinen gigantischen Schatten auf mich und ich wusste, dass es Luc sein musste. Zusätzlich wusste ich, dass er ein Greif war und genau auf mich zusteuerte. Was sollte ich tun, wie blieben wir am Leben?

***

Das helle und warme Sonnenlicht in meiner Umgebung nahm ich bereits durch meine geschlossenen Augen wahr. Es schien mich zu wecken, mir neues Leben einzuhauchen. Der Untergrund, auf dem ich lag, fühlte sich weich an und die Luft war gefüllt mit Sauerstoff. Voller Vorfreude schlug ich lächelnd die Augen auf und ich erkannte die Umgebung des Schlafzimmers wieder. Ich sah ebenfalls, dass das Licht von mir ausging und langsam erlosch. Mit dem Gedanken, dass ich die Sonne war, sprang ich gut gelaunt aus dem Bett und es zog mich nach draußen. Kaum hatte ich den Waldboden betreten, kam mir das Gefühl, dass ich auf etwas Lebendigem stand. Der Boden bewegte sich fast unmerklich, wie eine geschlossene Einheit, in eine bestimmte Richtung. Die Luft war erfüllt von verschiedenen Düften, die ich noch nicht auseinanderhalten konnte. Als dann mein Blick auf die Bäume traf, konnte ich das

Leben in ihnen sehen. Die Leitungsbahnen des Lebenssafts führten überall hin und ich konnte selbst das Wurzelausmaß dadurch sehen, welches sich unter der Erde erstreckte. Ich war begeistert darüber, dass ich durch das Erbe das lebendige Leben sehen konnte. Fasziniert lief ich langsam durch den Wald und sah mir alles genau an und erkannte erst das Ziel meines Weges, als ich das Objekt, welches mich magisch anzog, gefunden hatte.

Ich stand auf einer Lichtung mitten im Wald und blickte hinauf zum Himmel. Weit über mir in der Luft schwebten verschwommen die Farben lila, schwarz und beige, als würde ein Ölfilm auf dem Wasser aufliegen. Die Farben erschienen mir zu weit, um sie berühren zu können und doch näher als der Mond, wenn er nachts am Himmel stand. Ich rannte plötzlich los, so schnell ich konnte. Ich wollte raus aus dem Wald und mir die Farben in voller Größe ansehen, ich wollte wissen, was die Farben zu bedeuten hatten, die ich vorher nicht sah. Fast atemlos erreichte ich mein Ziel und stand auf der Wiese dicht am Waldesrand und schaute nach oben. Mein Mund klappte auf, als ich am Himmel die Form erkannte, die die Farben darstellten: es handelte sich um eine Krone mit mehreren Zacken. Meine Gedanken überschlugen sich förmlich, als mir einfiel, dass Könige und Herrscher Kronen trugen, wenn sie ihr Reich mit einem Thron regierten. Ich konnte mir vorstellen, dass jede Zacke symbolisch für zwei gegensätzliche Kräfte stand, aber welche Bedeutung hatten die Farben?

Mein Blick fiel erneut auf einen Baum, welcher unterschiedliche Grüntöne und weiß als Farbe besaß. Doch plötzlich hörte ich Emmet in der Ferne rufen: „Bleib weg von ihr!" und ich zuckte kurz zusammen. Er meinte nicht mich. Mein Blick fiel auf die Szenerie, die sich jetzt in der Mitte der Wiese abspielte. Emmet, Marlena und Lore trafen gerade bei Amalia, Rita und Sky ein, welche sich gegenüber von einem Greif befanden. Mein Blick fokussierte sich jetzt auf den Greif, der wahrscheinlich Luc war. Seine Farben waren schwarz und lila, ähnlich wie die Dimensionen, wobei die anderen Personen weiß, beige und gelb strahlten, ähnlich wie die Bäume grün und weiß leuchteten. Durch den Vergleich wurde mir klar, dass die lebendigen Wesen hellere Farben besaßen, als die unbelebten Dinge. Schwarz ordnete ich der Bedeutung unbelebt und Tod zu, doch um zu funktionieren bräuchte das Unbelebte Magie, wobei ich der Magie die Farbe Lila zuordnete. Das würde zusätzlich zu den Dimensionen passen, denn diese existierten ebenfalls nur durch Magie. Grün und Gelb waren wahrscheinlich die spezifischen Farben für Pflanzen und Menschen, worüber ich mir weiter auch keine Gedanken machte. Viel interessanter fand ich die Überlegung, dass Weiß, der Gegensatz für Schwarz, dann für das Leben stehen musste. In den Dimensionen kam aber nur die Farbe beige vor, nicht weiß und gelb getrennt. Beige musste dadurch entstehen, dass Gelb dort oben nicht existierte, weil es dort oben keine lebendigen Menschen gab, man kam schließlich nur nach seinem eigenen Tod dort oben hin. Des Weiteren war das Weiß, was auch für Lebendigkeit stand, in ein Beige übergewandert, weil die Wesen dort oben existierten, aber von leben konnte ich nicht unbedingt sprechen. Ich war sehr zufrieden über meine Erkundung.

Ich hörte erst jetzt die Kampfgeräusche, weil ich zuvor zu sehr in meinen Gedanken versunken war und mein Blick kehrte auf die Wiese zurück. Emmet flog und schwang aus der Luft sein Schwert, wobei die anderen in ihrer Tiergestalt vom Boden aus Luc, den Greif, attackierten. Entschlossen sprintete ich los, um ihnen zu helfen, weil es doch meine Freunde waren, wobei das helle und warme Licht um mich herum leicht aufleuchtete. Ich kam den Kämpfenden näher und Luc bemerkte mich vor allen anderen. Sein Blick huschte mehrfach zu mir, wobei er sich gleichzeitig zurückzog und bevor ich zu den anderen stoßen konnte, nahm er Reißaus und flog schnell davon. Die Blicke lagen nun auf mir, als ich mein Tempo verlangsamte und bei der Gruppe stand. Niemandem war etwas passiert, was mich beruhigte. Emmet trat an meine Seite und wollte gerade etwas sagen, doch ich hob schnell die Hand. Ich wollte keine Entschuldigung von ihm hören, dafür, dass er sein Versprechen brach und nicht bis zu meinem Erwachen am Bett wartete. Er biss sich auf die Lippen, damit die Worte nicht doch ausgesprochen wurden und seine Körperhaltung sackte etwas in sich

zusammen. Lore sagte schnell: „Es war wegen mir, ich holte ihn zur Hilfe." Ich sah ihn lange ernst an, wobei ich nichts wörtlich erwiderte. Ich konnte die Situation, in der sich Emmet befand, sehr gut verstehen, aber dennoch hatte er mich mit seiner Entscheidung im Stich gelassen, denn er entschied sich gegen mich. Plötzlich wurde mir bewusst, dass ich mich deswegen nicht traurig fühlte, im Gegensatz, ich fühlte nichts. War es mir tatsächlich egal? Ich wandte mich an Emmet und sagte: „Ich denke, wir werden gehen." Emmet antwortete: „Jawohl Göttin." Ich schüttelte den Kopf und erwiderte: „Nenn mich nicht mehr Göttin. Joyce reicht vollkommen aus." Amalia trat einen Schritt vor und sagte: „Danke für eure Hilfe. Werdet ihr wieder in die Dimensionen aufbrechen?" Ich nickte nur zur Antwort. Amalia fuhr fort: „Joyce, ich hoffe das war nicht dein letzter Besuch auf Erden und ich kann dir meine Dankbarkeit zeigen, indem ich dir etwas Gutes tue." Ich lächelte zaghaft und antwortete: „Ich werde in unserer Zeitrechnung schon sehr bald wiederkommen. Es wird mir eine Ehre sein, dich wieder zu sehen Amalia, Königin der Humananimalisten."
Emmet schaute zwar überrascht, aber er sagte nichts. Amalia sprach: „Viel Erfolg." Ich lächelte ihr dankbar zu. Dann fragte ich Emmet: „Worauf wartest du noch? Flieg los, ich werde dich schon einholen." Emmet nickte und lief los, um schwungvoll in den Himmel zu gleiten und er gewann stetig an Höhe. Ich wandte mich noch einmal an Amalia und sagte leise: „Wenn ich wiederkomme, wird es die Dimensionen nicht mehr geben." Amalia schaute mich überrascht an. Dann verschwand auch ich vom Erdboden.

***

Ich fand mich sitzend auf dem Thron wieder und schaute in den leeren, großen und kahlen Saal, der sich vor mir bis zur großen Flügeltür erstreckte. Ich war zwar wieder zurück, doch ich hatte das Gefühl, eben von Zuhause weggegangen zu sein. Hier gehörte ich nicht her, dass wusste ich bereits. Nur hier war ich die Göttin des Bösen, aber Göttin zu sein, war nie mein Wunsch. Ich musste das ändern, ich musste eine neue Ära einleiten und ich war entschlossen, das hinzubekommen. Endlich erhob ich mich aus dem großen Thron, der mir etwas zu hart und unbequem erschien.

Als ich nun dastand, fiel mein Blick auf etwas Weißes, was am Ende der letzten Stufen lag. Neugierig stieg ich die vielen Treppenstufen herab und hob dann misstrauisch den Brief auf. Welche Unannehmlichkeit flog schon wieder herein? Widerwillig riss ich den Briefumschlag auf, denn es blieb mir nichts anderes übrig, als den Brief zu lesen. Zu meiner Verwunderung handelte es sich um einen Ball der Götter, zu dem der Gemahl herzlich eingeladen war. Bei dem Wort Gemahl dachte ich zum ersten Mal, seit ich die Dimension betreten hatte, an Amon. Plötzlich schwang die Flügeltür auf, Emmet stand im Rahmen und verbeugte sich tief.

Ich schenkte ihm keine Beachtung, ließ stattdessen den Brief fallen, rannte an einem verblüfften Emmet vorbei und rief: „Amon! Amon!". Ich lief alle Zimmer ab und kehrte dann, ohne Amon angetroffen zu haben, zurück zum Thronsaal. Emmet stand am Absatz der Treppe und hatte den Brief in der Hand. Ich sagte neutral zu Emmet: „Ich konnte Amon nicht finden." Emmet sah mich finster an und sagte ernst: „Was ist nur los mit dir? Amon und ich haben einen Fehler gemacht und ich sehe das auch vollkommen ein, das war nicht richtig. Wir haben beide versprochen auf dich an einer bestimmten Stelle zu warten und haben es beide nicht getan. Nun kommt aber hinzu, dass Amon, dein geliebter Gemahl, überhaupt nicht in der Dimension ist, was auch eigentlich unmöglich ist und du erzählst mir das, als würden wir über das Wetter reden, was auf der Erde herrscht und uns hier oben nicht betrifft. Du kannst mir gegenüber deine Gefühle getrost zeigen."

Ich überlegte, welche Gefühle er meinte, die ich angeblich nicht zeigte. Natürlich würde ich meine Gefühle zeigen, wenn ich welche hätte. Plötzlich wurde mir eins schlagartig bewusst und ich schaute Emmet mit leicht geöffnetem Mund an. „Was ist denn?", fragte Emmet besorgt. „Ich habe Partytüte verloren." Emmet verzog das Gesicht, mit einer kurzen Erleichterung darin und fragte verwirrt, weil er die Ernsthaftigkeit nicht verstand: „Was? Wen?"

Ich schüttelte den Kopf, um meine Gedanken zu ordnen. Dann begann ich zu erklären: „Als ich Amon in der Dimension Identität und Diffusion gesucht habe, hat sich meine Persönlichkeit in zwei Teile halbiert. Amon gab den beiden Namen, damit er sie auseinanderhalten konnte. Partytüte war verspielt, kindlich und beinhaltete alle meine Gefühle, hingegen Miesepeter logische Schlüsse ziehen konnte, mein Genie war, weil sie nicht durch die Gefühle beeinflusst wurde, sie war aber ernst und ruhig. Ich konnte vor unserem Aufenthalt auf der Erde zwischen beiden Persönlichkeitshälften hin und her wechseln, aber das geht jetzt nicht." Emmet erwiderte ungläubig: „Du willst mir jetzt wirklich sagen, dass du durch das Erbe deine Gefühle verloren hast?" Ich nickte wehmütig und sagte: „Wahrscheinlich. Der Erbin wurden die Beziehungen gekappt, damit sie sich auf ihr Ziel konzentrieren kann. Warum sollte das nicht auch auf eine gestörte Persönlichkeit zutreffen? Das Erbe hat sich vielleicht eine Persönlichkeitshälfte ausgesucht und diese zur vollwertigen Persönlichkeit gemacht, hingegen die andere gelöscht wurde." Emmet schüttelte den Kopf und sprach schnell: „Das ist eine Theorie, mehr nicht!" Ich antwortete etwas lauter: „Aber Emmet, das kann doch sein! Wenn das mein Schicksal ist, nie wieder etwas zu fühlen, dann werde ich das auf mich nehmen." Emmet streckte den Finger aus und schrie fast: „Wage es nicht, so etwas nur zu denken! Jedes Wesen fühlt und das trifft auch auf dich zu. Was soll das eigentlich für ein Ziel sein, wovon du sprichst?" Ich würde es ihm nicht sagen, ich schob das allgemeine Ziel der Erbin vor und sagte deshalb kurzerhand: „Ich muss gegen die Eisriesen kämpfen!" Emmet lachte kurz verächtlich auf und erwiderte: „Okay Joyce, dann sag es mir eben nicht!"
Meine Hitze versickerte schlagartig und ich schaute ihn erschrocken an. Emmet beruhigte sich auch allmählich und sagte mit dem Blick abgewandt und halb am Gehen: „Der Ball der Götter ist heute Nacht und ich werde dich begleiten." Ich wollte protestieren aber er sprach einfach weiter: „Ich weiß, was du jetzt sagen würdest. Ich werde dich aber begleiten, weil ich der Einzige bin, den du noch hast."

Mit den Worten verließ er den Thronsaal. Ich war allein in dem riesigen Saal und ich fühlte immer noch nichts, was mir eigentlich Angst einjagen sollte, aber Angst war ein Gefühl.

***

Emmet hatte für den Abend einen dunkelblauen Anzug mit hellblauer Krawatte angezogen und trug dazu matte Lederschuhe. Bei seinem Anblick hielt ich kurz inne, denn ich hatte ihn so noch nie gesehen und war echt überrascht, wie gut ihm ein farbiger Anzug stand. Auch mich begutachteten seine Augen etwas länger als nötig. Ich hatte ein enges, langes, figurbetontes und schwarzes Seidenkleid an, welches einen Spalt an der Seite hatte, wodurch mein linker Oberschenkel etwas sichtbar war und am Rücken war ebenfalls ein freier Spalt zu sehen. Dazu trug ich silberne Sandaletten und zwei silberne Armreifen an der rechten Hand.

Bevor wir jedoch am Rand der Tanzfläche standen, redete ich mich am Eingang um Kopf und Kragen und zählte alle positiven Gründe auf, weshalb Emmet mit mir auf den Ball gehen musste. Dabei ließ ich den Türsteher Hassan nicht zu Wort kommen, so dass er am Ende überrascht dreinschaute und uns beide passieren ließ. Emmet war ebenfalls sprachlos von meiner Rede und lächelte noch eine Weile verschmitzt vor sich hin. Eigentlich hatte ich Angst vor Hassan, aber wenn mich das Gefühl nicht bremste, dann musste ich meine Redegewandtheit ausnutzen und ich hatte Erfolg.

Wir standen nun etwas deplatziert am Rand und begrüßten Personen, die an uns vorbeigingen, auch wenn wir sie nicht kannten. Unter den fremden Gesichtern erkannte ich Mirisis, welche ich freundlicher begrüßte. Daraufhin kam sie auf uns zu und sagte: „Guten Abend. Darf ich mir eine Frage erlauben, Göttin des Bösen?" Ich nickte zustimmend und sie fuhr fort: „Ist dein Kind wohl auf? Ist es ein Junge geworden?" Ich begutachtete kurz ihren Begleiter und antwortete: „Zweifelst du an deiner Begabung, Göttin Mirisis?" Diese lächelte verlegen und erwiderte: „Nein, natürlich nicht, nur reine Angewohnheit." Ich lächelte aufgesetzt zurück und erwiderte: „Danke der Nachfrage, Jayden ist wohlauf."

Dann kam eine freudig strahlende Yasmin angelaufen und gesellte sich zu uns, woraufhin sie ungehalten sprach: „Dein Sohn heißt Jayden? Was für ein schöner Name, wirklich. Ich hoffe, dass ich auch ein Kind bekommen werde und dann überschütte ich es mit Liebe und Freude."

Ich lächelte sie freundlich an, wobei mir das Getue der beiden Damen gerade gegen den Strich ging. In dem Moment wurde Musik gespielt und Emmet nahm die Gelegenheit, zu meiner Erleichterung, sofort auf und fragte mich: „Willst du tanzen, Göttin?" Ich nickte ihm dankend zu und wir verließen die kleine Ansammlung von Personen und begaben uns auf die Tanzfläche. Während wir tanzten, flüsterte mir Emmet ins Ohr: „Ich werde dich heute Abend wieder Göttin nennen, wenn wir den Abend überleben wollen." Ich nickte und antwortete: „Ich hoffe wir überleben diesen Abend wirklich." Emmet lächelte und erwiderte: „Das klingt nach einer spannenden Nacht. Ich denke, danach habe ich etwas gut bei dir." Ich nickte und er zog mich lächelnd noch fester an sich. Plötzlich räusperte sich jemand neben uns und wir fuhren erschrocken auseinander. Neben uns stand Ker, die Göttin des Todes und schaute ernst drein, während sie fragte: „Darf ich um einen Tanz bitten, Göttin Joyce?" Ich war überrascht, sah dabei zu Emmet, der sich durch eine tiefe Verbeugung bei mir verabschiedete und sich an den Rand der Tanzfläche verzog. „Sehr gern, Göttin Ker", sagte ich einwilligend, obwohl mir leicht flau im Magen war, mit dem Tod persönlich zu tanzen. Ker packte mich, als wäre sie der Mann, was auch zu ihrem Hosenanzug gut passte und der Tanz begann. Ich konnte es nicht lassen, nachzufragen: „Weshalb tanzen sie nicht mit einem Mann ihrer Wahl, verehrteste Ker?" Und plötzlich sah ich sie das erste Mal lächeln, wobei ihr hartes und kantiges Kinn etwas weiblich wirkte. „Ich berühre niemals einen Mann, außer ich soll ihn töten." Ich war verblüfft und erwiderte nur: „Interessant." Das Lächeln von Ker erstarb, aber sie wirkte dennoch gut gelaunt, als sie sagte: „Jeder hat doch seine Eigenarten, oder nicht? Göttin Yasmin ist immer gutgelaunt, ist dir das noch nicht aufgefallen? Gott Finley tut immer so, als müsste er ein großes Geheimnis vor jedem hüten, oder bilde ich mir das nur ein?"

Gedankenabwesend nickte ich ihr nur zu, wobei das Gespräch beendet war. Nachdem das Lied endete und Ker den Tanz auflöste, küsste mich Ker, bevor sie ging, auf meinen Handrücken. Als sie von dannen ging, war ich erleichtert, als Emmet gleich darauf wieder zu mir kam. „Wie war der Tanz mit einer anderen Göttin, Göttin Joyce?", dabei konnte er sich das Lächeln nicht verkneifen. „Frag bitte nicht, Emmet. Ich kann nur sagen, dass es ungewohnt war. Ist nicht jede Situation durch prägnante Gefühle erst im Gehirn speicherbar? Auf den Verzicht dieser Erinnerung wäre ich in der Tat nicht böse, doch hat mich das kurze Gespräch zum Nachdenken gebracht." Ich schlang meine Arme um seinen Hals, woraufhin er seine Hände locker auf meine Taille legte. „Ich hoffe sehr, dass keiner der anderen Götter noch auf die Idee kommt, mit dir tanzen zu wollen. Ich werde sonst unangenehm", sagte Emmet leise zu mir gewandt und lachte herzlich. Ich schmiegte mich enger an ihn und atmete seinen Duft ein, der mir von früher sehr vertraut war. Ich hatte schon so viel mit ihm erlebt, ich konnte mich auch noch an alles erinnern, aber irgendwie kam er mir dennoch sehr entfernt vor.

***

Als ich Jayden zum ersten Mal sah, erkannte ich die verblüffende Ähnlichkeit zu mir, von Joyce hatte er nur wenig abbekommen. Auf den ersten Blick verliebte ich mich in den kleinen Jungen und machte mir ihn zur Aufgabe. Ich wollte ihm alles beibringen und immer für ihn da sein. Ich nannte ihn liebevoll Jay und ich war für ihn einfach nur Papa, aber das erfüllte mich mit Liebe. Schon sehr bald zeigte ich ihm, dass ich das Eis kontrollieren konnte, aber er vertraute sich mir nicht an, was mich leicht enttäuschte. Wir lebten in den Bergen bei seinem Bruder Liam, König der Di-Wesen und seiner Gefolgschaft. Liam ähnelte dagegen Emmet und Joyce gleich viel, wollte von ihnen im Moment aber genauso viel wissen wie ich. Nur Jay fragte ab und zu nach seiner Mutter, aber ich wusste keine vernünftige Antwort, wenn er fragte, wann sie ihn mal besuchen kommt. Liam hingegen erwiderte häufig, dass er ohne sie besser dran wäre.

Eines Tages kreuzte Will mit einem Greif bei uns auf und bat um ein privates Gespräch mit Liam. Dieses Gespräch zog sich über Stunden hinweg und als er ohne ein Wort aufbrach, dämmerte es bereits zur Nacht. Liam schaute ihm ernst hinterher und meinte dann: „Er ist nun unser Verbündeter. Er sprach von schlechten Zeiten und das schon sehr bald." Daraufhin nahm ich meinen Sohn fest in den Arm und erwiderte: „Sollen diese Zeiten doch kommen, denn wir sind stark." Doch weitere Informationen gab Liam aus diesem Gespräch nicht preis und mir blieb nichts anderes übrig als zu warten. Warten auf ein Ereignis, dass sicher etwas mit Joyce zu tun hatte.

***

Während Emmet und ich friedvoll tanzten und uns körperlich näherkamen, wurde plötzlich die Musik unterbrochen und das Licht auf eine Tribüne gerichtet. Verlegen trennten sich unsere Körper wieder voneinander und wir schauten hoch zur Tribüne, wie alle anderen auch, auf der nun ein Mann stand und eine Rede hielt. Ich konnte der Rede nicht folgen, weil mein Kopf arbeitete seitdem ich diese Tribüne erblickte. Ich entdeckte in der Wand eine Öffnung mit einer Treppe, die womöglich zu dieser Tribüne führte. Ich realisierte, dass sonst kein weiterer Weg nach dort oben führte und ich schmiedete gedanklich die erste Hälfte meines Plans zur Umsetzung meines Zieles.

Danach trat ich ganz dicht zu Emmet und flüsterte ihm ins Ohr: „Nachdem der Mann dort oben fertig ist, möchte ich ebenfalls eine Rede halten. Deine Aufgabe wird es sein, dort unten an der Treppe zu stehen und niemanden zu mir nach oben zu lassen, egal was passiert. Ich möchte nicht unterbrochen werden und wenn du dafür deine Waffe brauchst, ist das in Ordnung." Emmet machte zwar große Augen, nickte dann aber zustimmend. Er nahm meine Hand, drückte diese einmal fest und lächelte mir zu. Diese kleine Geste gab mir viel Mut und versicherte mir seine Zustimmung, in allem was ich heute Nacht tun werde. Gemeinsam gingen wir langsam durch die Menge zu dieser Öffnung und warteten dort, bis der Mann seine Rede über die großen Götter und ihren Verdienst beendet hatte.

Als der Mann die Treppe hinunterkam, wollte er mich zuerst nicht nach oben lassen, aber ich konnte ihn überzeugen, dass ich ebenfalls eine Rede vorbereitet hatte. Der gutgelaunte Mann willigte schnell ein und ließ mich vorbei, woraufhin er sich in die Menge stellte und Emmet wie besprochen am Treppenabsatz Stellung nahm. Von den Blicken geschützt, gab ich Emmet schnell einen Kuss auf die Wange und marschierte empor zur Tribüne. Ich wollte keine große Abschiedsszene, falls dies einem von uns das Leben kosten sollte, denn ich glaubte an ein glückliches Ende und Abschiede konnte ich sowieso nicht ausstehen. Auf der Tribüne angekommen musste ich winken, damit mich ein Mann, der für das Licht zuständig war, sah und den Scheinwerfer für die Tribüne erneut anschaltete. Dort stand ich nun, über allen anderen, die mir nun zuhörten. Es wurde still im Raum und bei mir stieg leicht die Anspannung, doch ich fand eine ruhige Stimme als ich schließlich sprach: „Willkommen liebe Götter und dessen Begleiter zu diesem wunderschönen Abend, der in die Geschichte eingehen wird. Sie werden sich sicher noch lange an diesen unvergesslichen Abend erinnern, an die Musik, an seine Gäste, an Speise, Trank und an mich. Ich weile unter euch noch nicht lange, deshalb möchte ich in meiner Rede persönliche Grüße einbeziehen und besondere Gäste beglücken, welche meinem Bekanntenkreis angehören."

Ich legte eine kleine Pause ein, in der ich mich lächelnd umsah. Die Menge schaute interessiert und ruhig zu mir empor, so dass ich mit gutem Gewissen fortfuhr: „Liebe Göttin Yasmin, ich wollte dir danken, dass du mir geholfen hast, meinen Gemahl zu finden, als er in einer anderen Dimension verschollen war. Du bist mir, als eine Frohnatur, sehr ans Herz gewachsen, wobei einmal dachte ich, du hättest Angst vor einer Depression oder dem Wahnsinn und pochst deshalb auf die Fröhlichkeit, aber deine gute Laune ist ansteckend."

Es funktionierte und ich machte sofort weiter, bevor jemand etwas merkte. „Des Weiteren möchte ich mich in meiner Rede an die Göttin Mirisis wenden. Liebe Mirisis, danke, dass ich dich kennen lernen durfte. Ich finde, du bist eine starke und unabhängige Frau, welche mehr Selbstbewusstsein in sich haben kann. Vertraue auf deine Gabe und habe keine Angst vor einer falschen Prognose."

Perfekt und weiter: „Nun zu dir, Göttin Ker. Ich habe vorhin mit dir getanzt und ich fand dies auch gut, aber mit einem Mann macht das viel mehr Spaß, kann ich dir versichern. Vielleicht findest du dadurch auch deine wahre große Liebe, trau dich, nur so ein Tipp am Rande", sagte ich und lächelte, wobei leises Gelächter auch im Publikum zu hören war.

Es hatte funktioniert, aber plötzlich bewegte sich Ker in Richtung Treppenöffnung und mir wurde ganz anders. Ich zwang mich zum Weitermachen und fuhr mit fester Stimme weiter: „Ich komme nun zu Göttin Candida, meiner Widersacherin, obwohl sie sehr nett sein kann. Ich möchte ein kleines und niedliches Geheimnis preisgeben, wobei ich darauf nur kam, weil du dich versprochen hast. Du sagtest zu mir, dass Hassan seine Aufgabe sehr ernst nimmt, aber er sei ein Lieber. Woher weißt du, dass Hassan, der muskulöse Türsteher, ein lieber Kerl ist, wenn zwischen euch nicht ein bisschen mehr wäre. Bitte halte deine Liebschaften nächstes Mal fern von mir, danke." Ich lächelte in die Runde, auch dieses Mal funktionierte es und ich entdeckte gleichzeitig Ker, die versuchte, an Emmet vorbei zu kommen. Ich musste weitermachen und sprach: „Den Letzten, den ich grüßen möchte, ist Gott Finley. Eigentlich könnte ich auch Vater sagen, aber das möchte er nicht."

Plötzlich rief Finley empor: „Hey, was machst du da?" Ich lächelte und erwiderte: „Ich habe eben meine persönliche Rede gehalten. Ich habe geschickt die Schwächen der genannten Götter in eine

Lobesrede eingebunden und nun besitze ich sehr viel Macht. Das habe ich gemacht, Vater. Danke für eure Aufmerksamkeit."

Während ich sprach, wurde das Gemurmel in der Menge lauter und die Götter sahen sich einander an, aber noch rannte niemand auf die Öffnung zu, wofür ich dankbar war. Ich setzte noch einmal an: „Keine Sorge, ich möchte nicht die Bereiche der einzelnen Götter regieren und auf mehreren Thronen sitzen, das wäre auch nicht möglich und umsetzbar. Ich habe andere Pläne." Die Götter, auch Ker, sahen nun alle ruhig und gefasst zu mir und erwarteten eine Offenlegung meines Plans. Ich hatte mit aufgebrachten, herumlaufenden und erbosten Göttern gerechnet, die alle meinen Tod sehen wollten, aber das würde wahrscheinlich noch kommen, wenn ich fertig war. Ich beschloss, dass nun die Zeit gekommen war und fasste mit beiden Händen an die massive Steinbrüstung der Tribüne und schloss die Augen. Kleine, pflanzlich und magisch zugleich und sehr stabile Wurzeln bohrten sich, aus meinen Händen kommend, durch den Stein der Tribüne, hin zur Wand und übergehend zum Boden, was ein leichtes Beben erzeugte und daraufhin alle erschrocken die Luft anhielten. Ich konnte schnelle Schritte hören, die sich entfernten und aufgebrachte Rufe, aber ich ließ mich nicht stören und griff auf andere Räumlichkeiten über. Mein Ziel war es von Raum zu Raum zu gelangen, überall meine Wurzeln auszubreiten, wie ein gigantisches Netz. Ich würde auf andere Dimensionen übergreifen und die Wurzeln so zu jedem Thron führen, der sich in den Dimensionen befand. Ich konnte durch die Wurzeln spüren, wenn sie einen Thron erreicht hatten und in welchem Winkel der Dimensionen sie noch nicht waren. Ich hatte dies noch nie ausprobiert, aber ich war beeindruckt, wie gut es in Wirklichkeit klappte. Das Beben wurde heftiger, das konnte ich ebenfalls spüren und das Beben breitete sich aus, je mehr Bereiche ich in den Dimensionen einnahm.

Ich konnte Ker erfolgreich abwehren, so dass sie nicht zu Joyce gelang, aber als einige Krieger mit langen Schwertern angelaufen kamen, wusste ich nicht, ob ich diese ebenfalls von Joyce fernhalten konnte. Ich zog mich auf die Stufen zurück, denn der Gang war sehr schmal und dadurch konnte mir nur je ein Krieger entgegentreten, was die Situation für mich erleichterte. Dennoch musste ich mein Bestes geben, um nicht geschlagen zu werde. Die Schwerter klirrten laut, wenn sie gegeneinanderschlugen und ich konnte nur hoffen, dass Joyce nicht mehr so viel Zeit in Anspruch nahm und bald zum Ende kam.

Der Krieger rief plötzlich: „Lassen Sie mich durch, die Göttin zerstört noch die Dimensionen, wenn sie so weitermacht!" Ich zuckte mit den Achseln und erwiderte: „Ich folge nur meinem Befehl." Der Krieger hielt einen Moment inne und auch ich holte kurz Luft, um Kraft zu sammeln. Der Krieger sprach: „Wie genau lautet ihr Befehl?" Ich hielt ihm mein Schwert unter den Hals und antwortete: „Ich soll niemanden durchlassen, damit sie ungestört ist." Der Krieger lächelte zaghaft, zog sich langsam zurück und sprach mit seinen Männern, woraufhin sie sich alle entfernten. Vorsichtig lief ich die Treppenstufen herab und schaute mich verwundert um. Der Raum war menschenleer und ein mulmiges Gefühl trat in der Magengegend auf. Eine Vorahnung ließ mich kurze Zeit später die Treppenstufen hinaufrennen und ich stellte mich mit erhobenem Schwert neben Joyce, die geistesabwesend schien. Das Scheinwerferlicht war immer noch an, so dass ich meine Augen zusammenkneifen musste, um den Krieger, der nun an der Tür stand und einen Bogen spannte, zu erkennen. Der abgeschossene Pfeil flog durch die Luft und hätte Joyce getroffen, wenn ich nicht mein Schwert zwischen sie und den Pfeil gehalten hätte. Der Pfeil prallte an meinem Schwert ab und fiel nach unten. Der Krieger drehte sich nun weg und verschwand wieder durch die Tür. Ich blieb in Stellung, um Joyce zu beschützen. Ich legte eine Hand auf ihren Arm, falls sie meine Anwesenheit spüren konnte.

Mein Wurzelwerk breitete sich stetig immer weiter aus und ich hatte bereits die Hälfte der Dimensionen erreicht, als ich plötzlich eine Berührung am Arm spürte. Ich war Emmet kurz dankbar, dass er mir treu zur Seite stand und konzentrierte mich danach wieder auf mein Wurzelnetz. Wenn die Wurzeln einen weiteren Thron erreichten, konnte ich dies durch einen leichten warmen Schauer spüren. Ich hatte es bald geschafft, das wusste ich, denn mit den Gedanken folgte ich den Wurzeln und fühlte ihre Enden in den Verankerungen der Dimensionen. Das Beben war in allen Dimensionen vorhanden, welche ich bereits eingenommen hatte und musste dort wahrscheinlich für Unruhe sorgen. Ich setzte noch etwas mehr Kraft ein, um den Prozess leicht zu beschleunigen.

**

Ich hatte die Hand eben von Joyces Arm wieder weggenommen, als ich blinzelnd erkannte, dass Krieger in den Raum stürmten, diese aber enorm leise zur Öffnung liefen. Ich sprintete zum Treppenabsatz und konnte gerade noch einen Krieger hindern, einen Fuß auf die Tribüne zu setzen. Mit erhobenem Schwert nahm ich den Kampf auf und konzentrierte mich auf diesen Angreifer. Doch neben den klirrenden Schwertern, nahm ich ein weiteres Geräusch wahr, wusste es aber nicht zuzuordnen. Ich warf schnell einen Blick auf Joyce, welche immer noch reglos dastand. Ich richtete meinen Blick wieder auf meinen Angreifer, doch halt, da war etwas. Ich schaute, nebenbei kämpfte ich weiter, noch einmal schnell hin und erkannte einen Haken an der Tribünenbrüstung. Dann hörte ich Schritte, welche sich abstießen und mir wurde bewusst, dass einer die Tribüne hinaufkletterte. Ich konnte aber nicht zur Tribüne hinlaufen und das Seil durchtrennen, weil ich sonst den Kriegern auf der Treppe den Aufstieg zur Tribüne freigab und dann wäre es aus mit uns. Der heraufkletternde Krieger würde sich direkt auf Joyce werfen, wenn er oben angelangt war, sie umbringen und das musste ich ebenfalls verhindern. In dieser einen Situation wünschte ich mir einmal Amon hierher, aber das war ein Wunschdenken, er würde nicht kommen. Ich warf erneut einen raschen Blick zu Joyce und sah mit Erschrecken eine Hand auf der Tribünenwand, nicht weit von Joyce entfernt. Mein Angreifer forderte mir meine volle Aufmerksamkeit ab und ich wendete den Blick wieder zu ihm, doch ich war nicht ganz bei mir, weil ich gedanklich verzweifelt an einem besseren Plan arbeitete und das schwächte meinen Angriff und Verteidigung etwas.

Plötzlich hörte ich seitlich von mir ebenfalls Kampfgeräusche, die aus der Richtung von Joyce kamen und ich wagte erneut einen Blick. Ich war überrascht, als ich den Gott Finley sah, der neben Joyce stand und auf der Tribüne mit einem weiteren Krieger kämpfte. Ebenfalls in meinem Blickfeld ein weiterer Haken an der Tribünenbrüstung und dann konzentrierte ich mich wieder voll und ganz auf meinen Angreifer und konnte ihn bezwingen, woraufhin ein weiterer Krieger nachrutschte. Ich nahm den nächsten Kampf mit mehr Zuversicht, denn ich hatte nun Verstärkung. Doch als ich erneut kurz den Blick auf Joyce richtete, konnte ich zwei Hände neben jedem Haken erkennen und meine Zuversicht sank wieder dahin. Es würde nicht einfacher werden, wenn noch mehr Krieger auf dieser ohnehin schon nicht sehr großen Tribüne auftauchten und ihre Schwerter schwangen.

In dem Moment trafen sich unsere Blicke und Finley nickte mir kurz zu. Dann richtete jeder von uns seinem Kampf wieder den Blick zu, doch plötzlich ertönte ein lautes, dröhnendes und tiefes Knacken, als wenn massiver Stein zerbrochen wird und alle Anwesenden, außer Joyce, gerieten ins Wanken, obwohl das Beben sich nicht verändert hatte. Ich hörte Joyce tief und laut ausatmen, doch ansonsten geschah nichts mit ihr. Im nächsten Moment fühlte ich mich im unkontrollierten Fall und ich konnte nichts dagegen tun. Ich war allein und wirbelte um meine eigene Achse. Meine Flügel waren schwer wie Blei, als dass ich sie bewegen könnte. Sekunden später traf ich, sehr schwankend aber stehend, gemeinsam mit Finley und Joyce auf einem stabilen Boden einer Waldlichtung auf. In der Hand hielt ich noch immer mein Schwert, genauso wie Finley.

„Wo sind wir?", fragte ich überrascht. Finley erwiderte: „Und wo sind die anderen?" Joyce lächelte nur triumphierend.

***

Ich befand mich mit Liam und meinem Sohn Jayden gerade auf einem Felsvorsprung, als plötzlich Personen schwankend auf den Felsbrocken in unmittelbarer Nähe auftauchten und sich verwirrt umsahen. Obwohl sie etwas entfernt von uns standen, konnte ich doch ein paar Gesichter wiedererkennen. Dort waren Ker, Candida, Rico, Mallory, Thalia, Sarana, Cloé, Katana, Maou, Rephaim und Levi und weitere Personen, dessen Namen ich nicht kannte.

„Es ist so weit", verkündete Liam über mir stehend, wobei er leise sprach. Ich erhob mich von meinem Felsen, auf dem ich gerade noch friedlich saß und schaute Liam an. Mein Sohn trat dicht an meine Seite und ich legte einen Arm um ihn. Plötzlich rief Candida, die sich von allen am schnellsten fing: „Sie hat es tatsächlich getan! Joyce hat das zerstört, was am Anfang sieben mächtige Urgötter erschaffen haben." Cloé ließ in einer Felsspalte einen Baum herauswachsen und sagte: „Unsere Kräfte haben wir noch, Göttin Candida." Candida lachte und erwiderte: „Ja, du vielleicht, mir hat sie meine genommen, genau wie Ker." Daraufhin sagte Rico: „Gut, dann habt ihr schon mal nicht das Sagen. Wir holen uns die Macht zurück und erschaffen unsere eigene Dimension. Auf geht´s, meine Krieger!"

Liam räusperte sich und sprach laut über alle hinweg: „Ihr seid in meinem Territorium und wenn ihr am Leben bleiben wollt, dann schlage ich vor, macht ihr das, was ich sage. Das andere Territorium besitzt Amalia, es gibt kein freies Land für euch Eindringlinge."

Yasmin, Caleb Timothy, Angelo, Ylvi und Raidon landeten gemeinsam taumelnd am Sandstrand des Meeres. Yasmin lief ein paar Schritte mit aufgeregtem Blick um die eigene Achse, um sich die Umgebung anzuschauen. Aufgeregt verkündete Yasmin den Kriegern: „Wir sind auf der Erde. Wir sind wirklich auf der Erde." Angelo rümpfte die Nase und sagte: „Das bedeutet, dass Joyce die Dimensionen zerstört hat, richtig?" Raidon nickte und materialisierte einen Hammer in seiner Hand. „Die Macht ist geblieben", sagte er feststellend. Caleb Timothy fragte vorsichtig: „Seid ihr sauer, dass es die Dimensionen nicht mehr gibt?" Es entstand eine kleine Redepause, in der das Meeresgeräusch intensiver zu hören war. Ylvi antwortete als erste: „Nein eigentlich nicht. Ich habe nichts gegen Joyce, sie ist eine starke und selbstbewusste Kriegerin." Yasmin nickte und fügte noch hinzu: „Und sie hat aus reinem Herzen gehandelt und nicht aus einem Machtbedürfnis heraus. Ich mag zwar meine Macht an sie verloren haben, aber ich empfinde es als richtig, was sie tat." Raidon sagte sich einmischend: „Ich empfinde es nicht als richtig, aber es ist geschehen und das ist eine Tatsache und kein Gefühl."
Alle außer Yasmin nickten ihm zustimmend zu. Yasmin lächelte nur zaghaft.

***

Finley wandte sich an mich und sagte ernst: „Joyce, du hast soeben die Dimensionen zerstört." Ich nickte ihm immer noch lächelnd zu und sagte hinzufügend: „Ich weiß." Finley holte tief Luft und sprach weiter: „Und darüber wird niemand wirklich glücklich sein, richtig." Ich nickte erneut und erwiderte: „Wahrscheinlich, aber das ist noch nicht das Ende." Finley stöhnte kurz auf und meinte: „Na toll." Ich lächelte breiter und antwortete: „Es wird sicher toll werden." Finley schüttelte den Kopf und meinte: „Das wird auf einen Krieg hinauslaufen." Mein Lächeln erstarb langsam und ich sagte: „Nicht, wenn ich vorher mein Ziel erreicht habe." Finley sah mich genervt und entrüstet an und fragte: „Was genau soll das denn für ein Ziel sein?"

Ich schaute in den Wald hinein und konnte das Nahen des Sonnenaufgangs sehen und spüren. Mit dem Blick in die Ferne antwortete ich meinem Vater: „Du als mein Vater, der mich liebt, mich gesundmachte und zu dessen Schwäche ich wurde, du müsstest deiner Tochter doch eigentlich grenzenlos vertrauen." Finley trat einen Schritt näher an mich heran und sprach: „Man sagt nicht ohne Grund, dass Blut dicker sei als Wasser. Dass auf Erden eine enorme Veränderung stattfand, dass die Menschen und Tiere ausgerottet wurden und die Natur sich alles zurückeroberte, was der Mensch ihr nahm und nichts mehr so ist, wie wir es aus unserem damaligen Leben auf Erden kannten, das ist sicher nicht unbemerkt an dir vorbeigezogen. Die Dimensionen, die sicherste Instanz, die wir hatten, um vom Einfluss der Zeit hier auf Erden geschützt zu werden, hast du uns eben genommen. In den Dimensionen konnten wir längere Zeit überleben, weil die Zeit dort langsamer verging, als hier unten und wir werden daher alle früher sterben. Ich bin dein Vater, das ist richtig und ich sage dir auch jetzt und hier meine Unterstützung zu, aber bitte sag mir, was für ein verdammtes Ziel verfolgen wir? Im Moment ergibt dieser Schritt für mich noch keinen Sinn, weil die Dimensionen doch unser Glück waren."

Ich richtete meinen Blick auf Finley und antwortete: „Das ist deine Meinung von den Dimensionen und die will ich dir nicht ausreden, denn ich akzeptiere deine Ansicht. Für mich gilt diese Ansicht nicht und ich empfinde deine Aussage, dass wir in den Dimensionen überlebten, sehr zutreffend, doch hier auf Erden können wir endlich wieder leben."

Ich sah, dass Finley mich erstaunt betrachtete, aber mein Blick wanderte wieder in die Ferne und in die Richtung des Sonnenaufgangs. Die ersten Sonnenstrahlen ließen ein goldenes Licht durch die Baumreihen scheinen, welche auch auf mich trafen. Je höher die Sonne kam, desto intensiver schien das Gold durch die Lücken der Bäume und der Anblick wirkte magisch auf mich.

Ich erinnerte mich in dem Moment an das Lied, welches ich nun fortfahren lassen wollte.

Bring me down
and hold you back.
Take my hand
because I feel so sick.
I feel things
that are strange for me
and emptiness
in the same way.

Now the moment
is good for a chance.
The sun goes up
and I finished my plan.

Keiner der beiden Männer an meiner Seite sagte ein Wort, nachdem ich das Singen beendet hatte. Ohne mich nach den beiden umzuschauen, ging ich der aufgehenden Sonne entgegen, wobei ihre Schritte mir verrieten, dass sie mir beide folgten. Mich erfüllte ein gutes Gefühl, wobei ich nicht wusste, ob ich Partytüte noch in mir trug, oder ob ich sie für immer verloren hatte. Vielleicht kam das gute Gefühl daher, dass ich etwas in meinem Leben geschafft hatte, von dem ich wusste, dass es vieles verändern würde. Ich hatte eine große Veränderung herbeigeführt und die Zukunft lag in meiner Hand.

✳✳✳

Joyce ging vorneweg und Finley und ich folgten ihr. Im Gegensatz zu Finley wusste ich auch ohne Worte, dass wir auf dem Weg zu Amalia waren, denn ich kannte Joyce in der Zwischenzeit sehr gut. Ich beobachtete ihren Gang, der mir gerade als sehr erwachsen erschien. Der Gang, den sie als Göttin geübt hatte, war dagegen aufgesetzt und einstudiert, doch dieser hier war selbstbewusst, leicht und schwungvoll und mein Blick wanderte ihren Rücken empor bis zu ihren Haaren. Ihre Haare waren offen und federten leicht in der Bewegung mit. Ich gesellte mich an ihre linke Seite und warf einen kurzen Blick auf ihr Gesicht. Ihre Augen waren entschlossen auf ihr nächstes Ziel gerichtet, wie ich es mir gedacht hatte. Joyce strahlte in dem Moment leicht und ich musste die Sehnsucht unterdrücken, sie kurz zu berühren. Als das Leuchten wieder nachgelassen hatte, verschwand auch die Sehnsucht einer Berührung wieder, wofür ich dankbar war. In der Ferne konnte ich Amalia bereits sehen, als ich meinen Blick schließlich von Joyce abwandte. Die komplette Gruppe stand um sie herum verteilt und ich war über die Anzahl weiterer Verbündeter erleichtert, wenn ich an die Worte von Finley zurückdachte.

„Sei herzlich gegrüßt Joyce und willkommen auf der Erde. In meinem Territorium soll dir niemand ein Haar krümmen." Joyce lächelte sie dankbar an und erwiderte: „Vielen Dank Amalia für deine Gastfreundschaft. Ich werde nun nicht wieder zurückkehren, weil die Dimensionen nicht mehr existieren." Amalia nickte wissend und erzählte: „Ich habe einige Personen gesehen, wie sie bei uns ankamen. Interessante Dinge konnten diese Menschen machen, so etwas habe ich noch nicht in dieser Fülle gesehen, wie gestern Nacht." Diesmal nickte sie ihr wissend zu und ergänzte noch: „Dies ist Finley, mein Vater." Amalia reichte ihm die Hand und sagte: „Auf ein friedliches Miteinander, Finley." Er erwiderte ihre Hand, sagte aber kein Wort dazu. Amalia betrachtete Finley mit einem deutlichen Blick und sagte dann: „Folgt mir in unsere Unterkunft. Ich beherberge im Moment noch andere Gäste und musste improvisieren. Ich hoffe, dass euch ein Zelt aus Holz und Blattwerk für die erste Nacht genügen." Joyce nickte und so wurden wir in das angekündigte Zeltlager gebracht.

In einem Moment, in dem Liam und sein Begleiter Amon außer Hörweite waren, entstand eine Diskussion zwischen einer Gruppe von Di-Wesen. „Die Eindringlinge stellen eine Bedrohung für uns dar!"

Ein anderer unterbrach den ersten Redner und meinte: „Genau, sie nehmen uns den Platz weg!" Der erste Redner sprach laut: „Noch schlimmer, sie können Dinge, von denen wir nur träumen!"

Laut wurde Zustimmung bekannt gemacht und ein Dritter sprach: „Das Eintreffen weiterer solcher Personen ist doch längst vorprogrammiert. Die wollen uns unsere Erde streitig machen!" Der zweite Redner klagte: „Wir werden alle sterben."

Daraufhin wurde eine Unruhe in der Menge produziert und mehrere redeten durcheinander. Der erste Redner, der wohl mit der lautesten Stimme, schrie: „Wieso, wieso beherbergen wir die Eindringlinge eigentlich?" Stille kam auf, weil sie alle darüber nachdachten. Plötzlich drang eine Stimme aus einer Ecke zu ihnen und ein Mann sprach: „Weil die Großen einen Plan haben." Der Mann kam aus den Schatten und man konnte sehen, dass er recht dick war, nicht viele Haare auf dem Kopf besaß und auch sonst nichts Spektakuläres an sich hatte. Einigen fiel wieder ein, dass der Mann mit einem Greif angereist war und verneigten sich nun vor ihm, außer der erste Redner.

Der dicke Mann fuhr fort: „Ihr werdet den Neuen gegenüber freundlich sein." Daraufhin machte er kehrt und ließ die Gruppe wieder allein.

***

Ich teilte mir mit Emmet ein Zelt, wobei es etwas enger war, als ich dachte. Finley war in einem Zelt in der Nähe untergekommen und wahrscheinlich auch nicht glücklicher, denn er teilte das Zelt mit einer fremden Person. Emmet und ich lagen nebeneinander auf einem Blätterbett mit Moos gepolstert und sahen hinauf an die Zeltdecke, die ein Holzdach darstellte. Ich ließ den ersten Tag auf Erden noch einmal gedanklich passieren. Wir waren im Zeltlager

angekommen und hatten die Menschen, welche hier bereits unter-
gekommen sind, begrüßt und ich hatte einige Gesichter wiedererkannt und mich über jede bekannte Person gefreut. Sie begegneten mir gutgelaunt und freundlich, so dass ich mich hier wohler fühlte, als gedacht, denn ich hatte mit wütenden Gesichtern gerechnet, oder mit Personen, die mir gegenüber Angst zeigten, weil sie durch Tratsch bereits wussten, dass ich es getan hatte: Ich zerstörte die Dimensionen und schickte sie hierher. Es kamen mehrere Gespräche auf und am Abend wurde ein Feuer gemacht, um das einige tanzten. Das Feuer war warm und beruhigend und ich schaute eine Zeit lang nur in die Flammen. Wortlos verließen wir irgendwann das Feuer und später befanden sich Emmet und ich liegend im Zelt.

„Frierst du? Du zitterst leicht", unterbrach Emmet meine Gedanken. Ich sah ihn an und meinte: „Ein wenig." Emmet lächelte verlegen und meinte: „Soll ich dich etwas wärmen?" Ich nickte, wir rutschten ein kleines Stück weiter zueinander und er legte seinen Arm um mich. „Woran hast du gedacht?", fragte er mich interessiert. Seine Nähe fühlte sich gut an und mir wurde jetzt schon wärmer. „Ich dachte die ganze Zeit an den heutigen Tag, an unsere Ankunft im Zeltlager." Emmet strich mir eine Strähne aus dem Gesicht.

„An was dachtest du gerade?", fragte ich ihn zurück. Emmet stützte sich auf seinen Unterarm, betrachtete mich und ließ sich Zeit bis er antwortete: „Ich habe an dich gedacht."

Sein Körper lag direkt an meiner Seite und strahlte Wärme aus. Ich hakte nach: „Woran genau?" Meine Stimme versagte leicht und ich hoffte, er würde das nicht mitbekommen. Emmet lächelte und ließ seine Hand auf meinem Bauch leicht kreisen. Währenddessen antwortete er mir: „Dass Amon den Fehler begangen hat, sich spurlos aus dem Staub zu machen."

Er beließ die Kreise, legte seinen Arm wieder auf mich nieder und blickte mir ins Gesicht. Ich erwiderte seinen tiefen Blick und sprach: „Und ich muss gerade daran denken, Emmet, wie sehr du dich verändert hast, Gott des Bösen." Abrupt setzte sich Emmet auf und zwischen uns entstand wieder mehr Distanz. Er starrte wortlos an die Decke und ich musterte ihn kurz. Sein Gesicht und der Hals waren leicht angespannt und er hatte die Hand zur Faust geballt. „Habe ich etwas Falsches gesagt?", fragte ich vorsichtig nach. Emmet atmete tief aus, sein Körper entspannte sich wieder und sein Blick traf wieder den meinen.

„Bei den meisten Personen verändert die Macht das Verhalten und den Charakter. Bei mir bewirkte die Macht, dass ich egoistisch handelte, ich wollte immer mehr, höher und stärker sein und große Taten vollziehen, die Welt verändern, so wie es mir passte. Selbst Candida war ohne ihre Macht eine ganz andere Person, doch du kennst sie nur als Gott. Deshalb bin ich sehr fasziniert von dir, Joyce, denn ich kann keine nennenswerten Veränderungen bei dir feststellen. Die Macht hat dich noch nicht in der Hand und das sollte sie auch nie erreichen. Sei immer du selbst, denn das ist die wahre Stärke."

Ich lächelte ihm dankend zu und wandte den Kopf ebenfalls zur Decke. War ich denn noch ganz ich selbst? Nein, ich war vor meinem Tod anders.

✳✳✳

Als ich mich mit meiner kleinen Gruppe vom Meer entfernte und wir zu einer Wiese kamen, begegneten wir einer größeren Gruppe, welche von Salvador, Levi und Lyra angeführt wurde. Ich wusste, dass das ehemalige Mitglieder des Clans von Joyce waren und schöpfte Hoffnung, auf weitere Verbündete zu treffen. Lyra rief mir entgegen: „Göttin Yasmin, seid gegrüßt. Ihr seid sicher auch erbost, dass Joyce die Dimensionen zerstört hat und Ihnen Ihren Thron raubte." Raidon antwortete an meiner Stelle: „Die Tatsache, dass Joyce die mächtigste Person auf Erden ist, weil sie die Dimensionen allein zerstört hat, löst in uns weder Freude noch Zorn aus. Wir nehmen dies einfach hin."

Lyra lachte laut auf und erwiderte: „Das kann nicht euer Ernst sein!" Salvador ergänzte: „Es ist doch nur noch eine Frage der Zeit, bis sie uns auch unsere Fertigkeiten nimmt. Was macht uns dann noch aus?"

Mir fiel jetzt erst auf, dass Levi die ganze Zeit seine Karten mischte und stumm auf diese starrte. Doch plötzlich sagte er, ohne den Blick abzuwenden: „Es wird auf ein für Joyce oder gegen Joyce hinauslaufen und bis dahin entscheidet ihr euch besser für die richtige Seite." In seiner Gruppe gab es laute Zustimmung und sie entfernten sich wieder. Unsere Gruppe schaute ihnen nur stumm hinterher, bis sie außer Sichtweite waren. Was sollte ich darauf schon antworten, außer dass es mir nur leidtun konnte, dass sich ihr eigener Clan gegen Joyce selbst stellte. Worauf konnte sich Joyce in diesen Zeiten noch verlassen?

***

„Die Humananimalisten beherbergen Joyce. Sie wird nicht einfach in unser Territorium laufen, wie die anderen Krieger, denen wir mittlerweile Unterschlupf bieten", sagte Will in die versammelte Runde. Amon stellte fest: „Die Grenze ist ein starkes Hindernis und wird in dieser Zeit noch stärker bewacht. Wir können zwar einzeln hinüber, aber wenn wir nur eine kleine Sache tun, welche Amalia verärgert, dann müssen wir die Flucht ergreifen. Wir sind dort drüben nicht willkommen."

Liam schnaubte und sprach: „Warum locken wir Joyce nicht hinüber? Amon, lass deinen Charme spielen und bring sie her. Sag ihr, du willst ihr etwas zeigen." Amon schüttelte den Kopf: „Wir reden hier von Joyce, sie hat die Dimensionen zerstört. Sie ist nicht dumm, außerdem immer in Begleitung von Emmet und dieser riecht faule Dinge auf hundert Meter Entfernung." Es herrschte kurz Stille. Ein weiterer Mann sagte plötzlich: „Wir verstärken unsere Truppen und gehen offensiv voran. Kriege werden auf dem Feld geführt und nicht im Kopf."

Estha und ich hatten genug gehört, es war schon jetzt eine große Gefahr, der wir uns stellten. „Gehen wir, Marlena", flüsterte sie mir fast lautlos zu und wir schlichen uns aus dem Gang ans Tageslicht. Wir konnten zwar die endgültige Entscheidung nicht abwarten, aber wir hatten genug Informationen, um zu Amalia zurückzukehren. Wir wollten auf der anderen Seite der Grenze bleiben und das würden wir auch tun.

∗∗∗

Am Morgen wurden Emmet und ich von lauten Rufen geweckt. Ruckartig richteten wir uns auf und ich wollte gerade aus unserer Holzunterkunft herausschauen, als Finley hineintrat. „Du bleibst wo du bist, Emmet in deiner Nähe und ich direkt vor dem Zelt." „Was ist los?", fragte Emmet noch vor mir, obwohl mir die Frage auch auf der Zunge lag. Er hatte bereits sein Schwert gezückt. Finley schaute ganz kurz aus der Holzunterkunft heraus und sagte dann in gedämpfter Stimme: „Der Grünschopf, der Kartenspieler und der Schauspieler greifen mit einer kleineren Gruppe das Lager an und rufen, wir sollen Joyce aushändigen." Ich schaute ihn fragend an, doch dann wurde es mir schlagartig bewusst. „Dichter, Finley, kein Schauspieler", korrigierte ich ihn. „Spielt das jetzt noch eine Rolle?", konterte er. Emmet schaute immer noch fragend drein, doch Finley verließ daraufhin unsere Unterkunft. „Von wem sprecht ihr überhaupt?", fragte Emmet mich leise, stellte sich dabei dicht an mich heran, um mich zu decken. Ich antwortete leise: „Meine ehemaligen Clanmitglieder Cloé, Levi und Salvador greifen das Lager an."
Dann war es sehr still. Plötzlich war ein Handgemenge vor unserer Holzunterkunft zu hören und jemand fiel zu Boden. Emmet und ich verhielten uns weiterhin leise und lauschten. Plötzlich ertönte die Stimme von Lyra sehr nah: „Ich finde dich Joyce!" Emmet trat leise zwischen mich und die Tür und nahm Stellung. Um Emmet und mir herum war es unglaublich still, nur unsere schnellen Herzschläge waren zu hören. Draußen war es plötzlich ebenfalls still, fast so, als würde die Welt den Atem für einen Moment anhalten. Die Spannung stieg und das Adrenalin rauschte durch meine Adern, als plötzlich ein Aufschrei zu hören war und Lyra mit einem

237

Fußkick in die Holzunterkunft gesprungen kam. Dabei zersplitterte die Tür und fast im selben Moment wurde die Wand auf der anderen Seite attackiert. Ich stellte mich mit dem Rücken an Emmet. Die Wand hielt einen Schlag aus, doch wie viele Schläge würde die Holzwand vertragen. Erneut bebte die Wand gegenüber von mir und ich sah Krallen durch das aufgeschlitzte Holz. Emmet kämpfte in der Zwischenzeit mit Lyra und mit einem weiteren Schlag wurde ein Loch in die Wand gerissen. Ein Tiger schaute hinein und ich erkannte Sky. Der Tiger riss noch einmal an der Wand und das Loch wurde größer. Dann trat er beiseite und ich schlüpfte durch das Loch hinaus. Sky wies mit seinem großen Tigerkopf in eine Richtung und ich folgte ihm so schnell ich konnte.

***

Ich hatte schon viele Zweikämpfe ausgetragen und ich merkte eher als Lyra, dass Joyce abgehauen war, denn ich konnte meine Umgebung besser im Blick behalten, als diese junge Frau. Lyra zog sich daraufhin aus der Holzunterkunft zurück und wollte in eine bestimmte Richtung wegrennen, aber ich hielt sie ab. Ich wollte Joyce einen guten Vorsprung verschaffen, falls sie in diese Richtung gelaufen war. Doch plötzlich war ich nicht mehr allein. Eine Frau, welche halb Mensch und halb Panter war, mischte sich ebenfalls ein und fauchte Lyra mit erhobenen Pranken an. Lyra verzog das Gesicht, sprach kurz: „Wir sehen uns wieder." und verschwand dann spurlos. Ich atmete tief aus und erklärte: „Sie kann sich von Ort zu Ort beamen. Mein Name ist Emmet." Die Frau lächelte und erwiderte: „Ich weiß von dir, Emmet. Amalia erzählte mir viel von dir. Mein Name ist Marlena und ich gehöre zu euch. Wir konnten die fremde Gruppe zur Grenze treiben, woraufhin sie freiwillig hinübergelaufen sind. Ich hoffe ihm geht es auch bald besser." Sie deutete auf Finley, der bewusstlos am Boden lag.

Sky brachte mich in Tigergestalt tiefer in einen Mischwald hinein. Ich hatte Not, ihm durch die herabhängenden Zweige und hochwachsenden Büsche zu folgen. Ab und zu sah ich mich hastig um, ob uns jemand folgte, doch ich konnte niemanden ausmachen. Sky lief hingegen stur geradeaus, ohne sich zu vergewissern, dass ich ihm folgen konnte. Ich vermutete, dass er mich hörte und ihm das reichte. Das wunderte mich kein bisschen, denn meine Ausdauer ließ nach, meine Beine fühlten sich schwer an, meine Schritte wurden lauter und stolpernd, mein stoßartiger Atemrhythmus musste für ein Tigergehör laut sein und die Zweige, die ich beiseite bog, um vorbeizukommen, erzeugten beim Zurückschnellen immer einen leichten Peitschenlaut, wenn der Wind kurz aber kräftig durch die Blätter rauschte. Der kühle Wind wehte kräftig, aber zwischen den Bäumen und Büschen war er nicht so stark, wie an den Baumkronen, welche hin und her schwankten. Die Sturmgeräusche waren bis hier unten zu hören und ich sah mich erneut gehetzt und fragend um. War ich wirklich in Sicherheit? Plötzlich fiel ich über Sky, der unvermittelt stehen geblieben war, weil ich nicht auf ihn geachtet hatte, während ich mich umsah. Ich nahm verlegen meine Beine von seinem Tigerrücken, während ich auf dem Boden sitzen blieb und meinte außer Atem: „Tut mir leid, Sky.“ Der Tiger musterte mich kurz abschätzend und blickte dann in eine bestimme Richtung. „Soll ich allein weitergehen?“, fragte ich ihn unsicher. Der Tiger reagierte nicht, aber stattdessen rief eine weibliche Stimme kläglich: „Ich bin hier drüben.“ Ich rappelte mich wieder auf und ging in die Richtung, woher die Stimme kam, woraufhin Sky davonlief.

***

Marlena und ich wurden von einigen Eindringlingen entdeckt, während wir zu der Grenze liefen, um zu Amalia zu gelangen. Sie haben uns von Weitem angegriffen, mit Dingen, die keiner bisher auf der Erde kannte und ich habe Marlena abgeschirmt, während wir weiterrannten. Wir schafften es beide über die Grenze und wir waren uns sicher, dass sie uns bei den Anführern melden würden. Es gab kein Zurück für uns. Dadurch, dass ich Marlena schützte, war ich zu geschwächt, um an dem Kampf, der auf der anderen Seite herrschte, teilzunehmen und darum brachte Sky mich in den Wald. Hier versuchte ich in meinem Kältezustand ein Feuer zu machen, aber es gelang mir nicht, das Feuer zu entfachen. Ich zitterte am ganzen Körper und ich gab es fast schon auf, doch dann hörte ich die Stimme von Joyce. Sky hatte mir Joyce gebracht und ich rief kläglich: „Ich bin hier drüben." Ich schöpfte neue Hoffnung, dass Joyce mir das Feuer anzünden würde, welches ich im Moment so dringend brauchte. Ich versuchte erst gar nicht aufzustehen, als ich Joyce sah, denn dazu war ich zu schwach. Joyce setzte sich im gewissen Abstand zu mir und betrachtete mich prüfend. Die Büsche um uns herum boten Sicht- und Windschutz, aber ich konnte ihr Unbehagen spüren. „Mein Name ist Estha und ich …", stellte ich mich vor, aber Joyce schnitt mir das Wort ab und erwiderte: „Ich weiß wer du bist." Sie wirkte auf mich unglücklich und nachdenklich, aber ich verkniff mir die Frage nach ihrem Wohlbefinden lieber. „Kannst du mir bitte ein Feuer anmachen?", fragte ich sie stattdessen. Nun sah sie mich wieder an, dann blickte sie sich um und meinte: „Locken wir damit nicht jemanden an?" Ich schüttelte den Kopf: „Sky ist ganz in der Nähe und ich brauche die Wärme jetzt dringend."

Joyce nahm mir die Feuersteine ab und bekam kurze Zeit später ein Feuer zustande. Ich wartete kurz, bis das Feuer etwas gewachsen war und griff dann mit beiden Händen in die Flammen. Über meine Hände entzog ich dem Feuer die ganze Wärme, bis die Hölzer kalt waren. Dann zog ich mich wieder wohlfühlend zurück und Joyce sah mich fragend an. Ich erklärte ihr: „Ich bin ein Di-Wesen, halb Echse und halb Wärmedämon. Ich brauche die Wärme zum Überleben und wenn ich geschwächt bin, hilft mir nur die Wärme zu neuer Energie. Ich würde aber niemals einem Lebewesen seine ganze Wärme entziehen, denn ich bin keine Mörderin. Du brauchst dich also nicht vor mir zu fürchten." Sie nickte und antwortete: „Wegen mir ist es doch erst so weit gekommen." Bevor ich auf ihr

Gesagtes antworten konnte, tauchte Sky plötzlich zwischen den Büschen auf. Ich wusste ohne Worte, was hier los war. „Wir müssen getrennt aufbrechen und sofort zum Lager zurückkehren", erklärte ich ihr. Wir durften keine Zeit verlieren.

***

Estha deutete in eine bestimmte Richtung und ich rannte einfach los. Ich konnte nur hoffen, dass ich schnell genug wegrennen konnte, vor wem auch immer. Die Ungewissheit und das Lauftempo erregten meinen Puls und ich spürte, dass ich anfing zu glühen und das Licht um mich herum erstrahlte. Ich schaute nur kurz an mir herab, nahm das Strahlen war, welches wie Sonnenlicht aussah, denn ich durfte jetzt keine Zeit mit Bewunderung vergeuden. Schnurgerade lief ich durch die Bäume und schaute mich nicht großartig um. Ich lauschte, der Wind und meine Schritte waren zu hören, aber ansonsten war der Wald ungewöhnlich still. Die Stille ließ mich die Bedrohung noch deutlicher spüren. Zuvor waren die Kampfgeräusche aus der Ferne noch leise zu hören, doch jetzt nicht mehr. Im nächsten Augenblick hörte ich plötzlich ein weiteres paar Schritte, welche über den Waldboden rannten, die jedoch kurze Zeit später wieder verklungen und erst nach vergangener Zeit wiedereinsetzten. Gehetzt schaute ich mich suchend um. Die Geräusche, die aus meiner unmittelbaren Umgebung stammen mussten, klangen so, als würde jemand rennen, dann ein Stück fliegen, um dann wieder auf dem Boden aufzukommen und ein weiteres Stück zu rennen und das immer im Wechsel. Als ich mich erneut umsah, konnte ich eine Person hinter mir zwischen den Bäumen, ausmachen. Ich schaute wieder nach vorn, um nicht gegen einen Baum zu laufen, doch als ich mich erneut umschaute, um nach der Gestalt zu sehen, wie weit sie noch von mir entfernt war, war diese Person verschwunden. Ich richtete meinen Blick wieder in die Richtung, in die ich rannte und erschrak fast zu Tode, als plötzlich Liam ein paar Meter neben mir auftauchte, mich anlächelte und dann auf mich zuhielt. Verzweifelt schlug ich Haken, um ihm zu entwischen, denn eine Umarmung oder gar Berührung von Liam würde für mich eine Niederlage bedeuten. Liam konnte zwar fliegen, aber er würde sie durch ein Portal an einen beliebigen Ort bringen und sie hätte verloren. Liam verschwand wieder durch ein Portal und ich schlug eine Linkskurve, um den Abstand zwischen uns eventuell zu vergrößern, wenn er wieder erschien. Wenige Sekunden später erschien er ein Stück weiter weg, als zuvor und ich schöpfte neue Hoffnung. Ich musste nur unkontrollierter hin und her laufen, Haken schlagen und Kurven drehen, damit er nicht zu nah an mich herankam. Dann kam mir noch eine Idee und ich rief: „Sky!" Vielleicht konnte er mich hören und mir zur Hilfe eilen.

„Er wird dir nicht helfen, weil du keine Hilfe brauchst! Nun bleib schon stehen!", rief Liam. Ich dachte nicht daran stehen zu bleiben. „Sky!", versuchte ich es noch einmal. Plötzlich verschwand Liam wieder und ich lief weiter nach rechts. Doch Liam erschien direkt vor mir und ich kam schlitternd in die nächste Linkskurve und rannte so schnell ich konnte. Ich wollte ihm nicht in die Arme laufen, damit er mich direkt auf die andere Seite der Grenze brachte. Er würde mich durch das Portal direkt in die Gebirge verschleppen und mich einsperren. Ich wollte unbedingt zurück zu Amalia gelangen und rannte weiter. Erst nach einer Weile fiel mir auf, dass Liam mir nicht mehr folgte. Ich schaute mich noch einmal suchend um, bevor ich meinen Schritt verlangsamte, dann stehen blieb und die Hände kurz auf die Knie stützte, um meinen Pulsschlag etwas zu beruhigen. Kurz danach schaute ich mir meine Umgebung genauer an und erkannte, dass ich mich auf die Waldgrenze zubewegt hatte. Erleichtert bald wieder bei der Gruppe zu sein, ging ich noch ein paar Schritte weiter, bis sich die Bäume etwas lichteten und ich den Blick weiter in die Ferne richten konnte.

Doch als ich die Berge sah, blieb ich erschrocken stehen, wobei ich mich an einen Baum lehnte und kurz den Atem anhielt. Ich hatte unbewusst die Richtung geändert und befand mich am Gebirge, wobei ich mich fragte, wo die Grenze genau verlief und ob ich sie schon überschritten hatte. Liam hatte mich womöglich nur treiben wollen und nachdem er nun verschwunden war, hatte er sein Ziel erreicht. Von meiner Position aus warf ich einen schweifenden Blick über die Berge, soweit ich sie durch die Bäume erblicken konnte. Weiter an das Gebirge heran traute ich mich nicht. Ich erblickte eine Person auf einem Hügel und stellte mich schnell hinter den Baum, an dem ich eben noch lehnte. Neugierig ließ ich langsam meinen Kopf hinter dem Baum hervorkommen, denn ich wollte sehen, ob ich diese Person auf dem Hügel kannte. Es handelte sich nicht um Liam, sondern eine bestimmte Person, die den Drang und Wunsch zum Singen in mir weckte.

I see you now
after a long time.
I remember you
my early love.

Während ich sang und zu Amon hinaufsah, erweckten in mir die Gefühle, als würde es tief in mir Partytüte noch geben. Ich spürte plötzlich wieder Liebe, Sehnsucht, Schmerz und Trauer auf einmal, was mich ziemlich mitnahm.

Don´t bring me down,
don´t hold you back.
Please take my hand,
because I feel alone.
My heart hurts but
it´s healing now.
Stay by my side,
then I feel alive.

Ich musste mich zurückhalten, jetzt nicht zu Amon zu laufen, ihn zu berühren und ihm meine Liebe zu zeigen. War es nur das Erbe, was uns eine Zeit lang trennte und konnte es wieder wie früher werden?

That is you,
but I can´t believe,
the boy is gone,
you are a real man.

Es war wirklich Amon, aber er wirkte erwachsen, männlich und atemberaubend schön, wie er lässig auf dem Vorsprung saß und seine Augen in die Ferne gerichtet hatte. Das Licht der Sonne ließ ihn leicht erstrahlen.

Don´t bring me down,
don´t hold you back.
Please take my flaw,
it is a part of me.
I feel things
that are strange for me
and happiness in the same way.

Ich fühlte eine augenblickliche Fröhlichkeit, als Amon sich unerwartet erhob und ich ihn besser sehen konnte. Mein Herz schlug schneller, als er den Berg auch noch herunterstieg und ich sang das Lied zu Ende.

Oh, don´t bring me down,
don´t hold you back.
Please take my hand
and my heart again.
I feel things
that are strange for me
and happiness in the same way.

Amon war in der Zwischenzeit ohne Eile von seinem Vorsprung geklettert und kam in meine Richtung geschlendert. Er hatte mich nicht gehört, dachte ich zufrieden und setzte mich in Bewegung. Ich wollte mich in einem zügigen Schritt von ihm entfernen, ohne zu rennen, weil er sich selbst auch nicht schnell bewegte. Ich kam jedoch nicht weit, als mich plötzlich jemand am Arm packte, herumwirbelte und mich, mit seinem Körpergewicht, gegen den nächsten Baum drückte.

„Wo willst du hin, Joyce?", fragte mich Amon, der nun direkt vor mir stand. Er musste plötzlich gerannt sein, sonst hätte er mich nicht so schnell erwischt. Ich konnte seinen Körper an meinem spüren. „Ich wollte direkt zu dir", sagte Amon im normalen Ton. Sein Körper hielt mich an Ort und Stelle, so dass ich nicht wegkonnte.

„Kannst du meine Anwesenheit ebenfalls spüren?", fragte er mich nun neugierig. Er strahlte einen kalten, fast durchsichtigen Nebel von sich, der mich langsam einhüllte. Er stemmte plötzlich die Hände rechts und links von meinem Kopf gegen den Baum. Seine Hände sandten Kälte in den Baum hinein, ich verspürte den Schmerz des Baumes, als sei es mein eigener. In dem Moment zuckte ich leicht zusammen. Amon interpretierte dies falsch, als er sagte: „Gut, hab ruhig etwas Furcht vor mir, das tut dir gut." Er musterte mich und ich sah ihm das erste Mal wieder in die Augen. Seine Augen waren schwarz wie die Nacht, sein Gesicht leicht erbleicht, als wäre er länger nicht mehr in der Sonne gewesen und dadurch strahlten seine Haare intensiver. Sein Gesicht wirkte älter und reifer und er schaute ernst, aber nicht schlecht gelaunt. „Du könntest ruhig etwas erwidern, damit wir ein Gespräch führen", sprach er ruhig, aber ich bekam kein Wort heraus.

Plötzlich sagte Liam von der Seite: „Genug. Wir kehren zurück." Im nächsten Moment fasste Liam Amon und mich am Arm und bevor ich etwas sagen oder machen konnte, legte sich eine Dunkelheit über meine Augen und ich verlor die Orientierung.

***

Ich rannte im Laufschritt den Waldrand entlang und hielt Ausschau nach Sky und Joyce, die ungefähr auf dieser Höhe aus dem Wald kommen sollten. Plötzlich kam der Tiger ein paar Meter vor mir entfernt aus dem Wald gerannt. Er erblickte mich und schaute dann hinter sich in den Wald hinein. Ich tat es ihm nach, aber Joyce folgte ihm nicht. Zusammen rannten wir erneut den Waldrand entlang, aber wir konnten Joyce nirgends entdecken. Bis zum Abendgrauen blieb sie unentdeckt, selbst nachdem einige Gruppenmitglieder den Wald durchkämmt hatten. Wir entschlossen uns unserem Gegner ein Ultimatum zu stellen, um uns Joyce wieder auszuhändigen, bevor wir in den Krieg ziehen würden. Als ihr Beschützer würde ich sofort die Berge stürmen, allein der Verdacht sie dort zu wissen, war für mich Grund genug es zu tun, aber ich machte hier nicht die Gesetze und somit musste ich mich gedulden. War ich nicht im Moment der Einzige dem Joyce vertraute?

***

Als ich langsam mein Bewusstsein wiedererlangte, hörte ich ein Gespräch zwischen Amon und Liam, die sich im selben Raum befanden. „Du solltest ihren Zustand nicht unterschätzen. Joyce hat schon zwei Siege eingetragen, nur weil sie ihre körperliche Befindlichkeit auf ihren Gegner übertragen hat. Ich versichere dir, Amon, dass sie dies auch bei dir anwenden wird", sprach Liam misstrauisch. Amon lachte und erwiderte: „Seit sie hier ist, fühle ich mich stärker. Mach dir keine Sorgen." Ich erzitterte wegen der Kälte im Raum und grub meine Finger der linken Hand in den Erdboden, wodurch ich mich der Natur näher fühlte. „Ich werde euch allein lassen", sprach Liam leicht gezwungen und verließ den Raum im schnellen Schritt. Ich hustete und krümmte mich noch mehr in meiner liegenden Seitenlage zusammen. „Seit wann verlierst du bei Liams Gabe das Bewusstsein?", wollte Amon wissen und kam ein paar Schritte näher auf mich zu, aber er betrat nicht den Erdboden. Endlich öffnete ich die Augen und sah seine Beine. Amon stand hingegen auf einem Eisboden. Langsam ließ ich meinen Blick schweifen, ohne dabei den Kopf zu drehen und erkannte, dass ich auf einem kleinen Stück Erdboden lag und der Rest des Raumes, welcher sich wahrscheinlich unterirdisch befand, komplett mit Eis überzogen war. Mich wunderte es daher nicht, dass er sich stärker fühlte, denn sein Element war ausreichender im Raum vorhanden, als meins.

„Ich bin froh, dass du nun bei mir bist. Ich habe gemerkt, dass mich deine Anwesenheit stärker macht und ich hoffe, du kannst das gleiche behaupten", sprach Amon in einem ernsten Ton, der mir fremd vorkam. Ich erwiderte nichts. Was würde noch kommen, außer dass er sich stärker fühlte? Ich hustete erneut und legte danach eine Hand auf mein Gesicht. Hier fühlte ich mich elend und schlecht. Woran lag das?

„Ich hatte gehofft gegen dich zu kämpfen, aber wenn du so eine Show abziehst, habe ich keine Lust meine Kräfte mit dir zu messen", sagte er enttäuscht. Angewidert von seinem verlorengegangenen Mitgefühl drehte ich mich auf die andere Seite und damit weg von ihm. Seine Schritte entfernten sich, aber er verließ nicht den Raum. „Ich bin überrascht, welche enorme Wirkung es hat, wenn du unter der Erde bist, Frühlingsgöttin", sagte er, als hätte er meine Gedanken gehört. Bei dem Wort Frühlingsgöttin wurde mir plötzlich bewusst, weshalb es mir unter der Erde nicht gut ging und ich konnte den nächsten Hustenanfall nicht weiter unterdrücken und hustete erneut los. „Ich will dich nicht quälen", sagte Amon verbittert und verbannte mit einer Handbewegung das Eis aus der Steinhöhle. Sofort konnte ich freier atmen. Mühsam setzte ich mich etwas auf und fragte: „Was willst du dann?" Amon lächelte freundlich, was mich in der jetzigen Situation leicht beunruhigte. Er kam zwei Schritte auf mich zu und setzte sich dann auf den Boden, wobei zwischen uns einige Meter frei waren.

„Die Frühlingsgöttin fragt den Wintergott, was dieser von ihr will?", erwiderte Amon überrascht. „Ich bin kein Gott. Ich bin die Erbin", sagte ich mit Nachdruck in der Stimme. Amon saß weiterhin entspannt dort, wobei sein Ton einen tieferen Laut annahm: „Wir sind die Einzigen auf Erden, die der Gottheit am Nächsten sind. Verleugne nicht, in was du dich freiwillig verwandelt hast." Ich entschloss mich, wieder zu schweigen. Ich würde mich nicht wieder als Göttin bezeichnen, niemals.

Es blieb eine Weile still, dann sprach Amon: „Ich behalte dich hier, weil wir nicht nur Mitspieler, sondern auch Gegenspieler sind." Er musterte mich, aber ich ließ keine Regung zu. Ich würde ihm kein Wort liefern, worum er mich gerade bat. „Früher warst du gesprächiger. Willst du mir nichts verraten?", hakte er leicht ungeduldig nach und tippte abwechselnd mit seinen Fingern auf seinem Oberschenkel. Hatte ich mich nicht in einen anderen Amon verliebt, oder war er schon immer so gewesen? Plötzlich sprang er auf, rannte auf mich zu, packte mich an beiden Schultern, zog mich unsanft hoch, um mich dann gegen eine kalte Eiswand zu drücken, die er wahrscheinlich eben hinter mir errichtet hatte. Die kalte Wand im Rücken ließ mich zittern und meine Beine gaben nach, aber er hielt mich aufrecht. Ich vergaß den Mund dabei zu schließen und daher keuchte ich erschrocken auf. Amon starrte mich wütend an, als hätte er sich von mir mehr erwünscht.

Plötzlich tauchte ein Junge am Rand des Raumes auf und sprach ruhig: „Vater, es reicht." Amon ließ mich plötzlich los. Nun war ich dankbar für die Eiswand, weil ich sonst umgefallen wäre. So konnte ich gegen sie gelehnt, mich Richtung Boden sinken lassen und aufrecht sitzen. „Du hast recht, Jay. Deine Mutter macht es mir nicht leicht."

Erst da begriff ich, dass ich beide Kinder verloren hatte. Dank dem Erben bestand keine mütterliche Beziehung zwischen mir und meinen Kindern Liam und Jayden und diese Erkenntnis ließ mich meinen Kopf in den Schoß fallen und weinen. Ich merkte durch die tiefe Trauer nicht, wie Amon und Jayden den Raum verließen.

„Die Gegenseite stellt uns ein endgültiges Ultimatum, keine Verhandlungsbasis. Wenn wir bis übermorgen Joyce nicht freiwillig übergeben, werden sie uns den Krieg eröffnen", berichtete mir Liam, als Jay und ich bereits aus der Steinhöhle herausgegangen waren. Ich beobachtete gerade Joyce, die weinend am Boden hockte. Warum weinte diese starke Frau nur?

„Hast du gehört, was ich sagte?", erkundigte sich Liam. „Ja, und?", fragte ich desinteressiert. Jay ging in dem Moment davon. Er verließ solche Situationen, in denen er merkte, dass wir uns nicht einig waren. „Ich dachte meine Position wäre klar? Joyce bleibt bei mir, egal was es kostet", erwiderte ich. Liam verschränkte die Arme vor der Brust und erklärte gebieterisch: „Noch habe ich hier das Sagen! Wir werden darüber noch diskutieren, haben wir uns verstanden." Ich wandte den Blick noch immer nicht von Joyce ab und zuckte nur mit den Schultern. „Mein Gefolge ist für uns nicht unwichtig, denk daran", sagte er jetzt ruhiger und ging auch. Ich warf noch einen Blick auf Joyce, bevor ich nach draußen an die frische Luft ging, um nachzudenken. Warum verhielt sie sich so merkwürdig? Was war mit ihr los?

***

Bevor ich eingeschlafen war, hatte ich die Eiswand verschwinden und über den Boden Rasen wachsen lassen. Als am nächsten Morgen jemand auf den Rasen trat, wurde ich dadurch wach, wie erhofft und erblickte Amon. „Hast du bei einem guten Schlaf deine Stimme wiedergefunden?", fragte er sarkastisch. Von seiner netten Begrüßung war ich weniger erfreut und zu keiner direkten Antwort bereit. „Ich weiß von dem Ultimatum", sprach ich ruhig. Amon schaute mich überrascht an und hakte nach: „Woher weißt du davon?" Ich würde ihm nicht sagen, dass ich diese Information von einem kleinen Windzug hatte. Er stellte sich direkt vor mir auf, ich konnte den kühlen Nebel fühlen und blickte ihm ins Gesicht. Ich machte mich darauf gefasst, dass er wieder handgreiflich werden würde, wie gestern, nur weil ich ihm nicht sagte, was er hören wollte.

Doch plötzlich sprach er ruhig: „Es tut mir leid, dass ich dich gestern angefasst habe, weil ich die Geduld mit dir verloren habe." Ich atmete tief durch, weil die Anspannung wich und dabei zog ich seinen Geruch ein: er roch leicht nach Minze und das war neu. Er musterte mich nun und stellte fest: „Du wirst weiterhin nicht mit mir reden, schätze ich." Ich nickte und er lächelte. Er wich einen Schritt nach hinten aus und hob die Hände, als er erwiderte: „Dann muss ich eben in deiner Sprache sprechen, wenn du dich stur stellst." Er lächelte mich an. Ich wusste erst nicht, wovon er redete, aber als er begann zu singen, war es mir auf einmal klar, was er bezwecken wollte und ich würde nicht mit einstimmen. Ich würde schweigsam bleiben.

Ich erinner' mich, wie es früher zwischen uns war.
Wirklich schöne Zeiten, doch komm mir jetzt nicht zu nah.
Zärtlichkeiten von dir sind ein Schlag in mein Gesicht.
Keine Medizin der Welt verschafft uns die Klarheit.
Trüb sind die Sinne und so dick das Eis zwischen uns.
Wir schrieben unser Drama, kein Dichter rettet uns.
Jede Berührung ließe das Eis dahin schmelzen.
Zugleich wäre jeder Liebesschmerz unverzichtbar.
Ich wünsche mir von Herzen, ich würde nur scherzen.

Lass mich frei, lass mich los, lass mich leben und ich werde groß
im Stande sein meine Ehre zu bewahren. Ich breite meine Flügel aus,
die weite Welt kenne ich noch nicht, denn ich war nur bei dir.
Willst du nicht auch freier atmen können ohne die Beklommenheit?
Ich könnte niemals behaupten, dich nicht weiter zu lieben.

Er verstummte, aber er sagte nichts, er wartete. Amon verlangte stumm meinen Einsatz. Er schaute mich dabei direkt an, was mir leicht unangenehm vorkam. Nach einer Weile der Stille fühlte ich mich plötzlich genötigt, etwas zu sagen und so behauptete ich: „Ich bin erwachsen geworden. Ich habe meine Gabe verloren, als ich das Erbe antrat."
Ich wusste nicht, ob ich die Gabe noch besaß, aber ich wusste, seitdem mich Amon hier einsperrte, war irgendetwas anders, als wäre etwas in mir zerbrochen, was ich auch mit der Freude zur Musik verband. Als ich ihn auf dem Felshügel gesehen hatte und sang, da war ich mir meinen Gefühlen bewusst und sicher. Doch diese Gefühle waren nicht mehr da. Ich wollte jetzt einfach nicht

singen, was sehr untypisch für mich war und bei mir noch nie vorkam.

„Du hast Partytüte verloren.", sagte Amon plötzlich klarstellend. War das nur ein Test von ihm gewesen, oder doch eine Botschaft an mich? Als ich stumm blieb, drehte er sich auf dem Absatz um und verschwand an der Steinhöhlenwand. Er drehte sich nicht noch einmal zu mir um bevor er ging. Er hatte vermutlich recht, aber das spielte keine Rolle mehr. War das seine Taktik, mich mit mir selbst in einem reizarmen Raum allein zu lassen? Was erwartete er von mir?

***

Ich stand noch eine Weile an der Glasscheibe, durch die ich Joyce gut beobachten konnte. Die Tür und die Glasscheibe waren durch einen Tarnzauber verhüllt und für Joyce musste es so aussehen, als wäre die Steinwand ebenmäßig. Nachdem sie nun gesehen hatte, dass ich für ihre Augen unsichtbar wurde, nachdem ich in den Tarnzauber hineinging, um den Raum zu verlassen, wunderte es mich, dass sie nicht nach einem Ausgang suchte. Sie unternahm keine Flucht oder stellte mir irgendwelche Fragen zu diesem Ort, um ihn auszukundschaften. Weshalb wollte sie nicht von hier weg, wenn ich ihr so gegen den Stich ging, dass sie nicht einmal mit mir über sich selbst sprach? Was hielt sie an diesem unterirdischen Ort, der ihr Kraft raubte? War es Taktik oder Feigheit? Ich konnte es nicht genau sagen, denn ich hielt sie immer noch für intelligent. Sie befand sich immerhin in ihrer Persönlichkeit von Miesepeter und unterdrückte Partytüte nur. Oder hatte ich sie womöglich gebrochen?

***

Als sich Amon wieder zu mir gesellte, bestätigte sich mein Verdacht, dass er schon bald wiederkommen würde. Es waren keine Stunden vergangen und er erschien wieder in der Steinhöhle.

Amon kam zügig auf mich zu, blieb aber kurz vor mir stehen und sprach aufgeregt auf mich ein: „Woher weißt du von dem Ultimatum? Ich habe jeden gefragt, den wir in deine Nähe gelassen haben und jeder versicherte mir, kein Wort mit dir gewechselt zu haben." Ich nickte ruhig, denn es brachte mir nichts, ebenfalls aufgebracht zu sein und erwiderte ernst: „Das ist richtig, ich habe es von keiner lebenden Person erfahren." Amon schaute mich verwirrt an und hakte nach: „Sondern?" Nun lächelte ich, aber nicht aus Freude und antwortete: „Das ist mein Geheimnis, was ich dir nie anvertrauen werde, Amon." Ich war mir sicher, dass das Leben sehen und die Kommunikation durch den Wind zu meinem Erbe gehörte und ich empfand es nicht als ratsam meinem Gegenspieler das anzuvertrauen.

„Ich würde es nur als gerecht empfinden, wenn du dich gegenüber mir etwas öffnen würdest. Ich sagte dir bereits eine Fähigkeit von meinem Erbe und ich wiederhole es gern noch einmal für dich, Joyce. Ich kann dich fühlen, egal wo du dich aufhältst, ich finde dich. Das scheinst du irgendwo zu wissen, sonst wärst du bereits geflohen", sprach er leicht drohend und verließ wieder, ohne sich umzudrehen, den Raum. Amon ließ mir anscheinend bewusst Gesprächspausen, in denen ich nachdenken sollte. Ich würde mich aber nicht therapieren lassen.

∗∗∗

Den ganzen Vormittag lief ich bereits im Kreis herum, weil mich die Abwesenheit von Joyce, die sich in der Gewalt von Amon und Liam befand, keine ruhige Minute sitzen ließ und ich mir Gedanken um ihren Zustand machte. In der turbulenten Zeit, in der der Zusammenhalt und die ständige Anwesenheit der Mitglieder von der Gruppe wichtig waren, kamen zwei Liebesgeständnisse zu Tage: Estha und Lore und Marlena und Dane waren offiziell ein Paar, was jedoch niemanden störte und das überraschte die Betroffenen, weil sie glaubten, dass dies ein Problem wäre. Über Estha und Lore war ich anfangs überrascht, aber bei Marlena und

Dane eher nicht. Die beiden waren vom Charakter so, dass sie sich gegenseitig ergänzten und somit ihre Stärken und Schwächen aufwerteten, indem sie zusammen waren. Dane erschien mir auch weniger depressiv zu sein. Durch diese Gegebenheit in der Gruppe kam mir die Frage auf, ob ich vielleicht mehr für Joyce empfand, als nur ihr Beschützer sein zu wollen? „Emmet, setz dich sofort hin! Du machst mich aggressiv, wenn du herumläufst", schimpfte Sky. Ich konnte nicht sitzen, deshalb blieb ich abrupt stehen. „Weshalb stellten wir das Ende des Ultimatums für morgen und nicht bereits für heute?", fragte ich genervt. Amalia stand auf und sprach ruhig: „Die Gemüter sind erhitzt und das verstehe ich vollkommen. Wir müssen jetzt geduldig sein und uns für morgen vorbereiten, falls es zum Krieg kommt. Emmet, wir werden Joyce nicht kampflos aufgeben, das weißt du auch." Ich nickte nur und wandte meinen Blick von der Gruppe ab. Stattdessen schaute ich zu den Bergen und blieb stumm stehen, denn sitzen werde ich bis morgen ganz bestimmt nicht, eher schlafe ich im Stehen ein.

✳✳✳

„Die Großen dieser Erde liegen im Streit, Joyce wurde entführt und es droht Krieg zwischen beiden Parteien. Wie können wir uns einmischen, um Frieden auf die Erde zu bringen?", fragte Ker, die die Informantin der dritten Gruppe war, welche weder für Liam noch für Amalia war. Nach der Aufteilung dieser Erde befanden sie sich illegal auf der Grenzlinie beider Herrscher, wurden aber von ihnen toleriert. Niemand wusste, wie lange das noch anhalten würde. „Die Verursacher dieses Problems sind uns bekannt. Die Größe unserer Gemeinschaft ist gleich auf, wie die Anzahl Personen der Gruppen von Liam und Amalia. Ich denke daher, dass wir es mit ihnen aufnehmen könnten", sprach Rico in die komplett versammelte Gruppe. „Wie lautet dein Vorschlag, Rico?", erkundigte sich Yasmin. Nun schauten alle interessiert auf Rico, der sich aufrecht hinstellte und verkündigte: „Wir sollten die Verursacher und Drahtzieher aus der Welt schaffen. Ich glaube, wenn wir Joyce,

Amon, Liam und Amalia und die, die sie auf ihr Leben hin beschützen wollen, töten, dann kann es eine große friedliche Gemeinschaft geben, die sich die Erde brüderlich und schwesterlich teilt, denn dann gibt es keinen Herrscher mehr. Seht nur, in unserer kleinen Gemeinschaft geht es auch ohne Anführer. Warum sollte dies nicht auch im Großen funktionieren, frage ich euch? Jeder ist für das verantwortlich, wofür er sich verantwortlich fühlt, um dem Gemeindewohl seinen Beitrag zu leisten."

Das große Schweigen in der versammelten Masse schien ein deutliches Ja zu enthalten, weil sich niemand mit einem Gegenvorschlag in die Gemeinschaft einbrachte. Die Gemeinschaft war sich auch einig, dass es so nicht weitergehen konnte.

***

Es vergingen einige Stunden, bis sich Amon bequemte, sich wieder in der Steinhöhle blicken zu lassen. Es musste mittlerweile Nachmittag oder Abend sein und ein ungutes Gefühl machte sich in mir breit. Wäre das für heute der letzte Besuch? Wie würde morgen das Ultimatum ausgehen? Würde ich davon überhaupt etwas mitbekommen? Immerhin fühlte ich mich besser und kräftiger als zu Beginn meines Aufenthaltes in dieser Steinhöhle, was ich für ein gutes Zeichen hielt. Amon kam wortlos näher und lehnte sich dann gegen die Steinwand, von der aus er mich beobachtete, während ich mich in der Mitte befand. Ich ging nun zu ihm hin, lehnte mich mit dem Rücken gegen die Steinwand und blickte nach oben. Er stand seitlich zur Wand und beobachtete mich weiterhin. „Du wirst mich morgen nicht aushändigen, richtig?", fragte ich, den Blick immer noch zur Decke gerichtet. Ich war überrascht, als er mir antwortete und ein Lächeln umspielte seinen Mund, als er sprach: „Ich wäre dumm, wenn ich es täte. Während deiner Abwesenheit war ich launisch und darunter hat vor allem Jay gelitten." Ich konnte nicht anders, ich musste ihn ansehen und deshalb drehte ich mich zu ihm hin und erwiderte: „Dass ich dir Geduld und Kontrolle gebe, würde ich nicht behaupten." Er zuckte nur mit den Schultern. Ich musterte seinen dabei wegschauenden Gesichtsausdruck und fragte nach: „Was ist?" Amon verschränkte seine Arme vor der Brust und schwieg weiterhin. „Nun sag schon", forderte ich ihn lächelnd auf. Amon drehte sich um und wollte gehen, aber ich hielt ihn am Arm fest. „Halt. Geh nicht", sprach ich schnell und ließ dann seinen Arm wieder los. Ich wollte ihn nicht hindern zu gehen, denn wenn er wegwollte, sollte er es tun. Doch er blieb stehen, den Rücken immer noch zu mir gewandt. Dann drehte er sich wieder zu mir um und schaute auf mich herab. „Du öffnest dich mir gegenüber überhaupt nicht und verlangst von mir Erklärung?", fragte er ruhig. Ich blickte zu Boden und erwiderte: „Gut, ich werde aufhören dich persönliche Dinge zu fragen, denn du hast ebenfalls damit aufgehört." Ich blickte ihm wieder in die Augen und fuhr leise fort: „Du hältst mich als deine persönliche Gefangene in einer Steinhöhle und auch die Ereignisse davor tragen dazu bei, dass das Vertrauen verloren gegangen ist. Wie soll ich mich jemanden öffnen, dem ich nicht vertraue?"

Er schaute schockiert und antwortete: „So habe ich das Ganze noch nicht gesehen. Ich dachte Liebe wäre etwas Beständiges." Ich nickte, denn das dachte ich auch. Es entstand eine kleine Redepause und meine Gedanken drehten sich um den morgigen Tag. Es würde unweigerlich zum Krieg kommen, wenn ich hier nicht herauskäme. „Amon, bitte, du musst mich morgen in aller Frühe gehen lassen", flehte ich ihn jetzt regelrecht an. Hatte ich das wirklich nötig? Nicht ganz, aber es war für den Frieden nötig. Amon verschränkte die Arme wieder vor der Brust und schüttelte ernst den Kopf.

„Als ich Göttin des Bösen war habe ich meinen negativen Einfluss auf Erden, soweit es möglich war, vermieden, um Unruhen, Unzufriedenheit und vor allem Kriege zu vermeiden. Ich habe die Dimensionen zerstört, damit die ewigen Kämpfe aufhören und ich werde einen Kampf mit dir meiden, denn ich bin für Frieden. Jetzt bricht wegen mir ein Krieg aus, an dem alle Parteien dieser Erde teilnehmen werden und es wird viele Tote geben. Ich kann das nicht …", aber ich wurde von Amon unterbrochen. „Liam und

Amalia werden eine kleine Meinungsverschiedenheit deinetwegen haben und vielleicht kommt es zwischen unseren beiden Gruppen zum Handgemenge, aber die dritte Gruppe wird sich nicht einmischen, weil wir sie dulden und sie das nicht aufs Spiel setzen werden. Beruhige dich, Joyce, dir wird nichts passieren, denn ich werde die ganze Zeit hier bei dir bleiben", sagte er locker, fast schon beschönigend. Danach wollte er mich umarmen, aber ich drückte ihn weg. Er hatte mich nicht ernst genommen und eine Umarmung wollte ich ganz bestimmt nicht. Der Krieg würde kommen, das sagte mir der Wind. Ich hoffte, er würde jetzt gehen, aber er blieb. Wir hätten mit unseren Erben ein gutes Team abgeben können, aber aus irgendeinem Grund klappte dies nicht wie früher. Für mich stand der Frühling für Erwachen, Lebenskraft, Neubeginn und Lebensfreude und der Winter brachte durch seinen Schnee Ruhe, Erholung und eine Zeit des Besinnens und zusammen könnten wir der Erde viel zurückgeben, aber er glaubte mir nicht und auch er vertraute mir nicht. Es war zwischen uns viel kaputtgegangen, worüber ich traurig war. Amon sagte plötzlich ruhig: „Entspann dich endlich, Joyce." Wie sollte ich mich entspannen, wenn meinetwegen ein Krieg bevorstand? Nur ein Gefangener, der sich und alles aufgegeben hatte, würde sich in seiner Zelle ansatzweise entspannen können. Ich musste wenigstens meine Aufgabe als Erbin erfüllen, wenn ich bereits in allen anderen Rollen versagte. Als Mutter, Clananführerin, Geliebte und Göttin habe ich letztendlich auf ganzer Linie versagt. Ich will jedem Individuum auf dieser Erde eine Chance auf Leben und Frieden bieten und ich bete zu Ostara, dass mir dies morgen gelingen wird. Immerhin würde ich mit dem Erbe nicht sterben und mich so zwischen die Fronten stellen können. Ich will es versuchen, ich bin es allen schuldig.

***

Diese Nacht bekam ich kein Auge zu, stattdessen lief ich unruhig durch die Steinhöhle. Ich wünschte mir Emmet an meine Seite, er würde jetzt das Richtige tun und nur er allein könnte mich nun beruhigen. Ich konnte mich schon nicht mehr daran erinnern, wie sein Wesen damals als Gott des Bösen war, das kommt mir heute als ein schlechter Traum vor, weil es so lange zurücklag. Emmet ist innerlich ein guter Mensch und eine treue Seele und ich vermisste ihn an meiner Seite. Hatte ich mich jemals für seine stetige Anwesenheit in meinem Leben bedankt? Ich bereue es, dass ich seine persönliche Aufgabe, mein Beschützer zu sein, als gewöhnlich und selbstverständlich hingenommen habe und ich würde es, sobald ich die Gelegenheit dazu hatte, es ihm aus ganzem Herzen sagen. In einer Nacht ohne Schlaf gingen mir unendlich viele Gedanken durch den Kopf und ich durchlebte mein Leben nach dem Tod noch einmal. Als Außenstehende sah ich mir an, wie ich Amon kennenlernte, meinen Clan formte und führte, wie ich Amon verlor und wiederfand, wie ich Mutter und Göttin wurde und wie ich durch das Erbe das Schicksal in die Hand nahm, Dinge zu verändern und sie nicht hinzunehmen wie sie waren. Dabei habe ich aber viele Personen verloren, die ich liebte, bis ich wieder beim heutigen Tag angekommen war. Mit Trauer im Herzen stellte ich fest, dass nur Emmet mir als Freund geblieben war. Zwar hatte Amon in meinem Herzen einen Stammplatz, genauso wie Emmet, aber er stand mir nicht mehr nahe. Genauso wenig standen mir meine Clanmitglieder des Guten und Bösen und meine Kinder noch nahe und die Götter an sich waren mir auch fremd und noch nie Vertraute gewesen. Führte ich ein einsames Leben? Ich musste innerlich lachen, weil mich mit Emmet so viel verbündete. Wir lebten bereits lange in Kenntnis des anderen und nur für unsere Aufgaben. Wir hatten uns unausweichlich gegenseitig ins Herz geschlossen und das wird auch so bleiben, das versprach ich ihm jetzt leise und ganz in mir selbst, so dass es meine Seele nie vergessen sollte.

$$***$$

Als Amon am frühen Morgen zu mir in die Höhle kam, huschte auch ein Windzug mit ihm herein, der mir den Beginn und die Aufstellung der drei Gruppen ankündigte. Ich hätte die Information auch auf dem Gesicht von Amon ablesen können, denn dieser wirkte blass, gereizt und sehr nervös. „Lass mich gehen, bitte, das ist das Beste für alle", sprach ich noch einmal ruhig auf ihn ein. Doch Amon sprach nun hastig und genervt: „Mich interessiert nicht das Beste für alle. Ich bin auf das Wohl von uns beiden aus, verstehst du es immer noch nicht? Ich brauche dich, Joyce! Deine Anwesenheit lässt mich mein Erbe besser unter Kontrolle bekommen. Ich werde dir niemals erlauben, ohne mich diese Höhle zu verlassen und bis du das verstanden hast, bleibst du unter meiner Beobachtung. Ich hoffe nur Liam hat draußen alles unter Kontrolle. Wir müssen an uns denken, wie wir das Ganze heil überstehen und wie wir das Erbe für immer behalten können. Es verleiht uns ewiges Leben und unendliche Kraft, Joyce."

Ich konnte meinen Ohren nicht glauben, Amon hatte den Verstand verloren, auch seinem Charakter tat Macht nicht gut. Sobald er seinen Plan in Gefahr sah, drehte er durch und das war genau jetzt der Fall. Hatte es jetzt einen Sinn ihm gut zuzureden? Amon ergriff erneut das Wort: „Entschuldige Joyce, dass ich dich vor vollendete Tatsachen stelle, weil du dich klein stellst, habe ich die Leitung übernommen und beschlossen, was für uns das Beste ist. Menschen streben nun mal nach Führung und Regeln, nicht wahr?" Ich konnte nur fassungslos den Kopf schütteln, Amon hingegen lächelte und sprach: „Du bist sehr wohl meiner Meinung, denn du lässt es zu, dass ich dich hier festhalte, dass du meine Regel, nicht zu fliehen, befolgst und du als schwächeres Glied versuchst mich mit Worten zu beeinflussen, statt mich mit Taten in die Schranken zu weisen."

Irgendwo in seinem Gefasel hatte Amon ansatzweise recht, ich saß hier lang genug tatenlos herum, während sich draußen alle gegenüberstanden. Ich musste jetzt etwas tun und so sagte ich: „Sei du selbst die Veränderung, die du dir wünschst." Amon sah mich verwundert an. Aus meinen eigenen Worten schöpfte ich Kraft und ließ aus dem Erdboden einen großen Baum herauswachsen, an dem ich mich festhielt und welcher mit mir durch die Decke brach und mich ans Tageslicht beförderte. Dieser Baum war der schönste

Baum, den ich je gesehen hatte, majestätisch und breit, doch auch der Einzige in dieser öden Berglandschaft. Er würde als Zeugnis meiner Anwesenheit hier stehen bleiben und ich lief hastig los, wobei mir der Wind zu etwas mehr Geschwindigkeit verhalf und das Glühen der Frühlingssonne um mich herum erstrahlte. Von Weitem hörte ich das Brechen von Eis und einen tosenden Windsturm, aber ich scherte mich nicht weiter um Amon, den ich hinter mir ließ. Meine Aufmerksamkeit galt dem Geschehen nicht weit vom Gebirge entfernt auf einer Wiese, wo sich alle versammelt hatten. Ich war erstaunt über diese Menge von Menschen, denn diese Personen waren sonst auf der Erde verbreitet. Ich bahnte mir einen Weg durch die Gruppe von Amalia und lief auf die freie Stelle in der Mitte zu und rief laut: „Stopp!"

Sofort blieben alle glücklicherweise stehen, sahen mich aber feindselig an. Dennoch blieb mir Zeit zum Reden und diese nutze ich sofort aus: „Die dritte Gruppe und ich verfolgen das gleiche Ziel. Wir wollen Gleichheit und Frieden für alle Bewohner dieser Erde. Dies erweist sich aber als schwierig, weil die Erde vor unserer Ankunft bereits zweigeteilt war und diese Unterscheidung aus den Köpfen der Menschen zu bekommen ist und bleibt eine Hürde, wobei nicht alle für ein neues Denken bereit sind."

Jetzt rief Amon vom Rand, der sich zu Liam gesellt hatte: „Joyce, welche sich als den Frühling bezeichnet, hat den Verstand verloren nachdem ich sie in einer Steinhöhle eingesperrt habe."

Emmet stand plötzlich an meiner Seite und legte eine Hand auf meine Schulter. Seine Berührung erzeugte in mir Ruhe und ich sah ihn dankbar an und fuhr fort, ohne auf das Gesagte von Amon einzugehen: „Die Erde musste viele Launen der Menschen ertragen und auch wir haben in letzter Zeit viel durchgemacht, ein Krieg täte jetzt beiden Seiten nicht gut. Jedes Individuum auf dieser Erde, welche die einzige Erde ist die wir haben, sollte sich selbst fragen, was es zur Gemeinschaft beitragen möchte und sich dafür verantwortlich fühlen. Für den Beginn dieses Friedens möchte ich sorgen, der Verlauf liegt in jeder einzelnen Hand von euch."

Die dritte Gruppe beäugte mich misstrauisch, aber ich ließ mich davon nicht aufhalten. Ich hatte lange über den nächsten Schritt nachgedacht. Wenn ich ihnen die gesamte Magie nehme, welche sie in sich tragen, dann würde ich alle aus den Dimensionen umbringen. Aber wenn ich ihnen so viel Magie beließe, dass sie davon nur existieren, aber ihre Gaben und Fähigkeiten nicht nutzen können, dann würde es wirklich Frieden auf der Erde geben. Es würde jeden betreffen, außer Amon, ihm konnte ich nichts nehmen. Ich absorbierte nun den Großteil der Magie der ehemaligen Dimensionsbewohner, so viel wie ich mir zutraute ihnen zu nehmen, schränkte ihre Magie auf ein Minimum ein und kanalisierte diese als Lebensenergie in die Bäume dieser Erde und schloss dieses wertvolle Gut dort ein. Während des raschen Vorganges merkte ich eine Ermüdung meines Körpers, wobei Emmet mich hielt und ich ihm dabei in die Augen sah. „Ich habe mich nie wörtlich für deine herzliche Anwesenheit und deinen aufopferungsvollen Schutz bedankt, was ich nun unbedingt nachholen wollte. Ich habe es nicht eine Minute bereut deinen Kriegereid angenommen zu haben. Emmet, du bist mir der wichtigste Mensch geworden und dafür danke ich dir von Herzen", sprach ich in seinen Armen. Emmet lächelte mir warmherzig zu und sagte: „Und du bist mir der wichtigste Mensch im ganzen Universum. Joyce, ich …", doch was er mir sagen wollte, bekam ich nicht mehr mit, denn meine Körperfunktionen versagten und mein Geist löste sich.

***

Sobald der Körper von Joyce erschlaffte, sie leblos in meinen Armen lag, musste ich nicht erst ihren Puls erfühlen, um zu wissen, dass sie eben in meinen Armen verstorben war. Ich weinte um sie, während Amon fassungslos angerannt kam und wütend schrie: „Sie ist tot! Sie konnte nicht getötet werden! Wie ist das möglich?" Er schien ihr Gehen auch gespürt zu haben, nur sicher auf eine andere Art und Weise und ich konnte ihm nicht antworten, ich fand meine Sprache nicht. Sofort brachen um mich herum wilde

Spekulationen los, es war die Rede von „Selbstopferung für den Frieden" und „Erlösung aus diesem Dilemma". Ich konnte nichts anderes tun, als ihren Körper zu halten und meine Trauer in Tränen zu verpacken und diese loszulassen, damit ich an dieser Trauer nicht zerbrach. Nur im Hintergrund bekam ich mit, wie die Gruppenformationen aufbrachen, die Menschen aufgelöst auseinanderliefen und sich gegenseitig beschimpften. Einige wollten ihre Gaben und Fähigkeiten zur Hilfe nehmen, mussten aber schockiert feststellen, dass sie machtlos waren. Daraufhin verwandelten sich die Tiermenschen, aus Furcht vor den Gaben, in ihre Tiergestalten und die ehemaligen Dimensionsbewohner ergriffen aus Angst vor ihnen die Flucht. Es war ein heilloses Durcheinander, nur ich ruhte mit meiner Trauer und Joyce in den Armen, in mir selbst. Amon hatte ich dabei völlig aus den Augen verloren und am Ende saß ich allein auf der Wiese und hielt immer noch ihren leblosen Körper. Ich strich ihr noch einmal durchs Haar. Joyce war für den Frieden der Menschen gekommen und gegangen für eine bessere Welt, in der sie nicht mehr weilte. Eventuell wusste sie selbst nicht, dass ihr Vorhaben ihr Körper nicht aushielt, denn sie wurde nicht getötet, sie brachte sich selbst um, ohne es bewusst gewollt zu haben. Keiner außer mir kümmerte sich um ihren Körper und keiner hatte sie so geliebt, wie ich es tat, nicht einmal Amon war geblieben, obwohl ich von ihm mehr erwartet hatte. Er war schließlich ihre große Liebe gewesen. Diesen letzten Gefallen hätte Amon ihr erweisen müssen.

***

Emmet besuchte jeden Tag das Grab von Joyce, welches er selbstständig errichtet hatte. Seit ihrem Tod, vor etwas mehr als einer Woche, hatte er niemanden an ihrem Grab angetroffen. Er betrieb als einziger die Grabpflege und sprach allein zu Joyce. Die Aufteilung der drei Gruppen hatte sich endgültig aufgelöst. Die ersten Tage liefen die meisten Personen einzeln und verwirrt herum und bekämpften sich kurz gegenseitig, wenn sie aufeinandertrafen, was eine ständige Flucht beinhaltete. Ein paar Tage später gesellten sie sich zu ihren Gleichgesinnten und die Dimensionsbewohner verzogen sich in die stillen, grauen Berge, was den Tiermenschen ganz recht zu sein schien. Dadurch entwickelte sich erneut ein Territorium der Dimensionsbewohner und der Tiermenschen, aber es blieb friedlich, wie es Joyce gewollt hatte. Ihr Verlassen hatte eine merkwürde Stille auf die Erde gebracht und alle gingen sich aus dem Weg, auch ohne ein Wort zu verlieren. Wir konnten also von einer Art Frieden reden. Schmerzlich hatte er nach dem Tod von Joyce festgestellt, dass das Brandmal auf seiner Brust, der Handabdruck der alten Frau, verschwunden war. Der Schwur war gebrochen. Emmet fiel ebenfalls auf, dass es von Tag zu Tag kälter wurde, aber Schnee fiel nicht in den Bergen. Vielleicht sollte er von „noch nicht" sprechen, denn in der Ferne, im Territorium der Tierwesen, fiel Schnee und er erkannte eine weiße Schicht am weiten Horizont.

***

„Die Tierwesen stehen wutentbrannt am Vorsprung der Berge und fordern den Rückzug der Kälte. Amon, du kannst nicht das Land der Tierwesen in eine Eiszeit verwandeln", sprach Liam aufgebracht. Seine Nerven lagen blank, denn das Eis setzte ihm ebenfalls zu und die aufgebrachte Stimmung zwischen den beiden Gruppen ließ den Frieden auf eine Zerreißprobe hinauslaufen. „Ich habe dich gewarnt, Liam! Ich habe es dir tausendmal gesagt, dass ich Joyce brauche. Das Gleichgewicht ist gestört und ich kann nichts gegen meine Macht tun, solange ich keinen Gegenspieler habe." Amon lachte finster auf und sprach weiter: „Ich bin stark, zu stark für diese Welt und ihr müsst alle darunter leiden. Ihr seid schuld, dass Joyce nicht mehr hier ist. Ihr seid Idioten, nicht ich!" Liams Geduld war am Ende und er rannte schreiend auf Amon zu, der ihn augenblicklich in eine Eissäule verwandelte. „Hör auf, Papa!", schrie Jayden und Amon beruhigte sich wieder etwas. Amon hatte nicht bemerkt, wie er den Raum betreten hatte. „Du hast recht, Jay, das bringt nichts." Er machte mit der Hand eine Drehung und der Kopf von Liam wurde vom Eis befreit. „Ich kann das Eis nicht verschwinden lassen, dafür reicht mein Einfluss nicht aus, aber ich kann seinen Ort bestimmen. Stellt dich das zufrieden?", wollte Amon von ihm wissen. „Wohin willst du das Eis bringen?", fragte Liam skeptisch. Amon lachte, trat dicht an ihn heran und fragte leise, ohne dass es sein Sohn mitbekommen konnte: „Wenn die Tierwesen den Schnee nicht wollen, wohin kann ich ihn noch bringen?" Amon ließ den Kopf von Liam wieder in Eis einfrieren. „Dich brauch ich nicht mehr, Liam. Du bist nicht mehr der Anführer", sagte er feststellend. Dann schrie er seinem Sohn zu: „Bring mir Emmet in die Halle! Er soll sehen, wie ich es vollbringe."

Nachdem Emmet eingetroffen war, wobei er nicht erfreut zu Amon herüberschaute, führte dieser mit Handbewegungen die Beförderung des Eises ins Gebirge durch. Die lauten Rufe verstummten augenblicklich. Alles schien für einen Moment friedvoll, doch der Machtverlust über das Erbe, welcher höher war, als er Amon erschien, bewirkte das sofortige Einfrieren der Gebirgslandschaft, der Dimensionsbewohner und mit ihnen das Problem über die Aufteilung der Erde. Eine neue Eiszeit brach an und würde nur durch eine Person aufgehoben werden können. Diese Person musste der Gegenspieler vom Winter sein, denn auf den Winter folgt der Frühling. Das Erbe kann nicht spurlos verschwinden.

***

Es gingen vierundzwanzig Jahre ins Land, in denen sich die Population der Tierwesen erholte und friedlich ihr Dasein auf der Erde genoss. Sie setzten ihr Leben fort, als hätte es die Ankunft der Dimensionsbewohner nicht gegeben, jedenfalls versuchten sie es. Die Ereignisse wurden totgeschwiegen, die detaillierte Erzählung verboten und die Traditionen streng weitergeführt. Es wuchs Gras über die Sache und wurde im Untergrund toleriert, solange es nicht wieder an die Oberfläche gelangte. Doch weiß nicht jeder, der einen Samen in der Erde vergräbt, dass nach Jahren dort ein prächtiger Baum steht?

***

„Jalia wird bestimmt gleich kommen", beruhigte die Mutter die zukünftigen Ehemänner, welche um die Hand ihrer Tochter anhielten. Die drei Burschen hatten sich für den Brauttanz in ihr bestes Gewand geworfen und warteten ungeduldig auf die Ankunft meinerseits. Ich befand mich im heiratsfähigen Alter der Tiermenschen und steckte gerade noch meine Haare nach oben. Meine erste und noch einzige Tiergestalt war ein Steinbock und ich schlich mich aus reiner Neugier öfters zu der Grenze der Berge, weil es verboten war und mich das Adrenalin anspornte, es immer wieder zu wagen und zu schauen, ob mich jemand dabei erwischte. Genauso werde ich es auch versuchen der Heirat aus dem Weg zu gehen, denn Sitten und Gebräuche waren langweilig. Ich wollte lieber ein aufregendes Leben führen, wie die starken Frauen aus der Vergangenheit, über die niemand spricht, aber ich weiß, dass mein Name von ihren Namen abgeleitet wurde und das ließ mich zur Forscherin werden. Doch zuvor musste ich diesen öden Abend hinter mich bringen und am großen Lagerfeuer mit den drei Knaben tanzen, die mich an sich binden wollen, nur weil meine Familie einen guten Stand in der Gesellschaft hatte. Mich fragte keiner, was ich wollte, aber das war ich als Frau gewohnt. Ich machte mich nun auf den Weg zum Lagerfeuer, an dem mich meine Eltern, Estha und Lore, die drei Männer und deren Eltern bereits sehnsüchtig erwarteten. Die vielen Augenpaare ruhten für meinen Geschmack zu lange auf meinem Körper, denn in dem teuren Kleid sah ich gewiss gut aus, aber ich wäre lieber in bequemen Sachen gekommen. Der Älteste der zukünftigen Spinner, den ich ganz sicher nicht heiraten werde, trat besitzergreifend auf mich zu und brachte meine Hände in Position, wobei ich mich entmachtet fühlte. Er schaute mich kurz ernst und starr an und der Tanz begann. Mit meinen Gedanken war ich bei der Legende und nicht am Lagerfeuer. Diese wird von wenigen Tiermenschen weitergetragen, weil die meisten sie vergessen wollen. Laut diesen kinderfreundlichen Übermittlungen lagen sich Frühling und Winter, die Kinder der Natur, im Streit, um jedoch Frieden auf die Erde zu bringen, hat der Frühling seine Macht nicht gegen den Winter, sondern gegen die Aliens aus dem Weltall gerichtet, um die Tiermenschen zu beschützen. Die Natur bangte um das Gleichgewicht, der Frühling verlor und Mutter Natur befahl dem Winter, um die Tiermenschen zu retten, die Aliens in den Bergen einzufrieren und der Frieden war wiederhergestellt. Seitdem waren die Berge eine Sperrzone, welche keiner betreten durfte und ob dort eine Menschenseele liegt, oder nicht, kann keiner mit Gewissheit sagen. In Gruselgeschichten heißt es, dass diese Aliens irgendwann auftauen und sich auf die Tiermenschen stürzen werden, aber das waren alles Geschichten aus denen ich mir nicht viel machte. Was sollte schon passieren?

Das plötzliche Loslassen meiner Arme brachte mich dank meines Tanzpartners in die Wirklichkeit zurück. Er schaute mich eine Weile stumm und mit starrem Gesichtsausdruck an, wobei ich realisierte, dass er sofort eine Antwort von mir verlangte. „Es tut mir leid, ich werde dich nicht bitten, mich zu heiraten", sagte ich höflich und er trat beiseite. Ich seufzte, denn ich hatte noch zwei weitere Standardtänze vor mir und diese würde ich durchziehen müssen. Am Ende sagte ich jedem Knaben, dass ich an einer Heirat nicht interessiert sei, woraufhin Estha traurig zu mir schaute und fassungslos den Kopf schüttelte.

***

Am Abend darauf war die Nacht der Nächte, in denen wir uns in unseren Behausungen verbarrikadierten und der stärkste und älteste Mann der Familie die ganze Nacht Wache über diese hielt. Laut der Legende würden diese Nacht böse Geister im Lande spuken und einsame Seelen einfrieren. Auch daran erkannte ich nicht ein Fünkchen Wahrheit, aber ich würde gegen die Vorsichtsmaßnahmen nicht verstoßen, um meiner Mutter keine Angst einzujagen, wenn sie wüsste, ich wäre nicht zuhause.

An diesem Abend fand ich in meinem Bett zunächst keine Ruhe und wälzte mich von rechts nach links. Ich war allein im Zimmer, meine Mutter schlief im Nebenzimmer und Lore übernahm traditionell die Wache. Bevor wir Frauen schlafen gingen, stellten wir gemeinsam sechs Kerzen im Flur auf, für jeden Bewohner zwei, um die guten Geister um Unterstützung zu bitten. Dies erfüllte mich, wie jedes Jahr, gleichzeitig mit Ehrfurcht und Erleichterung. Wieder drehte ich mich zur anderen Seite und zog die Decke hoch bis ans Kinn. Im Haus war es still geworden, nur in mir herrschte Unruhe. Würde es ein Geist wagen in dieses Haus zu gelangen? Ich hatte keine Angst, nur Bedenken und ich drehte mich auf den Rücken. Plötzlich hörte ich eine fremde Stimme singen, welche tief in mir ruhte und ich blieb wie starrgefroren liegen und wagte mich nicht zu bewegen, während sie sang.

You and I,
we together inside.
I call you when you sleep, when you play or whenever I tried.
And I pray that you hear me and call me back again.
I feel what you mean when you say the truth of our heart.
And I hope that we live along, beyond.

Diese Stimme, welche das Lied sang, war mir nicht bekannt und so schlussfolgerte ich, dass ein böser Geist in mein Zimmer eingedrungen war, doch die Stimme in mir lachte leise auf und ich zuckte erschrocken zusammen. Der Geist konnte meine Gedanken hören. Im nächsten Moment kam ein Bild meiner Geburt in mir auf, als würde ich mich zurückerinnern. Meine Mutter lag in den Wehen, als ein Geist in das Ungeborene hinein glitt. Dann wurde das Bild vergrößert, so dass ich in mich hineinschauen konnte. Der fremde Geist kämpfte mit dem kindseigenen Geist und gewann. In einem kurzen Zeitraffer zeigte mir das Bild meine ersten Lebensjahre, in denen der kindseigene Geist verkümmerte und ver-

266

schwand. Die Stimme in mir sprach: *In einem Körper kann nur ein Geist wohnen und es tut mir leid, dass ich dich einnehmen musste, aber ich hatte keine Wahl. Mein Name ist Joyce, ich bin die Erbin von Ostara und ich brauchte einen Körper. Ich habe versucht mich so weit wie möglich aus deinem Leben rauszuhalten, dich bestimmen zu lassen und das werde ich auch weiterhin tun. Ich kann deine Gedanken hören, weil es auch meine eigenen sind. Doch damit du mich und die Erde besser verstehen kannst, möchte ich dir mein Leben und die Ereignisse bis vor vierundzwanzig Jahren zeigen. Dies ist die Zeitspanne, in der ich zwei Mal für den Frieden starb. Nun bist auch du vierundzwanzig Jahre alt, bereit mich zu hören und bereit für die Zukunft dieser Erde.*

Ich verstand die Worte, aber nicht deren Bedeutung. Ich hatte jedoch keine Zeit über das Gesagte nachzudenken, weil Joyce bereits begann, mir alles über sich zu zeigen. Sie begann mit der Erinnerung bei ihrem Tod, dann die erste Begegnung mit Amon und so ging es weiter mit der Clanbildung und der ersten Begegnung mit Emmet bei einem Kampf, um nur ein paar Ereignisse zu nennen. Ich konzentrierte mich, um alles schnellstmöglich zu verstehen, wobei mir die Lebensgeschichte von Joyce spannend und aufregend vorkam und ich nicht einen Moment an Schlaf denken konnte. Als wir schließlich bei ihrem Tod auf der Wiese angekommen waren, ging bereits die Sonne auf. Ich lag blass und erschöpft immer noch in meinem Bett und atmete einmal tief durch. Ich realisierte, dass sie kein einfaches Leben hatte und ich nun ihre Aufgabe übernehmen sollte. Wenn ich kurz über ihr Leben nachdachte, fiel mir augenblicklich auf, dass es sich oft um die Frage drehte, wer ist gut und wer böse und was definiert jeweils diese Zuordnung, denn es gab Personen, welche einst als gut oder böse galten und sich plötzlich zum Gegenteil wandelten. Mir schwirrte der Kopf und ich ließ die Augen zufallen, wobei ich nicht merkte, wie ich einschlief. Doch als es plötzlich an der Tür klopfte, schreckte ich hoch und meine Mutter stand besorgt an der Tür. „Jalia, du siehst heute gar nicht gut aus. Ist alles in Ordnung mit dir?", fragte sie mich fürsorglich. Ich gestand wahrheitsgemäß:

„Ich konnte diese Nacht nicht schlafen." Sie ließ mich allein und diskutierte hinter der geschlossenen Tür mit meinem Vater.

***

Am darauffolgenden Tag verließ ich wieder unsere Behausung. Ich sah die Welt plötzlich mit anderen Augen, deren von Joyce und war schockiert, wie ich die Realität vorher nicht sehen konnte. Ich versuchte mir nichts anmerken zu lassen, ich wollte nach außen hin normal erscheinen, als die Blicke anderer Personen meinen Schritten folgten. Die älteren Personen in der Nachbarschaft, welche gewiss vor vierundzwanzig Jahren am Geschehen teilgenommen hatten, wirkten auf mich plötzlich verlogen und das erste Mal erschienen sie mir sehr zurückgezogen und unheimlich still, als hätten sie dem Tod ein Versprechen gemacht. Die Sonne schien nicht mehr so warm und der Wald war ungewohnt schweigsam und leer. Die Tiermenschen machten sich doch selbst etwas vor und das Tag für Tag aufs Neue, nur die Kinder konnten noch unbeschwert das Leben genießen. Doch meine Neugier war nicht getrübt von den neuen Tatsachen und zog mich noch mehr zu den Bergen. Diesmal wollte ich nicht nur zur Grenze vordringen, ich wollte die Personen im Eis sehen und herausfinden, ob dort wirklich Menschen lagen.
In der Zwischenzeit war ich am Ende des Waldes angelangt und schaute vorsichtig, an einen dicken Baum gelehnt, auf die freie Fläche zwischen Wald und dem Bergvorsprung. Ich erkannte die Stelle sofort wieder, denn Joyce war hier auf Amon und Liam gestoßen, welche sie gefangen nahmen. Auch für mich würden sich nun an derselben Stelle die Dinge grundlegend ändern. Mein Blick fiel auf zwei Tiergestalten in Form von Leopard und Nashorn, welche einzeln die Grenzlinie abliefen. Ich wartete, bis ich mir sicher war, dass sie mich nicht bemerken würden und lief im Eiltempo auf das Gebirge zu. Ich dankte innerlich Mutter Natur, dass meine Tiergestalt ein Steinbock war, denn so würde ich die Berge schneller emporsteigen können. Ich konnte nur hoffen, dass das Ge-

räusch der Hufe auf dem Stein die Wachen nicht herholte, solange ich noch in Sichtweite war. Ich sprang wie ein gehetztes Tier durch die steinige und eisige Gebirgslandschaft, um das kurze Zeitfenster, welches mir zur Verfügung stand, auszunutzen. Am Gebirge befanden sich mehrere Wachposten, die eine gewisse Strecke zu bewachen hatten, so dass es an anderen Stellen nicht wirklich einfacher gewesen wäre. Ein Stein rollte unter einem Huf weg, ich setzte noch einmal zum Sprung an und hatte es geschafft. Kurz versteckte ich mich hinter einem Felsen und lauschte, aber ich vernahm keine Stimmen oder Schritte. In Gestalt des Steinbocks ging ich noch tiefer in das Gebirge hinein, bis ich am kristallklaren Baum ankam. Dort wechselte ich wieder zur Menschengestalt und betrachtete diesen Baum genauer. Er war ganz in Eis gehüllt und für mich der erste Zeuge für ihre Existenz. Ich berührte die eiskalte Oberfläche, welche strukturlos und glatt war. Amon hatte eine wahre Leistung vollbracht, als er diesen Baum einfror und dies bewies, dass ich nah an der Sache dran war. Ich verlor nicht weiter Zeit und führte meinen Weg fort. Nachdem ich den Baum hinter mir ließ, entdeckte ich bereits die ersten Gestalten im Eis und ich blieb kurz stehen, um sie genau zu betrachten. Sie lagen links und rechts verstreut, wobei ich mir einen Weg durch das Eis und Gestein bahnte. Vor mir war höchstwahrscheinlich niemand hier gewesen und es gab keinen Pfad, dem ich folgen konnte. Mein Gefühl lotste mich hindurch und ich würde erst wissen, wo ich hinwollte, wenn ich dort angekommen war. Auf dem Weg erkannte ich ein paar Gesichter wieder und wusste sofort ihren Namen, dank der Erinnerung von Joyce, die sie mit mir auch jetzt teilte. Plötzlich musste ich stehen bleiben, weil ich vor einem Eingang stand, den eine Eiswand für mich verschloss. Ich schaute mich suchend um, ob ein Weg vorbeiführen könnte, musste aber schnell feststellen, dass es sich um einen Bergeingang handelte und kein anderer Durchgang vorhanden war. Ich überlegte, dass der Frühling den Winter beendete, weil seine warmen Sonnenstrahlen das Eis zum Schmelzen brachten und diese Eiswand war des Winters Werk. In den Erinnerungen glühte Joyce förmlich vor Sonnenstrahlen, wenn sie aufgeregt oder aufgebracht war. Dies hatte ich im Hinterkopf, während ich die Hände langsam auf die Wand legte und an Wärme und Licht dachte. Es dauerte seine Zeit bis ich ein Loch in die Wand schmolz, welches so groß war, dass ich gebückt hindurch steigen konnte. Über mein Ergebnis war ich kurz stolz, bevor ich gewissenhaft die Reise ins Innere des Berges fortführte. Die Höhle war dunkel und kalt, aber durch den Anstieg der Aufregung wurde auch das Sonnenlicht um mich herum heller, so dass ich meine eigene Laterne war. Ich ging weiter und musste kurze Zeit später über Rico und Caleb Timothy steigen, welche auf dem Boden mit ausgestreckten Beinen saßen und sich vermutlich unterhalten hatten. Ich folgte weiter dem Gang und schritt geradewegs auf eine große geschlossene Tür zu, welche ebenfalls vereist war. Mein Herz schlug schneller, denn ich spürte die Nähe meines Zieles. Ich legte die Hände nun auf diese Eisbarriere, wobei ich die Tür komplett enteisen musste, um sie zu öffnen. Ich atmete noch einmal tief durch und griff mit zitternden Händen nach der Türklinke. Die Tür ging knarrend und schwerfällig auf.

***

„Ich spüre doch, dass sich meine Tochter nicht für Männer, Heirat und Familiengründung interessiert. Auch wenn die Tradition etwas anderes vorsieht und sich alle Bekannten danach richten, sollten wir das tun, was Jalia guttut", hielt Lore gegen Estha stand. Sie stritten sich erneut, weil Jalia die drei Interessenten abgewiesen hatte und keine Anstalten für eine Suche nach einem Mann machte.

„Wenn sie älter ist, wird sich keiner mehr für sie interessieren, weil Männer eher jüngere Frauen wählen und die Männer in ihrem Alter werden dann bereits verheiratet sein. Willst du, dass sie allein verstirbt?", fragte die Mutter aufgebracht. Sie fuhr fort: „Sie soll es doch einmal besser haben als wir und das geht nur mit einem guten Mann." Lore schüttelte den Kopf und sagte ruhig: „Sie ist noch nicht soweit und ich werde sie nicht zwingen. Ihr Herz wird den

Richtigen schon erkennen, wenn er vor ihr steht." Estha schmiss den eben abgetrockneten Teller auf den Boden, der dort zersprang. „Du alter Romantiker! Hier geht es um die Versorgung meiner einzigen Tochter und du redest von vorübergehenden Schwärmereien", sagte sie laut. Dieser lächelte warmherzig, ging auf seine Frau zu, legte ihr die Hände auf die Schulter und sagte: „Ein bisschen von beidem hat doch schon jeden glücklich gemacht, der damit in Berührung kam, oder nicht?" Estha stöhnte, sie fühlte sich missverstanden, schüttelte die Arme ihres Ehemannes ab und verließ den Raum. Lore zuckte nur lächelnd mit den Schultern und kümmerte sich um das restliche Tongeschirr.

***

Als ich die Tür geöffnet hatte, konnte ich einen ersten Blick in den Saal dahinter werfen, in dem sich vier Personen befanden. In der Nähe der Tür befand sich Jayden, der Sohn von Amon und Joyce, der mit einem begeisterten Lächeln in den Raum hineinschaute. Er hatte die Arme vor der Brust verschränkt und wirkte recht erwachsen, im Gegensatz zu dem Jayden in der Erinnerung, welcher auf mich einen unreifen Eindruck für sein Alter machte. Vielleicht kam dieser neue Eindruck von der aufrechten und stolzen Pose, die er vor dem Erfrieren eingenommen hatte. Die nächste Person, die ich erreichte, stand mir ebenfalls abgewandt. Als ich um diese Person herumging und sie von vorn betrachtete, erkannte ich sofort Emmet, den treuen Beschützer von Joyce. Mit den Augen fuhr ich seine männlichen Gesichtszüge nach, welche einen besorgten Eindruck hinterließen. Ich streckte augenblicklich die Hand nach ihm aus, aber ich hielt in der Bewegung inne und ließ die Hand wieder sinken. Ich konnte ihn doch nicht einfach berühren, tadelte ich mich selbst, er konnte sich noch nicht einmal wehren. Ich beschloss weiter zu gehen und erreichte Liam, der beim Rennen eingefroren wurde und auf einem Bein stand. Der Sohn von Emmet und Joyce wirkte wütend, er hatte die Arme dicht am Körper und die Hände zu Fäusten geballt. Ich folgte seinem Blick und erkannte von Weitem Amon. Bei seinem Anblick regte sich etwas in mir, mein Herzschlag wurde schneller und meine Beine liefen von allein auf ihn zu. Meine Augen betrachteten sein Gesicht und erkundeten seinen Körper und das Seltsamste war, dass ich plötzlich anfing zu singen. Es war tatsächlich meine eigene Stimme, aber den Text sang ich zum allerersten Mal, denn Joyce kannte den Text auswendig und eigentlich sang sie, nicht ich.

You the hero,
woke up emotions
inside of me.
You are my galaxy.

You were gone
and broke my heart.
I was down,
before I saw you now.

Bring me down
and hold you back.
Take my hand,
because I feel so sick.
I feel things
that are strange for me,
and emptiness
in the same way.

Bring me down,
and hold you back.
Take my hand,
because I feel so sick.
I feel things
that are strange for me,
and emptiness
in the same way.

Where you are when
I need you more than
I ever do.
I think I love you.

Stay here with me
and be my shadow.
Stay by my side,
then I feel alive.

Bring me down
and hold you back.
Take my hand,
because I feel so sick.
I feel things
that are strange for me,
and emptiness
in the same way.

When the sun goes
down and dies,
never light will shine
on my mind.

The home we know is
lost forever
and so far away.
We are slaves of gods.

Bring me down
and hold you back.
Take my hand
because I feel so sick.
I feel things
that are strange for me
and emptiness
in the same way.

Now the moment
is good for a chance.
The sun goes up
and I finished my plan.

Don't bring me down,
don't hold you back.
Please take my hand,
because I feel alone.
My heart hurts but
it's healing now.
Stay by my side,
then I feel alive.

That is you,
but I can't believe,
the boy is gone,
you are a real man.

Don't bring me down,
don't hold you back.
Please take my flaw,
it is a part of me.
I feel things
that are strange for me
and happiness in the same way.

Oh, don't bring me down
and don't hold you back,
Please take my hand
and my heart again.
I feel things
that are strange for me
and happiness in the same way.

Ich war schockiert, als ich mit dem Singen aufhörte. „Das war das erste und letzte Mal, dass du mich übernommen hast, haben wir

274

uns verstanden?", sprach ich streng an Joyce gerichtet. Sie antwortete mir verlegen: *Es tut mir leid, es ist einfach über mich gekommen, als ich ihn wiedergesehen habe. Ich liebe ihn immer noch.* Ich stöhnte, denn für den ehemaligen Amon hätte ich eventuell noch etwas übriggehabt, aber er hatte sich nicht zu seinem Vorteil verändert, meiner Meinung nach, obwohl es auch ihre Meinung war, aber die Liebe saß anscheinend tiefer als die Vernunft. Wir einigten uns im Stillen, dass wir an diesem Ort lang genug waren und ich rannte im Laufschritt aus dem Saal heraus. Sobald ich aus der Höhlenöffnung geklettert war, lief ich in der Gestalt des Steinbockes weiter, wobei ich mich am Felsvorsprung vorsichtig vorarbeitete und ungesehen in den Wald sprinten konnte. Ich durchquerte den Wald, ohne einen Gedanken an etwas Bestimmtes und wurde Zuhause von meiner aufgelösten und weinenden Mutter empfangen. Sofort war ich wieder hellwach und fragte besorgt nach: „Was hast du, Mutter?" Estha schniefte, bevor sie noch immer unter Tränen berichten konnte: „Ich hatte mich mit deinem Vater gestritten, während wir das Tongeschirr abwuschen. Lore wollte, so gutmütig er ist, den Streit schnellstmöglich beilegen, aber ich fühlte mich gekränkt und missverstanden und suchte Ruhe im Wald, um nachzudenken." Ich hakte nach: „Was ist danach passiert?" Sie weinte noch drei Tränen, ließ sich von mir halten und streicheln, bevor sie fortfuhr zu erzählen: „Als ich wieder Heim kehrte und mich für meine Dickköpfigkeit entschuldigen wollte, war zwar das Geschirr gespült und weggeräumt, aber deinen Vater konnte ich nirgendwo finden. Er hat uns verlassen, wegen mir!" Ich schüttelte den Kopf und versuchte meine Mutter mit folgenden Wort zu trösten: „Wieso sollte Lore das tun? Das glaube ich nicht, Mutter, beruhige dich doch. Er ist sicher auch nur spazieren gegangen." Sie schluchzte und schüttelte energisch den Kopf. „Er hat seine Holzschuhe zuhause gelassen, welche ich ihm geschenkt habe. Lore ist fort."

Diese Nacht schlief ich unruhig. Mein Vater war bis zum späten Abend nicht zurückgekehrt, meine Mutter und ich hatten uns sehr spät mit einem unguten Gefühl letztendlich doch schlafen gelegt. Die Frage nach Lore war nicht das Einzige, was mich gedanklich quälte. Die Dimensionsbewohner waren real, lebten vermutlich noch und konnten jederzeit auftauen. Würden diese wirklich aus den Bergen springen und sich auf uns stürzen? Könnte ich sie aufhalten, wenn das von mir gefordert wird? Neben all den mysteriösen Dingen, welche ich noch nicht ganz verstand, befand sich noch etwas ganz banales, jedenfalls kam es mir nun so einfach vor, doch gleichzeitig schwierig genug. Meine eigene Hochzeit, welche sich meine Mutter so sehr wünschte und mich innerlich leiden ließ, denn ich sträubte mich eine Hausfrau sein zu wollen. Doch würde sich das als Erbin jetzt erledigt haben? Ich werde vermutlich auch früh sterben. Ich sah zuvor nichts in meinem Leben in Gefahr, bis jetzt.

∗∗∗

Als der nächste Morgen recht normal verlief, keine Dimensionsbewohner, kein Aufstand, aber auch kein Lore aufzufinden war, beruhigte ich mich endlich wieder und die Nervosität auf eine anstehende Katastrophe legte sich. Doch zu dem Zeitpunkt hatte ich noch nicht mit dem Besuch einer jungen Nachbarin gerechnet, welche sich laut Aussagen meiner Mutter heute früh, mit dem ältesten Knaben verlobt hatte, welcher auch um meine Hand angehalten hatte. Anna kam zu dem Zeitpunkt, als meine Mutter Wasser holen war. Sie wirkte übertrieben stolz in ihrem Verlobungsgeschenk, einem teuren Kleid, welches sie sich selbst nicht leisten konnte und kam in den Eingang unserer Behausung stolziert.

„Ich wollte dir einen Besuch abstatten, weil ich ganz genau weiß, wieso dein Vater verschwunden ist", sprach Anna und fuhr ungehalten fort: „Du bist eine Schande für deine Familie und für die Gesellschaft. Es gab noch keine heiratsfähige Frau, welche ohne

Grund alle Bewerber abwies. Dein Vater hielt diese Schmach nicht weiter aus. Wie deine Mutter das nur ertragen kann, zwei Mal ihr Ansehen in der Gesellschaft zu verlieren? Denke nicht, dass die Leute nicht über dich und deinen Vater reden, auch wenn du selten das Haus verlässt. Aber dein Pech ist mein Glück, dank dir." Sie hielt inne und betrachtete mich. Ich atmete die angehaltene Luft aus, wies auf die Tür und sprach: „Wenn du fertig bist, kannst du gehen, Anna." In meinem Inneren brodelte es förmlich, aber ich sah es nicht ein, mich auf das Niveau dieser Zweiundzwanzigjährigen herabzulassen. Anna schenkte mir noch einen überraschten Gesichtsausdruck, rümpfte die Nase und verließ unser Heim. Ich wartete die Rückkehr meiner Mutter sehnlichst ab, doch als sie zurückkehrte, traute ich mich nicht, ihr von dem Besuch zu erzählen. Sie hatte mir anscheinend auch nichts Neues mitzuteilen, so dass wir gesprächslos den restlichen Tag verbrachten.

***

Am nächsten Morgen beschloss ich, dass vertraute Heim zu verlassen, um Wasser vom entfernten Fluss zu holen. Ich machte mich ausgehfertig, zog gute Kleidung an und der Weg dorthin würde mich weiter von den Bergen entfernen und mich hoffentlich auf andere Gedanken bringen. Bevor meine Mutter nach den zwei Holzeimern greifen konnte, tat ich es und sprach: „Heute werde ich das tun, Mutter." Sie bedankte sich lächelnd und sagte: „Es ist schön, dass du wieder nach draußen gehst. Die Sonne wird dir guttun." Ich nickte ihr zu und sie lief in die Küche. Ich machte mich auf den Weg, wobei ich die Blicke der anderen ignorierte. Heute werde ich mich nicht aufregen oder ärgern lassen, denn heute würde ich anfangen stark zu sein und ich ließ mir Zeit auf dem Weg zum Fluss.

„In welchem Winkel der Dimensionen sind wir gelandet, Emmet?", wollte Amon wissen und schaute sich neugierig um. Jayden, Amon, Liam und Emmet befanden sich in einem leeren, dunklen Saal, dessen Mauern mit Stein verkleidet waren. „Wo ist Joyce?", fragte Emmet etwas lauter, bekam aber keine Antwort. Plötzlich rief Jayden: „Hier ist eine Tür!" Amon beugte sich zu Emmet und fragte ganz leise: „Wer ist der Kerl?" Emmet grübelte kurz und erwiderte flüsternd: „Ich glaube einen Jungen in seinem Alter nicht zu kennen. Der arme Kerl ist echt früh verstorben." Dennoch liefen alle in dieselbe Richtung, um zu schauen, was hinter der Tür war. Sie traten in einen leicht erhellten Tunnel, indem sie auf Caleb Timothy und Rico trafen. „Ihr seid auch hier?", fragte Emmet verwirrt. Amon ballte die Fäuste und sprach laut: „Was habt ihr mit Joyce gemacht?" Rico schaute ihn überrascht an und erwiderte: „Gar nichts, wir haben sie nicht gesehen." Caleb Timothy runzelte die Stirn und meinte: „Wo sind deine Flügel?" Plötzlich rief Jayden von weiter hinten: „Hier ist ein Ausgang und die anderen!" Er befand sich zusammen mit Liam am Tunneleingang. Caleb Timothy und Rico schauten Emmet und Amon an und fragten fast gleichzeitig: „Wer sind die?" Beide zuckten nur mit den Schultern. Sie nickten wissend, denn sie ordneten die beiden zu anderen Dimensionen zu, welche ihnen unbekannt waren. Sie liefen nun alle auf den Ausgang zu, von dem aus bereits Rufe laut wurden. „Clanbildung, alle Krieger zu mir!", riefen mehrere Stimmen auf einmal. Amon und Emmet suchten nach Joyce, aber sie fanden sie nicht. Die Krieger des Bösen waren bereits versammelt, aber es fehlte die Göttin. „Was ist hier los? Wo ist Joyce?", wollte Rico wissen. Emmet zuckte die Schultern, doch Ker kam auf sie zugelaufen und sprach aufgeregt: „Wir haben in den Dimensionen keine solchen Berge, deshalb vermuten wir, hat sich die Dimension vergrößert, aber das erklärt nicht, wieso wir alle hier sind. Wir werden nun vorrücken und das neue Gebiet erkunden und vermutlich wird es später Machtansprüche und Verhandlungen geben, aber das wird Joyce erledigen, wenn sie wieder auftaucht, bisher hat sie niemand gesehen."

Sie verstummte kurz, musterte Emmet und ging dann, ohne ein Wort zu sagen, weg. Amon folgte dem Blick von Ker und musterte Emmet ebenfalls prüfend. „Kannst du mir nicht sagen, wieso mich die Personen merkwürdig begutachten?", wollte Emmet verwirrt wissen. Amon lächelte verlegen und antwortete: „Wir sind es nicht gewohnt, dass du deine Flügel verbirgst, wobei wir wissen, dass Engel das können, aber du hast es noch nie zuvor gemacht." Emmet griff erschrocken auf seinen Rücken und tastete die Stelle zwischen seinen Schulterblättern ab. Nachdem er die Erhebungen der Flügelansätze nicht ertasten konnte, erwiderte er zutiefst getroffen: „Das kommt wohl daher, dass ich meine Flügel nicht länger habe. Ich bin ein Mensch, Amon."

***

Als Jalia Wasser holen war, besuchten drei ältere Frauen Estha daheim, während sie das Essen zubereitete. Sie gingen unangemeldet in die Behausung hinein und Estha schrie kurz auf, als die drei Frauen plötzlich in der Küche standen. „Habt ihr mich erschreckt. Überhörte ich euer Klopfen?", sprach sie, während sie sich die Hände abwusch, um den Gästen die Hand zu geben, doch diese wollten keine Berührung zulassen. Unbehagen machte sich in Estha breit, denn dies war das erste Anzeichen von Abneigung im Dorf. „Deine Tochter bricht die Tradition der Hochzeit und du unterstützt diese Schande? Ist das Verschwinden deines Mannes dir nicht Strafe genug? Du weißt, wieso wir uns vermehren müssen. Die Zeit wird wieder kommen, in der wir nicht allein auf Erden sind. Es war bereits riskant von euch nur ein Kind zu bekommen. Willst du die Geduld Mutter Naturs aufs Spiel setzen?", fragte Rawa unsensibel. Das war jedoch typisch für sie und sie nutzte ihre neue Position als ältere Frau vollkommen aus. Estha war erschrocken über den Anlass des Besuches und versuchte ihre Worte gut zu wählen: „Das plötzliche Verschwinden traf uns beide hart, wir trauern noch immer und ein Unwohlsein ließ meine Tochter die Behausung nicht verlassen, so dass ich mich freute, als sie heute

Morgen Wasser holen ging. Hingegen eine Hochzeit ein fröhliches Ereignis bedeutet, zudem meine Tochter seelisch nicht in der Verfassung ist." Gudrun sprach nun: „Du hast dich von deinen Pflichten als Mutter losgemacht, das Gefasel deines Mannes über die wahre Liebe beeinflusste dich in deiner Autorität über deine Tochter. Jetzt ist es für dich an der Zeit, das Versäumte wiedergutzumachen, immerhin hat deine Tochter nur noch dich und sie wird auf dich hören, wenn du es jetzt ernst meinen würdest."

Estha wollte bereits etwas erwidern, aber Marlena übernahm das Wort und eine der älteren Frauen zu unterbrechen war unschicklich. „Ich mache dir einen Vorschlag, den du nicht ausschlagen kannst. Der Sohn meiner Tochter ist noch nicht verheiratet, weil er in letzter Zeit einen Beruf erlernte und diesen nun ausführen kann. Er ist im Alter deiner Tochter und wird sie heiraten. Der talentierte Knabe und der Stand deiner Tochter sind eine Bereicherung eurer und unserer Familie und er wird deine Tochter gut behandeln. Berichte deiner Tochter von ihrem Glück, sobald sie nach Hause zurückkehrt. Mehr kann ich nicht für dich tun,   Estha." Sie sah langsam wortwörtlich rot und sprach schockiert: „Das kann nicht euer ernst sein? Meine Tochter ist im Erwachsenenalter, eine selbstständige Persönlichkeit mit eigener Entscheidungsfreiheit über die Wahl ihres Ehemannes, so wie jedes Mädchen wählen darf." Rawa hob die Hand und verkündete: „Das Angebot ist wirklich großzügig und erhält meinen Zuspruch." Estha rief: „Nein!" Plötzlich kam Amalia hinzu, welche ebenfalls zu den älteren Frauen gehörte und sagte: „Ich hörte das etwas lautere Gespräch beim Vorbeigehen und wollte nach meiner guten Freundin schauen. Ich denke, das Gespräch ist hiermit beendet." Sobald eine Frau das fünfzigste Lebensjahr erreichte, galt sie als ältere Frau und hatte automatisch mehr zu sagen. Amalia war bereits etwas über diesem Alter, wobei Marlena und Rawa erst vor kurzem zu den älteren Frauen gehörten. „Wir haben auch nichts weiter hinzuzufügen", sagte Gudrun und alle drei älteren Frauen verließen die Behausung. Estha atmete tief aus und sprach: „Danke dir Amalia, ich weiß nicht mehr weiter. Jetzt steht Jalia auch noch eine Zwangs-heirat bevor, wenn wir das Übel nicht abwenden können."

Amalia war die Vertraute für diese Familie und eine wichtige Bezugsperson der Mutter. Wie hatte sich die Welt in so wenigen Jahren um hundertachtzig Grad verändern können?

***

Als ich am klaren Fluss ankam, der lieblich dahinfloss, war ich dort die Einzige und ich setzte mich noch einen kurzen Moment ans Ufer. Ich blickte dem fließenden Wasser sehnsüchtig hinterher, als würde mich dieses in bessere Zeiten führen, mich zu meinem Vater bringen und mir meine Fragen beantworten, welche ich an die ungewisse Zukunft hatte, doch keine Antwort erhielt. Das melodische Plätschern ließ mich für kurze Zeit träumen, vergessen und verzeihen, als wären alle Sorgen auf einmal weg, das Ziel ganz klar und doch nicht greifbar, weil es eben, durch den Fluss, von mir weggetragen wurde. Wasser wasche meine Ängste rein und lasse mich nur die Hoffnung spüren. Ich beließ die Träumerei wieder, denn sie würde mir nicht wirklich helfen, nur für den einen Moment, in dem ich mich der Illusion hingab. Ich füllte nun die Holzeimer mit dem reinen Flusswasser und trat den Heimweg an.

***

Nach ein paar Sekunden sickerte die Erkenntnis tiefer in mich hinein, während Amon lachte, als hätte ich einen guten Witz gemacht. Ich war ein Mensch. Die Krieger des Bösen achteten nicht auf uns, sie beobachteten andere Krieger und warteten auf den Aufbruch ins große Unbekannte. Nachdem ich damals als Gott die Erde betrat, hatte ich meine Flügel behalten, erinnerte ich mich zurück. Amon beruhigte sich langsam wieder und ich lächelte ihm zu, als würde ich ihm sagen wollen, dass das meine Pointe gewesen war. Die Tatsache, dass Joyce nicht vor Ort war, ließ mich, hinzukommend zu meinen fehlenden Flügeln, noch unruhiger werden. „Als der Beschützer von Joyce ist es meine Pflicht sie zu suchen, deswegen wirst du jetzt die Führung des Bösen übernehmen bis Joyce wieder da ist", verkündete ich Amon etwas zu laut, so dass es die Krieger mitbekamen und er willigte ein. Sofort erteilte er der Gruppe den Befehl sich in Bewegung zu setzen. Ich hingegen musste herausfinden, was hier verkehrt lief und machte mich in die entgegengesetzte Richtung auf.

„Wir werden dich und Joyce nicht enttäuschen!", schrie Amon hinter mir und die Krieger stimmten mit Gebrüll ein. Ich brauchte mich nicht noch einmal umzudrehen, um zu wissen, dass die Krieger des Bösen in den Angriff übergingen und andere Götter und ihre Krieger animierten ihnen zu folgen und sich dem Kampf anzuschließen.

***

Die Tiermenschen Leopard, Nashorn und Löwe, welche die eine Seite der Berge bewachten, stürmten in die Dörfer ein und gaben das Erwachen der feindlichen Dimensionsbewohner bekannt. Sofort eilten die Informanten durch das eigene Dorf und brachten die Nachricht von Haus zu Haus. Daraufhin erklärten sich mutige Tierwesen zum Kampf bereit und begaben sich in Richtung Berge. Tierwesen der Gattung Flug erhoben sich in die Lüfte, um die Botschaft schnellstmöglich an weitere Dörfer zu übermitteln. Die älteren Frauen beklagten bereits die kommenden Toten, die vaterlosen Kinder und die Ungerechtigkeit dieser bösen Welt. Nun könnte nur noch Mutter Natur helfen, die wahre Kraft der Erde.

***

„Ihr seid alle Obst!", rief ich in die geschlossene, versammelte Gruppe von Männern hinein, in der sich auch mein Vater befand. Missbilligende und bemitleidende Augenpaare trafen mich, die geschlossene runde Form brach auf und umkreiste mich, wie der Adler seine Beute. Ich machte mich aus Angst etwas kleiner und ließ den Kopf Richtung Boden sinken. Doch dann kam mein Vater neben mich und ich wagte mich wieder zu richten, als er sprach: „Hat Mutter dich und deine Geschwister wieder als freche Früchtchen bezeichnet?" Ich musste über seine Wörter nachdenken, den Zusammenhang suchen und erwiderte: „Alles Fallobst." Ein Raunen ging durch die anwesenden Personen und ich verschränkte beschämt die Finger. Ich hätte nichts sagen dürfen. Vater tätschelte mir den Kopf und sprach: „Geh nach Hause, Jack." Erleichtert, aus dieser höchst unangenehmen Situation zu gelangen, begab ich mich sofort in Bewegung. Während ich rannte, spürte ich den unebenen Boden unter den Füßen und dies ließ mich meine Geschwindigkeit regulieren. Nach kurzer Zeit beschloss ich als Eichhörnchen durch die Bäume zu springen, wobei ich merkte, wie die geschickte Koordination und die geringe Größe als Eichhörnchen meine Geschwindigkeit erhöhten. Ich wollte schnell zuhause ankommen, nicht wegen den Personen, die dort sein werden, sondern wegen dem ruhigen Ort.

⁂

Mit der langen und stabilen Holzstange auf den Schultern, an deren Enden jeweils ein Holzeimer mit klarem Flusswasser befestigt war, bewegte ich mich leicht schlendernd Richtung Heimat. Doch plötzlich trat Emmet im Abstand von ungefähr zehn Metern vor mir auf den Weg und blieb, genauso wie ich, abrupt und mit starrem Blick stehen. Ich erkannte ihn sofort wieder, aber er konnte mich nicht kennen. Emmet bewegte ebenfalls nur die Augen, die mich prüfend musterten. Ich atmete flach und stand regungslos vor Ort. Der Gedanke, dass ich ihm vertrauen konnte, beschlich mich, aber brachte mir keine Erleichterung oder Entspannung. Mein Herz klopfte mir bis zum Hals, wobei ich keine Angst verspürte. Doch dann, von einem Moment auf den Nächsten, rannte Emmet davon und ich war wieder allein. Die Anspannung ließ schlagartig von mir ab, mir wurde leicht schwindelig und ich musste mir den Kopf halten. Die Dimensionsbewohner waren aufgetaut, während ich nichtsahnend Wasser holte. Mir schauderte es am ganzen Körper und ich beschloss nun zügig nach Hause zurückzukehren. Wer wusste schon, was mich dort erwarten würde?

***

Die vorrückenden Dimensionsbewohner trafen nach kurzer Zeit auf eine kleinere Gruppe von Tierwesen, welche noch alle in Menschengestalt auf einer Wiese standen. Amon, Yasmin und Candida forderten ihre Krieger zum Angriff auf und die Krieger kamen dem Befehl nach. Sie liefen auf die unbekannten Personen zu und wollten ihre Gaben und Fähigkeiten heraufbeschwören, welche jedoch wegblieben. Die Tierwesen hingegen wechselten in ihre Tiergestalten und rannten auf die Dimensionsbewohner zu, welche kurzerhand umdrehten und vor ihnen wegliefen. Weitere Götter befahlen ihren Kriegern den Angriff, aber jeder, welcher angreifen wollte, versagte bei seiner Gabe und Fähigkeit, so dass alle den Rückweg in die Berge antraten. Als das die Tierwesen sahen ließen sie von ihnen ab.

***

Mein Weg hatte mich zu den Bergen gebracht, es war noch nicht spät, ich musste noch nicht nach Hause. Mutter und Vater redeten viel Unverständliches. Der steinige Untergrund war hart, kalt und trocken und über mir schien die warme und helle Sonne. Ich setzte mich etwas ungeschickt auf einen unnachgiebigen Felsvorsprung und sah plötzlich einen fremden Mann, der auf mich zuging. Er blieb am Felsvorsprung stehen, weit genug entfernt, so dass ich keine Angst hatte und blickte zu mir hinauf, wobei er nicht so weit entfernt war, dass ich ihn gut hören konnte.
„Hallo, mein Name ist Amon. Ich werde dir nichts tun, ich habe nur eine Frage an dich. Ich suche eine bestimmte, starke und unabhängige Frau. Kannst du mir sagen, wer dafür in Betracht kommen würde?"

Über diese vielen Wörter war ich verwirrt und machte mir Gedanken, was er von mir hören wollte. Ich hatte verstanden, dass er wissen wollte, wie die Frauen in unserem Dorf heißen und so zählte ich auf: „Estha, Jalia, Amalia, Anna, Rawa, Gudrun …" Ich gab mir Mühe nicht eine zu vergessen und zählte alle Frauen auf. Ich wollte schließlich meine Aufgabe gut machen. Beim Aufzählen schaute ich konzentriert in den Himmel und als ich fertig war, wunderte ich mich, dass der fremde Mann, deren Namen ich wieder vergessen hatte, bereits gegangen war.

***

Endlich daheim angekommen, stellte ich die Eimer mit Flusswasser vor der Tür zur Behausung ab und ging zunächst ohne einen hinein. Im Flur rief ich nach Estha, aber ich bekam keine Antwort. Stattdessen kam mir ein vertrauter Geruch in die Nase und ich lief mit der freudigen Erwartung auf ein Mittagessen in die Küche. Am Türrahmen blieb ich zutiefst erschrocken stehen und hob die Hand vor den Mund, um einen lauten Schrei zu unterdrücken, wobei mir dies nicht wirklich gelang. Sofort stiegen mir Tränen in die Augen und ich schluchzte. Auf dem Boden der Küche lag meine erstochene Mutter. Ich wollte bereits zu ihr hineilen, als ich die Stimme von Anna hörte, die sprach: „Hier wohnen Estha und Jalia. Sie sollten beide zuhause sein." Mit einem flüchtigen Blick schaute ich aus dem kleinen Küchenfenster, welches meine Mutter mit vielen Dingen vollgestellt hatte. Kurz vor dem Haus erkannte ich, an den vielen Dingen vorbeigeschaut, Anna, welche neben sich Amon stehen hatte und auf unsere Behausung zeigte. Ich schwor meiner Mutter im Stillen ihren Mörder zu finden und hastete zum Hinterausgang, um ungesehen vor Amon zu flüchten, der nach Zufallen der Hintertür im Vordereingang eintrat.

Die Suche nach Joyce erwies sich als unmöglich, weil Personen, die sich in Tiere verwandeln konnten einen Angriff provozierten, nachdem sie mich sahen. Ich brach die weitere Erkundung dieser unbekannten Gegend ab, denn ich fürchtete um mein Leben. Im Alleingang konnte ich keinen Vorstoß wagen. Ich wurde nicht nur meiner Flügel beraubt, sondern auch meiner Kräfte. Niedergeschlagen kehrte ich in die Berge zurück, in denen Amon bereits auf mich wartete. „Hast du eine Spur von ihr, Emmet, irgendetwas, was uns weiterhilft?", fragte er fordernd und gleichzeitig besorgt. Ich schüttelte nur den Kopf und ließ mich auf einen Felsbrocken nieder. Er rümpfte die Nase und sprach: „Ich habe weibliche Personen und einen kleinen Jungen befragt, woraufhin ich nur eine tote Frau fand." Ich schaute ihn verwirrt an und er zuckte nur die Achseln. „Ich kannte die Frau nicht", erwiderte Amon gelassener, als ich es ihm zugetraut hätte. Ich wechselte das Thema und erfragte: „Wie ist der Angriff der Clans verlaufen?" Amon verzog das Gesicht, ballte die Hände zu Fäusten und schrie: „Wir sind machtlos gegen diese Tiermenschen und das macht mich sauer!" Ich war erschrocken über die plötzlich emporsteigende Wut, so hatte ich ihn noch nie erlebt. Aus diesem Grund hakte ich nicht weiter nach und es bestätigte mir nur erneut, dass hier etwas nicht stimmte.

***

Nach dem plötzlichen Tod meiner Mutter war ich innerlich zerrissen, fühlte mich allein und verfolgt, während ich zur Behausung von Amalia rannte. Ich hörte hinter mir Äste knacken, Laub rascheln und nahm Bewegungen wahr, doch wenn ich hinsah, konnte ich niemanden entdecken. Wollte ihr Mörder nun auch mich? Außer Atem kam ich an der Eingangstür der Freundin meiner Familie an und klopfte wild an. Nach einigen Sekunden öffnete Amalia die Tür und bat mich sofort hinein. Im Haus fiel die Anspannung etwas von mir ab, ich fühlte mich geschützt. Erst jetzt merkte ich, dass ich weinte. Beschämt wischte ich mir die Tränen von den Wangen und richtete rasch mein Haar, denn ich war eine erwachsene Frau. Ich trug eine große Verantwortung mit dem Erbe, das rief ich mir wieder ins Gedächtnis.

Amalia wartete geduldig, bis ich schließlich mit der Sprache herausrückte: „Estha wurde ermordet." Amalia entglitten die Gesichtszüge, sie wurde bleich und setzte sich auf einen Stuhl, während sie auf einen weiteren Stuhl wies, auf den ich mich niederließ. Es herrschte eine Weile absolute Stille zwischen uns, bis Amalia plötzlich mit Erzählen begann: „Ich kannte deine Mutter lange vor deiner Geburt. Damals, als die Dimensionsbewohner noch nicht auf die Erde gelangt waren, hatten wir Tierwesen die Erde für uns allein. Aber glaube nicht, dass wir damals in glücklicher und friedlicher Zusammenkunft gelebt haben, Jalia. Früher gab es eine ähnliche Aufteilung, wir unterschieden die Menschen in Humananimalisten, Mensch und Tier und Di-Wesen, Mensch und Wesen. Deine Eltern, jeweils von einer Gruppe, verliebten sich heimlich in einer Zeit des Umbruches. Joyce und ich glaubten fest an eine Vereinigung der Menschen, hielten am Glauben vom Individuum in einem System geprägt von Gleichheit fest. Doch dieser Glaube hat sich mit dem Eintreffen der Dimensionsbewohner von selbst zerstört, denn der Unterschied der Menschen untereinander wurde noch vergrößert, der aufopferungsvolle Tod von Joyce für den Frieden hat die Menschen nicht verändert, das Denken und Handeln verhärtet sich sogar und kein Kämpfer kann im Alleingang die Dinge beherrschen, die gerade auf uns zurollen. Ich kann diese Ideologie nicht weiter vertreten. Ich glaube in der Zwischenzeit, allein auf meinen Erfahrungen beruhend, dass die Menschheit nicht ohne Aufteilung kann. Jedes Zusammengehörigkeitsgefühl setzt auch eine Abgrenzung gegenüber anderen Personen voraus und zudem der Mensch nach Gleichgesinnten strebt, wird es immer ein Ich und Du geben und nie ein wirkliches Wir. Wir werden nie alle gleich sein, genau das gleiche Denken, Fühlen und Wissen, das Streben nach Führung und Gefolge ist im Gen verankert und ich wirke jetzt sicher pessimistisch auf dich, Kind, aber ich verspreche dir, ich werde in meinem Leben mich nie ganz aus der Sache herausziehen und im Kleinen weiter mitwirken. Ich kann zwar die

Welt nicht verändern, aber ich sollte dir von der letzten Begegnung mit deiner Mutter Estha erzählen. Ich platzte in eine unangenehme Situation zwischen Estha und den älteren Frauen Rawa, Gudrun und Marlena hinein, weil sie sich lautstark stritten und ich deiner Mutter zur Hilfe eilen wollte. Ich empfand es nicht als gerecht, dass drei ältere Frauen Estha gleichzeitig zur Rede stellten. Ich löste das Gespräch auf, in dem sie deine Mutter unter Druck gesetzt haben und Estha berichtete mir unter vier Augen, dass sie eine Zwangsheirat angekündigt haben. Jalia, du sollst Malven heiraten und deine Mutter wollte dieses Schicksal von dir abwenden, zusammen mit meiner Hilfe. Ich kann es nur bedauern danach eure Behausung verlassen zu haben. Ich hätte niemals mit so einem Ereignis gerechnet. Es traf deine Familie unbegreiflich hart."

Als ich mir sicher war, dass Amalia nichts weiter hinzufügen wollte, ergriff ich das Wort: „Dich trifft keine Schuld, Amalia. Ich danke dir für alles." Sie lächelte mir zu und nahm meine Hand. Plötzlich klopfte es an der Tür. „Erwartest du Besuch, soll ich gehen?", fragte ich überrascht und leicht traurig, sie könnte Ja sagen. Amalia schüttelte energisch den Kopf. Sie stand auf, lief zur Eingangstür, wobei ich nicht sehen konnte, wer an der Tür stand, aber der Besucher konnte auch mich nicht sehen. Ich blieb still sitzen und konnte das Gespräch mit anhören.

„Ich komme in Frieden und suche dringend Joyce. Können Sie mir sagen, wo ich sie finden kann?", fragte Emmet, den ich an seiner unverwechselbaren Stimme erkannte. Amalia erwiderte nicht gleich etwas und so sprach er weiter: „Mir reicht auch eine Himmelsrichtung." Amalia seufzte und antwortete: „Geh zurück in die Berge, Emmet." Amalia wollte die Tür schließen, doch Emmet hielt sie auf und es erklang ein ächzendes Geräusch von der Tür. „Woher wissen Sie meinen Namen?", hakte er nach. „Du kanntest auch meinen Namen und den Ort, an dem ihr Grab stand, welches du errichtet hast", erwiderte Amalia und diesmal schloss sie die Eingangstür und kehrte zurück. Sie machte für uns beide einen Krug Tee, eine Kleinigkeit zu Essen und bestand darauf, dass ich die Nacht bei ihr bleiben sollte, was ich dankend annahm.

Malven, der Enkelsohn der älteren Frau Marlena, kehrte am späteren Abend in das Dorf, um seine zukünftige Braut zu sehen. Nach der Mitteilung seiner Mutter über diese erfreuliche Begebenheit, reiste er sofort in das Dorf, wobei er sich um die Sicherheit dieser Bewohner sorgte, denn er hörte auch über das Erwachen der Feinde, nicht weit in den Bergen. Bei seinem Eintreffen wunderte er sich über die gefüllten Holzeimer vor der Eingangstür zur Behausung der besagten Familie. Er kümmerte sich nicht weiter um das abgestandene Wasser, rückte sich seine Kleidung zurecht, strich sich noch einmal durch die Haare, bevor er anklopfte. Geduldig wartete er, klopfte erneut und ließ Zeit verstreichen, bis er schließlich die Tür selbst öffnete. Vorsichtig schaute er in das Innere, war kurz unentschlossen, ob er eintreten durfte, oder lieber warten sollte, beschloss letztendlich, dass ihm nichts anderes übrigblieb und ging nun hinein. Im Flur der Behausung rief er einmal nach den Bewohnern des Hauses, aber es antwortete ihm niemand. Er schaute sich flüchtig um und wollte auch schon wieder gehen, als er einen Schuh sah, der verdreht auf dem Küchenboden lag. Als er ein paar Schritte Richtung Küche tat wurde ein Bein sichtbar und als er die tote Frau schließlich in voller Größe erblickte, war er schockiert, lief hinaus und rief: „Beistand!" Anwohner kamen ihm sofort zu Hilfe.

***

In den frühen Morgenstunden fand ich keinen erneuten Schlaf und entschied mich zu einem ruhigen Spaziergang am Meer, zudem ich allein die Behausung von Amalia verließ. Diese schlief noch fest, als ich leise aufbrach, ich wollte sie nicht wecken. Den Weg zum Meer fand ich ohne Probleme und sobald ich das Wasser erreichte, ließ die Spannung nach und ich atmete tief durch. Ich ließ meine Gedanken schweifen und schritt automatisch am Wasser entlang und genoss mit all meinen Sinnen diesen Ort. Ich hörte das Meer in einem wohltuenden, langsamen Rhythmus rauschen. Ich spürte den nassen Sand an meinen Füßen und eine leichte Salzbrise lag in der Luft. Mein Blick schweifte seitlich von mir übers Wasser bis in die Richtung, in die ich gerade ging.

Wie aus dem Nichts stand plötzlich Emmet ein paar Meter vor mir am Strand, den Blick auf mich gerichtet und schien auf mich zu warten. Meine Körperspannung nahm augenblicklich zu, ich blieb abrupt stehen und starrte ihn wortlos an. Weshalb begegnete ich ihm erneut allein? Mich überraschte diese wiederholte Reaktion meines Körpers bei seinem Anblick, aber ich traute mich nichts zu sagen und so wartete ich bewegungslos ab. Emmet entschied sich, den Abstand zwischen uns zu verkleinern und kam ein paar wenige Schritte auf mich zu. Ich zog die Luft ein und hielt vor Aufregung den Atem an. Er stoppte daraufhin wieder und erklärte: „Ich werde dir nichts tun, das verspreche ich dir. Ich bin dir dankbar, dass du dich nicht sofort in ein Tier verwandelst und zwischen Flucht oder Kampf entscheidest, sondern mir wenigstens zuhörst und mehr verlange ich gar nicht."

Ich nickte, unfähig nur ein Wort zu sagen und er lächelte erleichtert. Doch dann fuhr er wieder ernst fort: „Ich habe keine Ahnung, was hier los ist, aber ich wüsste es gern, weil es mir zu schaffen macht. Die Frau, aus dessen Unterkunft du heute früh herausgegangen bist, sie kannte meinen Namen und nachdem sie mir sagte, ich wüsste auch ihren und was mit Joyce wäre, da war ich schockiert, weil ich es eben nicht wusste." Nachdem ich erstaunt geguckt hatte, weil er mir beichtete, dass er mich verfolgt hatte, fuhr er beschwichtigend fort: „Ich wusste mir nicht anders zu helfen, als dich anzusprechen. Ich konnte mich in der Nacht erinnern, wie Joyce in meinen Armen gestorben ist und das ist alles, was ich jetzt weiß. Du wirst es mir nicht glauben, aber ich hatte Flügel, ich hatte eine Gabe und eine Fähigkeit, ich lebte an einem anderen Ort, an den ich nicht zurückkehren kann und ich fühle mich nutzlos."

Ich hatte Mitleid mit dem einzigen guten Menschen, der Joyce am Ende geblieben war und ich wusste, dass ich Emmet vertrauen konnte, weil Joyce dies tat. Ich hätte ihm jetzt auf der Stelle alles erzählen können, wenn ich nur ein Wort herausbekommen hätte. Ich konnte ihn aber nur reglos anschauen, als hätte ich meine

Sprache verloren. Emmet betrachtete auch mich und ging dabei einen Schritt nach hinten. Ich hob leicht eine Hand und er blieb augenblicklich stehen. Emmet musterte mich und ich schaute auf den Weg am Wasser, der noch vor mir lag. Ich schaute ihn wieder an. Emmet lächelte freundlich und fragte: „Darf ich dich ein Stück begleiten?" Ich überlegte kurz, ob etwas dagegensprach und nickte dann zustimmend. Im Abstand von etwa zwei Metern lief er neben mir auf dem trockenen Sand, wobei ich weiterhin an der Grenze zwischen nassem Sand und ankommenden Wasser lief. Ab und zu stahl sich mein Blick kurz in seine Richtung, aber er blickte immer nach vorn. Er respektierte meinen erwünschten Abstand und beließ eindringende Blicke in meine Zone.

✳✳✳

Ich war erleichtert, dass sie mich in ihrer Nähe duldete, zugleich verwundert über ihre Sprachlosigkeit und deprimiert, weil ich nicht wusste, wie es weitergehen sollte. In mir herrschte Unruhe, welche ich nicht nach außen transportieren wollte. Nicht einmal das Meer konnte mir meine Ängste vor der Zukunft für einen Moment nehmen. Die Bewohner dieser Gegend wollten, sobald sie mich sahen, meinen Tod und sie duldeten die Dimensionsbewohner nur in den Bergen. Was war das für ein Dasein in den steinigen Bergen mit nichts zum Leben? Wir konnten in den Bergen nicht bleiben, wir mussten erneut eine Dimension erschaffen, oder durch einen Krieg Land erobern. Beide Optionen erschienen unmöglich, denn uns fehlten die Gaben und Fähigkeiten und damit die Magie. Plötzlich sprach sie und ich war so überrascht, dass ich sie mit offenem Mund ansah, während sie sprach. „Mein Name ist Jalia und meine Mutter wurde ermordet." Ich schloss schnell den Mund und blickte bestürzt zu Boden. Mein Kiefer spannte sich an, während ich an Amon dachte. Er hatte etwas von einer toten Frau gesagt und dabei kein Mitgefühl ausgestrahlt. War Amon ihr Mörder? Jalia blieb plötzlich stehen und ich mit ihr. „Tut mir leid Emmet, ich hätte dir mein Leid nicht auch noch auftragen sollen", sprach sie schnell und blickte aufs Meer hinaus. Mein erster Impuls war es, sie an der Schulter zu berühren, aber dies beließ ich. So sprach ich nur: „Bedrückt dich noch etwas anderes?" Sie sah mich wieder an, ihr Blick wirkte traurig und sie nickte. Ich wartete auf eine eventuelle Erklärung, aber diese blieb aus. Danach lief sie seitlich auf den trockenen Sand zu, wobei ich stehen blieb, um den Abstand einzuhalten. Ich beobachtete, während sie plötzlich stehen blieb und sich schließlich zu mir umdrehte. „Irgendetwas sagt mir, dass wir uns beide jetzt mehr brauchen als je zuvor. Ich kann dir deine Fragen beantworten, doch bin ich im Moment mit meinen eigenen Problemen überfordert, so dass ich nicht von der Vergangenheit sprechen kann, weil dies mir noch mehr Probleme bereiten würde. Mein Vater ist plötzlich verschwunden, meine Mutter ermordet und vermutlich taucht die nächsten Tage mein zukünftiger Ehemann auf, den ich noch nie zuvor gesehen habe. Das mag im Vergleich zu deinen Problemen nichts sein, aber es belastet mich und ich könnte deine Unterstützung gebrauchen", sprach sie und ich hörte die Ehrlichkeit in ihrer Stimme. Ich lächelte erfreut, denn ich hatte soeben eine Aufgabe bekommen, welcher ich nachgehen werde. Die Zukunft blieb dennoch offen, aber ich fühlte mich bereits besser.

***

Vor Ungeduld hatte ich mich schließlich auf den Weg gemacht, um Emmet zu suchen, welcher Joyce suchen gegangen war. Was machte er nur so lange? Hatten ihn diese Tiermenschen gefangen genommen? Wie zu erwarten stürmten die Tierwesen auf mich zu, sobald sie mich hinter den Büschen vor dem Dorf sahen. Ich ergriff die Flucht, blieb aber in der Nähe und schlich mich etwas weiter vor. Ich verharrte reglos hinter einem dicken Strauch, als plötzlich Emmet und ein Mädchen das Dorf betraten und alle auf ihn zu rannten. Das Mädchen rief: „Halt, er gehört zu mir!" Viele Tierwesen stoppten widerwillig, aber ein Mann verwandelte sich im Sprung zum Tiger und griff Emmet an, er wich einmal aus und der Tiger wurde plötzlich zur Eisstatue. Das Mädchen riss erschrocken den Mund auf und keuchte, Emmet sah sie fragend an und schien sich an etwas zu erinnern. „Amon!", rief er plötzlich in der aufkommenden Unruhe. „Komm heraus!" Die Stimmen der anderen verstummten. Ich fragte mich kurz, woher er wissen konnte, dass ich in der Nähe war, doch ich stand selbstbewusst auf und ging langsam auf ihn zu. Die Tierwesen beäugten mich misstrauisch und feindselig, aber sie blieben an Ort und Stelle stehen. Die Anspannung war fühlbar und nur eine falsche Bewegung meiner Arme würde einen Kampf provozieren. Das Mädchen neben Emmet beobachtete jeden meiner Schritte, während ich auf ihn zulief. „Ich wollte mich selbst nach deinem Wohlergehen informieren. Ich kam anscheinend im richtigen Moment", sagte ich ruhig. Emmet schaute kurz zu dem Mädchen hinüber und sprach dann ernst: „Ich hatte alles im Griff, Amon." Ich lächelte über seinen Witz und beäugte nun das Mädchen genau. Sie war nicht Joyce. „Du solltest wieder zurück gehen", sprach Emmet das aus, was wohl alle dachten. Ich hakte nach: „Du kommst nicht mit?" Ich betrachtete nun ihn. Emmet war zwar stark und groß, aber ohne Schwert und ohne Magie war er ein Niemand gegen die Tierwesen. Was hielt ihn hier, dass er ihn allein losschickte?

„Du solltest das Eis schmelzen lassen, bevor du allein in die Berge zurück gehst", sprach er weiter ernst. Emmet war ein Narr, er sollte nicht hierbleiben und sich von mir abwenden. Ich blickte zum Tiger rüber, wobei ich mir nicht vorstellen konnte, dass ich das war. Aber als ich das Eis zum Schmelzen brachte und der Tiger frei war, überraschte mich das. Ich sollte daran weiterarbeiten und ging selbstbewusst davon.

∗∗∗

Als Amon hinter den Bäumen verschwand, traute ich mich endlich wieder etwas zu entspannen. Die Erkenntnis, dass Amon sein Erbe wiedereinsetzte, ließ mir eine kalte Gänsehaut bereiten, denn ich fiel dadurch zurück. Die Angst im Kampf gegen ihn zu verlieren, ließ mich erzittern, wobei mir Emmet eine Hand auf die Schulter legte. Ich lächelte ihm dankbar zu und ich wusste, ich musste mit ihm über die Vergangenheit reden und mit ihm trainieren und zwar schnell. Plötzlich sprach mich ein junger Mann von der Seite an: „Ich wollte mich bei dir vorstellen als dein zukünftiger Ehemann Malven. Ich bin gestern angereist."

Ich schaute ihn nicht an, während ich schnell sprach: „Ja, hallo." Ich hatte jetzt keinen Kopf für die Hochzeit. Er packte mich grob am Arm, was mich wachrüttelte und ich sah ihn erschrocken an. Malven ließ seine Hand wieder sinken und sprach: „Ich wollte, dass du mich ansiehst. Wir können uns etwas Zeit lassen zum Kennenlernen bevor wir heiraten." Ich war schockiert und sprach etwas lauter: „Wir haben gerade ganz andere Probleme als eine Hochzeit." Malven wischte sich unsichtbaren Staub von seiner Kleidung und sprach gelassen: „Eine Hochzeit ist doch kein Problem. Ich könnte es verstehen, dass der Tod deiner Mutter, das Verschwinden deines Vaters und die Umstände mit den Aliens deine Gedanken nicht einer Vermählung galten. Dies werde ich ändern. Die ersten Vorkehrungen zur Bestattung deiner Mutter habe ich bereits in die Wege geleitet, während du nicht vor Ort warst."

Ich war wütend über die Art, wie er die Dinge in meinem Leben nur benannte, als wären meine besten Schuhe kaputtgegangen und wir könnten neue kaufen gehen, aber ich sprach dennoch ruhig und ernst: „Schön, dass du so gut über mich Bescheid weißt. Komm Emmet, wir gehen zu Amalia. Falls du deine charmante Seite wiedergefunden hast, kannst du mich dort aufsuchen."

Emmet lächelte und folgte mir, während ich mit schnellen Schritten das Weite suchte. Ich glaube, ich werde nicht heiraten, nicht in diesem Leben und nicht mit solchen Männern. Malven war eine Plage und keine Bereicherung für mein Leben. Auf dem Weg zu Amalia sprachen Emmet und ich kein Wort miteinander, was mich nicht störte. Ich hatte Amalia nicht auf meinen Besuch vorbereitet, sie wusste nicht, dass Emmet mich begleitete und sie konnte nicht ahnen, dass ich sie bitten wollte, dass wir Emmet zusammen die Geschichte erzählten und das bereitete mir Bauchweh. War ich auf dem richtigen Weg oder verirrte ich mich im dunklen Wald? Bevor ich anklopfen wollte, fragte Emmet mich: „Warum hast du dem netten Malven gesagt wohin wir gehen?" Ich musste lächeln und erwiderte: „Malven und ich sollen heiraten und als Ehefrau muss ich meinem Mann sagen wohin ich gehe. Ich bin eigentlich gegen die Traditionen, aber ich wollte nicht noch mehr Missstimmung erzeugen, welche das Ansehen meiner Familie noch mehr belastet." Emmet nickte als Antwort und ich klopfte an. Amalia öffnete weit die Tür und bat uns beide hinein. Sie wirkte nicht überrascht, sondern gefasst und bat uns sogleich an einem gedeckten Tisch Platz zu nehmen.

***

Nachdem eine der älteren Frauen mich über das Erscheinen von Malven am Vortag informierte, war ich auf einen baldigen Besuch von Jalia vorbereitet, weil die Ereignisse sich wieder und wieder überschlagen werden, so wie sie es immer an unruhigen Tagen taten. Ich war nicht nur die Vertraute der Familie, weil ich die Freundschaft zu Lore und Estha aufrechterhalten wollte, sondern weil nur ich wusste, dass in Jalia ein fremder Geist wohnte und ich ihr Leben nur durch die Geheimhaltung dieses Wissens retten konnte. Jeder fremdbesetzte Körper wurde vernichtet, so lautet eine Norm in dieser Gesellschaft. Unter anderen Aufgaben gilt dies, das als ältere Frau gelegentlich bei dem betreuten Kind zu kontrollieren. Nachdem sie nun zusammen mit Emmet vor meiner Tür stand, war es für mich kein Rätsel mehr, welcher Geist wohl in ihr ruhte und ich ließ beide augenblicklich eintreten. Joyce und Emmet standen sich damals bereits nah, als Estha und Lore zueinander fanden. Ich sprach aufmunternd zu Jalia: „Du tust das Richtige", als ich bemerkte, dass sie sich unwohl fühlte. Jalia lächelte mir dankbar zu und setzte sich auf einen Stuhl. Emmet nahm ebenfalls Platz, ignorierte aber meine Blicke, wobei er aus dem Fenster starrte und ich schenkte Tee ein.

„Weißt du weshalb ich zusammen mit Emmet hier bin?", wollte sie zuerst von mir wissen. Ich hob den Deckel von der Kuchenschale und erwiderte: „Ich kann mir vorstellen, weshalb du hier bist, Jalia. Deswegen könnt ihr euch bedienen, es wird ein langes Gespräch", sagte ich freundlich und setzte mich nun auch nieder auf den letzten freien Stuhl am runden Tisch. Nun wandte Emmet die Aufmerksamkeit uns zu und schaute neugierig von Jalia zu mir und wieder zurück. Ich nahm mir demonstrativ ein Stück Kuchen und begann dieses langsam zu essen, während Emmet es mir gleichtat. Jalia war zu aufgeregt, um ein Stück Kuchen zu essen, stattdessen spielte sie mit dem Ärmel ihres Oberteils herum und starrte auf ihren leeren Teller. Sie war innerlich noch nicht bereit. „Nimm einen Schluck Tee, Kind", schlug ich ihr vor und sie nahm lächelnd die Tasse in die Hand und trank. Emmet lehnte sich in seinem Stuhl nach hinten und wartete geduldig. Ich wollte Jalia nicht drängen und so verspeisten wir den Kuchen und ließen Zeit verstreichen. Als wir mit dem Essen fertig waren, hatte Jalia ihre Tasse Tee ausgetrunken. Sie stellte die Tasse etwas zu laut auf dem Tisch ab und verkündete: „Ich werde dir jetzt die ganze Geschichte erzählen, Emmet, weil ich nicht weiß, woran du dich erinnerst. Ich werde mit der Erzählung beim Eintreffen der Dimensionsbewohner auf der Erde beginnen und irgendwo in den jetzigen Tagen enden. Ich habe diesen Ort gewählt, wegen ihrer Unterstützung und gleichzeitig ihres Schutzes wegen und freue mich, wenn du, Amalia, mich ergänzt, falls ich etwas Wichtiges auslassen sollte." Sie machte eine kleine Pause, blickte zu Emmet hinüber, der sich sichtlich wappnete für das, was jetzt kam und ich ihr ernst zunickte. Jalia begann mit der chronologischen Erzählung der Ereignisse, während ich ihr gedanklich folgte und die Dinge Revue passieren ließ. Die Bilder der Vergangenheit zogen an meinem inneren Auge vorbei. Die Ankunft der ehemaligen Göttin Joyce in meiner Gruppe, ich erlebte sogar erneut den Tod von ihr, die Zeit danach ohne die Dimensionsbewohner bis zu ihren ersten Lebensjahren. Ich achtete nicht weiter auf Emmet und meine Umgebung. Den Wohnraum nahm ich nicht wahr, er existierte auf einmal nicht mehr, stattdessen war ich noch einmal als Beobachterin mitten im Trubel, als würde es erneut geschehen.

Als Jalia erzählte, wie Joyce das erste Mal Kontakt zu ihr aufnahm, ihr sich erklärte, hörte ich aufmerksamer zu, denn diesen Verlauf ihrer Geschichte kannte ich noch nicht. Plötzlich sah ich wieder Emmet an meinem Tisch sitzen und erschrak innerlich, denn er war sehr blass geworden. Ich wollte Jalia nicht unterbrechen und versuchte seinen Zustand zu ignorieren. Emmet würde die Geschichte schon überleben, er hatte bereits vieles durchgestanden. Die Erzählung näherte sich der Vollendung und ich war stolz auf Jalia, sie hatte es hervorragend gemeistert.

„Die letzten Tage brauche ich dir sicher nicht noch einmal zu erläutern, in dieser Zeit warst du bei mir. Abschließend möchte ich sagen, dass ich den Geist von Joyce in mir trage, aber ich immer noch Jalia bin, vergiss das bitte nicht. Ich kann auf ihre Erinnerungen zurückgreifen und ich trage vermutlich auch ihr Erbe und dessen Verpflichtung in mir, aber alles andere bin ich, nicht sie." Neugierig sah ich zu Emmet hinüber, der sich in seine Stuhllehne fallen ließ und hörbar ausatmete. „Will noch jemand Tee?", versuchte ich plötzlich die angespannte Stimmung spontan aufzuheitern. Emmet nickte und ich goss ihm ein. Jalia sah bedrückt aus und hakte vorsichtig nach: „Du sagst ja gar nichts, Emmet?" Sie wirkte alles andere als erleichtert, doch bevor jemand etwas sagen konnte, klopfte es an der Tür. „Wer zum Teufel stört jetzt?", fragte ich ohne eine Antwort von Jalia und Emmet zu erwarten und machte mich auf den Weg zur Tür. Es klopfte erneut, bevor ich die Tür erreicht hatte. In der geöffneten Tür stand Malven und fragte: „Bist du mit Jalia allein zuhause?" Ich überlegte kurz und entschloss zu lügen: „Ja." Er machte Anstalten in meine Behausung einzutreten, aber ich hielt ihn auf und erwiderte: „Ich lud dich nicht in mein Haus ein. Ich werde Jalia zur Tür bitten, falls sie mit dir reden möchte." Ich schloss die Tür und kehrte zu dem Tisch mit meinen zwei Gästen zurück, wobei Malven diesen Tisch von der Tür aus nicht gesehen haben konnte. Die beiden sahen mich neugierig an, aber ich setzte mich nur und trank an meinem Tee weiter. Einige Sekunden blieb es still, dann sprang Jalia auf und ging zur Tür, sie öffnete diese und Emmet und ich konnten das Gespräch mitverfolgen.

„Was führt dich hierher?", erkundigte sich Jalia. Malven räusperte sich und erwiderte: „Es freut mich, dass du das Alien losgeworden bist. Das zeigt mir, dass du wieder zur Vernunft gekommen bist und deine Pflichten als Ehefrau aufnimmst. Wirst du rauskommen und den Abend mit mir verbringen? Ich werde die Tage nach Hause zurückkehren, in mein Heim und du wirst mich begleiten."

Ich schaute entsetzt Emmet an, der mir gegenüber am Tisch saß, welcher nur die Nase rümpfte und das Gespräch zwischen Jalia und Malven wurde durch eine kleine Redepause unterbrochen.

Dann erwiderte Jalia selbstbewusst: „Deswegen bist du hierhergekommen? Um dich wie ein Hahn zu benehmen? Ich habe dir auch etwas zu sagen, Malven. Mein Zuhause befindet sich an Ort und Stelle, ich werde mein Heim nicht verlassen, ich werde nicht die Gelegenheit verpassen, in der mein Vater zurück nach Hause kommt und ich werde dich nicht heiraten. Mein Sinn des Lebens ist es, mein eigenes Leben so zu leben, wie ich es für richtig halte und du gehörst nicht dazu."

Ich stellte mich auf ein Donnerwetter ein, welches erstaunlicherweise ausblieb. Malven hustete nur kurz auf und erwiderte gelassen: „Ich werde dies vor dem Rat der älteren Frauen vortragen. Du wirst schon sehen, was du von deinem freien Willen hast, wenn du deine Wahl treffen darfst zwischen mir und der lebenslangen Ausgrenzung von allen Tierwesen. Bis bald, Fräulein."

Jalia schmiss die Tür zu, kam frustriert zurück und ließ sich schwer auf ihren Stuhl fallen, wobei sie den Kopf in die Hände fallen ließ. Emmet wollte etwas sagen, aber sie ließ ihn nicht zu Wort kommen. „Sag jetzt bitte nichts, was mich tiefer sinken ließe, denn Malven hat Recht. Die Tradition sieht eine Hochzeit vor und ich werde bei Missachtung verstoßen", jammerte sie in ihre Hände hinein. Ich nickte betrübt, als sein Blick zu mir wanderte. Emmet legte eine Hand auf ihre Schulter und sie sah ihn an. Bei dem Anblick erinnerte ich mich an Joyce, weil er bei ihr genau dieselbe Geste vollzog, wenn sie einen guten Freund brauchte. Emmet sprach freundlich: „Ich wollte dich nur noch einmal daran erinnern, dass ich dein Beschützer bin, falls du mich als diesen brauchst. Du kennst mich, ich halte dir die Treue, dies ist meine Aufgabe, ob du nun Joyce oder Jalia heißt, spielt für mich keine Rolle."

***

Ich verbrachte diese Nacht allein bei Amalia, Emmet war nach Anbruch der Dunkelheit in die Berge zurückgekehrt. Ich hatte nicht reichlich Schlaf bekommen, stattdessen mein weiteres Vorgehen gedanklich durchgespielt und mich entschlossen, gleich am nächsten Morgen Malven aufzusuchen. Ich wollte ihn durch ein Gespräch milde stimmen und ihn somit abhalten, mich beim Rat zu melden, denn das würde nur noch mehr Stress bedeuten.
Ich musste mich auf die Suche nach Malven machen, denn ich wusste nicht, wo er untergekommen war, sonst hatte er mich aufgesucht gehabt. Während ich die Zeit mit Suchen verbrachte, verschwanden langsam mein Selbstbewusstsein und der Mut, die mich angetrieben hatten, dies zu tun. Ich war kurz davor umzudrehen und kleinbeizugeben, als ich ihn beim Holzschlagen im Wald erblickte. Er hatte mich noch nicht bemerkt und schlug mit ganzer Wucht auf das Holz ein, als würde er eine unendliche Wut rauslassen müssen. Ein unangenehmes Schaudern ergriff mich und ich näherte mich nur sehr langsam. Ich würde das jetzt durchziehen, sprach ich mir selbst zu, damit ich bei seinem jetzigen Anblick nicht kehrtmachte. Malven unterbrach seine Tätigkeit, ließ aber seine Axt auf der Schulter ruhen, während er mich anschaute, statt sie ins Holz zu schlagen und sich dann mir zuzuwenden. Ich sagte mit leiser Stimme: „Könnte ich kurz deine ungeteilte Aufmerksamkeit haben, Malven." Die leichte Unsicherheit klang in meiner Stimme mit und während er das Werkzeug in das Holz schlug und sich mir zuwendete, ermahnte ich mich meine Worte klug zu wählen. Malven machte auf mich einen gelangweilten Eindruck und schaute mich nicht richtig an. Somit sah ich auch zu Boden, was

mir die Sache erleichterte und sprach die Worte aus, die ich mir zurechtgelegt hatte: „Ich wollte mich bei dir, meinem zukünftigen Ehemann, in aller Form entschuldigen. Mein gestriges Verhalten ist eigentlich unverzeihlich und im Nachhinein erkenne ich mich selbst nicht wieder, so wurde ich nicht erzogen. Ich suche keine Ausrede, aber in einem tiefgründigen Gespräch mit Amalia erkannte ich, dass die äußeren Umstände mich in den Wahnsinn treiben. In meinem kleinen Dorf bin ich andere Umstände gewöhnt und ich kann im Moment nur darauf hoffen, dass du mir verzeihen kannst, egal wie lange ich darauf warten muss." Ich hoffte, dass meine Worte seine Heimkehr verzögern würden, mir Zeit verschaffen können und dass er vor allem nicht zum Rat eilen würde. Es blieb eine Zeit lang ruhig und ich erhob den Blick, um seine Körpersprache zu deuten. Mein Blick traf auf seinen und vor Nervosität erröteten meine Wangen. Sein Blick fuhr meinen Körper entlang, als begutachtete er ein Objekt. Die Stille zerriss mich fast, bevor er mich endlich erlöste und sprach: „Ich verzeihe dir, mein schönes und dummes Mädchen. Ich werde morgen heimkehren, die Pflicht ruft mich. Ich gestatte dir allerdings noch einmal hier zu bleiben. In dieser unbestimmten Zeit kannst du dich deinen belanglosen Dingen zuwenden, solange du auf meine Rückkehr wartest und dich gedanklich auf ein neues Leben einstellst, mit mir an deiner Seite. Ich erinnere dich jedoch noch einmal an die Anwesenheit des Rates in meiner Stadt und sollte ich etwas Unangenehmes von dir hören, wird der nächste Weg mich dorthin führen."
Ich zitterte bei den Worten, die seine eigentlich freundlich klingende Stimme aussprachen und erwiderte immer noch mit leiser Stimme: „Ich weiß deine Großzügigkeit sehr zu schätzen." Malven lächelte und fügte hinzu: „Mit der Zeit wirst du mich lieben lernen." Dann wandte er sich wieder dem Holz zu. Das Gespräch war beendet und mit langsamen und leicht steifen Schritten entfernte ich mich von ihm. Ich hatte eine Zukunft mit einem Monster vor mir.

Ich war gestern Abend nicht begeistert über die Bitte von Jalia gewesen, mich diesen Tag von ihr fern zu halten, damit sie ein paar Dinge regeln konnte, aber ich tat ihr den Gefallen, obwohl ich sie ungern mit ihrem Verlobten allein reden ließ. Stattdessen verbrachte ich die Stunden in den Bergen, weil ich nirgendswo hingehen konnte. Amon war noch immer schlecht auf mich zu sprechen, ich empfand ihn deswegen als nachtragend und hielt mich an der frischen Luft auf, während er sich im Berginneren verschanzte und ging ihm somit gekonnt aus dem Weg. Er war im Moment mit seinem neuen Freund beschäftigt, einem kleinen Jungen Namens Jack, berichteten mir ein paar Bekannte aus den Dimensionen. Jack erzählte unverständliche Dinge und Amon glaubte, er könnte die Zukunft vorhersagen und wollte deswegen von niemandem gestört werden, erzählten sie mir lachend. Ich wusste nicht, ob ich darüber lachen sollte. Es klang danach, dass Amon wieder einmal anfing verrückt zu werden, aber es könnte hingegen etwas Wahres an der Sache dran sein. Ich kannte Jack nicht, ich kannte nur Amon.

***

Als sich meine Nerven beim Spaziergang durch den Wald wieder beruhigt hatten und ich Malven fast vergessen hatte, entschloss ich mich nun zum zweiten Schritt überzugehen. Ich würde den Mörder meiner Mutter finden, indem ich ein Gespräch mit jeder Person führte, welche meiner Mutter zuletzt lebendig begegnete und von der ich wusste, dass sie bei uns zuhause war. Ich besuchte die alten Frauen Rawa, Gudrun und Marlena und meine Nachbarin Anna hintereinander und fragte neutral, woran sie sich erinnern konnten und was genau passiert sei.
Die erzählten Geschichten glichen sich, es gab keine Unstimmigkeiten und jede der Frauen wirkte gleichermaßen betroffen und wünschte mir alles Gute für die Zukunft mit Malven. Während meiner Forschungsarbeit fiel mir auch kein Motiv ein, welches einen Mord rechtfertigen würde und frustriert gab ich die Befragung

auf, während ich meiner Nachbarin Anna dankte, dass sie sich Zeit genommen hatte und mich auf die Behausung meiner Eltern zubewegte. Ich hatte alle befragt, von denen ich wusste, dass sie vor mir dort waren und schloss die Tür hinter mir. Vorsichtig schaute ich in die Küche, wobei ich froh war, dass der Körper meiner Mutter bereits entfernt wurde und ich schritt müde und traurig in mein eigenes Bett, indem ich seit dem Vorfall nicht wieder geschlafen hatte. Ich nahm mir vor wieder öfters zuhause zu sein, solange ich es noch konnte, bis mich Malven mit sich nahm und ich dieses Dorf nie wiedersah. Ich würde mein altes Leben vermissen, was ich jetzt bereits tat.

***

Ich war kurz vor Sonnenaufgang aufgebrochen, um mich in den letzten Schatten der Nacht zu verbergen. Ungesehen schlich ich mich zum Haus von Jalia, ich wollte bei ihr sein, wenn sie erwachte. In ihrem Dorf angekommen, hörte ich kurz bevor ich ihre Behausung erreichte, ein kleines leises Gespräch zwischen zwei Frauen und einem Mann. Ich konnte die männliche Stimme augenblicklich einer Person zuteilen und näherte mich still mit einer schlechten Vorahnung.

„Ich werde bald wiederkommen, Marlena. Jalia ist mit meinen Plänen einverstanden", sprach Malven gerade zu einer der in grau gehüllten Frauen. Die andere in grau gehüllte Frau erwiderte: „Wir erwarten eure Rückkehr. Habt eine gute Fahrt." Ich erschrak bei ihren Worten, denn es bestätigte meinen Verdacht, Malven und Jalia würden das Dorf verlassen und ich konnte sie nicht aufhalten, ich durfte es nicht. Malven verbeugte sich kurz zum Abschied, er hatte es plötzlich eilig in die Kutsche zu steigen, die daraufhin in Fahrt kam und aus meinem Blickfeld verschwand. Die beiden Frauen liefen ohne Eile zu ihren Behausungen zurück und ich war im Licht der nun aufgehenden Sonne allein. Um nicht ziellos im Wald auf und ab zu laufen, um nicht die Fassung zu verlieren und nicht sofort wieder in das tiefe Loch zurück zu fallen, befahl ich meinen Beinen mich zur Behausung von Jalia zu bringen. Ich wollte mich von ihrer Abwesenheit und das Fehlen ihrer Kleidung vergewissern und dann erst würde ich mich aufgeben. Wer war ich ohne Jalia und die Hoffnung auf Magie, um wieder ich selbst zu sein? Unachtsamer als zuvor ging ich zielgerichtet auf die eine Behausung zu. Es war mir jetzt gleich, ob mich jemand sah oder nicht. Dennoch öffnete ich ehrfürchtig und leise die Tür und trat ein. Vom Flur aus waren kein Licht und kein Geräusch zu vernehmen und meine Hoffnung sank. Ich durchschritt jeden Raum von unten nach oben, wobei ich aber das Elternschlafzimmer ausließ und mir ihr Schlafzimmer bis zum Schluss aufhob. Jedes Zimmer lag kühl und menschenleer da und der Anblick ließ mich erschaudern. An ihrer Schlafzimmertür angekommen zögerte ich kurz, holte tief Luft und betrat schließlich auch diesen Raum. Mir fielen mehrere Steine vom Herzen, als ich sie seelenruhig in ihrem Bett schlafen sah und ließ mich auf einen Sessel neben ihrem Kleiderschrank sinken. Ich beobachtete sie noch ein paar Stunden beim Schlafen, bis sie langsam erwachte und mich überrascht ansah. „Was machst du hier?", sprach sie das Erste aus, was ihr in den Sinn kam. Natürlich fragte sie mich das, ich lächelte ihr zu und erwiderte leicht beschämt: „Ich kam im Morgengrauen in dein Dorf und hörte ein Abschiedsgespräch zwischen zwei Frauen und Malven. Ich befürchtete eure gemeinsame Abfahrt und ich kann dir nicht sagen, wie froh ich war, als ich dich in deinem Bett schlafend auffand." Sie lächelte zurück und antwortete danach auf eine nicht ausgesprochene Frage von mir: „Er wird mich kommen holen, Emmet. Er ist nur für eine unbestimmte Zeit gegangen." Ich nickte, wobei meine Miene wieder ernst war. Einen Moment herrschte Stille und ich war schon kurz davor mich zu erheben, den Raum zu verlassen, damit sie sich anziehen konnte. Bevor ich es tun konnte, sprach sie plötzlich: „Emmet, du musst mir helfen." Ich nickte, weil mich ihre Bitte nicht überraschte und sagte ruhig: „Du solltest dich anziehen." Nun stand ich auf und sie sah mich verwirrt an und sprach hastig: „Ja. Nein. Doch, das wäre ein Anfang, aber das meine ich nicht." Ich lachte leise über ihre Reaktion und versprach mit warmer Stimme: „Ich werde in deiner Küche warten."

Ich griff bereits an die Türklinke als die Worte aus ihr herausströmten: „Halt, warte! Wie kannst du wortlos einwilligen ohne zu wissen, was ich verlange? Bevor du dieses Zimmer verlässt, möchte ich, dass wir von nun an keine Geheimnisse voreinander haben, ich möchte mit dir alles besprechen können. Wenn du das nicht kannst, dann verstehe ich das und ich werde dich nicht bitten, mir heute zu helfen, das Erbe einzusetzen. Ich habe nur Amalia und dich, Emmet. Es klingt albern, aber ich brauche einen Vertrauensvorschuss." Ich hörte die Ernsthaftigkeit in ihren Worten, auch wenn ihre Stimme eine normale, freundliche Tonlage hatte. Sofort wurde ich ernster und erwiderte aus reinem Herzen: „Ja Jalia, du kannst dich auf mich verlassen, mir alles anvertrauen und auf mich bauen, ich bin eine treue Seele und das kannst du eigentlich in den Erinnerungen von Joyce sehen, oder hast du Zweifel?" Sie schüttelte heftig den Kopf, blickte dabei aber auf ihre Bettdecke und ich sah, dass sie weinte. Ich ließ die Türklinke los und setzte mich auf den äußersten Rand ihres Bettes, denn ich wusste nicht, ob meine Nähe ihr immer noch Unwohlsein bereitete. „Was bedrückt dich?", fragte ich leise. Sie wischte sich eilig die Tränen aus den Augen und antwortete mit belegter Stimme: „Ich habe Angst, dass du genau wie mein Vater plötzlich verschwindest. Ich meine damit nicht, dass du wegläufst oder davonfliegst, sondern weil Malven unangekündigt kommt und mich mit sich nimmt. Amalia könnte mich eventuell begleiten, aber dich würde ich nie wiedersehen. Sie ist mir eine enge Vertraute, aber sie kann mich nicht vor Malven schützen, dass kannst nur du und das Erbe. Ich brauche dich bei mir, auch wenn ich damit den Unmut von Malven auf mich ziehe." Ich nickte wissend, was genau sie mir hinter all den Wörtern mitteilen wollte und erwiderte: „Mir fehlt ein Teil meiner selbst, um dein vollständiger Beschützer zu sein. Ich werde dich nicht darum bitten, es wäre egoistisch und würde deine Bedenken, ich könnte verschwinden, nur schüren. Ich wollte dich lediglich darauf hinweisen." Sie nickte, wobei ich nicht wusste, ob sie mir damit ihre

Zusage gab oder ob sie es nur zur Kenntnis genommen hatte, dass ich mehr wert wäre mit Flügeln. Ich beließ weitere Fragen diesbezüglich aus Höflichkeit, es würde sich später ein besserer Zeitpunkt finden, über das wann zu diskutieren. Stattdessen legte ich ihr alles offen, wovon sie vermutlich noch nicht wusste, um ihr Vertrauen weiter zu erlangen: „Des Weiteren kann ich dir nicht sagen, ob Amon der Mörder ist, aber ich weiß, dass er mir am gleichen Tag von einer toten Frau erzählte und dabei nicht von Mitleid erfüllt war." Ich machte eine kleine Pause, in der sie plötzlich zu mir aufschaute und sprach, als hätte sie eine Erkenntnis: „Er betrat mein Elternhaus kurz nachdem ich aus der Hintertür raus war." Ich ließ etwas Zeit verstreichen, um mich zu vergewissern, dass sie nichts weiter hinzufügen wollte. Dann fuhr ich fort: „Amon hat einen kleinen Jungen namens Jack bei sich. Es wird geredet, er könnte die Zukunft vorhersagen. Weißt du etwas davon?" Sie dachte lange nach und antwortete dann leise: „Jack stammt aus meinem Dorf und ich kenne die Familie schon länger, daher weiß ich, dass Jack Sprachprobleme hat. Seine Gestalt ist ein Eichhörnchen und im Dorf wird er wegen seiner Probleme negativ beäugt. Die Leute sind recht abergläubisch und sehen in ihm eine Art Bestrafung der Eltern, sie haben viele Kinder. Mehr kann ich dir nicht sagen, ich kenne ihn dafür nicht gut genug." Ich nickte und sie sah mich erwartungsvoll an.

„Dann stütze ich mich eher auf meine zweite Theorie: Amon beginnt wieder dem Wahnsinn zu verfallen." Sie sah mich erschrocken an und ich erwiderte beschwichtigend: „Es ist nur eine Theorie aus den Geschehnissen der Vergangenheit und mehr weiß ich nicht, ich habe dir alles gesagt." Es blieb noch eine Weile ruhig bevor ich vorsichtig fragte: „Bedrückt dich noch etwas anderes?" Ich hatte eher damit gerechnet, dass sie mich jetzt herausschmeißen würde, damit sie sich endlich anziehen konnte, stattdessen saß sie immer noch, wie ein Häufchen Elend, auf ihrem Bett und blickte stumm auf ihre Bettdecke. Sie rückte nicht sofort mit der Sprache heraus. „Wenn mich früher etwas Bedrückte, daran erinnere ich mich gerade, nahm mich mein Vater immer in den Arm, drückte mich sacht und versprach, dass die Sonne auch bald wieder für mich scheinen würde. Er fehlt mir." Ich wusste nicht, was ich darauf antworten sollte und fühlte mich etwas hilflos. Mein erster Impuls war ihre Hand oder Schulter zu berühren, aber ich gestattete mir die körperliche Nähe ihrer Haut nicht. Zu groß war die Sorge, dass es für sie zu nah sein könnte und so zuckte nur kurz meine Hand. Doch ihren wachsamen Augen entging diese kleine Bewegung nicht und plötzlich fragte sie mich zu meinem großen Erstaunen: „Umarmst du mich stattdessen?" Ich atmete aus und lächelte, ich hatte nicht bemerkt, dass ich die Luft angehalten hatte. Leicht zögernd setzte ich mich nun direkt neben sie und unsere Arme fanden automatisch ihren Weg zum anderen und wir umarmten uns sanft. Angenehme Wärme durchströmte mich bei ihrer Berührung und sie flüsterte: „Ich will dir heute meinen Lieblingsort zeigen." Unwillkürlich musste ich lächeln, als könnte ich nicht anders reagieren, als darüber glücklich zu sein.

***

Ich hatte es mir seit Tagen erfolgreich verboten wieder zu der kleinen Behausung am Rand des Dorfes zu gehen, aber diese Selbstbeherrschung fand heute ein jähes Ende. Ich verbarg meine Gestalt im Schatten der Bäume und ließ die Luft um mich herum von Hitze flimmern, so dass ich für neugierige Augen unsichtbar war. Ich musste nicht lange Zeit warten bis Jalia die Behausung verließ. Bei ihrem Anblick klopfte mein Herz gegen den Brustkorb, ich war lange von ihr getrennt. Die Luft um mich herum wurde wärmer und ich versuchte mich wieder zu beruhigen. Dann sah ich plötzlich einen jungen Mann, der Jalia folgte und mit ihr leise redete. Zusammen verschwanden sie in eine andere Richtung im Wald. Ich kannte den jungen Mann nicht, aber es schien ihr in seiner Gegenwart nicht schlecht zu gehen, sie hatte ihn angelächelt. Doch näher würde ich ihr nicht kommen, es war zu gefährlich. Ich würde ihr nicht folgen, sondern an den Ort zurückkehren, an dem mich niemand fand. Ich würde noch warten, bis ich ihr gegenübertreten konnte.

***

Ich fühlte mich plötzlich jünger, als ich den Lieblingsort meiner Kindheit mit Emmet zusammen erreichte. Es war eine Scheune am Rand der Wiese, in der das Heu aufbewahrt wurde. Ich bat ihn einzutreten und der vertraute Geruch im Inneren ließ mich seufzen. Einzelne Sonnenstrahlen schienen durch die kleinen Lücken zwischen den Holzbrettern und erleuchteten wie Scheinwerfer das goldbraune Heu, welches hoch genug lag, um sich hineinfallen zu lassen. Emmet beobachtete mich belustigt, als ich bereits auf einen Holzbalken kletterte, auf ihm bis zur Mitte balancierte und mich dann rückwärtsfallen ließ. Das Heu fing mich warm und weich auf und ich blinzelte gut gelaunt zur Decke. „Kommst du?", fragte ich ins Leere, ich konnte ihn nicht sehen. Als ich den Kopf etwas neigte, stand er bereits über mir auf dem Balken und lächelte mir zu. Ich sah ihn vermutlich fragend an, denn er sprach: „Wenn du mit hinaufkommst, könnten wir gemeinsam ins Heu springen." Mir gefiel der Gedanke, der mir sofort ein Lächeln auf die Lippen spielte. Ich rappelte mich auf, hievte mich aus dem Heu heraus, wobei ich Heu vor mir herschob, welches ich zurückschleuderte und kletterte erneut auf den Balken. Geschickt balancierte ich auf Emmet zu, der mir bereits eine Hand hinhielt. Ich ergriff ohne zu zögern seine Hand und ohne zu wissen, wie es war mit jemandem gemeinsam zu springen. Auf ein unausgesprochenes Signal ließen wir uns gemeinsam nach hinten fallen und landeten zusammen im Heu. Das Glücksgefühl im Fall hatte sich verdoppelt und es war etwas anderes gemeinsam im Heu zu liegen, weil ich es mit ihm teilte. Ich konnte das Gefühl nicht beschreiben, aber es hätte ewig andauern können. Wir lagen wortlos nebeneinander und unsere Blicke waren beieinander, als wäre der Anblick des Anderen durch das von oben herunter scheinende Licht plötzlich viel anders als zuvor.

„Erst die Arbeit, dann das Vergnügen und wir machen es genau verkehrt herum", sprach ich irgendwann in die Stille hinein. Sie stöhnte nach meinem Kommentar, aber sie lächelte dabei. „Musstest du das jetzt sagen, Emmet?", fragte sie mich und setzte sich auf. Jalia wurde plötzlich ernst. Ich richtete mich ebenfalls auf und sie sprach ihre zuvor gemachten Überlegungen in einem Schwall aus: „Aus ihren Erinnerungen habe ich, dass Joyce von Anfang an ihr Erbe einsetzen konnte, ohne Übung. Ich sah, wie sie das Leben sehen konnte und ich hörte, wie der Wind ihr Dinge zuflüsterte. Das musst du für dich behalten, Emmet, das ist ein Geheimnis. Nun zu mir, ich kann es nicht. Deswegen bin ich davon überzeugt, dass das Erbe mit der Seele und nicht mit dem Körper der Person verbunden ist, was natürlich logisch ist, weil diese Macht sonst nicht weitergegeben werde könnte. Das bedeutet aber auch, dass ich das Erbe nicht einsetzen kann, weil die Seele Joyce gehört und der Körper mir, obwohl auch beides zu mir gehört. Es ist kompliziert das Ganze in Worte zu fassen, als es nur zu spüren, aber ich bin mir sicher, ich muss die Kontrolle über meinen Körper an Joyce abgeben, damit sie ihr Erbe einsetzen kann und vor dieser bewussten Entscheidung habe ich Angst, Emmet. Ich habe Angst vor der Übernahme."

Ich dachte über ihre Worte kurz nach, sie ergaben in der Gesamtheit einen Sinn. Sie sprach die Wahrheit und während ich wusste, wie sie darüber denken musste, erwiderte ich: „Du musst keine Angst haben, Jalia, ich bin für dich da. Joyce hätte nichts gekonnt, wenn sie dir Schaden zufügt, sie wird mit Vorsicht herangehen. Denk daran, es ist für euch beide eine neue Situation." Ich hoffte inständig, dass meine Worte sie beruhigen könnten, aber sie sah nicht überzeugt aus. „Für sie bin ich ein wechselbarer Körper, sie wird sich einen neuen nehmen, wenn es ihr mit mir nicht passt", sagte sie bedrückt. Ich schüttelte ernst den Kopf. „Was macht dich da so sicher?", wollte sie schnell wissen. Ich überlegte kurz und antwortete dann: „Das Erbe wird eigentlich zu Lebzeiten weitergegeben und der ehemalige Erbe stirbt danach. Meinst du wirklich Joyce hat einen Weg gefunden im Erbe ewig zu leben?" Sie zuckte nur traurig mit den Schultern und ich beantwortete schnell meine eigene Frage: „Nein. Es hat eine zweite Chance für sie gegeben, eine weitere wird ihr nicht erlaubt sein, denn so großzügig ist Mutter Natur auch nicht, glaube ich. Ihr habt genau den einen Körper und das eine Leben, welches ihr beide nutzen solltet. Ihr existiert gemeinsam und ihr beeinflusst gemeinsam den Lauf der Geschichte."

Ich war überrascht, wie weise meine eigenen Worte klangen und sie schien überzeugter zu sein, denn ihr Blick wurde fester und ihre Körperhaltung wieder aufrechter. Dann schaute sie mich eindringlich an und sagte: „Du musst mir helfen, Emmet. Ich schaff das nicht allein." Ich nickte, denn ich würde bei ihr bleiben, aber das war auch alles, was ich für sie tun konnte. Sie lächelte erleichtert, wurde augenblicklich ernst, ihre Körperhaltung wurde angespannter, sie konzentrierte sich, während sie die Augen schloss und sie sagte nach einer kurzen Zeit mit fester und lauter Stimme: „Joyce! Komm hervor, ich übergebe dir die Kontrolle, aber bitte sei vorsichtig mit mir." Einen langen Moment blieb es still, ich konnte visuell keine Veränderung feststellen. Doch als sie plötzlich die Augen öffnete, mich anlächelte und mich begrüßte mit: „Hallo Emmet", erkannte ich die Stimme von Joyce, sie war eine Nuance tiefer als die Stimme von Jalia. Ich war erfreut und erschrocken zugleich, meine Gesichtszüge entglitten mir. Sie sagte beschwichtigend: „Keine Sorge, ich werde natürlich vorsichtig sein, außerdem bist du dabei." Ich nickte nur mechanisch, ich war zu überwältigt, um jetzt großartig zu reden. Ich konnte es nicht fassen, dass ich jetzt wieder mit Joyce sprach, mit der Frau, die in meinen Armen gestorben war und welcher ich so viel zu verdanken hatte und von der ich glaubte, sie für immer verloren zu haben. Äußerlich war es immer noch Jalia, völlig unverändert, aber es war jetzt auch Joyce da, meine Göttin. Das Lächeln erstarb allmählich und ihre Stimme erklang erneut: „Bitte, sag doch etwas." Ich wandte den Blick von ihr ab, ich konnte die Worte nicht formen, mein Kopf war leer und drehte sich nur um die Möglichkeit meine Flügel wieder zu erlangen, indem ich sie einfach fragte. Das kam mir

natürlich unverschämt und unmanierlich vor. Ich konnte Joyce nicht beim ersten Wiedersehen nach einem persönlichen Gefallen bitten. Zusätzlich hatte ich Angst, Joyce könnte plötzlich verschwinden und die Chance wäre für immer vertan. Im Grunde konnte ich nun die Angst von Jalia verstehen, sie nachvollziehen, weil ich sie jetzt auch verspürte. Gleichzeitig wollte ich Jalia nicht hintergehen, indem ich nun einfach Joyce fragte. Jalia würde es wohl nicht wollen. Gedanklich wurde ich noch zwischen den beiden Möglichkeiten hin und her gerissen, als mich plötzlich eine Hand am Arm packte und mich schüttelte, bis ich endlich wieder aufsah. Ich blickte in das Gesicht von Jalia und wartete auf die Stimme von Joyce, welche mir etwas mitteilen wollte. „Warum hast du nicht mit Joyce gesprochen? Sie hat sich traurig zurückgezogen." Es war wieder Jalia und ich war enttäuscht von mir selbst. „Emmet, was ist los?", wollte sie weiter wissen, nahm die Hand von mir und sah mich weiterhin verwirrt an. Augenblicklich wurde die Scheunentür aufgerissen und Amon stand im Türrahmen und hinter sich das hineinfallende Licht, wobei Jalia und ich zusammenzuckten und unsere Blicke nun auf ihn gerichtet waren. Das Licht betonte seine gutgeformte Statur, wobei ich mich wunderte, dass der Gedanke von mir stammte und er sah sich prüfend um. „Suchst du jemanden?", hakte ich freundlich nach und sprang leichtfüßig von dem Heuberg. Sie rührte sich nicht von der Stelle. Ich ging ein paar Schritte auf ihn zu und er kam ein paar Schritte in den Raum hinein und erklärte ruhig, aber wenig überzeugend: „Ich war zufällig in der Gegend und was macht ihr hier allein in einer Scheune?" Er lächelte. Jetzt mischte sich Jalia ein: „Ich sollte den Trocknungsgrad des Heus überprüfen, Emmet hat mich begleitet. Ich bin mit meiner Arbeit noch nicht ganz fertig, ihr könnt aber schon gehen, ich schaff das allein."
Ich hörte die Aufforderung deutlich in ihrer Stimme, schürzte die Lippen vor Missmut über den Ausgang der vorhin schönen Situation und nahm Amon am Arm, um mit ihm die Scheune zu verlassen. Amon wirkte unbeeindruckt und ließ sich mühelos nach Draußen bringen. Ich ließ Jalia und Joyce jetzt nur ungern allein, ich

hätte die Situation lieber noch mit beiden geklärt. Amon blieb ein paar Schritte von der Scheune entfernt stehen und wollte plötzlich wissen: „Dort waren nur das Mädchen und du?" Ich atmete tief durch und erwiderte: „Ja und sie heißt Jalia. Warum bist du wirklich hier?" Ich machte mich auf alles gefasst, jedenfalls dachte ich es. „Ich habe die Anwesenheit eines Erben gespürt, meines Gegenspielers", sagte er grübelnd, als verstehe er nicht, wieso er die Spur eines Tieres verloren hatte. So ist das also mit den Erben untereinander.

„Ich geh zurück in die Berge. Begleitest du mich?", fragte Amon plötzlich, wobei er bereits den ersten Schritt tat und ich folgte ihm wortlos. Mir fiel augenblicklich auf, dass er sich wieder normal verhielt, oder jedenfalls bewahrte er einen guten Anschein aufrecht. Ich hoffte, dass es nicht nur an der kurzen Anwesenheit von Joyce lag und dass dieser Zustand noch etwas länger andauern würde.

***

Auf dem Rückweg zu meinem Elternhaus hatte ich versucht mit Joyce Kontakt aufzunehmen, aber sie hatte sich zu tief in mir zurückgezogen, dass sie mich nicht hörte, oder es erfolgreich ignorierte. Ich war noch immer in dieser Unruhe, weil ich nicht wusste, was zwischen den beiden gerade vorgefallen war. Ich hatte das Offensichtliche mitbekommen, auch sah ich, wie Joyce diese Welt farbenfroh durch das Erbe sah, aber ich war mir sicher, ich übersah ein wichtiges Detail, welches zwischen Emmet und Joyce stand. Ich sah schon in der Ferne die vertraute Behausung und atmete tief durch, um wieder etwas Ruhe in mir zu bekommen. Mein Blick heftete sich auf einen weißen und flachen Gegenstand, der vor meiner Tür lag und meine Schritte wurden automatisch schneller. Beim Näherkommen erkannte ich einen Briefumschlag und ich dachte sofort erfreut an meinen Vater. Hatte er mir eine Nachricht zukommen lassen? Er war nur ein einfacher Mann und der Briefverkehr wurde eigentlich nur in den Städten getätigt. Daraufhin schwankte meine Stimmung in ein leichtes Entsetzen, denn solch einen Brief könnte ich nur von Malven erhalten. Doch dieser war erst vor kurzer Zeit abgereist, weshalb sollte er mir jetzt einen Brief zukommen lassen? Mit zitternden Händen hob ich den Brief auf, ich hatte noch nie zuvor einen Brief erhalten und der Versand in ein entferntes Dorf musste eine teure Angelegenheit sein. Ich drehte ehrfürchtig das weiße Wunder, aber ich erhielt auf der Rückseite keine Informationen über einen Absender oder einen anderen Hinweis. Mit dem Brief in der Hand betrat ich zunächst das Haus und schloss die Tür hinter mir. Ich lief die Treppe hinauf, ging in mein Zimmer, ließ mich auf das Bett fallen und schaute den Briefumschlag eine Weile an. Als mich meine Neugier fast zum Platzen brachte, riss ich den Umschlag auf und holte einen weißen, gefalteten Briefbogen hervor, klappte ihn vorsichtig auf und las mir die in Handschrift geschriebenen Zeilen durch.

Seid gegrüßt, geehrte Jalia,
es ist eine Ewigkeit her, dass ihr einander saht,
was ihm im Herzen schmerzt.
Die Vier sollten bald zum Treffen kommen, denken Sie nicht?
Die Vereinigung wäre eine Wollust für die Erde
und wir würden uns freuen,
wenn Sie mit Ihrer schönen Gestalt
uns Gesellschaft leisten würden.
Zur nächsten Vollmondstunde treffen wir uns am Meer.
Bringen Sie Ihr Gefolge mit, wenn es Sie gruselt.
Ihr Bekannter und unbekannter Gesell

Ich ließ den Brief auf meinen Schoß fallen und starrte zur Decke. Es hatten mir weder mein Vater, noch Malven geschrieben. Diese hochbetagte Art verwendete mein Vater nicht, von Malven hätte ich ein solches Schriftbild erwartet, aber er hätte seinen Namen daruntergesetzt und vor allem sich klar ausgedrückt. Ich hielt den Brief hoch und untersuchte die Schrift, sie war eckig und kantig und daher schloss ich, dass es eine männliche Handschrift war. Der Brief wurde so geschrieben, dass ich auf zwei Personen schließen konnte, die eine mir, laut Verfasser, bekannt und die andere nicht. Wer sollte mir, anstatt mich direkt anzusprechen, einen Brief schicken, wenn es nicht mein Vater oder Malven war? Die mir bekannten Personen, die infrage kommen würden, lebten in unmittelbarer Nähe und verfassten keine betagten Briefe dieser Art.

***

Ich kehrte mit Amon zurück in die Berge, wobei er die Zeit still und nachdenklich gewesen war und deswegen hatte auch ich nichts gesagt. Als wir an seinem Lieblingsort angekommen waren, dem großen saalähnlichen Raum, schloss er die Tür hinter uns und fragte mich direkt: „Weißt du, wer der Frühling ist?" Hatte er darauf gewartet, dass uns keiner hören konnte? Ich war überrascht und wich erst seiner Frage aus: „Was ist mit deinem Orakel Jack? Weiß er die Antwort nicht?" Amon zuckte mit den Schultern und erwiderte gelassen: „Er war ein netter Zeitvertreib, doch er ist wieder nach Hause gelaufen, nachdem ich ihm die Berge gezeigt habe. Ich hatte es zwar gehofft, aber er konnte die Zukunft nicht sehen, da bin ich mir heute sicher. Jack hatte zwar interessante Ansichten, aber mit der Weile konnte er echt nervig sein."
Ich nickte nur zur Antwort und wusste nicht so recht, was ich nun sagen konnte, um dem eigentlichen Thema zu entgehen. Amon lächelte und sagte schließlich: „Du willst es mir anscheinend nicht sagen. Willst du stattdessen als Eisskulptur meinen Saal verschönern?" Ich zog erschrocken die Luft ein und schaute ihn groß an. Er lachte gutgelaunt bei meinem Anblick und fragte: „Wirkt das Druckmittel? Sag es mir einfach, wenn du es weißt, schließlich hängst du doch nicht mit in der Sache." Ich atmete langsam wieder aus, er machte auf mich noch einen normalen Eindruck, aber auf seine Stimmungsschwankungen hatte ich keine Lust und genauso wenig wollte ich eine Eisskulptur sein. Er schaute mich prüfend an und wartete. „Ich stecke sehr tief mit in der Sache drin, Amon", gestand ich ihm, um irgendwo anzufangen. Er nickte ruhig und wartete geduldig, er wollte mehr hören, diese Aussage genügte ihm

nicht. Ich musterte ihn noch einmal, bevor ich weitersprach, aber er schien der alte Amon zu sein. Ich seufzte und vertraute es ihm an: „Ich kenne die Personifikation des Frühlings, weil ich ihr Beschützer bin." Amon grunzte, als hätte ich einen lahmen Witz gemacht und sagte schnell: „Na klar, Emmet. Du weißt es also auch nicht. Na gut." Er drehte sich weg von mir und schritt durch den Raum. Ich könnte mich freuen, weil ich ihm die Wahrheit sagte, er dieser aber nicht nachging und Jalia somit in Sicherheit war. Ich musste auch später keinen Ärger von Amon erwarten, weil ich ihn belogen hatte, somit war ich doch eigentlich fein raus aus der Geschichte, aber es wollte sich keine Freude einstellen. Plötzlich blieb Amon im Raum stehen, er hatte anscheinend gerade eine Erkenntnis und er drehte sich langsam zu mir um. Ich traute mich nicht die Stille mit einem Wort zu brechen und wartete angespannt ab, was er nun tun würde. Zu meiner Überraschung spielte sich ein Lächeln auf seine Lippen, welches sein ernstes Gesicht auflockerte. Amon dachte laut nach: „Du sagst die Wahrheit, weil du Emmet bist und du warst der Beschützer von Joyce. Weshalb sollte die neue weibliche Personifikation nicht auch deinem Charme erliegen? Es stellt für mich nun kein Rätsel mehr dar, wieso du ständig bei der jungen Frau bist, um die solch ein Wind gemacht wird und das sieht Joyce sehr ähnlich. Ich wunder mich auch nun nicht mehr über ihren Namen. Du hast Jalia gefunden und mir nichts gesagt? Ich bin dir nicht böse, Emmet, aber beantworte mir noch diese eine Frage: wieso spüre ich sie nicht gänzlich?"

Erleichterung machte sich in mir breit, er behielt seine Besinnung und gute Manier und ich war mir in dem Moment sicher, dass es wirklich der Einfluss der Erbin war, den er brauchte und gleichzeitig war ich enttäuscht, dass er sich nicht allein im Griff haben konnte. „Es wäre einfacher, wenn du es sehen würdest, als wenn ich es dir versuche zu erklären. Ich schlage vor, wir statten ihr gemeinsam einen Besuch ab", lenkte ich ein, es war mir wichtig, ihn nicht allein gehen zu lassen und er nickte einwilligend.

314

Rita war an dem Tag zu Besuch gekommen, als es am Abend plötzlich an die Tür klopfte. Sie sah mich fragend an und ich ging zur Tür. Ich hatte selten Besuch und dann gleich zwei an einem Tag. Mein Gefühl, dass Jalia mich brauchte, bestätigte sich. Sie stand weinend an meiner Tür und bat mich um Einlass. Ich überlegte kurz, ob es in Ordnung sein würde, da kam Rita angelaufen und sprach schnell: „Kind, komm herein. Was ist denn los?" Danach sah sie mich tadelnd an und schob Jalia zum Tisch mit den drei Stühlen. Allem Anschein nach hatte sie kein Problem mit dem weiteren Besuch in meiner kleinen Behausung und es machte sich eine kleine Erleichterung in mir breit. Wir setzten uns, aber Jalia hörte nicht auf zu schluchzen. Sie schob mir einen Brief entgegen und zog dann die Beine an ihren Körper, welche sie mit ihren Armen umschlang. Rita sah mich auffordernd an und so nahm ich den Brief, faltete ihn auseinander und las ihn mir leise durch. Ich las ihn zwei oder drei Mal und dennoch begriff ich seinen Inhalt nicht. Als ich den Brief wieder zusammenfaltete, sprach Jalia mit brüchiger und verweinter Stimme: „Ich weiß nichts über den Absender, nicht über die zweite Person und ich habe keine Ahnung, was sie mir genau mitteilen wollen. Amalia, ich kann nicht mehr."
Ich nickte, sie tat mir sehr leid. Nun räusperte sich Rita und sprach: „Ich weiß zwar nicht, was vorgefallen ist, das muss ich auch gar nicht, aber ich bin Ärztin und ich weiß, wenn jemand sagt, dass er nicht mehr kann, dann braucht er Hilfe." Jalia nickte und log: „Ich habe von dir gehört, Rita. Amalia sprach von dir." Ich nickte, damit das Geheimnis um Joyce verborgen blieb. Rita lächelte freundlich und sprach weiter: „Ich führe in einer kleinen Stadt eine Kur für Personen, die eine Auszeit brauchen. Die Menschen schätzen an dem Ort die Natur, die Ruhe und die Freizeit, um wieder zu sich selbst zu finden. Ich könnte dich gleich mitnehmen, wenn du für ein paar Tage hier raus musst. Selbstverständlich kann ich dich jederzeit wieder zurückbringen lassen." Jalia dachte über den Vorschlag nach und nickte dann. „Dann geh ins Bad und wasch dein Gesicht. Du wirst für die Reise nichts brauchen und vor Ort wird dir alles zur Verfügung stehen" Ich begleitete sie zur Treppe und

erwähnte: „Das Bad ist oben rechts." Sie stieg schwerfällig die Treppen hinauf, als sich Rita etwas leise an mich wandte: „Ich werde ihren Verlobten Malven informieren und ihm die Rechnung schicken." Ich nickte und erwiderte: „Du kannst ihm schreiben, dass es auf meinen Rat passiert ist. Wenn er auf jemanden böse sein möchte, dann auf mich, nicht auf sie. Ich werde den Brief bei mir behalten, falls er die Tage bei mir auftaucht." Rita nickte einstimmend und umarmte mich herzlich. „Danke, Rita." Sie lächelte und man hörte Jalia bereits am oberen Absatz der Treppe. „Habt eine gute Reise ihr zwei und bring sie mir wieder heil und gesund zurück", sagte ich etwas lauter zu Rita. Diese lächelte nur und sagte: „Das sind nicht wirklich deine Ängste? Du kennst mich doch." Dann lief sie bereits aus der Tür hinaus. Jalia war nun unten angelangt und sie sah mich fragend an. „Du musst ihr nichts erzählen, was du ihr nicht mitteilen willst, sie wird nicht nachbohren. Genieß einfach die Zeit dort und komm zurück, wenn du das Gefühl hast, du schaffst es wieder allein", gab ich ihr noch mit auf den Weg. Sie nickte nur. Wir umarmten uns zum Abschied und sie lief schleppend aus der Tür hinaus.

Rita war bereits ein schwarzer Friese und Jalia stieg auf ihren Rücken auf. Dann galoppierte das Pferd davon und ich schloss die Tür, als ich sie nicht mehr sehen konnte. Ich wünschte ihr alles Gute. Den Brief verstaute ich sorgfältig an einem gut durchdachten Ort und ging in die Küche, um mir einen Tee zu machen. Als der Tee fertig und ich wieder zu dem Tisch gegangen war und eben die Tasse abstellte, klopfte es erneut an meiner Tür. Was war denn heute nur los? Solch einen Besucheransturm hatte ich schon lange nicht mehr. Ohne Eile schritt ich zur Tür und machte sie auf. Ich erschrak, als Emmet und Amon vor meiner Tür standen. Emmet wirkte über die Reaktion bedrückt, Amon hingegen lächelte nur und blickte in meine Behausung hinein. Als Reaktion schloss ich etwas die Tür, damit sein Blick wieder zu mir wanderte. „Sie ist nicht hier", sagte ich nur knapp. Ich konnte mir schon denken, wieso die zwei Herren vor meiner Tür standen.

„Warum schließen Sie dann die Tür, wenn sie nicht hier ist?", wollte Amon wissen und lächelte erneut, wobei sein Lächeln breiter wurde. „Weil ich Sie beide nicht hereinbitten werde. Geht jetzt wieder", erklärte ich ihnen. Amon hingegen drängelte sich plötzlich an mir vorbei in mein Haus, ich wollte ihn aufhalten, doch Emmet ergriff meinen Arm und sprach leise auf mich ein: „Er ist der Winter, wenn du also keine Eisskulptur sein willst, lass ihn lieber suchen. Amalia, bitte sagt mir wo Jalia ist." Amon rannte die Treppen hinauf und durchsuchte meine Zimmer im Obergeschoss. Ich sah zu seinen Füßen hinab und dann wieder in sein Gesicht und sprach: „Ihr brecht beide in mein Haus ein und jetzt möchtest du, dass ich dir einen Gefallen tue?" Emmet stöhnte und erwiderte: „Ich habe dich vor einer Eisattacke bewahrt, zählt das nicht?" Ich schüttelte den Kopf und sprach: „Du hättest ihn nicht herbringen sollen." Emmet nickte und erwiderte: „Wohl wahr, aber wir suchen Jalia gemeinsam." Amon rief von oben: „Hier ist sie nicht!" Nun sah mich Emmet auffordernd an und sagte: „Nun sag schon wo sie ist? In der Scheune? Dort waren wir nämlich noch nicht." Amon kam polternd die Treppen hinuntergesprungen und sah sich noch einmal in der Küche um, bevor er schlussfolgerte: „Sie ist wirklich nicht hier." Ich nickte nur und wies mit der Hand auf die Tür. „Amalia, bitte", versuchte es Emmet erneut freundlich, wobei seine Geduld langsam ein Ende nahm, was ich an seinem Ton hörte.

Amon ging bereits auf die Tür zu, während er sagte: „Richten Sie Jalia aus, dass wir hier waren." Mir reichte es auch langsam mit den beiden Männern in meinem Haus, meine Geduld war am Ende und ich sagte nun lauter: „Ich werde euch keinen Gefallen tun und nun geht endlich. Ihr werdet sie nicht finden, weil sie gegangen ist!" Beide stoppten kurz schockiert an der Tür und drehten sich noch einmal mit offenen Mündern und großen Augen zu mir um. „Raus!", schrie ich jetzt und ich schmiss die Tür hinter ihnen laut zu. Ich war wieder allein mit meiner Tasse Tee und ich wollte nun in Ruhe gelassen werden.

„Haben wir die Ankunft von ihrem Verlobten Malven nicht mitbekommen?", fragte Emmet eher an sich selbst gewandt, als sie beide deprimiert auf dem Weg zur Scheune waren. „Es sind doch nur ein paar Stunden vergangen", erwiderte Amon leise. „Eben", pflichtete Emmet ihm bei. Die beiden Männer waren als erstes zu ihrer Behausung gegangen, dann waren sie bei Amalia und nun gingen sie noch zur Scheune. Sie hatten aber keine großen Hoffnungen sie dort bei Sonnenuntergang anzutreffen. Als sie an der Scheune ankamen, wich das letzte Licht vom Tag und sie konnten in der Dunkelheit nichts in der Scheune erkennen. Nachdem sich keiner auf ihre Rufe meldete, gaben sie die Suche für den heutigen Tag auf. „Ich sage dir sofort Bescheid, wenn ich sie wieder spüre, Emmet", versprach Amon und Emmet nickte nur. Er wusste wohl, dass das nicht so schnell passieren würde, zuvor würde Amon dem Wahnsinn verfallen. Sie irrten eine Weile in der Dunkelheit umher, unschlüssig, was sie nun tun sollten. Emmet hing in Gedanken an seinen Flügeln und das er sie jetzt nicht mehr bekommen würde. Er war nun für immer ein einfacher Mensch und das erfüllte ihn mit tiefer Traurigkeit. Amon hingegen war mit seinen Gedanken bei Joyce in den Dimensionen, als die Welt für ihn noch von Liebe erfüllt war. Beide Männer hingen noch starr in der Vergangenheit fest und konnten sich von ihr nicht lösen.

***

Im ruhigen Galopprhythmus des Friesens glitt ich durch die Nacht. Ein kühler Wind wehte an meiner Haut und durch mein Haar. Die grauen Umrisse von Bäumen und Büschen flogen links und rechts an uns vorbei. Die Nacht war still, nur die gleichmäßigen Hufschläge waren zu hören. Rita, in Gestalt des Friesens, ritt sicher den Weg entlang und ich hatte keine Angst, dass wir uns verirren könnten. Ich genoss die frische Luft, ich atmete tief und die Schwärze der Nacht ließ in mir endlich ersehnte Ruhe einkehren. Ich fühlte mich befreit von Ritualen und dem andauernden Warten auf die Rückkehr meines lieben Vaters und meines zukünftigen

318

Ehemannes Malven. Sie könnten nun einmal auf mich warten, nur einmal. Ich war erleichtert über die kurzweilige Flucht aus dem Chaos zwischen Tierwesen und Dimensionsbewohnern, in die ich unglücklicherweise hineingeboren wurde. Ich werde auch einmal nicht an Emmet und Amon denken, denn ich würde die bevorstehende Zeit an einem fremden Ort genießen. Ich würde lernen müssen etwas egoistischer zu sein, mehr an mich zu denken. Ob mir das alles gelingt?

***

Emmet und Amon hatten nicht auf ihren Weg geachtet. Sie waren gedankenversunken durch die Gegend gestreift und sahen sich nun ihre Umgebung genauer an: vor ihnen lagen Meer, Dünen und Sand. Beide Männer gingen, ohne einen Wortwechsel, nun bewusst zum Wasser und ließen sich dann in den kalten Sand gleiten, um auf das Meer zu blicken, auf dessen Oberfläche sich der runde Mond spiegelte. Den beiden war nicht aufgefallen, wie die Zeit vergangen war und dass sie nicht die Einzigen am Meer waren. Es war kein Laut zu vernehmen, doch plötzlich stand ein junger Mann ein paar Meter vor ihnen. Er war in der Dunkelheit für die beiden schlecht zu erkennen und fragte sofort: „Wo habt ihr Jalia gelassen?" Emmet sprang auf und sprach laut: „Wer will das wissen?" Amon blieb weiterhin ruhig auf dem Boden liegen, wobei er angespannt wirkte. Der Mann erwiderte ernst: „Ich habe den Winter gefragt." Emmet sah fragend zu Amon, der den fremden Mann schockiert musterte. Amon stand jetzt langsam auf und sprach wütend: „Ich will auch deinen Namen wissen!" Der Fremde nickte und erwiderte ruhig: „Mein Name ist Tristan, aber dieser wird dir nicht viel sagen, geehrter Winter. Stattdessen sage ich dir, ich bin der Herbst persönlich."

Ich musste auf dem Pferderücken kurz eingenickt sein, denn als der Friese plötzlich hielt, schreckte ich hoch und bemerkte meinen verkrampften Griff in der Mähne des Tieres. Doch als ich das gemütliche, große und moderne Haus mit den vielen gedämpften Lichtern in der Schwärze der Nacht sah, fiel die Anspannung von mir. Ich fühlte mich beim Anblick wohl und willkommen. Die Treppe führte auf eine große umzäunte Veranda und zum hellen Eingangsbereich, in dessen Tür bereits zwei Personen standen. Einige Augenblicke später waren sie an meiner Seite und halfen mir beim Absteigen, woraufhin wir gemeinsam das Gebäude betraten. Ich bekam nicht viel mit, denn meine Augen fielen immer wieder zu, ich war dankbar für die helfenden Arme, die mich durch einen langen Flur führten. Zwei Türen wurden geöffnet, geschlossen und plötzlich fiel ich sanft auf ein weiches Bett und ich seufzte vor wohliger Vorahnung. Ich merkte noch, wie mir meine Schuhe ausgezogen wurden und dann versank ich schon in einen tiefen und ruhigen Schlaf.

***

„Nun zu euch, wie lauten eure Namen und wo ist Jalia?", wollte ich von ihnen wissen. Der Mensch antwortete schließlich auf eine meiner Fragen: „Emmet und das ist Amon." Sie machten auf mich einen verwirrten und schlechtgelaunten Eindruck. „Seht meine Herren, wir haben Jalia einen Brief geschrieben und diesen Ort als Treffpunkt angegeben. Ihr seid gekommen, aber sie nicht." Emmet wollte ruhig antworten, aber Amon schrie plötzlich los: „Was für ein Brief?! Willst du damit sagen, dass Jalia wegen euch weg ist?!" Eine kalte Windböe kam auf, welche um Amon herumwirbelte. Ich wollte den Wind beeinflussen, ihn zur Ruhe zwingen, aber es gelang mir nicht. Plötzlich konnte ich meine Hände und Beine nicht mehr spüren und als ich herabsah, konnte ich das Eis sehen. „Amon, muss das sein?", fragte ich, wobei ich keine Angst vor dem Winter hatte. „Versuch nicht wieder mich zu beeinflussen, ist das klar!", schrie Amon weiterhin und die Windböe wurde kräftiger und Emmet wankte von der Macht des Sturms. Der Sommer mischte sich nun ein, ließ das Eis an meinen Händen und Füßen schmelzen, aber blieb noch immer in seiner Hitzewelle stehen, unsichtbar für die beiden vor mir. „Wer war das?", fauchte Amon bösartig. Ich trat einen Schritt auf Amon zu und erwiderte: „Beruhig dich doch, Amon, ich erkläre dir alles. Das war der Sommer, wir wollten ein Treffen aller Jahreszeiten am Strand." Der Gesichtsausdruck von Amon verzog sich vor Wut, die Stärke der Windböe nahm erneut zu, so dass Emmet ins Fallen kam. Doch bevor er den Boden erreichte, fing Amon ihn auf, umklammerte ihn, doch seine Aufregung nahm nicht ab. „Zwei gegen einen, das ist unfair!", rief er über den tosenden Wind hinweg. Ich wollte gerade antworten, dass wir nie einen Kampf hervorbringen wollten, als sich die Situation plötzlich änderte. Unerwartet wurden Emmet und Amon von der Windböe in die Luft gehoben und glitten liegend auf der stürmischen Windböe davon. Ich und der Sommer konnten nur den beiden hinterherschauen und uns wundern. Wir hatten doch eigentlich gute Absichten gehabt.

***

Bei der Scheune angekommen, ließ Amon uns beide wieder auf die Erde nieder. Ich war zutiefst traurig und trottete in die Scheune hinein. Amon hingegen war noch immer außer sich und faselte die ganze Zeit vor sich hin: „Herbst und Sommer haben sich verbündet und sie haben in diesen Brief etwas geschrieben, was Jalia zur Flucht veranlasste. Die beiden sind gefährlich, Emmet. Hörst du mir überhaupt zu. Emmet, was ist denn?" Ich blieb ruckartig stehen und sagte nun auch lauter: „Du kannst fliegen, Amon." Er nickte und erwiderte ohne nachzudenken: „Ich wusste vorher nicht, dass ich auf einer starken Windböe reiten kann. Das erklärt jetzt aber nicht deine Stimmung, du bist doch nicht etwa sauer, dass ich das kann?" Ich seufzte und erklärte: „Ich kann nicht mehr fliegen, Amon, mir fehlen meine Flügel." Dann verstummte Amon. Er konnte es jedoch nicht ändern. Ich hasste mein menschliches, unnützes Dasein, selbst Amon sah mich nicht mehr als gleichwertigen Krieger an, denn er sagte vorhin zwei gegen einen: ich zählte nicht mehr. Ich hatte genug und ging traurig davon.

***

Ich wurde heute Morgen sanft geweckt und bekam mein Frühstück im Bett gereicht. Nun saß ich allein in eine warme Decke gehüllt auf dem Schaukelstuhl vor dem bodentiefen Fenster, wippte langsam hin und her und sah verträumt hinaus in die Welt hinter meinem Fenster. Der Himmel war komplett bedeckt mit grauen Wolken, die kein direktes Sonnenlicht durchließen, so dass die Welt grau und ruhig dalag. Ich blickte genau auf einen Wald und davor war eine kleine, frisch gemähte Wiese. Mehr konnte ich nicht sehen, es passierte auch nichts vor meinem Fenster. Irgendwann bemerkte ich, dass mein Fenster keinen Griff hatte, ich würde es nie öffnen können, aber das wollte ich jetzt nicht. Ich würde hier noch eine Weile sitzen blieben und meinen Kakao, den ich in den Händen hielt, trinken und hinausschauen.

***

Energisch klopfte ich an ihre Tür, ich wollte endlich eine klare Antwort. Amalia öffnete die Tür, seufzte und sprach erschöpft: „Guten Morgen, Emmet. Was kann ich für dich tun?" Dabei hielt sie die Tür weit auf und ich trat langsam ein, blieb aber aus Höflichkeit an der Tür stehen. Amalia schloss die Tür und wies in ihr Haus hinein. Ich nickte, begab mich an den runden Tisch mit den drei Stühlen und setzte mich auf einen. Sie kam mit einem Teeservice aus der Küche und stellte das Tablett mit dem Geschirr ab, als hätte sie mit meinem Besuch gerechnet. Wortlos stellte sie zwei Tassen auf den Tisch und goss Tee ein, doch auf dem Tablett blieb eine Tasse stehen, als erwartete sie noch einen Gast. Danach setzte sie sich, legte ein Bein über das andere und sagte: „Ich kann dir nicht sagen, wo Jalia ist, aber wenn du andere Fragen hast, kannst du sie mir ruhig stellen."

Ich glaubte eine Art Angebot von ihr zu erhalten, ich durfte sie fragen, aber diese eine Sache eben nicht. „Was stand in dem Brief, dass sie Hals über Kopf wegging?", wollte ich zuerst wissen. Sie überlegte, sie überlegte zu lange und ich befürchtete bereits zu weit gegangen zu sein. Dann stand sie plötzlich auf, kramte in einem Schrank und holte den Briefumschlag heraus und gab ihn mir mit den Worten: „Lies selbst." Ich tat, was mir befohlen wurde, klappte den Brief danach wieder zu und gab ihr ihn zurück, woraufhin Amalia sofort wieder aufstand, diesmal aber nach oben ging und in ein Zimmer der oberen Räume verschwand. Kurze Zeit später kam sie die Treppe wieder herunter und gesellte sich zaghaft lächelnd zu mir. Den Brief hatte sie erneut gut versteckt.

„Wie war ihre Reaktion auf diesen merkwürdigen Schreibstil?", fragte ich weiter. Amalia seufzte und antwortete: „Sie stand weinend vor meiner Tür und sagte, dass sie nicht mehr kann." Sie sprach nicht weiter und ich hakte nach: „Was passierte dann? Was hast du gemacht?" Amalia lächelte und erwiderte: „Ich habe nichts gemacht, ich hatte zu dem Zeitpunkt Besuch von einer alten Freundin und jetzt endet meine Erzählung, Emmet." Ich nickte, doch ich wollte noch etwas wissen: „Mit Malven hat das Ganze nichts zu tun? Ich meinte, er kam nicht und holte sie in seine Stadt?" Sie schüttelte den Kopf und schaute plötzlich erschrocken, als ich augenblicklich aufstand. „Wo willst du hin?", hakte sie nach, wobei sie skeptisch dreinschaute. „Das müsstest du am besten wissen, Amalia. Ich werde Jalia finden und wenn es das Letzte ist, was ich tue", sagte ich ernst und ruhig. Nun stand sie ebenfalls auf. „Das kann nicht dein Ernst sein", erwiderte sie. Ich nickte zur Antwort und schob den Stuhl an den Tisch ran. Sie ergriff mich am Arm, bevor ich mich umdrehen und gehen konnte und schaute mir tief in die Augen. „Malven würde davon mitbekommen und Jalia bekäme wegen dir Ärger. Allgemein wird ihr kein Besuch erlaubt sein, selbst wenn du sie findest", sagte sie leise. Ich zuckte mit den Schultern und sprach: „Ohne meine Flügel bin ich ein Niemand,

323

Amalia. Ich bin ein unbeachteter und nutzloser Mensch. Was bleibt mir anderes übrig, als am Ende der Tod? Es ist doch nur eine Frage der Zeit, wann er eintritt." Sie sah mich mit schreckgeweiteten Augen an und hauchte: „Daran darfst du nicht denken." Ich sah betrübt zu Boden und sprach dann: „Ich kann auch nicht mehr." Sie ließ meinen Arm los und sprach danach unüberlegt: „Du brauchst auch eine Kur." Plötzlich schlug sie sich die Hand vor den Mund und ich lächelte. „Nein, Emmet, bitte", sagte sie schnell und ich erwiderte: „Danke Amalia, du bist die Beste. Jetzt weiß ich auch, dass sie bei Rita ist, immerhin ist sie Ärztin." Sie ergriff wieder meinen Arm und sagte aufgeregt: „Du verstehst das falsch, du kannst nicht einfach hingehen." Ich lächelte immer noch triumphierend, weil ich die nötige Information aus ihr herausgelockt hatte und erwiderte: „Du solltest mich begleiten, ich weiß immer noch nicht, wo genau sie ist und wenn ich erst einmal bei ihr bin, dann geht es mir schon besser. Danke, aber ich brauche doch keine Kur, wenn ich nur zu ihr kann." Sie schüttelte seufzend den Kopf. „Emmet, du bringst mich mit deiner Bitte in Schwierigkeiten, das ist dir hoffentlich bewusst. Wenn du Jalia nicht lieben würdest, wie deine eigene Schwester, dann …"
Ich umarmte sie erfreut aber vorsichtig. Ich wusste, sie würde mich nicht im Stich lassen. In der Umarmung wurde plötzlich die Tür aufgemacht und Amon rief in den Hausflur hinein: „Ist jemand zu Hause?" Ich löste daraufhin schnell die Umarmung, Zuschauer waren mir in dem Moment wirklich unangenehm. Amalia schaute überrascht und ich schlussfolgerte, dass es nicht der Besucher war, den sie erwartete.

***

Amon war einfach in die Behausung eingedrungen und kündigte seinen Besuch lautstark an. Ich hingegen hätte an der Tür auf Einlass gewartet. Amalia und der Mann kamen in den Flur gelaufen und er musterte mich misstrauisch. „Was macht er hier?", wollte er mit wechselndem Blick zwischen Amon und Amalia wissen.

Amalia wollte das Wort ergreifen, aber Amon platze dazwischen: „Ich dachte mir du seist bei Amalia, also machte ich mich auch auf den Weg. Auf halber Strecke traf ich den Herbst, der ebenfalls auf dem Weg zu Amalia war und jetzt will ich auch wissen, was er hier zu suchen hat." Amalia seufzte und erwiderte: „Emmet und Amon, entspannt euch bitte. Ich habe ihn hergebeten. Ich wollte Tristan um einen Gefallen bitten, wobei die Dinge nun doch anders liegen, als vor deinem Besuch, Emmet." Amalia sah Emmet lächelnd an, schon fast entschuldigend und ich fragte mich, was an dem Kerl so besonders war und was beide zusammen verband. Dann fragte ich mich, was Amon, der starke Winter, an einem männlichen, menschlichen Wesen fand, dass ich beide immer zusammen auffand. Ich und der Sommer wurden allem Anschein in eine feste Beziehungsstruktur hineingesetzt, welche ich nicht verstand, aber verstehen wollte. Dem Sommer war dies hingegen unwichtig. Er wollte nur schnellstmöglich Jalia sehen und war mit dem Treffen einverstanden gewesen. Und nun stand ich hier im Hausflur der älteren Dame Amalia, die augenblicklich weitersprach: „Tristan erschien mir als neutrale Person geeignet und von der Jahreszeit ihr am nächsten, dass ich ..." Amon unterbrach sie: „Warte, was soll das heißen?" Emmet erhob die Stimme und zischte: „Sei still!" Amalia schaute kurz zu Boden und räusperte sich, bevor sie weitersprach: „Ich wollte Tristan fragen, ob er Jalia nicht heimlich aufsuchen und versuchen könnte, mit ihr zu reden. Ihr beide seid keine neutralen Personen und würdet in ihr Dinge wachrufen, die sie nicht zu einem neutralen Gespräch bringen würden. Ich kann es leider selbst nicht tun, ich darf meinen Status nicht gefährden. Damit helfe ich ihr auch nicht weiter." Ich lächelte und verkündete: „Der Sommer und ich können in der Tat heimlich zu ihr gelangen." Emmet schüttelte den Kopf, er war von der Idee nicht überzeugt und Amon stellte sich plötzlich vor Emmet, als gehe von mir Gefahr aus. Amalia seufzte und sprach leise vor sich hin: „Männer." Amon sprach an mich gewandt: „Was bildest du dir ein zu sein?" Emmet stemmte die Arme in die Seite und ergänzte: „Du tauchst plötzlich auf und mischst dich in alles ein. Was sind eure

Beweggründe unbedingt mit Jalia in Kontakt zu treten?" Amon rümpfte die Nase und verkündete: „Und sag jetzt nicht nur weil wir die Jahreszeiten sind, das kann nicht alles sein." Ich versuchte mir im Kopf schnell eine Ausrede einfallen zu lassen, denn ich durfte darüber nicht sprechen. Plötzlich sagte Amalia laut: „Schluss jetzt!" Innerlich dankte ich ihr, dass sie mich aus der Situation gebracht hatte, aber dann fuhr sie fort: „Wer ist eigentlich der Sommer und warum ist er nicht mitgekommen?" In dem Moment hatte sie mich plötzlich noch tiefer in die Sache hineingeworfen und ich würde sie nicht anlügen können und so sagte ich: „Darüber darf ich nicht reden." Sofort verzogen sich die Mundwinkel von Amon und Emmet zu einem Lächeln, ich hatte ihnen offenbart, dass ich Geheimnisse vor ihnen hatte und das nahmen sie zur Annahme, ich sei nicht der Richtige für diese Aufgabe. Amalia schaute enttäuscht und schüttelte den Kopf, sie hatte mehr erhofft. „So können wir nicht zusammenarbeiten, das ist dir hoffentlich klar, Tristan", verkündete sie. Ich beließ die Antwort offen und erläuterte die Aussicht: „Nur der Sommer und ich können sie heimlich aufsuchen, nur wir zwei können uns lautlos und unsichtbar bewegen. Ihr könnt die Sache nicht ohne uns durchziehen." Plötzlich wurde es sehr still im Hausflur und ich sah bereits die Einsicht in den verärgerten Gesichtern der männlichen Mitstreiter. Anscheinend wollte hier jeder zuerst und vor den anderen Jalia finden und ich verstand noch nicht so recht den Grund dafür.

***

Ich erwachte sanft am Morgen in dem weichen Kurbett, als die Sonne warm auf mein Gesicht schien und ich beließ die Augen noch zu, um den Moment der Ruhe einen Augenblick länger zu genießen, bevor ich das Bett diesen Morgen verlasse. Die Sonne ließ auf meiner Haut Wärme entstehen und ich genoss dieses schöne Gefühl. Als das Gefühl plötzlich abbrach und ich stattdessen einen Schatten vermutete, der die Wärme verschwinden ließ, weil die Sonne verschwunden war, wurde ich neugierig auf die

Außenwelt. Mit dem Verdacht auf eine kleine Wolke am Himmelszelt öffnete ich die Augen, wobei ich beim Anblick von Emmet vor meinem Fenster aufschrie. Ich hatte mich in meinem Bett bereits aufgerichtet, als schon die Tür meines Zimmers aufgerissen wurde und eine besorgte Pflegerin hineinschaute. Ich zwang mich meinen Blick nicht von der Pflegerin abzuwenden, denn er würde sofort zum gegenüberliegenden Fenster wandern und rang mir folgende Worte ab: „Ich habe schlecht geträumt. Entschuldigen Sie bitte die Ruhestörung." Die Frau nickte wissend, wollte gerade wieder gehen und mich allein lassen, da sprach ich schnell: „Nein, bitte bleiben Sie. Ich will mich sofort ankleiden und heute im Speisesaal mein Frühstück einnehmen. Bitte helfen Sie mir dabei." Denn etwas sagte mir, dass es nicht meine Einbildung war, die mich dazu brachte genau ihn vor meinem Fenster zu sehen.

***

Nachdem der Sommer, der seinen Namen nicht verraten wollte und Tristan herausfanden, dass sie nur eine weitere Person zusätzlich mit ihren Fähigkeiten abschirmen konnten, durfte ich sie begleiten. Amalia sollte bei diesem Versuch nicht dabei sein, was ich nicht so recht verstand und mir aber auch keiner erklärte. Mit der Beschreibung von Amalia, die sie mir allein mitteilte, hatten wir das Gebäude bald gefunden und auch recht schnell das Zimmer von Jalia. Sie lag noch schlafend im Bett und sah zufrieden aus. Tristan schlug vor: „Für den Anfang sollte sich ihr nur einer zeigen. Sommer, wolltest du sie nicht unbedingt sehen?" Der Sommer nickte, wobei er den Blick nicht von ihr nahm und erwiderte: „Ich sehe sie doch. Das reicht mir erst einmal aus." Dann mischte ich mich ein, denn ich wollte unbedingt, dass sie wusste, dass ich da war: „Nehmt bitte mich, ich bin ihr Freund. Sie wird sich bestimmt freuen mich zu sehen." Der Herbst war einverstanden, der Sommer reagierte erst gar nicht. Dann stupste Tristan den Sommer an, der verwirrt aufsah. „Ja, hm", sagte er kleinlaut und entließ mich aus seiner wabernden, warmen Luft, so dass ich sichtbar wurde.

Ich warf sofort einen Schatten auf die schlafende Jalia und wir beobachteten sie weiterhin. Plötzlich schlug sie die Augen auf, wirkte erschrocken und schrie stumm auf, wobei sie sich hinsetzte. Sofort merkte ich wieder die warme, wabernde Luft um mich herum, die mich vor den Augen der neugierigen Pflegerin schützte. „Ich weiß nicht, was bei euch zur Begrüßung gängig ist, aber man schreit einen Freund doch eigentlich nicht an", sprach Tristan halb verwundert und halb amüsiert. Ich war schockiert über die Reaktion von Jalia und verstand die Welt nicht mehr, so dass ich das Gesagte von Tristan einfach überging. Was war nur los?

***

Nach dem Frühstück wurde ich zu meiner Behandlung abgeholt, einer Ganzkörpermassage, welche alle drei Tage für mich geplant war. Ich ließ mich in eines der fensterlosen und nur mit Kerzenschein beleuchteten Räume führen und ehe ich mich versah, lag ich bereits ausgezogen auf der Liege. An einem anderen Tag hätte ich die Massage vermutlich genossen, aber heute war ich abgelenkt. *Hättest du es nicht wissen müssen, dass Emmet dich sucht? Du scheinst immer noch nicht zu verstehen, wie wichtig ihm seine Flügel sind.*
Ich hatte zwar erahnt, dass er nicht aufgeben würde, aber gehofft, er würde es nicht schaffen und es irgendwann belassen. Ich war froh über diesen fensterlosen Raum, der sich recht mittig in diesem Gebäude befand. Niemand würde mich hier aufsuchen kommen.
Ich liege also mit der Vermutung richtig, dass du dich aus der ganzen Sache herausziehen möchtest. Verrate mir, wie du es anstellen willst?
Sobald ich die Kur betrat, war ich bereits aus der Geschichte raus. Ich sehe mein Dorf als den Mittelpunkt zwischen Tierwesen und Dimensionsbewohner und wenn ich dort nicht mehr einkehrte, würde ich weit genug vom Geschehen weg sein. Ich werde Malven bitten, mich sofort in seine Stadt zu bringen, ich werde ihn heiraten, eine gute Ehefrau sein und die Sache mit der Jahreszeit als kleines Geheimnis mit mir herumtragen. Es würde schon niemand Verdacht schöpfen.

Das kann nicht dein Ernst sein? Du trägst mehr Verantwortung als nur deine eigene.

Und ob, es ist mein Leben, vergiss das nicht, Joyce.

Sie schien anderer Meinung zu sein.

„Sie sind heute sehr verspannt", sprach plötzlich meine Masseurin. Wenn Sie meine Probleme hätten, fügte ich gedanklich hinzu. Ich wollte mit niemandem reden und statt auf eine Antwort zu warten, drehte die Masseurin die Hintergrundmusik lauter auf. Diese hatte ich bis zum jetzigen Zeitpunkt nicht einmal mitbekommen und ich versuchte mich zu entspannen, mich nur auf die Musik zu konzentrieren. Das gelang mir auch nur, weil sich Joyce wieder zurückgezogen hatte.

***

Seit der Abreise von Emmet, Tristan und dem Sommer, vor nicht einmal einer Stunde, plagte mich eine unerklärliche Ungeduld auf die Rückkehr vom Frühling und ein unerschöpflicher Bewegungsdrang, der mich nicht ruhig sitzen ließ. Ich marschierte bereits vor der Tür von der Behausung umher, als wäre ich ein Soldat auf Patrouille. „Du kannst während der Abwesenheit der anderen mein Gästezimmer besetzen", bot Amalia mir freundlich an. Ihr konnte nicht entgangen sein, dass sich mein Verhalten seit der Abreise von Emmet verändert hatte. Ich durfte nicht hierbleiben, ich musste auf der Stelle gehen, denn ich konnte keine Kontrolle meinerseits garantieren. Amalia sollte nicht unter mir leiden, dann doch lieber die Dimensionsbewohner, welche sich gewiss an meine Launen gewöhnt hatten. Ich beschloss sofort zurückzukehren, um kein Risiko einzugehen und deshalb sagte ich ruhig und sachlich: „Danke, aber ich werde jetzt gehen." Ich rate den anderen, sie sollten schnellstmöglich mit Jalia zurückkehren, denn ich war eine tickende Zeitbombe.

Ich hatte leicht protestiert, als mich mein Pflegepersonal nach der Massage, wie leider üblich, auf mein Zimmer brachte, damit ich entspannen konnte, denn ich wollte nicht allein sein. Ich durfte mein Unbehagen nicht zu sehr zeigen, um keine große Aufmerksamkeit zu erregen, die nur mehr Aufruhr verursachen würde. Nun lag ich zusammengerollt unter der Decke und versuchte krampfhaft das leise Klopfen gegen meine Fensterscheibe zu ignorieren. Ich wusste von Anfang an, wieso ich nicht allein sein wollte. Beim ersten Klopfen an meine Fensterscheibe hatte ich schreckhaft aufgesehen und einen fremden Mann lächelnd davorstehen gesehen. Dieser Fremde war hartnäckig und klopfte bereits eine gefühlte Ewigkeit gegen die Fensterscheibe, welche uns glücklicherweise trennte. Ich wollte keinen Besuch und ich durfte auch keinen haben, weswegen ich mich unter der Bettdecke verkroch. Selbst wenn ich ihn hier haben wollte, dann könnte ich ihn noch nicht einmal hereinlassen und das schien der Herr nicht zu wissen, der an meiner Fensterscheibe stand und klopfte. In dieser Ruhephase war es mir nicht erlaubt das Zimmer zu verlassen, was mich ebenfalls ärgerte, denn ich konnte dem Klopfen nicht entfliehen. Und das Rufen nach dem Personal würde diesen Mann nur kurzweilig abschrecken, da war ich mir ziemlich sicher. Das Klopfen war ein gleichbleibend aufdringliches Geräusch, welches sich auch nicht gedanklich in einen Rhythmus umwandeln ließ. Wenn Malven jetzt nur hier wäre, dann würde er mir helfen. Er ist für mich da, denke ich und er könnte jetzt dem Personal versichern, dass das keine Einbildung war.

***

„Was ist das für ein Leben, Amon? Wir waren die stolzen Krieger der Götter und haben entscheidende Kriege ausgefochten, die über das Schicksal der Erde bestimmten. Jetzt sitzen wir noch immer als sogenannte Aliens in einer Gebirgskette fest, weil die Wesen dort draußen uns nicht akzeptieren. Sind wir nicht menschlicher als diese Gestaltwandler? Nein warte, sind wir nicht alle

Kreationen von Mutter Natur?", sprach Rico, nachdem er meinen Saal unaufgefordert betreten hatte. Ich nahm mich seiner an: „Du bist nicht wegen den philosophischen Fragen gekommen." Er sprach daraufhin weiter: „Wie sollen wir hier in der Ödnis weiterleben? Die Raubzüge zur Nahrungsbeschaffung gehen weiterhin leer aus, wir haben nichts mehr", ließ Rico all den Frust raus, den vermutlich alle Dimensionsbewohner empfanden. Nur wenige trauten sich dies vor mir kund zu geben. Ich empfand unser Dasein auch als unmenschlich und die Klagen wurden zurecht lauter. „Wir warten noch einen Tag auf die Rückkehr des Frühlings, denn zusammen können wir mehr für euch herausholen. Ansonsten werde ich alles in meiner Macht Stehende tun, um mehr Annehmlichkeiten zu ermöglichen", schlug ich vor und Rico willigte erleichtert kopfnickend ein. Die Dimensionsbewohner stellten also noch keine Bedingungen, das sollte mir recht sein. Er eilte mit der guten Botschaft aus meinem Saal und ich versank in die Planung eines eventuellen Alleingangs gegen die Tierwesen, denn außer mir hatte niemand seine Fertigkeiten. Ich war ihr König und ihre einzige Chance auf Leben.

∗∗∗

Ich träumte unruhig und fühlte mich beobachtet. Ich stellte mir am laufenden Band vor, wer alles vor dieser gigantisch großen Fensterscheibe stehen könnte. Hingegen lag ich klein und fast nackt auf dem Bett, welches in meinem Traum direkt am Fenster stand. Plötzlich schreckte ich mit der erneuten Erwartung hoch, dass an meinem Fenster jemand stehen könnte. Ich atmete erleichtert aus, als ich niemanden draußen vor der Scheibe erblickte. Ich war wirklich allein. Ich ließ mich wieder in die bereits nassgeschwitzten Kissen sinken und atmete tief durch, bis sich mein Herz wieder beruhigt hatte. Währenddessen ging mir eine Frage mehrfach durch den Kopf: Auf was oder wen wartest du? Sie ging mir deswegen so oft durch den Kopf, weil ich keine Antwort auf diese Frage hatte. Diese eine Frage stammte auch nicht von Joyce, sie kam aus meinem Inneren hervor. Diese Frage war berechtigt, denn diese Kur war doch nur eine Zwischenstation für mich und ich würde den nächsten Schritt wagen, sobald ich bereit war. Ich würde die Vergangenheit hinter mir lassen und in die Zukunft starten. Ich stieg aus dem Bett, wusch mich, zog mir frische Kleidung an und suchte Rita auf. Als ich sie endlich in einem kleinen Bürozimmer erspähte, in dem sie hinter halb heruntergelassener Jalousie mit einer Kollegin sprach, machte ich kurzerhand kehrt. Ich redete mir ein, dass es von Anfang an eine schlechte Idee war, sie würde mir nicht glauben. Doch dann hörte ich Laufschritte und Rita stoppte neben mir, um mich zu fragen: „Wolltest du zu mir, Jalia?" Ich nickte und ergänzte: „Das kann noch warten." Rita lächelte freundlich und erwiderte in ihrem typischen Arztton: „Ich hätte jetzt Zeit für dich. Komm, erzähl es mir in Ruhe." Zusammen schritten wir langsam zu dem kleinen Bürozimmer zurück und Rita verschloss hinter mir die Tür und schließlich auch die Jalousie, damit wir völlig ungestört sein konnten. Uns hörte und sah keiner mehr.

***

In den frühen Vormittagsstunden, nachdem der Frühling nicht gekommen war, machte ich mich selbstsicher an mein Meisterwerk und schuf eine Veränderung des Wetters über den Bergen. Ich formte dicke, schwarze Wolken, aus denen es leicht schneite und ließ einen trägen Nebel aufkommen, um meine Leute zu tarnen. Dann befahl ich meinen Unheilwolken sich auszubreiten und sie wuchsen in alle Richtungen, so dass unsere Fläche Stück für Stück zunehmen würde. Rico stand lächelnd neben mir und versicherte, dass er keine Probleme mit der Sicht hatte und dass es den anderen vermutlich auch so gehen werde. Er klopfte mir anerkennend auf die Schulter. „Schön, Amon", lobte er mich noch einmal.

„Warum willst du dich Jalia nicht zeigen?", fragte Emmet den Sommer skeptisch. Tristan schüttelte verständnislos den Kopf und fügte hinzu: „Wir haben uns beide ihr gezeigt und sind nicht vorangekommen. Ich denke, du kennst sie und ich denke auch, du kannst bei ihr mehr bewirken, als wir beide zusammen. Wir sind doch nicht ohne Grund hier." Emmet musterte den Sommer nun eindringlich und sah dabei nachdenklich aus. Der Blick von Tristan wanderte besorgt zwischen Emmet und dem Sommer hin und her. Der Sommer wurde nervös und sah hilfesuchend zu Tristan. Dieser zuckte ebenfalls hilflos mit den Schultern, ihm fiel nichts ein, um den Sommer aus dieser Situation zu holen. „Mir ist aufgefallen, dass du es vermieden hast, dich Amalia zu zeigen", sprach Emmet plötzlich weiter. „Warum?", wollte er ernst wissen. Der Sommer schaute stur zu Boden und blieb stumm. Seine Finger hatte er ineinander verschränkt, sie zitterten leicht. Emmet trat einen Schritt auf den Sommer zu, wobei dieser leicht zusammenzuckte. Emmet beäugte ihn noch immer vehement. Der Sommer zitterte am ganzen Körper, als Emmet trocken sprach: „Sieh mich an." Er gehorchte, hob sehr langsam seinen Kopf und Emmet sah die Blässe deutlich in seinem Gesicht. Der Gesichtsausdruck von Emmet wechselte sehr langsam von ernst und nachdenklich bis hin zu Erkennen und Hohn. „Warum habe ich dich nicht früher erkannt, Lore? Wir haben uns äußerlich ziemlich verändert, meinst du nicht. Du scheinst mich ohne Flügel und Schwert auch nicht richtig zu erkennen. Lore, korrigiere mich bitte, wenn ich falsch liege: Bist du nicht ihr plötzlich verschwundener Vater, was ihr das Herz brach, richtig? Aber halt, das wäre kein Grund für dich deiner Tochter nicht wieder unter die Augen zu treten, denn du meidest offensichtlich ein Wiedersehen. Die große Wiedersehensfreude wäre da, es sei denn, du hättest ihre Mutter Estha, deine große Liebe, auf dem Gewissen."

Ich hatte gefühlte Stunden mit Rita über mich geredet, versucht zu argumentieren, dabei aber nicht zu viel über mich preiszugeben, wieso Malven unbedingt kommen musste. Ich verließ glücklich aber müde ihr Büro, nachdem wir uns geeinigt hatten, dass ich ein neues Zimmer im Mittelbereich des Kurortes bekam und Malven, auf meinen Wunsch, zu dem Kurfest eingeladen wurde. Über meine Entlassung wollte Rita vehement nicht reden, ich sei noch nicht soweit und das müsste sowieso mit Malven abgeklärt werden. Somit beließ ich das Thema, ich freute mich lieber über meinen Erfolg ein neues Zimmer zu erhalten, diesmal ohne Fenster wohl bemerkt. Kurze Zeit später wurde ich zum Yoga abgeholt, worauf ich mich freute und nahm am Abend seelenruhig mein Abendessen ein. Ich glaubte bereits im Yoga fest daran, dass ich die heimlichen Besuche nun hinter mir hatte und begann mich wieder zu entspannen.

**

Während ich in meiner Tiergestalt, dem Eichhörnchen, aus Spaß durch den Wald streifte, fiel mir eine graue Farbe zwischen den Bäumen auf. Neugierig bewegte ich mich in Richtung der Berge, um herauszubekommen, was dieses graue Etwas war. Als ich in der Krone eines außenstehenden Baumes saß und dort hinschaute, wo sich eigentlich die Berge befanden, erblickte ich eine gigantische graue Wand aus Nebel, über der sich Gewitterwolken befanden. Ich war zwar jung und einige im Dorf hielten mich für verrückt, aber ich war so alt und weise genug, um zu wissen, dass am Sommerende noch kein Schnee fiel und bei einem normalen Wetteraufkommen die Berge nicht hinter dem Nebel verschwanden, während um mich herum die Sonne schien. Ich wollte unbedingt wissen, was die Aliens hinter diesem Sichtschutz verbargen, was sie mit den Bergen anstellten und dann schnell wieder verschwinden. Ich war begeistert von meinem Plan, rannte in Menschengestalt auf das unbekannte Ding zu, lief ungebremst hindurch und verlor im nächsten Moment den Halt, fiel auf den Boden und drehte mich dabei mindestens dreimal um die eigene Achse. Ich konnte noch immer nichts durch den Nebel sehen, die Wolken nahmen jegliches Licht und ich fühlte nur den eiskalten Boden unter mir, auf dem ich ausgerutscht war. Der Untergrund war vereist und ziemlich glatt und ich spürte gleichzeitig Eisflocken auf meinem Gesicht. Ich saß nun auf dem Boden und wusste nicht so recht, was ich tun sollte. Ich entschloss mich wieder aufzustehen und in die Richtung zu laufen, aus der ich dachte gekommen zu sein. Ich lief nicht lange, bis ich etwas vor mir ausmachte, was etwas dunkler war, als die Umgebung um mich herum und ich sprach los, während ich es berührte: „Hallo, ich bin Jack und habe mich verlaufen." Schmal, hart und borkenhaft war es und als mein Gesicht ganz nah davor war, erkannte ich einen Baum und mir war das Ganze sofort peinlich: ich sprach doch tatsächlich mit einem Baum und ich hatte mich wirklich verlaufen. Mit erhobenen Armen lief ich langsam weiter, wobei ich nicht wusste, ob dies nun die richtige Richtung war. Plötzlich hatte ich Angst, ich würde das Tageslicht nicht wiedersehen, wenn ich keinen Ausweg fand. Ich wusste mir nicht anders zu helfen, als nach jemandem zu rufen: „Hallo! Ist da jemand?" Es blieb still und ich ging vorsichtig weiter. Nachdem ich einen weiteren Baum gefunden hatte, hörte ich plötzlich Schritte und eine fröhliche Stimme, die rief: „Ach, der kleine Jack! Was machst du hier?" Ich blieb sicher an den Baum gestützt stehen, wandte mich in die Richtung, aus der die Person vermutlich kam und gestand etwas zerknirscht: „Naja. Ich brauche Hilfe." Diese Person lachte, sie lachte mich nicht aus und so musste ich verlegen lächeln. „Warst du neugierig?", wollte die Person noch wissen und ich nickte zur Antwort. Ich war mir nicht sicher, ob sie mich nicken sah und deshalb sagte ich laut: „Stimmt." Die Person kam ein wenig näher, so dass ich einen breiten, dunklen Schatten vor mir sah. „Ich werde dich an den Schultern herausführen, in Ordnung?", fragte mich die Stimme freundlich. „Ja, danke", willigte ich ein. Sofort lagen zwei große Hände auf meinen Schultern, die mich in eine bestimmte Richtung drehten, in die ich vermutlich nie gegangen wäre und mit den Händen auf den Schultern lief ich los. „Du hast eben gesehen, dass es hier nichts zu sehen gibt und deshalb wirst du nicht wieder an diesen Ort kommen, richtig?", sprach die Stimme weiter. Ich überlegte lange, ich hatte nicht alles verstanden und erzählte dann: „Meine Mutter ist zuhause und macht uns etwas zu Essen. Ja, du kannst also mitkommen." Die Stimme verstummte plötzlich und wenig später blieben wir stehen. „Was ist? Kommst du nicht mit?", fragte ich nach. Die Person hinter mir sagte nur: „Wenn du weiterläufst, bist du wieder draußen." Ich sah mich noch einmal um, konnte aber noch immer nur einen dunkeln Schatten ausmachen. „Komm nicht wieder", sprach die Person noch immer freundlich, bevor sich Schritte entfernten und ich zuckte nur mit den Achseln und lief fort von diesem dunklen Ort. Wenn diese nette Person nicht mitessen wollte, blieb am Ende mehr für mich übrig, worüber ich nicht böse war.

***

Eine mir bekannte Stimme säuselte, während ich noch im Halbschlaf war, nahe meines Ohres folgende Worte: „Guten Morgen, Jalia. Bitte wach auf." Ich dachte zunächst an einen Traum und überlegte, wer zu mir sprach. „Ich muss mit dir reden", sagte diese Stimme weiter, vermutlich weil ich nicht reagierte. Am Morgen wollte ich nicht das Wort „muss" hören, dass klang nach Stress, Pflicht und Erwartungen, die Stimme sollte lieber „möchte" sagen. Dann wurde ich sacht am Arm gerüttelte und ich drehte mich automatisch auf den Rücken. Ich registrierte, dass es kein Traum sein konnte und schlug die Augen auf. Über mich gebeugt stand mein Vater. Sein Anblick ließ mich augenblicklich steif werden, mein Mund hatte sich bereits zum Schrei geöffnet, aber Lore hielt mir den Mund mit seiner Hand zu und sprach hastig: „Nicht schreien, ich werde dir alles erklären." Dann trat Emmet in mein Sichtfeld, was mich erneut zusammenzucken ließ, doch dieser blickte Lore an und sagte mit gedämpfter Stimme: „Sag es ihr endlich und dann komm zum eigentlichen Grund, weshalb wir hier sind. Du musst dich kurzfassen, um ihr alles sagen zu können, bevor uns einer erwischt." Dann kam der fremde Mann, der vehement an mein Fenster geklopft hatte, in mein Blickfeld, weil er sich an mein Bettende stellte und winkte mir lächelnd zu, während er „Hi." sagte. Ich war fassungslos und plötzlich beugte sich Lore wieder über mich und sprach ruhig: „Du wirst nicht nach Hilfe schreien, wenn ich die Hand wegnehme?" Ich nickte zur Antwort und er ließ die Hand von meinem Mund. Kaum war mein Mund frei, richtete ich mich auf und schrie: „Raus!" und zeigte zur Tür. „Na toll, das klappt wieder einmal hervorragend", sagte Emmet in normaler Lautstärke genervt und sah dabei Lore an. Der fremde Mann sprach freundlich, während sich Lore und Emmet böse Blicke lieferten: „Mein Name ist Tristan, ich bin der Herbst und es wäre toll, wenn wir uns gleich in Ruhe unterhalten könnten." Dann hörte man Stimmen und Schritte auf dem Flur, welche vor meiner Tür hielten. Ich sah zur Tür, welche in dem Moment aufgerissen wurde und zwei Personen kamen herein und musterten mich besorgt. Ich blickte verwirrt um mich, konnte niemanden der drei Männer sehen, schaute dann verlegen lächelnd zur Tür und erklärte: „Es tut mir leid, ich hatte einen Albtraum."

Ich wusste nicht, wie ich mein Verhalten ansonsten erklären sollte, denn ich war selbst verwirrt, dass sie plötzlich weg waren. Ich konnte unmöglich die Wahrheit sagen. „Das kommt bei Ihnen öfters vor, richtig?", hakte eine Frau nach. Ich nickte, während ich auf meine Bettdecke starrte. Wenn mich nicht drei Männer verfolgen würden, dann hätte ich auch keinen Grund zum Schreien, dachte ich genervt, aber das würde die nette Frau nicht verstehen. Der Mann sah sich im Zimmer noch einmal um, bevor er und die Frau das Zimmer verließen und plötzlich waren alle drei Männer wieder da. Ich zuckte zusammen und sagte leise zischend: „Ich will nichts hören. Ich will euch nicht sehen. Ich will nicht mit euch reden." Emmet seufzte und schlug vor: „Du weißt jetzt, dass wir hier sind. Du könntest es dir bis zur Mittagspause, in der du eh im Zimmer bist, durch den Kopf gehen lassen." Ich stieg aus dem Bett, holte fluchend frische Kleidung, blieb in der Bewegung stehen und fragte: „Wenn du der Herbst bist, wer ist der Sommer?" Als sich

Lore zaghaft meldete, war ich überrascht, aber es erklärte wenigstens sein plötzliches Verschwinden. „Ich bin immer noch sauer auf dich", stelle ich an ihn gerichtet schnell klar. Tristan brachte plötzlich den Satz in die Situation: „Wir sollten mit der Erklärung wirklich bis zum Mittag warten, Emmet hat recht." Ich wurde stutzig, erwiderte aber nichts weiter. Mit den Sachen in der Hand sagte ich nur: „Ihr bleibt hier, ich gehe allein ins Bad, verstanden?" Alle Männer nickten und sahen sich verlegen demonstrativ in dem kahlen Zimmer um, als wäre dieses sehenswert, nur um mir zu zeigen, dass ich wirklich allein im Bad sein werde.

***

„Warum geht das Ganze nicht schneller, Mallory?", fragte ich ungeduldig vor Wut kochend. Ich hatte diese Passivität gewaltig satt und ich würde den ersten Tiermenschen, den ich in unserem Gebiet sah, umbringen. „Die Wolken schreiten unaufhörlich weiter, Katana. Habe Geduld, sie wird schon bald auf eine Behausung treffen und diese können wir dann plündern." Ich verzog die Nase, ich konnte diese Worte nicht mehr hören und erwiderte: „Ich habe keine Geduld." Um meiner Wut freien Lauf zu lassen, ohne Mallory anzugehen, schlug ich mit Händen und Füßen auf den nächstbesten Baum ein, der sich mir bot. Der Baum war schockgefroren mitsamt den Blättern und ließ sich mit meiner Wut problemlos in der Mitte teilen. Wen interessierte schon dieser eine tote Baum? Doch als mich die übermannte Kraft, die mir den Blick vor Wut vernebelt hatte, verließ, sah ich genauer hin. „Siehst du das auch?", fragte ich überrascht. Mallory blickte mich an und antwortete: „Ja, du siehst jetzt entspannter aus als vorher." Ich schaute sie verständnislos an und erwiderte leicht genervt: „Ich meine das Ding im Baum." Mallory trat näher, sah prüfend in den Baum, trat einen Schritt wieder zurück und starrte mich nun verständnislos an. „Hast du dich mit einem Schlag selbst getroffen? Im Baum ist nichts." Ich verstand nicht, wie sie das lila leuchtende Licht in dem Baum nicht sehen konnte, aber ich kümmerte mich nicht weiter um sie und griff beherzt in die Baummitte hinein. Die Berührung meiner Hand an dem Licht bewirkte auf meiner Haut nichts, außer dass das Licht erlosch. „Jetzt ist es plötzlich weg", verkündete ich erstaunt, doch ich merkte auch, wie gut ich mich fühlte. „Hast du endlich eingesehen, dass du dich getäuscht hast?", fragte mich Mallory gelang-weilt. Mit einem breiten hämischen Grinsen drehte ich mich in ihre Richtung. „Was ist?", wollte sie wissen. Doch ich beschloss, es ihr lieber zu zeigen. Ihr lauter, erschrockener und schmerzerfüllter Schrei wurde plötzlich zu einem schrillen und boshaften Lachen, in das ich einstimmte, nachdem ich meine Gabe psychischen Schmerz bei ihr angewandt hatte. „Komm Katana, wir müssen das den anderen sagen und dann zerstören wir so viele Bäume wie möglich!", schrie sie hellauf und wir rannten zu den Bergen zurück. Jeder Krieger musste seinen Baum finden und dann würden wir endlich nicht mehr herumsitzen, wir werden die Krieger in uns wiedererwecken, kämpfen und an die Macht kommen. Auf uns und unseren Sieg!

***

Während der Massage versuchte ich nicht an das Danach zu denken, doch es gelang mir nicht, was nicht verwunderlich war. In der Ruhepause, in der ich im Zimmer festsaß, würde ich gleich auf drei starke Männer treffen, die sich einfach unsichtbar machten, die ich nicht loswurde, was ich aber unbedingt wollte. Ich mochte nicht zuhören, es würde hundertprozentig darauf hinauslaufen, dass ich ins Dorf zurückkehren sollte. Ich möchte nichts weiter, als die Vergangenheit jetzt hinter mir zu lassen und teils egoistisch, einfach mein Leben zu leben. Ich bin nicht Joyce, um die sich alles drehte und drehen musste, die Veränderungen schaffte und die mit allem klar kam - ich wollte nicht so sein wie sie und ich würde auch immer diese Jalia bleiben.
„Wir sind für heute fertig", verkündete mir meine Masseurin in meine Gedanken hinein. Plötzlich wurde die Tür leicht geöffnet und ein rotes Kleid hineingereicht, welches meine Masseurin

entgegennahm. Augenblicklich wurde die Tür wieder geschlossen, während sie sagte: „Sie haben Besuch und werden nicht auf ihr Zimmer gebracht." Sie lächelte freundlich und reichte das Kleid an mich weiter. Ich dankte Mutter Natur und streifte mir das Kleid über. Mit einem Blick in den Wandspiegel richtete ich mein Haar, bevor ich in den Flur trat. Ich war überrascht, als ich im Flur von einem Kellner und nicht von einem Pfleger erwartet wurde. „Bitte folgen Sie mir", sagte dieser leise in französischem Akzent und lief mit mir an seiner Seite Richtung Restaurant. Dort angekommen befand sich nur ein Gast im Speisesaal, der an einem Zweiertisch saß und mir entgegenlächelte. Mein Herz schlug etwas schneller vor Aufregung und ich lächelte ebenfalls. Der Kellner begleitete mich zum Tisch, zog den Stuhl zurück, so dass ich mich setzen konnte. Als der Kellner ging, sagte Malven mit ruhiger und sanfter Stimme: „Ich wusste, dass dir das Kleid gut stehen wird." Meine Wangen fühlten sich etwas wärmer an als zuvor und ich schaute verlegen weg, wobei ich leise sagte: „Danke." Er lächelte, richtete sich auf und legte seine Hand auf den Tisch. Mein Blick wanderte wieder zu seinem Gesicht, während meine Hand automatisch seiner Aufforderung nachkam und sich zu seiner Hand legte. Als diese seine Hand berührte, entlockte mir das ein weiteres Lächeln. Ich musterte seine kantigen Gesichtszüge und er lächelte. „Die Kur scheint dir außerordentlich gut zu tun", sprach er und nahm damit ein Gespräch auf. Ich nickte und erklärte: „Sie hat mir alles gegeben, was sie mir geben konnte." Ich wollte das Thema meiner Entlassung vorsichtig ansprechen, doch er überraschte mich als er antwortete: „Das denke ich auch."

Der Kellner kam und reichte uns eine kleine Tageskarte, wobei unsere Hände wieder zu ihren jeweiligen Besitzern zurückgingen. Während ich in der Karte las, spürte ich seinen Blick auf mir ruhen und als ich aufsah, schaute er mich weiterhin über die Karte an, wobei sein Blick Wärme ausstrahlte. Um nicht so rot im Gesicht zu werden wie mein Kleid es war, fragte ich ihn, was er gern aß und wir sprachen über unsere Interessen. Ich bemerkte nur am Rande, wenn der Kellner wieder an unseren Tisch trat, denn ich konzentrierte mich auf Malven: sein Gesicht, seine Worte und seine Körperhaltungen. Ich war überrascht und entzückt, dass wir uns so angenehm unterhalten konnten, von dieser Seite kannte ich ihn noch nicht. Dann war unser Essen fertig, welches köstlich duftete und während wir speisten, herrschte eine angenehme Gesprächspause. Im Restaurant war es ruhig, weil sonst niemand hier speiste, ein wenig kam ich mir deshalb dann doch besonders vor. Hatte er das Restaurant nur für mich reserviert? Man sollte meinen, dass zur Mittagszeit hier mehr los sein sollte. Es kam mir schon fast normal vor mit meinem zukünftigen Ehemann an einem Tisch zu sitzen, über banale Dinge zu reden und zusammen zu essen. Es fühlte sich gut an und bestätigte meinen Wunsch mit ihm mitzugehen und ihn zu heiraten.

„Kann ich dir noch etwas Gutes tun?", fragte er mich schließlich. Ich wollte nichts Gegenständliches und so fragte ich ihn: „Wie lange wirst du bleiben?" Sein Lächeln verschwand etwas, sein Blick richtete sich auf den Tisch und ich war leicht alarmiert. Plötzlich fragte ich mich wie anders das Leben wirklich in der Stadt war? Konnte ich etwas gravierend falsch machen im Umgang mit ihm? „Ich wollte nicht lange bleiben, die Geschäfte rufen mich", begann er, wobei er eine kleine Pause machte und mich ansah. Ich versuchte nicht allzu enttäuscht zu wirken, nickte nur, um es so gut wie möglich zu verbergen. Meine Stimme hätte mich zu sehr verraten, da war ich mir sicher. Dann stand er plötzlich auf, wobei ich vor Erstaunen den Atem anhielt. Hatte ich damit wirklich die Stimmung kaputt gemacht? Wollte er nun gehen? Er bewegte sich neben mich, lächelte aber weiterhin, so dass ich mich wieder entspannte. Er nahm sacht meine Hand und brachte mich zum Aufstehen, wobei ich ihn neugierig musterte. Malven streifte mir eine Strähne hinter mein Ohr, wobei mich ein kleiner Schauer überkam. Er war mir so nah, dass ich seinen Duft roch, den er sich künstlich aufgetragen hatte. „Du bist schön, Jalia und ich wollte dich nicht zurücklassen, wenn ich gehe", sagte er mit rauer Stimme und ich lächelte erneut, wobei mein Lächeln breiter war als das davor. „Die Bekanntgabe unserer Hochzeit war trocken verlaufen und ich hatte dein Geschenk nicht dabei, was ich dir nun überreichen möchte", sprach er ruhig weiter, nachdem er meine Reaktion abgewartet hatte. Neugier stieg in mir auf, aber ich sagte aus Höflichkeit: „Das wäre nicht nötig gewesen, Malven."

Das Essen, selbst der komplette Kuraufenthalt, war mir Geschenk genug. Malven legte eine Hand auf meinen Arm, was mir nicht unangenehm erschien. „Keine Widerrede, das gehört sich so. Dreh dich bitte um, Liebste", sagte er noch immer in seinem ruhigen, freundlichen Ton und wartete. Bei dem Wort „Liebste" lief mir ein kühler Schauer über den Rücken, eine Gänsehaut übernetzte mich und ich wollte lächeln, aber es gelang mir nicht so recht, deshalb drehte ich mich nun um, ohne in sein Gesicht gesehen zu haben. Ich wusste nicht, was nun kommen würde und so wartete ich, wobei ich ein Rascheln aus seiner Jacke vernahm. „Ich hoffe sie gefällt dir", sprach er leise an mein Ohr. Ich blieb reglos stehen, ich traute mich nicht mich zu bewegen und spürte plötzlich etwas Schweres an meinem Hals. Dann schloss er die Halskette in meinem Nacken und drehte mich sanft wieder zu sich um. „Wow, sie steht dir wirklich gut", sagte er knapp bewundernd und sah mich lächelnd an. Ich lächelte zaghaft zurück. Er hielt mir den Arm hin, ich hakte mich bei ihm unter und wir verließen das Restaurant, wobei er an einem Spiegel im Restaurant mit mir besonders langsam vorbeiging, damit ich die Kette begutachten konnte. Die Kette war über mit Klunkern bestückt, sie gefiel mir nicht, aber ich sprach an ihn gewandt: „Danke." Er lächelte zufrieden. Das Kleid gefiel mir, aber der Schmuck war mir zu groß, wobei das Kleid sicher auch viel gekostet hatte. Das alles war seine Klasse, er kam aus der Stadt, daran würde ich mich noch gewöhnen müssen.

***

„Vor dreißig Minuten ist die Ruhezeit angebrochen und Jalia ist noch immer nicht auf ihrem Zimmer", fasste Tristan in Worte, was bereits jeder von uns dachte. Lore mischte sich gleich darauf ein: „Aber sie ist jeden Tag zur Ruhezeit in ihrem Zimmer. Wieso ist sie genau heute nicht hier, wenn ich bereit bin ihr alles zu beichten?" Der Kerl tat mir ein wenig leid, er wollte es sich endlich von der Seele reden, was er bereits viel zu lange mit sich herumtrug. Aber in mir stieg Wut auf, welches das Mitgefühl für Lore überdeckte. Der Sommer und der Herbst musterten mich, während sich meine Hände zu Fäusten ballten und ich fluchte. „Könnt ihr euch nicht denken was passiert ist?", fragte ich die beiden. Lore und Tristan beäugten mich, als wäre ich ein Hellseher, ich wüsste etwas, wovon sie keine Ahnung hatten. „Nur eine Person mit Status und Geld kann die Regeln des Kurortes übergehen", sagte ich und trat gegen das Bett, um etwas Energie loszuwerden. Dann sprach ich weiter: „Malven ist gekommen."

***

Ich hatte mit Malven den restlichen Tag verbracht und am Abend, als das Kurfest begonnen hatte, führte er mich auf die große Veranda, die festlich geschmückt und mit mehreren kleinen Lichtern beleuchtet war. Die Kurgäste, welche sich bereits zu einer ruhigen Musik bewegten, hatten allesamt wunderschöne Kleider an und ich erkannte bei jeder der Frauen in meinem Blickfeld ein Klunkerschmuckstück. Malven hatte mich auf diesen Moment vorbereitet und ich lächelte zufrieden. Ich gehörte irgendwie dazu und die Kette kam mir nicht mehr so unangenehm vor, ich trug sie nun mit etwas Stolz. Malven fing mein Lächeln auf und zog mich mit sich auf die Tanzfläche. Er platzierte sanft erst meine und dann seine Hände und zog mich ein kleines Stück weiter an sich heran. Seine Nähe nahm mir die Angst vor dem Tanzen und ich wurde lockerer. Wir tanzten schließlich ungezwungen und ich schmiegte mich noch etwas näher an ihn heran. Ich atmete seinen künstlichen Geruch ein und fühlte mich ganz gut an seiner Seite. Wortlos genossen wir den Moment beim Tanzen in der Masse.

Ich wusste nicht, wer dieser Malven war und ein Blick zu Tristan verriet mir, dass er genauso wenig von einem Malven wusste wie ich. Emmet hingegen lief seitdem im Zimmer auf und ab und hatte den Blick starr zum Boden gerichtet. Einmal hatte er sich sogar vergewissert, dass sich die Kleider von Jalia noch im Schrank befanden. Danach hatte er seine Pilgertour durch ihr Zimmer fortgesetzt. An seiner Körpersprache erriet ich, dass er nicht gut auf den Kerl zu sprechen war. Ich fragte mich, was das zu bedeuten hatte, aber die Frage blieb mir im Hals stecken, ich konnte sie nicht aussprechen. Nach einer Weile waren Schritte zu hören und ich ließ alle drei Kumpanen unsichtbar werden, wobei Emmet endlich stehen blieb und erwartungsvoll zur Tür blickte. Zuerst kamen zwei Pfleger hinein, die von einem Mann mit französischem Akzent begleitet wurden, der ihnen auftrug alle persönlichen Dinge der Dame einzupacken. Die Pfleger machten sich sogleich ans Werk und Emmet versteifte neben mir. Ich gab ihm ein Zeichen ruhig zu bleiben und er gehorchte. „Wir sind nun auch lautlos. Was sollen wir tun?", fragte uns Tristan verdattert über die frühen Ereignisse. „Uns wird nichts anderes übrigbleiben, wir müssen sie suchen gehen oder sie ohne ein Wort abreisen lassen", sagte Emmet mit gedämpfter Stimme, als sorge er sich darum, dass seine Fertigkeit eine Lücke haben könnte. „Dann lass uns durch die jetzt geöffnete Tür gehen und uns vorsichtig vorantasten." Tristan nickte zustimmend und Emmet wirkte erleichtert über den Entschluss Jalia zu suchen. Er mochte sie anscheinend wirklich gern, vielleicht war er sogar eifersüchtig auf diesen Malven, was sein Verhalten rechtfertigen würde.

***

Das Lied war zu Ende und Malven löste sich ein Stück von mir. Als ich zu ihm aufsah, blickte er in die Richtung aus der plötzlich der Kellner von vorhin kam und Malven etwas ins Ohr flüsterte. Malven nickte nur und wandte sich wieder mir zu, wobei der Mann unaufgefordert wegging. „Geht es dir gut, Jalia?", fragte er mich

344

dann freundlich. Ich nickte und sah auf seine Hände, die meine hielten. „Ich erkenne, wenn du mir etwas verschweigst", sagte er leise lachend und ergänzte: „Sag es mir, ich werde dir nicht böse sein." Es begann ein neues Lied zu spielen und ich blickte auf. Seine Gesichtszüge waren entspannt. „Mir geht es wirklich gut bei dir, Malven und ich möchte nicht wissen, was der Mann dir eben sagte, das wäre nicht richtig. Ich würde nur gern wissen, wer der Mann ist, den ich als Kellner dieses Kurortes sah." Malven lächelte verhalten und fragte mich ruhig und ernst, wobei seine Stimme einen gewissen Unterton angenommen hatte: „Hat er sich dir nicht vorgestellt?" Ich schüttelte den Kopf und erklärte ihm sachlich: „Nachdem er mich vor dem Raum der Massage abholte, sagte er nur, ich soll ihm folgen." Sofort ging sein Arm in die Höhe und ich sah von Weitem, dass der Mann wieder zurückkam. Sofort bereute ich mein Gesagtes, es hatte die Stimmung zwischen uns kühler werden lassen. Als der Mann neben Malven zum Stehen kam, schenkte Malven ihm einen bösen Blick und sagte dann wieder freundlich an mich gewandt: „Dann werde ich ihn dir vorstellen: das ist mein Butler. Deine Wünsche, Liebste, sind auch sein Befehl." Dann ging sein ernster Blick wieder zu dem Mann, welcher nur nickte und der Butler verschwand wieder in der Menge. Sofort hellte sich die Miene von Malven wieder auf und ich war leicht erschrocken, wie schnell sich seine Laune wandelte. Ich war gleichzeitig auch erleichtert, dass er mir seine Schokoladenseite präsentierte und mir einen schönen und unvergesslichen Abend gönnen wollte. Beim nächsten Tanz vergaß ich sogar fast das Ereignis mit dem Butler und ich ließ mich mit der Musik in Malvens Armen mitreißen.

***

Tristan, Lore und ich standen unsichtbar am Rand des Geländers während die reichen Personen miteinander tanzten. Unter ihnen erblickte ich Jalia mit Malven, die perfekt in das Bild passten. Als ich Jalia tanzen sah, konnte ich meinen Blick nicht von ihr lassen.

Sie wirkte in dem teuren Kleid und dem protzigen Schmuck fremd auf mich und zugleich wunderschön, als wäre sie aus einer anderen Geschichte entsprungen. Ich sah auch ihre Freude und Unbeschwertheit, während sie unaufhörlich lächelnd mit Malven tanzte. Der Anblick erfüllte mich mit Freude, mit eigenen Augen zu sehen, dass Malven sie glücklich machte und ihr ein gutes Leben bieten würde und gleichzeitig stach die Trauer in mein Herz, zu wissen, dass ich sie verloren hatte. Ich werde sie nie wiedersehen, wenn sie abreiste und ich gehörte nicht in ihr neues Leben. Dieser Anblick der beiden würde mir für immer bleiben, zu sehen, dass sie mit jemand anderem zusammen war.

„Können wir noch etwas für dich tun, Emmet?", fragte Tristan leise. Er und Lore hatten mich beobachtet, während ich das tanzende Paar anstarrte. „Es gibt hier nichts mehr für uns zu tun", sagte ich ernst. Es war an der Zeit. Wir traten langsam von dem fröhlichen Trubel der Veranda fort. Ich warf noch einen allerletzten Blick auf die schönste Frau in dieser Runde, auf Jalia.

***

Ich tanzte den ganzen Abend ausgelassen, die hellen Lichter verschwammen mit dem bunten Treiben um Malven und mich herum und ich war praktisch von Freude betrunken. Ich hatte an nichts denken können, spürte nicht einmal meine müden Füße und ein Zeitgefühl fehlte mir völlig. Ich lebte als gäbe es kein Morgen und das Gestern hatte ich vollständig verdrängt. Wenn mich jemand nach meinem Namen gefragt hätte, wüsste ich nicht, ob ich ihn wusste. Ich fühlte mich eins mit der Welt und das führte in mir zu Zufriedenheit.

Im Dunkel der Nacht fuhr eine Kutsche vor die Veranda und Malven führte mich gentlemanlike die Treppen hinunter und half mir beim Einsteigen. Ich warf einen letzten Blick auf das Kurhaus, stellte mir die drei Männer in meinem ehemaligen Zimmer vor, wie sie auf mich warteten und daran, dass ich endlich die Vergangenheit hinter mir ließ und in die Zukunft aufbrach. Ich musste lächeln bei dem Gedanken, dass ich bei Nacht die Flucht nach vorne antrat. Die Kutsche mit den zwei Pferden würde mich und Malven nach Hause fahren. Während ich einstieg, hielt Malven meine Hand und folgte mir danach in das Innere der Kutsche. An das Danach konnte ich mich nur schwer erinnern, denn das rhythmische Schaukeln der Kutsche und der gleichmäßige Takt der Hufe ließ in mir die Aufregung nachlassen und die Müdigkeit übermannte mich, so dass ich bald gegen Malven gelehnt einschlief.

***

Am Morgen weckte mich der Glockenschlag von einer Kirche, welche in der Nähe die volle Stunde bekanntgab. Beim Öffnen der Augen wusste ich sofort, dass ich bei Malven war. Bei meiner Ankunft hatte ich kaum die Augen offenhalten können und wurde von Malven getragen ins Bett gebracht. Aber jetzt wäre genug Zeit, sich alles anzuschauen und ich schlüpfte voller Vorfreude augenblicklich in meine Kleidung. Ich band mein Haar hoch und spritze mir frisches Wasser ins Gesicht. Dann trat ich auf den Flur und hörte leise zwei Männerstimmen. Ich vertagte meine Erkundungstour, denn ich war neugierig, was besprochen wurde. Ich schlich also zu der geschlossenen Tür, aus der die zwei Stimmen drangen und lauschte. „Sir, verstehen Sie denn nicht, es ist wichtig, dass Sie an die Front zurückkehren. Die Soldaten brauchen ihren Hauptmann, nachdem die Aliens stärker geworden sind und wir sie nicht mehr kontrollieren können. Es sind bereits tapfere Soldaten gefallen."
Diese Stimme kannte ich nicht, aber die Worte ließen mir einen kalten Schauer über den Rücken laufen, sie sprachen von einem Krieg. Nach kurzer Pause erklang die ernste Stimme von Malven: „Ich sagte bereits, dass ich in meinem Haus nicht mit Sir angesprochen werden möchte." Schnell entschuldigte sich der andere Mann und Malven sprach weiter: „Hören Sie sich eigentlich selbst zu, General? Sie erzählen mir sonderbare Dinge mit denen unser Gegner unseren Männern Schaden zufügt, ohne sie zu berühren? Ich

kann das nicht recht glauben, aber ich weiß, dass Sie sich das nicht ausdenken." Der Mann pflichtete sofort bei: „Ja, Sir … Verzeihung, Malven." Dann sprach Malven aufgebracht: „Führen Sie einen Krieg? Dann zeigen Sie kein Mitgefühl und keine Angst, eine richtige Waffe gegen die Eindringlinge einzusetzen. Ihre Spielereien sind doch nur Ablenkung und Manipulation. Ich verstehe nicht, was Ihr Problem ist. Mein Problem ist im Moment Ihre Inkompetenz als stellvertretende Leitperson meinerseits und ich werde mich nicht an der Front zurückmelden, sondern gegebenenfalls einen anderen General in Ihre Position versetzen. Haben Sie mich verstanden?"

Der Mann erwiderte eingeschüchtert ein kurzes „Ja." und ich zog mich zurück, ich hatte genug gehört. Leise ging ich zurück zu dem Schlafzimmer, indem ich aufgewacht war und schloss die Tür hinter mir. Halb erschlagen von den Neuigkeiten legte ich mich aufs Bett und in mir kamen Schuldgefühle hoch. Wenn ich nur die richtige Erbin sein könnte, dann wäre ich nicht feige abgehauen, ich hätte mich nicht vor der Verantwortung und Pflicht gedrückt und ich hätte mit den anderen Erben eine Lösung gefunden, aber ich war nur die kleine Jalia, nicht die starke Joyce. Ich konnte das Problem nicht lösen, ich war dem Erbe nicht gewachsen, aber Joyce war es. Konnte ich ein Leben führen, indem ich Joyce gestattete die Kontrolle über meinen Körper zu behalten, um Amon in Schach zu halten? Damit sie mit dem Mann zusammen sein konnte, den sie liebte, weil das einen positiven Einfluss auf alle Lebewesen dieser Erde hatte? Verlangte Mutter Natur, dass ich mein Leben vergeuden ließ, damit Frieden auf der Erde herrschte? Würde ich es tagtäglich aushalten in meinem Körper als stille Beobachterin im Eispalast von Amon zu sein, während er sich mit Joyce unterhielt, sie berührte und sie liebte? Ich schauderte erneut und ich wusste, ich würde daran zugrunde gehen alles mitzuerleben, es weder zu wollen, noch beeinflussen zu können. Doch was war es dann, was mich an meinem Aufbruch zweifeln ließ?

Plötzlich klopfte es an der Tür und ich wischte mir schnell zwei Tränen von den Wangen. Nach kurzem Zögern wurde die Tür geöffnet, Malven stand im Rahmen und lächelte mir zu. „Guten Morgen", sagte ich leichthin und hoffte auf eine feste Stimme. „Ich habe uns in der Küche ein Frühstück bereitet", verkündete er freundlich und ich folgte ihm wortlos. Während wir aßen, fragte Malven plötzlich in die mir angenehme Stille: „Ist etwas, Jalia? Du bist mir heute ungewohnt ruhig." Ich kaute auf und erwiderte: „Ich musste nur daran denken, dass du mir deine Tiergestalt noch nicht gezeigt hast." Malven lächelte, was er zuvor nicht getan hatte und antwortete: „Meine Tiergestalt ist ein Elch." Ich schaute kurz verblüfft auf, nickte dann und richtete den Blick wieder meinem Essen zu. Natürlich verlor er nicht ein Wort zum Gesprächsthema Dimensionsbewohner und dass er heute Morgen Besuch hatte, was ich mir schon dachte. Ich sollte davon nichts erfahren, deswegen auch die Ansprache ohne offiziellen Titel, falls ich „hineingeplatzt" wäre. Malven wog sich in der typischen konventionellen Rolle des Mannes, ich würde öfters lauschen müssen, um auf dem neusten Stand zu bleiben, aber das machte mir im Moment nichts aus. Unerwartet verkündete mir Malven, nachdem er den letzten Bissen hinuntergeschluckt hatte: „Morgen werden meine Mutter und meine kleine Schwester anreisen. Ich denke, du hast nichts dagegen."

***

Die unaufhörlich wachsende Wolkennebelwand der Dimensionsbewohner machte die Tierwesen nicht nur wütend, weil sie hinter ihr nichts sehen konnten und ihre eigenen Männer, welche es hineinwagten, nicht wieder hinausschafften, sondern die Tierwesen bekamen existenzielle Ängste, wenn dieser unheimliche Bereich auf ein weiteres Dorf zuhielt und sie nichts machen konnten, außer dieses frühzeitig zu evakuieren. Wie lange würden sie die Stellung halten können? Das ziellose Hineinschießen mit beliebigen Waffen schien ohne Wirkung zu bleiben und sie beließen es auch spezielle Tierwesen mit gutem Sehvermögen hineinzuschicken. Es würde noch einen knappen Tag dauern bis die Wolkennebelwand die erste Stadt erreichte und das stellte ein großes Problem dar. Das Verlieren einiger Dörfer konnten sie verkraften, aber nun musste eine siegfolgende Lösung her, denn sie konnten es sich nicht erlauben eine Stadt zu verlieren. Mittlerweile waren alle Kräfte mobilisiert, vor Ort und es konnte zum Feind vorgestoßen werden. Es würde der härteste Krieg bevorstehen, die die Erde erleben musste und jeder war bereit sein Leben zu opfern für das Wohl seiner Leute. Sie würden die Wolkennebelwand belauern und bei jedem kleinen und verräterischen Geräusch schießen, bis sie jemanden trafen. Doch die Tierwesen mussten auf ein Zusammentreffen der Dimensionsbewohner nicht lange warten, denn diese nutzten die Wolkennebelwand nicht als Versteck, sondern als Tarnung. Es kam an mehreren Stellen der Wolkennebelwand zu Kämpfen, denn beide Seiten wollten auf der Erde leben und existieren, konnten dabei aber die jeweils andere Seite nicht akzeptieren. Die Dimensionsbewohner und Tierwesen würden nicht friedvoll zusammenleben können, Joyce hatte sich geirrt. Dieser Kampf würde bis zum Ende einer Seite dauern, wenn keine Entscheidung getroffen wurde. Mutter Natur mischte sich hingegen nur selten ein, dafür hatte sie ihre vier Jahreszeiten. Das Schicksal lag nun in den Händen dieser vier Personen.

***

Ich lag mit Angstschweiß nachts wach, drehte mich unaufhörlich und starrte zum Fenster hinaus oder an die kahlen Wände. Ich warf mir selbst Feigheit vor, dass ich durch das Erbe keine Menschenleben retten konnte, anstelle wollte ich mein Leben leben, eine egoistische Ehefrau sein, die sich vor den Problemen der Welt versteckte. Wegen mir würde der Krieg geführt werden, den ich eventuell mit Hilfe der anderen Jahreszeiten aufhalten könnte und ich verweigerte meine Pflicht als Erbin, nur weil ich mich nicht stark genug fühlte. Ich konnte diese Last nicht auf meinen Schultern tragen, sie ließ mich nach Luft ringen, als wäre die Zufuhr von Sauerstoff verhindert. Ich hatte vergeblich gehofft durch Malven dem Ganzen entfliehen zu können. Was hatte ich gedacht, womit er sein Geld verdiente? Kaufmann? Im Gegenteil, er war der oberste General der Soldaten und am Krieg mit Optimismus für seine Leute beteiligt. Er befahl das Blutvergießen und konnte womöglich heute Nacht gut schlafen. Was würde ich noch ertragen müssen?

***

„Nachdem sich die Tierwesen uns nun offensiv gegenüberstellen, wird die Sache erst richtig spannend. Die Provokation scheint gewirkt zu haben. Mittlerweile konnten wir Nahrung und Waffen im Überfluss ansammeln, so dass wir einen richtigen Krieg führen können", verkündete Rico, der sich im Saal von Amon aufhielt. Es entstand eine Redepause. Rico wartete geduldig, das wusste er aus Erfahrung. Er war im Umgang mit dem stimmungswechselnden Anführer am erfolgreichsten und wurde von den anderen als Informant geschickt. Nachdem Amons Wolkennebelwand das zweite Dorf eingenommen hatte und es Hoffnung für sie gab, bildeten sich langsam wieder die festen und altbewehrten Clans, nur Amon war nicht in sein ehemaliges Muster verfallen. Er zog es vor, nur in diesem Saal zu sein. Viele der Dimensionsbewohner sehnten sich nach den Dimensionen, wollten sie wiedererrichten, aber selbst in der Gruppe passierte nichts am Himmel, wenn sie ihre Fertigkeiten hinaufschickten, in der Hoffnung, irgendetwas würde sich dort oben bilden, wie es die Überlieferungen besagten. Rico hingegen war mit der jetzigen Situation sehr zufrieden, es ging stetig bergauf.

„Gehen wir in Phase zwei über?", fragte Amon ihn plötzlich. Rico war überrumpelt, er wusste nichts von einer zweiten Phase und auch nicht, was er jetzt antworten sollte. Amon sprach glücklicherweise weiter: „Genug versteckt und zurückgezogen, wir sollten unsere Tarnung abbauen und in einen offenen Kampf übergehen. Wir sind bereit, oder siehst du das anders, Rico?" Er pflichtete ihm bei, dass es so sei, Amon nickte und schließlich folgten noch die

351

Worte: „Ich werde die Ausbreitung der Wolken stoppen, sie werden noch einen weiteren Tag stehen bleiben. Danach werde ich sie verschwinden lassen und die zweite Phase beginnt."

***

In völliger Übermüdung schleppte ich mich am nächsten Morgen aus dem Bett, meine Gelenke fühlten sich wacklig an, meine Augen wollten im Stehen zufallen und ich lief langsam ins Badezimmer. Der erste Blick in den Spiegel ließ mich zusammenzucken, denn ich sah furchtbar aus. Ich brauchte wesentlich länger im Bad als sonst, um mich für die Mutter von Malven herzurichten, bis ich das Gefühl hatte, so könnte ich ihr unter die Augen treten. Dabei durfte an diesem Morgen die Schminke nicht fehlen, denn meine Augenringe waren schwer zu übersehen. Obwohl ich diese zum ersten Mal auftrug war ich am Ende mit dem Ergebnis zufrieden. Ich lief den Flur bis zur Küche entlang, aber dort war niemand.
„Wir sind zwei Zimmer weiter", sagte Malven etwas lauter, damit ich ihn im Flur hören konnte. Als ich in den Raum eintrat, war ich überrascht, dass an dem gedeckten Frühstückstisch Malven, eine ältere Frau, vermutlich seine Mutter und ein junges Mädchen, vermutlich seine Schwester, bereits dort saßen. „Es tut mir leid, ich wusste nicht …", begann ich meine augenscheinliche Verspätung zu erklären, aber Malven brach meine Entschuldigung ab und sprach freundlich: „Setz dich zu mir, wir haben auf dich gewartet." Als ich saß, fiel die Anspannung etwas von mir ab, denn ich stand nicht mehr im Mittelpunkt, sondern befand mich mit in der versammelten Runde. Gleichzeitig konnte ich jetzt etwas anderes wahrnehmen, was zuvor untergegangen war: mein ganzer Körper kribbelte, als wäre ich nach einem langen, kalten Winterspaziergang wieder in ein gut gewärmtes Heim gekommen und meine Blutgefäße würden sich wieder weiten. Dann verfiel die Mutter in ein neues Gesprächsthema, während sie unaufhörlich redete, schwiegen alle anderen und nach einer Weile fiel mir auf, dass mir

keiner der beiden vorgestellt wurde und dass das Kribbeln nicht aufhörte.

Durch einen plötzlichen Themenwechsel konzentrierte ich mich jetzt, was genau die Mutter zu sagen hatte, denn sie sprach uns beide direkt an: „Malven und Jalia, ich freue mich, dass ihr euch gefunden habt. Als Anerkennung für eure gemeinsame Zukunft habe ich eine Überraschung für euch vorbereitet und ich dulde kein Nein. Malven hatte mir vor einiger Zeit erzählt, dass ihr heiraten wollt und ich war überglücklich meinen Sohn bei einer guten Frau zu wissen, so dass ich die Hochzeit für euch eigenständig organisiert habe. Ich habe an alle Annehmlichkeiten und Besorgungen gedacht, ihr werdet euch weder Müh' noch Sorge darum machen müssen und genießt einfach die Hochzeit in zwei Tagen."

Ich war zu sprachlos und verwirrt, um irgendetwas zu erwidern. Ich merkte kurz den Blick von Malven auf mir ruhen, dann sprach er anerkennend: „Vielen Dank, Mutter. Wir freuen uns sehr über deine nette Geste." Jetzt war ich eindeutig schockiert und noch weiterhin sprachlos. Ich heiratete auf einer Hochzeit, die von einer für mich fremden aber reichen Frau organisiert wurde, was mein Mann nur als nette Geste abstempelte und ich durfte keine Einwände erbringen? Was kam als nächstes?

***

Ich formte einen Tornado im inneren Bereich der Wolkennebelwand, so dass der Luftdruck stieg. Die Außenwände zogen sich dabei leicht in Richtung Inneres und einen Augenblick später schob ich beide Luftfronten aufeinander, so dass beim Aufprall eine explosionsartige Druckwelle entstand, die alle Teilchen der Wolkennebelwand in alle Himmelsrichtungen hinausströmen ließ. Darauf hatten alle Dimensionsbewohner gewartet und sie rannten mit Geschrei auf die Tierwesen zu, es kam zum offenen Kampf.

„Das war beeindruckend, Amon", sagte Liam anerkennend. Ich hatte gar nicht bemerkt, dass die Söhne von Joyce neben mir stehen geblieben waren, anstatt sich in den Krieg zu stürzen. Im

Gegensatz zu Jayden, legte Liam mir gegenüber Respekt an den Tag. Die Familienverhältnisse waren ungünstig zustande gekommen, das gab ich im Stillen zu. „Ich hatte geahnt, dass du dich wieder einmal zurückziehst und andere für dich kämpfen lässt", sagte Jayden nun herablassend. Die Beziehung zu meinem eigenen Sohn war schlechter geworden, er machte mir häufig Vorwürfe. Ich blieb ruhig und sagte ernst: „Jeder verfolgt den für sich selbst vorgesehenen Weg, ob er das bewusst tut oder nicht spielt keine Rolle. Candida versuchte damals mich von meinem Weg abzubringen, indem sie mich als Beschützer eurer Mutter auswählte, damit mein Erbe nicht zum Vorschein kommt. Dieses Vorhaben musste fehlschlagen, ich habe meine Aufgabe im Leben trotz des Einflusses gefunden, denn das wird jedem so gehen. Jeder findet seinen Weg. Mein Ziel war es, euch zu früherer Stärke zurückzuführen, euer Gejammer konnte ich nicht mehr hören und es war nie meine Pflicht an eurer Seite zu kämpfen und das werde ich auch nicht tun. Ich bin der Winter, ich habe höhere Aufgaben als euch in dem kindlichen Gehabe zu unterstützen. Ich werde mit den anderen Jahreszeiten wiederkehren und wir werden eine globale Lösung finden müssen, denn Mutter Natur zählt auf uns. Wir vier sind ihre rechte Hand."

Mit den Worten schritt ich dahin, wobei ich es nicht lassen konnte, mich noch einmal zu ihnen umzudrehen. Dabei sah ich, wie Jayden Liam einen Vogel zeigte und dieser zur Antwort nur mit den Achseln zuckte.

Ich hatte lange gebraucht um Abschied von meiner großen Liebe Joyce zu nehmen. Eine Zeit lang dachte ich, sie hätte irgendwie überlebt und dies ließ mich suchen und hoffen. Es ist viel Zeit ins Land gegangen in der ich den Schmerz verarbeiten musste, den sie in mir zurückgelassen hatte. Ich konnte nun die schöne Zeit in meinen Erinnerungen ruhen lassen, ohne dass sie mein jetziges Handeln beeinflussten. Deshalb konnte ich mich erst jetzt ganz auf die Zukunft als Winter konzentrieren und ich machte mich auf den Weg, Herbst und Sommer zu suchen. Es wurde nun endlich Zeit. Ich war bereit und willig es selbst in die Hand zu nehmen.

Malven und seine Mutter hatten etwas zu besprechen und so wurden seine Schwester und ich in das Bibliothekszimmer geschickt, welches ich zuvor noch nicht gesehen hatte. Mit dem jungen Mädchen im Schlepptau konnte ich unmöglich die beiden belauschen gehen und so setzten wir uns gemeinsam auf eine Couch, die sich in der Mitte des Raumes befand. Ich fühlte weiterhin dieses Kribbeln im ganzen Körper und es machte mich verrückt, dass es nicht aufhörte. Ich empfand es auch nicht als vertrauensaufbauend, dass ich an dem Gespräch nicht teilnehmen durfte, als sei ich ebenfalls noch ein Kind. Frustriert und genervt stand ich schließlich von der Couch auf, ich konnte nicht weiter stillsitzen, wobei das Mädchen sitzen blieb. Ich ging an den Buchrücken entlang, sah mir die Titel der Bücher an, um etwas zu tun zu haben. Während ich die Buchrücken betrachtete, merkte ich, dass das Kribbeln ein kleines bisschen nachließ.

„Wie heißt du?", fragte ich die kleine Schwester von Malven. Dabei schritt ich langsam weiter an den Buchrücken entlang und spürte dem Kribbeln nach. „Elara." Sie betrachtete mich ruhig. Während ich langsam weiterging und mich auf sie zubewegte nahm das Kribbeln wieder etwas zu. Augenblicklich blieb ich wie erstarrt stehen, denn mich traf die Erkenntnis, als ich an einem Buch angekommen war, welches „Die Vier Jahreszeiten" hieß. Elara war die nächste Erbin des Frühlings.

✳✳✳

Damals, als Gott des Bösen, hätte ich nie gedacht wie sich die Dinge für mich verändern würden. Zurückblickend kann ich sagen, dass dies meine dunkle Zeit gewesen war und die Zeit mit Joyce meine goldene Zeit. Doch was war jetzt? Ich, Emmet, war ein Mensch und ich wunderte mich, dass mir das nichts mehr ausmachte. Ich wollte weiterleben, aber ich wusste nicht, wie das zwischen den Fronten möglich sein konnte: ich war weder ein Tierwesen, noch ein Dimensionsbewohner. Amüsanterweise fällt mir auf, dass ich bereits viele Rollen übernommen habe und dass es statt bergauf, eher bergab ging, doch dies war die beste Wendung, die mir passieren konnte: vom Gott zum Mensch. Im Rückblick würde ich auch nicht viel an dem Verlauf verändern, womöglich nur die Vergewaltigung, denn diese war weder zu meinen noch zu ihren Gunsten, obwohl ich es nicht bereue, Liam das Leben geschenkt zu haben. Es hätte nur in anderen Umständen passieren sollen. Während ich durch die Gegend streifte, auf der Suche nach einer Bleibe, gingen mir noch weitere Gedanken durch den Kopf, aber ich war die ganze Zeit bei mir selbst, als wäre es Zeit eine Bilanz vom Leben zu ziehen.

***

Seit dem Eintreffen meiner Mutter und Schwester verhielt sich meine zukünftige Frau Jalia merkwürdig zurückhaltend und still. Ich hielt ihr deswegen keine Predigt, sollte sie sich meinetwegen zurücknehmen, ich hielt die Ehre aufrecht. Der Schein war das Wichtigste und ich musste funktionieren, was ich durchaus tat. Ich hatte es beruflich bereits bis nach oben geschafft. Ihre Pflicht war es nur mich zu unterstützen und uns ein oder zwei Kinder zu schenken, mehr verlangte ich nicht. Hingegen suchte ich auch nicht das Gespräch, sollte sie sein wie sie war, nur in der Öffentlichkeit wäre es unumstößlich, dass sie eine gute Ausstrahlung besaß. Ich empfand es nicht als unfair, was meine Mutter letztlich ansprach, dass sie nicht alles wusste, es ging sie als meine Frau nicht alles etwas an. Der Mann war das Oberhaupt und verwaltete das Geld, so sah das damals schon mein Vater, der ehrenhaft im Krieg fiel. Sie sollte eine gute Mutter werden, jeder konnte seinen Interessen und Verpflichtungen nachgehen und musste dem anderen nicht hinterhergehen, als wäre er ein höriger Hund. Das war das Leben, so funktionierte das Zusammenleben von Mann und Frau in meiner Welt. Sie scheint es bereits verstanden zu haben, denn meine Mutter ist immerhin die, die dagegen argumentiert, nicht sie selbst.

Am Tag vor meiner Hochzeit wusste ich nicht mehr, wie ich den gestrigen Tag überstanden hatte, ob ich in der letzten Nacht schlief oder wach lag und wie es weitergehen sollte. Ich spürte, wie jede weitere Stunde Kraft von mir zehrte, als wäre ich eine Sanduhr mit einem Leck, welche sich unaufhörlich leerte und mit jedem weiteren Sandkorn, dass ich verlor, nahm meine Nützlichkeit ab. Mir waren zwei Dinge erschreckend klar, die selbst meine Unkonzentriertheit und innere Zerstreuung nicht mildern konnten: Ich würde sterben, gleich nachdem ich das Erbe weitergegeben hatte. Dies war unumgänglich, denn das Erbe musste weitergeben werden. Je länger ich es hinauszögerte, desto mehr Leben fielen im Krieg und mein Leben war so oder so zu Ende.

Hätte die Geschichte ein anderes Ende gefunden, wenn ich mich damals im Kurort anders entschieden hätte? Wäre ich doch mit Emmet und meinem Vater mitgegangen, dann hätte ich mehr Wärme von den mir umgebenen Leuten empfangen. Geld und Wohlstand machten nicht glücklicher, auch wenn meine Mutter sich etwas Besseres für mich gewünscht hatte. War dieser Gedanke, dass ich bei Malven glücklich sein werde, wirklich der meinige, oder glaubte ich das nur, weil Joyce das dachte? Würde Joyce alles tun, um an der Front zu bleiben und dafür sogar mir meine Glückseligkeit zu nehmen? Meine Feigheit vor der Pflicht als Frühling wurde nun mit einem schnellen Ende meines Lebens bestraft. War Mutter Natur doch nicht so gütig zu jedem, wie ich eins dachte? Ihr war es anscheinend nur wichtig, dass Menschen, Tiere und Pflanzen überlebten und weiter in ihrer Symbiose existieren konnten. Mein Ende war keineswegs ein Verlust für diese Welt. Das konnte ich nur so hinnehmen wie es war, denn alles hatte Vor- und Nachteile. Es würde sich immer um das Ganze drehen, nicht um den Einzelnen, denn der Einzelne trug nur zur Dynamik des großen Ganzen bei: der ewige Kreislauf des Lebens.

Ich hatte mich bereits am frühen Abend in mein Gästezimmer des Hauses zurückgezogen, um am großen Tag der beiden, Jalia und Malven, ausgeruht zu sein. Das mittelgroße Zimmer befand sich direkt neben dem Zimmer der Verlobten meines Bruders. Ich lag noch mit einem spannenden Buch in der Hand wach, als Jalia im Nachthemd leise das Zimmer betrat und die Tür hinter sich sorgfältig schloss. Ich bot ihr, mit einer Handgeste, die Bettkante an und legte das Buch erst einmal beiseite. Während sich Jalia langsam und bedacht setzte, überlegte ich, was ich sagen konnte, entschloss mich jedoch lieber zu warten.

„Ich hoffe, ich störe dich nicht, Elara. Ich hatte gehofft dich noch wach anzutreffen. Ich möchte mit dir über etwas Wichtiges reden", sagte sie leise, fast schon geheimnisvoll. Ich dachte kurz daran, dass sie sich mir gegenüber wegen meines Bruders öffnen wollte, ich hatte nämlich bemerkt, dass es ihr in der letzten Zeit nicht gut ging. Bevor ich einwilligen konnte, warf Jalia einen Blick auf das Buch in dem ich eben gelesen hatte und ihr Gesichtsausdruck wurde ernst, was mich nachdenklich stimmte. Ich hatte das Buch „Die Vier Jahreszeiten" aus der Bibliothek mitgenommen, weil sie vor diesem abrupt angehalten hatte. Ich wollte das Buch aus genau diesem Grund lesen. Dann sah Jalia wieder mich an und sagte: „Elara, ich erzähle dir jetzt eine Geschichte und am Ende darfst du herausfinden, was daran alles wahr ist, okay?" Ich war überrascht und willigte sofort ein. Ich war kurz erschrocken, als Jalia ein Messer zwischen uns auf das Bett legte, aber als sie zu erzählen begann vergaß ich das Messer und hörte ihr aufmerksam zu.

„Vor sehr langer Zeit gab es auf der Erde Menschen und Tiere getrennt, aber schon damals waren nicht alle Menschen miteinander befreundet. Es gab bereits damals Unstimmigkeiten, Neid und Krieg, denn die gegensätzlichen Kräfte, wie Liebe und Hass, brachten Chaos in die Welt. Um Ruhe und Gleichgewicht auf Erden zu erlangen, wurden die Dimensionen erschaffen. Somit wurde der ewige Kampf, wie zum Beispiel zwischen Identität und Diffusion, außerhalb der Erde ausgetragen und der momentane Sieger konnte Einfluss auf die Erde nehmen. Trotz dieser Umstände musste die

Erde dennoch viel Leid ertragen und um die Ausrottung von Mensch und Tier zu verhindern, erschuf Mutter Natur eine Symbiose aus beiden, um beide Arten zusammen lebensfähig zu machen. Danach konnten diese Bewohner aus den Dimensionen, die wir heute als unsere Feinde betiteln, nicht weiter dort leben wo sie herkamen und siedelten sich auf der Erde an. Deswegen werden sie von manchen auch Aliens genannt, weil sie vom Himmel kamen. Seitdem sie auf der Erde sind herrscht hier wieder Unstimmigkeit, Neid und Krieg, weil Dimensionsbewohner und Tierwesen sich nicht vertragen können, obwohl sie eine gemeinsame Vergangenheit und sich gegenseitig beeinflusst haben. Ich meine, ist die Erde nicht groß genug für alle?"

Ich bemerkte nicht gleich, dass sie aufgehört hatte zu erzählen und so fragte ich erst kurze Zeit später: „Und was wird jetzt passieren?" Jalia blickte kurz auf das Messer, dann hob sie den Blick und antwortete: „Das entscheidest du mit den anderen drei Jahreszeiten, denn der Herbst, der Winter und der Sommer brauchen deine Unterstützung. Mutter Natur hat die vier Jahreszeiten auf die Erde gebracht, damit sie für Frieden sorgen und ich werde dir das Erbe vom Frühling weitergeben. Du bist auserwählt worden, liebe Elara."

Ich war sprachlos und das nahm sie als ein gutes Zeichen. Jalia griff nach dem Messer während sie mir erklärte: „Um das Erbe von Ostara an dich weitergeben zu können, muss ich unsere beiden Handflächen aufritzen und dann drücken wir unsere Hände gegeneinander. Später, wenn deine Zeit gekommen ist, das Erbe weiterzugeben, wirst du es spüren und wissen was zu tun ist. Merk dir einfach wie ich es getan habe."

Ich wusste nicht wie mir geschah, aber innerlich stellte sich eine gefasste Ruhe ein und ich war bereit für das, was auch immer danach kommen mochte. Dann hielt ich ihr bereitwillig meine Handflächen hin und sie tat es so, wie sie es mir erzählt hatte. Der Schmerz zog sich durch meinen Körper und nachdem sich unsere Finger ineinander schlossen sprach sie: „Ich gebe das Erbe von Ostara freiwillig ab."

Den Schmerz ersetzte nun ein angenehmer Sog, der in meinen Venen etwas zu transportieren schien. Als dieser nachließ, löste Jalia die Hände von meinen und sagte: „Such die anderen Jahreszeiten. Lebe wohl, Elara." Mit diesen Worten wandte sie sich hastig der Tür zu, sie nahm das Messer mit sich und verschwand aus meinem Zimmer. Ich starrte noch einen Moment lang die Tür an, als hätte ich mir das Ganze nur eingebildet, denn wenn ich in meine Handflächen schaute, sah ich keine Veränderung auf meiner Haut. Doch dann spürte ich einen kurzen Moment später den Beginn der Veränderung in mir, es war kein Traum gewesen und ich verschloss willig die Augen. Ich malte mir bereits jetzt eine bessere Welt aus und hielt somit gut der inneren Veränderung stand.

∗∗∗

Am Morgen meiner Hochzeit lief alles anders als geplant, denn mit so einem Chaos hätte ich nicht gerechnet. Meine Mutter erzählte mir, dass meine kleine Schwester über Nacht erkrankte, mit Fieber im Bett lag und unruhig schlief. Daraufhin wollte ich meiner zukünftigen Frau sagen, dass wir die Hochzeit verschieben müssten, das aber keine Rolle spielte, denn wir hätten das Geld und die Gesundheit ginge in dem Fall vor. Ich musste aber feststellen, dass in ihrem Zimmer nur ein blutiges Messer auffindbar war. Danach durchsuchte ich das gesamte Haus, aber meine Frau fand ich nicht. Ich kontrollierte sogar alle Türen und Fenster in jedem Zimmer, die ich jedem Abend abschloss und ich musste feststellen, dass das gesamte Haus verriegelt war. Das plötzliche und spurlose Verschwinden von Jalia ließ sich den gesamten Tag nicht aufklären, als hätte sie sich in Luft aufgelöst. Ich ließ das Ereignis damit beruhen, es galt ab sofort der Vergangenheit. Wenn das an die Öffentlichkeit käme wäre dies überhaupt nicht gut für meinen Ruf. Ich war nur froh, dass das vor der Hochzeit passierte, somit konnte ich mich noch herausreden. Alles wird gut.

Ich verstehe nicht, was die Erwachsenen für ein Problem haben. Mutter hätte eigentlich sagen sollen, wie sie es immer bei Streitigkeiten tat: es müssen sich alle an einen Tisch setzen und ruhig miteinander reden. Aber selbst sie tut nichts gegen das, was die Großen machen, obwohl sie damit nicht ganz einverstanden ist, das spüre ich. Ich glaube, ich müsste erst zu den Großen gehören, damit sie mich reden lassen. Ich finde meine Idee immer noch gut. Ich fing an, Mutter davon zu erzählen, aber sie sagte nur forsch: „Sei still, Jack! Es will keiner hören, was du zu dem Krieg zu sagen hast." Ich verstehe nicht, wieso keiner meine Idee hören will. Nur weil ich kein General war oder weil meine Idee gegen die Denkweise aller sprach? Nun soll noch einer sagen, ich sei das Kind - es benahmen sich alle anderen um mich herum kindisch. Ich war nur traurig, dass ich keinen Einfluss hatte oder je haben werde, denn ich war nur Jack. Jack, der kleine verrückte Junge aus einem ärmlichen Dorf. Die Menschen konnten ungerecht, fürsorglich und kompliziert, wie traditionell, gemeinschaftlich und oberflächlich sein. Versteht einer noch, wie man da durchblicken soll? Ich war froh, dass meine Gedanken nur mir gehörten und mein Erwachsenenalter noch vor mir lag. Ich würde bei meinen Kindern alles anders machen und dann auch mehr in der Familie zu sagen haben. Darauf freute ich mich jetzt schon.

***

Ich erwachte aus dem bilderreichen Fieberwahn, indem ich eine neue und friedvollere Welt gesehen hatte, mit einer unglaublich inneren Ruhe und ich wusste, ich könnte jetzt Steine versetzen und Bäume entwurzeln. Ich spürte eine nie dagewesene, unerschöpfliche Kraft in mir und ich wusste, ich war nicht mehr die gleiche Elara, sondern hatte nun die Kraft für fantastische Dinge zu sorgen. Ich sah das erste Mal durch neue Augen, denn es zog mich aus diesem toten Raum hinaus in die lebendige Welt. Die Haustür erschien mir zu weit entfernt, ich benutzte sogleich das Fenster zur Flucht und als mir der Wind entgegenwehte, hörte ich eine zarte

Stimme zu mir sprechen, die mich ermutigte den nächsten Schritt zu wagen. Im Freien wünschte ich mir das Messer zur Hand, welches für mich nun den Neubeginn symbolisierte und nicht mehr Kampf, Rache und Tod. Jalia war mein Dschinn und das Messer die Wunderlampe, denn ich spürte, dass ich nun meinem Wunsch nach Weltfrieden ein großes Stück näher war. Ich mochte nicht über ihren Verbleib nachdenken, zu traurig die Gewissheit, dass es sie nicht mehr gab. Ich würde jetzt ihre Aufgabe erfüllen, ich würde es auch für sie tun. Ich erinnerte mich an ihre Worte und machte mich auch sogleich auf den Weg, die anderen Jahreszeiten zu suchen. Es erschien mir, als würde ich einen unsichtbaren Pfad ablaufen, denn ich suchte nicht, ich fand sie. Es war nicht mehr Zeit als ein halber Tag vergangen, nachdem ich auf einer sonnendurchfluteten Waldlichtung auf drei wartende Männer traf. Der Älteste von den dreien erfragte mit trauriger und wissender Stimme sogleich: „Jalia?" Ich schüttelte betrübt den Kopf, ich war nun ihrerseits hier. Der jüngste der drei trat an meine Seite und legte den Arm auf meine Schulter, wobei es gleich kälter wurde. „Es ist nicht deine Schuld", sprach er nun. „Lore, ihr Vater, wusste, dass das kommen würde. Er wird seine Zeit brauchen, aber die geben wir ihm. Mein Name ist Amon und das ist Tristan." Dann schauten alle mich wieder an und ich erwiderte auf die unausgesprochene Frage: „Ich bin Elara."

Lore wischte sich eine Träne weg und sagte energisch: „Tierwesen und Dimensionsbewohner erscheinen mir gleichermaßen vom bösen Hass zerfressen, sie können nicht reflektieren, dass sie mit ihrem Verhalten niemanden glücklich machen und nur noch mehr Leid in die Welt tragen, denn jeder verliert ein geliebtes Mitglied und das kann nicht zu Frieden führen, denn Blut ist dicker als Wasser." Amon und Tristan nickten nur stumm und so mischte ich mich ein: „Wir können sie aufhalten, gemeinsam sollte uns das möglich sein." Amon lachte auf und erwiderte: „Uns muss das möglich sein, wir sind auserkoren, um das zu bewerkstelligen." Ich sah jedoch leichten Zweifel in seinem Gesicht, als wüsste er nicht, wie das gehen sollte. Tristan sprach nun: „Damals haben die vier

Jahreszeiten die Dimensionen erschaffen, um beide Seiten getrennt leben zu lassen, aber wie man sieht hat dies nicht für die Ewigkeit gehalten. Ich denke ein erneuter Versuch würde irgendwann wieder scheitern. Wir müssen etwas Neues wagen. Fragt sich nur was das sein könnte."

Ich lächelte und erwiderte: „Gut, dass ihr mich nun habt. Ich hatte eine Vision, von der ich euch gern erzählen würde." Mit dieser Aussage hatte ich die ungeteilte Aufmerksamkeit dreier fremder Männer, die mich ansahen als hätte ich Freibier, einen Fußballkanal und eine breite Couch im Angebot.

„Ich denke wir müssen eine schnelle Lösung finden und eine Dimension zu erschaffen klingt in meinen Ohren aufwendig. Joyce zerstörte nicht ohne Grund die Dimensionen und wir sollten ihr Werk stattdessen würdigen, als es rückgängig zu machen. Ich finde die Erde ist groß genug für alle und wir sollten auch allen gestatten können auf dieser zu leben. Ein Zusammenleben ist im Moment, wie wir sehen können, überhaupt nicht möglich und somit schlage ich vor, dass wir die Erde aufteilen und durch Magie die Menschen friedvoll aber getrennt leben lassen. Sie sollen sich an der Grenze sehen und hören können, somit schaffen wir einen Austausch und können in Zukunft diese Barriere aufheben, wenn die Parteien sich aneinander gewöhnt haben und ein Zusammenleben möglich ist. Zuvor wurde die Existenz der anderen verneint oder vergessen und es konnte zu keiner Annäherung kommen. Dies wird ebenfalls Zeit und Geduld in Anspruch nehmen, aber wir schaffen eine Basis für die Zukunft und nicht nur eine Lösung für den Moment. Seien wir einfach nur menschlich."

∗∗∗

Die vier Jahreszeiten einigten sich auf den Vorschlag von Elara, wobei sie noch Details besprachen und Abwägungen trafen, die berücksichtig werden sollten, um eine gerechte Aufteilung gewährleisten zu können. Es sollte kein Streit entstehen, weil die Ressourcen auf der einen Seite weniger waren oder die Fläche unterschiedlich groß. Als sie ihre Besprechung beendet hatten, nahmen sich die vier Jahreszeiten an die Hand, riefen sich ihre Kräfte ins Bewusstsein und rannten gemeinsam los. Sie liefen Hand in Hand die Strecke ab an der die Grenze gezogen wurde, welche sich hinter ihnen bildete. Elara drehte sich manchmal neugierig um, konnte dann beobachten, wie einzelne Personen in die Luft flogen und auf die andere Seite abgesetzt wurden, wenn sie sich nicht auf der für sie eingeteilten Seite befanden. Die Kämpfe wurden dadurch augenblicklich unterbrochen und die Personen sahen sich nur fragend an. Elara konnte es kaum glauben, dass sie viel an dieser Verbesserung beigetragen hatte und war stolz auf sich, denn sie hatte endlich in ihrem Leben nicht mehr die Zweitgeborenenrolle zu erfüllen. Sie war eine von vier und mitten drin im Geschehen, so wie sie es sich erträumt hatte: sie war Teil der Veränderung. Vor Stolz schlug ihr Herz bis zum Hals und ihre Wangen waren errötet.

***

Dieses Haus brachte der Familie nur Unheil, der Teufel musste in den Wänden stecken und das Böse in jeder Fuge und jeden Winkel dieses Hauses wohnen. Nachdem in der zweiten Nacht nun auch meine Schwester Elara spurlos verschwand, befürchteten Mutter und ich einer von uns könnte der Nächste sein. Sofort verließen wir das Grundstück, ohne Zeit beim Packen zu verschwenden und ließen uns mit einer unserer offenen Kutschen davon bringen. Der Kutscher verstand ohne ein Wort die nötige Eile dieses Aufbruches und ließ die Pferde geschwind traben. Die teuren Habseligkeiten würden später andere für uns holen, dafür würden sie gut bezahlt werden.
Nach einigen Metern Abstand wagten wir uns erleichtert aufzuatmen, die Luft war in dieser Gegend reiner und klarer, wir hatten es geschafft. Die Pferde trabten langhin, als ein kleiner Windzug aufkam. Meine Mutter zog sich die Jacke enger und ich rutschte auf dem Sitz etwas zu ihr heran. Der Windzug wurde plötzlich sehr stark und zerrte regelrecht an uns. Der Kutscher hob als erster von

seinem Bock ab, wobei er nicht gleich die Zügel losließ. Meine Mutter und ich klammerten uns verzweifelt an die Kutschenwände, doch auch unsere Kraft ließ nach und wir wurden vom Wind davongetragen. Ich wurde kurz nach links und rechts gezogen und in einem wilden Wald abgesetzt. Meine Mutter lief schnell auf mich zu und fragte ängstlich: „Wo sind wir hier gelandet?" Ich sah mich um, aber abgesehen von Bäumen konnte ich nichts erkennen.

„Wir sind nicht mehr in der Stadt, Mutter", erläuterte ich ihr meine Sichtweite der Dinge. Sie schluchzte kurz auf und fragte kläglich: „Sind wir bei den Wilden?" Ich schüttelte den Kopf und ging in eine Richtung, wobei ich nicht wusste, wohin genau ich mich aufmachte. Natürlich folgte mir meine Mutter, sie hatte jetzt nur noch mich und ich war für sie verantwortlich. Als oberster General wusste ich, dass wir irgendwann auf Menschen treffen werden, es war nur eine Frage der Zeit.

✳✳✳

Ich hatte mich am Abend aus dem Haus geschlichen, bevor Malven Türen und Fenster verschließen konnte, oder mich jemand sah. Ich wollte nicht bei Malven versterben und lief geschwächt durch die Gegend, bis ich mich an einem Baum niederließ. Dort wartete ich auf den erlösenden Tod und musste eingeschlafen sein. Ich war mir sehr sicher, dass ich in dieser Nacht versterben würde, weshalb mir mein Erwachen am nächsten Morgen seltsam und neuartig vorkam. Ich verbrachte viel Zeit mit dem Betrachten meiner Hände, Gliedmaßen und dem Betasten meines Gesichtes, bevor ich begriff, dass ich wirklich lebte. Ich dankte Mutter Natur tausendmal für mein Leben. Ich beschloss nun nur noch meinem Herzen zu folgen und rannte los, denn ich, Jalia, wollte nur zu Emmet. Ich rannte bereits einige Zeit durch die Gegend und während ich lief, bemerkte ich die Ermüdung meiner Beine und so wollte ich in meine Tiergestalt wechseln. Als dies nicht gelang, lachte ich erfreut auf, fast schon hysterisch, denn ich war offensichtlich ein

Mensch geworden, genauso wie Emmet. Ich würde mehr Zeit brauchen, um zu ihm zu gelangen, aber das würde ich schaffen. Doch was hielt mich überhaupt bei Malven? Warum wollte ich einst seine Frau werden? Nein, nicht ich wollte bei Malven sein, es war der Wunsch von Joyce gewesen, den sie mir aufzwang. Sie wollte in der Nähe der Front sein und sie wollte Einfluss auf das Geschehen nehmen. Sie wollte Malven heiraten, aber nicht aus Liebe.

Nach einer kurzen Atempause rannte ich weiter, wobei ein Wind aufkam und ich gegen ihn ankämpfen musste. Ich verlangsamte mein Tempo, um noch vorwärts zu kommen, doch plötzlich hob ich vom Boden ab, wobei ich kurz aufschrie. Ich wurde durch die Luft geschleudert, als zerrten zwei Seiten an mir, die sich nicht einig waren, wohin ich gehörte und es ging mal nach links und mal nach rechts und dann verlor ich ganz die Orientierung.

Als ich schließlich sanft auf einer grünen Wiese zwischen Feldern und Anbau abgesetzt wurde, erblickte ich in der Ferne Emmet. Er pflückte gerade ein paar Äpfel in einer sommerlichen Hose, während er sonst nichts trug und allein zu sein schien. Er unterbrach seine Tätigkeit, um zu mir verwundert herüberzuschauen. Ich strahlte vor Freude ihn zu sehen, lief ungehalten auf ihn zu und wurde von ihm warmherzig aufgefangen. Er umschloss mich mit seinen starken Armen und sein natürlicher Männergeruch, den ich sehr vermisst hatte, stieg mir sofort in die Nase. Seine Körperwärme durchdrang meine Kleidung und seine Hand strich mir leicht über den Rücken.

„Was machst du in meinem Paradies? Bist du nicht die Frau von Malven geworden?", fragte er mich verwirrt. Er lockerte seinen Griff und ich konnte ihn ansehen, während ich mit ihm sprach: „Ich bin nicht seine Frau und werde es auch nie sein, weil ich dich liebe, Emmet. Das ist mir fast zu spät bewusstgeworden, aber ich habe eine zweite Chance bekommen und ich möchte dieses Glück mit dir teilen, weil du mir alles geben kannst, was die Erde für mich bereithält. Du bist meine kleine, heile Welt."

Emmet betrachtete mich lächelnd, als hätte ich ihm eine schöne Geschichte erzählt und erwiderte dann ruhig und zu sachlich: „Ich habe mir lange solche Worte von dir gewünscht, doch ich lernte ohne dich zu leben, denn ich erwartete dein Kommen nicht mehr. Ich meine, wenn ich dich nicht spüren würde, dann könnte ich auch träumen. Ich bin ein einfacher Mensch, ich habe nur das, was du siehst. Ich erhielt dieses kleine Paradies von Mutter Natur, meine eigene Dimension und hier bin ich wieder glücklich geworden. Es gibt übers Jahr viel für mich zu tun, ich versorge mich selbst und vom Frühling bis nun im Herbst habe ich alle Hände voll zu tun."

***

Die Menschen sehen sich selbst als großartige Macher, wobei sich manche vom Menschenaffen zum Industriestaat hochgearbeitet haben, was durch Werkzeuge, Kommunikation, Gemeinschaft und jahrelangem Durst nach mehr Wissen ermöglicht wurde. Die Menschen glauben sich viele Teile der Erde zum Untertan gemacht zu haben und streben nach Vergrößerung ihres Wohlstandes, wobei es ihren Kindern immer etwas bessergehen soll, als ihnen bereits schon vergönnt war.
Der Wunsch nach Autonomie und Individualität ist genauso präsent, wie das Bedürfnis nach Gesellschaft und Zugehörigkeit, welches nicht als Widerspruch zu sehen ist, sondern den Menschen ausmacht. Trotz seines enormen Fortschrittes, welcher ihm viel Gutes einbrachte, wird der Mensch nicht in der Lage sein eine Perfektion zu erreichen, denn jedes seiner individuellen Personen birgt seine Schwächen und lässt sich vom guten wie bösen Einfluss leiten, wobei jeder glaubt das Richtige zu tun. Ich möchte den Mensch nicht in seinem Stolz kränken, aber es fällt nur wenigen Personen auf, dass die meisten Teile der Erde für ihn nicht bewohnbar sind. Die wahre Macht, vor der jeder Ehrfurcht zeigen sollte, ist und bleibe ich, Mutter Natur.

Nun bin ich bereits so alt geworden, mittlerweile einer der ältesten Tierwesen dieser Generation und ich wundere mich, dass bis jetzt keinem der Ältesten aufgefallen ist, dass sich die Geschichte der Dimensionsbewohner und Tierwesen wiederholt, zumindest ansatzweise.

Das Problem erscheint facettenreich und tiefliegend, so dass wohl eine erneute Trennung der Gruppen nicht umgangen werden konnte. Der Unterschied liegt nun vielmehr in der Tatsache, dass die andere Hälfte nicht wegzureden mehr geht, denn sie bleibt wortwörtlich sichtbar, auch wenn zugleich unerreichbar.

Mutter Natur sei Dank, ich werde das Ende nicht miterleben. Es wird nicht einfach sein, dass beide menschlichen Arten sich verstehen werden, doch es bleibt zu hoffen, dass dies eines Tages möglich sein wird.

Sind wir Menschen nicht hochentwickelte Wesen, der wörtlichen Sprache mächtig, sowie des logischen Denkens? Und noch einen Aspekt möchte ich ansprechen: Leben entsteht nach dem Tod anderer − bedenke nur, wie viele Lebewesen schon bis zur Entstehung des Menschen ihr Leben ließen. Mutter Natur würde dazu nur sagen: auf einen Winter muss ein Frühling folgen.

***

In ihrem schönen Gesicht las ich nacheinander den Schreck, die Trauer und dann die Einsicht, denn Jalia erkannte, dass sie wirklich ziemlich spät zu mir kam, wobei sie doch viele Möglichkeiten zuvor gehabt hätte. Doch ich verzieh ihr alles, sie war jetzt hier.

Plötzlich wandte sie sich, unerwartet und ohne ein weiteres Wort, zum Gehen ab, doch instinktiv griff ich nach ihrem Arm und hinderte sie, mich erneut zu verlassen. Ich spürte, dass ich das Richtige tat und alles andere würde sich ergeben.

„Ich meinte damit nicht, dass ich mich nicht wieder an deine Anwesenheit gewöhnen könnte, Jalia. Du kannst mir bei meiner Arbeit auf dem Feld zur Hilfe kommen und den kalten und langen Winter erträgt es sich zu zweit gewiss besser als allein", sprach ich das aus was ich mir wünschte. Es war die Wahrheit, denn innerlich habe ich weiter auf sie gewartet, ohne es bewusst zu wissen. Jalia drehte sich wieder mir zu und sagte ruhig: „Ich bin ein Mensch geworden und habe meine Vergangenheit hinter mir gelassen, wie du Emmet. Im Gegensatz zu dir entwickelte ich mich nicht zum Guten und ich brauchte lange Zeit, bis mir klar wurde was ich wirklich zum Leben brauche und wer ich sein möchte. Ich hatte meinen Tod vor Augen, als ich das Erbe abgab und die Gewissheit, dass das alles schon gewesen war. Doch ich wachte diesen Morgen auf als eine neue Person und als wahre Jalia und ich nahm mir vor, das Leben neu anzugehen und nur noch meinem Herzen zu folgen, welches mich direkt zu dir brachte. Ich kann vollkommen verstehen, wenn ich zu spät bin, aber ich wollte dir noch sagen, dass ich dich liebe, Emmet. Du bist ein wunderbarer Mensch."

Ich legte ihr eine Hand auf ihre warme und weiche Wange und strich mit dem Daumen sacht über ihre Haut. Sie sah mich fast flehend und erwartungsvoll an. Ich konnte mir ein Lächeln nicht verkneifen, bevor ich sie näher an mich zog, mich zu ihr herabbeugte und sie lange küsste, während meine Hand auf ihrem Haaransatz im Nacken ruhte.

„Das Warten hat sich gelohnt", war alles, was ich vor dem nächsten Kuss noch sagen konnte. Sie war endlich bei mir. So sehr mir der Kuss auch gefiel, musste ich sie stoppen. „Daran können wir im Winter anknüpfen. Zuvor solltest du mir bei der Ernte helfen und sie ins Haus bringen, damit wir beide im Winter genug zu essen haben." Jalia war diese Arbeit von Kindheit an gewöhnt, ihre geschickten Hände pflügten die Beeren in Rekordzeit und wir schafften alles gemeinsam in unser Haus: Getreide, Obst und Gemüse. Sie staunte als sie das Haus von innen sah und was sich dort alles befand: Mutter Natur hatte dafür gesorgt, dass es uns an nichts fehlte. Als dann der Winter kam, draußen die Arbeit stilllag und sich die Natur erholte, kehrte Leben in das Haus und ich war froh, den Winter nicht allein zu verbringen. Wir blieben nicht lange allein, denn Mutter Natur bescherte uns zwei Kinder: einen Jungen und ein Mädchen und das Haus wuchs um zwei Kinderzimmer.

Wir waren eine kleine, glückliche Familie und so lebten wir, im ewigen Kreislauf des Lebens, unser kurzes Leben in unserem Paradies.

Zitat: „Ich bin ein Teil von jener Kraft, die stets das Böse will und stets das Gute schafft." von Johann Wolfgang von Goethe

Entstanden 2013, 2015, 2016
Überarbeitung 2017, 2018